意千重 著

国色芳华

下

GUOSE FANGHUA

目录

第三十五章 圆满 /001

第三十六章 坦白 /015

第三十七章 心急 /034

第三十八章 机遇 /048

第三十九章 悠园 /058

第四十章 针尖对麦芒 /060

第四十一章 双雕 /089

第四十二章 行会 /096

第四十三章 期望 /117

第四十四章 为难 /140

第四十五章 三喜 /162

第四十六章 忌讳 /174

第四十七章 如水 /206

第四十八章 绿相公 /224

第四十九章 尾声 /242

番外 星光与火 /245

第三十五章　圆满

黑暗中，牡丹摸索着去解脚趾上的丝绳，她记得只是简单拴了个活结，为的是方便新婚夫妇轻松解开。可是此刻，这个活结却似乎成了死结，她摸到了线头，却没法顺利解开。

蒋长扬半点声息都没有，也没有其他动作，只是伸着脚任由她解。牡丹知道他在看着她，隔着黑暗在看她。说来真是奇怪，走到这一步，反而越发觉得对方有些陌生和紧张，还不如平时那么轻松自在。紧张和不安让她把线头越扯越紧，她开始冒细汗，干笑："真是黑啊。"

蒋长扬赞同地"唔"了一声，摸摸她的头："别急，慢慢来。"他的声音有些低沉沙哑，仿佛在酝酿着什么。

牡丹听得心口一跳，不自觉地也跟着压低了声音："我记得是个活结，怎么越解越紧？你力气大，要不，把它扯开？"

"不行。娘特意交代过不能扯断，这个要收起来好好保存一辈子的。"

"那怎么办？"牡丹有些泄气，总不能就这样系着睡一夜吧？只怕半夜时候脚趾就会疼。还真是好笑，竟然一根丝线难倒两个人。

蒋长扬轻声道："我来。"随即轻轻捧起她的手，放到他的膝盖上，然后找到了线头，小心地摸索起来。他的指尖温暖柔和，犹如羽毛轻轻滑过牡丹的脚趾，又痒又舒服。牡丹心里生出一种异样的感觉，微微动了动脚趾，低笑道："论到解线头，你不可能比我更厉害，我都做不到的，我倒要看你怎么办。咦，好像越来越紧了。"

"别乱动。"蒋长扬握住牡丹的脚趾，轻柔地摩挲了一回。他记得当时两人的脚趾被并在一起时的感觉，牡丹的脚趾又白又嫩，小而圆的指甲就像是粉红色的半透明贝壳，端端正正地镶嵌在上头，让人看着就想咬一口。他小心地扯住丝线，将自己脚趾上的线紧紧拉过去，尽量让牡丹脚趾上的丝线松一些。摸着好像是差不多了，他方叫牡丹："往后收收脚。"

黑暗里牡丹并不知道他在做什么，只依言往后退了一下，丝线刮过脚趾的地方有些微疼痛，可是束缚感瞬间消失了。她惊喜地摸着自己解放了的脚趾，笑道："你可真厉害！怎么做到的？"

"我会天竺人的缩骨神功。"蒋长扬一边笑，一边将丝线从自己的脚趾上取下来，小心地团成一团，摸索着收入枕匣里。

"你还会油嘴滑舌功。"牡丹握住他的脚趾，摸到一圈小小的勒痕，便猜到了他的法子。

蒋长扬不自在地缩了缩脚："别，把你的手给摸臭了。"却又忍不住往前伸了伸，渴望着牡丹能再细细抚摸它一回。

牡丹不觉，只将他的脚扯住，使劲摸了几下："我就要摸，若是被臭死，以后人家就说我是被蒋大郎的臭脚给熏死的，你就出名了，就叫蒋臭脚。"

蒋长扬飞快捂住牡丹的口，嗔怪道："别乱说。什么死啊活的，不许说。"

牡丹一边去扯他的手，一边呜呜道："就是随便那么一说，又不会真的……"

"也不许说。"蒋长扬的手指轻轻滑过她的唇瓣，顺着她的脸颊一点一点地滑下去，捧起她的脸轻轻吻下，堵住了剩下的话。纵使什么都看不见，牡丹还是闭上了眼睛，小心翼翼地将手放在了蒋长扬的腰上，仰着头贴近了他。

空气闷热到让人喘不过气来，周围出奇地安静，仿佛这世界只有他二人。牡丹不但能听见蒋长扬有些急促的呼吸声，甚至能听见他和她的心跳声。牡丹感觉到自己的脸和身上的皮肤滚烫得吓人，一颗心紧紧揪着，舌尖传来的是熟悉的青草味，可是鼻端萦绕的却是有些陌生的沉香味，熟悉而陌生，令人喜悦期待却又紧张害怕。她有些窒息，猛地推了他一把，把脸侧开，无声而大口地呼吸。

蒋长扬轻轻扶住牡丹的肩头，把她的头轻轻按在他的胸前，轻柔地抚摸她的胳膊和背脊，等待她平静下来。这个时候他反倒不着急了，他要给牡丹一个美好难忘的新婚之夜，让她忘了从前的不美好。

牡丹靠着他静静坐了片刻，低声道："我有话要和你说。"

蒋长扬觉得她的态度有些严肃，虽不知道她要说什么，但总归不过是对他提要求，便微微一笑："是不是你家嫂嫂们教你和我约法三章什么的？不用咬牙切齿的，我一定会牢牢记着的。"

"谁咬牙切齿来着？"牡丹的勇气瞬间化作了笑气，笑了一回，那种陌生的拘束感消失了许多，她有些不自在地低声道："我从前，一直都是一个人，不曾……会疼，所以你不能粗鲁。"

蒋长扬不傻，听牡丹这样一提，再联系王夫人和他说过的牡丹身体很健康，他就彻底明白是怎么回事了。只是从前他只猜测她大概是特别不讨刘畅喜欢，所以被轻视冷落，却没想到竟被冷落欺辱到如此地步。他一时说不出心中的感受，作为男性本能，听到自己是心爱妻子的唯一一人，自然欢喜；可是从牡丹这边看过去，她当初该有多可怜，被这样羞辱……想到这里，他心中充满了怜惜。

他抱紧了牡丹，将脸贴着她的脸，沉声道："丹娘，我不知该怎么说才好，不过这并不重要，可这的确是个想不到的惊喜。是他有眼不识金镶玉。"

他顿了顿，怜惜地吻了一下她的额头："我要和你说个故事。从前有个人，他定了一门好亲事，可当他见到新娘子的时候，却被吓得仓皇逃跑，说那女子奇丑无比，堪比鬼怪，怎么也不肯成亲。女家很生气，当场将女子改嫁他人，而那女子在她后来丈夫的眼中，却是天姿国色，温柔无双。所以说，这世间的姻缘，不但讲究缘分，还得有一双识宝的慧眼。没有慧眼的人，不配得到宝贝。我才是你命中注定的那个识宝惜宝的人。"

他在告诉她，刘畅没有眼光，不识真宝，她没有错，错过她是刘畅的损失。她想到的，没想到的，眼前这个男人都替她感受到了，还有什么能比这样的体贴温柔更温暖人心？牡丹的喉咙犹如被塞了一大团湿棉花，她什么都说不出来，只是紧紧搂住蒋长扬的脖子，主动吻住了他，他应该得到她全部的热情。

当彼此的肌肤完全相触的那一刻，他和她都忘了周围的一切，眼里心里只有彼此，耳中只有彼此的呼吸声和心跳声，鼻端只有淡淡的牡丹香和彼此的体香。他的心跳贴着她的心跳，他想要她快乐幸福，她想要他幸福快乐。

小小的青庐内，暗香浮动，气息缠绵。

良久，蒋长扬满怀喜悦，牡丹娇小的身子静静地依偎在他的怀里，一如梦里的情形，散发着暖香，温暖而甜蜜，美好而梦幻，简直有些不真实……他轻轻捧起牡丹的脸，温柔地吻了吻她的唇，低声道："丹娘，你不知道，我好生欢喜。"

"我知道，我也是。"牡丹回了他一个吻，然后沉沉睡去。

天色大亮，牡丹从梦中惊醒过来，但见帐内空无一人，蒋长扬早就不知去了哪里，唯见枕边放了一套干净的里衣，想起今早王夫人要过来看她吃黍穄的，不由吓出了一身冷汗。再看看自己身上的斑斑红痕，不由暗自嗔怪了一声，慌忙将里衣穿上了。正要喊人，又想起这不是在家里，外头也不知道站着些什么人，便试探着咳嗽了一声。

帐外传来雨荷低低的声音："娘子醒了？"

牡丹听见是她，心中立即安定下来，忙应了一声。雨荷立刻领了宽儿、恕儿提了热水进来，先恭喜过了，再伺候她梳洗穿衣。牡丹接过宽儿递过的石榴红压金鹧鸪的襦裙，对着镜子看了看，还好，布料不薄，透不出身上的红痕："什么时辰了？夫人来了没有？"

雨荷笑道："还早呢，不过巳时。夫人还没来。"

巳时哪里还早，她原本想第一日起早些的，现在可好，只怕这府里起得最迟的。牡丹见雨荷要去收拾床铺，顿时红了脸，顾不得正在梳头，急忙起身喊了一声："我来！"

雨荷脸一红，垂了手退到一旁去。她虽是牡丹的陪嫁丫头，却从未经历过如此场面，恕儿和宽儿也是红着脸抿着嘴笑。牡丹忙忙地上前背对着三个丫头收拾床铺，先将那床单给裹了，小心藏过，再热着脸问蒋长扬的下落："郎君呢？"

话音刚落，就见蒋长扬掀起帘子走进来，含笑道："起来了？睡够没有？"

牡丹看到他，瞬间红了脸，只将头发垂下盖住半张脸，嗔怪道："怎地也不叫我一声？若是娘过来，见我还睡着，成什么样子？"

蒋长扬也有些害羞，坐到她旁边，抓起妆盒里的金筐宝钿象牙梳子把玩："我是起早成了习惯的，见你睡得熟，舍不得叫你起来。你放心，娘爱睡懒觉，她猜着你也爱睡，会踩着点过来。"

牡丹一笑："再没有比这更体贴的婆婆了。"

蒋长扬自豪地道："那是自然。"笑了一回，道，"新房那边已经收拾好了，厨下的黍臛也熬好了，你赶紧收拾好，我们一起过去，邬三好叫人来拆帐子。"

牡丹朝他使了使眼色，示意他看床头那包东西，小声道："那东西，你拿去收好。"

蒋长扬的脸一红，悄悄扫一眼几个装聋作哑的丫头，低声道："怕什么？"口里说着，到底还是起身半遮半掩地将那床单拿了出去，自寻了个小匣子仔细收好。

牡丹这里刚收拾妥当，还未来得及去真正的新房看上一眼，王夫人就踩着点儿来了。王夫人看着牡丹吃了新妇必吃——用黍米和肉末熬成的黍臛，低声问了她几句，晓得一切都好后，便欢欢喜喜地陪他二人用了饭，笑道："我先回去了，昨日累坏啦，你们好好休息。明日庙见之后，我再过来吃丹娘做的饭。"

提起明日去朱国公府宗祠里庙见，蒋长扬的脸色便有些阴沉。王夫人笑道："不管怎样，该完成的礼数一定要完成。你们只管大张旗鼓地去，把礼节尽到，他们若是还想不通，便是和自家过不去。"

王夫人却又拉了牡丹在一旁低声嘱咐见了老夫人该怎么办："虽然你们以后不住在一起，但她总是祖母，四时八节还须尽到礼数。并非要她说你们好，而是不能留下话柄。她彼时一定会给你难堪，你别和她对着干，但也别怕她，只要占着一个理字，就什么都不怕。"

牡丹点点头："小事儿我自是碍不着和谁生气，大事儿我也不怕谁凶。何况还有大郎在，他晓得分寸。您就放心吧。"

王夫人拍拍她的手："你们两个我都放心。"

送走王夫人，蒋长扬牵了牡丹的手往新房里去："我带你去看看我们的家。"

这是相当美好轻松的一天。六月末的天气，本来最是炎热，今日却是气候宜人。天空半阴半阳，偶有凉风袭过，把荷香送遍绿树荫荫的小园，带走所有的浮躁和喧嚣。

牡丹与蒋长扬携手穿过碎石铺就的花间小径，听着林梢清脆婉转的鸟鸣，嗅着荷香，她突然想起去年端午后，和何志忠、大郎来这里寻访蒋长扬时的情形，笑道："你还记得我第一次来这里的情形么？"

蒋长扬笑道："自然记得。我第一次见你，印象就挺深刻的。"

牡丹想起刘畅和清华的活春宫，忍不住笑了："你当时是不是以为我悲愤欲绝？"

蒋长扬侧脸看着她："没有，我只是记得你的腰好细，细得几乎风一吹就要断的样子。我就想，这女子只怕骑马都会把腰颠断。"他停顿了一下，坏笑道，"幸好，事实证明很柔韧，很有力，果然人不可貌相。"

牡丹咬住嘴唇，使劲掐了他一把，低声道："你说得对极，我骑马最在行。"

蒋长扬低声相询："今晚还能骑得动否？"

牡丹不屑地道："今晚我要休息！谁耐烦骑什么马！"随即高高昂着头，摇着腰肢扔下他自往前头去，"新房在哪里？"

蒋长扬望着她窈窕的背影，款款摆动的腰肢，故意仰着高高的头，发髻上随风招展的结条钗子，忍不住微笑着快步跟上去："有什么地方不满意的，我再让人重新摆过。"

穿过花园，又过了一重被竹林包围的小楼，方到了正寝。正寝外头套着个小花园，花园里摆放着好些牡丹花，紫薇朱槿更是开得正好。未到廊下，甩甩已在架子上扑腾着翅膀，兴奋地聒噪："牡丹！牡丹！蒋叔！蒋叔！"

牡丹快步朝它走过去，笑话蒋长扬："听见没，叫你叔呢。可知你有多老。"

蒋长扬瞪了她一眼："再老也是你的夫！你且等着，我马上教它换个叫法！"

"我等着。"牡丹歪坐在廊下，笑看蒋长扬如何调教这贪嘴的鸟。

蒋长扬命宽儿端了一小碟子瓜子，当着甩甩的面细细剥了，将仁儿对着甩甩晃了晃，甩甩歪着头，黑豆似的眼睛随着他的手上下转动，讨好地喊道："蒋叔好！蒋叔好！甩甩真可爱。"

蒋长扬却将瓜子仁儿收回去，对着它摇摇头。甩甩不明白，今早还在给它喂食的人怎么突然就不给它了，难道当着它的面这样剥瓜子，不是给它吃的么？便瞪大眼睛，焦躁不安地大叫："蒋叔好！"

蒋长扬不理，只将那瓜子仁当着它的面，一颗颗地丢入口中，闭目细嚼，仿佛很香的样子。甩甩大急，来回踱步，偏着头死死盯着他，眼看还剩最后一颗，蒋长扬还没有给它的意思，而是继续往自己嘴里喂，便情急地发出一声震耳欲聋的怪叫。

蒋长扬方停住了，对着它字正腔圆地道："蒋郎。"甩甩只是望着他眨眼睛。蒋长扬又继续先前的动作，它干脆懒得说话，只继续怪叫。

"还蒋郎呢，换一个，它不会说郎，叫得吵死人。"牡丹走过去，劈手将蒋长扬手里的瓜子仁儿夺了扔给甩甩，甩甩敏捷地接住，一口下肚，再不理睬蒋长扬，转而对着牡丹大拍马屁，颇有些睁睁蒋长扬的意思。

"这扁毛畜生，和小孩子一样精。"蒋长扬笑叹一回，跟着牡丹一起进了屋。见门口水晶帘子半卷，又见银交关六曲鹿草木夹缬屏风静静伫立，当窗放了张一丈长、宽三尺的贴文牙床，上面铺了水葱夹贴绿锦缘白平绸背席，又有几个绣草墩子散放在周围。

牡丹满意地道："很好。"蒋长扬见她满意，心中大喜，执了她手牵着她往屏风后头去："你再看这里。"

龙檀木绿衣烛奴捧着五色香蜡烛，镏金香狮子将蜀锦地衣压得平平整整，银平脱花鸟屏帐后放着一张长一丈、宽六尺的檀香木大床，垂着紫绡帐，铺着红瑞锦褥、水晶枕头、金鸭香炉，富丽奢华。大到一笼帐子，小到一个烛台，都用尽心思，比她当初在刘家的屋子好上许多倍。

牡丹望着蒋长扬甜甜一笑，握住他的手："太过奢华了。"

"这不算什么。"蒋长扬示意她再看墙角，牡丹看过去，但见靠墙一个檀木书架，上头整整齐齐码放着许多书。她疾步走过去，却见全是游记杂书，传奇志怪。

牡丹忍不住扶额轻笑："我还有什么喜好是你不知道的？"蒋长扬轻轻搂住她，把下颌搁在她的肩上，低声道："那么我呢，你对我所知有多少？"

牡丹一愣，随即面红耳赤。他知道她爱花，不吃放了盐和橘皮这些东西的茶，爱吃新鲜果子和蔬菜，还知道她爱看杂书，喜好舒适漂亮的家具，喜欢打扮，喜欢甩甩。可是她却只知道他心气高、讲义气，尊敬她的父母兄长，爱护她和王夫人，真心关心朋友和下属，不喜欢朱国公府的人，生鱼片得极好，马术极佳，不挑食、不挑衣物，每次都能把她端给他的食物吃得干干净净，还夸好吃，把她做得蹩脚的针线活当成宝贝。可是他自己私底下的喜好呢？她不知道。

"对不起。"牡丹惭愧地回手抱着他的头，歪头贴着他的脸，小声道，"我只知道你一些外面的，你私底下的爱好我不是很清楚，但这是从前，以后不会了。你和我说说，你爱什么？不爱什么？"

蒋长扬低声道："我爱吃肉，不喜吃素。我怕饿肚子，饿肚子会发慌发火。特别讨厌甜食，却又不忍浪费，无论多难吃都会忍着吃下去，所以日后你若看见别人劝我吃甜食，记得帮我吃掉。倘若不上朝，我每天很早就会起床打拳，我想回来的时候能喝到你亲手煎的热茶汤，还想要你经常吹捧我……"见牡丹要回眸看他，他将头死死顶住了，不许她回头，继续道，"我喜欢你做的袜子和荷包，我不喜欢你和吕方说笑，不喜欢刘畅看你那眼神！"

这就是过日子的感觉，牡丹的心头酸酸胀胀的，她一本正经道："除了替你吃甜食这一条我坚决不能执行以外，其他都可以酌情考虑。比如每天的菜里一定会有好吃的肉，不会叫你饿肚子，我不生病的时候你也一定有热茶汤喝，吹捧丈夫也是天经地义的，荷包和袜子以后都有。至于吕方，我不可能不和他说话，但我一定会尽量少对着他笑，还有刘畅，我一定鄙视他！他再看我就恶狠狠地瞪他！表示我和他有仇，你看如何？"

她还没笑出来，蒋长扬已经笑了出来："算了，咱又不和谁比眼睛大，你也不用装严肃，该怎样就怎样。"

牡丹也笑，小声道："你知道么，我特别讨厌萧雪溪提到你时的表情！那天我听见她在里头哭，我幸灾乐祸了来着。其实我觉着她配你三弟实在离你太近了。"

蒋长扬一愣，随即闷笑起来："那我以后见了她也鄙视她，离她一丈远，如何？"

牡丹认真严肃地点头："那是，必须保持距离，不然擀面杖伺候。"

微风吹过，水晶帘子发出清脆悦耳的撞击声，火红的朱槿和粉紫色的紫薇花随风摇曳，偶尔飘落一片花瓣，刚落到地上，便又被风吹得打着旋儿欢快地四处飞荡。屋里的香狮子上盘旋着淡淡的香烟，把灵犀香的味道熏了满屋。

这边朱国公府却是气氛沉闷得很，杜夫人站在老夫人榻前，端着一碗汤药劝道："您老莫气，身体要紧。外面也没说什么，人家都是说大郎孝义。"

老夫人冷笑："欺我老婆子耳朵聋了什么都没听见呢。现在朱国公府只怕成了大笑话！儿子成亲，竟然将方家请到蒋家的堂上相拜，这种事情，只有那个女人教出的儿子做得出！你说我当初怎么就那么糊涂？竟然答应把他交给那女人带着去？早知道会这样，我是宁可死了也不答应！"

杜夫人劝道："是救命恩人，又是授业恩师……事情已经发生，多说无益，只会将大郎越推越远，遂了旁人的意。明日新妇要过来见庙，我们和她好好说说，让她劝劝大郎。听说大郎极爱她，说不定会听她的话。"

老夫人顿时大怒，重重地将拐杖一蹾，怒道："她算什么？也配拜祭宗庙？一样的小家子，懂得什么！不是说不会生孩子么？明日就让她领一个回去！我倒要看看，她到底什么地方值得那孽障喜欢！当不当得起这个四品郡君！"

杜夫人大乐，好容易才忍住没笑出声来。

次日清早，杜夫人照例在晨鼓初响就起了床，梳洗完毕便去到老夫人房里，殷勤伺候。老夫人一头长近四尺的银发被打开来，铺在妆床上银光闪闪，杜夫人赞道："母亲这头发真好，虽是白了，仍然丰盈得很。"

老夫人笑道："我年轻时，梳高髻都不用义髻。"想起年轻时候，她不由得叹了口气，看着镜子里低眉顺眼的杜夫人道："我想和你商量一下。"

杜夫人浑不在意地道："母亲有事吩咐就是了，何谈商量不商量？"

这话算是说到老夫人心里去了，她笑着赞了杜夫人一回，低声道："我打算让红儿跟着过去。本来你身边几个丫头都不错，可是我仔细想了一下，觉得不妥。你不是他亲娘，他有怨气，没事儿就会多想些事出来。我给的就不一样，他们找不到话可说，有什么不满意的，也只是冲着我来。"

杜夫人感激涕零地道："母亲真是想得太周到了。红儿这丫头挺好的。"说得冠冕堂皇，好似挺关心自己似的，实际上还不是想把一切都捏在自己的手心里头。

老夫人笑了："新妇庙见，都准备好了么？厚德呢？怎么不见他？"

杜夫人的脸色有些不好看："他最近好像政事繁忙，一直都住在书房里，听说夜里也睡得不好。我让安姨娘去伺候，他也打发回来了。前夜里又摔了杯子，说茶汤是冷的，打了伺候的小厮一顿板子。"自上元节后，蒋重就没去过她房里，就算她不说，老夫人也有数，还不如坦承。

老夫人立时沉了脸："他是鬼迷了心窍。"随即又问，"我听义儿说忠儿立了功？"

杜夫人谦虚地道："是。但不过是个小功，微不足道。"

老夫人心情很好："不愧是我蒋家的子孙！看吧，我就说他到了军中历练几年就会有大出息的。"顺带又安慰了杜夫人几句，"你可以替他相看亲事了。"

杜夫人勉强一笑。蒋长忠这功劳她再清楚不过是怎么来的，若要等着蒋长忠似蒋长扬那般，只怕再等十年也未必。只是，她已没了退路，少不得由着娘家哥哥谋算一回。

"急什么！再过年把也不迟！"蒋重大步走进来，先给老夫人行了礼，坐下道，"他现在不过刚起步，那件事好多人还记着，相不到什么好亲事，不如再过一两年，只要他继续上进，那便不一样了。"

老夫人想了想，道："言之有理。不过是该打听着了。"

任由他母子二人说什么，杜夫人都只是应好，表示照办。待到老夫人起身去里头烧早香，她方淡淡地对蒋重道："我适才听母亲说要把红儿给大郎带过去。"她若不说，过后闹将起来，蒋重定然又要怪她看笑话。先说了，便是他母子二人的事，和她没关系。

蒋重皱起眉头："现在？不合适吧？你没有劝她？"

杜夫人微微冷笑："我怎会不劝。从昨夜劝到今早，反被骂了一顿。说给你知道，省得过后又骂我居心不良，想要害人。"

蒋重默了默，起身去寻老夫人，母子二人在里面低声说了好一歇才出来。眼看是商量妥当了，却没人告诉杜夫人结果，杜夫人不由暗暗咬紧了牙关。

方用过早饭，就听说蒋长扬与新妇到了，此时在外头候着，要拜老夫人。老夫人淡淡道："这个时候不早不晚的，拜我做什么？庙见以后再说。"是给了个下马威。

杜夫人亲自出去招待蒋长扬和牡丹："老夫人这会儿正在诵经呢。眼瞅着就要到吉时了，先庙见，再拜不迟。"

这情形虽早在意料之中，蒋长扬还是生恐牡丹因此不快，牡丹笑笑，直奔主题："那这会儿是先过宗祠去？"

"是，我先送你们过去，你们祖母和父亲稍后过来。"杜夫人亲昵地去拉牡丹的手，赞道，"两天不见，却似变了个人似的，容光照人不说，这通身的气派也非常人可比。这大红色，谁都在穿，压得住的却不多。"

牡丹微微一笑，谢她称赞。其实牡丹挺佩服杜夫人的，上次上元节事件，她明显没听安排，还与蒋长扬联手算计了杜夫人一回。可杜夫人后来见了她，竟从不曾给过脸色或是提过那件事，自然而然地亲热示好，实在难得。

杜夫人毫不见外地引着牡丹往前走，边走边介绍周围的景致，遇到下人，便叫过来给牡丹行礼，又介绍家里的情况，比亲婆婆还要周到温和。待走到宗祠外头，方小声道："丹娘，我和你提个醒，今日老夫人要赏个人给你们。我劝不住。她年纪大了，行事未免意气，你们稍后可别计较，和气第一。"

赏个什么人？牡丹与蒋长扬对视一眼，约莫都心里有点数。牡丹看不惯杜夫人那两面三刀的样子，故意问道："请问夫人，老夫人要赏什么人给我们？我们怎会和她计较生气呢？"

杜夫人一愣，她没想牡丹会这样直白地问出来，这和她们平日里说话只是点到为止的习惯大不相同。因着不知蒋重和老夫人最后的打算，她也不能清楚明白地说出个什么人，便意味深长道："你们稍后就知道了。"

不多时，人到齐了，蒋重和蒋长扬父子二人都是装作没见到彼此，板着一张脸各行其是，庙见很顺利地过去。至此，婚礼算是完全完成，牡丹这才算是宗族正式承认的蒋家妇。

从宗祠出来，蒋重板着脸道："你祖母等着你们。留下来吃饭，见见家里其他人。"言毕转身就走。

蒋长扬正想和牡丹说稍后什么都不要管，万事都有他，却见牡丹对着他调皮地挑了挑眉，并无半分郁闷之意，遂微微一笑，心情也好了起来。

老夫人冷冷地看着面前的蒋长扬和牡丹，美人如玉，果然是名不虚传的，但她看着牡丹怎么都不顺眼。若是依着她的性子，半句话都不想和牡丹说，只是有事要办，也不能遂意了。便板着脸道："这桩亲事我原是不满意的，但你既然已奉圣命嫁了进来，便是我蒋家妇，我也不会薄待你。只是有一条，你日后打交道的都是贵人，不是寻常商贾百姓，我看你礼仪生疏，怕是会丢脸。我身边有个丫头，是从小就在我面前长大，礼仪谙熟，进退得当，对京中这些贵人也是极为熟悉的。你带在身边，有个什么正好提醒一下。"

这话实在欺人太甚，牡丹原本说过不为这家人的任何事情生气的。可此时听了这老虔婆的话，也由不得不生气，特别是看到红儿被装扮一新地推出来，实是怒火中烧。正想开口，蒋长扬已然将茶盏"砰"地砸在地上，霍然起身，黑着脸一脚踢翻了凳子，似要杀人一般。

老夫人骤然吓白了脸，捂着胸口指着蒋长扬只喘粗气。

周围乱成一团，杜夫人最先反应过来，立即扑上去给老夫人抹胸捶背，老夫人一把推开她，尖叫道："我还死不了！"随即指着蒋长扬骂道，"你这个孽障想怎样？打我？你来！怕的就是你没生够胆子！"又捶着坐榻哭骂蒋重，"你这个国公爷当得真好！养个儿子就是专用来打杀祖母的。这是谁家的道理？这是天理不容！你管不了，好，给我准备衣裳，我要进宫面圣，问问圣上能不能管！"

她说要进宫面圣，那是骗人的，不过是要逼着蒋重教训蒋长扬一番，好叫人晓得，谁才是这家里说一不二的老大。

蒋重却阴沉着脸不说话。自前日拜堂风波之后，他总是不期然地想起王夫人刚回来时和他说的话，后悔他是蒋长扬的亲爹，巴不得他把蒋长扬赶出去才好。蒋长扬这态度，其实也是明摆着不把他放在眼里。他猜，倘若不是想要牡丹名正言顺，蒋长扬一定不会回来这一趟。

老夫人说话的确不好听，但她说的却是事实，并且也听了他的劝，没提牡丹不能生孩子的事，也没说是屋里人，只不过给个丫头，值得生这么大的气么？现在看来，蒋长扬这气其实是冲着他来的才对。事到如今，这个儿子的心算是不会回来了，那么，他该怎么办？放弃太难，不放弃也难。

杜夫人见蒋重不说话，不动弹，拿不准他到底是什么想法，便上前去劝老夫人："母亲息怒，家丑不可外扬，大郎只是脾气不好而已。闹到宫里头又有什么好？不过叫人家看我们的笑话罢了。"

蒋长义则劝蒋长扬："祖母年纪大了，受不得惊吓，大哥有话好好说，没有解决不了的事。"又压低了声音，关切道，"闹到最后还不是嫂嫂受累。"

蒋云清也劝牡丹："嫂嫂，闹到圣上面前不是要处。快劝劝大哥，到底是一家人，让他给祖母赔个礼就过去了。"

牡丹也没想到蒋长扬会突然发作，虽然惊异，却也知道他是个稳妥的性子，不会盲目冲动。便以目示意，问他到底想干什么。

蒋长扬给她一个少安毋躁的眼神，将蒋长义推开，往前走了几步，正要开口说话，蒋重已然铁青着脸沉声道："得罪你们母子的是我，有气冲着我来。你祖母年纪大了，经不得惊吓。你若还当自己是蒋家子孙，就不该不敬你的祖母，若是觉着蒋家装不下你，就去和圣上说，你不做我蒋重的儿子，省得委屈了你。"他猜着，即便当着蒋长扬十个胆子，蒋长扬也不敢去对皇帝说这话。毕竟皇帝也是讲孝道的，不忠不孝之人，能有什么大出息？

这话极重，一家子都屏声静气，只听蒋长扬怎么回答。杜夫人更攥紧了帕子，就巴不得蒋长扬真的这一口气憋不住，彻底与蒋家决裂才好。

蒋长扬瞥着蒋重，淡淡道："我只是砸了个杯子，踢翻个凳子，什么都没说，一家子就像是出了人命一样，又哭又闹，要死要活的。先是说我不敬祖母，又说我不敬父亲宗族，还要进宫面圣，让我认罪，都不饶我。"他冷笑了一声，"那么，有人当着我的面侮辱我的新婚妻子，说她不如一个贱婢！需要贱婢来教导，那我算什么？礼法可不是我定的，谁家的贱婢可以爬到主子头上去？我今日真是开了眼界！上梁不正下梁歪，我扔个杯子算什么？"

老夫人怒道："我可没那么说！我是为了她好……"

蒋长扬不理她，猛地伸手将一旁面红耳赤、手足无措的红儿揪过来，冷笑道："就是你所谓的礼仪谙熟，进退得当，要来教导我妻子的行为举止？"

红儿觉着他身上有股冷飕飕的煞气，怕极了他，双腿软得站不稳，心想若是跟着这人回去，只怕过不得三两日便要魂飞魄散，便颤抖着手捂着脸哭道："奴婢不敢！奴婢不敢！"

"谅你也不敢！"蒋长扬毫不怜香惜玉地将红儿狠狠一推，面无表情道，"圣上金口玉言，我妻子德行温厚，柔顺淑德。我家里不缺教导她礼仪的人，就缺专替她涮马桶的。我看这个贱婢就不错，还有谁想来的？正好一起，两人有个伴。"

红儿连滚带爬地扑到老夫人脚边，却只敢嘤嘤地哭，并不敢出声求饶。

自家大丫鬟去给何牡丹倒马桶涮马桶，颜面何存？说出去得被一群老姐妹笑死！老夫人一阵发苦，指着蒋长扬只是一迭声地叫道："孽障！给我滚出去！给我滚出去！"

蒋长扬行了个礼，淡淡道："祖母有吩咐，敢不从命？"随即望着牡丹笑道，"丹娘，祖母心情不好，赶紧行礼告退吧。"

牡丹敛裳行礼，垂眸跟在蒋长扬身后转身往外。只听得身后老夫人一连串地叫唤："反了！反了！我要进宫！我要进宫！"杜夫人一迭声地劝："母亲息怒！母亲息怒！"还有蒋长义、蒋云清的劝解声，好不热闹。

牡丹不由轻轻摇头，好一场闹剧，每个人都在很投入地扮演自己的角色，却不知道看戏的人并未入眼。蒋长扬笑道："挺热闹的吧？"

牡丹叹了口气："不知当初娘是怎么熬过来的。"

蒋长扬摸着下巴想了想："其实当初家里人口少，虽然也经常生气，还真没这么乱。现下变化挺大的。"

牡丹道："我觉着他们过得好累。"

蒋长扬毫不忌讳地牵起她的手，慢慢往外头走："他们就喜欢过这样的日子，一日不争不斗，就好比我没打拳，全身痒痒。"

牡丹被他的形容逗得发笑，却见蒋长义满脸焦急地追了上来："大哥、大嫂，你们且等等。"

蒋长扬停住脚，笑道："三弟有什么事？"

蒋长义担忧地道："大哥还是和祖母、爹爹认个错吧。他们是长辈，得罪了他们对你们没好处……"

蒋长扬举起手来止住他："我没错，认什么错？男子汉大丈夫，任由人欺辱自己的妻子，还娶她做什么？"然后意味深长地看着蒋长义，一字一顿地道，"三弟，无欲则刚，我不怕。"

无欲则刚？蒋长义反复咀嚼着这话，眼睛一亮，道："虽然如此，到底是一家人，闹得太僵也不好。祖母要告你不孝呢，若让御史台知道，到底不好。"

蒋长扬拍拍他的肩膀："我有数。听说你最近已经去门下省任录事了？好好干。"

蒋长义红了脸道："不过是个七品小官而已，哪里能和大哥比。"而且他这个七品小官，若无萧家用力，尚且不能。

蒋长扬笑道："门下省呢，前途不可限量就是了。"

蒋长义越发谦虚，蒋长扬却不想听了，他还记挂着王夫人和方伯辉在家等着牡丹下厨做新妇必做的第一顿饭食来吃，若是来得及，还要往何家去一趟。于是匆匆与蒋长义别过，领了牡丹扬长而去。

蒋长义目送他二人走远，转身回去。走至一花木繁茂处，忽见柏香独自走了过来，摸出个黑红两色丝线结子系着的羊脂玉佩对着他一笑："三公子，这是您掉的吧？"

蒋长义看着玉佩上新打的如意结，再看看柏香，心中满是兴奋。一根叫"野心"的草挣扎着，发狂一般地在他心里疯长，他控制不住，也不想控制。

老夫人哭闹一回，终于在汤药的作用下睡着了。蒋重疲倦地揉着额头，累得不想动。杜夫人倚在窗边，轻轻道："我听人说，方伯辉与吐蕃一位王子特别交好，他还经常与突厥和诸城邦国的王公显贵一起彻夜喝酒，胆子挺大。"

蒋重一怔，抬眼瞪她："道听途说，瞎说什么！"随即挥袖起身离去。

杜夫人面无表情。蒋重现在最恨的人是方伯辉，若要报复，抽了蒋长扬的靠山，就只有从这方面下手。她不知道蒋重会不会做，但她知道，老夫人的病应该加重了，御史台好像也挺闲的，不能白领俸禄，得动一动才好。

牡丹把新鲜羊肉虾仁和冬笋一起剁细了，加入蛋清、香油和盐拌馅，准备包三鲜饺子。蒋长扬对她的厨艺很怀疑，哄着王夫人和方伯辉去逗甩甩玩，自己偷偷跑到厨房去看她，唯恐这顿饭会搞砸。

牡丹看见他探头，笑指着竹匾上那几十个白生生的饺子自夸道："三鲜的，好吃得很。"

"原来是偃月形馄饨，包得挺周正的。"蒋长扬捏捏馄饨，又探头去看拌的什么馅，"这样的馅料，倒是没见过。"

牡丹快乐地晃头："你当然没见过。"

"一定很好吃。"蒋长扬像个孩子，守在旁边不出去，扯了一块面团在手里捏，"多包些，我能吃四五碗，义父也能吃三四碗。"

当众表演刀技，片片鱼也就罢了，一个大男人在厨房里守着媳妇不出去，还拿着面团捏来捏去，落到下人眼里算什么？再喜欢守着媳妇儿也不能这样。林妈妈看不惯，便委婉地撵蒋长扬："郎君没有其他事情吗？这里头灰大，烟也怪熏人的。"

蒋长扬装作听不懂："我这几日没什么事，也没那么娇贵，不怕灰和烟。"

林妈妈无奈，只好和牡丹轻声道："人家知道他一个大男人往厨房里钻，尽守在媳妇身边，会笑话的。"

虽然她不以为然，但这就是世情，不得不替他考虑着，牡丹找事情给蒋长扬做："你去陪娘吧。不是说他们过两个月又要回龟兹去了？还有玛雅儿的事也要抓紧办，咱不能说话不算数。倘若合适，正好让她跟着娘一起走。"

蒋长扬笑笑，不再坚持，乖乖往外头去了。林妈妈笑起来："多好的人呢，丹娘您这是苦尽甘来了。"

牡丹笑道："人家要说我是糠箩跳米箩啦！适才我听夫人说，过几天汾王妃要包我的园子办宴会，请的人多，想必到时候很多人就会这样说。"

林妈妈皱起眉头看向她："包园子？您还打算收钱啊？"

牡丹摇头："汾王妃不是旁人，自然不收她的钱。"当初汾王妃第一次领头包芳园，她领了情收了钱，过后也送了一株什样锦表示谢意，最后是皆大欢喜，互相都领情。

林妈妈却是另一种想法："若是其他人呢？"

"那得看是什么人了。毕竟我这园子本就是修来赚钱的……"牡丹话音未落，就被林妈妈反对："您今非昔比，如果还靠着这个园子赚钱，人家怎么看您？怎么看郎君？若是有人想去那园子里头玩耍，借给他们就是了。"

嫁了个当官的，再做生意就是丢人了？不但丢她自己的脸，还丢蒋长扬的脸。牡丹心里梗了老大一个包，不由皱起眉头来："那依你所说，我这一年多来都是白辛苦了？我园子里面的名品牡丹谁想要，和我说一声，也白给？收钱也是丢脸？就算我不靠这个赚钱，郑师傅这些人还要靠着这个多赚点钱养家呢。"

"想买牡丹花那又是另一说。"林妈妈见她不高兴，忙放软了语气，情真意切道，"丹娘，不是这么说。你得为郎君想想，总不能叫人说他闲话吧？"

牡丹叹了口气："妈妈，这京中谁家没做生意？庄子就不必说了，那许多铺子还是公主王爷们的呢。也没见谁去买东西是说借的，或是不好意思收钱，怕人嚼舌头就送了的。就是郎君，光靠那点俸禄也不够他给朋友们送花销的。"

林妈妈急道："那不一样！人家的出身和您本来就不一样，没人能说得起！且他们都没放在明面上，不像您，所有人都知道是您的，您靠着这个赚钱……想想看，本来想借您的园子开宴会，是件多么风雅的事，您……"

风雅，没钱怎么风雅得起来？蒋长扬赏赐虽多，许多金银器却是不能变卖的，他当初拿钱替袁十九想法子，也是几个朋友凑起来的，并不是一口气就能拿出这么多现钱。王夫人也趁着来回龟兹和京中，贩稀罕货来卖呢。林妈妈以前也没提过这些，现在突如其来地，也不知是怎么得来的这些想法。牡丹认真道："我没忘记出身，可也没觉着什么地方不如人。打肿脸充胖子，我做不来，这件事我会拿主意，你莫要再管了。"

林妈妈晓得牡丹没听进去，还想再劝，就被雨荷拉了袖子，示意她不能再说了，再说牡丹就要翻脸了。

林妈妈便抿紧了嘴，不再说话。她也生气，她是一心一意为牡丹打算，但牡丹却不要她管，到底是长大了，她老了，没什么用了，想到这里，又有些伤心。

一时气氛有些僵硬，牡丹埋着头又包了几十个饺子，见林妈妈站在角落里擦眼睛，又心软起来，想了想，便去揭锅盖，准备下饺子。饺子欢快地下了锅，她骤然惊叫了一声："烫死我了！"

雨荷赶紧过来看，牡丹偷瞅着林妈妈，继续道："烫死了。"林妈妈抹了一把眼泪，快步过来抓着她的手看，果然见上头有个小红点，便叫拿鹅油来搽，又道："自己不会就别添乱，现在可好。"

牡丹趁机抓住她的手，低声道："妈妈，我知道你是为我好，但也得切合实际，我会和郎君好好商量，寻一条万全之策的。你怎会突然有了这个想法？"

林妈妈犹豫片刻，道："不是老奴突然有了这个想法。这是实情，成亲那日就听人问起您以后还要不要卖牡丹花，包园子赚钱，有些话不说也罢……"

"别理他们。"牡丹拍拍林妈妈的肩头。那些话肯定不好听，所以个性同样好强，从刘家开始就一直憋着气，专等着自己翻身，好扬眉吐气的林妈妈就忍受不住了。但她已经忙惯了，无法想象自己只坐在家里发呆。

林妈妈红了眼睛道："可以不理睬他们，但是不能不心疼您。倘若又有牡丹花会，难道您还和那群臭男人一起去喝酒？您不顾惜自己，也要为郎君考虑一下。"

提起上次的事，牡丹看着锅里沉沉浮浮的饺子，有些黯然地想：是的，这世道从古至今都如此，无论做什么的都爱喝点酒，更别说是做生意。只不过一个男人应酬喝酒，喝得大醉人家也只是说他好辛苦，可以理解。女人呢？喝得稍微多点就是不端正，更别说与人拼酒。她本就不是个喜欢喝酒的，也不是喜欢那种场合的人，但总有无奈的时候。不过想来她与蒋长扬成了夫妻，那种事就不可能再出现了。便道："那是以前，现在不一样了，那种事不会再出现。"

林妈妈不客气道："曹万荣现在肯定不敢再逼您喝酒了。可若又是个什么权贵来包园子，您是主人，能不现身么？若是有不怀好意的，要逼您。您又怎么办？不喝得罪人，喝了丢人！"

牡丹一时皱了眉头不语，这倒是个问题。

雨荷见气氛僵了，忙叫了一声："哎呀，饺子快煮破了。"

牡丹忙上前去舀："看看熟了没。"

几人都不是做惯厨活的人，一时还有些手忙脚乱。待将饺子捞了上来，蒋长扬已经又使恕儿过来看了。牡丹忙去洗了手，脱了围裙，整理好衣服鬓发，亲手提着食盒送过去。

一路上谁都没再提这事，却是各怀心思。行至王夫人原来住的小楼前，老远就看见王夫人靠在樱桃身上笑成一团，甩甩趾高气扬地站在方伯辉的手臂上，搂着脖子操着它那条粗哑古怪的声音使劲儿地喊："哟，哟，哟……"

牡丹堆起笑容走过去，道："它叫什么？哟哟哟的，怪难听的。"

方伯辉只是笑，王夫人笑得更欢快了："你也不知道它在喊什么吧？"

蒋长扬直朝牡丹眨眼睛，牡丹恍然明白过来，想必是在叫"悠悠"呢，能这样叫人的除了方伯辉还有谁，便抿嘴笑起来。方伯辉有些不好意思，放开甩甩耸着鼻子道："好香，是什么好吃的？听大郎说你弄了很久？"

牡丹笑道："也没多久，只是我技艺不熟，耽搁久了些。"

王夫人不等布好碗筷，先就迫不及待地夹了一个吃进嘴里。牡丹紧张地看着她，等她品评。

王夫人晓得牡丹着急，偏生故意不马上说好，只忍着笑慢吞吞地嚼，慢慢地吃，一口气吃了两三个，见方伯辉瞪她，方才放下筷子笑道："真好吃。"

牡丹松了口气，蒋长扬从桌下偷偷握住她的手，表示夸奖。王夫人夹了一个放到牡丹碗里，笑道："别怨我，我是一辈子只有一次在新妇面前摆婆婆威风的机会，所以不能白白放过。"

方伯辉瞥了她一眼，道："原来你是想做恶婆婆。"

王夫人只是笑："你说对了，我还真饿了，怎么也得多吃点。"然后将一大盘饺子推到方伯辉面前，"快吃，快吃，话真多。我儿媳妇都没说什么，就你操心。"

蒋长扬含笑看着他二人，又回头看看身边的牡丹，心里的喜悦装都装不下。他便想着，若是以后他和牡丹的中间再坐着几个叽叽喳喳的小东西，那得有多好？想到这里，忍不住又抬眼看看牡丹笑了一回。

待吃完饭，牡丹提起汾王妃的这次宴会："我不打算收她老人家的钱。上一次是刚开张，情况不同，这次再收就不好了。"何况也请了她和王夫人，她到时候是作为芳园主人出来招待贵客呢，还是作为汾王妃的客人现身？

王夫人道："好，包园子就算了，就直接说借吧。"

蒋长扬也是这个意思："但我只担心一条，汾王妃这样的人本也不是喜欢占人便宜的，她要请客哪里不能请？她家的园子也不少，这是故意为你撑面子。你不收她的钱，明年春天牡丹花开，她只怕是不好意思来了，倒像是堵人家一般。"

牡丹借机试探道："那我怎么办？收了感觉没人情味儿，不收呢，先是担心你说的这种情况出现，又担心若是不收她的钱却收别人的钱，有人便要说闲话。左右都为难。"

方伯辉沉吟片刻，敏锐地道："丹娘，你这园子以后还打算继续包园收钱的吧？"

牡丹便坦白地道："林妈妈适才说，我以后不太合适再收钱，毕竟都是同僚，好些人抬头不见低头见的，不好，丢家里的脸。"

王夫人扑哧一声笑出来："抬头不见低头见的是钱！"又冷笑了一声，"同僚也分三六九等，也有穷人和富人呢，我倒是宁可人家笑我贪，也不要人家欺我穷！我又没从谁手里抢钱偷钱，这钱来得光明正大，谁也说不起。"

牡丹听得舒服之极，又听方伯辉道："是人都有至亲好友，亲疏远近，理他们做什么？这样好了，汾王妃这里就是借，让她家自带酒水食物和服侍的人，是她请客不是你请客。日后若有同样你觉着不好收钱的也如此行事，你若想要宴请他们，又再另外操办。日子一长，自然形成规矩。不然有那不自觉的总去打秋风，你禁得住折腾么？"

蒋长扬表示赞同。

他们都支持她继续赚钱，很务实。牡丹欢喜地扫了林妈妈一眼，林妈妈满脸无奈，半是欢喜半是忧虑。现在说着轻松，真遇到那些事时看他们还能这么轻松不？

饭后牡丹与蒋长扬一起回何家去，牡丹不要他骑马，让他跟着自己一起乘车。一上了车，牡丹就靠在他肩头上，低声道："今天林妈妈和我说，我以后若是继续做生意，靠芳园赚钱，会丢你的脸面，让我以后凡是有人包园子，都说借。"

蒋长扬替她理了理碎发，道："刚才不是说过该怎么还怎么吗？不过你不用太辛苦倒是真的，我养得起你，能叫你过上好日子。你别看着我花销大，我有分寸。"

牡丹抬眼看着他："可是我喜欢。我每卖出一株亲手培植的花，就觉得特别满足。"

蒋长扬微微一笑："那你还继续做。"

牡丹皱起眉头："可是林妈妈说怕再发生上次被人逼着喝酒的事……"她把林妈妈的原话说了一遍。

上一次的情形犹如还在眼前，蒋长扬的脸色果然不好看了起来。他沉默了好一歇方道："没事，上次我名不正言不顺，不能跟你一起去，以后有我陪着，再不怕人欺负你了。"

牡丹苦笑着道："若是你不在呢？"

蒋长扬这回没吭气。毕竟牡丹这个生意，和开铺子做生意完全不同。想寻个管事去专管这生意，出面应酬都不妥当，人家老早就晓得这芳园是牡丹的，包园子更是给那故意寻衅生事的增加许多机会。最好不要再包园子，只卖牡丹花，再就是在牡丹盛开的时节按人头收钱就好，这样才好控制。可想到牡丹先前还兴致勃勃地和王夫人他们说这事儿，他实在不忍心在新婚第三天就说这个。思量再三，还是道："丹娘，我喜欢做有把握的事。"

牡丹心头一紧，睁大眼睛看着他。

蒋长扬看到牡丹的眼睛骤然睁大，轻轻叹了口气，握住她的手，柔声道："以前，我娘和我都做不了重活，她的针黹女红也不是什么拿得出手的。她也不愿领着我去给人家做什么活受气，她宁愿贩些布匹什么的来卖。这样做虽然更难更险，但她说，她绝不让人将来某一天提起我来，说那个小子当年给我倒过水，给我提过鞋……多数人是好的，可总有泼皮无赖，见她年轻貌美，又带着个没甚用处的儿子，便要千方百计刁难。其中就包括，逼她喝酒这一条。"

喝酒，这个年代，全民都爱喝酒，豪饮犹如饮水。牡丹默然无声，反手握住他的手，静静听他讲述："我母亲是个性情坚毅骄傲的人，不肯服输，又不愿受气，吃的苦头就越发多。我记得有一次，她将酒坛子从人家的头上砸下去，威风无比，可是那次我以为她要死了，吓得抱着她坐了一夜。那时我最难过的就是我没用，没法子帮她解忧，没法子保护她。虽说到底是熬过来了，有了今天的好光景，可我一回想到从前就心疼，我不希望你再这样辛苦。"

她想她已经明白他要她做什么了，包园子是一定不能成的了，就不知道他想要她做到什么地步。牡丹垂下眼，轻轻道："我明白了。你要我怎么做？"

蒋长扬把她的脸转过来对着他："我喜欢做有把握的事，其实就是想要不管我在哪里，不管我处于什么样的情形中，我都知道你是安全的，是实实在在的安全。包园子很容易惹事，特别是这样的多事之秋。别再包园子了，借也只借给相熟的人家。咱们专卖牡丹花，还有就是牡丹花开的时候收入头钱。不管是谁去都只清点人数，按人头收钱，坚决不包园。这样算来，一年里只有二十多天比较忙，其余时候你还可以安心培育花种，也不必担心有人随时跑去打扰。有那推不掉又霸强的，宁可关了门借他一日；若是有人不方便以这样的方式来看花的，你就专挑一天，关了园子款待他们，你看好不好？"

不等牡丹开口，他语态轻松地又加上一句："我还记得你当初很为那些远道而来却没看到花的客人遗憾，这样也解决了那个问题。看到你花的人越多，将来你的花就卖得越远，声名远扬，多好呀。"

这并不算什么，最多就是少一些收入罢了，倘若培育出新品种，多卖几株，收入也可持平，只要不是什么都不许她做就好。牡丹含笑点头应下："钱少点没关系，主要还是平稳为重，我答应你就是。"

蒋长扬见她应了，欢喜地笑起来："丹娘，你真好。我刚才真怕你不肯答应呢。"

"只要好好和我说，理由站得住脚，要求不过分，什么都可以商量。"牡丹微笑着握紧他的手，"我忘了一件事，我爹说让我替他谢你。稍后要是他问起来，记得说我已替他把话传到。"

蒋长扬笑道："一家人，谢什么？"他还有个想法，想趁这个机会一次说了。可看到牡丹的笑容，又想，一次不能要求太多，不如到时候再说，便把话头藏下，转而说起其他事情。他刻意想要补偿牡丹，讨她欢喜，便搜肠刮肚地找些他觉得好玩的事说。奈何他天生没有说笑话的本事，好好一个笑话也说得干巴巴的。

林妈妈坐在车前竖着耳朵听，听到里头风平浪静，又听蒋长扬说些干巴巴的笑话，牡丹还配合地发出笑声，追着问，然后呢？然后呢？便低声同雨荷道："郎君讲的这笑话丹娘都能笑出来，看来她是学会吹捧人了，我也放心啦。"

雨荷掩着嘴笑："小心叫郎君听见，不饶妈妈。"话音刚落，就听见里头一阵寂静，蒋长扬住了嘴，牡丹低咳一声，二人对视一眼，齐齐闭了嘴。

马车前行好一歇，蒋长扬郁闷地看着牡丹："她们说的是真的？"

牡丹正色道："不是。她们没读过书，不懂得欣赏。"

"唔。"蒋长扬表面上看似风平浪静，暗里却是发誓以后再也不说笑话了。

何志忠等人听说人到了就赶紧迎出去，蒋长扬自向何家诸人一一行礼问候，由男人们陪着去外头吃席饮酒。岑夫人拉着牡丹的手，上上下下地打量，看得牡丹脸红耳赤，不依地道：

"您盯着我看什么？"

岑夫人看她的神情，晓得好事成了，抿嘴笑道："没看什么，就是看你脸色挺好的。怎样？一切都还顺利？"

牡丹一时大为羞涩，垂了眼道："都挺好的。就是今早去庙见时出了点小岔子。"然后小声将老夫人要送人，蒋长扬发脾气，一家子鬼哭狼嚎的过程说了一遍，听得岑夫人直皱眉头，良久方叹息道："多亏你不跟他们一起住，成风也争气。"

牡丹笑道："谁说不是呢。"她体贴岑夫人的心情，把这两日的事情详细描述了一遍，再三保证自己过得很好。岑夫人听得兴高采烈，连连道："你那个亲婆婆，果然是不错的。"

说到欢喜处，就见薛氏急急忙忙进来道："孙家的人来了。"却是孙氏自上次要与六郎和离，无论岑夫人等怎么劝，六郎就是一直不肯写离书，一拖就拖到了今日。孙家专挑着牡丹新婚回门这日登门，未必不是要逼写离书的意思。

纵能理解为自家女儿打算的心情，可今日是牡丹的好日子，新婚女儿三日回门，他们家却来要离书，实在过分！岑夫人的脸一下子沉下去："还真会挑时候！告诉他们，今日有客，明日再来。又不是我故意为难他们，早就说过等你爹回来做主。这半年里头，也不曾逼过他家，要拿走的东西也尽数拿走了，四时八节我还使人送衣物吃食过去，时时宽慰，怕的就是他们胡乱猜测。他们倒好，是怎么对我的？昨日不来，偏要挑着今日，居心不良，其心可诛！"

薛氏为难得很，若是好打发，她早就打发了，哪里还会问到岑夫人面前来？

牡丹晓得岑夫人这段日子为了六郎的事情受尽了累，也知道她这般生气却是因为自己，便劝道："娘，您别生气，其实这心情和当初咱们是一样的。这一拖也拖了半年，迟早都要给人家交代，既然上门来，就由爹去处理好了。若是不想让蒋大郎知道，就寻个借口，让他往后头来，说您要找他问话。您看怎么样？"

岑夫人叹了口气，扫了一眼脸皱成一团的杨姨娘，淡淡道："今日是丹娘的好日子，却闹出这样丢脸的事情。到底是你的儿子，不是我亲生的，我怎么做都是逼你们，居心不良，我迫不得你们，闹了这么久，我能做的都已经做了，我现下也不想再管这事儿了。你怎么打算的，自己去和老爷说，老爷怎么说就怎么做。"

杨姨娘含泪走到岑夫人面前磕了个头，默默跟着薛氏一起往前头去了。岑夫人垂下眼喝茶，显得格外不快活，牡丹忙上前去给她捏肩颈，柔声劝道："爹晓得那些事后怎么说？"

岑夫人良久方道："还能怎么说？事实摆着，谁是谁非大家都清楚，没的说。只到底也是他的儿子，十个手指有长短，却个个儿都连着心。"

牡丹一时无言。片刻后，蒋长扬由二郎陪着进来，与满屋子的女眷行礼认过了，落座吃茶说话。不过片刻，外头就传来杀猪似的一声尖叫，却是六郎的。叫声急促而短暂，瞬间就没了声息。紧接着杨姨娘哭起来，呜咽声怎么都止不住："老爷好狠的心，怎么也是你的亲生骨肉……他不过年轻糊涂，也没杀人放火，怎地这样狠心……"

当着新女婿的面，出了这种丢脸的事，满屋子的人都很尴尬，都想找点什么话说，却找不到啥可说的。张氏抱着小儿子何泽，灵机一动就掐了小屁股一把，孩子"哇"的一声哭了。虽将杨姨娘的哭声掩盖去，仍然挡不住尴尬。牡丹还好，只是坐着不说话，岑夫人、二郎，包括已经懂事了的孩子们都窘得满脸通红。

蒋长扬微微一笑，上前去接何泽："让姑父抱抱，哎呀，小脸儿都哭红了。"又观察那孩子的长相，回头笑望着五郎，"长得像五哥多一些。"

"见过这孩子的都说像我得很。"五郎赶紧跟上话头，众人也你一言，我一语的，这才算是将尴尬暂且掩盖过去。

第三十六章 坦白

然而就算是这样竭力的掩盖，也没能盖去外头的动静。杨姨娘的声音越发见大，甚至有惊天动地之势。众人都坐不住了，担心是不是何志忠没控制好，做得过了。最先出去的是二郎，紧接着三郎和白氏也找了借口出去，只留下岑夫人等陪着蒋长扬粉饰太平。

甄氏早就等着看这天的热闹，见状也打算开溜，却被岑夫人支使去做事情："你爹有对犀角雕的荷叶杯要给成风的，收在我那个白藤箱子里，你去找了出来给他。"甄氏这脾气，出去只怕是要煽阴风点鬼火，没事儿都要弄得有事，怎敢放她出去？

甄氏本已经噘起嘴来，听说可以翻岑夫人的箱子，立刻又高兴起来。偏她心眼多，非要扯了牡丹一起进去找。牡丹朝蒋长扬抱歉一笑，起身陪甄氏进去。

甄氏对岑夫人的房里熟悉得很，径自就在床下寻到一只两尺见方的白藤箱子，熟练地开了箱，先取了那对犀角荷叶杯，并不罢手，而是双眼放光地翻着里头的金银玉器等物，抓着个鼓腹撇口的古瓶颠来倒去地看，笑嘻嘻地和牡丹低声道："娘这些东西美吧？她还有一只箱子，里头装的是各色织金锦缎。还有一个小匣子，好多玲珑珠子等物，都是好的。这个瓶子，听说是个古物，要值不少钱。"

甄氏真是不把自己当外人看，这人吧，之前觉着她话多又占强，现在看来却是不会隐藏心思，当着外人又极其护短的一个人。牡丹忍笑点头："娘的好东西是不少。"

甄氏突然垮了脸，叹了口气："好东西是不少，不过是娘的体己，我也只是能看看而已。"然后蔫蔫地将东西收入箱子中藏好了，没精打采地锁上锁，又在屋里转了一圈，方才恋恋不舍地和牡丹一起出去。

待去了外头，何志忠却已经领着二郎等人全都回来了，并不见杨姨娘与六郎。何志忠接过牡丹手里的盒子，打开了放在蒋长扬面前，笑道："这犀角是早年间在婆露国得到的，请了人精雕细琢而成，放在家中已经有些年头了。你们成亲，我也没什么合适的东西给你做见面礼，就是它了。"

蒋长扬忙起身行礼谢过，恭敬地双手接了，若无其事地和何志忠谈起此番出海之行。何志忠好面子，不愿在新女婿面前丢丑，自是竭力保持镇定，言笑晏晏的。

牡丹在一旁偷看，见自家老爹虽然笑容满面，眉眼里却是挡不住的疲色，岑夫人的脸色也很不好看，显然都是强撑着的。不由担忧地去看一旁默然无语，只管上茶汤的薛氏。

薛氏见状，招手叫她出去，二人在角落里站定了，薛氏方道："爹逼着你六哥写离书，你六哥不肯，破口大骂，骂孙氏薄情寡义，鲜廉寡耻，拖也要拖死她……又说咱们没个好人，看着他成了这个样子，不闻不问不说，腿伤都还没养好就变着法儿地折腾他。撺掇孙氏跟他和离，就是想弄死他，好分了他那份财产。他闹得实在不像话，孙家人说的话也极难听，爹气得够呛就打了他，说这离书写也得写，不写也得写。"

牡丹一时无语。自家老爹对三郎、六郎两个庶子向来极好，从没亏着他们，这样戳心窝子的话听了怎能好受？想来六郎发出的那声尖叫就是被打了，牡丹便问薛氏："听着叫得那般惨，不知是打了哪里？孙家呢？"

"孙家得了离书就去了。"薛氏长叹了一口气，"其实开始爹也没怎么打你六哥，不过就是打了两个耳光。只是他自小娇气，受不得，还犟着，想着爹舍不得真把他怎样。哪承想爹是早就拿定了主意的，说他哪里来的什么家产？原来出门时说过，如果他胆敢去斗鸡，就要将他的腿给打断，再赶出去的。给家里惹了这么大的祸事，竟然还有脸活着。就叫人将他那条伤腿压在凳子上,说留着这腿不过是祸害家里人,不如永远断了才好。

他犹自不服软,说祸事不是完全因他而起,爹偏心。爹便真的要动手,他方才被吓着了,爹的脚才踩上他的腿,他就尖叫起来。之所以突然没了声音,却是被活生生吓晕过去了。杨姨娘哭闹,是以为他被爹给打死了,所以在那里寻死觅活的,几个人都拉不住。爹又叫人将冷水泼在你六哥头脸上,他醒过来的第一件事就是要写离书。孙家得了离书,爹又叫给了钱物,送了孙家出门,叫杨姨娘陪着他回房去。依我看,这事儿没完,只怕是等你们走了还有得磨。你是没看见,当时爹气得浑身发抖。"

牡丹听到薛氏说六郎那话,祸事不是完全因他而起,那便是指的其实是因她而起。虽说苍蝇不叮无缝的蛋,六郎如果本身没有品行上的问题,就不会被刘畅设计,但究根到底,也确是因她而起,不由默然无语。

待吃了晚饭,一家人正坐着说笑,她便去寻何志忠:"爹,我有话要和您说。"

何志忠笑道:"说吧。"

牡丹扯了他的袖子:"我要私底下和您说。"

何志忠见她表情有异,便笑着起身,对蒋长扬道:"看看,刚还说她自小娇养,现在就体现出来了吧?"蒋长扬只是笑。

父女二人进了书房,何志忠笑道:"丹娘有什么悄悄话要和我说的?"

牡丹咬着唇,犹豫良久,方小心地看着何志忠道:"爹爹,我要同您坦白一件事,先前六哥赌钱被弄进牢里头关了那许久,是我做的手脚。本是刘畅设的圈套,当时劝不住他,我便让贵子花钱请托了内卫的人,在刘畅打算动手的时候把他给弄进去了。就是想要他长长记性,牢记教训。"

何志忠突然收了笑容,好一歇都没说话。牡丹有些害怕,紧紧扯住他的袖子,也不说话,就是睁大眼睛看着他。她和何志忠的立场是不一样的。六郎只是她同父异母的哥哥,而且自来就不亲厚,隔着一层,即便她回了家,他也不曾和她有过什么接触,更没有什么感情。在他给整个家里带来大风险,且正常途径规劝无效的情况下,她会采取自认为行之有效的方式,保护家里的其他人。可何志忠不同,六郎一样是他的亲生骨肉,而且是他疼爱的儿子。情之所至,采取的措施也不一样。

牡丹非常珍惜父母对她的这份爱惜,之所以亲口说出来,是因为终有一日何志忠会知道,与其让他从旁人口里知道,不如她亲口告诉他。牡丹担忧得很:"您是不是觉得我做得过分了?"

何志忠神色复杂地看着牡丹,曾经软弱善良到宁可自己吃苦受累,也绝不叫一声委屈的丹娘现在已经学会了强硬地解决事情。不知不觉中,她变得有些陌生了。他叹了口气:"丹娘啊,这件事情你做得很隐秘,想必这家里没其他人知道?"

牡丹心知绝不能把岑夫人和二郎他们牵扯进去,便道:"后来人进去了,家里人忙着打点想接他出来。我就告诉了娘和二哥,我说刘畅逼得太紧,不如让六哥在牢里多留些日子,避一避。他们就听了我的。"

何志忠叹道:"他们是一定不会告诉我的,既然担心我觉着你过分,为何还要告诉我?"

牡丹低声道:"我做这事没私心,不怕您知道。之所以特意告诉您,是因为不想您因为六哥伤心之后,又因为我的刻意隐瞒而伤心。后来的祸事虽是刘畅一手惹起来的,可六哥也没说错,不全是他的原因……"她简直不知道自己想要表达什么,越说越乱,便晃晃头,"我想尽了办法,反正,我不想要家里人受伤害,不想娘伤心,不想您伤心。"

何志忠静静地看着牡丹,见她开始晃头,语无伦次,方低声道:"不要再说了。我都明白。刘畅的事情已经过去,不必再提。你也无需内疚,你六哥咎由自取,赌钱那件事你处理得很好。若是我在,就不会发生这些事,而且……"他沉默了好一会儿,方有些艰难地道,"是我没教好他。"

父女二人一时相对无言。

光线越来越暗，第一声暮鼓响起，何志忠像是突然被惊醒，抬头看着牡丹微笑道："时辰到了，回家吧。别让人家久等。我有些累，就不送你们到门口了，你和成风说一声。"

牡丹难过地向他行礼告退，待她走到门前，又听得何志忠在背后喊了一声："丹娘……"

她回过头去，但见暮光里何志忠鬓角苍白、神情疲惫之极。她心疼地道："爹爹？"

何志忠朝她挥挥手："爹不怪你。好好过日子。"见女儿的表情骤然放松，何志忠黯然地想，这孩子其实还是有些怨自己当年把杨氏母子带回家的吧？包括岑夫人他们，心里未尝没有怨言。可纵然六郎犯了这么多错，仍然是他的儿子，他不能眼睁睁看着六郎废掉。

虽是二次嫁女，岑夫人仍然舍不得，拉着牡丹的手细细叮咛，牡丹便趁机将刚才的事告诉岑夫人。岑夫人淡淡道："你放心，这种事情只一次就够了。你安安心心地回去，我自有主张。"

牡丹担忧地紧紧她的手："那我回去了？如果有事，马上让人去和我说。"

岑夫人爱怜地替她正了正钗环："好好过日子。夫妻间贵在互相体贴，互相尊敬。他是个有担当的，可这性子难免也会要强些。该让的让一让，不会总是你吃亏。"

牡丹应了，辞别众人登车而去。

岑夫人直到瞧不见她的车了，方才转身入内。甄氏过来扶她，佯作热心地道："娘，要不要去瞧瞧？"

岑夫人淡淡地瞅了她一眼，道："瞧什么？我今日脸都被人丢尽了，累得很。"言罢转身入内，上床躺下，径自睡觉。

吴姨娘、甄氏和薛氏等人静候片刻，见她没动静了，互相递了个眼色，都悄悄退了出去，只留吴姨娘一人取了针线活坐在外头守着。

出了正寝的门，甄氏就小声与薛氏、白氏等人商量："我们去看看？"她实在想瞧瞧害她被人牵着游了一回街，坐了一回牢的六郎此刻是个什么场景，要看笑话就是此刻。

岑夫人是这样的态度，哪里轮到她们去管闲事？薛氏不语，白氏则道："我还有事要做呢，要不，三弟妹先去，我们稍后再去？"张氏抱着孩子哄："是呀，这家伙在闹瞌睡，去了也是惹人厌烦。"李氏则是自来都和甄氏不好，淡淡地道："我替四郎做了件衫子，眼瞅着他就要回来了，我得去赶赶。"说着率先就走了。

甄氏见众妯娌一个个都扔了自己走了，怏怏地跺了跺脚，仍然转身往六郎的小院子去。她心眼多，到了院子外头就放轻了脚步，蹑手蹑脚地摸进去，蹲在窗下细听动静。

只听得里头杨姨娘呜呜咽咽地哭："你个不争气的孽障！害得我为你丢尽了脸面！操碎了心。多年小意奉承尽数毁在今朝。那小娼货自去她的，你强留着做什么？难道以后就找不到了？真想把这条腿彻底葬送了才好？我告诉你，你若是没了这条腿，真成了个残废，一家子都能眼睁睁看着你活活饿死！残羹剩饭都舍不得施舍给你吃！你死了倒干净，叫我怎么活？"

六郎没好气地骂道："烦死了！我本无事未死，反倒叫你吵死！你有本事在我面前哭，不如去寻老头子哭！这会儿一家子只怕都在说你我的坏话，就想夺走我那份家产，你不去盯着，反在这里骂我，赶明儿喝西北风去！"

"啪！"的一声，似是杨姨娘打了六郎一巴掌，收了哭声，骂道："孽障！现下个个看我都似仇人，我还有脸去守着？你爹都要把你废了，我还敢去触霉头？真不知你是怎么想的，事前我说过，你得服软认错，你爹心软才会饶了你，你倒好，死犟着惹他做甚？"

六郎怒道："我承认我是错了。可我已经断了腿，牙齿也掉了，小娼货也跑了，还要我怎样？难道我要错一辈子？看看我这屋里，小娼货搬走了家私，除了一张床，一个几案，一个柜子，还有什么？真待我好，丹娘房里塞满了一大堆，为甚不搬些过来给我用？我再退，再让，是不是就该死了！一家子专护着那个短命鬼、惹祸精，把她当个活宝贝似的供着，我这个儿子倒是一根草，喊打喊杀都要我死。却不知，将来他死了，送终烧钱的还是我哩……"

杨姨娘匆忙去捂他的嘴："小祖宗，求你别再说了。"

甄氏听得撇嘴，他欠公中的钱还没还清，就想着要好家私了，真是欠抽！送终烧钱，呸！以为这家里就他一个儿子还是怎么的？活该这坏坯断子绝孙！想着腿有些麻了，便伸伸腿准备活动活动，谁知脚伸出去差点没踢着人。六合靴、褐色袍、大肚子、花白胡子、黑脸，不是何志忠又是谁？也不知他在这里站了多久。

甄氏唬得腿一软，险些一屁股坐到地上。只是她脸皮厚，讪笑着起来给何志忠行了礼，笑道："爹，媳妇过来看看六弟，谁知却听着这吓死人的话，想进去劝不好劝；想不去劝，觉着又实在不妥，端得好为难。既然您来啦，媳妇就先退了。"也不管何志忠什么反应，一溜烟地走了。

甄氏到了外头，却又不赶紧回去，而是站在院子外头偷看，眼看着何志忠一脚踢开门走了进去，便伸长脖子、侧着耳朵，偷听里头的动静，到底也没听见什么特别大的动静，只听见杨姨娘呜呜咽咽地哭，却没听见打人的声音。

这种东西不好好抽几十个大嘴巴子再赶出去，还好好地和他说，真是没天理了！说不得最后还要好吃好喝地供着，分铺子、给钱、娶老婆呢！甄氏失望之极，因听见门响，怕何志忠出来看到她，遂提着裙子往岑夫人房里去。

到了岑夫人房里，但见吴姨娘一个人坐在灯下做针线活，便小声道："夫人一直睡着的？"

吴姨娘看她那表情就晓得又在惹是生非，遂低声道："有事明日再说，三郎大老远回来，你不去陪他，专在外头是什么？"

甄氏才不信岑夫人睡得着，便哂笑一声："如今是多事之秋，我自然晓得轻重。我是想和夫人说，有人不知足哩！嫌给他的嚼用少了，待他不公平，在那里诅咒丹娘，诅咒爹呢！怕是该请家法正正家风了，不然怕是要把孩子们都给教坏了。我这会儿倒是感到庆幸了，我家三郎虽然窝囊些，却没这么多歪门邪道和害人的心思。"

吴姨娘拿她没法子，只好放下针线活，连劝带推地哄她出去。甄氏也无所谓，出去就到处串，挨着和几个妯娌添油加醋地说六郎怎么怎么样。

何志忠从六郎房里出来，想想又去寻二郎，正好瞧见白氏在送甄氏，甄氏道："二嫂一定要注意，没事别让孩子们过去，坏透心了，当心被教坏。啧啧，真是大开眼界，咱家竟然有这种人，这是败家的人才……"

何志忠立时顿了足，转身又往岑夫人房里去。吴姨娘奉了茶，打水与他盥洗，小声道："夫人睡着了，她这段日子累坏了，夜里从未睡好，就是担忧你们，菩萨面前不知许了多少愿。"欲言又止，欲言又止，最后还是说，"菩萨看着的，夫人真是再公正不过。"

何志忠挥手叫她出去，默默在灯下坐了良久，起身往里，见岑夫人背面向里睡着一动不动，便钻入帐中挨着人躺下，伸手去扳岑夫人的背。

岑夫人毫不理睬。

何志忠晓得她没睡着，叹了口气，低声道："你辛苦了。"

岑夫人还是不动。

何志忠又道："我晓得你委屈了。等大郎、四郎回来，就开祠请家法吧。"

岑夫人猛地翻身坐起，怒目而视："你晓得我委屈了？！是因为我委屈了才开祠请家法？难怪人家就说是我们娘儿几个使坏撺掇你的！上有天下有地，到处都有眼睛看着的！昧心的事情我做不来，你要不要也别这么昧着良心？公平，公平不是专对着你嫡亲儿子们的！我没本事处理你的爱妾幼子，所以只好眼看着我的女儿在新婚面前丢脸！眼看着一家子老小进牢里去走一遭！你爱怎么就怎么，别来告诉我！只一条你记着，何志忠，这家里头这么多孩子，都睁着眼睛看你怎么办！"说着抚了胸膛急促地喘气，脸色潮红，却似喘不过气来的样子。

岑夫人难得发怒，若非愤怒到了极点也不会如此。且她字字都说在正理上，根本无法反驳。这么多年来，她所作所为又何曾能挑得出半点错？何志忠害怕地替她抹胸口顺气，一迭声地道："都是我的错。都是我的错。是他犯了大错，理应受惩罚。你别这样……你打我出气……"

岑夫人大口喘气，只睁大眼睛看着何志忠，眼角沁出两滴泪来，紧紧攥住拳头，任由他怎么掰，拉她去打他，都是死死攥着不动，脸色却越发难看。

何志忠看看不对劲，伸手去摸，摸到她全身都是冰凉的，吓得忙将她扶了躺好，一迭声地喊人，握着她的手只是拼命地喊："你别吓我，你别吓我，我错了，我错了！"喊着喊着，不知不觉泪流满面。

岑夫人拼命攥紧他的手，艰难吐出一口气，道："别让孩子们进来……看到不好……"

她一辈子总是为了他考虑得太多，即便到了这个时候。何志忠实在忍不住，抱住岑夫人失声痛哭出来。岑夫人一动不动，仰望着帐顶上的缠枝莲纹，轻轻吐了一口气。

牡丹很不快活，回去途中只歪在蒋长扬身上绕着衣带一言不发。蒋长扬晓得她是为了白日的事，便笑道："这算得什么？你白日里看的那场戏可比这个精彩得多。若是觉着在我面前失了面子不高兴，那我和你说，完全没必要。"

牡丹闷闷道："才不是为了这个。刚才我把设计我六哥进去的事和我爹说了。"

蒋长扬皱眉道："他怪你了？"

牡丹摇头："没有。他说是我六哥咎由自取，可我觉着他心里始终还是有些不舒坦的。我还担心他会因此对我娘和二哥有想法。"

蒋长扬摸摸她的头，柔声劝慰道："不必庸人自扰，他是一家之长，又是摸爬滚打过来的，虽则会有私心，会心软，但大是大非还是能把握的。心里不好受也是必然，却不是认为你不对，而是觉着你们兄妹之间的感情没他希望的那么好，但他一定能明白你的孝心。我问你，若是五哥犯了错，还会不会用这样的法子？"

牡丹断然道："我五哥才不会这样呢！我娘先就大耳刮子扇死他。"

蒋长扬追着她问："假如呢？你得好好想想再回答我，你会怎么做？"

五郎会这样啊？牡丹歪着脑袋想了很久，道："我没这么为难。不等我动手，我娘先就会把他关起来！他还不听，我也敢打他。若是都不行，也要叫他长记性。"

蒋长扬含笑揉揉她的头："看吧，亲疏远近就在里头。你们可以收拾你五哥，怎么都不为过，却不好用同样的法子收拾你六哥。人就是奇怪，同样的事，倘若是岳父对你六哥做，他不觉得怎样，若是旁人做的，他就觉得不对劲。也莫担心岳母，她当了这么年的家，养大你们几兄妹，个个成材，这些年可不是白活的，也不是个钻牛角尖的，该怎么做，她比你更有数。岳父总能想得通，不信等着，过几日这事必然要见分晓。而且这次一定断得很彻底，不会黏黏糊糊的。"

牡丹趴在他的膝盖上，仰头望着他道："你怎么知道？就和诸葛孔明似的。"

蒋长扬得意地一抬下巴："要不要我们打个赌？"

牡丹笑道："赌什么？"

蒋长扬沉思片刻，小声道："输的人骑马。"那事情食髓知味，和吃饭是一样的，永远都吃不够。

牡丹满脸绯红，骂道："你个不要脸的。"

蒋长扬也有些脸红，却道："我怎么了？骑马怎么了？你倒是说给我听听，我说骑马怎么就不要脸了？"

牡丹瞪着他，只是说不出话来。

忽然马车一顿，停了下来。只听得车夫喊道："前头那位郎君，还烦劳你把驴子牵开些儿，让我们过去。"

二人没有在意，只想着这会儿暮鼓已响，大家伙儿都忙着回家，有人匆忙着不小心把路给挡住了也是有的。却听雨荷在外头小声道："不好了，是袁十九。牵着头驴把路挡着了，死死盯着奴婢看，怕是认出来了。"

牡丹和蒋长扬对视一眼，都觉得有些不妙。这人只怕是晓得当日买石头的事情了，这会儿专来堵他们的。果然听到袁十九的声音冷冷地响起来："你是何惟芳的丫头吧？"

雨荷回答是也不好，回答不是也不好。正自沉吟间，袁十九又道："听说你家娘子大喜，新郎姓蒋，名长扬，字成风？他在这车上么？"话是疑问句，语气却是肯定的。

总归是躲不过的。蒋长扬从车上探出头来镇定地道："十九哥，好久不见。"接着稳稳地下了车，停在袁十九前头，"你还好么？"

牡丹探头出去瞧，但见袁十九穿着件洗得发白的灰袍，牵着的毛驴儿也瘦得皮包骨的，看着境遇非常不好。他此时正眯起一双眼睛定定地看着蒋长扬，久久不发一言。蒋长扬也不说话，就静静地看着他。良久，袁十九将手里的鞭子重重往地上一扔，瞪着蒋长扬道："我没钱赔你，拿这条命去！"

蒋长扬无奈地道："十九哥，你明知不是这样的。"

袁十九冷笑："欠债还钱，没钱还命，袁十九就是这样的人。你既要管闲事，就该想到这一天。"他可不是傻子，过后想着何家那女儿当日的表现就有些不对劲，可还无从捕捉。听说这二人结成了连理，才恍然大悟过来。

蒋长扬否认得飞快："钱不是我一个人的，我没那么多钱。"

袁十九固执地道："他们都说是你的主意，你的钱。"

一群坏坯，都知道袁十九难缠，就全推到他身上了。蒋长扬扶着额头长叹一声："现下天晚了，马上要闭坊门。你先与我家去，我们再细说好不好？"

袁十九往旁边让了让，示意他前头引路。

"他真要跟着去我们家？"牡丹从车窗里往后看，苍茫的暮色里，瘦得像根竹竿似的袁十九犹如一颗长钉子硬戳戳地戳在小毛驴上，不紧不慢地跟在车后，这情形看着真是古怪。

"他就是头犟骡子。除非他自己改变主意，否则别想赶得走。"蒋长扬有些发愁，"我看你得有准备，很长一段时间内，他都会看你我不顺眼的。"

牡丹想起二人的交锋过程，微笑道："我未必怕他。说起来，我看他的境遇似是很不好，我记得你说他是个有才的，为何不去参加科举？他妻子呢？我看着她倒是通情达理的好人。若是她在，可能会好一点。"

蒋长扬道："你又别不信，他是绝不会让妻子跟来的。耐着吧，磨上一段日子，他出够气就好了。参加科举么？自是又没成功。他虽有才，却不擅长诗赋，又不屑死记硬背钻明经，还不屑人家推举，又得罪了闵王，谁敢要他。"

牡丹叹道："罢了，他若愿意在咱家住着，就由得他吧，好歹不会叫他一家子都挨饿。鸡毛蒜皮的事莫找他，故意找些难事给他做，别伤着他。他觉着自个儿有用了才高兴，过些时候再设法把他推荐出去，让他得以施展才能。"这样恃才傲物的人，想必最恨的就是被人可怜、受人施舍。

回到家中，牡丹便下车与袁十九行礼见过，先谢他的奇石，说有了他的奇石后芳园因此名声大噪。然后认真道歉："先生莫与我计较，也莫怨大郎欺瞒。实情是我当时建园子，急需好石，愿意重金购买却遍寻不到。晓得先生有好石，早就动了心思的。虽是受了大郎所托，却也是为了我自己，也为敬慕先生风骨。当时多有得罪，还请您海涵。"

她重点讲述是因为她需要，而不是可怜他。袁十九听她又褒又扬，又诚恳又道歉，心头的郁气也去了许多。只拉不下脸，淡淡地道："我没那么小心眼！是非好歹我心里明白！只是不想白占人便宜！"

看着也不是那光要面子死犟的人，牡丹松了口气。叫人给他安置住处，强调舒适洁净安静，离蒋长扬的书房也近，方便他看书，与蒋长扬说话。又叫厨下准备酒饭，让蒋长扬陪袁十九吃饭饮酒。

蒋长扬默默握紧了牡丹的手。善良是一种很难得的品行，多少金钱都买不到。体贴人意，能设身处地，尽量周全地为人着想，又更是难得。

待到蒋长扬与袁十九喝酒去了，牡丹又请邬三过来，认真叮嘱下去，不许任何人对袁十九不敬，都称先生。有不敬者，严处。邬三满脸赞同，高高兴兴自去安置不提。

牡丹原以为蒋长扬与袁十九许久不见，此番只怕是要长谈，洗浴完毕后便松松绾了发髻，寻一本书往窗前的贴文牙床上躺了，静静看书。却没想到不过一会儿工夫，蒋长扬就含笑走了进来。

牡丹笑道："这么快就散了？"于是起身准备去取热水。

"我说过我是成了家的人，有分寸。"蒋长扬忙拉住她，"因怕你歇了吵着你，我已在书房洗过了，你坐下，我们说话。你知道袁十九和我说什么来着？"

牡丹见他有些兴奋，忙笑道："说了什么？"

蒋长扬道："今日三弟不是提醒我，别让御史台抓着了胡说八道么？还有上次拜堂的事情，我算着再过两天，也该有人要发话了，我本打算寻个合适的机会去陈情，但袁十九和我说，让我以不动应万动，就让那些人去告。"

不孝乃是律法中的十恶之一，牡丹晓得的就有好几个官员因为不孝而被罢官，少不得有些担忧："放任自流真的好么？有人定会推波助澜。"

"我这个算不得什么。就是说得难听些而已，圣上也不是才知道这些扯皮事情，最多就是申饬一回，让我歇上一歇。"蒋长扬笑道，"我以前经常绞尽脑汁，非要把事情做得面面俱到，周密无比才好，但转过来一想，我把事情想周全了，别人还做什么？"通过这件事，可以加深蒋重和方伯辉之间的矛盾，皇帝肯定乐见其成，皇帝如今还要用他，最多就是晾他一段日子。

牡丹上前替他宽衣："只要你自己不觉得委屈就行。"

蒋长扬拥她入帐，带了几分喜悦道："袁十九不情不愿地夸了你。"

"总归我不会拖你后腿就是了。"牡丹抿嘴笑了一回，被蒋长扬搂入怀中，轻怜密爱。

次日用过早饭，何家就使了封大娘过来，说是岑夫人病了。牡丹忧虑得很，算来算去也是和昨日的事情有关，便问："什么地方不好？严重么？可请了大夫来看？又是为了什么？"

封大娘顾虑心重，当着蒋长扬不肯细说，只道今早不曾下床吃饭，具体原因却是不知，怕是感了风寒什么的。蒋长扬见状，便起身往外去叫人给牡丹备马，封大娘这才叹道："还不是为了那些糟心事。你们走后一直躺着，后来老爷进去，不知说了什么，老爷就大声喊人，让拿药，过后又不要人进去，今日一大早就使人去请大夫，早饭也是老爷亲手喂，半点没吃。不过只是精神差些，其他什么都好。"

牡丹拍了拍胸口，长出一口气，只要不是老年人突然发作的那些吓人的病就好。到了外头，蒋长扬已然命人将一切都收拾妥当了，甚至还命人包了几包名贵药材，见她出去就亲自给她拉马，要陪着一道回去瞧岑夫人。

牡丹心中熨帖极了，勒了缰绳正要开走，一错眼瞧见个才总角的小孩儿缩头缩脑地站在门边阴影里，眼巴巴地看着蒋长扬和她。看那衣服倒也差不到哪里去，就是神情看着有些不对劲，便叫恕儿："问问那孩子要做什么。"

恕儿回来道："说是国公府来的，老夫人病了。自你们走后，就没起得来床。"

蒋长扬皱起眉头来，跳下马去亲自问那小孩子："谁让你来的？叫什么名字？"

那小孩子绞着衣角，有些害怕地看着蒋长扬，虽然声音很小，口齿倒还清楚："叫小十，是哥哥让来的，哥哥叫小八，一直跟着三公子的。"

竟然是蒋长义使来的。蒋长扬命人包了几块糖给那小孩子，打发人走了，皱眉暗想，蒋长义示好是肯定的，这便是自己昨日那句"无欲则刚"得到的回报。

牡丹与他商量："要不，你去那边，我回娘家？"

蒋长扬摇摇头："不急，先去你家再去国公府。"动作这样快，如果他没料错，下午就该有动静了。

岑夫人看见牡丹和蒋长扬就皱了眉头："怎么又来了？不过是点小病，是谁这样多事？刚嫁过去，来来回回地跑……"又和蒋长扬说话，"累得你奔波。"

蒋长扬带了几分嗔怪，笑道："娘，您生分了！"

岑夫人没想到他叫娘这么顺溜，又是这样亲切的态度。当下微微一笑："好孩子。"

何志忠忙道："是我让人去接的他们，你看见他们来了，心里高兴，就用点粥饭吧？"竟是有些小心翼翼的，带着点央求的意味。

牡丹没想到会看到这样的何志忠。

岑夫人叹了口气，撑着坐起来，何志忠忙上前扶着她，准备喂她喝粥。岑夫人摆摆手，示意他孩子们都在，她自己来，可喝了两口，还是放下。何志忠有些生气，却又无奈。牡丹接了碗，示意蒋长扬陪他出去，自己来劝岑夫人。

看着何志忠去得远了，牡丹方低声道："娘，您怎么把自己气成这样？"

岑夫人低声道："是很生气，但也没到那个地步。我不是那种钻牛角尖的人，犯不着和自己过不去……"她叹了一口气，"只是辛劳了一辈子，不能临到头了反把你们都给搭进去。丁是丁，卯是卯，容不得一丝错乱，犯了错该受惩罚的一定要受惩罚。"

岑夫人说这话的时候眼神特别坚毅，并看不出有什么病相或是衰弱。牡丹放了心，端起粥碗道："那把这碗粥吃了，好么？"

岑夫人微笑摇头："不吃。正好清清肠胃。"

牡丹也就不再苦劝，开玩笑道："那要清到什么时候？"

岑夫人道："什么时候清空，想吃就吃了。"她将牡丹拥入怀中，低声道，"你别为我担心，好好儿地过日子，我倒不了。你出去呀，也别问你爹打算怎么处理这事儿，他已经知道什么叫作天怒人怨。"

牡丹道："先前可把我吓坏了。这会儿看着您好好的，我心里也踏实了。说来也是巧，出门的时候，那边也说老的那位病了，得过去瞅瞅。"

岑夫人忙催她："还不赶紧去吧？虽然是个老不修，到底占着那名头。"

何志忠和蒋长扬立在廊下说话，说上两句就看一眼岑夫人的房门，显得颇为心不在焉。他完全不敢想象这个家没岑夫人会成什么样，本能地就慌了手脚。瞧见牡丹端着碗出来，忙赶上前去看那碗："吃了没有？"看见满满一碗粥，脸色顿时不好看起来，"还是不吃？"

牡丹摇头："说是没胃口，又道什么地方都好好的，让您去做您的事情呢，她有吴姨娘和嫂嫂们照顾，没事儿。这时候只是头晕，兴许晚上就能起来了。"

何志忠叹了口气："你个傻丫头，懂得什么？这人年纪大了，禁不住折腾。她好强了一辈子，从不叫苦，那时你们还小，她病得都坐不稳了，还撑着管家。这会儿若不是真的撑不住，怎会不吃不喝起不来床？"说着眼圈就有些发红。

牡丹缓缓道："我年纪小，记不太清了，不是爹爹今日提起，我都忘了我娘那时候病到坐不稳，还撑着管家。我真是对不起她，总想着她撑得住，有她在就什么都不怕，原来她也老了，会撑不住……"

何志忠立时就听出了她的意思，当下就有些讪然。蒋长扬忙给牡丹使眼色，道："今日不巧，来时听说家祖母也病了，得过去看看。明日又让丹娘过来伺候娘。"

封大娘出来传话："夫人说她没事，不许丹娘过来，有事自会使人去叫，若是不听招呼，来了也不许进门。"却是怕牡丹刚成亲就总往家中跑，被人说道。

何志忠无奈摇头："这是什么犟脾气。你们去吧，我不送你们了。"说着又往岑夫人房里去了。

蒋长扬问牡丹："怎样？"

牡丹没说岑夫人装病，只道："是气着了。"

蒋长扬便将何志忠适才的话说给她听："爹也说是他不会说话，娘是被他气着的。他已经很难过啦，你就别刺他了。"

牡丹当然知道何志忠不好受，可是岑夫人也不好受。她不想再继续这个话题，便快步往前走："走吧，咱们赶紧去国公府，麻溜的。"

蒋长扬不急不缓："急什么？去得早和去得晚结果都是一样的。"他们走了以后就一直卧床不起，其实就是说被他气病了的，这个不孝的罪名已经安上了，去晚点还可以少被恶心一点。

朱国公府。

夏日炎炎，窗户紧闭着，半丝凉风都不曾从帘子外头吹进来。老夫人体虚，又不能用冰，屋子里头就像个蒸笼似的，弥漫着中药味儿和浓烈的熏香味，还有病人身上那种难以言表，闻得到却摸不到的衰败气息，让守在一旁的杜夫人憋闷得要死。

蒋云清看出来了，便起身蹑手蹑脚地去开窗子。空气一对流，那怪味儿终于去了些，屋子里所有的人都松了一口气。可惜，好景不长，一只不长眼的蝉突如其来地叫起来，老夫人被骤然惊醒，大发脾气："睡个安稳觉都不能！人都死绝了么？"人病着，骂人的力气却是半点没少。

"赶紧去粘蝉！"老不死的，杜夫人恨得要死，少不得命人去粘蝉。老夫人又叫，说是要解手。杜夫人赶紧起身，一家子齐齐上阵，扶的扶、搀的搀、拿马桶的拿马桶，除了老夫人，个个都折腾出一身臭汗。

老夫人轻松了，外头也终于起了凉风，可那凉风刚好穿过帐幔吹到了老夫人身上，于是又招来一顿骂："谁开的窗子？一个个都巴不得我早死。"

杜夫人不说话，蒋云清垂着头关了窗子，又去认错。老夫人僵着脸一言不发，那脸嘴怎么看怎么让人讨厌。幸亏得是没精神，躺下没多少时候又昏昏欲睡了。

这样下去怎么得了？杜夫人托着腮想，不如让她好好睡上几天？却听外头有人来报，说是蒋长扬和牡丹来了。

竟然来了！这么快！才发生了那样的事，竟然还会主动回来。这是杜夫人没想到的。要么是知道老夫人病了，来亡羊补牢；要么是为了别的什么缘故，总不会是好事。

她的目光缓缓从屋里众人的脸上扫过，是谁这么快就告诉他们的？然而她什么都没能看得出来。无论如何，她也不要蒋长扬夫妇探成这次病！杜夫人上前附在老夫人耳边轻声喊道："娘，大郎和他媳妇看您来了。"

老夫人没什么反应。她耐着性子又连喊了两声，老夫人松弛的眼皮动了动，沉重地喘出一口浑浊难闻的气息，熏得她差点没吐出来。杜夫人猛地往后退了一步，屏着呼吸忍了好一会儿，方敢正常呼吸。这次她不敢再靠那么近，而是隔着一定的距离，加大声音开喊。

"我没聋!"老夫人气哼哼地应了一声,总算睁了眼睛。

杜夫人忍着气道:"大郎和他媳妇这会儿已经到了中门外。"生恐老夫人会不阻止他二人进来,又道,"到底是一家人,昨日的事您就别和他们计较啦。我让人收拾房子,叫他二人陪您几天,有什么误会都趁这个机会解开了。"

老夫人被她一刺,怒道:"叫他们滚!"

杜夫人心中暗喜,不住嘴地劝,专反着老夫人的脾气来,见老夫人脸气得铁青,浑身发抖,方道:"好好好,您别急,我知道了。不要他们进来。"朝蒋云清使眼色,"去和你大哥大嫂说,你祖母还生着气,不肯见他们,让他们先回去。"

这得罪人的事,蒋云清拿着这个烫手山芋万般为难,口里应了,却握着扇子不动弹。

杜夫人给老夫人抚着胸口,生气地道:"没听见你祖母的话?这当口什么都比不上你祖母身体更重要!"

好人就是她做,坏人都是别人。蒋云清心中暗骂,慢吞吞地走到外头,却见蒋长扬和牡丹已是踏着树荫来了,只好上前行礼问好,红着眼圈道:"妹妹和大哥大嫂赔罪了。夫人使我来说,祖母还生着气,不肯见大哥和大嫂。为免再气着祖母,还请大哥大嫂改个时候再来。要不,大哥和大嫂去妹妹那里坐着喝杯茶,消消暑,兴许祖母突然改了主意也不一定。"

牡丹本想着既然来了,就要把功夫做足,怎么也得在这里待到天黑。若顺着蒋云清的话头,果真去她那里坐,倒真是可以舒舒服服的,也清净。已要开口,却又看到蒋云清眼里闪过一丝悔意和害怕,当下明白过来——这姑娘怕得罪杜夫人,便道:"不了,你也要在祖母面前侍疾,我们本是来探病的,怎能添乱?既然如此,我们便走了。明日又来。"

蒋云清松一口气,仿若送瘟神一般忙着把二人送出去。牡丹见蒋长扬板着脸不知在想什么,便扯扯他的袖子,低声问他:"现在咱们怎么办?"他们是来探病了,可才进来就被赶出去,外头人不知道的,只会说他们没来,或是不诚心。

蒋长扬方回过神来,望着她微微一笑:"咱们回去。"

牡丹道:"要不,再等等?"

蒋长扬摇头,坚定地道:"不等!"该尽的责任已经尽到,不接受就算了,低三下四,最后不过是求得让牡丹在那女人面前侍疾,受尽折磨而已。

二人不紧不慢地走了一歇,忽听得身后有人喊,却是蒋长义打着马追了上来,忙忙地道:"我去请假回家侍疾,回来就听说了这事儿。祖母病糊涂了,过后肯定后悔。这会儿父亲也该归家了,大哥大嫂快与我一道回去。"然后左右张望了一回,小声道,"我听人说,有人准备弹劾你不孝!快跟我回去堵那些人的嘴!"

"你听谁说的?"蒋长扬看着蒋长义,他跑得满头大汗的,前胸都被汗水给浸湿了,满脸焦急,实在很替自己考虑。上进孝道,爱护手足,纵是他这个从未谋面的兄长,也是如此爱护,重情重义,人品真是没得挑。

蒋长义小声道:"别为难我,反正有这回事就是了。"又苦劝蒋长扬,"大哥跟我回去住几日吧?父亲一定会非常高兴的。祖母也不是真的生你们的气,也很喜欢一家子团聚在一起的。她老人家最是嘴硬心软。"意思是蒋重和老夫人其实都很欢迎他们回去住,为什么会发生刚才的事呢?自己慢慢去想吧。

蒋长扬道:"事情已经到了这个地步,祖母不愿见到我们,我们去了只会让她更不高兴,若让她病情加重,更是不孝。至于其他人要怎么说,随便吧。"

蒋长义立刻睁大眼睛崇拜地道:"我原来一直以为,顺从长辈,伺候长辈就是大孝,也以为自己做得不错。今日才知道,原来大哥才是真孝道。为了不让祖母的病情再加重,竟愿意忍辱负重,视功名声望为粪土,小弟以后要向大哥学习……"

话没听完，牡丹险些一头从马背上栽下来，抓紧缰绳坐稳了，似笑非笑地看着蒋长扬。难为蒋长扬听到这样不负责任的阿谀奉承还能面不改色心不跳，一本正经地听完了，拍拍蒋长义的肩头，语重心长地道："你已经做得很好了，我看好你。回去吧，有空来家里，让你大嫂给你做好吃的。"

"那我先谢大嫂了。"蒋长义憨厚地看着牡丹笑笑，又问了一遍，"大哥真的不和我一起回去？爹爹好面子，虽没说，其实也是这个意思。他心里其实疼你疼得紧。"

蒋长扬只是摇头，使劲拍了蒋长义的马屁股一巴掌，那马受了惊，总算把蒋长义和他的担忧、好心一起带走了。

牡丹忍笑忍得艰辛，好不容易调整好表情，侧头问蒋长扬："你教我，在阿谀奉承面前怎样才能做到如此认真严肃。"

却见蒋长扬面无表情地看了她一眼，牡丹唬了一跳，忙收起笑意，小声道："我没笑话你的意思，就是想让你轻松轻松……"

蒋长扬却突然笑了："想笑的时候，你就拼命想着最恨，最讨厌的事，自然笑不出来，这就是秘诀。"

牡丹咬着唇瞪着他，低声道："我讨厌你用那种表情看我，就像我是个微不足道的外人似的。"明知他是逗她的，但还是不喜欢他用那种眼神和表情看她。

蒋长扬无奈地叹气："好好好，以后我看你之前就先想着我升官发财了，然后如沐春风地看你。"

牡丹想了一回，低声笑起来，二人自回家去不提。

却说蒋长义打马回了国公府，没事儿似的在老夫人面前尽了孝道，偷眼瞅了个机会去找蒋重。

蒋重正在为自家这团乱麻头痛，又因他今日去请假，总觉得同僚看他的眼神都怪怪的，心里非常不舒服。见蒋长义进来，便道："什么事？"

蒋长义严肃地道："儿子今日去请假，偶然听说有人要弹劾大哥不孝。忙着赶回来，听说大哥和大嫂来探病，才过了二门就被打发回去了。"

就听蒋重使劲拍了一下桌子，怒道："怎么不早些来说？这会儿天都黑了你才来和我说？"

蒋长义满脸无辜："难道父亲不知道大哥大嫂回来过的事情么？"

蒋重还真不知道，一时脸都涨成了猪肝色。

蒋长义偷觑着蒋重的神色，说起最关键的事："朝中起头的人是云孝子。被他咬一口，入骨三分。"

这云孝子，本名云群，人们却不称他名字，只呼云孝子。因他在其母去世之后，将自己的一根手指生生咬下来放在棺木中，结庐守墓、麻衣素食、不与人言长达六年，每当痛哭之时总有鸟雀围在他身旁而出名的。

按说这样的人弹劾蒋长扬不孝，再正常不过，可是背后隐藏了一件很多人都不知道的事：当年云孝子本是布衣，举荐他的正是杜夫人死去的老爹——驸马都尉杜师览。虽说皇帝也需要一个孝道闻名天下的人作臣子充门面，但云孝子能有此盛名，能做了这个谏议大夫，的确与杜师览的大力举荐分不开。

云孝子自做了官后，非常尽忠职守，为了表示不徇私，都没怎么和杜家来往，恩人杜师览死时送的礼也很微薄，当时杜夫人还颇有微词，但过后也没见杜家怎么打击报复。云孝子名动一时，可蒋重却觉得，云孝子实在是做得太过了，甚至有点假。更何况，当年他因好奇去看云孝子哭得鸟雀动容的奇迹时，曾在周围隐秘处发现过碎糕饼，可见那所谓的奇迹也是假的。

这样的人，真的表里如一么？和杜家的关系真能撇得那样清？

蒋重便道："他弹劾你大哥不孝，是指你祖母，还是指你大哥拜堂那件事？"

蒋长义忙道："是祖母生病。说来真是奇怪，祖母生病的事只是咱家的人知道，您和我也是今日才去请的假。他怎会知道这其中的始末？就算胡乱猜测，也没可能这么快就造起声势，把谏书都写好了吧？难道！"他一惊一乍地道，"难道是大哥得罪了人，有人盯着要借机报复大哥？那这人也太可怕了，竟把手伸到咱们家来了。"

蒋重抬眼凶狠地看着蒋长义，蒋长义似是看不懂，仍然懵懂无知地道："爹爹可要帮帮大哥。他其实没那么……他只是脾气不好，他待我很好。"又急急忙忙地从腰间解下蒋长扬送的玉佩给蒋重看，"您看，我考取以后他送我的，这玉好吧？"

蒋长义今日太过反常些，竟能想到这些了。蒋重一言不发，死死地盯着蒋长义。蒋长义不安地捏着那块玉，手指神经质地在上面摸过来摸过去，鼻头上沁出细毛汗，嗫嚅着嘴唇小声道："我拿给同僚看，他们都说是上好的古玉，雕工也很好……"

还是那个懦弱的蒋长义，蒋重闭了闭眼，淡淡道："你很喜欢你大哥？"

蒋长义几不可见地点头："大哥待我很好。"

"那你为何故意拖到这个时候才来和我说！"蒋重骤然大声吼了出来。

"哐当！"一声，蒋长义的手一抖，那块晶莹柔润的玉佩落到了地上，摔成了两半。蒋长义蹲下去，低着头捡玉佩，颤抖着手尽力想要拼凑在一起，却总也差了一小块。他慌乱地在地上摸索着，颤抖着嘴唇道："我，我不是故意的，我以为您知道，可还是不放心，所以我，我……"他的泪水突然汪在了眼眶里，使劲摇头，却什么都说不出来。

蒋重厌恶地看着蒋长义的眼泪，他最恨的就是流泪的男人。蒋长义显然晓得他的好恶，硬生生将泪花逼了回去，小心将碎了的玉佩收入荷包中，垂着手不说话。

他哪怕就是偶尔能和蒋长扬一样跳起来和自己作对也好呢，这性情就和他的生母一模一样。蒋重无力地叹了口气："你最近都和什么人来往？"

蒋长义咽了一口唾沫，道："和几个同年，还有萧家大公子，隔上几天总会让我过去见他的朋友，偶尔也会见到萧尚书，其他没了。"

他之所以能想到这些，说出适才那一席话来，大抵是因为在朝中历练了一段时间，又被萧家那个天才经常叫去喝酒，耳提面命的结果……蒋重摆了摆手："你下去吧。"

蒋长义默默告退，临到门口，又听蒋重道："你年纪轻轻能进门下省，非常不容易，谦虚谨慎是最要紧的。多结交一些光明磊落之人，萧家人有些心术不正，又自视甚高，你自己注意。你这性子虽说敦厚，但也太过软弱了些，没事早上还是起来晨练一下，骑射功夫别落下。"

蒋长义听得他这句教训，是发自内心的高兴，本想说几句表态的话，蒋重却是不想听了，疲惫地对着他只是摆手，让他下去。蒋长义抿紧了嘴，悄无声息地走了出去。

蒋重默默在书房里坐了许久，起身往老夫人的房里去。打发走下人，就在帐前坐下，静静地看着老夫人。

老夫人突然惊醒过来，颤声道："谁！"

蒋重见吓着了她，赶紧掀起帐子低声道："娘，是我。"

"吓死我了。"老夫人长出一口气，"怎么这时候来了？"

"儿子突然想您了，所以来瞧您可睡得安稳，谁知倒把您给吵醒了。"蒋重扫了红儿一眼，红儿忙倒退着退了出去。

老夫人道："什么事？"

蒋重低声道："今日大郎和他媳妇儿是不是来看过您？"

老夫人冷冷地道："我让他们回去了，我看到他们心口就疼。怎么，你又要为了这个和我辩？"

"不是。"蒋重沉默片刻，道，"您还记得那云孝子么？"

老夫人想了好一歇，方道："记得，不就是那个沽名钓誉的做作东西？他是不是找你麻烦了？"

蒋重摇头："他要找大郎的麻烦。听说谏书都写好了，弹劾大郎不孝，德行有亏，气得您卧床不起。"

老夫人暗里吃惊得很，嘴里却道："他活该！就该叫他长点记性！天下人都似他这般就乱套了！什么礼义廉耻都不要了。"

蒋重见她没明白自己的意思，只是叹气："您真的不想要大郎给您赔礼道歉？"

老夫人自是想的，却冷笑道："他能来给我赔礼道歉？今日下午说是来看我，片刻工夫都等不得，转身就走了。他若真有诚心，怎会如此？我跟你说，以后我再也不想见到他了，见他一次我就要病一场。什么叫白眼狼，就是他这种。他不是有个安西节度使的义父么？你不许帮他！"

蒋重叹道："你睡吧。我先走了。"

"你早点歇呀，几十岁的人了还不爱惜自己……"老夫人的话还未说完，蒋重却已经走远了。

蒋重叩响了园子门。看门的婆子瞧见是他，忙忙地迎他入内，又要往前去通传。蒋重止住她，朝着灯火辉煌的杜夫人的房间慢慢走去。

杜夫人对着镜子细细地化夜妆，这是她多年以来形成的习惯，早有晨妆，夜有夜妆。随时随地都要求自己以最完美的姿态出现在人面前，包括自己的丈夫和儿子。只要差一刻不化妆，她就会觉得没穿衣服似的难受和不自在，没法儿见人。随着年纪越来越大，她也越来越在意这件事，什么都要最好的，最怕就是看见眼角的细纹和皮肤上的斑点。

宫中专用的利汗红粉香在身上扑了一层又一层，藕色的轻纱睡袍披上去，越发显得她丰肌玉骨，好似熟得要滴水的蜜桃。桃花珍珠粉又将眼角的细纹阴影盖去了许多，染绿镂空象牙小管里的甲煎口脂把已经有些苍白干瘪的嘴唇涂得又丰润盈亮起来。镜子里出现一位雍容华贵的美人，她非常满意，却又觉着脸庞稍微苍白了些，得上点胭脂气色才好，便示意柏香取盛胭脂的玉盒过来。

外面传来松香惊喜中带些愕然的声音："奴婢给国公爷请安。"杜夫人手一顿，侧目看向外头，果见蒋重高大的身影折射在屏风上，将小半个屏风都给遮挡住了，除却固定的日子以外，他已很久没似这般半夜突然来到她的房里。

杜夫人收回目光，劈手夺过胭脂盒子，对着镜子仔细地搽胭脂。蒋重入得内来，见杜夫人在化夜妆，晓得她的习惯，不是精致无缺，绝不回头，遂在一旁坐下，静静地看着妻子。

杜夫人搽好了胭脂，仔细端详一回，又将来自波斯的螺子黛在眉角小心细致地添了添，这才命柏香收起妆盒镜子，自己起身下了榻，接过松香奉上的茶汤，递到蒋重面前，笑道："怎么这个时候来了？"

蒋重将茶盏推开："不喝了，夜里睡不着。"

夜里睡不着？呵……那怪得谁？想什么呢？杜夫人淡淡一笑，不露痕迹地打量蒋重的表情。蒋重的眼神阴沉沉的，嘴唇抿得很紧，双手微握成拳，放在膝盖上方，一动不动，他在生气。

杜夫人抚抚鬓角，疲惫地叹了口气，道："有件事忘了和你说。午间时，大郎和何氏来探望母亲，母亲大发脾气不肯见他们，我没法子，只好让云清请他们在旁的地方坐坐再说，可云清回来说他们约是还有其他事情，没留住。"

她揉着太阳穴，低声抱怨："近来也不知是怎么了，总忘事，前儿竟然忘了发月钱。母亲的脾气越发怪了起来，今日为了开窗的事又把云清骂哭。她总犯病，脾气也越发暴躁，要不要换个太医看？"

蒋重沉默地看着杜夫人，她在传递一个信息，她很忙，心力交瘁，忘了有些事也是情有可原的。而且老夫人太强势，脾气太古怪执拗，她没法子违逆老夫人。蒋长扬之所以没有等下去，也和她没关系，是蒋云清传的话，她已经尽力了。总之就是她没有任何过错，都是旁人的错。

杜夫人见蒋重一言不发，只是静静地看着自己，心里有些发憷，不自然地笑了笑，伸手去摸脸："哪里没弄好么？"便叫柏香，"拿镜子来我瞧。"

蒋重淡淡地道："不必了，很好，精致无瑕。"眼神却没有转开，还是看着她。

这不是因为她美丽，因为想她，因为渴望她，或者是怜惜她而该有的眼神，杜夫人沉默片刻，道："你怎么了？"

蒋重仿佛在陈述旁人的事："今日我去请假，听说了一件事。云孝子要弹劾大郎忤逆不孝，把祖母活生生气得卧床不起，这是十恶之一，德行有亏的人，不配为官。"

杜夫人"啊"了一声，惊讶道："怎会有这样的事？他如何得知的？虽说大郎那脾气得罪的人不少，可他也未免太清楚咱家的事了吧？"不等蒋重回答，她又急急地道，"这人就是个白眼狼！当年我父亲那般待他，他却那般无情无义！这就是个为了上位不择手段的，咱们一定要帮大郎！不单是为了他，也是为了咱们家。母亲不肯听我的，您去劝劝母亲吧，只要她出来说话，就什么风波都起不来！"当然，老夫人假病即将成真，是休想再起来了。

蒋重觉得自己真奇怪，他应该是愤怒的，但他竟然想笑。他的妻子多么聪慧，多么能言善道。首先，她就挑明了这事的蹊跷之处，外人不当知道，知道了必是事出有因；其次，她暗示了蒋长扬的仇家多，很多人等着看他倒霉，也就间接地解答了前面的问题；再次，不用他提，她先就无辜地表示，云孝子是个白眼狼，待她父亲这个恩人都是无情无义的，便择清了她及杜家的嫌疑；最后，她提出了行之有效的解决方法，表现得一派热忱和大度，同时也说明赶走蒋长扬，生病都是老夫人在作，她这个媳妇做不得婆婆的主，她尽力了。

杜夫人没有收到蒋重的回音，哪怕就是一个眼神和一声肯定都没有。他只是陌生人一样地看着她，一言不发。她从忐忑不安慢慢地平静下来，同样抬起眼睛对视着蒋重，毫不闪躲。怕什么？是他对不起她。

良久，蒋重轻轻吐出一句："你变了。"已然是不需要任何旁的解释和证据，直接定了她的罪。

她变了？杜夫人想笑，却又想哭，她抬起手，放在蒋重的面前，沉声道："我当然变了。从豆蔻年华的少女，变成了渐渐衰老的老女人。你看我这双手，刚嫁给你的时候，你夸它是天底下最美的手，骨肉匀称，晶莹无瑕，柔弱无骨，美如兰花。可是现在呢？无论怎么保养，它始终在慢慢变老，不再如从前那般细致滑嫩，也会变黄变粗！"

她猛地将头上的水晶簪子拔下，乌黑的头发倾泻而下，垂在她的肩头，她有些发狂似的将头顶伸过去，对着蒋重道："你看到没有？这里，这里有白发了！我还不到四十！这白发是为了谁？"

她惨笑着，拉起蒋重的手去摸她的眼角："你晓不晓得，这里也有皱纹了！遮也遮不住！你要不要看看？我洗了给你看！阿悠，阿悠，你只看到她貌美如花，怎么就看不见我为你耗尽了青春和心血？你夜里睡不着，我又能睡着？你在外头风光，是谁替你在你母亲面前尽孝？你在外头顶天立地，是谁替你把家里和孩子，还有一切人事打理得清清爽爽？"

几十年的委屈尽数涌上心头，不知不觉中，杜夫人泪流满面，她摔开蒋重的手，指着他，厉声道："蒋重，你对得起我！你今夜跑来这里，是来兴师问罪是不是？怪我没招呼好你的儿子和老母是不是？我变了？变的不是我，而是你！自从他回来，你就看我们母子不顺眼，你怎么能这样对我？！"她说到这里，几乎都要相信自己果然是什么都没做了，她就是最无辜的，被人陷害，最不被理解，最吃亏的那个人。于是她越发哭得委屈，肝肠寸断，无辜绝望。

蒋重有些无措地看着不顾形象、疯一般号啕大哭的杜夫人，虽有怜惜，脑海中却仍浮起最近一连串的事。真是很累，他揉揉额头，沉重地叹了一口气，想要警告或是安慰杜夫人，却什么都说不出来。只能转身往外，扔下一句："早点歇着吧。"

杜夫人却不肯放过他，声嘶力竭地喊道："你站住！"

杜夫人疯狂地抓扯蒋重："既然来了就说清楚，你到底要我怎样？是不是要我卑躬屈膝，挖心挖肝，把忠儿和我的这条命交给他们母子，任由他们为所欲为，你才觉得对得起他们？我对他们做什么了？放走人的是你，不忍心的也是你，真这么舍不得，当初为何不敢与圣上说明不愿做这门亲？你当着我母亲的面说要待我好，结果就是这样待我的？你害我一辈子！你害我一辈子！"

不是这样，明明不是这样，他是不得已的，她也说心甘情愿跟着他，不奢望顶替阿悠在他心目中的地位，为什么现在什么都变了？所有人都在逼他，他们到底想把他怎么样？杜夫人撕扯得蒋重的手和腰火辣辣的疼，终于他忍无可忍，猛地把人推开，怒喝道："你给我放手！这样胡闹成何体统！安生点！你非得逼我把话说出来？我告诉你，谁是谁非我心里清楚得很！"

杜夫人被他推得跌坐在地，身上火辣辣的疼痛更增添了心中的痛，她捂住脸绝望地喊道："你竟然打我，蒋重，你竟然打我？"她高高举起手臂，将上面的伤疤露出来，带着泪疯狂地笑，"你说过的话都喂了狗……我今日才算看清了你……你说呀，我做了什么了？捉贼拿赃，你倒是说我做什么了？"

蒋重看到她手臂上那个铜钱大小、粉红色的伤疤，脑子里浮现出如花似玉的少女边流泪，边决绝地闭目割肉的情形，一时噎住说不出话来，咯噔了好一歇方狠狠道："若你真顾念我们的夫妻之情，为了忠儿好，就马上叫那姓云的疯狗住嘴！"随即一甩袖子，大踏步要走。

柏香忙从角落里膝行出来抱住蒋重的脚，苦苦央求："国公爷！国公爷！求您息怒。有什么话好好说，您就是不看夫人，也看在她含辛茹苦为这个家操劳多年的分上，不要被小人蒙蔽了眼睛……"

被小人蒙蔽了眼睛？谁是小人？他轻易就被小人蒙蔽住了，那他就个是非不分的窝囊废？蒋重满面生寒，朝柏香的胸口一脚踹过去，怒道："不知尊卑的狗东西！都敢教训主子了，拖下去掌嘴！打到她晓得尊卑为止！"

可是外头虽躲了一群听热闹的人，却没人有胆子出来招杜夫人的嫌，听蒋重的指挥。这让蒋重的自尊心受到极大的伤害。白天发生的事情没人告诉他，现在他要处罚个丫头，也没人听他的了。这个家，到底是姓杜还是姓蒋？他冷笑起来："该整顿家风了！"

立刻就有人听音辨意，大着胆子出来拖柏香，柏香惊恐地睁大眼睛，顾不上胸前的疼痛，求救地看着杜夫人。杜夫人却只是冷冷地瞪着蒋重，沉浸在自己的悲伤和愤怒中，哪里还顾得上丫头的死活？

自己是为了她呀！她怎能如此见死不救？柏香凄惨地喊了一声："夫人！救命！"

杜夫人坐在地上默默流泪，一言不发。要救柏香，她当然做得到，可那意味着将会进一步激化矛盾，夫妻和解的余地更小，她的计策也会受到影响，小小的柏香不值得自己为了她坏了大计。

柏香正绝望时，三公子蒋长义豪气干云地拍着胸膛保住了她，让行刑的婆子少打些，打轻些。在这个只有星光的夜晚，柏香下定决心要跟着三公子走，只有跟着三公子，才能吃香的喝辣的，才会有前途。

从蒋重走出房门开始，杜夫人就固执地一言不发，她拒绝管理朱国公府中的一切事务，也不去老夫人跟前伺候。她直挺挺地躺在床上，闭着眼睛不吃饭、不喝水、不说话，她不可以任人任意凌辱，她有骄傲和自尊。

柏香红肿着脸进来，屏退一切闲杂人等，跪在床前流泪道："夫人，您受罪了。"

杜夫人睁开眼睛，定定地看了她一会儿，淡淡地道："受罪的人是你。你不怨我？"

"夫人哪里犟得过国公爷？是奴婢不会看眼色，给您添了麻烦。"柏香担忧道，"虽然昨夜被三公子拦下，可是奴婢害怕以后不能在您跟前伺候了。"

杜夫人叹了口气："他只是好面子，不会真和你一个小丫鬟计较的。你为我的一片心，我都记在心中，不会亏待你。现在有一件事，正需要你去做。"

又要做什么坏事了？柏香的心头咯噔一下，忙往前靠近。

杜夫人从枕下摸出一封信："想法子将这封信送回去，再去老夫人跟前，说我被打伤了，起不来床，然后找个机会叫她起不来床！"鱼死网破，是傻子做的，她要鱼死，网不破。

见柏香肿着脸进去，所有人都盯着她看，那往日不和的更是幸灾乐祸。柏香不在乎，她只看到蒋长义担忧的眼神，有这个就够了。她稳重地给屋里诸位主子行礼问了好，跪在老夫人面前说："禀老夫人，夫人昨夜不小心摔了一跤，伤了腰，今早起不来啦，什么都吃不下去，怕是不能来您面前伺候了，还请老夫人恕罪。"

"怎么这般不小心？你们这些丫头都是吃白饭的？"老夫人震惊地看向蒋重，很有些责怪在里头。说是杜夫人起夜摔跤，那是顾全体面的说法，大家都知道是怎么回事。

蒋重铁青着脸一言不发。

老夫人便赶其余人等出去："义儿拿了你爹的名纸去请太医，云清和你姨娘去伺候着你们夫人。和她说，我和国公爷立刻去看她，让她安心养着。"

众人鱼贯退出，柏香趁人不注意，给蒋长义使了个眼风。走至隐秘处，蒋长义从假山石后走出来，小声道："你怎样了？夫人没怪你吧？"

"奴婢还好。"柏香四处张望一番，取出已用热水熏过打开封口的信递过去，"快看，马上要送走的。"

蒋长义一目十行，飞快地看完了信，忍着心惊照原样叠好，送交回去："小心些，若让夫人知道，你小命不保。"

柏香含泪道："奴婢怕是很快小命就不保了。"她敢给蒋长义看信，却不敢说给老夫人下药的事。

蒋长义敏锐地察觉到了，却不直接过问，只同情道："千万小心，你的安危最重要，只要我能帮得上忙，就来和我说。"

柏香拭了拭泪，苦笑道："您放心，奴婢省得。"然后分花拂柳，自去了。

蒋长义有些失望，可想到适才那封信的内容，全身的血液又都沸腾起来，飞快地往外而去。

朱国公府因为蒋长扬闹得天翻地覆，当事人却什么都不知道。在第一声晨鼓刚刚响起时，蒋长扬就睁开了眼睛。透过微弱的晨光，他看到牡丹熟睡的容颜犹如清晨带露的牡丹花，安静而美好，不知不觉中，他的唇角就带了笑。他静静地看了牡丹一会儿，轻轻从她颈下抽出手臂，准备起身晨练。

抽出手臂并没有花多大的功夫，倒是坐起来的时候发生了麻烦。他的里衣披散着，其中一半被牡丹牢牢压在身下。他小心地一点一点扯着，试图不要吵醒她。牡丹翻了个身，发出孩子似的咕哝。蒋长扬笑了笑，满足地轻触她的脸颊，在她脸上落下一吻，准备下床。

牡丹眯着眼睛，准确无误地扯住他的衣襟，往他身边靠了靠，牢牢圈住他的腰，将脸贴着他，也不说话，还继续闭着眼睛睡。挽留他的意思再明白不过了，蒋长扬眨了眨眼睛，是该陪她呢，还是该继续刚才的打算？可以想象，今早邬三等人在演武场上看不到他，过后会用怎样的眼神看他。

大丈夫不该沉迷在温柔乡里，但也该懂得软玉温香抱满怀的乐趣所在。等到婚假一满，不知道又有什么破事儿等着呢，到那时陪牡丹的时间就少了，蒋长扬果断往下一躺，决定在这个清幽的早晨，怀抱着牡丹再睡上一觉。

只他到底是规律惯了的人，不似牡丹在家每日都要睡到辰时之后才慢慢起身的。就这般躺着，不到一盏茶的工夫，他就已经全身僵硬得酸了，再看牡丹，怎么就能睡得那么香甜。他嫉妒了，想了想，索性扯了一根头发，仔细捻成线，先去挠牡丹的耳朵，又去挠牡丹的鼻子。

"蒋长扬，你这个坏蛋！"牡丹被骚扰得实在无法忍受，发出一声沮丧的低叫，抱着头往薄被里钻。"是你不许我走的。"蒋长扬一不做二不休，扯开薄被就扑了上去，扯着她的脚就开始划拉脚底板。牡丹痒得不行，蹬了他一脚，转身反击。

二人嘻嘻哈哈打闹了近一盏茶工夫，又躺着说悄悄话，不知不觉间天已大亮，外头传来下人打扫庭院的沙沙声，又传来甩甩的声音："宽儿！宽儿！出去！出去！懒丫头！"

真是热闹，他太喜欢这种感觉啦。蒋长扬微笑着模仿甩甩的声音，轻轻推牡丹："牡丹！牡丹！出去！出去！懒婆娘！"

"你才懒呢，再没有比我勤劳的人了。看看这些有钱人，似我这般经常下地劳动的有几个？"牡丹翻身坐起，穿衣起床，"潘蓉是今日去赎玛雅儿吧？也不知道是否顺利呢。"

蒋长扬将牡丹头一夜就放在床边的藏青色圆领薄绸袍抖开穿上，扣上犀皮腰带，俯身去蹬靴子："只要白夫人那里说好了，就不会有问题。"玛雅儿现在刘畅的酒楼里待着，他亲自去赎却是不太妥当，便商量由潘蓉出面去赎，人接出来后暂住在潘蓉的别院里，只等王夫人回去时一并带走。

牡丹笑道："这事儿的始末我也不曾瞒过阿馨，但我想，从前潘蓉就爱与玛雅儿一处的，怕有人嚼舌头，说些什么不好听的给阿馨听，倒是你我的不是。不如让玛雅儿到你那个庄子里暂住一阵如何？"

蒋长扬"嘿"了一声，道："你再说一遍？"

牡丹惊觉，捂着嘴呵呵直笑："是我说错了，是去咱们靠近芳园的那个庄子里住。"

"以后不许说错啦。"蒋长扬伸了个懒腰，接过恕儿递上的水洗漱净面，道，"这几日不太方便的，那位还病着，我就接了个歌姬藏到庄子里去，不是更打不完的口水仗么？饭后咱们还往那边去一趟，然后去楚州侯府吧。"

"好。"牡丹将一件丁香色的薄纱披袍披上，正了正发上的紫玉钗子，又整了整浅绿色的金泥罗裙，示意恕儿将翠钿递过来，小心贴上了，对着蒋长扬回眸嫣然一笑："怎样？"

蒋长扬惜字如金："不错。"

牡丹对着他撇嘴，暗示他当着丫鬟就是装，然后不住口地夸他："你这身新袍子实在很好。"恕儿和宽儿抿着嘴笑，蒋长扬微微不自然，咳了一声，转身往外："我先去安排其他事情。"

林妈妈从外头来，将一只朱漆匣子递上，道："是丰乐坊那边送来的。道是昨儿夜里生了位公子，重八斤，明日要洗三，请娘子过去喝酒。"

丰乐坊，便是秦三娘了。蒋长扬接过匣子，打开来瞧，里头一张大红底的金泥帖子，看着就喜气洋洋的，上面说的却只是请牡丹，没提他。那便是寻常妇人之间的交往，不用他露面。秦三娘再得宠，再能干得用，毕竟也只是个外宅，得有分寸。在这方面，景王向来小心得体。

蒋长扬便将帖子重又投入匣中，道："礼物不必十分贵重，关键在用心。"

巳正，二人到了朱国公府，蒋长扬却不肯如同昨日那般先就进去，而是正正经经写了一张名纸递进去,然后叫牡丹下了檐子,二人一道立在大门前静候里头通传。

那门子也知他二人立在门口候着不好,再三请他二人不见进去,无奈只得拿了名纸进去寻人。谁知寻了半日,各人都在忙各人的,硬找不到一个可以将话传入后府的,又不敢硬闯,只急得跳脚。顶着日头站了会儿,遂暗想,昨日来了不见,今日定然也不见,更别说里头正在热闹,有谁管这事?得罪人的事,不如避开。便也不去同蒋长扬说,自寻个阴凉处坐下歇凉,甩手不管。

又说平日里下人颇有规矩的国公府此刻为何乱了套?竟然连个往里面递话的人都没有?这要从早上说起。当时老夫人听柏香说杜夫人摔坏了腰,把小辈下人支使出去后,便骂蒋重:"你怎地对她下这般狠手?有什么不能好好说?她若真被你打瘫了,看你怎么办!"

蒋重自己下了多大力气对付杜夫人,心里是有数的,见她故意装了吓唬全家人,心中愈恼,便冷笑道:"她能瘫了?她这是在作。我若是此番被她吓着了拿捏住,日后才是家无宁日。"

老夫人惊讶地道:"你这是怎么说?如何会家无宁日?"在她心目中,杜氏再是温顺贤淑大度能干不过了,当初的王阿悠,现在的蒋长扬才叫家无宁日,日子都没法儿过了。

蒋重本不想与她说那些烦心事,可禁不住再三追问,只得闷闷道:"您以为她是什么好人?云孝子闹腾这事,和她脱不了干系。大郎与柯氏这事儿最终能成,也是她在背后捣鬼!她就是生怕大郎比忠儿强,夺了这爵位去,所以要把大郎全毁了才能放心。"

老夫人简直不敢相信:"可她一直在劝我来着,从未说过或是做过什么。你别听人瞎嚷嚷就当了真……"

"我哪里是听人嚷嚷就当真的人?"蒋重沉声打断她的话,"最可怕的就在这里。她表面上是比我们还要替大郎着想,比我们这嫡亲的骨肉还大度,哪怕是都认为大郎陷害忠儿之时,她也从未说过一句不好听的话。好人好事都被她做尽了,坏人坏事都是我们。您好好想想,她是不是每次劝您都没劝住,反而劝得您越发生气?"他明知道她做了什么,却无迹可寻,这是何等的心机和手段!

老夫人老脸微红,不愿承认自己果然一直被杜夫人牵着鼻子走,沉默许久方道:"你说的这些都没证据吧?只是你自己猜的?"

蒋重顿时语塞,他知道该怎么查,但这个国公府表面上是姓蒋,其实暗里几乎都姓杜。

老夫人便起身:"既然如此,便不能拿来说道。你与她只是寻常夫妻间的口角,她在我家二十年,上下里外都是一片赞扬,你我还得去看她,请人替她治病。"

蒋重淡淡道:"我不去。我倒要看看她能装死到什么时候。只是我这里倒有事要和母亲商量,大郎再不听话,也是我们自家的事,闹出去大家脸上都不好看。若是追究下来,咱们还是要拧成一股绳一致对外才行。您的身子若是能忍,就先忍忍。"

意思是让她别再装病了,老夫人心中火起,丧着脸哼了一声:"我一心为了他,又能得了什么好?他还以为我老婆子仁善好欺,想怎么欺负就怎么欺负,替他娘报仇雪恨来了是不是……"

"娘!"蒋重恨不得扯着老夫人的肩膀,把她给晃醒,她怎么就不能明白,这不是两个人之间的恩怨,而是事关家族的声誉呢?

老夫人不情不愿地道:"怎么也得让他和他媳妇儿来我面前尽尽孝道,人家才会相信吧?"她怎么也得找回点脸面才行。

蒋重也认为这是应该的,蒋长扬桀骜不驯,牡丹又是那种出身,当初刘家也不是什么讲究礼仪的人家,是该来老夫人面前学学规矩,尽尽孝道的,便做主应下了:"这个好说。昨日他们不就来了么?想来今日也会过来,到时候您老就别和他们僵着了,那两个孩子本性都不坏。"

话音还未落，就听见外头有人闹，老夫人大怒："什么没规矩的狗奴！竟然敢闹到这里来！"

红儿赶紧小声道："大家伙都说今早厨房不出饭，空着肚子干活没力气，去找夫人做主，却进不得院子……"

老夫人便看向蒋重，蒋重哪里管得成这些家事？当下也只是看着她。老夫人无奈，只得同红儿道："去问厨房到底怎么回事？拿钱不干活，趁早赶出去。"

才说着，厨娘就风风火火地走来了："不是奴婢不干活，巧妇难为无米之炊，近来天热，存不住饭菜。府里的菜都是每日清晨赶早送来的，今日没人送菜，想方设法弄出了各房主子的饭菜，这上百号人的饭食却是没法子了，杀了奴婢也没法子。要喝粥倒是可以的，不过柴火也快没了。"

于是责任又追究到采买的身上。几个采买苦着脸诉苦："小的一大清早就起身候着，等着夫人发对牌，好支钱去买日用，但今日夫人病了，不见对牌账房不支钱……"原来这杜夫人当家理财管得很紧，从没有空口白牙支取钱物的事，只见对牌不见人。

老夫人和蒋重便对视了一眼，根由还在杜夫人身上。向来顺从的人突然开始造反，还造反有效，老夫人便也生起气来，冷着脸道："让账房过来回话！"她还不信，这府里没了杜夫人就不能过活了怎么的？吓得着谁呀。

账房来得飞快，就是推说没钱了，钥匙都由杜夫人收着呢。蒋重想象得到，若是去问杜夫人要钥匙，杜夫人必然是不理不睬的。他自家的钱财，要支用还得去求人，怎么得了？便满腔怒火地骂道："账房没钱，平时是干什么吃的？干不了就走人！"

那账房慌了，忙辩道："不是平日里就没钱，而是恰恰的今日就没有，刚好用光了，还不及从夫人那里支取。只因这几日各家贺寿的、娶亲的特别多，恰恰用光了。国公爷若是不信，可以让人去搜，小人十个脑袋也不敢哄瞒。"

接着又来了三四个管事，拿着对牌诉苦："是昨日就安排下的差事，某家嫁女，今日要去随礼，某家出殡，要去……"

好手段！蒋重气得一佛出世二佛升天，老夫人也板着脸道："待老身去看看你这个媳妇，端的真是会当家。全家离了她就都不能活了！"说着也不病了，果真起身扶着红儿去见杜夫人，真柔顺假柔顺，就看杜夫人此刻见了她怎么反应了。

老夫人走了，蒋重也打算跟着走，先去朝中打听处理一下云孝子这事儿。这个家还是他说了算，不能由着她们想怎样就怎样！哪承想才走了没几步，厨娘又扯着他道："国公爷，这早饭倒是喝点凉水哄个肚饱过去了，可是午饭怎么办？还有晚饭呢？"

蒋重瞪着账房骂道："不管你用什么法子，马上支钱出来，不然就给我滚蛋！"又骂一群管事，"该干吗就干吗，没法子想法子，做不了的统统滚。"

可他竟然没能出得大门，就被杜夫人的嫂子和几个侄儿给堵住了，杜夫人的嫂子哭眼抹泪的，看见他就问杜夫人犯了什么错，为何他要打她？几个侄儿也板着脸，引经据典地问他，要他说出理由来。

这就是恶人先告状，蒋重差点没气得昏死过去，还无从辩白，每每一开口，杜家人就拿从前杜夫人割肉的事来说道，又夸杜夫人如何善良温顺大度，一窝蜂地簇拥着他往杜夫人的房里去，要请老夫人，当面说清楚。

第三十七章 心急

杜夫人的哥哥杜谦不见出现，专派了女人和一群小辈来。看着似是被伤心失了分寸，生了误会，实际却是只顾缠着自己不放。那么杜谦为何躲起来不见呢？

蒋重从措手不及中冷静下来，理清出了头绪，黑着脸对着杜夫人的嫂嫂独孤氏怒道："有人在害我的嫡长子，嫂嫂领着一群侄儿拦着我的路，也是想要看我蒋家的笑话么？"

独孤氏晓得眼泪都收回去了，是有这个意思，就是想拖着他，让他慢些出门或是出不了门。但蒋重明显是被逼急了，这样的话都不管不顾地说了出来，再拦就显得自家真有那个心。当下便哭道："妹夫这说的是什么话？伤了亲戚感情……"

蒋重冷声道："今日之事我自会去寻大舅兄说，是非曲直总有定论。大嫂和几个侄儿既然来了，便去劝劝她，别把几十年的贤名一朝给弄没了。"

独孤氏还不曾止住哭声，又听蒋重道："我们家的大管事严标，以后就送给府上吧，随便大哥大嫂安排他做个什么，门子也好，扫地的也好，或是嫌他背主求荣不想要，赶出去也行。"

这严标一直深得杜夫人倚重，也得老夫人与他信任，若是其忠心行使职责，府里并不会乱套，可自事情发生伊始，就不见了这人的影踪，明显就是受指使摆挑子。蒋重要改变这种现状，必须杀鸡儆猴。所以他直接把严标扔出来，独孤氏果然立刻止住哭声，不自然道："为何把他送我家？"

蒋重便知自己所猜虽不中亦不远，当下淡淡道："既然不要，我便送官府。我家不要这种吃里扒外，撺掇着主子不得好的狗奴。"于是当着杜家人的面，大声呼喝众家丁去捉拿严标，他自出门打马直奔皇城而去。他自知挡不住云孝子，但他可以在第一时间内面圣陈情。

蒋长扬与牡丹恰好与蒋重前后错过。

杜夫人急得全身冷汗。按着原来的计划，老夫人应该在今早，当着蒋重等人的面突然发病倒下。她已等了许久，就差这最后一下把蒋长扬彻底弄垮。倘若老夫人不倒下，反而出面与蒋长扬作证，那她前面所做的一切都是白做了。

但是柏香竟然说，红儿盯得太紧，没机会下手。紧接着，老夫人噔噔噔地过来，进门就沉着脸说："媳妇！我听说你病得起不来床，水米都不能进了，我来看看你！"

这哪儿是来看病人的？兴师问罪还差不多。她当时真是想躺着不动弹，随便这老不死的怎么闹，她都只当是放屁。但是蒋重没有来，听柏香说，蒋重的态度好似很强硬，她含辛茹苦了二十年，什么都做在前面了，她不能连老夫人的心也失去。痛定思痛，她决意"挣扎"着起床，继续讨好卖乖，曲意奉承。

她披头散发地跪在老夫人面前，哀哀地哭着，先为今早的事情赔礼道歉，待老夫人消了气，然后丝毫不隐瞒昨日发生的事，把蒋重怎么说的，又怎么怀疑的她，一五一十地说给老夫人听："……母亲也是做娘的，也是女人，一定能够理解儿媳的心情，儿媳委屈啊！大郎是他的儿子，忠儿和义儿也是他的儿子，他不能这样偏心的。大郎每每一惹了祸，惹他不高兴，就要冲着我发脾气，什么都是我的错，含辛茹苦二十年，就得到这样一个下场。这次这么大的罪名都扣在我头上，我心里冷呀……泥人也有三分土性，他怎么就不能看到我对他的一片心？说我害大郎，大郎做的那些事是我让大郎做的么？儿媳已经没了爹娘，只有您疼儿媳了，您要为儿媳做主呀。这个家再这样下去，要散了。"

老夫人沉着脸听她说完，虽不完全相信她说的话，却也觉得她可怜，也觉得蒋长扬太会生事，好些事情是咎由自取。心就软了几分，仍然板着脸教训她道："就算是这样，你也不该这样闹，自到我跟前来说，我会与你做主。今早这样闹，传出去也丢你的脸面！"

她说什么，杜夫人就应什么，还是原来那乖顺的样子，表示马上就开始打理家事。老夫人作为婆婆的威严和虚荣心得到了满足，声音慢慢低下来，态度也和蔼起来："媳妇，你开始理家事吧，我就在这里坐着和你说说话。"又故意骂给杜夫人听，"那什么云孝子这疯狗，不会得逞的！想借着老太婆的名义害人，休想！我家的人，怎么打怎么踢都是我家的事，外人休想借着上位！"

杜夫人的心一下子就僵了，立刻使眼色示意柏香动手。

柏香大惊。这里是杜夫人的地盘，老夫人来看她才出的事，又刚发生了这样的事，如果老夫人在这里倒下，杜夫人担的风险也很大。

可是杜夫人已经顾不得了，舍不得孩子套不着狼。她不能眼睁睁看着云孝子白忙活一场。若是老夫人没了，萧雪溪就不能在三年之内抢先嫁进来，三年之后，谁说得清蒋长忠会是什么场景？蒋长扬又是什么场景？还有蒋重，又会怎么样？蒋重不是说她做得太好没有破绽反而假了么？那么今日就来一次破绽吧。她镇定地吩咐蒋云清："云清，你祖母最喜欢喝你煎的茶汤，你去给她做来。"又吩咐柏香，"取我最爱的那套越州瓷。"

"是。"柏香颤抖着，仓惶地去取瓷器，却听红儿笑道："老夫人，您在吃药呢，不能喝茶的。"

老夫人连连点头："是这样的。不要忙了。"

杜夫人淡淡地道："那就喝点水吧？"

老夫人摇头："我这两日汤药补汤喝得太多，一走路这肚里就响，不喝！"

杜夫人的脸阴沉得可怕，但最要命的还在后头，杜家人来了，但是没能留住蒋重，蒋重说的话很难听，完全没给她娘家人面子。郎心似铁。他是打定主意要保住那女人的儿子了。还没难过完，老夫人看到独孤氏等人，又把脸沉了下来。

竟然为了这么大点事情，就兴师动众，把娘家人给弄来了！全然不顾府里的脸面！这是来问罪的？不就是吵了几句嘴，蒋重推了她一把么？她是少胳膊断腿了还是哪里怎么了？油皮儿都没破一点，刚才还说自己多无辜呢！原来也是个搅家精。

老夫人当下就起了身，淡淡地与独孤氏打了声招呼，然后说自己乏了，又当着众人训斥杜夫人："几十岁的人了，动不动就要死要活的，急得我一个半截身子入土的人拖着病体为你操心。你自己想想该不该！亲家大嫂来得正好，好好劝劝她！"然后扶着红儿噔噔噔地走了。

杜夫人气得倒仰，看到独孤氏悲悯的眼神，不由悲从中来。却只能咬碎牙齿和血吞，还得强撑着笑脸招待独孤氏。

待到清净了，独孤氏方轻声道："你太过心急了。你哥哥是不赞同的，但是你已经做了，只好配合你。"

杜夫人抬眼看着窗外的青枝绿叶，内心一片萧索。她轻轻地道："我能不急么？这样的情形，你也看到了。二十年，二十年呵，好像一场梦。"

当年的情形还在眼前，只是谁也没料到蒋长扬会以这样的方式回归。独孤氏长叹道："你想得太严重了，哪里就到了这个地步？妹夫虽然说话难听，也是被你逼急了。你二十年的辛劳，不是轻易可以抹灭的，他不敢把你怎么样。等他回来，你服个软，你哥哥会设法把云孝子这件事圆过去。"她故作轻松地碰碰杜夫人的手臂，"你们到底也是二十年的夫妻呢，他这个人还是长情的。"

长情？那得是谁。夫妻感情是必然受损的，这已成了不可逆转的事实，关键是看下一步怎么走，她还不能言败。杜夫人含泪道："已经到了这一步，哥哥还有什么好办法？"

独孤氏低声道："你哥哥先就想好了，把这件事推到萧家头上去！"

萧家！杜夫人的眼睛骤然睁大。

独孤氏有些得意地道："虽说你家老三是养在你名下，也是从小跟着你长大的。但到底隔着一层肚皮，他亲娘也还活着，人心难测。他现在托了萧家的福，年纪轻轻就混进了门下省，难免会生出些其他心思来。就算他不会，他身后也还有个萧家！萧家一门，谁是肯落人后的主儿？坏水儿又多，不会轻易放手的。不如趁机把他们拖进来，让他们去斗。"

特别蒋长忠又是烂泥糊不上墙，去了这么久，别说立功，就是和身边的袍泽也不能相处好。那些小功劳都是杜谦花钱设法弄虚作假来的，还妄想什么大功劳。自家人这么差，拿什么和人家比，所以要先把前路清理干净。

说到这个迫在眉睫的问题，杜夫人立时收了哀戚，精神起来："对！萧家为了上次的事情说不定也正恼着蒋大郎呢，说来也是事出有因！就这样了。"

独孤氏安抚她："我不好在这里久留。别胡思乱想，他回来若是要拿严标开刀，别舍不得，由着他去。以后有什么事，还是先和你哥哥商量好了再动手。"

杜夫人有些惋惜："这次事情不成，云孝子怕是要恼上一段日子了。"

独孤氏道："也不见得没用。原来不是有个姓柳的升任右拾遗的时候，被人说他不能事父，即便他父亲出来替他说了话，他不也被停职回家了么？圣意难测，先看着吧。"

"嫂嫂记得提醒大哥，早上我给他那封信里说的，让忠儿近期立次大功的事务必抓紧办妥。"杜夫人送走独孤氏，便闭门静坐等待蒋重归家。

却说蒋长扬与牡丹顶着烈日在门口站了一歇，被烤得着实难受，眼看着里头是不会有人出来了，蒋长扬见牡丹满头细汗，便道："不等了，我们走吧。"

牡丹知道他心疼自己，便笑道："来也来了，且再等等。"

忽见一个穿着绯红披袍，梳着高髻，头上簪了三把大大小小金筐宝钿犀角梳子，贴着花钿，描着分梢眉，嘴唇点成半边娇样式的贵妇带着几个衣饰华贵的少年郎出来。妇人见到他们，就惊讶地"咦"了一声，随即亲昵地上前招呼："大郎，既然来了怎么不进去，就在这里站着？"

蒋长扬与独孤氏非常不熟悉，却还是笑道："我惹祖母生气了，她什么时候愿意让我进去，我就什么时候进去。"

小狐狸！独孤氏暗自唾骂一声，满脸堆笑地道："你大概认不得我们，我是你舅母，这是你几个表兄弟。"自动攀上亲戚后，笑着打量牡丹道，"哟，这就是新妇？好鲜妍的颜色，我看着都爱呢。"

蒋长扬不露声色地将牡丹护在身后，微微欠身："夫人忙，我们不耽搁您了。"随即退后半步，将路给让了出来。

他根本不认这什么莫名其妙的舅母表兄弟之流。独孤氏心知肚明，含笑和随行的婆子道："还不赶紧去和里面说，大公子在这外头站着受罪呢。"

那婆子忙往里去了，独孤氏笑嘻嘻地点点头，自领着自家儿子去了。她看着蒋长扬这做派，自家小姑那点小九九要想如意，怕是难。

老夫人得知蒋长扬和牡丹在门口站了许久，只当是蒋长扬和牡丹怕了，是来求她原谅的。也有心要气杜夫人，就命人将他二人喊进去，给茶上糕点，也命牡丹坐下，虽然不冷不热的，但也没刁难。

蒋长扬见她今日没摆谱，没在床上躺着，而是靠在榻上满脸不高兴，亦没见杜夫人等人在一旁伺候，联系先前进来时府里的奇怪气氛，隐约猜着是出了事，却也不问，安心吃茶。

老夫人默默想了一回心事，见他二人进来行了礼就什么都不问，比她还稳得住，便不高兴道："终于知道怕了？若非我顾念着亲骨肉，一定要…………"巴拉巴拉一长串。

蒋长扬和牡丹都垂了头不语，任由她去说。忽见蒋长义一瘸一拐地走进来行礼："孙儿见过祖母。"又去与蒋长扬和牡丹行礼问好。他的额头破了皮，身上的袍子也被撕烂，上面沾满灰尘，还瘸着脚。

老夫人皱着眉头不高兴地道："你这是在做什么？让你去请太医，你倒好，这时候才回来不说，还弄成这个样子。"

蒋长义羞愧地道："孙儿太心急了些，不小心从马上摔了下来，幸亏没伤着骨头。只是耽搁了大事。"真好呀，该闹的都闹完了。

"你呀！什么时候才能稳重点？"老夫人恨铁不成钢地点着蒋长义的额头，"我看，你是只有赶紧成亲，才能变得稳重点了。"

蒋长义闻言不由暗喜，却惶恐地道："长幼有序，二哥还没……"哼哼，若非柏香告知独孤氏那席话，他还没那么急，既如此，赶早成了这亲才是正经。

老夫人淡淡地道："事有轻重缓急么，凡事都有特例。他在边关，也顾不得这许多。萧家不是催得急么？你母亲身体不好，你娶了亲正好分担些家务，省得累着她。适才她看了太医怎么说？"这些年让杜氏一枝独大，真是忘了根本啦！哼哼，再不出手，还当她是病猫了。

蒋长义小心翼翼地道："适才太医到了门口，母亲不肯看，说是她已经服过药好了，让重谢了太医，送太医回去了。"

当然了，装的也敢看太医么？老夫人重重地哼了一声，到底顾忌着脸面，没说什么难听话。祖孙几人各怀心思，闷坐了许久，忽然又听得外头来了人，闹闹嚷嚷的。

老夫人这几日被累着了，一听见闹腾就害怕，忙问到底是怎么了。却说是宫使来召蒋长扬入宫的。

老夫人不由暗想，宫使怎会知晓蒋长扬在这里？这恐怕是蒋重在宫中见了驾，说自己没事，那位故意让宫使找到这里来一探究竟的。少不得要亲自出去见一见，便叫蒋长扬和牡丹扶着她，一道往前头去见宫使。

来的却是两个眉清目秀的小内监，不露声色地打量了谈笑风生的老夫人一回，收了钱财，说了几句客气话，催蒋长扬上马入宫。老夫人忙示意蒋长义去打听，让蒋长扬入宫是为了什么，那两个内监只是笑，什么都不说，但大家都隐约能猜到是怎么回事。

牡丹担忧极了，蒋长扬低声道："没事，安心等我回来。"然后转身稳稳地走了。

别的不说，就是蒋长扬遇到事情这份沉稳，也是少见的。想这孩子，当年也曾在自己怀里撒娇，追着自己甜甜地喊祖母，怎么就成了这个样子？老夫人心情复杂地目送蒋长扬离去，回头看见牡丹，便冷冷道："看吧，都是为了你！妻贤夫祸少，你……"

忽听蒋长义小声道："祖母，大嫂心里也怪难受的。"

老夫人狠狠地瞪着蒋长义，小兔崽子也敢和她顶嘴了！蒋长义虽有些害怕，却还是挺起了胸膛，表示自己其实很勇敢。老夫人到底什么也没说，由着牡丹扶回房里，然后将牡丹扔在一旁，自靠在榻上，叫红儿取围棋来，让蒋长义陪她下棋，又偷偷打量牡丹。

牡丹规矩坐着，眼观鼻、鼻观心，实际神游太虚。老夫人见她坐姿端正，神态安详，不焦不躁，稳重得很，挑不出来半点毛病，遂想试刁难一回："丹娘！来陪我下棋。"

牡丹起身净手、行礼、落座、头正、身正、腿正。先整理棋局，接过红儿递上的白布将棋盘仔细擦拭了一遍，请老夫人抓白子猜先，自己抓了一粒黑子在手，表示白子若是单数，则己方执黑；若白子是双数，己方则执白。

礼仪一丝不苟，不是一朝一夕就能成的，老夫人神色渐肃。接下来，牡丹执黑，老夫人执白，黑子先行，二人都默然无声，开始搏杀。老夫人拧着一口气，非得要把牡丹打败，牡丹却是一切顺其自然，胜固欣然，败亦可喜。

蒋长义在一旁暗暗叹息。老夫人太过凌厉焦躁，一味只攻不守，牡丹却是稳重平和，攻守得益。刚遇到这样的事，牡丹还能保持这般心态，老夫人就已经先输了，就看这位年轻的嫂嫂会用哪种方式结束战斗。

"啪"的一声轻响，随着牡丹手里的棋子落下，老夫人脸色灰败。她输了，而且她很清楚，牡丹让了她，不至于让她输得太难看，所以和棋。

"和棋了。"蒋长义惊讶极了，他没想到牡丹竟会以这样的方式结束。身处弱势的一方，不是最应该示弱么？

蒋云清进来，笑道："定然是祖母怕大嫂不好意思，故意让大嫂的。"

老夫人的表情分外精彩。想表示自己没让牡丹，却又拉不下这个脸，想顺着蒋云清的话头表示自己确实让了牡丹，又实在没这么厚的脸皮。便道："我是牵挂着你们父亲和大哥，心绪不宁。"

蒋云清和蒋长义都有些想笑，因怕尴尬，便道："父亲让把严标给关起来，不知要怎么处置？"

老夫人阴冷地道："这种东西，自然是要先家规处置，然后再赶出去的。不然以后都跟着他学，还谈什么规矩！"

牡丹坐在一旁拿了白布细细擦拭棋盘，并不听，也不参与谈话。她处于绝对的弱势，不会因为输棋就能讨好了谁，所以不能输，不能让人越发看不起。选择和棋，是想告诉老夫人，她可以不争，但是希望和平。

忽听老夫人道："丹娘不说话，在想什么？是不是与我们无话可说？"

牡丹微微侧身，轻声道："孙媳妇牵挂着大郎，还牵挂着另一件事。"

老夫人挑了挑眉："哦？你还牵挂着什么事情？"肯定是想趁机占便宜！

牡丹道："孙媳妇有位故人生了孩儿，明日是三朝，要请孙媳妇过去饮酒，她不缺钱，也不缺稀罕东西，所以孙媳妇很为难，不知该送什么才贴心。祖母年纪长，见识广，若是您方便，还请指点孙媳妇一二。"

老夫人的耳朵自动留下最关键的两句：对方不缺钱，也不缺稀罕物，说明不是普通人……她有心问对方身份，却又觉得向牡丹打听这个很丢脸，便道："你既然问我，我便说两句，听不听在你。这样的人，比之钱财，更重心意，但是又要拿得出手，面子上过得去。谦谦君子美如玉，你精心挑选一件寓意吉祥的玉器送过去，玉质一定要好，再搭些亲手做的针线就够了。只是这寓意呀，就要看主人爱什么了。"

这寓意吉祥的玉器倒是好选，想来秦三娘现下并不会奢望什么，只求孩子平安富贵就已经心满意足。牡丹便道："我家中有一块云端多福的玉插屏，不知那个如何？"

老夫人板着脸道："太过普通了吧？"好似是送她的客人或者是送她一般，倒先不满意了。

牡丹微微一笑："那就还有一个富贵平安。虽然俗气了点，但胜在雕工精美，瓶子那块刚好是青色的，牡丹花儿微微带了点彩。谢祖母提点了。"她刚开始想的就是这个，只是晓得老夫人一定会找话说，所以故意先说云端多福。

老夫人却从牡丹的话中听出另一层信息来，她家有钱，不缺好东西。当下心中又怪别扭的，便道自己乏了，要歇息，又推说自己热，要人给她打扇子。红儿和其他丫头打，说是看见她们就心烦，把人统统赶走。牡丹暗自苦笑一回，老太婆就是要她打来着，便主动道："若是祖母不嫌我烦，我来吧。"

老夫人没吱声，表示就是要她打。

蒋云清和牡丹咬耳朵："祖母其实是想你陪她来着。讨厌的人不许在面前的。"

牡丹只是笑，现在决不能再给蒋长扬添麻烦。她也曾给何志忠、岑夫人打过扇子，这会儿给老夫人打打也没什么关系。虽则老夫人挺可恶，蒋长扬这番被牵涉进去也和老夫人装病脱不掉干系，但到底最后她还是转过弯了，为人处世不必事事求全，但求无愧于心。

老夫人想着这几日发生的事情，心里烦躁，根本睡不着。偏她幺蛾子多，一会儿故意将被子蹬了，看牡丹会不会给她拉被子盖上；一会儿又故意假装推落一件东西掉下来，让牡丹去捡，又或者要水喝，一会儿嫌冷一会儿嫌热，又故意把水洒在牡丹的新衣服上。

牡丹只当她是个得了多动症的老儿童，拉被子盖上没问题；捡东西，活动活动腰；倒水喝，正好歇歇手，出去透透气。她只需见招拆招，倒是老夫人来回折腾还得伤脑筋，晚上回去让蒋长扬给她捏捏手臂就好了，这样一想就释然了。

老夫人折腾累了，总算是困了，睡着之前不忘提醒牡丹："我怕热，你继续扇着，若是右手累了就换左手歇歇……"

牡丹笑眯眯的，也不说好，也不说不好，待到老夫人睡着，就把扇子给放了。

随着时间的推移，始终不见外头有动静，牡丹开始慌乱——不知蒋长扬会落得一个什么样的下场……老夫人睁开眼，马上察觉到没人给她打扇子，四处一找，只见牡丹站在窗旁盯着外头看。

哼，也是爱装的东西。她一睡着就不打扇子了，老夫人使劲咳了一声，她要戳穿牡丹温顺的脸皮！牡丹镇定自若地回过头来，上前去扶她："祖母醒了？"

老夫人冷着脸道："为何骗我？做不到就别答应，我也不会把你怎样。我最恨的就是这种表里不一的人。"

牡丹面色不变，静静地道："请问祖母，孙媳妇答应了您什么事没做到？您指教，孙媳妇一定改。"

老夫人怒道："我当时睡觉，告诉你我热，叫你给我扇扇子，你扇了么？"

"扇了。因您没说让我扇到什么时候，见您睡着了，孙媳妇就放了扇子，老年人贪凉对身子骨不好的。"牡丹替她倒了一杯温白水过来，"看您出了一身的汗，喝点水舒服一点。"

老夫人很生气，但是找不到可以反驳的话，便狠狠地转头："不喝！"

牡丹也不勉强，将杯子放了，去点蜡烛，问她："您要起身了么？红儿刚才来问，要不要摆饭。"

老夫人不理她，只大声喊红儿。红儿赶紧进来："老夫人，您有什么吩咐？"

老夫人狠狠地道："什么时辰了？天都黑了，也不叫我起身。夫人呢？在做什么？外头怎样了？"当着牡丹的面，她是怎么也不肯直接询问外头是否还乱着的，早上那种事情叫牡丹知道，再说给王阿悠听，丢死人了。

红儿心领神会，忙道："已然戌时了。夫人刚用过膳，过来看了您一回，听说您睡着就没进来，去安排明日的琐事了。"

牡丹有些诧异。杜夫人竟然来过，但不知出于什么原因没进来。难道是因为知道她在这里？不对呀，往日杜夫人那样会装的一个人，今日怎会避而远之？

一切又回到了正轨上。老夫人松了口气，又开始担忧："他们怎么还没回来？"说到这里，又开始骂牡丹，"他们去了这么久都不见回来，你半点不见担心，我看你蛮自在的……"

牡丹道："孙媳母亲有交代，老人面前不能轻易落泪，也不能一惊一乍，再难过再担心都得忍着。不能叫老人悲伤操心，所以孙媳一直忍着。"

好呀，她说一句，牡丹就回一句，伶牙俐齿的！老夫人习惯性地想捶坐榻发脾气，手都举起来了，又觉着自己好像找不到什么充足的理由，便道："谁知道你说的是真还是假。我看你半点儿事都没有，也太能忍了。"但因为缓了那一缓，气势便没先前足了。

牡丹抬眼真诚地看着她："祖母可以做到泰山崩于前而不变色，孙媳当然要跟着您学。"

泰山崩于前而不变色？老夫人很满意这个形容，便哼了一声，叫红儿摆饭。

照例是要小辈伺候老人吃饭，然后才轮到小辈吃的。老夫人安安心心地享受了牡丹的伺候，然后指着她吃剩的饭菜，说："很不错，你尝尝吧。"意思是要牡丹吃她吃剩的。牡丹半点胃口都没有，微微红了眼眶，委屈而隐忍地道："谢祖母赏，但孙媳牵挂着大郎，委实吃不下。"

老夫人被她反将一军。自己刚还说她不担心，然后自己吃得下，她却吃不下，是不是说明自己没她担心呀？一口气硬生生噎着，气得想打人，便骂道："刚才还说要和我学泰山崩于前而不变色，转眼就吃不下饭了？你可真有出息！"

牡丹便为难地道："那，那我喝碗粥就好了。"

忽听到蒋重的声音疲惫地在门口响起："母亲。"

老夫人顾不上去管牡丹，连忙起身："回来了，怎样？"

牡丹忙着往蒋重身后看，急急地寻找蒋长扬。蒋长扬在蒋重身后对着她神态轻松地微微一笑，还做了个不易察觉的鬼脸。一直压在牡丹心头的那块巨石被骤然搬开了，她也望着蒋长扬甜甜一笑。

老夫人看到他二人当着长辈的面就眉来眼去的，非常看不上，重重哼了一声。见牡丹垂下眼了，方才道："怎么这个时候才回来？"

蒋重的脸色很难看，接过牡丹递过的茶，就愣愣地捧在手中，一句话也不说。老夫人有些着慌，看这模样似是不单事情没解决好，还另外牵扯到了蒋重似的。这可怎么得了？这回那个下作的搅家精可满意了，一害几家穷，连着蒋重都倒了霉，怎么办？她使劲儿将拐杖在地上重重一砸，厉声道："去把杜氏给我叫来！"

牡丹压住惊慌，探询地看向蒋长扬。瞬间，她已想了许多，蒋长扬能够平安归家，说明没什么大事，最坏的结果无非是被停职罢了。停职，对她来说没什么，但蒋长扬必然大受打击。他一直渴望建功立业，且心高气傲，不愿承祖荫，希望能扬眉吐气得到世人的承认，如若遭此重创，可谓无妄之灾。

蒋长扬轻轻摇头，示意牡丹少安毋躁。

只听蒋重喝住红儿，有气无力地道："叫她来做什么？我不想看到她。"

老夫人抚着胸口，气息急促："到底怎样了？你倒是快说！可是你也挨了罚？"

蒋重还真不好说。被停职的人竟然是他。这个笑话大了。他在宫门口跪了很久才得到皇帝的召见。他并不敢多作解释，只说是误会——确有小争执，但蒋长扬把老夫人气病是子虚乌有，是有人捕风捉影，老夫人身体康健着呢。

皇帝沉默很久才道："朕记得你昨日就请了假回家侍疾的，好像说，你的三子也请了假？"

他满头大汗，忙道："那是宿疾，三不五时总会犯一次，养上两日就好了，和这个真没关系。圣上若是不信，可以让人去探询。"

又是沉默，只能听到朱笔落在奏章上的沙沙声。他已经很久没有跪过这么长的时间了，腰膝竟然有些受不住。正撑不住呢，皇帝终于停了下来，命人赐座。

他屁股还没挨上绣墩，就听见皇帝说："你消息挺灵通呀，人缘很不错。"

"哐当"一声，蒋重被吓得从绣墩上跌下来，跪伏在地不敢发声。皇帝阴冷的目光在他的头颈上来回扫动，犹如最锋利的刀在上面冰冷地划过。他清楚地知道，这一位从一个普通的亲王做到嗣王，又走到今天，中间经历了多少血腥和猜忌。他竟然犯了大忌。

良久，外头响起蒋长扬求见的声音。紧接着一身便装的蒋长扬走了进来，一言不发挨着他跪下。他当时就觉得完了，皇帝早就什么都知道了，都打算好了。

皇帝冷冷地看着蒋长扬，把云孝子写的几本奏折扔到他面前："你太让朕失望了！你还有什么可说的？"

蒋长扬镇定地翻看完云孝子的奏折，对着皇帝磕头："臣没什么可说的，只是有几点想不明白，请圣上替臣释疑，听完之后，但凭圣上裁决。"

皇帝淡淡地道："你倒是朝闻道，夕死可矣。"

蒋长扬便将当日发生的事情大概说了一遍："从不听祖母的话，激怒祖母来说，臣是不孝的。但什么才是真正的大孝呢？是看着祖母继续错下去却不指正，把正义和正确的道理抛之脑后，顾全自己的名声和孝道好，还是应该顶着骂名，坚持正道？臣不知什么才是真正正确的，便只选了自己觉得对的。再来一次，臣还是会这样做。"然后他添了一句，"云孝子的话也不是全对，臣今日见了祖母，她老人家中气十足，还能理家事。"

皇帝冷笑："那么，你翻第二本来看，说的又是什么？你又怎么说？"

蒋长扬再翻，上面写的却是说他与景王过从甚密。他早就料到会有这一天，怪只怪，方伯辉实在太显眼了。他想了很久，决定什么都不说。

皇帝见他不发话，道："怎么不说话了？刚才不是还很有理由么？"

蒋长扬苦笑道："这也算是事实，如今拙荆的园子里头还有景王殿下卖的花匠呢。臣没什么可辩的，圣上圣裁即可。"

皇帝还未说话，就有人进来小声禀事。父子俩便在大殿里头跪了许久，一直到天将要黑时，里头方才来传话，让蒋长扬闭门思过一个月，不孝、与景王过从甚密的事情就这样不了了之。倒霉的是蒋重，让他先把家事料理好再做其他事情，其实就是变相的停职。

蒋重很害怕，他觉得皇帝的眼睛无处不在，他做什么皇帝都清楚得很。看吧，家里的事情好像都没瞒过。他还很悲愤，为何都成了他的错，他成了大笑话。

蒋重吃力地道："圣上让大郎闭门思过一个月，让我先把家事处理好再去做其他事情。"

老夫人捂着胸口猛地往后一倒，竟然是背过气去了。蒋重慌了手脚，赶紧上前掐她人中。蒋云清和蒋长义过来打听消息，见状都扑了上去。一家子掐的掐，喊的喊，摸胸口的摸胸口，好一歇才听到老夫人幽幽出了一口气。她还未开口，四周就哭成一片，好像她死了似的。

牡丹和蒋长扬都被挤到一旁，二人无奈地对视了一眼。都觉得有很多话想和对方说，却因为环境不合适，只能静待事态发展。

老夫人憋足了劲儿，脸涨得通红才喊出一声微弱的声音："都给我闭嘴！"

于是众人都关水龙头似的收了眼泪。老夫人犹如毒蛇吐信一般咬着牙道："去请咱们家的杜夫人来！"然后冷冷地看着蒋长扬："你得好生记着，你父亲戎马一生，吃尽了苦头，最后却是葬送在你这个忤逆不孝子手上的！"明明是他不对，却是蒋重被停职，他只闭门思过一个月，两厢一比较，多么不公平！

这话简直没道理，真正的罪魁祸首是杜夫人，但蒋长扬还是选择沉默。这样的结局他也没想到，但此时追究谁是谁非又有什么用？到了明日，许多人都会说蒋重因他而获罪，他也不能挨家挨户去解释，所以爱咋地咋地。反正在拜堂风波的时候，他就已经想好了，人生不可能十全十美，有舍才有得，虚名累死人。

老夫人见他一言不发，以为他内疚了，就想再指责牡丹几句以发泄心中的怒气。蒋重觉着耳边犹如有几百只鸭子在叫，吵得他头晕脑涨，便疲惫地道："母亲，罢了！也不全是他的错。这一天，不过是来得早点和晚点罢了。"

老夫人一怔，随即悲从中来。她恨透了杜夫人，就是杜夫人撺掇她，故意设计让她给蒋长扬送红儿，才惹出这场滔天大祸的。这个毒妇，是巴不得家里所有人都倒霉，都死绝了，就剩着他们娘俩儿，好独占了这朱国公府！

老夫人狠狠地蹾着拐杖，一迭声地问："杜氏怎么还不来？是心虚了不敢来？"

蒋重不胜其烦，已经够丢脸了，还要闹到什么地步？当下沉声道："这件事情我自有分寸，母亲别管了！"

老夫人大怒："我不管？就因为我没管，家里和你才成了这个样子！还叫我别管？"

蒋长义柔声道："祖母息怒，父亲也是为了您好。您年纪大了，又有心悸的老毛病，受不得累。您且先养着，还要您主持大局呢。"

老夫人心里才算舒服了点。忽然外头有人来禀，说是有几个往日蒋重的袍泽弟兄听说了这件事，前来探望。这几个人，混到如今都算是权高位重的。

老夫人眼睛一亮，忙道："到底还有几个有良心的，你快去，和他们说说，想想法子，早日消了圣怒⋯⋯"

谁知蒋重本已走到门口却又折身回来，让蒋长义出去送客，不见这几个人。白日皇帝不是说他，消息挺灵通的，人缘真好么？他此时再见这几个人，实是大大的不妥了。

蒋长义悄无声息地退了出去，老夫人沮丧地坐在灯影里，蒋云清握着帕子不敢说话，蒋重的眉头紧紧皱成一个"川"字，气氛沉重而压抑，却没人想到，蒋重和蒋长扬大半日未曾进过水米。牡丹低声交代蒋云清："让厨房弄点简单方便的吃食来，最好是汤面。"汤汤水水的吃下去，胃里才会舒服。

蒋云清恨不得快些离开，连忙起身去了。直到汤面上来，杜夫人才慢吞吞地来了。她今日只是随便绾了个反绾髻，插了一对双股素金钗，穿着件翡翠色的披袍，内着银白小团花八幅罗裙，妆容虽淡，同样精致。只是到底有些不同，整个人看着好似突然苍老了十岁。

她面无表情地穿过众人，对着老夫人吃人一般的目光，淡定地施礼："媳妇见过母亲。"又与蒋重行礼，"妾身见过国公爷。"然后站定了，目光扫过蒋长扬，恨入骨髓。也只是瞬间，她就收回目光，垂下眼帘，看着自己的脚尖，沉默而冷淡，再也没了往日的神采。

在老夫人愤怒地开口之前，蒋重把碗一推，冷淡地看着杜夫人："叫你来，首先是要把映雪堂打扫出来，今夜大郎他们要在此处安歇。其次是家中有些事情必须得理一理了。稍后，把大家都喊到正堂前去，把严标处置了吧。"

杜夫人都有准备，淡淡地道："但凭国公爷做主。"言罢便要出门安排下人打扫房间，叫下人聚到正堂前去。

蒋重又喊住她："今日的事你还不知道吧？"

杜夫人沉默不语，她现在确实很关心结局，蒋重的眼神让她害怕，她虽还竭力站得笔直，却不知道能撑多久。

蒋重道："大郎要闭门思过一个月。"

杜夫人好失望。怎么只是这样！她心中悲愤，面上倒是镇定，淡淡地道："这样就好。我要感天谢地，我今日在家中坐着，就生怕他会发生什么事，到那时，我只有一死以示清白了。"

要把谎话说成真话，就要先相信自己的话。杜夫人话未说完，两滴晶莹的泪珠已然跟着滴了出来，同时满脸愤激之色。

到了这个地步，还不肯认，要一直死撑到什么时候？蒋重沉重地叹了口气，道："圣上说我管家无方，让我从明日起不必再管其他事情，先把家事理清再说。"

这就是报应！杜夫人有些快意，但更多的是害怕。圣意果然难测。到了这个地步，老夫人和蒋重会怎么看她？必须把事情全都推到萧家头上，不然她在这家里再也没有好日子可过了。

蒋重见她站在阴影里，脸色瞬间变了几变，猜不着她在想些什么，也懒得去猜，便挥挥手："你去忙吧。"他靠在几案上，忍住酸涩看向一旁静立的蒋长扬，苦涩地想，还好没被一锅端了。这乱局，他何尝不明白？早日定下继承人，就没这么乱了。

杜夫人快步走在庭院中，狂乱地想，为什么会是这样的结局？为什么会是蒋重受到重罚？

"儿子给母亲请安。"蒋长义悄无声息地从另一条小径突然穿行出来，还是一如既往的恭敬。

杜夫人平息下情绪，低声道："是义儿呀，你从哪里来？"

蒋长义小心道："儿子适才奉了父亲之命，送几位世伯出去，还让人把严标和铁大娘、门子一并送到正堂前去。"

"铁大娘？为什么？"杜夫人努力想保持优雅，但她简直不敢相信那粗粝沙哑的声音竟然是她的。铁大娘是她的陪房之一，处理严标也就算了，当众处理铁大娘不是等于当众打她的脸么？

蒋长义摇头："儿子不知，早上儿子恰好请太医去了。"

杜夫人仔细想了想，算是明白了。铁大娘一直管着中门的事，蒋长扬和牡丹在门口站了大半日没人理睬，更无人递信进来，铁大娘失职了。

她想仰天长笑，这是打算为蒋长扬和牡丹立威了？蒋重，好，好，好得很。

军棍击打在人的身上，发出一种沉闷却让人心惊的古怪响声。牡丹站在蒋长扬身后，微微把脸侧开，不想去看这血腥的一幕。

灯火通明中，朱国公府的一百来号仆役分男女各站一旁，屏声静气，噤若寒蝉地盯着面前被打得血肉模糊、早就已经没了动静、只剩一口气吊着的严标——曾经风光一时，左右逢源的严大总管。命令是国公爷亲自下的，严大总管犯了背主的大错，情由不必很清楚，只要罪名确凿就行了。

老夫人坐在中堂正中，闭目转动着手里的念珠，低声念佛。蒋重和杜夫人分坐在两旁，都是面无表情，只是一个的脸很黑，一个的脸很白。蒋云清低着头，默默绞着手帕，蒋长义小声劝蒋重："父亲，差不多了吧，再这样下去怕是要出人命了。"

蒋重恨不得把严标之流全都打死才干净，只是目前正处在风口浪尖上，确实不能。他淡淡颔首，蒋长义立刻问执刑的人："还有多少下？"

执刑的人忙道："尚且未满六十。"蒋府惩罚下人，用的不是平常的木杖，而是军棍，从来没有任何花式，一棍子打下去，保准痛得人哭爹叫娘。此番蒋重说是要打满一百下，就自然要打满一百下，不然人早就没命了。

老夫人适时道："我年纪大了，见不得血腥。差不多了，明日把他送交官府也就是了。"这样子送交给官府，其实就是要他的命。

蒋重点点头。几个身强力壮的侍卫拖死狗一样把严标拖了下去，几个婆子又拖出一个早已吓得半死的妇人，按在地上掀开裙子要打板子。妇人只敢小声抽泣，全身筛糠一样，白白的肉在灯光下格外扎眼。

杜夫人霍然起身，一挥袖子，径自离去。蒋重漠然地看着她的背影，到底没有当众给她难堪。这么多年来，他全身心地信任杜夫人，什么都交给她做。她也一直做得很好。他对她从未有过怀疑，倘若没有这次事件，他永远不会看出这内里有什么不同。他不知是该感谢这次事件让他看清楚了她的真面目，还是该希望这样的事情永远别发生。

相比较蒋长扬的桀骜不驯、皇帝的严苛冷漠，他现在最恨的人其实是杜夫人。她骗他，背叛他，用了二十年的时间编造谎言和假象，骗得他团团转。但他又想，一切都是从蒋长扬回来以后开始乱套的。

他从来不是聪明人。以前阿悠曾说，他只是占着一身蛮力和比谁都想活命的心情，刚好做了皇帝的狗而已，且是一条只会打架的蠢狗。他不服气，觉得她不了解他。他不会说好话，不会讨好人，夹在母亲和阿悠之间左右为难，两面不讨好，活得很累。每每看到别人家婆媳二人亲密无间，他就很羡慕。他怕皇帝，也曾试探着学习阿谀逢迎，才说了一句好话，皇帝就似笑非笑地说他也跟着变了。

他只能小心地守住自己的一片天地，能不出头就不出头，尽量不得罪人。皇帝似乎很满意，经常召他陪驾，但他仍然整日如履薄冰。纵使过了这么多年，他也不能忘记那件事。皇帝虽然从没提过，但也从没忘了。皇帝一直都是个记仇的人。多亏杜氏解了他的后顾之忧，让他不用操心家里的事情。每当他为难的时候，她也能想出办法来。

蒋重的心突然有些软，虽然她在这件事上做得过分，但她也只是为了自己和孩子，女人怎么能不嫉妒呢？女人都是头发长见识短的，都会犯错。不过现在出了这么大的乱子，不把家里的事务重新协调、安置妥当是不行的，不然以后还有得乱，所以是不能让杜氏掌家了。

"噭！"地上的女人发出一声声嘶力竭的惨叫，牡丹听得心惊肉跳，扯了扯蒋长扬："我们也走吧！"她没有看惩罚人特别是看打半裸女人的爱好。蒋长扬便低声和蒋重说了一声，蒋重淡淡扫了牡丹一眼什么都没说。

蒋长扬与牡丹一前一后走到无人处，才紧紧握住了对方的手。牡丹低声道："我不明白为什么一定非得逼着我们一起去看。把人打成这个样子就能解决一切问题？"她很怀疑。

蒋长扬爱怜地摸摸她的头："打不能解决一切问题，但短期内一定能威慑住许多人，至少下次有人做同样的事之前会仔细考虑，有没有承担这种痛楚的勇气。"

牡丹小狗似的朝他的掌心挨擦了几下，低声道："今天我一直很担心你。"

蒋长扬爱极了她这个动作，那显示了她对他的依恋和喜爱。他带着满满的喜悦和暖意，低声道："我和你说过，让你安安心心等我的。你记着，我答应过你的话，就一定能做到。"

可是有很多事情不是他们能控制的啊！牡丹虽然明白，却很喜欢这样的承诺。这给她一种感觉，他是无所不能的。他宽厚的肩膀能够撑起他们的小家，能够为她撑起一片天，能够给她带来安宁的生活。

映雪堂是蒋长扬小时候住的地方。院子里种的都是梅花，这个季节自然只能看到绿叶。蒋长扬神情复杂，不胜感慨。

牡丹理解他的心情，便道："你领着我四处看看，我特别感兴趣呢。"

"好。"蒋长扬刚答应了，抬眼看到廊下挂着的精美宫灯，突然没了心情，转而低声道，"你累了一天，明日一早还要赶回家去换衣备礼，还是算了吧。"从前的日子已经一去不复返，再也回不来。

"好的，今天你受了委屈，你最大，你说了算。"牡丹察觉到他突然低落下来的情绪，便牵着他的手一同往里头走。

房内的装饰挑不出任何错来，被褥用具都是崭新的。只是所有下人都被带去前面看惩罚现场了，无人伺候，也没热水可供盥洗。眼看一时之间并不能休息，小两口便坐在窗下小声说些悄悄话。

牡丹提起老夫人今日的种种作为，微笑着道："我感觉她挺生气的，但还是一直忍着没发脾气。不过我想着你们要是再晚点回来，她一定会忍不住爆发。也不知她怎么能想出那些主意来，跟个不懂事的孩子一样。"

他和老夫人犯冲，总是硬拼出火花，牡丹则是用软磨的法子应对，这就是男人和女人间的区别。蒋长扬忍笑："她一定气得心都是颤的，怪你为什么不肯让着她；可你若是真让了她，她又会觉得你好欺负。多让她吃几次瘪，以后自会收敛。"

牡丹低声道："你可真是，教媳妇对付自家的祖母……"

蒋长扬低笑道："我倒是放心了，若是日后有事需要再打交道，你一个人过来也不怕你吃亏了。"

经过那么多事，她怎会还是任人拿捏的软柿子？牡丹笑："我又不是吃白饭的，哪能事事总靠着你？"她握了蒋长扬的手，低声道，"正好，你有一个月，咱们去庄子里住段日子吧！正好请了娘和义父过去团聚团聚。"

　　"行。"蒋长扬见牡丹似有忧虑，遂笑道，"你也莫替我担忧，我没事。过了这一个月，你又要嫌我太忙了。"他其实也担忧，经过轰轰烈烈的拜堂事件以及此番不孝事件后，他不想出名也难了，这意味着很多事情已经不再适合他去做，这与皇帝的预期有很大的出入。

　　事实上他也有所猜测，皇帝明面上好似是因为不孝一事让他闭门思过一个月，但实际上却是指别的。那什么与景王过从甚密的说法，很没根由。自牡丹花会后，非正常情况下，他一次都没和景王来往过。这是警告——他拂逆了皇帝的意思。

　　二人窃窃私语间，也不知过了多少时候才听得林妈妈在外头道："前头散了，国公爷请大公子去书房说话。"

　　父子间这场谈话迟早要来。蒋长扬振衣起身："你先睡吧，不必等我。"

　　蒋长扬去了不过一盏茶的工夫，就有丫鬟领着婆子送了热水过来，分外恭敬地问牡丹是否需要用宵夜。牡丹见她长得虽不出彩，却观之可亲，落落大方，接赏钱时也不见有多欢喜，便笑道："你叫什么名字？"

　　丫鬟笑道："奴婢叫做采莲，原来是在老夫人房里伺候的，后被赏给三公子。因今夜大家事忙，三公子恐照料不周，特命奴婢过来伺候。"

　　又是热心周到的蒋长义。牡丹笑笑："替我谢过你们三公子，我这里什么都不缺，回去吧。"又命林妈妈再给了一份赏钱。

　　采莲把人情带到，就不再勉强，屈膝行礼，悄然退下。牡丹自盥洗了，上床歇下不提。

　　蒋重端坐在书桌前，看着坐在他对面的蒋长扬淡淡地道："自你入京后，也遇到了很多事情，该当知道这京中与边疆的许多不同之处。你如今也是成家立业的人，有些脾气还是该收敛一下才好。先稳住了自身，才能谈忠君爱国，报效国家。"

　　蒋重每次要说什么话之前，总会有个冠冕堂皇的开场白，这一点蒋长扬早就已经习惯。遂点了点头，不发一言，静待他说出后面真正想说的话。

　　果然蒋重缓缓道："你将来有什么打算？总不能一辈子这样下去吧！内卫，一朝天子一朝臣，这会儿看着似是风光得很，却不是什么好差事，到最后就没几个有好下场的。你当及时脱身才是。"

　　蒋长扬明白蒋重其实是问关于承爵的事，便只道："有些事情也不是我想怎样就能怎样的。目前我对一切还算满意，不想改变。倒是您该打算一下了，把话说清楚，人心安了，就不会再有这么多的烦恼。说实话，这样再来上一两次，我怕我还会忍不住不孝。"

　　蒋重自动忽略掉他的难听话，试探道："那你？"

　　蒋长扬坚定地摇头。蒋重沉默许久才道："你不承爵，就是要看着这一家子去死。你二弟是个暴戾不上进的性子，能不能改好又是另一说。你三弟是个软善性子……且他那个出身怕是镇不住，迟早还得乱。再乱，咱家就完了。"

　　承爵？最后能不能承爵，能承个什么样的爵位，会是个什么下场都还不知道，一群人就为了这么一个虚无缥缈的位子斗来斗去。蒋长扬认为很可悲，也觉得自己没义务去拯救这群人，便淡淡地道："二弟不是才去军中么？听说也是立了功的，他身上也算是有天家血脉，若能历练出来，有那些亲戚辅助着，未必不能承担大任。至于三弟，我觉着他不见得也不能承担这个责任。"

　　他垂下眼，微微一笑："我呢，自来不羁惯了，性子又冲动，回来就一直在不停地惹祸，害得你们家中不和。如今终于算是把您给害到这个地步了。我怕再这样下去，最后罪魁祸首会是我。您还是别再勉强我了。"

蒋重听到这话就来气，还未开口，蒋长扬又道："其实最后还得看圣意。不是咱们想怎样就能怎样的。今日之事，似是圣意难测，其实万事都有根由。"

蒋重一时无语。出了这件事，儿子只是被象征性地惩罚了一下，他却承担了全部责任，这是不是说，其实是因为他没有儿子会揣度圣意，没有儿子会为人？他憋了好一歇，才闷闷地道："那你说要怎样？"

蒋长扬道："我们难得平心静气地坐下来说一回话。我说了，您觉得有道理，愿意听呢就听；不愿意听呢，就当风吹过，也别发脾气。"

蒋重微微皱眉，耐着性子说："你说。"

蒋长扬道："急流勇退谓之知机。"

蒋重万万没有想到会是这么一句话。他忍不住冷笑了一声：他还这么年轻，才四十多岁的人，让他退？让他一辈子就耗在这后院里头，他怎么甘心？辛苦这多年，只是做个空头的国公？拿来做什么！

蒋长扬见他还是这么一副不明白的样子，索性低声道："我在内卫中，总有机会知道一些往事。崇圣寺中有座小楼，就是今年上元时咱们面圣的那座昙花楼，当年住过一位女子……"

蒋重猛地起身，急声道："别说了！"那是他一辈子最难忘的事情，过了这么多年，午夜梦回之时想起当时的场景，仍然冷汗淋淋。

蒋长扬叹了口气："事情已经过去很多年，但圣上从没忘过，不然他怎会突然去了昙花楼？您知道，身份最尊贵的那位皇子，德行那么圆满、无懈可击，天时地利人和都占了，为何还是悬在半空中？您以为，圣上真的什么都不知道？他耳聪目明着呢。"

蒋重大口地喘气。耳边萦绕着蒋长扬的声音："四时八节我都会回来尽人子的职责，其他的您就别指望我了。此番事情，您为我奔波，我领情了。我和您说这件事，咱们也扯平了。"

蒋长扬见他脸色实在难看，起身倒了一杯茶汤在他手里，低声道："要不要我喊个人进来？"

蒋重勉强打起精神，吃力地摆手："你走，你走。"蒋长扬默不作声，转身离去。

牡丹正睡得迷迷糊糊的，忽觉身边床铺微微一沉，紧接着蒋长扬的手臂就环了过来。牡丹迷糊着道："什么时辰了？"

蒋长扬低声道："三更已过，将近四更。"

这父子俩也不知说些什么，拖到这个时候……牡丹将手搭在他腰上，把脸贴上他的胸膛，低声道："有没有骂你？"

"没有。睡吧，天快亮了，闭上眼，睡吧。"蒋长扬抚着牡丹的背，哄孩子似的低声哄了几句，听见牡丹没动静了，也跟着闭上了眼睛。管他天大的事情，该睡觉还得睡觉。

牡丹和蒋长扬去辞行时，杜夫人没出现，听说是病了。老夫人蔫儿坏，明知此刻杜夫人最不愿见到牡丹和蒋长扬，偏不怀好意地建议："你们去看看她。"

蒋长扬不喜欢看无聊热闹，牡丹更不想对着毒蛇似的杜夫人，正想怎么拒绝，一夜没睡、黑着眼圈的蒋重疲惫地道："时辰不早，他们还有事要做，耽搁不得。"

"不是让他闭门思过一个月么，能有什么急事？依我说，就在这里多住些时日，丹娘昨日伺候得我很舒服。"老夫人很不高兴，到了这个时候，蒋重还护着那个搅家精。按她的想法，即便顾着前情不能把杜氏休掉，也要臊臊杜氏的脸皮，好叫杜氏刻骨铭心一回。做了这种不顾死活的丑事，害了一家子，不但不来赔礼道歉，还躲起来装病！

牡丹忙道："禀祖母，昨日孙媳就和您说过的，要去参加一位故人的洗三宴。这不，礼品还在家中没收拾出来呢，又要写礼单，又要寻盒子。媳妇还得换衣服，不能丢了家里的脸。"

蒋重松了一口气，看来这何氏还算懂事，没跟着一起搅。可圣上不是让蒋长扬闭门思过么？

他还要到处乱串？便道："刚出了这种事，能不出门最好别出。"

他若知道牡丹是去景王的外室那里，恐怕会被吓得坐立不安，极力阻止吧。蒋长扬不以为然地敷衍了一句，带着牡丹行礼告退。

老夫人心疼儿子："你也别担心，过些日子，圣上息怒，自然会重新起用你的。"

蒋重不敢说实话，只得苦笑道："也许吧。"

老夫人便和他商量："我想了大半夜，觉得这样下去不行。我年纪大了，你两房妾室都上不得台面，云清丫头脸嫩，都不适合管家，不如让义儿早点成亲吧！"

蒋重默了片刻，点头同意了："我这就去和她说。"

忽然听得外头一片脚步声乱响，柏香流着眼泪跑进来，"啪"地跪在二人面前，颤抖着嘴唇道："不得了啦，夫人悬梁自尽了！"

蒋重和老夫人都被吓得手软脚软，同时道："怎样了？怎样了？"

柏香道："幸亏发现得早，灌了姜汤，醒了。奴婢不敢让人知晓，让松香守着就赶紧过来报信了。"

"你做得很好。"蒋重不由多看了柏香两眼。这事若是传出去，国公府的人都没脸出去走动了，这丫头行事很得体。

一哭二闹三上吊，已然哭过闹过，这便该上吊。听说人没事，老夫人就开始冷笑："好好儿的上什么吊？"真要想死干吗不趁着夜深人静去死，偏要等到人都在才死？

柏香低声道："早上起来还好好儿的，后来说想吃燕窝粥，松香去厨房没拿来，又听了几句闲话。夫人平日虽然和气，实则心气很高。"

昨天还在呼风唤雨，今日就被人踩踏了，哄谁呢？谁知这闲话是真还是假？说不定也是编的。心气高？那就是说平日的谦逊和气都是装的咯？老夫人也不耐烦去看，冷眼看着蒋重道："你自己娶进门的媳妇儿自己去教，教教她什么是妇德。真要闹得阖府不得安宁，败家了她才满意？"

蒋重无话可说，自去了。柏香跪在老夫人面前哭求："求老夫人息怒，好歹去看看夫人吧。她说她委实冤屈，连您都恨上了她，她真没活头了。她兴许有做得不妥的地方，可她待您委实一片真心呀，这是日月可鉴的。"

这便是婉转地提起当初的割肉事件了，老夫人道："非是我忘了她的好，而是她这次做得太过。犯了错却不肯认，一哭二闹三上吊，实在太让我失望。我是对事不对人的，此风绝不可长，不然一个个都跟着学，要乱套了。"于是坚决不去。

柏香无奈，只得回去复命。却听老夫人又在后头道："你告诉她，她若真是想要家里人还记着从前的情分，就安安分分的，不然休怪我不念情分！"

却说蒋重到了杜夫人房里，但见杜夫人妆也没化，散乱着头发，脸儿蜡黄蜡黄地仰面躺在床上，紧闭着眼睛泪流不止，脖子上还留着一道触目惊心的红痕。手里紧紧攥着一封信，他过去拿来看了，却是蒋长忠写来的。

到底是多年的夫妻，明知她不会是真的想死，可她这副模样也真是惨，蒋重有再多的愤怒此刻都没法子发泄出来，只默默往她床边坐了，良久方道："你这是何苦？"

杜夫人眼泪越发流得厉害。

"你也不用这样寻死觅活的，下午我让人去请你哥哥过来，咱们当面说清楚。"蒋重突然发现，杜夫人手腕上戴的金镶玉镯子是自己原来送她的，她已经多年没戴，说是年纪大了，花式太嫩。这会儿见她突然翻出来戴上，心里颇有些说不出的滋味。

他要和杜谦说什么？杜夫人有些害怕，嘶哑着嗓子流泪道："有什么可说的？我已然人老珠黄，儿子也不争气，对你和国公府没用了，反是障碍。你们说是怎样就怎样，我都认，全是我的错，只求你念着昔日的好，对忠儿多一分怜悯，让他有饭吃有衣穿。"

蒋重痛苦地揉了揉太阳穴，疲惫地道："我岂是那等无情无义之人？若非你此番做得太过，我……"

杜夫人突然翻身坐起，眼泪涟涟地朝他扑过去，紧紧抱住了，肝肠寸断地哭道："阿重，阿重，我冤枉，我真的冤枉，你不能这样对我。我心里难受，恨不得死了才干净。我以后再也不和你吵了，你说怎样就怎样，你知道我愿意为了你去死的……"

蒋重的体内有两个他，一个让他抱住杜夫人安慰她，另一个却理智地告诉他，他应该有所保留。他任由杜夫人抱着坐了一会儿，到底起身硬着心肠道："你好好歇着吧，这事情我自会做了断。你若真是无辜，冤枉不了你。忠儿该有的少不了，不该有的也得不到。"

杜夫人脸上露出一丝古怪的笑容，转瞬不见，然后安安心心地睡着，她至少讨回了蒋重一半的原谅。

果然没有多少时候，厨房就送来了最好的燕窝粥，还连连赔礼道歉。杜夫人没吃，安安心心地躺着睡觉养颜。下午时分，听说杜谦来了，与蒋重在书房里关着说了将近一个时辰，又特意去和老夫人赔礼道歉，又来看她，她羞愧地捂着脖子不见。杜谦站在屏风外头狠狠骂了她一顿，骂得她眼泪涟涟，泣不成声。这回倒是老夫人出声相劝，让杜谦别骂了。紧接着老夫人又进来看杜夫人，说是冤枉了她。

杜夫人谦卑地接受了老夫人的慰问，内心得意万分，这定然是事情办妥了。果然稍后就传来风声，道是杜谦做了两件事：第一件是把这事推给了萧家，有证据有真相，包括蒋长扬与景王过从甚密那话都是和萧家有关的；第二件是杜谦保证会替蒋重设法，争取早日回去。蒋重的态度有些模糊不清，老夫人却是真的动心了，所以老夫人才会来看她。

但她一直等到傍晚蒋重才来，没说冤枉了她的话，也没表现出想要利用杜家的关系赶紧回去的意思，而是非常镇定地通知她：首先他会拿出三年的时间，和杜谦尽力培养蒋长忠，看蒋长忠的表现再定；其次是今年就把萧雪溪和蒋长义的婚事办了，方便萧雪溪帮她理家。

第一件事很好，最起码蒋长扬不是最理想的人选了；但第二件事很不好，为什么已经证明是萧家干的，还这么着急地把萧雪溪娶进门来分她的权？这就是说，蒋长义也有机会么？杜夫人意识到一个可怕的事实：蒋重虽然妥协了，但已不再信任她……

第三十八章　机遇

秦三娘住的是一幢两层的小楼，为数不多的几个女客在楼下喝茶吃果子，低声说笑，见牡丹进去就都停住了，望着她微笑打招呼。牡丹笑着行礼，算是与她们见过了。待到坐下后，放眼一看，竟然全都是年龄与她差不多的年轻妇人，穿着打扮有新潮华丽的，也有普通朴素的，但都很有教养。

因与牡丹不熟，这些妇人都停住了话头，只低声说些吉利话。接着就有一位打听牡丹的身份，牡丹谨慎地回答自己姓何，其余一概不提。那些人听了，也纷纷说了自家姓氏，然后也不提别的。

须臾，阿慧下得楼来，笑眯眯地与众人行礼致歉，表示吉时未到，还要再候些时辰。众人便猜是要等景王来，都笑着说没关系。阿慧上前去引牡丹上楼，牡丹谨慎地观察其他人的反应，她不想表现得与众不同。

一个姓周的妇人见状便笑："大家伙儿都是见过了的，只有您来得迟，没见过。"言下之意便是她无需顾虑。

牡丹一笑，也就跟了阿慧上楼。秦三娘躺在一张白檀香木大床上，精神抖擞地望着她笑，柔声道："你来啦？还以为你不会来了。"

竟是仿佛知道了昨天的事，牡丹笑道："这是大喜事，既然知道了，无论如何都要来恭贺的。"

秦三娘含笑点头："刚才他们把你送的富贵平安给我看了，我很喜欢。想来，殿下也会喜欢。"

景王有嫡子，不需要那么多有野心的女人和儿子，宠你用你是福气，安分守己也是本分。牡丹见秦三娘眉眼里都是笑意，瞧着是非常满足。

正说着，一个穿着件宝蓝纱襦，系石榴红八幅罗裙，很胖很壮、皮肤有些发黑的妇人怀里抱着个大红织金锦缎的褟裸从帐幔后头绕过来，笑道："三娘，这孩子胃口真好。"

秦三娘的眼睛笑成弯月亮："阿姐别总惯着他，小心抱成一个落地响，放下就哭，我可没精神和他淘气。"

那妇人道："这么多人围着，我要抱抱都要说半日，用得着你随时与他淘气么？"语气非常不客气。

牡丹吃了一惊，难道是段大娘么？果然秦三娘笑道："这是我大姐姐段大娘，也就是卢五的娘。她听说我有身孕，放心不下，特意抛下生意来看我。"又笑对那黑胖妇人道："阿姐，这就是丹娘了。"

"听说你很久了，可惜不曾赶上你大喜。"段大娘把新生儿递到保姆怀里，转身与牡丹互相见礼坐下，指着秦三娘不客气地道："一辈子操不完的心。我曾发誓说再不管她的事，到底又食言了。"言下之意很不赞同秦三娘在做的事。

"阿姐！"秦三娘眼圈微红，颇为尴尬。

段大娘叹了口气，道："罢了，你也是做娘的人了，我不当着你儿子的面说你。"

牡丹有些尴尬。幸亏段大娘很快转移了话题，风趣地谈起旅途中的一些见闻，又问她何志忠等人可好，家里的生意如何，等等。牡丹也就向她打听江南的牡丹花如何。

段大娘笑道："说起牡丹花，我此番与一位杭州的老友同行。他是个爱牡丹花的，打算在那里建个大园子，此番是特意上京来求名品名匠的。你若方便，过几日让他去你的园子里瞧瞧，你看如何？"

牡丹立刻嗅到了其中潜在的商机。她曾经梦想过有一天能够把自己种的牡丹花输送到大江南北，没想到这个机会竟然这么快就来了。便笑道："没什么不方便的，乞巧节后过来就行。"

时近午间，阿慧有些焦虑地道："吉时快到了。洗儿汤已经熬好，厨下酒席也置办好了……"但是景王还不见来。

秦三娘淡淡地道："兴许是有什么要紧事情给耽搁了，无妨，吉时一到就洗儿撒钱开席。"半点不高兴和失望都没有。

段大娘有些生气地道："我来主持吧。"

忽见一位嬷嬷笑眯眯地走上楼来，在门口站定了，笑道："恭喜夫人，府里让人赏了酒食金帛过来，人马上就到。殿下那边也让人过来传话了，道是要领着几位好友一道过来，马上就到，让厨下的酒食做得精致些。"

秦三娘忙欢喜地道："快扶我起来，下楼去接。"说着果真要穿戴了下床。阿慧心疼又高兴地取出衣服首饰替她装扮，众人忙成一团。

府里，指的自然是景王妃了。看来秦三娘的存在对于景王妃来说不是秘密，让人赏酒食金帛过来，等同当众承认了秦三娘母子，也昭示了她这个主母的存在。而景王要领着他所谓的"好友"过来主持洗三宴，更好像是重视一般。秦三娘表现得非常欢喜，实际上真的欢喜么？

兴许真正欢喜的只有景王一个人。

牡丹觉得好别扭。但这就是秦三娘的生活。她不是段大娘，没什么权利说三道四，要做一个讨主人喜欢的客人。她打起精神，堆满笑容与众人一起看热闹。

景王妃送过来的金帛酒食很丰厚，除去赏了特制的洗儿钱外，又另外赏了秦三娘全套纯金首饰和金泥布料若干。来人说话行事也很客气，当着为数不多的几个客人的面，给足了秦三娘面子。

稍后，满脸喜色的景王又被几个男客簇拥着过来，在一片恭贺声中，热热闹闹地用桃根、李根、梅根熬成的洗儿汤给新生儿洗了澡，重新用景王妃赏的小被子给裹了，抱给众人看过，说了吉利话，欢笑一回，各自入席。

牡丹心中牵挂蒋长扬，待到有人领头告辞，她立即起身与秦三娘告别。秦三娘房里静悄悄一片，她本人正坐在窗前往外头看，听见声响回过头来，脸上习惯性地堆满了笑容，看到是牡丹，甜笑变成了微笑："要走了？"

看她这表情变化，也不是真那么开心。牡丹委婉地道："虽说你身子强健，还是该好好养着，能不操心的就别操心，身子是自个儿的。"

秦三娘沉默片刻，小声道："谢你关心了，早些回去吧。殿下适才让人来说，府上那件事，他都知道了，让你们放心。"

牡丹默了默，道："我今日来，不是为了昨日那件事，是真心来恭贺你的。"

秦三娘盯着她看了一回，突然笑起来，笑容流光溢彩："瞧，我先前说以为你不会来了，是因为担心你们怕了；这会儿说让你放心，你却说是真心来恭贺我的。咱们有误会。"

牡丹沉着脸认真地道："我们没误会。怕是肯定怕的，趋吉避凶是人的本能，谁能不怕呢？但恭贺也是真心的。你忙着，我告辞了。"

"你慢走。"秦三娘目送牡丹走出，阿慧从后头绕出来，小声道："三娘，好像何夫人生气了？"

秦三娘摇头："她不是小气的人，她只是想和我说，他家不是唯利是图的人，我看低了她。"或者说，是景王看低了他们夫妇。

牡丹从秦三娘的宅子里出来没多久，就与蒋长扬碰了面。蒋长扬听她说到与秦三娘最后那席话时，显得很是高兴："你说得很好，如果我在，也要这样说。"

牡丹得到他的肯定也很欢喜："段大娘说要介绍一位杭州的客商去芳园里头看牡丹花，我答应让他去看，也许会谈成一笔生意，你觉得妥不妥？若是不妥，我便酌情处理。"到底是与景王有关的人，做了这笔生意会不会让蒋长扬惹上其他麻烦，她不确定。

蒋长扬笑而不语。牡丹被他笑得有些不自在，忙整了整衣衫首饰："你笑什么？可是有什么地方不对劲？"

蒋长扬却下马登车，拥她入怀，低声道："没有什么地方不对劲，再妥当不过了。等人到了，先看看情况再定不迟。"他是没有想到，牡丹居然这么快就学会了多想多看多问，最主要的是，她虽然很想做成那笔生意，但她最先想到的人是他。还有什么比发现自己在爱人心目中最重要更让人欢喜的呢？

牡丹不知他怎会突然间如此热情，只在他怀里静静地伏了片刻就推他："怪热的，马上要到楚州侯府啦，弄乱了我的妆容只怕人家要说我无礼。等会儿人家见你有马不骑，非得与我挤一辆车，又不知要说什么。"

蒋长扬朝她额头上"啾"了一口，含笑下了车，重又骑上了马。待要到楚州侯府附近时，前面却堵了车。蒋长扬使人去瞧是怎么一回事，道是前头有位贵人的车驾被冲撞了，这会儿正当街鞭挞人出气呢。

蒋长扬挺无奈的，这种事虽不是经常发生，但每次发生就非得整出点动静出来。这路上的车马堵得不少，不知要多久才好，索性叫牡丹下车走路过去。

看热闹的人真是不少，那位打人的理直气壮，手起鞭落，半点不含糊，被打的则是护着头脸，号啕大哭。而那一位被冲撞的所谓贵人，端端正正地坐在檐子正中，满脸是笑，聚精会神地观看奴仆打人，不时还和身边的婢女指点一下，显得格外精神兴奋，却是很久不曾见面的清华郡主。

她已清瘦不少，扮相却是华贵繁复了几倍。牡丹觉得，她身上有一种东西已经流逝，再也找不到了。比如那种不可一世的骄傲和自信，从前是从骨子里散发出来的，现在是装的。真正骄傲和自信的女人，用得着在大街上以欣赏他人的痛苦为乐么？

清华很快发现了蒋长扬和牡丹，看到二人并肩而行的背影，刚刚得到的欢乐瞬间失了味道，便阴沉着脸道："走。"

牡丹与蒋长扬前行没多远，就被清华郡主的车驾越过了，眼睁睁看着她进了楚州侯府，只能哭笑不得地对视一眼，这可真是流年不利，两下撞见必然尴尬，还要不要进去呢？

蒋长扬示意牡丹大胆地往前走："怕什么，难道以后见着了她都要退避三舍么？没这个道理。咱们又不是去她家。"

入内，早有潘蓉的小厮奉命候着了，看见二人来了，立即引了往水榭去，连连告罪："适才突然来了一位客人，推拒不得。世子爷命小人先引二位到水榭上去避暑散热，他得了空就来。"

蒋长扬笑道："不碍事，我一路行来确是热了。"

二人在水榭上坐了一盏茶工夫，远远瞧见白夫人扶着碾玉走了过来。牡丹立即扔了蒋长扬，往前去接白夫人："日头这么大，你身子不便，就别来回奔波了。累着了不是要处。"

白夫人笑道："哪里这么娇贵了？我每日总要走上好几圈的，你将来也要注意着。"

牡丹微红了脸，顾左右而言他："不是说有客么？你不需要照管她？我们是自己人，不要紧的。阿璟呢？"

"阿璟在他祖母那里午睡呢。"白夫人将素纱团扇使劲儿扇了几下，"你知道我家这位客人是谁啦？"

牡丹点头："来时路上看见了。道是有人冲撞了她的车驾，命人将人按在路上鞭打，不知多少人围着看，把你家门口的路给堵死了。只是当时没想到是来你家的。"

"她也就那点欺软怕硬的本事。"白夫人不屑地将扇子微微一扬，快步走入水榭中，低声道，"别说你没想到，我也没想到。还是来找我的，问我知不知道那玛雅儿的事。她以为是刘畅托了潘蓉赎出来的，却又不肯好好和我说，偏来故作好心地提醒我。潘蓉急了，正和她在那里斗呢。我听不下去，便说身子不舒坦，过来陪你们。"

蒋长扬起身行礼："给你们添麻烦了，直说是我赎的人就好。"

白夫人笑道："客气什么，潘蓉已让人去请刘畅了。你们难得过来，等他们走了，咱们好好做上一桌子菜，边吃边聊。"

蒋长扬道："饭是一定吃的。只是我们打算把人接回去，还要烦劳弟妹让人去通知玛雅儿一声，让她收拾收拾。"

白夫人微皱眉头："现在领人回去？不妥吧！"

牡丹和蒋长扬对视一眼，无奈而笑，所有人都知道了昨天发生的事情。

白夫人断然道："过了这几日，我暗里让人送过去就是。"

忽听清华郡主的声音远远响起来："白阿馨！你也是女人，你我当年也曾一起喝过茶说过笑，我什么地方得罪过你了？我不舒坦，对你有什么好处？你当心报应！"

三人吃了一惊，抬眼朝来声处看去，只见清华郡主满面怒色，扶着个婢女，从园子那头的小径上一瘸一拐地快步走过来，身后还跟着气得跳脚的潘蓉。

白夫人神色淡淡，一副我懒得同你讲、和你讲也讲不通的模样。倒是牡丹听不过耳，便要开口说话，白夫人示意她别管："不干你们的事，她这是冲着我来的。"

潘蓉恨得要死，不管不顾地道："你再乱说休怪我不念往日之情！都和你说了好几遍，和刘子舒没关系！你听不懂人话么？"

清华郡主气愤得无以复加，看到旁边的蒋长扬和牡丹，不由又气又恨又尴尬。在原地站了片刻后，她脸上慢慢堆起了笑，看着牡丹道："这不是丹娘么？你怎会在这里？"

牡丹笑道："出门访友。"

清华郡主竭力保持着风度，走到水榭中坐下，目光在蒋长扬和牡丹身上来回睃巡，以胜利者的姿态不怀好意地道："听说你大喜，我本想送一份贺礼的，但子舒说不太妥当，故而没送。若不介意，我改日补上一份？但愿你这回琴瑟和鸣，长长久久的。"

牡丹正要开口，蒋长扬就一本正经地道："谢郡主好意。凡事都要讨个好彩头，贺礼也不是胡乱收得的，您的贺礼留着自用吧。"

潘蓉扑哧一声笑了出来。清华郡主张了张口，看看众人忍笑的表情，方知自己早成了众人眼里的笑话，当即愤怒无比，挖心挖肝地疼，静坐片刻后，冷笑一声，拂袖而去。

潘蓉叹道："这回惨了，我们全都把她得罪了。回去后不知要想个什么主意来报复我们呢。"然后去撞蒋长扬的肩头，"蒋大郎，我不管，你欠我家一个大人情。"

蒋长扬用力将嬉皮笑脸的潘蓉撞回去，笑道："我这些日子正好有空，待过了汾王妃的宴会，请你们去芳园住些日子如何？"

"好呀，好呀！前些日子我还说，天气太热，不如去庄子里住着消消暑，奈何家里总说就是我与阿馨去太过冷清，也担心阿馨禁不住颠簸。反正阿馨也要去参加汾王妃的宴会，你们留我们住下，自是求之不得。"潘蓉欢欣鼓舞地叫着，不忘偷看白夫人。白夫人低头玩弄着扇子的流苏，并不理睬他。

潘蓉不露痕迹地往她身边挪了挪，涎着脸道："阿馨，依我说，我们不如早些过去更妥当。这样你可以多休息几日，等到正式宴会那一日就精神了。"

白夫人道："我要带阿璟一同去。"

潘蓉为难地摸了摸头，终究是道："好。"然后尴尬地解释，"阿璟的祖母担心他老缠着阿馨，所以拘着他。"又同碾玉道："去同老夫人禀告，就说阿璟的蒋家大伯来啦，让他一醒就过来见客。"

牡丹听这意思，好似是白夫人与楚州侯夫人又因为潘璟的教养问题闹矛盾了，所幸，从前白夫人是孤军作战，现在有个潘蓉帮着她了。若非如此，白夫人也不会这样同潘蓉提要求。

没多大一会儿，碾玉和一个穿蓝色短襦的陌生妇人一道陪着潘璟过来。潘璟羞涩地笑着，无论牡丹怎么逗，他只紧紧揪着白夫人的衣服不动弹，也不叫人，就是抿着嘴笑。

碾玉回道："在碧纱橱外头听见里面静悄悄的，都以为他是睡着的。老夫人听见奴婢的回话，叫乳娘进去一看，他正睁着眼睛一动不动地看着帐顶呢。也不知道什么时候就醒了的，难为他一直不动。"

白夫人严厉地看了那妇人一眼，轻声问潘璟："既然醒了，为何不叫乳娘？"

潘璟小声道："我不想睡，一直没睡着。和祖母说，祖母说该干什么的时候就要干什么，不想做也得做，习惯就好了。"

好好的孩子养成这样害羞内向拘谨的性格，真的是因为害怕随了潘蓉的性子，又出一个浪荡子，所以从小就这样框着么？白夫人心里非常不舒坦，却还是放下此事，低头温柔地劝潘璟:"这是给你小人偶陪你玩的丹姨呢,还记得么?你若是肯叫她和大伯,他们就邀请你去他们家庄子里玩,可以骑马,和大黑狗玩,还能在河里捞小鱼。他家还有好多好吃的,你想吃什么都可以给你做哦……"

潘璟犹豫许久,方才低着头小声道:"丹姨,大伯。"

潘蓉夸张地将一只手罩住耳朵,侧头对着他道:"你说什么?我们听不见呀,大声点儿!"

白夫人就鼓励潘璟:"你看,爹爹都说听不见呢,叫给他听听!让他知道你的声音有多大!"

潘璟偷看了牡丹和蒋长扬一眼,红着脸鼓足力气大声道:"丹姨!大伯!"

众人便纷纷夸赞他,蒋长扬走到潘璟面前蹲下,平视着他的眼睛温和地道:"阿璟叫得真好。大伯邀请你跟着你爹娘一起去我们家庄子里玩,好么?"

潘璟红了脸,转身要往白夫人怀里扑。白夫人将他拉过来面对着蒋长扬,低声鼓励道:"阿璟,大伯当你是大人了啊!娘和你说过的,别人邀请你去他们家玩的时候,要怎么做?"

潘璟看看蒋长扬,蒋长扬仍然耐心地蹲在他面前,和气地看着他微笑。他终于板起小脸,严肃地对着蒋长扬道:"谢谢大伯,阿璟一定会去的。"

蒋长扬像对待大人似的,轻轻拍拍他的肩头,笑道:"阿璟真是懂事,真有礼貌。"潘璟害羞地笑起来,神态放松了许多,不再像适才那么拘谨了。

牡丹含笑看着这一幕,觉得自己有很多东西可以跟着白夫人学习。而蒋长扬对待潘璟的态度,则让她对新生活更加充满了憧憬和向往。他和她,一定能把小家建设得很好的。

潘璟放下拘谨后,很快显出了儿童的纯真和可爱,爬高爬低,和牡丹躲起了迷藏。在经过接连几次失败之后,他甚至试图藏到白夫人的裙子里去,被潘蓉提着衣领扔了出去,又被蒋长扬在半空中给接住了。他兴奋得满头大汗,缠着潘蓉和蒋长扬喊:"再来一个,再来一个!"

那二人嬉笑着将他扔过来扔过去,他发出一声声快乐的尖叫。那穿蓝色短襦的妇人吓得脸色煞白,去和白夫人低声道:"夫人劝劝吧,若有闪失,可不是耍处。"

白夫人淡淡地道:"他是男孩子,不是女孩子。出了事情有我兜着,不会牵连到你。"遂不再理会那妇人,摇着扇子和牡丹低声道:"这会儿才好歹有点孩子的样子。他母亲以前没理由可以把孩子一直拘在身边,现在我身子重了,理由一大把,就是不让阿璟跟着我们。她把原来的乳娘也给辞了,说是太娇惯孩子,换了这个。我也说不出什么地方不好,就是感觉不好。"她苦笑了一回,"我不是娇惯孩子的人,但也得看场景吧?不是什么时候都严厉就好的。"

潘蓉似有所感,忧郁地回过头来,讨好地对着白夫人笑。牡丹看在眼里,便劝她道:"总会越来越好的,你看,现在比起从前来不是好得多了么?有事还是应该多与他说,多一个人多点法子。别总一个人闷着,对大人和孩子都不好。要是想陪孩子,就多往那边走动走动,为了孩子脸皮厚点也没什么,总不能把你赶出去不是?有母亲在身边,孩子的胆子总是要壮一点的,学什么也快。"

白夫人默了片刻,笑道:"我算是知道为何喜欢和你说话了,无论什么事情听你一说,就感觉都有办法,不是问题。"

忽见一个小厮过来行礼道:"刘寺丞来了。听说郡主已经走了,仍说要进来与夫人赔礼道歉。"

潘蓉笑道:"罢了,要他赔什么礼道什么歉?别见了面又扯不清,你们坐着,我去一趟。"言罢跟着那小厮去了。

众人都以为他不会去太久,谁知去了两盏茶的工夫仍然不见人归来,使了个小厮进来道:"跟着刘寺丞一道去了。刘寺丞来时,那位冲撞了郡主车驾的还躺在街上哭号,许多人围着看热闹。他觉得不妥,道是趁着天色早,请世子带两个人手帮他将这人送去养病坊,请医博士看看,把伤治好。世子推辞不得，只好跟着他一道去了。让小的与客人赔礼。"

白夫人问道："刘寺丞没带着人么？可有生气？"

小厮道："只带了秋实一人。看不出来有多生气，见到世子就行礼说让给您赔不是，其他什么都没说。"

白夫人见问不出什么来，便使他下去。

几人面面相觑，这夫妻二人唱的是哪一出？一个当众行恶，一个当众行善，倒似是对着干一样。只是刘畅竟然学会行善了，真是让人想不到。按着牡丹的理解，他必然又是别有所图的。想想看呀，清华那嘴脸她现在看着都烦，更何论刘畅？可是刘畅却到处替清华擦屁股，自然不是因为心疼清华，纯粹是为了反衬他自己。大好人和大坏蛋，谁是谁非一目了然。

潘蓉去了将近一个时辰方才归来，并不提刘畅，匆匆忙忙地叫人摆席，低声抱怨道："还说好好吃喝一顿呢，眼瞅着这一耽搁天又黑了。"

几人一直说笑到暮鼓响起，方才散了席，潘蓉小声同蒋长扬道："刘子舒知道是你们赎的人了。他那个人小气记仇得很，未必会找你们的麻烦，却一定会想法子找玛雅儿的麻烦。"他有些痛苦地摸摸头，"我夹在中间为难得很。帮着你骗他，心里觉得对不起他，又去替他做几件事；然后他知道了，又去劝他，又来提醒你，就和个小人似的。"

蒋长扬微微一笑："知道你为难。今日给你们惹了这许多麻烦，我们真是很过意不去。不过不找你帮忙是不可能的，谁叫你那么合适？过两日你们来的时候，把玛雅儿一并带到我们园子里去吧。"

潘蓉苦笑着捶了他的肩头一拳："从你们庄子里回来，我就要去光禄寺了，以后早晚应卯，再没从前那么清闲自在。"

蒋长扬道："好事儿呀，你终于想要动动懒骨头了。"

潘蓉低声道："总不能叫我在父母面前说句话的资格都没有吧？自己的儿子该怎么教养都没发言权。我这些日子方才惊觉过来，我从前是白活了。"他低低地说了一句，"我还想替我哥报仇。"

汾王妃的宴会是定的七月初六，也就是七夕前一日。因着汾王府的人初四就要进驻芳园准备宴会相关事务，牡丹便决定初三这日傍晚与王夫人、白夫人等一同前往芳园。

正收拾东西呢，蒋长扬便来了："国公府适才使人过来了，说是要让我们此番把云清一并带过去。"

牡丹心里有些不舒服："汾王妃并未请云清，我们这样贸然带了过去，不妥当吧？"因为请了她，汾王妃也给面子地请了老夫人和杜夫人。她婆媳二人要去赴宴都不肯把蒋云清带去，却让她来讨人厌。

"正是因为汾王妃没请，她们彼时赴宴带过去不妥，所以才算计着要我们提前把人带去，就说是跟着我们一道去玩耍的。到时候也不一定非要她出来，还看汾王妃的意思。"

蒋云清到了婚配年龄，却名不见经传，想要在最大范围内争取一门好亲事，汾王妃这个宴会的确是最佳的露脸时机。蒋长扬若是想拒绝，一定早就拒绝了，这般特意来与自己说，难道是已经答应了？牡丹想到此，便收拾了情绪，问蒋长扬："那你是怎么考虑的？"

蒋长扬道："她虽和我们不亲，确实也是到了适龄年纪。她也不容易，和咱们也没什么冲突……"而且说的时候，人就已经送来了，难道叫他把蒋云清送回去？对着蒋云清那张满是羞怯、害怕、祈求之色的脸，他做不出这种事。

牡丹便明白了他的意思："好，但咱们还是得和她说清楚，尽人事听天命。还有她得听咱们安排，不许随便擅自行动。"

蒋长扬见她应了，忙道："这不好听的话就由我来说，你只管和她说好听的就是。"

牡丹笑起来："就你最会替人着想。"才要叫人去接蒋云清，蒋长扬苦笑道："不必，人已送过来了。"

霸王硬上弓，国公府的女儿竟然沦落到这个地步，牡丹无语望天，少不得还要去招待蒋云清一回，套点话出来。能够顺手帮一把没问题，但不能给她和蒋长扬惹一身臊。

蒋云清乖巧得很："嫂嫂，我晓得是为难你们了，您让我做什么就做什么，绝不多走半步，多说一字，尽量少给你们添麻烦。"

牡丹严肃地道："你懂事就好，只记着，机会错过这次还有下次，声誉一旦受损却不容易补救……当然，你冰雪聪明，从小长在公卿之家，比我还懂。希望你值得我们帮你。"

蒋云清不是蜜罐里泡大的孩子，懂得真话未必好听，欢欢喜喜地道："我就喜欢嫂嫂这样利落明白的性子，我都记在心里了。尽人事听天命，福气不是乱生的，怨不得谁。"不经意地把国公府这几日的事很隐晦地提了一遍，"听说七夕后就去萧家请期，今年咱们家一定双喜临门。只是有些奇怪，既然萧家对大哥不好，为何还要这么急？"算是为了自己的亲事把杜夫人彻底卖了。

牡丹打发了蒋云清，立时去寻蒋长扬："真是没想到，她那天尚且不敢让咱们过去坐坐，这会儿却把府里的事全告诉我。看来国公府已然换了天地，杜夫人上吊也没什么用。"

萧家干的？这理由真是充分。莫非萧越西疯了？蒋重非但不提这茬，还抓紧时间要与萧家结亲，这说明他并不相信，而且还要同时脚踏杜家、萧家两只船，再利用蒋云清找个下家。蒋长扬将手里的书猛地一合，哂笑："全都鬼迷心窍了！"

到底是他的亲人，牡丹不作任何评价。因见一旁琉璃盘里摆的葡萄、李子都还是纹丝不动的样子，便净手剥了一颗葡萄递过去喂他："吃一颗。"

蒋长扬不喜包括果子在内的所有甜食，当下皱起眉头："不要。"

"多吃果子身体好。总吃肉算什么？"牡丹往他嘴里硬塞，威胁道，"吃不吃？我辛辛苦苦剥了喂你，还敢拒绝？"之前听他说不爱吃甜食，她还以为是多数男人的通病，现在才明白是到了什么地步，水果基本只会尝尝蒸梨，其他一概不沾。

蒋长扬捂着嘴往一边让："不吃，说不吃就不吃！"

牡丹捏着葡萄去追他："非吃不可！不吃考虑后果！"

蒋长扬犹豫了一下，到底停下来，乖乖地张开嘴，像吞毒药似的将葡萄囫囵吞了。牡丹便再接再厉："再吃一点，别的都可以不吃，就是果子你得学着吃。"

蒋长扬皱眉道："你不能用这个威胁我。"

牡丹狡猾一笑："我用什么威胁你了？我威胁过你吗？"

她是没威胁过他，她就是会说她累了，困了，蒋长扬恨恨瞪着她："我只吃五颗，多一颗都不吃。"

牡丹拍手："好呀，今天吃五颗，明天吃六颗，或者如果嫌这个太甜，咱们换另外一种？"

"他又不是小孩子，命令他吃就是了！从小就是这样讨厌的脾气，除了饿肚子时坚决不肯吃。"王夫人穿着一身淡紫色的薄纱披袍，高贵冷艳地在门边一站，装模作样地敲了敲门，"我有没有打搅你们？"

也不知道适才二人调笑的话给她听了去多少，蒋长扬有些脸红，牡丹却跳起来，围着故作姿态的王夫人转了一圈，指着她头上那朵拳头大小、用紫水晶攒成的莲花惊讶道："好美呀！是义父送的吧？"

"美吧？衣服也是他送的。"王夫人得意地一笑，再转了个圈。牡丹使个眼色，蒋长扬会意，立刻不停地称赞，在一片称赞声和王夫人的欢喜中，算是把尴尬掩去了不提。

蒋长扬不见方伯辉，便问将起来，王夫人不在意地道："和袁十九说话呢。"然后问起蒋云清来，"听说死皮赖脸地送了个人过来？"

蒋长扬低声把国公府最近的事情说了一遍，王夫人听得大笑："一个小姑娘嘛，顺手帮她一把也不怎样。真是一团乱麻啊，活该！肉都吃了，再吊吊脖子也不算什么。有没有听过割肉吃肉的故事？我说给你们听，不过丹娘听了可别以为我病了会希望吃到你的肉啊。"

"你过于刻薄了，阿悠！"方伯辉缓步进来，有些责怪地看着王夫人。这一说就要扯到蒋长扬的父亲和祖母，当着他和牡丹的面，怎么也不妥当吧？

王夫人顾左右而言他："他们说你送的这支头钗真不错，丹娘想要，问你可还有多的。"

方伯辉失笑："叫我哪里寻去？费了多少年的力，统共就得这一支。真想要，问大郎要去。"

寒暄之后，方伯辉神色严肃地对蒋长扬道："我有事，不能和你们去，今日就是送你母亲过来，顺便与你说说话。我适才也和袁十九说了，他稍后就过来。"

王夫人见状，立刻拉了牡丹起身："我们娘俩外头去走走，也说说咱们的悄悄话，然后歇个午觉，起来准备出发。"

婆媳二人才出曲廊，就见袁十九摇着把大蒲扇快步走过来，看见她们便行礼让道，目不斜视。

王夫人一改先前的嬉笑神色，肃色敛襟与袁十九认真行礼："先生大才，还望多指点我儿一二，保得他平安无虞。"

袁十九颇惊讶王夫人这般礼遇他，随即整了衣衫，认真回礼："夫人女中丈夫，难怪能教出如此高义的儿子。您放心，敝人自当尽力。"说完昂首阔步朝书房去了。

牡丹微皱眉头，王夫人、方伯辉、袁十九这般慎重，仿佛是有什么了不得的事情一样。却见王夫人笑道："我近日以来，总是要不停地行礼。"

"这是为何？"牡丹扶了她的胳膊，引她往树荫下走。

王夫人笑看了她一眼："有什么办法？这些人都是才高八斗的，个个心高气傲，多一分尊重就多得一分真心。"

她这是委婉地教导自己如何做好一个贤内助。牡丹认真应下："儿媳记住了。"

王夫人点点头："我和你说说割肉吃肉的故事。非是我要搬弄是非，故意揭人伤疤，而是你日后总免不得要与她们打交道，晓得这些事情心中才有数。害人之心不可有，防人之心不可无。"

牡丹便指着前面的水阁："咱们弄些才从井里浸过的瓜果，去那里坐着说话，又阴凉又清净。"王夫人虽然隔三岔五会过来看他们，但始终也是自己有家的人，每次总是来去匆匆。她有心与王夫人加深了解，彼此把关系更近一步都没机会。今日既然有了这个机会，自然要好好珍惜。

王夫人也正有这个打算。这婆媳间，想要亲如母女那是不可能的，正是那句话，家鸡打得满屋飞，野鸡打得满天飞。有些话她可以直截了当地和蒋长扬说，不高兴就直接发脾气了，就算当时不高兴，过后还是母子。但对着牡丹，却不能这样做，必须要委婉，要照顾到牡丹的面子和自尊，否则很可能因一句话而被记恨一辈子。

婆媳二人都怀着同样美好的心思，一起进了水阁。王夫人问牡丹："你对杜氏印象如何？"

牡丹简单直接地道："伪善，狠毒，自以为是，总怀疑别人不安好心。"

王夫人赞同："这是她，但你还要注意一点，她一直压抑着自己的本性，是因为她有心愿、有目标要达到；现在看来她的努力似是要成空了，所以她极度不安和失望。任何一点小事，都可能刺激得她不择手段，把所有不如她愿的人都视作敌人。这也是为什么大郎明确表示不承爵，她还总盯着不放的因由。"她轻笑了一声，坦然道，"当然，这其中也有我的缘故在里面，过了这么多年，她还是把我当成对手。你们一定要小心。"

"她糊涂了，她最大的对手不是别人，而是她自己。不是别人在作践她，是她在作践自己。"牡丹眼睛亮亮地看着王夫人，再没有比自家婆婆更清楚明白的人了。人与人之间，总爱不自觉地攀比：有仇的更是希望对方没自己过得好，看到人家日子好过，哪怕自己其实也过得不错，也还是心里不舒坦；若是自己不好过，更是嫉妒得不行，有机会就要给人家下绊子，损人不利己，就是为图解气，比如杜夫人、清华郡主，就是此类人的代表。

"说得好！自己都不爱惜自己，谁还爱惜你？"王夫人叹道，"当年的事，多的我也不想说了。只说这因为老夫人生病卧床不起，看着似是要去了，一个不知从哪里冒出来的庸医道是要人肉做药引子，我是坚决不信的，然后就成了不孝的罪人。她的儿子是她身上掉下的肉，她要讨他一块肉吃，原也不干我事，何况是你情我愿。奈何有一位善良又倾心于蒋大将军的贵女，听说此事就直接过来当众割了臂肉双手奉上，含泪道是将军还要上阵杀敌，保家卫国，怎么能受伤呢？"

"比起来，我这个衣不解带在病床前侍奉了婆婆一个多月的人真是极端不孝而且非常不爱丈夫，妒忌又自私到了极点，不懂事，不知恩。似我这种女人，怎么配得上英明神武的蒋大将军？"王夫人想起当时蒋重的表情，不由打了个寒颤，"啧！无法回忆。这么多年再想起来，还是觉得全身发麻。于是我决定做最自私、最爱自己的那一个。这样证明是否孝顺，是否是真爱，我实在做不到。"

牡丹恶寒了一下，就算没亲眼所见，她也想象得到当时蒋重的心情和态度：一边是身份尊贵、年轻美丽的女子，不顾羞耻地跑到自己家里来，当众割了自己美丽的臂肉，还装在晶莹的玉碟里双手奉上，美目含泪，含情脉脉，温柔唯美地对着自己说出那样一席情深意切的表白；一边是衣不解带伺候了老母一个多月，容色憔悴，脾气还很强硬暴躁的发妻，不但自己不肯割肉，也不赞同他割肉救母，看到这美丽善良的仙女还面带不屑、鄙薄，并冷笑不睬。

招人怜惜的肯定是仙女呀！当时他在心中已经把二人之间的高下排好了，但他一定还告诉自己说，他其实是因为无法抗拒皇权，还因为孝道，也是出于感恩和讲义气。他要对为了他不顾一切、作出重大牺牲的杜夫人负责，并不是背叛了原配妻子。他还是忠义两全、有情有义的蒋重，都是王夫人不懂事，不体谅他。

牡丹低声道："同样的事情我也是做不到的，当时您一定很难吧？"

王夫人有一瞬间的沉默："难是肯定的。自己的娘家人都说是我不对了，还指望外人么？我自己委屈不算什么，最难的是带走大郎。"那个时候，她要独自离去自然是很容易的，但要带走蒋长扬真的是非常难。但她知道，决不能把儿子留给一个为达目的不择手段的女人，也不能把儿子留给一个轻易就被假象蒙蔽了眼睛，只会认为别人不对，只会给自己找理由的父亲。

牡丹握住她的手，认真地道："娘，都过去了，以后我们好好孝敬您。"

王夫人微微一笑："是呀，都过去了。风过无痕，很多事情当时觉得很难，好像根本做不到，但只要保持足够的清醒，肯拼敢拼，总会抓住那一瞬的转机。蒋大将军最怕丢脸，逼死发妻长子多丢脸呀？若是他的儿子是被别的男人养大的，万一还改了姓，那得多丢人？我以死相迫，他怕了。我答应大郎长大认祖归宗前不改嫁，他的虚荣心满足了。又有汾王妃居中调停，他顺势下坡，大家都完美了。"

牡丹不由鼻头一酸。王夫人这样笑着把心酸的往事说出来，更让人心疼。王夫人见她眼圈红了，不由失笑，反握住她的手笑道："丹娘，告诉你这些，不是要你恨他们，替我出气什么的。我想告诉你，做人要有气度，得饶人处且饶人，自己也要想得开，才会有好日子过。"

牡丹低下头眨了好一会儿眼睛，才抬起头来对着王夫人甜甜一笑："娘，您说的我都记住了。"

王夫人轻轻摇头："说起来很轻松，实际上要做到很难。我现在也没修炼到家。"

牡丹不知她讲的什么事，正要问，王夫人已经欢欢喜喜地一笑："好了，就说到这里吧。时辰差不多了，咱们午睡去，然后起来出发！"

第三十九章 悠园

未时三刻，牡丹准时起身，收拾妥当就前去侍奉王夫人起身。可待她到小楼外，却见王夫人已换了一身翠蓝的胡服，坐在竹林下持了一卷书在看，看样子是早就起了身的。

牡丹有些羞赧："我起得迟了。"

"非是你迟了，是我年纪大了，早上又不早起，没那么多觉来睡。"王夫人拍拍身下的竹榻，示意她过去坐。二人闲谈一歇，邬三使人来回，道是车马齐备，可以出发了。

行至启夏门外不久，潘蓉便笑嘻嘻地带着两辆车、七八个随从过来，白夫人从当头那辆车窗里探出头来望着王夫人和牡丹笑，身子略略往旁边让了让，方便牡丹看到她身后角落里坐着的玛雅儿。

牡丹点点头，示意出发。

到了蒋长扬的庄子外，王夫人笑道："还没名字？以后还叫柳园吧！"

蒋长扬抬眼看着她："但是……"他不想再用从前的名字，其实就意味着他已经抛弃了过往。

王夫人摇摇头："如果是为了那个原因没必要，不过是形式而已。"随即又笑看着牡丹："当然，如果丹娘有好名字，又是另外一说。"

牡丹笑道："其实我觉得悠园不错，悠闲自在。"

蒋长扬立即道："好主意！"

"两个马屁精！丹娘，咱们来比比谁最先到，输的人今晚下厨做最拿手的一样菜给大伙儿吃。"王夫人话音还未落，先就抽了青骓马一鞭子，当头就跑了。

牡丹大急："您要赖！"王夫人最拿手的菜是什么她不知道，但她只知道她最拿手的就是那三鲜饺子了，王夫人分明是嘴馋了。

王夫人回过头来得意地笑："我才没耍赖，我比你老那么多，你就该让着我。"

牡丹叫道："您的马比我的好！"

王夫人道："那就得怨大郎了，想不做饭也行，追上我就给你做好吃的。"

眼看着婆媳二人一前一后奔得远了，白夫人拥着潘蓉笑得前仰后合。潘璟看得心动，大声喊潘蓉带他骑大马。潘蓉俯身将他抱了放在自己身前，也打马去追牡丹和王夫人。

牡丹到底追不上王夫人，等她跑到芳园门口，王夫人已经下马并将缰绳扔给了闻声赶出来的贵子，笑眯眯地道："看你跑得这么累，婆婆我心疼你，和你一起做个拿手菜。"

"那我们可有福气了。"潘蓉笑嘻嘻地跟上来，推潘璟往前，"还不赶紧去和你叔祖母和丹姨道谢去！"

潘璟双眼发光地看着王夫人的青骓马，讨好地道："叔祖母，您这马儿最厉害！赶明儿借我骑骑。"这声叔祖母倒是喊得极顺溜，竟然没要人逼。

"乖儿子！"潘蓉欢喜得抱着他使劲亲了一口，看来此番虽和母亲吵了一架，却是非常值得的。

王夫人做的是一锅野菜鲜鱼汤，几种鲜嫩的野菜都是才从田间地头摘来的，无论鱼、汤、野菜，味道都很鲜美。蒋长扬吃得心满意足，连连称赞，说王夫人的手艺没有退步。

野菜可以吃不假，但几种加在一起会不会有事？潘蓉谨慎地先试毒，吃了以后连呼好吃，才敢让白夫人和潘璟吃。蒋云清不爱吃鱼，何况是这种怪模怪样的野菜鱼汤，但她不敢做任何让王夫人不高兴的事，便闭着眼睛囫囵地吞。王夫人不忍心，便道："不喜欢就别吃了吧，被鱼刺卡着怎么办？"

蒋云清使劲摇头："我喜欢吃的，只是不习惯，真好吃，我没吃过这么好吃的东西。"

王夫人关心地说："真的？不过既是不习惯，还是吃慢一点吧！"

蒋云清小心翼翼地打量蒋长扬的脸色，见蒋长扬并没有注意自己，这才松了一口气，端着碗小心翼翼地夹菜。牡丹突然觉得她很可怜，便让宽儿端了一盘饺子放到她面前。

蒋云清一愣，抬眼去看牡丹，说不出心中的滋味。

夜深人静，虫鸣唧唧，芳园里一派静谧。牡丹才卸了妆，就被刚冲完凉的蒋长扬横抱起来，扔到床上去，低声道："请付五颗葡萄的利息。"

牡丹轻轻踢了他一脚："五颗葡萄能有多少利息？被你抱一抱也就够了。"

蒋长扬露出一排白牙，低声道："我们生个孩子吧！"

……

牡丹仰望着帐顶，低声道："今天我听娘说了一些以前的事情。"她想和他聊聊白天方伯辉、袁十九和他商量什么要紧的事情。很明显王夫人也是知道的，就瞒着她一个人。

蒋长扬"嗯"了一声，发困道："以前的事情不提也罢，反正都过去了。"

"但是娘说必须了解他们是些什么人，省得被害了都不知道，要防范。"

"改天我再和你说……"

"你的事情我都想知道。"

蒋长扬没有发声，只是伸手将牡丹给拥住，意思是让她快睡快睡。牡丹索性直截了当地道："你们今天说些什么？是不是上次的事情又有了新动向，对你不利？"

"哪有？就是男人间的一些事情，快别胡思乱想了，快睡！"蒋长扬放开她，翻了个身，打了个呵欠，"好困。"

"那你们说什么？娘说要请袁十九务必保得你平安无虞……"牡丹话音未落，蒋长扬已经发出低沉的呼吸声。她戳了戳他，没反应。

分明是装的。牡丹无奈地叹了口气。个性要强是好事，意味着他会上进，不需要人督促，但太过好强可不是什么好事。好吧，他们才新婚不久，他觉得有些事情和她说不起作用，不想要她担心，所以刻意瞒着她，她也领情，但是这种被排斥在外的感觉真的不好受。

牡丹几番想再推推蒋长扬，把心里的话说出来，终究是忍住了。这是一个循序渐进的过程，急不来，慢慢来吧。

第二日吃过早饭，王夫人建议一起去田埂上散散步，阿桃去请蒋云清归来，贴在牡丹耳边低声道："全身敷满了药膏，听说是能够变白变香……她身边那位武妈妈说她们不去了，谢谢夫人。"

牡丹摇摇头，从此除了日常供应外，不再管蒋云清。

下午，汾王府的管事领着几十号人，拉着无数的毡房、屏风、行障、桌椅、餐具器皿正式进驻芳园，搭毡房、设屏风、检查要所要乘坐的船是否安全，等等，热火朝天地准备宴席。同行一位姓孙的嬷嬷，直接去了王夫人的房里，二人说了约莫有半个时辰的话。等到那嬷嬷走了，王夫人又和蒋长扬说了一歇悄悄话。表面上看起来没什么不对劲的地方，过后王夫人和蒋长扬仍然爱说爱笑，对她仍然很关心体贴，但牡丹心里已经非常不是滋味。

很快到了正日子,汾王妃辰时三刻就到了。因为请的都是女客,蒋长扬与潘蓉早早就带了潘璟出去骑马游玩。王夫人和牡丹等人得到消息迎出去,走至中门,就见武妈妈急匆匆地奔过来赔笑:"少夫人,听说王妃来了,您看这个……"

牡丹淡淡地道:"我正要使人去吩咐云清,稍后贵客多,让她拘着你等好生待在屋子里,没听到有人来唤不许出来。谁若不听招呼出来乱串,冲撞贵客丢了自家性命,可怨不得谁。"

武妈妈脸色一变,不甘心地还想说什么,恕儿已经与阿桃将她死死挽了下去:"怕妈妈迷路,我们送你回去。"

武妈妈晓得多说无益,便将恕儿与阿桃一推,冷冷地道:"我自己会走!"

牡丹见有恕儿去管此事,知道不会出乱子,便不再管。陪同汾王妃来的是她的二儿媳妇陈氏。陈氏长得娇小玲珑的,服饰素雅,笑容中带着几分愁苦。见着王夫人就一直羡慕地赞叹她终于苦尽甘来,娶了牡丹这样一个好儿媳妇。又关心地问白夫人几个月了,千叮万嘱让她起居饮食一定要小心。又问牡丹平日是请哪个太医调养的身子,说是做女人的千万要调养好身子,显得非常热心。

白夫人趁着众人不注意,小声知会牡丹:"这是个可怜人儿。二十多岁就守寡,一直不肯再嫁,唯一一个儿子又有些不明白。"指指头,"二十岁了还没婚配,汾王和王妃平日最操心的就是这个孙儿。你和她说话小心着意些,别不注意得罪了人都不知道。"

牡丹突然想到蒋云清,不由打了个寒颤。蒋云清在这样的宴会中,能找到什么样合适的亲事?蒋老夫人死皮赖脸把人送到这里来,显然是有的放矢。

白夫人也想到了,二人对视片刻,都不约而同地摇了摇头,但愿是她们多想了。

没有多久,客人们也陆续到来。汾王妃此番所邀请的客人很有些意思。有王妃、公主、郡主,还有许多公卿家的夫人和女儿,甚至还有普通官宦人家的妻子女儿,老中青三代都有,身份地位也分了三级,泾渭分明。

汾王妃热情地把王夫人和牡丹二人介绍给平日与她交好的人,众人也很客气。表面上看来仿佛是专门为了庆祝王夫人重返京城上流圈子,特意介绍牡丹这个小朋友给人认识,请托人家看在她的面子上多多照料。但随着年轻未曾婚配且父亲官职都不大、家庭也不怎么富裕的女子越来越多,牡丹越来越意识到这次宴会非比寻常。

第四十章　针尖对麦芒

老夫人到得不早不晚,杜夫人没来。只是苦了牡丹,不得不跑前跑后伺候不停。当着众人的面,老夫人倒也没有为难她,只是在和其他人打招呼的时候,刻意略过了一旁的王夫人,还把下巴抬得高高的。

可偏生有位与她年轻时就不对盘的蔡国夫人故意要与她介绍王夫人,还重重地咬着方伯辉的官职和名字,说给她听,拊着手笑:"郎才女貌,真是绝配。"

"阿悠一向很好……"老夫人的声音小得几乎听不见,笑得也极其难看,却不敢在这样的场合下给王夫人难堪,只怕一不小心得罪了汾王妃,所求落空。只有牡丹离她近,听到她喉咙里压抑的呼哧呼哧的低喘声。

王夫人含笑施了一礼:"难为您夸奖我。"随即坐到一旁与其他人说笑,并不把老夫人放在心上。

老夫人窝着一肚子气无处发散，回头就找到了牡丹："难道云清没和你说么？她在哪里？怎么不见她？"按着她的想法，牡丹早就应该暗示汾王妃，还有个小姑跟着住在这里，然后汾王妃就顺理成章地一并请了蒋云清，奈何竟然不见！

牡丹微微一笑："云清在她房里呢，王妃没有邀请她，孙媳不敢让她出来。"

老夫人狠狠地瞪着牡丹，装什么糊涂？一定是和王夫人一道来报复蒋家的。

牡丹神情坦然，却略略提高了声音："祖母，您怎么了？不舒服么？"

周围的人都回过头去看看她们，牡丹满脸关切，老夫人怒目而视，一脸欺压人的表情。

蔡国夫人嘿嘿笑了一声："我说老姐妹，新妇不懂事儿好好教就是，别气坏了自个儿。多乖巧的孙媳妇，我看了都喜欢，舍不得骂。"

老夫人直勾勾地看着蔡国夫人，淡淡地道："谁说她不懂事儿了？她懂事得很。我这是看到她头发上有个小虫子。"果然叫牡丹过去，替她整了整头发，贴着牡丹的耳朵低声道，"你要分清楚，你是谁家的媳妇。在这个关口捣鬼，府里不好，对你和大郎有什么好处？趁早弄明白，免得后悔。"

牡丹含笑立起身来："多谢祖母，祖母真是慈爱。您放心，孙媳会谨守本分的，断不会丢府里的脸面。"纵然蒋云清是个庶女，到底也是国公府的女儿，这样算计着去嫁个脑子不灵光的王孙，难道很体面吗？除非汾王妃亲口要见蒋云清，否则蒋云清休想从房里出来！

"目光要放长远，别忘了你公公是为了谁获的罪，也别忘了是谁护得大郎周全！"老夫人凶狠地瞪着牡丹，若能得到汾王府的助力，一分力便可变成五分力。府里好了，还可以护着蒋长扬，可是牡丹这个没见识的商家女，竟然为了讨好蒋长扬和王夫人，要坏她的好事，叫她怎么能不恨？

牡丹一脸懵懂："不是说大郎是被夫人请了云孝子借着您生病，然后去诬告的么？难道不是？"

"你！"老夫人气得倒仰，抚着胸口定了定神，"你好大的胆子，竟然敢当众忤逆我！都是为了你！他若是行得正，别人怎会找到机会？"

牡丹淡淡地道："孙媳怎敢忤逆祖母？祖母误会了，孙媳只是不明白有些事情，请祖母教我而已。"

硬的不行就来软的，老夫人立即换了个法子："云清住在哪里？我有两句话要和她说，你派个人领红儿去，让红儿替我传话。"难道她就不能叫蒋云清自己出来碰运气么？

牡丹叫宽儿过来："领红儿去娘子的房里，告诉恕儿，一定要好好招待。"

宽儿心领神会，含笑施礼，请红儿随她一同去。

老夫人坐了片刻，总算是等到汾王妃主动与她搭上了话。寒暄几句后，她关怀地望着陈氏道："很久不见了，心里一直记挂着的，前不久去上香还遇到你的姑母，她身体真是好呀……"

"她身子骨一向极好。"听到说起自家姑母，陈氏的态度明显温和了许多，同样关怀地道，"许久不见，您老人家一切可都安好？"

"好，好。"老夫人笑道，"我记得你最喜欢菖蒲，丹娘这园子里有修剪得很漂亮的菖蒲，要不要一起去看看？"

陈氏有些心动，汾王妃和气地道："既然是出来散心的，喜欢就去走走。"

老夫人欢喜得很，立刻问牡丹："丹娘，趁着还未开席，你领我们去瞧瞧。"

分明就是另有打算，牡丹正在想怎么才能推托，就听说萧尚书夫人尉迟氏领着萧雪溪来了。同行的还有两个牡丹从前见过的人，邱曼娘与秦阿蓝。

汾王妃立时笑道："既然人都来齐了，就开席吧。"

"咱们稍后再去吧。"陈氏抱歉地对着老夫人一笑，老夫人心里真恨，这萧家母女早不来迟不来，偏偏这个时候来，真是扫兴。若非家里那个不省事的，牡丹这个不懂事还拖后腿的，她哪里用得着这么大把年纪了还这么辛苦？

牡丹知道老夫人在恨自己，懒得去理她，只抬眼看向正前方。只见穿着一身湖蓝色襦裙，梳着双环望仙髻，打扮得素雅清淡，看着像个出尘的仙女儿似的萧雪溪，温柔端庄地扶着个着银红大袖罗衫，内着姜黄色小团花罗裙，插着金步摇，个子高高瘦瘦，板着一张脸，打扮得雍容华贵的中年妇人缓缓朝众人走来。

她们身边，则是穿着火红胡服的邱曼娘和着玉色胡服的秦阿蓝。二人都梳着堕马髻，好似一对姐妹花。邱曼娘还是一样天真烂漫，秦阿蓝一样端庄温柔，只眼眉多了几分妩媚之意。

便有人低声议论："那个穿玉色胡服的女子是先宁王妃的亲妹子，自去年宁王妃薨了之后，就一直留在京中。皇后娘娘每每思及宁王妃，便喜欢叫她去陪着。这回是好事近了，过了七夕就要赐婚。还是宁王。"

有人羡慕："这可真是佳话了，姐妹二人都做亲王妃。"

有人发酸："我看人才也不怎么好，不过是托了太原秦氏的福罢了。"

牡丹微微一笑，想必孟孺人会很失望吧。

等到众人上前见了礼，汾王妃含笑道："既然都到齐了，就开始吧。"

其实汾王妃做得并不太明显，也没弄什么才艺表演之类的，就是一群人在一起吃吃喝喝，看看百戏，听歌看舞，看参军戏，坐船游玩。老年人和中年人们更是坐在一旁谈笑，只看年轻女孩子们交朋友，嬉戏，一切都显得轻松自然。

但只要注意，就会看到汾王府的嬷嬷们守在一旁，目光锐利地打量那些年轻的女孩子。牡丹窃以为，假若汾王妃真的是想选一个比较合适的孙媳妇，这样的方法更得当。男方这样的条件，并不需要女方容貌才艺有多出众，最要紧的是品行和性格，那么，不经意间表现出来的行为更能体现自身的品质。

老夫人眼看着相看大会正式开始，红儿却迟迟未归，不由急了："云清住得很远么？红儿怎么迟迟不来？"

牡丹奇怪地道："不远呀，您别急，待孙媳这就再找人去寻她。孙媳身边的雨荷也是很得用的，您可以使唤她。"

这死丫头故意装糊涂。老夫人恨恨地瞪了牡丹一眼："马上叫她回来见我！这死丫头，我说的话都当耳旁风，该家法处置了。"

牡丹只当听不懂她指桑骂槐，笑意盈盈地使人去找红儿，不时递水递帕子给老夫人，又礼貌亲切地回答周围人的问话，显得很是闲适自在。老夫人越发生闷气，便又要故伎重演，说自己热，要牡丹给她掌扇，忽见尉迟氏领着萧雪溪过来见礼，顾不得折腾牡丹，笑盈盈地和尉迟氏接上了话，当众送了萧雪溪一只红玉臂环做见面礼，极力盛赞萧雪溪贤淑温柔，端庄大方，又拉萧雪溪坐在自己身边。

萧雪溪行礼谢过，又对着牡丹点点头，害羞地挨着老夫人坐了，像只可爱的小白兔一样，笑得无辜而天真，仿佛全然忘记了从前的事情。

尉迟氏不露痕迹地上下打量了牡丹一番，非常和气地称赞芳园修得好，又说自己见过牡丹培植出来的什样锦，非常美丽，国色天香四个字当之无愧。又盛赞老夫人挑孙媳妇有眼光，这是连着她自家的女儿一道夸进去了。

老夫人笑得和朵菊花似的，却心神不宁地不时瞟瞟远处，一看到红儿走过来，就立刻起身同尉迟氏告罪，说自己要方便。牡丹忙好心地要扶她去，她摇摇头，不容置疑地道："你留在这里，万一王妃有事找你怎么办？"

牡丹便也遂了她的意，只吩咐丫头婆子们好好照顾。老夫人出了宴席场所，宽儿也快步过来汇报："这红儿到处张望，问东问西，问哪些地方有菖蒲，王夫人和您相处得怎么样。到了蒋娘子门外，又不要人跟着，在里面嘀嘀咕咕地说了许久，咱们想了法子也听不到说些什么。不过恕儿说了，只要把蒋娘子守好，就什么事都出不了。"

这倒是实情。牡丹气定神闲地朝白夫人走去，白夫人正和秦阿蓝、邱曼娘低声说笑，见她过去就笑道："适才曼娘还说，让我跟着一起坐船，去桃李林里头摘桃子和李子。我说我这身子哪儿敢去，晃来晃去的，有个闪失怎么办。"

牡丹笑道："坐大船是能行的，但咱们这儿只有小船，最好还是别坐了，我陪你在岸上走走。"

邱曼娘侧着头盯着牡丹看，然后捂着嘴笑起来："何姐姐，还来不及恭喜你。上次我生日你送我香扇坠，赶明儿我也送你件礼物恭贺你大喜。"

牡丹笑道："不必这么客气，你成亲时我也没送你什么。"

邱曼娘笑道："我就算了吧，都算是老夫老妻了，不如你们新鲜。"然后推了秦阿蓝一把："倒是阿蓝，你得为她好好准备一份大礼了。"

秦阿蓝微红了脸，飞速看了牡丹一眼，小声地责怪道："曼娘，你又瞎说。"

邱曼娘道："你就是太小心了，铁定的事情飞不掉的。"

秦阿蓝沉默片刻，看着牡丹微微一笑："我记得夫人与宁王府李长史有亲？我前不久才与吴十九娘见过。"

牡丹点头："李长史是我的表叔。"

秦阿蓝便道："以后，欢迎你和十九娘常去我那里做客。"又望着白夫人笑道："还有夫人。我人生地不熟，就只盼着多交几个如同你们这样的朋友。"

白夫人和牡丹都笑着应了。邱曼娘突然指着不远处低呼道："咦，她怎么也来了？"

牡丹和白夫人顺着她的手指看过去，只见一个穿粉蓝色纱襦配粉红色披帛，着碧色八幅罗裙，梳反绾髻，姿容秀丽的少女陪在汾王妃的身边，正可爱地侧着头听汾王妃和几位公主说话，却是戚玉珠。

邱曼娘慢吞吞地道："不过是个六品媵，十人中的一人而已，也用得着这样卖弄？我要是她，就乖乖躲在家中。"言下之意竟是戚玉珠也要嫁入宁王府做媵了。

秦阿蓝淡淡地道："曼娘，你话多了。"皇后早有话在先，宁王至今无嗣，与他从前专宠自家姐姐有很大关系，不希望她也做那样不懂事的人。所以此番广选官宦人家的女儿入宁王府，就是希望宁王子嗣丰茂。

邱曼娘不以为然："都是自己人呢。怕什么？"

谁敢轻易与准宁王妃做自己人？白夫人和牡丹都有些不自在，顾左右而言他。"你家老夫人来了，你得小心了。"白夫人轻轻拉了牡丹一把，示意她看向前方，只见老夫人黑着脸快步走过来，身边还跟着一个可怜兮兮的武婆子。

牡丹趁机辞别邱曼娘和秦阿蓝："我要去侍奉我家老夫人啦，以后再聊。"白夫人也说自己身子重，不方便，得去方便方便。秦阿蓝很理解，微笑着和她们告别。

牡丹抓紧时间问白夫人："我记得去年有传言说圣上要让宁王做尚书省左仆射，有没有这回事？"

白夫人小声道："是有这回事，但是直到今年年初才正式下的诏命。你怎么突然对这个感兴趣起来了？"

牡丹有些闷闷地道："不是我对这个感兴趣，我只是不想什么都不知道。"她不想对蒋长扬的另一个世界一无所知。

白夫人察觉到她的情绪不对，微皱眉头："怎么了？可是有人说你什么？"

牡丹一笑，轻轻摇头："没有。虽不能给他多的帮助，却也不能给他惹祸。"这一刻，她是不快活的，她离蒋长扬的另一个世界那么远。

"少夫人，老夫人请您过去！"武妈妈过来对着牡丹行了一礼，一脸小人得志之色。

牡丹无奈地朝白夫人做了个鬼脸，慢吞吞地走过去，无论老夫人怎么折腾，始终保持温柔笑容，雷打不动。老夫人拿她没办法，只得觍着脸往汾王妃跟前凑。汾王妃也还给她面子，老夫人趁机提起蒋云清正好住在芳园，又说人长得不好看，还只爱骑马射箭，什么都不能和周围这些娇滴滴的女孩子比。

老夫人如此贬低蒋云清，偏生汾王妃还来了几分兴趣，陈氏也好奇地道："既然住在这里，为何不请出来一起参加宴会？年纪轻轻的女孩子，一个人闷在房里做什么？"

老夫人笑道："我家云清性子有些闷，又有些害臊。丹娘先前也说要禀了王妃，让她一起出来长长见识的，可她不好意思出来，宁可躲在屋子里看书。"

一个性子有些沉闷害羞，不喜欢热闹，宁可躲在屋里看书的姑娘，唯一的爱好是骑马射箭，身体很健康，还守得住寂寞。若是对上一个不太懂事的夫君，长得不美正好是优点，能文能武，体力很好，不但能陪着夫君玩，将来教育孩子也不用操心了。这样的人，无论出身还是其他条件，都比现在满院子到处跑，欢声笑语的女孩子们更适合，实在值得一看。

汾王妃与陈氏迅速交换了一下眼色，回头笑道："总这样闷着哪儿行？让她出来，让她出来！"

老夫人得意极了，牡丹镇定自若地同宽儿道："去请娘子出来，就说王妃有请。"

没多少时候，蒋云清来了。汾王妃和陈氏认真打量着蒋家这个几乎没在公众面前出现过的庶女，举止气度看着是不错的，长得是不美丽，但是白白净净，身体看上去很健康，笑容有些羞涩胆怯，整体给人的感觉还不错。

"好孩子，来我这边坐。"汾王妃便招手叫蒋云清过去，问她平日爱做什么，又拉着她的手细看，果然从她的手掌上看到了一层薄茧，便和陈氏笑道："是个老实孩子。爱看书，只怕与你谈得来。"

蒋云清的羞涩谨慎不但没让陈氏嫌弃，陈氏反而待她更温和，发现她果然爱读书之后更是高兴。

老夫人还没高兴多久呢，就有人来凑热闹了，来的是一位陌生的妇人，领着个年龄和蒋云清差不多的女儿。那女孩子比蒋云清活泼，会讨好缠着陈氏，比较起来，蒋云清就显得木讷了许多，还稍稍受了冷落的样子。

老夫人见那妇人的穿着打扮都只是一般，唯独她那个女儿不但长得如花似玉的，还打扮得花枝招展的，立时猜到是小官员的妻女。垂着眼皮想了片刻，淡淡地叫牡丹："去把你妹妹叫过来，我们有事，先告退了。"到底也是国公府的女儿，怎么能和小官员的女儿争？就算是争，也要争得有格调。

牡丹忙上前去唤蒋云清："祖母说她有些乏累，要你陪她回家，已经让人去给你收拾东西了。"

这就要走？蒋云清大为诧异，却不敢多问，笑吟吟地与陈氏告退，显得有礼有节，不卑不亢的。陈氏看着面前活泼得过分了的女孩子，倒觉得她更胜一筹。

老夫人要走，留都留不住，汾王妃有些意外，却也似觉得不意外，笑吟吟地说了几句客气话，请牡丹替她相送："你是芳园主人，又是我的小朋友。这还是你自家的长辈，怎么看都是你替我送这个客人最合适不过了。"

"敢不从命！"牡丹盈盈一笑，和蒋云清一左一右扶了老夫人往外行去。

眼看着自己隔这热闹的宴会越来越远，蒋云清委屈得要死，差点就没掉下眼泪来。老夫人淡淡地道："你急什么？什么事是能一蹴而就的？今日已经够了。"

蒋云清一愣，随即想到陈氏以及往陈氏跟前凑的女孩子，猛然明白过来，原来这门亲事与汾王府有关。今日这种情况下，自己若是与那不庄重的女子一般缠着陈氏讨好，果然失了格调，当下就不委屈了。

牡丹假意问道："祖母，陈夫人似是不常出门？以往不曾听说过。"

老夫人淡淡地道："她是个不爱出门的，别说你，我都没见过几次。"

"今日来的年轻女子真多呢，先前还有人抱怨说怎么还有不入流小官的女儿。"牡丹别有深意地看了蒋云清一眼。

既是给王孙选亲，怎会有不入流小官儿的女儿在里面？蒋云清立时生了疑心，自知问不出真相，只能随着老夫人黯然离去。

牡丹回到宴席场所，众人正在看参军戏，都笑得前仰后合的。她四处扫了一眼，只见白夫人独自歪在个角落里朝她招手，正准备溜过去歇歇，却见樱桃从斜刺里过来，小声笑道："适才有人送了一筐子嘉庆李来，是真正洛阳嘉庆坊出的，不是外头那些披着个名头的，僧多粥少不够分，夫人悄悄给您留了两个。"说着将两个绿李笼在袖子里塞给牡丹。

牡丹心里一暖，在宴会上悄悄留两个李子给没得吃的儿媳，这种事情也只有王夫人才会做。牡丹便朝白夫人挥挥手，过去走到王夫人身后站了，轻轻喊了声："娘……"

王夫人回头看着她慈爱地一笑，探手握住她的手，拉她在自己身边坐下，哄小孩子似的小声道："好吃么？"

"我等会儿吃。"人有些多，有些挤，牡丹带了点微微的鼻音，试探着靠在王夫人身上。

王夫人发现牡丹小心翼翼的亲热动作，满意地微笑起来，扶了她的肩头低声道："今天真是难为你了。"

"也不怎样。"牡丹慢慢放松下去，索性靠着王夫人，极其小声地道，"我看着蒋云清很可怜。"

王夫人没说话。直到一场戏终了，她方低声道："你要知道，做父母、亲人的，真爱那个孩子，就会千方百计为他谋求幸福，只要不是做了伤天害理的事情，就谈不上绝对的应该与不应该，这个你将来做了母亲就知道了。对于蒋云清，你已经尽了责任。人虽有种种无奈，却不是你不愿意，别人还能随意控制你。这个你很清楚。以后看不惯的事情还会很多，你能一一替他们理会来么？能帮的就帮一把，不能帮的也要想得开。"

"我知道了。"牡丹知道王夫人说得对，为了财权，多少人家都愿意把自家品貌双全的女儿嫁与宦官了，何况是真正的王孙？汾王妃和陈氏想为自家孩子选一个合适的妻子，也并非看上就要强求，是你情我愿的事，没什么不对。蒋云清固然不幸，但若真的坚决不肯，谁又能把她怎么样？

王夫人微微一笑："去陪阿馨吧，跟着我受累又不好玩。"

"谢谢娘。"牡丹途经萧雪溪母女面前时，因正好与她们的目光相接上，便习惯性地对着她们笑了笑。

这是炫耀！胜利者对失败者的炫耀！萧雪溪猛然乍了毛，一下子揪紧了尉迟氏的胳膊，眼泪险些夺眶而出。尉迟氏淡定地轻轻抚着她的背，小声道："来日方长。"

宴会一直持续到申时三刻方才散去，牡丹留汾王妃与陈氏在芳园住一夜，第二日再回去也不迟。汾王妃累了，也有想与王夫人说说话的意思，有些心动。陈氏却是坚决要回去，拧着眉头，一副生怕人强留她的别扭样，与先前的温柔样完全判若两人。

汾王妃无奈地叹了口气，低声道："好吧，回去，回去。"陈氏这才笑起来。

待这婆媳二人的车驾远了，王夫人方回头对牡丹道："看到汾王妃对这个儿媳有多偏爱了么？知道为何这么多人上赶着来，就连堂堂的国公府都动心了吧。"

牡丹扶了她往里走："那位王孙到底是个什么情况？"

王夫人道："就是天生不会说话，性子也很孤僻，不喜欢理人，只爱独自一人骑马射箭，写字看书罢了。陈夫人自己先就觉得矮了人一截，轻易不肯让他见人，外间人不知道，都以为他是脑子不灵光。"

牡丹隐隐松了口气："大郎他们大概也该回来了，我去厨下看看，给他们准备好吃的。"

王夫人看到她的表情，几不可见地摇了摇头。樱桃低声道："夫人，少夫人太过心软了。那边府里的事怎么乱都不干咱们的事，好心可未必得好报。"

王夫人笑道："还好吧，只要不冲动乱来，会心软是好事。"

牡丹去了厨房，只见汾王府留下来的管事正在指挥人收拾杯盘碗盏，又把席上剩下的菜肴请贵子找人拿去，以汾王妃的名义散给村中穷苦之人，整个厨房一片忙乱，哪里顾得上给蒋长扬等人做吃的？牡丹只好叫雨荷寻些方便易得的食材，准备到后院小灶上做。

才到得后院门口，就听见潘璟的笑声。雨荷笑道："看吧，来得早不如来得巧，刚操心着要做吃的就回来了。"牡丹便吩咐雨荷往灶上去做饭，自己循着笑声去寻蒋长扬等人。

只见蒋长扬、潘蓉、潘璟一溜儿三个坐在小溪流边，都把鞋脱了，赤着脚泡在水里玩，各个的脸都晒得红扑扑的，笑容满面的。牡丹便扔了一颗石头过去，打起水花来，几人叫了一声，回头去找罪魁祸首，看到是她站在那里笑，潘蓉便匆匆忙忙地穿鞋，蒋长扬则道："人都走了么？"

"还有一群留下来收拾东西的，怕是要明日才能离去。你们什么时候回来的，饿了么？我让雨荷去做饭了。"

"回来将近半个时辰了。"潘蓉边穿鞋边笑道，"饭就别做了，我们刚吃过。"

牡丹大为诧异："在哪里吃的？"

潘蓉一笑："你问蒋大郎，人家的谢恩宴。"说着将潘璟抱起来往外走，"我们去找阿馨。不打扰你们了。"

牡丹走过去挨着蒋长扬坐下来，笑道："你们在哪里吃的？"

蒋长扬亲热地拥住她的肩头，笑道："我们去了悠园，玛雅儿亲自下的厨。"玛雅儿并不跟他们一同住在芳园，而是单独住在了悠园。

牡丹看着他笑："她的手艺怎么样？"

"非常好，冷修羊做得极好。连潘蓉都吃得差点没把舌头给吞了，潘璟更是多吃了一大碗饭。"

牡丹看到蒋长扬回味的样子，不由笑道："潘蓉这个挑三拣四的人都如此，更别说你这个不讲究吃食的人咯。你是差点没把牙齿都嚼碎了一并咽下肚去吧？"

蒋长扬微微一笑："嚼牙齿倒是不至于，不过她的谈吐见识是真让我惊讶。"

牡丹斜睨了他一眼，从袖中摸出一个嘉庆李狠狠一口咬下去："你现在才惊讶她的谈吐见识？你们不是早就熟识得很的么。"都熟悉到玛雅儿想给他做侍妾了。

蒋长扬听她这酸溜溜的语气，有些想笑："怎会熟识得很？不过向她打听过几回消息，一手钱一手货，哪有多少时候与她细说？"

"现在正好有机会。"牡丹不笑不气，只使劲嚼李子。

"别瞎说，坏了人家的清誉不是要处。"蒋长扬探头去瞧她手里的嘉庆李，"什么好吃的？哟，嘉庆李，也分我一口？"说着抓住她的手要去咬李子。

牡丹将他的脸给推开，把剩下的小半个李子扔进嘴里，吐出一粒果核来，微微一笑："你不爱吃果子的，别浪费了。还是玛雅儿做的冷修羊好吃。"说着又从袖里取出另一个李子，叹了口气,"这还是娘悄悄给我留的,真正洛阳嘉庆坊出的嘉庆李,我还舍不得吃呢,一直留着,现在还是趁新鲜吃了吧……"

"分明是留给我的。"蒋长扬趁她不注意,嬉皮笑脸地一把夺了,入口就眉毛眼睛都挤成一堆,"怎么这么酸?"

牡丹白了他一眼:"嫌酸就吐出来!"

蒋长扬忙左右张望一番,往她脸上吧唧了一口,笑道:"我是说你好酸。"

潘蓉和白夫人没能在芳园住上多久。七夕刚过没几天,楚州侯府就派了人来,道是楚州侯夫人身体不适,要接潘璟回去以慰病中寂寞,潘蓉和白夫人只得收拾行囊回城。

许是习惯了潘璟和潘蓉每日里的吵闹不休,众人都觉得冷清了好多。王夫人免不了感叹:"别说,这家里多个孩子真是热闹许多。我每次看到潘璟那小粉脸蛋儿就想咬一口,可转念一想,我不是他亲祖母,咬了要被人嫌弃的,只好忍下了。"

蒋长扬就笑看了牡丹一眼。

牡丹明白王夫人的意思,微红了脸埋头吃饭。反正这个月是没戏的,她正不方便着呢。

王夫人见好就收,给牡丹夹了一腿鸡肉,又添了半碗汤:"多吃点,你太瘦了。"

牡丹本已吃得半饱,若是王夫人不劝,她兴许还能再吃点,可一看到面前的一大腿鸡肉和半碗汤,立刻就觉得饱了,半点都吃不下去。可是王夫人一直以来都是顺着她,几乎就没提过要求。好吧,先吃肉,再喝汤填空。她吸了一口气,准备去夹鸡腿,却见一双筷子从斜刺里杀过来,敏捷地将她面前的鸡腿给夹走了。

牡丹不由窃喜,双眼放光看着蒋长扬。

蒋长扬看也不看她,口里吃着鸡腿,抱怨王夫人:"娘太偏心了,什么好吃的都给她。"

王夫人瞪了他一眼,却也没有戳穿他的把戏,只淡淡地道:"我对她好不就是对你好吗?"

牡丹一听这话,赶紧端起鸡汤几口喝光,然后讨好地看着王夫人笑。王夫人轻轻敲敲她的头,骂蒋长扬:"半点不讨喜。"却没有再劝牡丹吃东西。

第二日清晨,牡丹吃过早饭就去了种苗园,与李花匠打了招呼后就蹲在去年秋天种下的牡丹花幼苗旁查看长势,看今年秋天能不能移栽成功。

大黑尽职尽忠地守在一旁,伸直双腿,把头放在腿上淌着口水,听牡丹指导雨荷:"你看,肥水很适宜,今年中秋前后就能移栽。"她在畦边比画着,"起苗前要在这里挖两尺深的沟,然后垂直入土,把土和苗一齐送入沟中,才能拣苗。大的移栽到苗圃里去,小的还重新种在畦里。"

雨荷认真记下,扫一眼立在不远处专心侍弄牡丹花的李花匠,小声道:"他昨晚答应教我用刀了。"

"真的?"牡丹很是替雨荷高兴,也为李花匠开心,他总算是挑着满意的学徒了。

雨荷有些黯然:"他最近干活的时候偶尔也会留阿顺和满子在一旁看着,我估摸着他还是有些嫌弃我是女子。等和您禀过以后,正式收的只会是那二人。"

牡丹拍拍她的手:"没关系,你有我。"

忽见贵子笑吟吟地从外头进来行礼道:"娘子,外头来客了。是卢五郎和一位黑面皮的女客,还有一位道是从杭州来的男客。说是早前就与您约好的,见么?"

"见,怎么不见?雨荷也一起来。"牡丹匆忙往外走。定然是段大娘与那位要寻名品牡丹和好花匠的杭州富商。

到了正堂,却不见客人,阿桃过来笑道:"郎君恰好遇见,听说是来看花的,便先领着看花去了。这会儿约莫在半月亭附近。"

行至半月亭附近,只见蒋长扬和卢五郎等人站在一株金腰楼面前,正绘声绘色地描述金腰楼盛开时的场景："颜色是粉红色，黄色间之，花瓣重叠如楼，花冠可达一尺，有八百多瓣，非常美丽，也极其难得，我家只得这一株。听说还有玉腰楼、红腰楼，可惜不得见。"

就听段大娘身边那个穿褐色圆领缺胯袍的男子操着一口纯熟的官话道："敢问郎君，这一株金腰楼要值多少钱？"

蒋长扬有些为难："这个详细的我却是不知，要问拙荆。不过我记得她当时得到这株花时分外高兴就是了，道是花了钱也未必寻得着。"

牡丹不由一笑，原来蒋长扬也能替她做生意打下手的。这金腰楼本是她的嫁妆，听说传自宫中，十分稀罕难得。

那杭州富商不再多问，而是蹲下去上上下下打量起那株金腰楼来，先看根部萌蘖枝，又看枝干叶片，倒像是个懂行的，看了一歇方站起身来，道："玉腰楼，其实花型与这个一样，就是间色为白色罢了。"

"敢问客人见过么？"牡丹缓步行过去，与众人一一见礼，看向这杭州客。一看之下不由有些吃惊，段大娘的老朋友竟然如此年轻？这杭州客不过中等身材，年纪有三十七八的样子，衣饰虽然精致，却风霜满面，络腮胡遮了半张脸，鼻梁高挺，一双眼睛狭长明亮，饱含着生意人的精明。

卢五郎许久不见牡丹，如今见到她已褪去了青涩，又比去岁之时添了许多风情，全身绽放着青春与少妇的娇艳，不由有些挪不开眼睛。但他好歹记着礼仪，垂下眼就不敢再看。

大抵是因为苏杭美女如云，那杭州客见惯不怪，见到牡丹也不过微微眨了眨眼，就敢直视着牡丹坦然笑道："在下不才，家中正好有一株玉腰楼，老母一直想要再寻一株金腰楼，凑成金玉满堂。这些年在下寻遍大江南北都不曾见过，听人说只有宫中才有，便来一碰运气，哪承想果然运气极佳，竟然就遇到了。"

牡丹摇头微笑："这金腰楼是我的陪嫁，不卖的。"

"我那玉腰楼，在杭州一朵花要值三万钱。这金腰楼想来也不便宜。"那人淡淡一笑，四处张望，"先看其他花。"

一朵花要值三万钱？这是故意抛饵呢，这人可不好糊弄。牡丹便低声同蒋长扬道："你若不感兴趣，就不必陪着了，去做你的事情吧。"

蒋长扬笑道："我陪你。"言罢朝那杭州客商行了一个礼："还不曾请教过客人尊姓大名。在下姓蒋名长扬，字成风。"

那人一笑，回礼道："是在下疏忽了，在下姓金，名不言，字寂默。"

好古怪的名字，听上去就无限萧瑟。这谁家竟然这样给孩子取名字⋯⋯牡丹暗自嘀咕着，前头引路："客人请这边走。我这芳园目前也有上百种花，其中拿得出手的名品牡丹也有几十种⋯⋯"

金不言聚精会神地听着，每到一处总要停下来详细问上许久，不光是对牡丹花感兴趣，对石头也感兴趣，竟然对那石头的来历品种、价值俱都说得头头是道，尽显精明本色。

走走停停直到中午时分，还没游完整个芳园，看完所有的牡丹花，牡丹都觉得脚疼了，人也饿了，金不言还在兴高采烈，不知疲累。

蒋长扬便道："已近午间，客人不如一同用些饭食，歇上一歇再看如何？"

段大娘早就累得不行，闻言大喜，连声赞同。金不言呵呵一笑："客随主便。"

一行人往草亭中坐了，牡丹自去安排饭食，因不知金不言、段大娘的嗜好是什么，先使贵子问了他们随行的小厮，又同周八娘商量。周八娘道："既是江南人，自是爱吃鱼虾蟹，不过想来吃多了也腻。不如就做些咱们的清淡家常菜，再加一个软丁雪龙，一个干鲙，米饭用上好的香粳好生焖出来，保管他们喜欢。"

牡丹又叮嘱取好酒好器皿，安置妥当，方去陪客。段大娘听说王夫人在，便要拜见。考虑到秦三娘与景王的关系，牡丹等蒋长扬点了头，才敢领了段大娘过去。

牡丹引着段大娘去王夫人的居所，趁机打听金不言的情况："之前听说这位客人是您的老友，我还以为是与家父年纪差不多的老人家，谁知如此年轻。"

段大娘笑道："这金不言虽则年轻，却是十多岁就开始跑江湖的人。我与他认识二十多年，不是老友是什么？"

牡丹便笑："这位金客人，身上真是没有半点江南男子的影子，官话也说得挺好。"

"这倒是真的，我初次见他，以为是个北方人。他母亲倒是一口杭州话。"段大娘笑道，"夫人放心，他是真真正正的商人，在杭州也是排得上号的，您一打听就能知晓。他是初次进京，这京中除了我和几个有生意来往的商人之外再不认得什么人。我呢，就是单纯进京来瞧妹妹和外甥的。"

意思是就是单纯来做生意的，没有其他目的，和景王、秦三娘什么人都没关系。牡丹有些脸热，自知适才与蒋长扬的眼神交流被段大娘看见了，遂与她行礼致歉："不瞒大娘，我一直希望天下人都能赏到芳园的花，只因外子是戴罪之身，不得不小心行事。"

段大娘笑起来："你放心，我这几日也陪他看过了曹家花园与好些地方，他从未如同今日这般恋恋不舍。"

牡丹自知这生意一定能成，只是数额大小却说不定。她还想用交换的办法，把那玉腰楼给引进来。

王夫人很热情地留了段大娘用饭，又说扬州一带的风情，喟叹道："扬州好地方，虽无巍巍气象，繁华却不亚于京中，若非为了犬子，我那时候在那里住着就不想走。"

段大娘忍笑不已："您将来可以去扬州养老。"

牡丹见她二人谈得欢喜，遂告退出去安排家事饭食。

饭后，金不言继续参观，待行到种苗园门口，牡丹不动声色地往前一步拦住了，笑道："对不住，这里面住着一位老人家，他不喜欢人打扰。客人请这边走。"

金不言笑道："我听说夫人有个种苗园？"

牡丹笑道："正是此处。"没必要隐瞒，但不是想看就能看的。

金不言盯着紧闭的大门轻声道："倘若我这次要同您做一笔大生意呢？比如说，我订的不是接头，而是嫁接成功的花。只有亲眼看到种苗园，才能确定您真有这个实力。"

牡丹侧头看着他："那得看您这笔生意有多大了。倘若超出我的实力，我也是不会接的。"生意要长远，信誉最重要。

金不言呵呵一笑："可以商量，目前来看，我想在京中购买的花大概也有几百株。"

"您稍候。"牡丹暗暗吸了一口凉气，示意雨荷去将大黑拴好。几百株，不是接头而是嫁接成功的花，那得多少钱？好大的手笔！乖乖，难怪人人都说江南富庶，段大娘是女船王，随便冒出一个金不言又是个富得流油的。

进了种苗园，金不言在什样锦前头站了许久，又兴致勃勃地参观了牡丹自己播种繁殖的幼苗，道："若用这个法子种丹皮，省事不少，成本也低，不知何娘子可有这个意愿？若您愿意，在下有个生药行，可以合作。"

种丹皮不是难事，牡丹正要开口，蒋长扬突然道："光是这个园子就已耗尽拙荆的心血，再种丹皮，我怕她要忙得没空吃饭了。"

牡丹没想到他会替她拒绝，虽颇为诧异，却也没说什么，赞同地道："正是如此，能把花种好就已经很满足啦。若能多培育些新品种，更是平生所愿。"

金不言笑了一笑，转而道："听闻府上有块御笔亲赐的'国色天香'匾额，不知在下可有这个眼福，得以瞻仰？"

他要看匾额，并不是什么大不了的要求，牡丹自不会拒绝他。但是金不言一动不动地站在那匾额之下一看就是半个时辰，她就有些受不住了。看得这么入神，难不成还想把这匾额搬回家去？

"您看，天快要黑了，不如还留在舍下用晚饭？"牡丹讪笑着看向卢五郎。卢五郎会意，忙上前去提醒。金不言这才突然惊醒一般，回头看着蒋长扬和牡丹行了一礼，羞涩地笑道："在下太过失礼了。乡下人没见识，平生第一次见到御笔，竟然看得入迷了……"

蒋长扬和牡丹虽觉古怪，却也很理解，将话题掩过，再提留下用晚饭的事。金不言笑道："天色已晚，饭就不留了。看了这一整日的花也差不多了。何夫人，咱们言归正传，您能卖给我多少株花？价钱好商量。"

牡丹嫣然一笑："难道我有多少您就要多少？"

金不言目光炯炯地道："阿猫阿狗我自是不要，只要好的！"

牡丹示意雨荷去准备："那我让管事把芳园能卖的品种写个单子给您，您定下后咱们再谈价。"

雨荷速度极快，很快就将单子写了送上来。金不言取了一支笔，边看边写，写到后头，停住笔问牡丹："为何不见金腰楼？"

牡丹笑道："金腰楼要拿玉腰楼来换，不要钱。"

金不言微微叹息，继续往下写。最后将一张单子递给牡丹："以下单子中，每种都要六株，每株最少要接六个接头以上，株高最少两尺，明年春天要求有三分之二以上的接头能开花。价钱按市价，我不压您价，高一些无所谓，但一定要好。"

牡丹初步估算了一下，他要的一共有三十五个品种，都是名品，每种六株，就是二百一十株。按着这样严格的要求，即便其中最不好的也不会低于十万，初步一估算，已然是三千多万钱近四千万钱的生意。但这生意只是好看，并不好做，要求必然很严苛。便试探着道："那运费和途中损耗呢？"

金不言一挥手："算我的，我会让人专程来接。但是……"他看着牡丹，慢慢地道，"我会先付三分之一的定金，等到拿到花之时再付三分之一，剩下的三分之一要到明年春天花开之后再付。倘若，您的花不能做到三分之二以上的接头开花，余下三分之一的钱就没了，且若是开的花不多，您还要倒赔我钱。"

她不是神仙，她能保证所用的接头和砧木都用最好的，却不能保证牡丹花的后期管理不出问题。这要求固然是为了防止她滥竽充数，却也太过严苛了。牡丹皱眉道："若是因为您管理不善呢？"

金不言自信地笑："这点自信我还是有的。可能您也听说了，我此番要寻好花匠，但这好花匠，却不是指日常管理花木都会出错的花匠，而是指像您这样能接什锦花，能培育新品牡丹花的人。您若不放心，可以派遣一名您信得过的花匠跟着，食宿路费都由我付。当然，意外的天灾人祸与您无关。"

牡丹慎重地道："我可以问问您买这些牡丹花的用途么？"

金不言傲然道："您放心，我虽然做生意，却不做牡丹花生意，纯属个人爱好。明年四月初八，是我老母六十大寿，我要建一个杭州最好的园子，百种牡丹竞相开放，送给她做寿，所以这牡丹花我不怕贵，只怕不好。"

有钱了，所以想搞个不一样的生日宴会孝敬母亲，禁不住落面子，牡丹表示理解："既然早有此心，何不早日买花，偏要等到今年？多数品种的接头第一年开花都不会太多。"

金不言哈哈一笑，反问道："您怎知我是今年才开始准备的？去年您的芳园还没开张呢。洛阳吕家的花儿，我也买了不少。曹万荣那里我也订了一些，难道您不敢做这生意？"

牡丹笑道："不是不敢，我这是慎重，为您好也为我好。这样，我将价钱核算出来，再与您谈价。"

金不言爽快地道："可以，过两日我再登门拜访，您尽可以核算清楚。"也可以打探清楚，几千万钱的生意不是随便做的。

蒋长扬和牡丹送了金不言等人出门，却见几骑人马踏着斜阳而来，当头一人正是方伯辉。金不言立在马前问道："敢问这位可是安西节度使方伯辉？"

金不言此言一出，不要说牡丹和蒋长扬吃惊，就是陪他一同前来的段大娘和卢五郎也吃惊得很，段大娘甚至很不高兴。金不言并不管其他人心情如何，只目不转睛地看着方伯辉。

方伯辉勒住马，微皱了眉头，目光锐利地看向他："敢问郎君是？"

金不言端严地行了一礼："在下只是一个小小的商人，您不认得在下，在下却是早就久仰大名，也曾在龟兹远远见过您一回。贸然出言相询，不过是觉着，能与名震安西的方节度使说话的机缘很难得罢了。"

好似是一个仰慕者？方伯辉跳下马来，潇洒地将手里的缰绳往后一抛，在金不言面前站定，肆无忌惮地上下打量他一番，朗声道："那么，请问郎君这位小小的商人到龟兹去做什么呢？到这里来又是做什么？"

金不言道："去龟兹贩卖绢布，来这里买牡丹花，都是做生意。"

"那就祝郎君生意兴隆，财源广进。"方伯辉一笑，大踏步往里头去了。

金不言目送着方伯辉的背影，再回头看着蒋长扬笑道："蒋将军堂堂正四品下阶明威将军，却在这里卖牡丹花，实在是浪费了。"

蒋长扬淡淡一笑，并不回答，只做了一个"请"的手势。

金不言在众人惊异的眼神中，抱拳策马而去。

蒋长扬面无表情地唤道："顺猴儿？"

顺猴儿乖滑地溜出来，行了个礼，也不问要做什么，转身就去了。

"这人好生古怪，也真是无礼。"牡丹小心翼翼地看着蒋长扬，只怕他被金不言那句话给刺激了。

"是有点古怪。"蒋长扬与她并肩入内，"一来就要做两桩大生意，若不是胆子很肥就是早就把咱们的底细摸得一清二楚。现在我只想知道他是什么人，想做什么。"固然生意人把对方的情况给摸清楚是再正常不过的事，然而他们这样的家庭，金不言这样的态度，实是有些过了。

牡丹故作气愤地道："咱们不和他做生意了！"

蒋长扬被她孩子气的举动逗得一笑："有钱不赚是傻子呀！等顺猴儿回来，我再告诉你是否可做。你去厨下安排晚饭，我去陪陪义父。"

是夜，牡丹和蒋长扬为方伯辉的到来举行了一个小小的家宴，酒至酣处，蒋长扬吹叶笛，王夫人唱歌，方伯辉舞剑，牡丹击节，谁也没提那些让人操心的事。一家人开开心心过了一个愉快的夜晚，直到月上中天方才散去。

天气太过炎热，林妈妈着人在院子里设了碧纱橱和床榻屏风，牡丹洗浴完毕回到碧纱橱中，蒋长扬早已敞着胸怀仰面睡着了。牡丹给他盖上薄被，轻轻躺下，看着天上闪烁的星光，思绪还停留在白日的事上。

一只大掌探过来握住她的手，蒋长扬翻了个身，将头顶着她的头，低声道："睡不着么？"

牡丹蜷入他怀中，低声道："还好。"

蒋长扬将她散落在枕上的头发给理顺，低声道："你今日有些不快活吧？"

"没有。"牡丹断然否认。

蒋长扬缓声道："我知道你不喜欢国公府的事，也不喜欢前几日那种宴会，你想做的和我娘想做的差不多。你还喜欢赚钱，但是来了赚钱的机会，却因为我的缘故，不得不畏手畏脚……"

这是代价，就像他为了娶她所付出的代价一样。牡丹抬眼看着他："我知道你也不快活。"

"没有。"蒋长扬也是断然否认。

"你不喜欢这样窝在家里，你喜欢的是从前那种虽然苦累惊险但能体现能力的生活。我帮不了你什么忙，我能做的就是不拖你的后腿。"这就是皇帝给蒋长扬的惩罚。蒋家人觉得轻巧，但对一个事业正在上升的年轻人来说，绝对是足够警醒，一个月很可能就是一辈子——要么就听皇帝的，要么就过这样颓废无用的日子，二选一。

"你没有拖我的后腿，这件事和你没有任何关系。"蒋长扬拥紧了牡丹，"有所得必有所失，我如今得到的远比失去的多，我不觉得你拖了我的后腿。"

"可是我希望你能够快活呀。"牡丹微笑着低声道，"我不喜欢听到有人像金不言那样说你。以后再有人来买花，你不用跟着我了。小生意我交给雨荷处理，我不用出面。大生意我也不会贸然决定，会和你商量后再做，我们是一体的。"

蒋长扬很喜欢她说他们是一体的，更喜欢她没有为此而郁闷生气，他把牡丹的头发和自己的结在一起："结发为夫妻，恩爱两不疑。"

"生当复来归，死当长相思。"牡丹将最后一句念出来，看着蒋长扬的眼睛轻轻道，"我们是夫妻。今天我没有不快活，种卖丹皮不是什么难事，只需要一个好的管事和掌柜，自己开个专卖丹皮的铺子，就可以把丹皮卖到大江南北去。卖花到江南，即便因为景王的原因不能和段大娘合作，也可以另寻他人。倘若都做不成，每年京中租花卖花也够我忙活的，钱多多用些，少就少用些，反正饿不着人。但刚到芳园的那天晚上我真的不快活。"

"刚到芳园的那天晚上？"蒋长扬想了一回，笑道，"想不起来是怎么了。你说给我听听？"

牡丹正色道："那天晚上，我问你，你和义父、袁十九白日都说了些什么，是不是上次的事又有了新动向，对你不利，你说我胡思乱想，然后装睡不理我，什么都不肯说。我很不开心，觉得自己很没用，是被排挤在外的局外人。"

"你怎会有这种想法？"蒋长扬凑过去亲她，"不管我做什么，都是希望你高兴，过得舒服。"不过是一件无意间的小事，却被她记了这么多天，还想得那么严重，那么远。

牡丹侧开脸："我是你的妻子，我希望你能快活，可是你什么都不肯和我说。我不知道你需要什么也帮不上其他忙，只能尽力不拖后腿。我不是要和你算账，只是想告诉你我的真实想法。我不想躲在你怀里和身后，我要与你并肩而行，替你分担。就像是娘，你觉得方伯伯有什么事情会瞒着她？"

蒋长扬沉默许久方沉声道："丹娘，每个人的想法不一样。我是觉着我娘过得太辛苦了，什么都要操心。你从前也太辛苦，我不想你再过这样的日子，所以会让你烦心的都不想和你说，能替你打算周全的都想替你打算周全。帮你卖花，别说一个金不言，就是天下人都这样说，我也不会觉得丢脸。不偷不抢，怕什么？"

他顿了顿，半开玩笑半认真地道："你要知道，倘若我回不去了，兴许咱们还得靠这个过日子呢。即便你想大江南北地去，也得有钱才过得舒服呢。"

倘若他回不去了……他总算肯说真话了。牡丹探手轻抚他的脸，轻声道："我要知道一切。"

蒋长扬看着牡丹的眼睛，认真地道："圣意难测。他老了，越发谨慎，所以什么人都不信，越来越爱玩弄权术。我们什么都不用做，也不能做，只能静等。兴许我们某个时候不注意说的一句话，都有可能传到他的耳朵里去。"

"什么？"牡丹唬得一骨碌坐起来，紧张地四处张望。

蒋长扬哈哈大笑，拉她躺下："和你开玩笑的，我还达不到那个层次。但你要明白，义父此番回京为何滞留了这么久？因为没人安排他回去。今早，圣上召见他，给他看了一封密奏，是弹劾他在龟兹时与诸番过从甚密，结交吐蕃权贵的。"

"啊？"牡丹大为震惊，"然后呢？"今晚方伯辉还那么高兴放松？

"少安毋躁。"蒋长扬低声道，"不过又是一个把戏而已。"

"你看不出义父有任何心事对不对？"蒋长扬说起方伯辉就两眼放光，"义父和我说过，人生不是一帆风顺，得意时莫忘形，失意时莫失志，最难得的是宠辱不惊，拥有一颗平常心。我一直尽力去做，但许多时候只能做到形似。"

"你已经很好了。"牡丹抿着嘴笑，这段时间以来的那些不确定和焦躁都被夜风吹走了。现在她只有一个念头，一定要让方伯辉和王夫人开开心心地度过在芳园的每一天，她和蒋长扬也要尽力快快活活地度过每一天。

睡意蒙眬中，她听见蒋长扬说："还有一件事，贵子有家事未了，已然请辞，这就要走了，以后有事你可多让顺猴儿去做……"

牡丹雏鸟似的把头埋进他怀里，低声道："记得多给他些盘缠……"

第二日清早起来，牡丹就提议四人可以乘着小船，带着酒食，在芳园迂回的河道和溪流中漂荡游玩。方伯辉钓鱼，蒋长扬现场做鲙鱼，她负责煎煮茶汤，王夫人打杂。总之一切自己动手，不要下人跟着。她的提议得到众人的赞同，王夫人兴致勃勃地和她一起去厨房准备吃食用具，方伯辉和蒋长扬则去准备钓竿、鱼笼、刀具。四人悠哉乐哉地玩了一整天，直到暮色降临方才上岸回家。

第三日，蒋长扬邀请方伯辉去附近山里行猎，王夫人和牡丹陪同。牡丹学着放了一回鹰，在蒋长扬手把手的指导下射了一只兔子，又跟着王夫人学安网。众人在野外美美吃了一顿烤兔子和野鸡，归去的途中，邬三喝醉了，骑在马上五音不全地大声唱歌，众人笑疼了肚子。只有方伯辉听得认真并大声叫好，邬三一停下，他就鼓励邬三再唱一首来听，于是邬三一直不停地唱，众人一直笑个不停。

于是回到芳园，可怜的邬三已经声音沙哑，说话都困难，再被邬大嫂一瓢冷水从头淋到脚，酒醒之后羞愧难当，恨了方伯辉整整两日，见到方伯辉就黑脸。方伯辉倒是没什么不高兴的，看到邬三还如同从前一样热情招呼，完全无视邬三的黑脸。多来上几次，邬三自己都觉得自家太过小气了。

欢声笑语中，顺猴儿带着消息回来："金不言，三十八岁，祖籍杭州，自小随父母在洛阳生活，十五岁时父亲亡故，便随寡母回归杭州，身家清白，至今未曾成家，只守着寡母黄氏度日。真真切切是杭州数一数二的富商，很有钱，以吃苦耐劳、胆大心细、多智谋而出名。早年名不见经传，只是行走江湖勉强糊口的一个小行脚商，后来存钱买了一艘小船。二十岁那年送一群客商下扬州，途中遇到风浪，众人要将内里一个商胡扔下船去以息江伯之怒。他答应了，却偷偷将那商胡藏了起来。事后那商胡给了他一颗价值千万的宝珠答谢，又引他去见同乡，做生意多有照料，从此发家致富。

"来京中这些日子里，并不见与什么特殊人有来往。去得最多的就是各处寺庙道观，再就是花农家中。去年高价向洛阳吕家买了一百株牡丹，还曾开出五千万钱、十名美人、一座大宅子、一艘大船的价钱盛情邀请吕十公子随他去江南，替他照管两年的花。但吕老爷子认为丢人，不许吕十公子去。今年吕家的一百株牡丹已经交割清楚所有余款，也和曹万荣订了六十株牡丹、十个品种，条件和咱们家的差不多。曹万荣这两日捧他捧得紧，高调出入酒肆和平康坊各处。小的也曾在旁作陪，说的都是咱家的牡丹花不好又贵，哗众取宠之类的话语。"

牡丹听见曹万荣的名字就来气："金不言怎么说？"

顺猴儿笑道："金不言酒照喝，菜照吃，女人也照样抱……"

蒋长扬一眼瞪过去："粗俗！"

什么时候突然如此高雅了？只是说抱，又没说睡……顺猴儿偷偷撇嘴，继续往下说："任曹万荣怎么说，金不言什么都没表示。"

既然吕家的花能在金不言的园子里成功活下来，这桩生意似是没什么问题了，牡丹看向蒋长扬，蒋长扬道："他再来芳园，就和他谈吧。"

牡丹便开始考虑，到底让谁跟去管理这批花。其他人她信不过，能相信的只有李花匠和雨荷，雨荷才跟着她和李花匠学了一年，并不成熟，可是李花匠又老了，性情还古怪，不知道他肯不肯？

牡丹便去寻李花匠，比画着把这件事告诉他，表示不会强迫他，一切都看他自己的意思。李花匠沉默许久，虽然答应，却表示要带着阿顺和满子一起去，然后趁机提出，要收阿顺和满子做徒弟，却没有提雨荷。

果然如同雨荷所料。牡丹叹了口气，悄悄捏了捏雨荷的手，叫人去把阿顺和满子叫过来，把李花匠的意思告诉他们，准备择日为他们举行拜师礼。

从种苗园出来，牡丹屏退其他人，邀请雨荷一起散步："我也想收个徒弟，你愿意做么？"

雨荷傻住，良久方道："可奴婢只是个下人。"

牡丹一笑："你什么时候想不是，就不是。"雨荷两次陪她出嫁，始终忠心耿耿还这么能干，值得这一切。

过得几日，王夫人和方伯辉刚走，金不言就带着个小童、披着件油衣，踏着绵绵的细雨再次出现在芳园门口。牡丹将写好的单子拿给他看："零头不算，一共是三千八百万钱，如果您没什么问题，咱们就写契书吧？"

金不言从袖中摸出早就写好的契书给牡丹看："您看看，若是没意见，在下就将钱的数目添上。"

牡丹仔细看了一回，只见除了原来说过的条件并写明来年上元节前交货外，并没有写倘若她不能按期交货所需要的赔偿，便道："还差一条没写呢，若是出了意外不能按期交货怎么办？"

金不言微微一笑："曹万荣最怕写这个，千方百计就要我别写了，何夫人为何偏要我添上？"

牡丹认真道："一切写得明明白白最好，万一出事就严格按照契书来，省得伤和气。不然您说您有理，我说我有理，怎么都扯不完。就写上吧，除了天灾人祸之外，若是因为我个人的原因不能按期交货，我赔付您……"

"不必了。"金不言施施然笑道，"若是因为您个人原因不能按期交货，以后您别想把牡丹花卖到江南去。就是这样。"

好大的口气。牡丹心中很不快："那是您的事情，我有我的原则和处事方式，我不习惯含含糊糊的。我不会刻意去违约，您也不必用这种口气与我说话，此番不卖给您，以后也还有的是机会，就算卖不到江南，其他地方也可以。您若是不写，这生意不做也罢。"

金不言沉默片刻，道："行，随您。"然后把纸笔推到牡丹面前，"按您的意愿来写。"

牡丹认真写下，除了天灾人祸之外，若是因为她个人的原因不能按期交货，每耽搁一日，她就赔付金不言万分之一的违约金，也就是说三千八百个钱。若是彻底不能交货，除退回全部货款以外，还需赔金不言五百万钱。

金不言看得笑起来，叩着契书道："一日三千八百个钱？何夫人可知道若是耽搁了好日子，我拿这许多牡丹花去又有什么意思？全是废物！既然说到这个问题，那咱们说清楚，就是错过那一日就把货款全部退回，再赔我五百万钱就好。"他伸出三根手指，"我做事情会留余地，多给您留三日，超出上元节三日，您就赔我钱。"随即提笔添上。

契书写好，又请了肖里正做证人，双方摁了手印，约定第二日金不言让人把定钱送到东市何家铺子，合约正式生效。

饭后雨停，金不言竟然又提出去看那块国色天香的匾额，半开玩笑半认真地同蒋长扬道："若是有朝一日，我那园子也得一块这样的匾额，我便满足了。"

许多商人都希望家中能有御赐之物，以此借机提高身份地位。蒋长扬微微一笑："听说客人很富有，敬献军资未尝不能得到御赐匾额。"

金不言迅速回头看着蒋长扬，狭长的眼睛眯成一条缝，淡淡地道："这是个好主意。"

蒋长扬看着金不言眯眼睛的样子，微微皱了皱眉头，这表情太过熟悉了。等他再想仔细看时，金不言已然恢复了先前的表情，与他行礼别过。

因着急要用的二百一十株砧木由于要求太苛刻，整个芳园只能凑出一百五十株，还得抓紧时间买进一些。把芳园安置妥当后，牡丹便收拾东西与蒋长扬一起回了城。刚进了门，才将东西放好，朱国公府就使人来说让他们回去吃晚饭，紧接着何家也使人来道说是大郎和四郎回来了，让他们回去吃晚饭。

"你看怎么办吧？"牡丹摊摊手，交给蒋长扬去处理，疯了才会想去吃朱国公府这顿麻烦饭呢。

蒋长扬毫不犹豫地拒绝了朱国公府的要求："我们今日有事，明日回去。"

"可是国公爷说了，无论如何一定要请大公子和夫人一起去的。还请大公子莫要为难小的。"来传信的人很为难，不停地赔笑。国公爷一言九鼎，岂容人随意违逆？

蒋长扬烦了，索性把他晾在一旁，吩咐人准备车驾，准备去宣平坊。车已走出老远，牡丹回过头去，还能看见国公府的人可怜兮兮地目送着他们，那表情如丧考妣。

到了宣平坊何家，牡丹才下了车，就听守在门口的孩子叫了一声："姑姑回来啦！"

接着大郎和四郎快步走出来，先上下打量了牡丹一回，见她比之从前略微丰满了一些，不由得很是欢喜，这才与蒋长扬打招呼，表示没能赶回来参加婚礼的歉意，又说带了见面礼，大郎拍着蒋长扬的肩头半开玩笑半认真地道："对牡娘好有礼，对她不好也有礼。"

蒋长扬坦然受之，一手握住大郎的拳头，笑道："我若是待她不好，大哥打我绝不还手。"

四郎在一旁笑道："饭菜已经好了，就等着你们。"因见牡丹要往次厅去，忙喊住她，"去正堂。"

牡丹有些奇怪："今日怎么把饭摆到正堂去了？"以前何家人吃饭都在次厅，轻松又自在，只有重大节日才在正堂，多年来从无例外。

四郎对着她比了个"六"的手势："饭后要论正理，自然要在正堂。"

"哦。"牡丹心知是要了断六郎的事情，却没想到何志忠会让她也在场，还这么急。

何家用的是长方形的大桌子，案首坐着何志忠和岑夫人，两旁按着排序男左女右一溜地坐下去，六郎下手空着蒋长扬的位子，张氏身边空着牡丹的座位。吴姨娘和杨姨娘则默然站在何志忠和岑夫人的身后，吴姨娘没什么表情，杨姨娘却是双眼红肿如桃子，面色青白，原本乌亮的头发也失去了光彩，老了一大截。

何志忠倒是沉得住气，温和地同蒋长扬和牡丹道："来啦？坐吧。就等你俩了。"等到众人坐定，他率先拿起筷子，象征性地夹了第一箸菜。众人默然无语，各自拿起筷子去夹菜，吴姨娘殷勤地给岑夫人布菜。杨姨娘握着筷子，手抖得不行，索性放了筷子站在何志忠身边暗自垂泪。

何志忠也不理她，只望着牡丹道："你让人送到我们铺子里去的钱已经收到了，稍后便使人抬回去。这桩生意好是好，但一定要小心，第一次非得把名头打响才好。"

"知道了。"牡丹看向六郎，六郎仿佛什么事儿都没有，埋头大口吃鹿肉，还向蒋长扬笑道："妹夫有口福，今日的饭菜真是丰盛。水陆珍馐都齐全了，快多吃点鹿肉。"

蒋长扬觉着气氛太过沉闷，便道："圣上曾使射生官射活鹿，用其鲜血煮其肠，唤作热洛河，用以赏赐诸节度使。我尝过一次，觉着并不好吃，不知那些节度使怎会如此喜爱？"

大郎有些感兴趣："哪日也想法子弄点来尝尝……"

六郎急急地抢过去道："说到鹿肉，我也说个笑话给大家听。"也不管众人的反应，自顾自地道，"我听人说，某人家法严峻，诸子轮流为之准备饮馔，稍不如意就会遭到笞杖。"

蒋长扬几乎已能猜到六郎接下来要说什么了，忙笑着打断："这位父亲一定是个爱美食的。"

六郎只作没听见，继续不管不顾地道："儿子们都千方百计地搜求珍异食物，但很少能使父亲满意。一次，一个儿子为父亲准备了熊白与鹿修，以熊白裹鹿修，熊白肥而鹿修瘦，味道非常奇特。父亲吃了很满意，儿子以为这下一定可以得到奖赏了，奈何父亲吃了还是罚如常数，理由是有此美味，为何没有早些弄来？你们说这个儿子冤枉不冤枉？"

全场鸦雀无声。杨姨娘吓得泪都缩回去了，紧紧攥着帕子，害怕地看着何志忠，什么声音都不敢出。

何志忠慢条斯理地道："六郎，把你面前的鹿肉端过来给我尝尝。"

六郎淡淡一笑，双手奉上："父亲大人请用。"

何志忠夹了一箸，放到口里细细嚼了，半晌方道："可惜没有熊白。你不是辛辛苦苦弄来熊白鹿修的那个儿子，我也不是那个不分功过、严厉苛责的父亲。"

"父亲大人说笑了，儿子只是说个笑话而已……"六郎面色不变，垂着两只手恭恭敬敬地站起身来。

牡丹注意到，他已经不再称呼何志忠为爹爹，而是称为父亲大人。说这样的故事，本身已是怨气十足，再配上这样的表情语气动作，说他不恨何志忠都没人相信。

"我可不是说笑。这个故事说反了，我是给儿子弄来熊白鹿修，反被儿子苛责的父亲。"何志忠不气不恼，指指座位，"坐，家宴嘛，当着你妹妹和妹夫的面，不要这样客气。"

让他不要客气……六郎的脸色终于有些变了，他站直了身子，不甘心地看着何志忠道："父亲大人，儿子的笑话说错了，给您赔不是。儿子从来都不会说话，也不会讨您欢心。"

"啪！"何志忠终于摔了筷子。

六郎、杨姨娘和下面坐着的孩子们齐齐打了个寒颤，所有人都停下来看着何志忠。

何志忠的胸脯起伏了几下，又伸手拿起筷子，不看六郎，淡淡地道："先吃饭。"

六郎仿佛豁出去一般："父亲大人……"

何志忠猛地抬眼看着他，目光如刀："你别急，我说先吃饭！"

杨姨娘壮着胆子奔上前去，将像根木头桩子似的站在桌旁的六郎扯了坐下，低声道："先吃饭，先吃饭。"

六郎"笃"地坐下去，拿起筷子风卷残云一般拼命往口里塞吃食，除了何志忠，所有人都停下来看着他吃。

到了后面，何志忠也放了筷子，慢慢地道："也罢，你出了这个门以后，兴许就再也吃不到这些了，更别说什么熊白鹿修，一次吃个够吧。"

六郎闻言一顿，愣怔片刻，猛地将筷子和碗一推，趴在桌上号啕大哭起来："爹爹，我错了，您饶了我吧！"

何志忠面无表情："你吃饱了？可我们还没吃。天大地大吃饭最大，你若不吃就下去等着。"

六郎的哭声渐渐小了，终于消失不见，他抬起头来，冷冷地看着其他人，又看着何志忠："都别吃了，把我料理了再吃吧。"

"行。是我高估了你，还想和你吃最后一顿饭。"何志忠看向堂外立着的家丁，喝道，"把六公子请下去，等我们吃完饭再请他上来。"

六郎看到依言上来"请"自己的两个身强力壮的家丁和家里其他人毫无表情的面孔，惨然一笑："什么六公子，别说出来让人笑话了。"

何志忠道："现在你还是，稍后才不是。下去！"

杨姨娘再也忍不住，"啪"地跪到何志忠面前哭道："老爷，老爷，求您饶了他，他年少不更事，就是把他打残了也好呀，千万别赶他出去。"

何志忠冷冷地道："你也要让我这场家宴办不下去？"

杨姨娘往后缩了一缩，绝望地看看垂眼不语的岑夫人，默默起身立在了角落里。

何志忠再次拿起筷子招呼众人："吃，吃呀，难得丹娘和成风都回来，咱们一家子这么齐。"他的唇边甚至露出一丝笑容，可牡丹却看到他的手和胡子是抖的，眼睛分明发红——这是全家人在一起吃的最后一餐饭。

其他人都配合地拿起筷子，却没人夹菜，都在自己的碗里拨拉，蒋长扬颇尴尬，索性闷着头大吃。何志忠含笑看着他，骂大郎等人："你们一个个都不如成风，你们母亲辛辛苦苦备了这么一桌好饭菜，难道不吃就要扔了么？"

大郎垂着眼领头夹菜，众人齐齐跟上，沉默而沉闷，就连甄氏也不敢发言，只敢睁着一双眼睛到处乱看。三郎悄悄瞪她，示意她低调，低调再低调。

好不容易看到何志忠放下筷子，众人都暗自吐了一口气，纷纷跟着放了筷子。这样的饭，吃下去也不消化。

何志忠洗了手，抬眼看着众人道："我不想让大家把这顿饭吃成这个样子，到底还是被破坏了。就像我希望这个家不要像这个样子，到底还是被破坏了一样。国有国法，家有家规，破坏了规矩的人必须受惩罚。"

饭桌被撤去，何志忠看向立在门口的管事，管事垂手行礼："都安排好了。"于是包括还在吃奶的何泽在内，一群人浩浩荡荡地从正堂开到了供奉着何家祖先的小祠堂。

蒋长扬拉住牡丹："我们跟去不好吧？"虽然牡丹是女儿，可他是外人，没有谁家会觉着这样的事光彩，尤其岳父在女婿面前是要留面子的。

何志忠听见了，回头轻声道："没什么不好，你们暂且当作前车之鉴。"言毕入内坐定，淡淡地道，"把六公子带上来。"

六郎使劲推开搀着自己的家丁，低吼道："我自己有脚，会走！"然后昂首挺胸地走进祠堂，紧抿双唇倔强地看着何志忠。

"跪下！"何志忠的声音不大，但是语气很硬。

六郎硬撑着站了片刻，终究是敌不过何志忠的威力，吃力地跪了下去。杨姨娘站在祠堂外头，看到他还不大利索的腿，捂着嘴抽泣起来。

何志忠头也不抬地道："把杨姨娘带下去！"

"老爷，婢妾不敢了。"杨姨娘拼命将哭声给吞了回去，将帕子塞进嘴里死死咬着，忍得全身发抖。这种时候叫她回房去等结果，那不是要她的命么？

岑夫人轻轻道："让她留着吧。"

何志忠这才罢了，转而问六郎："六郎，你可知错？"

六郎一听这话似有转机，立即膝行上前去抱住何志忠的膝盖，哽声道："爹爹，孩儿知错了。孩儿再也不敢了，求您放孩儿一条生路。"

何志忠垂眸看着他，缓缓道："你知错了？"

六郎拼命点头："知错了，知错了。儿子不该不听您的话，贪图歪财赌钱，贪功自私害了家里人。"

何志忠使劲将他踢开，指着他吼道："你不知错！到现在你还不知错！若你知错，就不敢在家宴上冷嘲热讽，为了你自己的事破坏所有人的心情！若你知错，你就不会认为是我亏待了你，所有人都亏待了你！若你知错，这个时候你根本不好意思来求我！你以为还和从前一样，我是在和你说笑斗气？"

六郎慌了，忙道："没有，没有，儿子是真的知道错了。"

何志忠猛吸一口气，定了定神，缓缓扫过紧张不安、不知所措的孙子辈，还有默然无语的儿子儿媳们，沉重而缓慢地道："六郎，我问你，你违反家规扔下生意跑出去赌钱，还借着家里的名义举贷，你母亲和哥哥设法替你还了钱，把你从狱里弄出来，你不但不感恩，还不敬嫡母，不想还钱，闹得家宅不安，有这回事没有？"

六郎点头："有。儿子是鬼迷心窍了。"

"我再问你，那香料铺子是我和你哥哥们出生入死搏来的，全家靠着它活命。你却罔顾家里人的安危，贪图蝇头小利，与心怀叵测之人勾结，引狼入室，惹下滔天大祸，险些断送了全家人，事后仍不思己过，有没有这回事？"

这个罪名可比刚才那个大得多，六郎犹豫了一下，不想正面回答："儿子笨，没想到人家事先挖好了坑……"

何志忠猛地提高声音："苍蝇不叮无缝的蛋！难道我和你哥哥们每天出海做生意遇到的都是好人？你只管回答有没有？"

六郎不情不愿地点头："有。"

"那就好了，还是你自身品行不端。"何志忠沉声道，"没有规矩不能成方圆。六郎，你记得么？我在出海之前曾经说过，咱们家要是有谁不听招呼，去斗鸡赌钱，我就要把他的腿给敲断……"

可怕的记忆如潮水般涌来，六郎"嗷……"了一声，猛地跳起来，护住自己那条伤腿就要往外跑："谁也不能敲断我的腿。谁敲我的腿我和他拼命！"

何志忠看向家丁，家丁立刻上前拦住六郎，将他死死架住，六郎发狂地喊叫着："既然这么恨我为啥要生我？不如当初就把我溺死才干净！"

"老爷，他已经断了一回腿，受过惩罚了呀。您若是再敲断他的腿，不如杀了他更干净些！"杨姨娘疯了似的哭号着往祠堂里冲，吴姨娘面无表情地将她死死勒住，任她怎么挣扎，怎么抓挠都不松手。那韧劲就连甄氏看了都不由龇牙，暗想自己这亲婆婆真是真人不露相，以后得悠着点。

岑夫人微皱眉头，把脸侧开。大郎忍不住上前求情："爹爹……"六郎固然可恶，但何志忠若是真敲断了他的腿，只怕自己也会病倒吧？

何志忠脸涨成猪肝色，使劲喘息了几口，摆手示意大郎退下，艰难地道："说到底，是骨肉至亲，叫我亲自敲断你的腿，我做不来，但这个家无论如何留不得你了！上梁不正下梁歪，这么多孩子在学如何做人、如何安身立命，上一辈行止不端，怎么要求他们？"

听说不用敲断腿，六郎和杨姨娘的哭闹声渐渐平息下来。何志忠沉重地道："子不教父之过，你走到今日，是非不分，急功好利，我也有责任。所以我给你一千缗钱，这是最后的机会，你要去贩货养活自己还是要去赌个精光，都由得你。从此后，贫富生死都与我何家再无关系，你我不再是父子。你记清楚了，我今日赶你出去，和这家里其他人没有关系，而是你本就错了，且不思悔过，这是你该得的惩罚。"

六郎算是彻底明白今日这结局是不可逆转了，他站定了，头一点点地抬起来，怨恨地看着何志忠道："一千缗钱？你我就不再是父子？好，这是你说的！"一千缗钱就断了父子关系，是打发要饭的么？

"是我说的。你若是富了、显达了，我即便要饭也不从你门前过！你走吧！"何志忠心如刀绞。一千缗钱是给六郎最后的机会，但明显六郎不买账，还觉得亏待了他。这是怎么了？

六郎原本心高气傲，不耐烦要这一千缗钱，可走到门口，听到杨姨娘哽咽着喊道："六郎……你肩不能挑手不能提，可怎么活！"

他又突然改了主意，一样都是何家的儿子，为何要便宜其他人？便转过身来看着何志忠："我要绢布。"

何志忠看到他那表情，最后一分希望彻底断送，便同大郎道："给他。明日就和咱们有来往的人家说明，他不再是我们家的人，再有借贷便是他自己的事，休要来找我家。"

大郎默然取了钱递过去，一千缗钱可不轻，六郎冷冷地道："我腿脚不便，好歹得让人给我送到邸店去吧？"

何志忠疲累地挥了挥手。

六郎看向杨姨娘："姨娘，你在这家里也没什么好日子过，不如跟着儿子一起走吧。咱们去扬州，自己当家享福，想穿什么就穿什么，想吃什么就吃什么，也不用起早贪黑伺候谁。"

刚才还在眼泪纷飞的杨姨娘犹如被烫了一下，偷眼看向何志忠。一千缗钱不少，但也不多，如果六郎争气，可以做个小生意，养活一个小家没问题，但要过上何家这样的生活那是做梦；若是六郎不争气，再去赌……

何志忠面无波澜："若你想跟了他去也可以。你跟了我一场，我不亏待你，你房里的衣饰，用惯的丫头，尽都可以带走。但有一条，出去了就永远别想回来，死在门口我也不会替你收尸。"

杨姨娘的嘴唇颤抖了几下，垂着眼低声道："我已经老了，扬州也没亲戚了。我身子不好，经常都要吃药的……"

她不想走，这是六郎绝没有想到的。他沉默着，表情一点点地冷下来，良久，他给杨姨娘磕了个头，低声道："姨娘，此去后会无期，你自家保重。"

六郎到走也没给何志忠磕头。

何志忠的眉毛紧紧地拧在了一起，目光似是跟着六郎一起出了门，也似是虚无缥缈地看向某个地方。他到底做错了什么，最小的两个孩子——六郎和牡丹，他都是一样地爱，一样地对待，为什么牡丹是这样，六郎却成了这般？

这就叫做自作孽不可活。岑夫人拂了拂自家那条黄色八幅金泥罗裙子上并不存在的灰尘。人心都是肉长的，一点不怨怎么可能？但她自来做人做事只求问心无愧，如今她的手和心干干净净，她的儿女个个身正心正，可见老天爷有时也是长着眼的。

"六郎……"杨姨娘眼睁睁地看着六郎消失在平康坊的巷道口，抱着门柱哭得全身瘫软，吴姨娘扶起她边往里走边叹道："早知如此何必当初？这孩子是被你生生教坏了的，只教他怎么讨好老爷，却没教他怎么做人……"

"呸！"杨姨娘吐了她一脸的唾沫，破天荒地对着她冷笑："我是没教好他，我目光没你远，只教会他讨好老爷，却没教会他讨好其他人，所以没嫡母和哥哥妹妹护着……他也没三郎有福气，有个姐姐可以拿命替他积福。"

吴姨娘眼里闪过一道寒光，不假思索地挥手打了杨姨娘一个响亮的耳光，低声冷笑道："你算什么东西？也配来说我？你就是个卖笑的，前世修了八辈子的福，遇到夫人好心，这才容得你，不知天高地厚的东西！不然你连给夫人提鞋都不配！不知恩，不惜福，福气是会被糟蹋光的，你还想着把老爷哄回去呢？等着瞧，看看老爷还会不会进你的房！"言罢拿块帕子擦了脸，不屑地将帕子往地上一扔，转身就往里走。

杨姨娘悲从中来，蹲在地上低声哭起来。

且不说这二位和平相处了几十年的姨娘终于撕破脸，这里头何志忠心里再难过，还不得不强打起精神，继续处理完家里的一摊子事情。这么多双眼睛看着，他必须把这件事捋清楚，也要让儿子们好好看着，省得以后再出不知悔改的败家忤逆子。

他先叫一群孩子挨个儿跪下，再叫大郎取了戒尺，在每人手上狠狠打一下。孩子们疼得直打哆嗦，却也不敢叫疼、不敢缩手，只眼泪汪汪地看着他。他越发生气，为什么就没一个敢问他为何要打他们呢？

却见何鸿挺起胸膛大声道："祖父！孙儿不服！"

何志忠终于精神起来："你为何不服？"

何鸿道："您说没有规矩不成方圆，赏罚要分明，六叔做错事所以他该受罚，孙儿们并没有做错事，且在家里发生意外之时一直尽力跟着长辈做事，祖父为何要打孙儿？您不说理由，孙儿就是不服！不但口里不服，心里也不服！"

除了表明自己的意见以外，没说其他怨言，且有理有据。何志忠因六郎引起的痛苦好歹轻了一些，犹自板着脸道："我打你们自是有我的道理。我要你们一个个都牢记今日的教训！记住你们六叔为何犯错，犯的是什么错。"他顿了一顿，举起戒尺也往自己的手上狠狠打了几下，"也要记得祖父犯了什么错，以后都不可以再犯。"

他是真的用力在打他自己，何淳捂着自己的疼手悄悄问身边的何洌："六哥，祖父犯了什么错？犯错的不是六叔么？"

何洌不耐烦地小声道："笨蛋！他没管好他儿子，差点害了全家人。你记不得了？当时你扯着你娘的裙子哭喊着要爹，还被你娘叫你闭嘴来着，所以你以后要记得管好儿子。"

何淳似懂非懂地道："哦……"

甄氏把何洌的话听得一清二楚，恨不得抽这个缺心眼的孩子一巴掌。偏何志忠听见了，和颜悦色地道："阿淳，你六哥说得对，祖父有错。"

一直没说话的何濡此时方老气横秋地道："祖父，遇事责己，这一条您教导过我们的话您自己也能做到，可是您却没把它教给六叔。刚才您兴许是太过生气了，又忘了把这句话告诉六叔。"

薛氏吓了一大跳，今日真是见鬼了，自己的两个儿子都吃了熊心豹子胆，一个敢对着何志忠大声说不服，一个敢说何志忠什么地方没做好。

"我不是忘了告诉他，而是告诉得太晚，他已经听不进去了。"何志忠红着眼圈，亲手将何鸿、何濡扶起来，高声道："好，好，我们家后继有人了！"又夸大郎和薛氏，"你们把孩子们教导得很好。"

薛氏忙道："其实都是娘教导得好。"

何志忠神情复杂地看着岑夫人："你娘确实做得很好。"等过些日子，做好准备就该分家了，人皆有私心，想要大一统那是不可能的。他想了想，对着孩子们道："还有一件事要和你们说，这个顶顶重要。犯了错就要认，别觉得丢脸，越怕丢脸就越丢脸。"

牡丹和蒋长扬对视了一眼，彼此都觉得该走了。二人出了何家大门，蒋长扬命顺猴儿将牡丹先送回家去，他自己骑马去寻六郎："我是外人，又是官身，他有脾气也不敢对着我发。该做的要做到，有些话也还是要说清楚的，若是被人利用，转过来成仇又有什么意思？"

虽然知道冰冻三尺非一日之寒，六郎不会因为蒋长扬的一席话就突然知错改了，但难得他想得这么周到，这也是对她好的一种表示。"早去早回。"牡丹目送着蒋长扬走远，放下车帘，命车夫赶车。

马车还未到曲江池家门口，她就不由扶额叹息了，国公府派来的人还在门口蹲着。那人看见她的马车过来，连忙起身束手站好，也不敢太往她跟前凑，就是讨好地笑："少夫人，您可怜可怜小的吧？那日您也瞧见的，办不好差事的人是什么下场……"

牡丹讨厌国公府用这样的方式逼迫她和蒋长扬。为难一个下人她和蒋长扬确实是做不出，却不意味着可以任由他们拿捏。便使个眼色，顺猴儿自来熟地上前拥着那管事的肩头往一旁去吃酒，不多时就称兄道弟起来。

牡丹看看天色，算着蒋长扬归家之时坊门也该关闭了，来不及再去国公府，索性将簪钗去了，换上家常衣服。命人将从芳园带回来的新鲜稻米和蔬果分装妥当，准备第二日送去给李满娘、张五郎、雪娘等人。又特意叫人将其中一份添上如满小和尚爱吃的几样糕点，将食盒装了，准备让蒋长扬亲自送去福缘和尚处。这些日子他虽显得自得其乐，每日陪她种种花、跑跑娘家，做些琐事，但她总希望能有朋友多替他消解一下。

礼刚备好，恕儿进来道："国公府又使了一拨人来催，也被邬总管推进去吃酒了。"

"莫管，且就这般。"牡丹吩咐林妈妈，"把这米粮瓜果送一份到袁先生那里去，就说给他家里尝鲜的。"

林妈妈将瓜果亲自送至袁十九处，回来后笑道："袁先生爽快收下了，挺高兴的，说谢过娘子，他家里一定很喜欢。要说这袁先生也真奇怪，上次老奴去送衣物，他也不见得有多欢喜，今日几个瓜果倒高兴了。"

牡丹微微一笑。有时候就是这么奇怪，金银财帛人家未必多喜欢，反倒是一些不值钱的新鲜蔬果之类的东西让人更高兴，因为含了情意，还礼也轻松。

林妈妈见天色渐晚，取了火镰、火石将四处的灯烛点起，笑道："丹娘，适才老奴听服侍袁先生的小童说，前两日袁先生收到家书，看了以后非常高兴，也不知是什么好事？"

如今袁十九住在自家，不管以朋友论，还是以客人幕僚论，他家里有事都必须出面，牡丹便道："妈妈务必问详细确切了，该备礼的就备。"说到这里，她眼睛一亮，没听说袁十九家里有孩子，他的妻子也还年轻，他非常喜爱今日送去的瓜果，莫非是有喜了？

林妈妈笑道："这个您放心，老奴已然交代下去，袁先生必然会送东西归家，让伺候的人上心看着，回来禀告。"

牡丹赞许地点头，有林妈妈在，许多琐事都不必她操心，每每问起都是打理得妥妥帖帖的。忽听得外头靴声囔囔，丫头们小声问好，甩甩的声音格外诣媚："蒋叔好。"接着蒋长扬从银交关六曲鹿草木夹缬屏风后绕了出来，林妈妈赶紧行礼问好，净手奉了茶汤，恭恭敬敬地退了出去。

牡丹便问他六郎的情况。

蒋长扬道："倒也没给我脸色看，只是一直躺在床上不说话。我自顾自地说了许久，也不知他听进去多少，我要回家时才听得他说要去扬州贩货，赚了大钱再回来给有些人看。还是孩子气，我想他愿赌这个气也比赌钱好，便交代店家照看着他，有事来报。"

只能如此了。牡丹见他鬓角有汗，便取帕子给他擦了，又将白绢扇给他轻轻打着："我备了新鲜瓜果菜蔬，明日你送去法寿寺？"

蒋长扬一笑："也好，很久不曾与和尚吵架了。你去么？"

牡丹摇头："我也有几个亲朋好友要去送的。"便把自己的打算说给他听，蒋长扬挑了挑眉："为何不送你表叔家里一份？这是你婚后第一次送礼，虽说不值钱，到底意义不一样。你这般，倒似还把人家当仇人看。多有几次也就慢慢走动起来了，总比别扭着好。"

她不是没想到，也不是把人家当仇人看，而是总觉得有什么地方不妥，就像她成亲当日也只见着吴十九娘，而不曾见过李荇和崔夫人一般。牡丹低头想了片刻，抬眼一笑："那好，我就不亲自去了，请表姨送去也是一样。"

恕儿立在屏风外低声道："娘子，顺猴儿让人来禀，说是国公府的两位管事都招待好了，现下安置在客房里的。"

牡丹便推蒋长扬："去听听都有什么要禀告的？这样的催逼，也不晓得又是为了什么。"国公府从来都是无事不登三宝殿，所来必然又是为了求那几件东西。

蒋长扬将茶汤一饮而尽，附在她耳边轻声道："记着我和你打过的赌，该兑现了。"

牡丹的心口一紧，脸腾地就热了，使劲推他出去，装晕道："什么赌？我不记得了。"

蒋长扬抿唇一笑，威胁道："你不记得不要紧，稍后我定然叫你想起来的。"

牡丹在房里默默坐了片刻，叫人备了热水洗浴，又亲手焚香熏被，只留一盏宫灯，然后披了朱红薄罗披袍，坐在灯下静候蒋长扬归来。

蒋长扬坐在椅子上，静听顺猴儿禀告："好酒好菜一下了肚子，就什么都说出来了。道是那日从芳园回去，蒋娘子就病倒了，已然三天三夜水米未进，雪姨娘伺候了两日，也跟着病倒了。此外便是和萧家洽谈三公子成亲之事，杜夫人也还在养病。"

看来又是为了蒋云清的婚事，八字还没一撇，家里这个倒先闹上了，老夫人和蒋重这是急了，叫他和牡丹回去无非又是逼迫。蒋长扬吩咐顺猴儿："明日你照旧带着他们吃喝，就说我不曾回来，让他们继续候着。"

顺猴儿正要退下，邬三快步进来，道："公子，宫使急召您入宫见驾。来的是邵公公，门都不进，就让您马上！十万火急！"

蒋长扬看向窗外，但见漆黑一片，半点星光都不见，闷热无风，身上的纱袍好似棉袍一般紧紧锢在身上，细汗一点点地浸出来，很不舒服。

邬三和顺猴儿都看着自己，蒋长扬镇定地起身："去招待着，我去换身衣服。"

邬三急了："让您马上呢！"

蒋长扬大步往外："备马！"话音未落，背影已经消失在曲廊尽头。

牡丹听见脚步声响，立刻脸热地趴在桌上装睡，最好他直接把她抱上床好啦。却听脚步声在身后停了，蒋长扬欢快地道："丹娘，宫里来人啦，我去一趟，来和你说一声。"

这种时候被宣召可不是什么轻松事，牡丹猛地跳起来看着蒋长扬。蒋长扬眉眼含笑，似乎很高兴的样子，她轻轻吁了一口气："我给你找衣服。"

真是可惜了，蒋长扬上下打量她一番，探手摸摸她的脸，柔声道："不必，我这就走了，就是怕你急，特地进来和你说一声。"

换衣服的空都没有，却顾着来和她说。进门要打招呼，出门要告知去向，让她永远都知道他在哪里……牡丹心头一热，忙替他正了正发簪，笑道："我等你。不管多晚。"

蒋长扬转身往外，行至屏风处，又回头低声道："你真美。"说罢大步而去。

牡丹一笑，还有闲心夸她美，可见不是什么大急事。遂放了心，剔亮蜡烛，拿了今年春末时记录下的各种牡丹花的开花情况细细分析。

蒋长扬站在门洞里往外看出去。昏暗的灯光下，邵公公随身只带着一个小太监，二人都是裹在兜帽披风里的，兜帽的阴影将脸遮去大半，看不清楚神色。小太监勒着马，似有些不耐，邵公公巍然不动。

"公子爷？"邬三低低喊了一声。

蒋长扬抬脚快步走出门，冲着邵公公含笑抱拳："内侍监别来无恙？"

邵公公侧过脸来，白胖的脸在灯光下显得有些浮肿，表情一如既往的慈善中带点谦恭，谦恭中又带了点用眼角看人的倨傲:"将军这院子怪精致的,看着不大,其实往里很深。"

这意思是怪他耽搁得太久,蒋长扬一笑,翻身上马:"烦劳内侍监多多担待。"

邵公公"哟"了一声,拖着声音道:"圣命难违,咱家还要请将军多多担待呢。"

蒋长扬一时拿不准他是个什么态度。若是坏事吧,这态度不似在打落水狗,说是喜事呢,又阴阳怪气的……便猜邵公公其实也不知道是什么事,心里头不爽快,故意高深莫测。

忽听邵公公道:"咱家恭喜将军呀,新夫人如玉,贤淑能干,又有胡姬如花,笑语温存,尽享齐人之福。"

这胡姬,自然是指玛雅儿,怎会突然扯到了她?蒋长扬只管敷衍:"哪里,哪里。"

邵公公见他要往宫城方向去,便策马挡住:"将军错了方向。"

深夜急召,不去宫城,却是要去哪里?邵三脸色微变,将手按住腰间。蒋长扬扫了他一眼,镇定道:"既然不去宫中,便是去芙蓉园了?"芙蓉园和宫城之间修有夹道,皇帝常在处理妥当公事后悄悄骑马到芙蓉园消遣。这个时候突然想起他来,必然是在芙蓉园。

邵公公这回是真笑了:"蒋将军果然机敏沉着。"

机敏沉着四个字是皇帝给自己的评价,蒋长扬听邵公公突然将这话提起,越发放下心来。三转两转,到了芙蓉园门口,邵公公亮出腰牌,守卫将火把在蒋长扬的脸上照了一照,退了开去。

二人行至一座灯火通明的小楼前,蒋长扬将腰间佩刀取下递给门口的小内侍,静候召见。等了约有两盏茶的工夫,里头才宣他入内。

小楼里原本灯火通明,然而帷幕挂了一层又一层,待至最深处,灯火看上去已然有些幽暗了。皇帝坐在龙案之后,灯影之下法令纹显得更加深刻,眼皮耷拉着,看似很没精神。他漠然看着蒋长扬稳步入内,三拜九叩,起身站定,方淡淡地道:"你这个月过得如何?"

蒋长扬沉默片刻,道:"臣惶恐。"

"嗤……"皇帝发出一声带着嘲讽的笑,"你惶恐?娇妻美妾,呼朋唤友,闲来做生意,又替岳家管些妇人操心的琐事,悠闲自在得很。方伯辉悉心调教,就是让你做这些事的?"

蒋长扬垂了眼道:"回圣上的话,修身齐家治国平天下,臣是在学如何管好家。"

"这一点,你比蒋重强。"良久,皇帝方道,"丰乐坊里那个孩子你瞧着怎么样?"

蒋长扬不明白他为何突然提起景王的私生子来,仍然谨慎道:"臣不曾见着,听臣妻说,很可爱,胃口也好。"

"胃口好?"皇帝低声嘀咕了一句什么,又是沉默。

许久后,皇帝站起身来,邵公公忙上前扶着他从龙案后走出来,蒋长扬这才发现这近一个月里,皇帝瘦了。

皇帝在窗前站定,摆手示意邵公公下去。蒋长扬虽然垂着眼,却知道皇帝一直在看自己。他觉着很热,这件袍子的领口稍紧了些,回去后要让牡丹改一改才好。外头一阵风响,沙沙声由小变大,接着闷雷的声音由远及近,下雨时特有的泥腥味夹杂着清新味从窗缝里钻了进来,终于下雨了。

冷不丁地,皇帝突然道:"你知道昙花楼的事情?"

蒋长扬犹豫片刻,决定说实话:"知道一些,不确切。"

"知道些什么?说来听听?"

蒋长扬摸了摸头,很为难:"只知道圣上每年上元必然去昙花楼挂荷花灯纪念一位故人,其余都不知晓。"

"呵……故人……"皇帝叹息了一声,"你怎么看待蒋重此人?"

蒋长扬道:"子不言父过。"

"子不言父过?"皇帝笑起来,"你这话说得真奸猾。什么都说了,却又什么都没说。你和他,真就走到这个地步了？"

蒋长扬没吭声，不清楚状况以前，说什么都可能是错。

"又做起了闷嘴葫芦，遇到不想回答、不好回答的话就装憨，这一点你和蒋重倒是很像。朕经常看你就想起他来，特别是年轻时候的他。那时朕以为他很忠诚可靠，你忠诚可靠么，蒋大郎？"皇帝的语气听着似是调侃，态度也似很亲切，话却不好听。这给蒋长扬一种错觉，仿佛皇帝看到他就会心情很不好，就会怀疑他。

自己忠诚可靠么？蒋长扬沉声道："回禀圣上，人有七情六欲，会害怕绝望，会贪婪懦弱，也会为了梦想不顾一切。若您问臣是否想要您青眼有加，是否喜欢名利，臣是喜欢的，建功立业，名扬天下，大丈夫都爱；您若问臣会不会因为这些就抛了做人的原则，出卖良心和亲朋至友，臣不会，也不屑。"

皇帝冷森森道："你娶商女为妻，是真的爱她，还是以退为进？想扮忠义、守信、憨实？"

蒋长扬坦然一笑，双目清明："她与母亲是臣的软肋。您说臣娇妻美妾，其实臣只有一个娇妻，并无美妾。那胡姬只是一个承诺。"

皇帝侧头看向他，略显浑浊的眼睛里情绪莫名："当初我把我的软肋交给蒋大将军守着，他却眼睁睁地看着她惨死在他面前，因为他和你说的一样，他怕了，他把朕给卖了！过后，不管他做了什么，朕都记着那件事。"留了几十年，每次见着蒋重都能提醒他，什么人都不可信。

皇帝的情绪有点激动，冷汗从蒋长扬的背心里沁出来，他往后退了一步，抬眼看着皇帝："如今臣的一切都握在圣上手里，他的也是。"

皇帝摆摆手："你们都猜朕虽然容了他，其实心里一直恨他，罚他也是为了记恨那件事吧？朕，不是那样的人。否则有十个蒋重都死十回了。"

你老人家说不是，自然就不是。钝刀子割肉，割了几十年，其实还是你老人家狠。蒋长扬腹诽了一句，表情惊讶惭愧，是个人都能看得出他心思被皇帝看穿之后的羞愧和惶恐。

皇帝很满意他这反应，口气却越发轻描淡写："看，你果然是这样以为的。"他铿锵有力地道，"你们都错了，有什么能比得上这江山社稷，万里河山？"

这个蒋长扬相信。

皇帝只要一个态度："其实你和蒋重还是不同的，至少你不愿做的事敢让朕知道。"他抬起下巴，"不就是不想做内卫么，好，朕成全你。过些日子，你就去兵部吧。"

蒋长扬深呼吸，直直跪下："谢主隆恩。"

"在这之前，你先做一件事。"皇帝从袖中滑出一块玉佩，"这是今日闵王给予朕的，道是从一个扬州商人手里重金购买得来，你去查查是怎么回事。"

蒋长扬从芙蓉园出来时，天已微亮，大雨已经变成了绵绵细雨，被水浸透的六合靴一脚踩下去发出"咯叽咯叽"的声音，让人听着牙齿和骨头都是酸的。见邬三血红着眼睛欢天喜地地朝他奔过来，他不由得想，不知牡丹这会儿在做什么？是不是也等他等得双眼发红？

袖子里那块玉佩滚烫滚烫的，他遇到过很多事情，处理过很多事，却都没有这一桩这么难。难怪皇帝会亲自和他提起往事，还如此大方地放过了他。

下了一夜的雨，街道上泥泞不堪，马儿稍稍放开一跑，就溅起泥浆无数。邬三故意开玩笑道："若能做了宰相，就可以用沙子直接铺到家门口了。"蒋长扬微微一笑，不用沙子直接铺到家门口的殊荣，家里有牡丹等着他就比什么都好。

一路行进去，院子里静悄悄的，牡丹房里却还亮着灯光，她还在等他。蒋长扬将靴子在门口踢了，赤着脚走进去，立在屏风外往里看。昨夜的熏香已经淡了，龙檀木绿衣烛奴手里捧着的五色香蜡烛已快要熄灭，紫绡帐半卷着，牡丹和衣躺在上头，只腹部搭了一个被子角，闭着眼一动不动。

蒋长扬轻轻出了一口气，从芙蓉园带来的不快与压力顷刻间少了许多，这是他的妻子，他的家，为了这一刻的温暖与宁静，是值得的。

"郎君，热水和干净衣物都已经备下了。"恕儿过来小声道，"刚闭上眼呢。让奴婢等您一回家就喊她。"说着就要上去叫牡丹，蒋长扬忙制止她："出去吧。"

蒋长扬洗漱完毕，蹑手蹑脚地进了屋，小心翼翼地在牡丹身边躺下，虽然很累，却半点睡意都没有。他盯着牡丹看了一会儿，先轻轻抚摸她的脸颊，又用手指比画自己的嘴有多大，再去卡量牡丹的有多大。

比着比着，忽见牡丹唇角控制不住地翘起来，"嘿！你是醒着的，你装睡！"蒋长扬伸手去扎牡丹的眼睛。牡丹翻了个身，八爪鱼一样地缠上他，把头贴在他怀里，小声地笑起来："看你有多无聊，原来平时的沉稳都是装出来的。怎样？你的嘴大还是我的嘴大？"

"这样比不真切，要这样才真切。"蒋长扬把牡丹从怀里拔出来，嘬着嘴要盖上去。

牡丹侧过脸，伸手去盖他的嘴："别闹啦！一夜没睡，你不累我身上也软着的，趁着天色还早，睡一觉吧。"说是拒绝，那声音却软绵绵的，仿佛是邀请一般。

蒋长扬心里一动，看着牡丹睡得微红的脸颊和迷蒙的星眸，就有些心猿意马，蠢蠢欲动。他翻了个身，将牡丹放在他身上："我都听你的。"

仿佛是说，你想把我怎么样都行，都听你安排，你来吧……真可爱，牡丹扑哧一声笑出来，搂紧他的脖子，使劲亲了他一口，将头埋在他胸前，小声道："睡吧，睡吧，一夜没睡呢。"

"我不……"他眼巴巴地看着她，仿佛在撒娇。

牡丹坏笑着解开他的衣带，指尖来回转了两圈，看到他似猫一样舒服地眯起来时，突然在他的肩头使劲咬了一口，听见他猛地吸了一口气，大笑着滚到床内侧去："疼死你，还想不想？"

"好大的胆子，竟敢戏弄我！老虎不发威，你把我当病猫！"蒋长扬爬起来，色厉内荏地抓住牡丹的胳膊要往外扯，牡丹死死揪着床柱不放手："将军饶命……小的知错……咦……"她倒抽了一口凉气，却是蒋长扬的牙齿轻轻咬在了她的腰间。朱红薄罗披袍和白色的里衣飞起，彼此纠缠着伏在蜀锦地衣上，像一抹最轻柔的流云，旖旎而缠绵。

清晨的风，夹杂着沙沙的雨声，从门缝、窗缝里钻进来，穿过水晶帘子，绕过四角的镏金香狮子，吹落一室馨香。

巳时，牡丹伸了个懒腰，睁开眼睛，蒋长扬已经不在身边。宽儿进来伺候她穿戴："郎君去了书房和袁先生商量事情。说是法寿寺去不成了，晚上家里会有很多客人，请娘子让厨下把饭食准备得好一些，肉一定要够，酒一定要好。"

定是又领了什么差事。牡丹道："你和林妈妈把昨日备下的几份礼都送出去，就说我改日再亲自登门拜访。"

刚收拾妥当，老夫人身边的红儿又来了，行礼问了好，笑道："老夫人说大公子有事不能去不要紧，请少夫人过去一趟就好了。"

看来是非去不可。左一趟，右一趟的，也不是办法。牡丹正儿八经装扮起来，让人去和蒋长扬说了，登车往国公府而去。

一群仆妇管事挨个儿上前禀报事情，说的基本都和蒋长义与萧家这门亲事有关。杜夫人坐在榻上，微垂着眼睛，不时吩咐一两句，柏香将紧要、大笔的开销记下来，准备稍后送到老夫人那里去报备。自国公府出事以来，老夫人已经很久没有犯病了，表面上还和从前一样，家里的事还是杜夫人管着，但涉及大的开支和人事变动，就必须要通过老夫人。

待到最后一个管事说完事情，已是中午时分。柏香命人支起桌子摆饭，殷勤笑道："夫人，有蒸乳鸽，您多用点，看您最近都瘦了。"

瘦了又如何？反正也没人心疼。杜夫人抚抚脸颊，有些意懒心灰："那边还病着的？"

柏香点点头："是，今早送进去的米汤纹丝不动地端了出来。听牛妈妈说，每天躺在床上就是流泪，老夫人给的那些香啊粉的也不用了，瘦了一大圈。太医说了，这样下去再得两天就不行了。"

没想到一向绵软的蒋云清硬起来也怪硬的。杜夫人端起银镏金荷叶小碗，沉默着吃了半碗饭、半碗汤、几箸菜，将犀角箸轻轻放下，取丝帕擦了两下嘴角，方低声道："又派了一拨人去请大公子和何氏？"

"是。这次去的是红儿。"柏香利落地收拾着碗筷，不时偷瞟杜夫人。杜夫人仿佛是在精心谋划酝酿着什么，却不和她说。

杜夫人嘲讽道："那母女二人还守着老夫人呢？"

"这两日都是天不亮就去候着，形影不离的。"

杜夫人略略一沉吟，指着那碗才动了几筷子的蒸乳鸽："这个清淡养人，端去给雪姨娘，让她好生将养着，闲来开导开导清娘，别给家里添乱。现下家里这情况，禁不得闹腾了，你亲自送过去。"

柏香不明其意，却也只得应了。提着食盒才走到门口，就见刚提起来的二等丫头金珠步履匆匆地进来："少夫人过来了，老夫人请夫人务必过去一趟。"

雪姨娘见着那碗鸽子汤，眼泪"唰"地淌出来，咬着帕子呜咽了两声，低声道："还是夫人记挂着婢妾。"

柏香劝道："夫人很是担忧姨娘和娘子的身体，她是没空，不然就亲自过来了。让姨娘好生将养着，闲来开导开导娘子，别给家里添乱。现在家里这情况，禁不住闹腾了。"

"婢妾知晓了。"雪姨娘目送着柏香的背影，轻轻蹙起了眉头。自从知道老夫人有意将蒋云清嫁给汾王府的傻王孙后，蒋云清就日日以泪洗面，却也不见老夫人有半分心软，还派人来严加申饬。蒋重则不露面，更谈不上表态，她心疼女儿，自然只有去求杜夫人。

杜夫人先说做不得主，看她哭得实在凄惨，方淡淡地道："如果只是小打小闹，劝她别闹了，反正下次也还会这样，因为人家都知道她只是做做样子。我要早知道，就把她的亲事早定了……以后我这里你还是少来吧。"这话直指老夫人和蒋重。

一语惊醒梦中人，就没见过这样不要脸的祖母和父亲。不如一次吓怕他们，省得总想着卖女儿卖孙女，所以蒋云清的病才会越来越重。

"现在家里这情况，禁不住闹腾了。"这是杜夫人的话。既如此，她就拿命豁出去！光脚的不怕穿鞋的，一个贱妾要什么脸面？国公府却是丢不起这个脸，且看谁怕谁。雪姨娘把碗一扔，从柜子里摸一壶酒出来，闭着眼睛喝光了，借着酒意大步朝老夫人的房里奔去。

红儿小心地引着牡丹往前："少夫人小心些，这里有青苔，当心滑跤。"

她什么时候这样娇贵了？牡丹含笑与恕儿对视了一眼，坦然享受这殷勤。穿过花园，刚进得院子，就听见老夫人的笑声。

牡丹笑道："有客人么？"

红儿抿着嘴笑起来："是呢，老夫人一位很多年不见的远房亲戚来了。"

什么远房亲戚这样重要，非得让他们过来？牡丹抬起脚往里头走去，只听一个温柔柔的女声低声道："姑祖母，您下棋真厉害。"

小丫鬟打起帘子，牡丹抬眼瞧去，只见窗边榻上摆着棋盘，老夫人穿着件棕绿金泥披袍，背对着自己笑得花枝乱颤的。一个肌肤雪白、体态微丰、穿着鹅黄短襦配宝石蓝裙子，梳着双环望仙髻的美貌少女对自己坐着，纤纤玉手正优雅地把玩着一粒棋子。另一侧墙边坐着一个堆满笑容、穿橘红色襦裙、头上插着赤金结条钗，犹如一只大橘子的白胖女人，眉目间与那少女有几分相似，似是母女俩。

发现门口有人，那少女连忙起身下榻，规规矩矩地站好，笑看着牡丹，显得很是有教养。

牡丹含笑进了门，先给老夫人行礼请安。老夫人一贯挑剔地看着她，牡丹今日穿的是件娇嫩清雅的海棠红薄罗披袍，内着莹白色抹胸长裙，乌亮丰盈的发髻上插了两对水晶鹦鹉钗，喜庆悦目，实是不能从她的打扮或是言谈举止上挑出任何一丝错，于是兴致缺缺地叫她起来："过来见见你表婶和端舒表妹。"

白胖女人起身笑道："少夫人真是神仙一样的人物。"美人儿端舒表妹则有些害羞地行了礼："见过表嫂。"

牡丹笑眯眯地扶了端舒起来，不顾白胖女人的推辞，认真行了礼，叫了表婶，然后往老夫人身边站定。老夫人今日很给她面子，探手拉她在自己身边坐下，娓娓道来："端舒的祖父是我的族弟，从小就聪颖过人有才名，年纪轻轻就去了柳州做官……"说着挤了两滴泪，"谁知道就埋骨在了柳州……"

白胖女人忙起身笑道："老夫人，咱们不提那些伤心的往事了。您要是哭坏了身子，岂不是侄儿媳妇的错？"

"这些亲戚是多年不见了，见着了欢喜之余难免伤感。"于是老夫人又欢喜起来，看向牡丹，"你表叔如今升任了礼部的司员外郎，以后要长住京中了。她们刚到，房子还没收拾妥当，所以我留她们在这里住段日子，也是陪我的意思。"跟着口气有些责怪，"我昨日设宴替她们接风洗尘，让人去请你们回来，一家子团聚团聚，可惜你们有事，生生错过了好日子，好不扫兴。"

牡丹微笑着："家里有事，实在没法，还望表婶和表妹恕罪了。"只是族弟，又隔了几代人，且多年不见，什么感情深浅一概说不上，却如此隆重地相待对方，不知老夫人是不是对她娘家所有亲戚都这么热情？

白胖女人和端舒都笑："大表嫂好生客气。"

老夫人道："我本该尽地主之谊，领着她们各处去玩耍玩耍，奈何我年老多病……"仿佛为了证明她果然年老多病，便软兮兮地叹着气揉揉太阳穴，"若是云清没病，也好叫她陪她表姐，可她偏又病了。所以呀，丹娘，这事儿只好落到你头上了。"

这样大张旗鼓的，竟然是要叫自己陪这母女二人逛街。牡丹猜不透老夫人葫芦里卖的什么药，却也不好推辞，便笑着应了："只要表婶和端舒表妹别嫌弃我性子闷就好。"

端舒连连摇手："大表嫂看着就是温和可亲的性子。"

又寒暄了几句，牡丹索性起身告辞："今日家中有事，晚上有大郎的同僚要来，孙媳妇还得归家安排饭食。"

老夫人眼睛一横："养那么多管事做什么的？主母不在家，就招待不好客人么？你坐下，我还有事要问。"

牡丹只好又坐下。

忽听门口有人长声吆吆地哭着一路过来："老夫人救命……老夫人救命……"声音在门口骤然放大，雪姨娘一头冲进来，跪下，膝行着往老夫人跟前爬，牢牢抱住老夫人的腿，哀哀哭道："求您老看在骨肉至亲的分上去看看清娘吧，她不行啦。"

这话说得，就像是一家子都冷冰冰地看着蒋云清送死一般。当着自家娘家人的面，实在是太过丢脸！老人脸色微变，迅速扫了端舒母女一眼，低声斥责雪姨娘："没规矩！再大的事情不能好好地说？当着客人的面像什么样子！起来好好说！"

"姨娘有话好好说。"牡丹上前去搀雪姨娘，却闻到好大一股酒味儿。正在奇怪雪姨娘一个妾室怎会在大白天喝酒，对上雪姨娘那忐忑中又带了几分决绝的眼神，便明白过来，这是壮胆呢。

雪姨娘有心想要当着客人的面嚷嚷出来，又想着若是不给老夫人留面子，少不得又是恼羞成怒。当下便忍住了，只立在一旁低声抽泣。

红儿机灵地笑道："后头有几株早菊开得好，朵朵都有碗那么大，就像狮子头一样，早起婆子还说要送几朵过来插瓶……"

端舒知情识趣："那得看看去！"然后起身与她母亲一道告辞，由红儿陪着往外头去了。见这母女二人去了，老夫人方沉下脸："清娘怎么啦？谁叫你到我这里来闹的？"

雪姨娘哭着再次跪倒，拼命磕头："她晕死过去了，怕是不行了，求老夫人开恩……"

老夫人冷笑，胖而红润的老脸闪着冰冷的光："还要我怎样？没给她请太医？没给她用药？她自己要找死，怨得着谁？我还没和她算大不孝的罪名呢！我此番姑息了她，以后就个个儿都如同她一般，一不如意就寻死觅活，这府里还怎么过日子？传到外头去，国公府就成了大笑话。"

说起这件事，老夫人也生气得很。她原本想着，蒋云清是那日出席宴会中最适合的人选，谁知过了这么久，却不曾听到半点消息。前几日反而听说汾王妃又要举办一次小型宴会，请的是一群年轻姑娘，其中就有上次争着在陈氏面前献媚的那个姑娘，国公府却没得到任何邀请。这说明蒋云清没有入得对方的眼，原因不明。她还在恼火着呢，雪姨娘和蒋云清反倒寻死觅活起来。

雪姨娘听得心寒，晓得是无法撼动老夫人的铁石心肠了，可是已经闹了这样一场，这样草草收场就是白闹腾了。正在苦思对策，忽听老夫人又发脾气："清娘的嫡母呢？大的带头，小的有样学样，这家风简直不敢提了。她作的孽，让她自己去管好。"

轻轻一句话就把所有责任都推到了杜夫人的头上。雪姨娘无奈，揪着帕子哀哀地哭起来。

老夫人被她哭得更是心烦，骂道："哭丧么？全然没有半点规矩礼仪，给我带下去，从头学规矩。"雪姨娘立刻被两个婆子给拽着胳膊往下拖，她索性高声哭喊起来："我可怜的清娘，生生被逼成这样，你若是有个三长两短，姨娘一定到地下去陪你……"

"简直不成体统！"老夫人大怒，摇着床榻骂道，"拿马粪把她这张嘴给我堵住！去叫杜氏来，看看她这个主母是怎么当的？就这样生生来气死我么？"

雪姨娘挣扎了两下，被人堵着嘴拖了下去。

牡丹低声劝道："祖母，雪姨娘到底也是担忧。如今府里这情形，遇到这种事情只有劝慰的，硬压不好。"

"我自有分寸。"老夫人横了她一眼，淡淡地道，"我听说宫里连夜把大郎召去了？大郎可是又开始办差了？"

牡丹便不再劝："是有这回事。"

圣上对大郎到底不一样。老夫人想到这些日子四处奔走毫无成效，许多人与国公府反而越发疏远，竟有些嫉妒起蒋长扬来了，便酸溜溜地道："让他好好办差，也莫忘了你们父亲是为谁获的罪。你们父亲若能重蒙圣眷，对你们也只有好处的。"

不管她说什么，牡丹都应好。老夫人也晓得牡丹不会把这事儿放在心上，大家都不过是面子情而已，便也沉默下来。歇了片刻，她猛地一声喊起来："我让你们去叫杜氏，怎么还不来？"

绿蕉战战兢兢地从门外探头进来，小声道："适才夫人身边的金珠过来了，道是夫人吃了不干净的东西，上吐下泻，病倒了。"

第四十一章 双雕

这可真够巧的。这里有客人要招待，蒋云清晕死过去，雪姨娘来闹腾，正是需要杜夫人善后的时候，她不早不晚，偏就这时候病了！分明是故意的！还为着将去萧家下聘不满意，要故意躲开吧？以为这样就能难倒自己了？做梦！

以前怎么就不知道杜氏这般可恶可恨呢？老夫人气得嘴唇直哆嗦："吃了不干净的东西？那是谁做的？去查！查不清楚就把相关的都打板子卖了！告诉她们，以后谁要是伺候夫人不尽心不尽力，就是这个下场！"就闹腾吧，下人们不是个个都说杜氏么？这回专拿她的事情说道，过上个一两年，这府里谁还说她好？！

这太过严苛了吧？这可不是赌气的时候。绿蕉焦急地看着牡丹，意思是希望她能帮着劝劝老夫人。牡丹假装没看见："祖母，我想去看看云清妹妹。"

老夫人心不在焉地道："想去就去。听武婆子说，她在你那里时就喜欢寻你说话，你劝劝她。身体发肤受之父母，谁家女儿敢这样胡闹？名声坏了可是一辈子的事。"

牡丹皱了皱眉，起身往外走。

老夫人絮絮叨叨地道："你什么时候来接你端舒表妹出去游玩？你这个大表嫂可要做得周到些，不要丢了咱们家的脸面。"

牡丹嫣然一笑："祖母不曾出门，不知昨夜的雨有多大，满街的泥泞，车马难行得很，还是过几日再说吧。"

老夫人没再吭声，默然注视着牡丹的背影，微微眯了眼。现下府里的情况很艰难，蒋重和杜氏十天半月不说一句话，杜氏表面上装顺从，实际偷奸耍滑。这儿媳妇到底是外人，都是些自私自利的。蒋云清这事杜氏必然在后面推波助澜，毕竟若是断掉汾王府这条路，就只有依靠杜家了。蒋长义只是个挂名的庶子，而且排行在那里，萧氏再能干、高贵也轮不到他，这国公府将来还是杜氏的天下。

要不要让蒋长扬和牡丹搬回来住？如今这夫妻二人不管府里的死活，究其原因就是和他们没什么关系，不承爵、不担过，又没感情，心里还恨着她和蒋重，当然是多动一根手指头都嫌浪费力气。若是叫他们搬回来住就不一样了，都不用她动手，自然有人去逼他们。大郎常常外出，何氏没根基，等她被欺负够了，不愁不听自己的话。有大郎在国公府撑着门面，也不至于太难看，到时且看杜氏还敢不敢和自己叫板？

老夫人正想得入迷，绿蕉进来低声道："厨娘和送饭的都没问题，伺候夫人用饭的是柏香。柏香给雪姨娘送了一道乳鸽汤没多久，雪姨娘就往这边来了。武妈妈适才也来禀告过了，清娘子是饿的，可以拉起来灌米汤，就等您一句话。"

都是柏香，老夫人微微一笑："清丫头那里不急，让她再清清肠胃，喂点清水就好，明日再灌米汤不迟。省得以后她好了伤疤忘了疼，总这么不懂事，我哪有精力陪她胡闹？"

红儿含着笑走进来："这高小娘子真是位妙人儿，这京中的贵女们有这般知情识趣的也不多。"

老夫人道："她给了你什么？这般替她说好话。"她是长房嫡出，端舒家是偏房远支，几乎没往来，若非他们主动找上门来，她还不知道有这样一门亲。

红儿取出个用红丝线系着的小金蝉："是这个。奴婢不敢要的，可是高小娘子说，奴婢不要就是瞧不起她。"

"既是给你的就收起来吧。"老夫人淡淡扫了一眼，金蝉是赤金打造的，不过一个指甲盖那么大，小得可怜，做工也不甚精致，但对于刚从外地来的从六品小官也算大手笔了。需知他家穷得很，除了租房和吃饭的钱以外，大概都打扮到端舒一人身上去了。这丫头不错，抬举一下也行。

蒋云清躺在床上一动不动，整个人已经瘦得脱了形，两条没画的眉毛淡得几乎看不见，越发显得本就太过方正的下巴线条分明，端方有力。

牡丹在床边坐下，低声道："身体是自个儿的，日子还长着呢。柳州来了位客人，是老夫人的侄孙女，叫端舒，长得很美丽。老夫人原本要让你陪她去游街，因着你病了，便让我陪她去。你若是好起来，说不定咱们可以一起去。"

忽见一个婆子在门口探了探头，接着武婆子起身赔罪："少夫人您坐着，老奴去端点果子来。"

杜夫人虚弱地躺在榻上，柏香领着几个丫头忙里忙外的，一会儿伺候她喝药，一会儿又问肚子还疼不疼。杜夫人嫌烦，摆手叫她们出去，柏香便将松香和金珠一块儿给打发出去了。自己拿了给杜夫人做的里衣在窗边坐下，边做针线边守着杜夫人。

忽见金珠快步进来，兴奋地道："夫人，雪姨娘不堪受辱，触柱了！"

杜夫人猛地坐起身来，双眼发亮，急声道："人怎样了？"

金珠道："出了血，昏迷着呢，看守的婆子吓坏了，不停地说是她自己想不开，又说都是按着老夫人的吩咐做的。并没有真的塞马粪，只是吓唬吓唬她，她就想不开了。"

很好，一切都如预料中那么顺利。

"真是太不懂事了。"杜夫人抿紧了唇，看着柏香，"你替我去看看，如果她醒了，当众狠狠骂她一顿。"

当众落井下石？这不是杜夫人会做的事（她要做也是背地里），柏香迟疑地道："骂她什么？"

杜夫人秀眉一挑，似笑非笑："要我教你？"

无非是站在正室的立场，骂雪姨娘不懂事，不孝顺云云，反正务必树立杜夫人是反对她闹腾的就是了。柏香行礼退出，临行前嫉妒地看着留在杜夫人房里的金珠，金珠越来越受倚重了。

杜夫人抬眼看着金珠："国公爷还没回来？"

金珠忙道："不曾。"

杜夫人沉思片刻，道："让牛妈妈把这事儿设法告诉清娘知晓。让她好好劝劝清娘别再赌气了，这事儿约莫会有转机的。"从此以后，老夫人和蒋重又多了两个仇人。她可不是王阿悠，他们负了她，她就要一点点地讨回来。

金珠到了蒋云清院子外头，见牛婆子手下的小丫头眉儿正立在门口东张西望，遂大喜："去把牛妈妈叫出来，休要让人知晓。"

牡丹见蒋云清身边两个婆子一个说去给她拿果子，另一个说去给她端糕点，然后全都消失不见，只剩下两个小丫头盯着她，不由暗自好笑，今日大家都挺忙的。

反正老夫人和蒋重不可能真把蒋云清饿死，她也该告辞了，不想才走出门，就见牛婆子快步冲进房里，使劲儿掐着蒋云清的人中，沉声道："娘子！娘子！速速醒来！雪姨娘出事了！"

蒋云清缓缓睁开眼睛，目光呆滞。牛婆子贴着她的耳朵快速说了几句，蒋云清惊慌又悲伤，却连眼泪都流不出来，只是吃力地伸手指着桌上的水杯。牛婆子忙把她扶起来，端起水喂她。

蒋云清哭丧着脸，贪婪地大口饮水，甚至于呛得喘不过气来。牛婆子抚着她的胸口小声劝慰："别急，别急，不会有大事儿的，养好自己的身子就是最要紧的。"

牡丹迅速转身，快步往外走去。这个国公府，让她气都喘不过来。她站了一会儿，朝老夫人的房里走去，恕儿小声道："不去杜夫人那里看看么？"

牡丹摇头。上次的事情，她和蒋长扬、杜夫人心中彼此都很明白是怎么一回事，所以蒋重和老夫人没再管他二人怎样对待杜夫人，只要别吵嚷，别当众难堪就好。既然如此，她何必去找不自在呢？

老夫人斜躺在榻上呼哧呼哧地喘着粗气，雪姨娘一个丫头出身的贱妾，竟敢真的寻死！她是说了要用马粪塞雪姨娘的口，但不过吓唬人而已，蒋云清还要嫁人呢！亲娘被下人塞过马粪的庶女，还有什么好人家会要？雪姨娘这个没脑子的蠢货，闹出去固然是国公府丢脸，对蒋云清又有什么好处？

忽听牡丹在一旁道："祖母，天色不早，孙媳妇要回去了，改日有空又和大郎来看您。"

老夫人猛地抬眼看向牡丹，眼里满是厉色。牡丹莫名其妙，毫不退让。蒋长扬说得对，无欲则刚，她不求什么，也没做过亏心事，为什么要受莫名其妙的气？二人只对视了两个呼吸，老夫人就收回了目光，指指身边的月牙凳："丹娘坐下，我有东西要给你。"

红儿捧出个缠枝花卉图的银平脱漆盒，老夫人的脸上堆满了慈祥的笑容，从裙带上取了一把小巧的钥匙，将锁给打开了，递给牡丹："打开看看？"

牡丹迟疑地打开漆盒，却是些金筐宝钿、金胜金粟的金雀钗、钿花、步摇、臂环等饰物，每种各一对，正是一套。夕阳的光透过重重帐幔，落在漆盒里，细小的金珠浮动出细腻、变幻不定的闪光，如同水波反射着阳光，红蓝绿宝石更是折射出七彩的光芒，耀人眼得很。

牡丹平静盖上漆盒，推回老夫人面前："祖母这些东西真好，用材好，做工也极好。"

老夫人含笑又给她推了过去："都是你的。"见牡丹面露惊讶，便带了些惭愧，"这本是大郎出生时就开始准备的，原以为没有送出去的那一天了。你们成亲时，本要给你做见面礼，可是……"她叹了口气，"其实你很不错，当得起，收下吧。别嫌不好。"

牡丹垂眼笑道："不怕祖母生气，大郎说过不许我要您东西的。说是您老人家存点东西不容易……"

咦，还不要？老夫人生气起来，有心要发脾气，却又只能忍着。因见绿蕉在门口探了一下头，便趁机撒火："鬼鬼祟祟的！什么事？少夫人不是外人！"

绿蕉便道："适才柏香替夫人狠狠数落了雪姨娘一顿。雪姨娘这会儿看着精神越发差了，要不要请个太医来瞧？"

老夫人心里窝着一口恶气，什么太医肯替一个贱妾看病？何况是这种丑事。随便找个游医看看，不死人也就是了。但这些话她不好当着牡丹的面交代绿蕉，便给红儿使眼色，红儿明白，起身去办理。

老夫人收拾了心情，耷拉着眼皮子同牡丹道："你不收我给你的见面礼，可是看不上？或是怨恨我没在当时给你？"

牡丹起身道："都不是，孙媳妇……"

"既是你祖母给的，接着就是了。推三阻四的反而见外。"蒋重的声音从外面响起，接着人就大步走了进来。

他比之从前显得略胖了一些，鬓边也有了白发，纵然锦衣华服，却显得有些落拓。见牡丹给他行礼问好，他随意地挥了挥手，在老夫人的身边坐下来，和颜悦色道："大郎媳妇，这里没有外人，你也坐下。听说昨夜大郎被召进宫了？可知道又要办什么差事？"

牡丹笑道："大郎没说。"

蒋重有些失望："既然家里有事，就别总在这里待着了，早些回去吧。"

牡丹连忙起身告辞，蒋重道："和大郎说，让他赶紧把那个胡姬送走，像什么样子？"见牡丹满面疑惑，明显什么都不知道，只好又道，"你们自己去问问就知道了。为了这样一个女子惹得风言风语的，值得么？告诉大郎，好好办差，不要辜负了圣上的期望。"

他到底是男人，好多话可以和蒋长扬明说，却不好和牡丹说。待到牡丹走出门去，蒋重方叹道："云清这样闹下去不是法子，给点教训也就是了，我去看看她。等她好起来，母亲待她宽松点，终究只是个女子，不比男儿。"

老夫人拔高声音道："不许去！你可知道雪姨娘今日做了什么好事！好好的姑娘就是给这些贱婢教坏的，这贱婢又是跟着谁学的？我是她亲祖母，能害得了她？都是你的好夫人挑唆的，我要借这件事好好正正家风。"她现在虽然希望杜家能帮上国公府的忙，却是最恨杜夫人。她这人也真是奇怪，原本千好万好，突然一件事不好，也就跟着把这人的所有好统统忘记了，全都记着不好的去了。

蒋重难受之极，家里这般乱糟糟的，真是让人生不如死。与汾王府攀亲固然好，但蒋云清实在不肯就算了。心里有怨气，即便真嫁过去，对家里也不会有多大的好处，但不和汾王府攀亲，只靠着迟迟不见动作的杜家和萧家，他又实在想不出其他什么好办法。这样天天守着家里一堆破事，看女人们掐架，实是让人要发疯了，他有些暴躁地站起身来往外走。

老夫人喊道："你要去哪里？我和你说，内宅的事情不是男人管的，我自会替你管好。现下先商量一件要紧的事，我想让大郎媳妇回来伺候我，帮着管家。"

蒋重停住脚步："我答应过让大郎他们住在外头的，出尔反尔，叫人怎么看我？这个家也不是大郎媳妇能管好的，您想要她伺候，让她隔三岔五回来陪陪您也就是了。"

老夫人急道："这是什么时候？现在是要协同一心，共同想法子的时候。树倒猢狲散，谁能得到好处去？他们不懂事，你就纵着他们？让他们回来住，好处多得很！你怕又生事端是不是？放心，有我护着丹娘，没人翻得起浪花！"

遂把好处一一说给蒋重听，比如说他和蒋长扬父子二人经常在一起，可以增进感情；叫蒋长扬带带蒋长义；让牡丹跟着她学习为人处世之道；怎样管理一个大府邸等等，她最后总结："这府里乱，是因为没个得力的人镇着。我年纪大了，你媳妇不但不管还背后使手段，所以才会这样。何氏是名正言顺的嫡长媳，她来管再合适不过。就算将来大郎不承爵，对他夫妻二人也只有好处是不是？"

蒋重听得心动："让我想一想，大郎生性倔强，此事还得从长计议，先放一放。"

老夫人也就不再催他，冷笑着道："你的夫人今日又突然吃坏了肚子，上吐下泻的，还记着派人去训斥雪姨娘。我老了，动不了，没力气去看她，你去看看，若是身子真不好，不如搬出去调养一段日子，好了再回来。"

蒋重先往蒋云清的院子里去，到了外头就听见婆子们劝道："娘子少喝些，这人饿的时辰久了，不能立刻就进这么多食，哪怕只是米汤也不行。"

蒋重便没进去。婚姻大事，媒妁之言，从来没有儿女自作主张的，蒋云清这种行为让人深恶痛绝，不可原谅。既然进食就说明已经想通，他再进去指不定她反而以为自己做对了呢！这脾气，将来到了婆家岂不是害死她？

杜夫人躺在床上背身向里，一动不动。蒋重使劲咳嗽了好几声，她也毫不理睬。他没法子，只好快快地坐在一旁板着脸不出声。二人僵持许久，蒋重终是为着共同的利益发了声："你好点了么？"

杜夫人听到他这语气心里就冒火，当下也不回头，淡淡地道："死不了，还能撑着做完老夫人和国公爷吩咐下来的事情。"

蒋重的长篇大论顿时堵在喉咙里，说不出咽不下去。沉默许久方悻悻地道："你为何放纵雪姨娘闹成这个样子？云清那里你也不管，家里还住着客人呢，丢死人了。传出去你这个主母也没面子。"

这会儿知道丢脸了？杜夫人冷笑："我是一直劝着的，该骂的也骂了，她非得如此我能怎样？打杀了她？多管一分是苛刻，多说两句就是居心叵测，出事就是我捣鬼不安好心。怎么都是错，请国公爷教教妾身该怎么办。您吩咐下来，妾身依言照办。说到面子，我如今能有什么面子？丫头差事办得好，还能得个笑脸，我辛苦一场，累病累痛，好话都不得一句的。"

蒋重被她呛得没话说，又恨又气，半晌方道："你怎么变成这样？如今府里艰难，正该放下成见，同心同德、共渡难关才是，你倒好，置这些闲气。你好生养病，好些事情还要你出面。过几日就要纳征的，还有新房布置，务必不能叫萧家挑出错来……"说到这里，他有些说不下去。享受惯了人前人后风光的日子，一朝落索，实是说不出心中的滋味。想那时，他还风光，萧家虽狂，却也不敢在他面前闹，到如今，他却生怕萧家找茬，真是让人郁闷。

杜夫人不耐烦："说到这个，妾身也有事要同国公爷商量。"

蒋重做好被刁难的准备："你说。"

杜夫人微微一笑："让大郎媳妇回来帮我的忙吧。我身子不好，忙不过来。"

蒋重吃惊之极，没有想到一日之内，本不和睦的婆媳二人竟然都要牡丹回来。他狐疑地看着杜夫人，该不是上次没害着蒋长扬，这次又打什么坏主意？

杜夫人哂笑："明说了吧，如今这情形，我实是怕担责，再来一次，我在这府里就待不下去了。有丹娘在，有事有个见证，同老夫人也好说话，总不至于我说什么都要被驳，这个家委实难当。"

这倒是实情，凡是她赞成的，老夫人都要反对，闹得不像话。蒋重只得道："你就这么相信大郎媳妇？"

杜夫人抬眼看着他，眼里带着一丝轻讽："她可比许多人公正得多。一是一，二是二，不会因为一件事不好就突然恨透了某个人，全然不顾几十年的情分，无情无义。也不会在背后搞小动作，落井下石地害我，我相信她。"

蒋重一噎，脸就有些热。随即又想，爱背后搞小动作，落井下石害人的恰恰就是杜夫人，她还好意思说这些。哪次她不是说得义正词严，装得比谁都公正占理？遂冷笑了一声，侧过头道："再说吧。"

杜夫人见他不应，淡道："随你吧。若是怕我害她，你就专指一件事给她办，让她和老夫人交差，我不插手，不参与可好？这不是为我，是为了义儿好，为了府里好，更是为了她好。她和族里的这些人都不熟，到底也是嫡长子呢。"

蒋重不语，这样也有些道理。老夫人到底年纪大了，偏听偏信，脾气也坏，总有顾及不到之处，有牡丹在一旁看着，的确比全交给杜夫人稳妥得多。

杜夫人疲惫地揉了揉额头："我有些困，请恕妾身有病在身，不能伺候国公爷了。"随即往床上一躺，不动了。

蒋重悄无声息地走了出去。暮色渐浓，花花草草都犹如被染了一层淡淡的墨汁，就如同他的心，悲伤而孤凉。他看看自己满是老茧的手，这双手也曾握缰持剑，杀敌保国，如今却要来操持这些琐事。他环顾整个庭院，难道他的后半生就要这样一辈子黯淡度过？

真的是蒋长扬说的那种情况吗？圣上真的是为了那件事不原谅他？可当时圣上明明说过不怪他的，过后也从不曾在他面前提过那件事。而且确实也不能怪他，那是整个皇朝最有权势的女人，他能怎么办？何况他也尽力补救了，但是老天不给那人生机，怪得了他么？

蒋重长长叹了一口气，想到今日在街上见着鲜衣怒马的阿悠在宫城外头去接方伯辉归家，二人郎情妾意的情形，不由心中一阵刺痛。他的运气真不好，怎会遇到这种事呢？

"儿子见过父亲。"蒋长义一身宝蓝圆领窄袖衫，站在路旁给他行礼，玉树临风，谦谦如玉。

蒋重发现他又长高了，身子也不似从前那么单薄，看着颇有几分自己从前的风采，想到他最近的表现很是让人惊喜，也就格外和蔼："回来了？给你祖母请过安了么？"

蒋长义谨慎地道："儿子刚从那边过来，听说母亲身子欠安，您也在这边，便过来看看。"

"你去吧。"蒋重犹豫片刻，又道，"对你母亲体贴尊敬些。"

蒋长义憨憨地道："儿子会做得更好的。"

蒋重目送他的背影，轻轻叹了口气。让蒋长扬和牡丹回来住，帮帮家里的忙，好似这个主意还不错。

牡丹回到曲江池，天色已晚，林妈妈笑着迎上来："各家都有回礼，李家表姨说会亲自将东西送过去，黄娘子想来看您，饭粒儿也想跟老奴来这里玩玩，被张五爷骂了。"

牡丹一笑："等我收拾妥当再邀请他们过来做客，菜单拟出来没有？"

林妈妈忙从袖中取出菜单："都安排好了，就等您来定夺。"

一共十个菜，虽不是什么珍馐美味，但蒋长扬的两个要求"肉多酒好"都做到了。牡丹又加了两个菜，调整了荤素搭配，将菜单递回去："按着这个办，一共来了多少人？"

林妈妈小声道："大约有十多个吧。这会儿都和郎君在书房里说话呢。"那些人看着好似都很和蔼，挑不出任何地方不妥，却都带着一股子说不出来的感觉，让人下意识地不想和他们接触。

牡丹道："这是我第一次接待客人，吩咐下去，一定要把事情做好，不许出差错。"从前蒋长扬是单身汉，招待不周也不会有人计较，如今成了亲却不一样，稍不周到就会落下口实，她不允许。

林妈妈自是知晓新妇第一次亮相的重要性，把力气下足了十二分，上上下下，里里外外地打点，精确到毫厘。幸而家里的人都是得力的，无论何家陪嫁过来的，还是蒋长扬这边的，个个都是在实心实意做事。

饭点一到，掌灯布桌，上菜斟酒，有条不紊，四处不闻喧哗之声，一切井井有条。饭菜美味丰盛，酒是陈年好酒，下人伺候周到，众人纷纷称赞主妇能干，蒋长扬含着笑，谦虚着，心里却万分高兴。以后不管做什么，他都不再是一个人了。

一群人说说笑笑，间杂着商谈正事，到饭桌撤去时，已是亥时。又有下人上前换了茶汤，奉上果品。等到二更末，事情商定，众人散去，有那留下不走的，自有下人打了灯笼上前，引去客房安置入睡。

一切都很顺利。蒋长扬心满意足地朝正寝走去，房里还亮着灯，牡丹还等着他，他扬起唇角，盥洗干净方才进屋。牡丹果然还歪靠在床上在看一叠手稿，她身边的灯下放着个缠枝花卉图的银平脱漆盒，漆盒半开着，里头的金银珠玉折射着莹莹宝光。蒋长扬认得这个盒子，他小时候经常看见老夫人从里头拿出漂亮精致的首饰。他眼馋得紧，总想摸摸，老夫人就说这是将来给他媳妇儿的，没想到今日还是给了牡丹。

"也不多点两盏灯，当心眼睛看坏了。"蒋长扬拿过牡丹手里的那叠稿子翻了翻，见写的全是今年春天什么品种的牡丹花开了几朵，花有多大，花色如何等诸如此类的事物，不由失笑："你种这花确实上心。"随即小心收好，指指那漆盒，"怎么说？"

"累么？"牡丹伸手抱住他的胳膊，将头靠在他肩上，"我还想问你怎么说呢，说是见面礼，突然就给了我，怎么都推不掉。我看过了，都是好东西。"她觉着不踏实，老夫人对她不好是正常的，突然好起来就不正常。

蒋长扬吹灭了灯："她非得给你，你就拿着，以后她若是说什么，再还回去，她找你有什么事？"

牡丹将今日的所见所闻说了一遍，为蒋云清叹了一回，道："还有，似乎外头在传玛雅儿什么话？"

蒋长扬皱眉道："我昨日去面圣，也被问了两回，我觉着也奇怪。玛雅儿是潘蓉接出来的，那日也是跟着阿馨的车一道去的庄子，知道这事的人不多，怎会传得这样沸沸扬扬？你不用理会，约莫过些日子义父和娘还是要回龟兹的，到时她去了，流言也就没了。那什么表妹的，你无聊时陪她走走，不喜欢就找个借口推掉。"

"带她转转也不怎样。"牡丹笑道，"我早想好了，我反正要买砧木，天气好的时候带着她晃晃，一举两得。"

蒋长扬摸摸她的手："随你。这段日子我可能经常不在家，我把顺猴儿留在家里，你出门就叫他跟着。"

牡丹抱紧他的腰："你小心为要。"

一夜无话。

次日清早牡丹睁眼，蒋长扬果然早已不在身边，身边的枕头和被子都是冷的。她很有些不习惯，睁着眼呆呆地看了一会儿帐顶，方才懒洋洋地叫人进来伺候她穿衣梳洗。

街上的泥泞还未干透，这一圈出去少不得要泥泞满身，她也顾不得，换了一身不怕沾染的黛紫色胡服，叫人备了马，带上顺猴儿，往相熟的花农家中去寻那株高两尺以上、长势良好的砧木。走了一早上，将相熟的人家走了近一半，也没买成一株花。

金不言高价订购牡丹花的消息已在京中播散开去，各家的砧木和接头价格都水涨船高，价高得很，她若是买了，必然亏本。涨价在意料之中，但这样的高却是出乎意料。她随意问了问接头的价格，更贵得离谱。她一讲价，人家就满脸为难，多问两句便顾左右而言他，有人更是直接建议她去山上挖。

这个法子牡丹不是没想过，奈何野生的牡丹养分不足，大小年情况严重得很。接头重要，砧木的营养状况和长势也很重要，金不言要求所接的接头三分之二都要开花，且要开好花，一般的砧木怎能做到，无异于自砸招牌。这情形和去年她要订接头之时何其相似！仿佛一个个都不想做生意的似的。

牡丹见再多耽搁下去也没意思，索性道："都回家，先弄清楚是怎么一回事再说，总有法子可想的。"她是越挫越勇的性子，就算这几十株花不挣钱，也要把这笔生意给做成。

恕儿咬牙切齿地道："准又是曹万荣搞的鬼。"

说曹操，曹操到，主仆几人刚绕到兰陵坊附近，就见曹万荣和两个陌生男人站在不远处的槐树下说笑，几个人的眼睛都盯着她，见她看过去，曹万荣露出一个带着讨好的笑容，大步朝她走过来行礼问好："何夫人别来无恙？"

牡丹颔首一笑："许久不见曹园主，这些日子哪里发财去了？"上次花会之后二人就没见过面，当时听说他醉得在床上睡了三天，又感了风寒，病了好些日子。

"发什么财？养了许久的病，这才好了没多久呢，比不得您。"曹万荣羡慕地道，"金不言在我那里订的花不多，我园子里的砧木尽够了。相反，我是去年订的接头太多，几乎用不完，本钱难得回笼。"

牡丹淡笑着："听说您要扩建牡丹园，不是正好用上么？再说今年春天你也卖出了不少牡丹。"他活该，去年为了不让她的牡丹园得到好接头，上蹿下跳的，抢在她前头将各处的好牡丹接头给高价订了，自以为害着她了，结果不过是害着他自己而已。

曹万荣苦笑："您就别笑话我了。谁不知道自牡丹花会以后，京中人只知芳园？"他的表情是愁苦中又带着一丝卑微，"不瞒您说，我是听说您出来看砧木，特意在这里等您的。"

消息挺快的，牡丹扬了扬眉："可是有什么事？"

曹万荣用商量的口吻道："就是接头的事情……您若是看得起，我愿低于市价让些与您，砧木我那里也有多的。"见牡丹不说话，他立时道，"价好商量，就是想和和气气的，为我从前的行为赔礼。"

他要和她赔礼？过了这么久才想到和她赔礼？牡丹没有一口回绝："我们之间有过不和气么？接头和砧木的事情，我先算算差多少再说。"

"是没有不和气。都随您。"曹万荣笑得如同二十四孝，"吕十公子也来了，金不言有心重金邀他去帮着管理一年的牡丹园，他也有这个意愿。"

牡丹心里一动，自花会之后，她再没见过吕方，这次他来了，应该好好请他吃顿饭的。

牡丹主仆渐渐走远，曹万荣的脸阴沉下来，他一个伙伴走上前来，抬着下巴指指牡丹："就是她么？我看她娇滴滴的，如何能将你一个大男子汉扔进水里去？"

曹万荣淡淡地道："她自是没那个本事，但她男人有。"拜蒋长扬所赐，他差点没死在那臭水塘子里。

第四十二章　行会

天气半阴半阳了几日，街上的泥泞终是干了，一大早，就有人来禀，道是六郎跟着商队下了扬州。牡丹也就没再操心这事儿，把所有心思都放在了购买砧木的事情上。

她随后又走访了几户有实力的人家，情况也差不多。大家都把价统在一条线上，没人敢低于这个价给她。表面上看，众人抬价是很正常的事，所有人都知道芳园得了一桩大生意，发了，不宰她宰谁呢？说到底还是她的根基太浅，区区一个御赐匾额镇不住。

她曾经购买花王的那家花农偷偷告诉她，自从金不言与芳园签订了契约之后，就有人传了话。谁敢低于这个价卖接头和砧木给她，以后就别在京城和洛阳的花市上混了，所以即便很想做这笔生意，也不敢做这个出头羊。

那花农叹着气道："何娘子，您是得罪了什么人吧？您太年轻了，不知道有些事情呢……"无论哪一行哪一业，都讲究一个前辈后辈的关系，年轻人不懂得尊重前辈，等于自掘坟墓。牡丹还占着是官家的身份，人家不敢太出格，所以只好在这些事情上想方设法为难她。小打小闹可以，若想做大做响亮，那是不容易的。除非她低头认错，还得看人家给不给这个面子。

牡丹很无奈。她不知道背后发话的人是谁，但隐约觉得和吕醇、曹万荣等脱不了干系。她现在只有两条路可走：一是以这些人定的高价买下所需的砧木，但是低了头，以后再想和这些人公平做生意就会更难；二是顺着曹万荣的意，从他手里购买砧木，两条路她都不想走。

若非金不言非要株高两尺以上的砧木，她还可以芍药做砧木。芍药根软，操作容易，绝大多数品种成活率较高，接苗初期生长会比较快，嫁接苗也会有矮化倾向，适于盆栽，且耐湿性增强，很有利于牡丹南移。缺点是接穗基部发根少，萌蘖不多，植株寿命较短。当然，不管优点也好，缺点也好，金不言都不会接受，所以这条路也等于封死了。

她原本想让蒋长扬查查背后捣鬼的人是谁，请人居中调停一下。可看到他回到家里累得话都不想说的模样，就没忍心说。他在做要紧事，不能分他的心，办法是人想的，她就不信真有放着钱不赚，这么愿意听人摆布，眼睁睁看着曹万荣赚钱的人。

因着顺猴儿打听到百济寺附近有家小花农，穷困潦倒到几乎揭不开锅的地步，那家男人又嗜酒，日日喝得晨昏颠倒的，牡丹便抱着试一试的心态去探访。却见是一个从寺庙的菜地圈出来的小园子，里头只有几间歪歪倒倒的草棚，园子里果然花木繁盛，一个中年妇人领着个十来岁的小女孩正在修剪花枝。一个男人坐在草棚前头，拎着个酒葫芦，一边喝酒一边骂娘。骂那妇人是个扫把星，一来就害得他没生意，今年整个春天就没卖出几株花去，又骂小女孩是赔钱货，只赔不赚。妇人和小女孩只是不理他，做事之余还会说笑。

牡丹认出那人是当初在放生池畔凭着一株胡红，先卖给她，见曹万荣想要又抬价，最后高价卖给刘畅的邹老七。若在从前，这种品行的人她是决计不和他做生意的，可此时情形却不同，牡丹便将马鞭轻轻敲了敲院子门。

那妇人见牡丹一行人衣着不俗，门口拴着的马儿膘肥体壮的，立即停下活计，快步走来笑道："这位娘子可是要买花？我家的花好多都是出自百济寺，无论是整株还是接头，都不比芳园的差。您买了一定不会后悔。"小女孩则跑去端了个小凳子过来，用袖子擦了又擦，讨好地请牡丹坐。

牡丹有些想笑，没想到芳园竟然已经成了好牡丹的代名词。

"我认得你……"邹老七眯着酒意蒙眬的眼睛，喷着酒味儿跟跟跄跄地靠了过来，"我认得你！"他说。这样美丽的女子，只需见过一次就再不会忘记，何况当时她那个财大气粗的贵公子夫君还差点和她的哥哥们打起架来！

"你又发酒疯！"妇人连忙拉住他，不安地看着牡丹赔笑，"请您别同他一般见识，他喝醉了，什么都不知道的。"说着低声呵斥邹老七，"你找死呀！"

邹老七却挣开她的手往前头凑："牡丹花会那天我看见了的，你是芳园的主人。怎样？那国色天香的御赐匾额不好拿吧？"

"你再往前头凑一下试试？"顺猴儿将横刀往他前头一挡，邹老七后退了一步，结结巴巴地道："别呀……"他的脸上露出一丝狡黠的笑容来，"我知道你是来做什么的。"

"芳园的主人？"妇人露出一丝惊恐，拉住邹老七低声说话。

牡丹叹了口气，看来又是做的无用功："走吧。"

邹老七却高声骂起来："呸！老子都要饿死了，还顾得他什么行会！东也管，西也管，怎不见他给我两袋米？给我几缗钱？"随即将那妇人一推，去追牡丹，"小娘子，别走！你来看我这园里的花，只要给的价公道，休要说砍木和接头，就是这园子都给了你！"

那妇人吓得只是跳："你作死，少喝点酒不就有饭吃了？你卖与她，这会儿倒是痛快了，全家老小被赶出去，无以为生，休说吃酒，尿也没得吃！"

"臭婆娘，老子说了算，还是你说了算？小娘子，你别走……我与你打个商量，你买了这园子，再雇我一家子去你园子里干活如何？"邹老七在后头又喊又跳的，牡丹只是埋着头往前走，苦笑着同顺猴儿道："看来我取了那块匾额是犯了众怒。"想做点事情，怎么就那么难呢？

各行各业都有自己的行会组织，行会里头有行头、行首，专门负责规范和监督本行"行人"的交易行为。在本行内就相当于土皇帝一样，他们说的话，行内人基本没人敢拒绝，不然就别想做这门生意了。她是一个很特殊的存在，又是个女人，没人引领她入行拜行头，就算是有，人家也轻易不会收她。正如李花匠教了雨荷技艺，却始终没有收雨荷为徒一样，而她一来就直冲上天，更是让许多人不服。

顺猴儿清秀姣好的脸上露出一丝坏笑："看在他这么想做这笔生意的分上，您就答应了他吧？先解燃眉之急，过些日子寻这酒鬼一个错处，轻轻就赶出去了。他媳妇和女儿干活儿是把好手，留下来只赚不赔。他家这样，您若不管，过不了多久也是倒霉样儿，您只当是救了他媳妇和女儿呢。"

"算了。"牡丹摇摇头，"有这园子，他一家子好歹还能多混些日子。我若是这样做了，也和那些赚昧心财的人差不离了。"看来她先前那种想法是错误的，不能走这条正常的路。

顺猴儿有些脸热，见恕儿对着他撇嘴，便也对着恕儿吐出舌头做了个鬼脸，眼角却又瞟到百济寺门口站着个人，穿着件苍黄色的圆领窄袖纱衫，伸长脖子往这边看，正是吕方。当下大吼一声："呀！原来是吕行头家的十公子呀！您老来监工的？"

牡丹忙抬眼看去，果见吕方苦笑着朝他们走过来，便低声问顺猴儿："你怎么知道吕醇是行头？"

顺猴儿得意地笑："一猜就着。您看吕十那样子，是不是有点心虚？"

吕方何止是心虚？简直就是羞愧，他甚至不敢和牡丹对视。他干笑着，偏着身子，拖着脚步，慢吞吞地朝他们挪过来，眼神也是飘的。

"别来无恙，吕十公子。"牡丹抿着嘴笑起来，她能理解吕方的心情，换作她也是这样。

吕方行了个礼，羞涩地道："别来无恙，丹娘。事情我都知道了，是家父对不起你。"

这话直接证实了背后那人就是吕醇。

吕方定了定神，笑道："你们大喜之时，我回了洛阳，还不曾送你们贺礼。现下补上，明日就让人送过去。"

按曹万荣的话来说，他是早就到了京中的，若要来见她，早就来了，偏生过了这几日才来，一定是去准备什么礼物了。牡丹心中一动，吕方定然是送她砧木和接头之类，但她是不会要的，她要靠自己的力量解决这次难题，不要以后被人提起，总把她的名字和成功与别人的怜悯联系在一起。

想到此，牡丹微微一笑："谢你了，既然是送我的新婚贺礼，我能挑么？"

吕方极其意外，他想过牡丹会推辞，却没想到她竟然会提出主动挑礼物，便笑道："你随便挑。"

牡丹正色道："听说你打算跟着金不言去杭州，有没有这回事？"

"有此打算。正好去看看枯枝牡丹，见识见识江南的繁华。兴许，"吕方露出一个自嘲中又带点憧憬的笑容，"兴许我能在江南开辟一片新天地，拥有自己的牡丹园。到时候我们一南一北，遥相呼应，多好玩呀。"

他和吕醇观点意见不合已久，从前是照顾彼此的心情，强压下去，结果越累越多，牡丹花会成为一个临界点，大吵之后，父子间再说不上好话。出于家族利益，他不能在洛阳开自己的牡丹园，也不能在京中开办，那就只能远走他乡。

"我也想去江南的，先预祝你心想事成。"牡丹笑道，"既是这样，我便拜托你一件事，等到我把货交给金不言之后，烦劳你好生照料，我就不另派他人跟着了，你看如何？"

吕方笑道："举手之劳，何需多言？"

"我知道你的工钱很昂贵，但我一文钱都不给你的哦，这便算作是你送我的贺礼了，你看如何？"

吕方叹了口气，正眼看着牡丹，牡丹的笑容狡黠而充满活力，双眼清亮，认真地等待他回答。这世上总有那么一个人，你无需多问，就能明白她在想什么，要做什么，不过一瞬间的工夫，他就已经明白牡丹不会接受他备下的那些礼物了。他无奈地叹了口气，扬着眉笑起来："才说过随你挑的，好，就是这样吧。"

牡丹请他去曲江池："你还没去过我家，今日成风约莫会回来，我让厨下好好收拾一桌，替你接风洗尘，去么？"

"白吃白喝，求之不得。"吕方翻身上马，与牡丹并辔而行，往曲江池去。一路上二人说说笑笑，就培育牡丹花的一些心得体会互相交流，甚是欢畅。

到了曲江池，牡丹见门口拴着几匹高头大马，便问门房："是谁来了？"

门房忙道："是国公爷来了，已有小半个时辰。"

家里没人，也能等这么久，也不晓得又是什么事。牡丹不露声色地道："既然国公爷来了，怎不使人寻我归家？"

门房笑道："是与公子爷一道来的。"

现在不过申时，蒋长扬却已归家，这些日子以来，委实难得。牡丹心中欢喜，立时扔了缰绳，请吕方入内，引他往厅堂去喝茶，又叫顺猴儿去禀蒋长扬，道是家里有客，再说要过去给蒋重行礼问好。

不多时，顺猴儿回来道："公子爷道是不必了，国公爷马上就走。请客人先喝茶，他也马上过来。"

纵然如此，牡丹还是整了衣饰去送蒋重。才到中门处，就见蒋重黑着一张脸，大步流星地走出来，蒋长扬则慢吞吞地跟在后头。

"父亲。"牡丹给蒋重行礼，"马上就是饭点，要不留下来一起用饭吧？"

就没见过这种女子，男人不在家，她也不在家，满大街地跑。蒋重停下脚步，黑着脸看向牡丹，愤怒地道："简直太不像话！"随即颇有些气急败坏地一甩袖子就去了，出了大门便翻身上马，飞也似的跑出去老远。

牡丹莫名其妙，回身对着蒋长扬摊摊手："又怎么了？"

蒋长扬慢慢地道："他刚才来和我说，老夫人身体不好，杜氏的病情越来越重，太医也看不好，请了咒禁博士去看，今日一大早就搬去太清观住了，恐怕要住上一两个月。等到搬回来时，只怕也到了三弟成亲的日子。如今家里没人管事，让我们搬回去住，要你帮着理家，还说三弟的婚事也要你来操持。"

"什么？"牡丹差点没喊起来，当初一大家子人都仿佛是他们娶媳妇似的，嫌弃她丢了他们的脸，这会儿却要她去替国公府管家，这是怎么说？是她听错了还是蒋重糊涂了？杜夫人竟然在这个关键时刻跷脚闪了，也不知是有意为之，还是无奈退却。

蒋长扬责怪地指了指她，示意她避讳周围往来的下人。

牡丹忙碎步跑到他身边，急急地低声道："那你怎么说的？没答应吧？你看他刚才莫名其妙地对着我发脾气，好凶的，那天老夫人也莫名其妙地瞪我来着。"

蒋长扬看到她半是撒娇半是火上浇油的样子，十分想笑，故意叹道："他非得你去，你又接了人家一大盒子首饰，吃人嘴软，拿人手短，我有什么办法？"

"我这就拿去还……"牡丹抿起唇，斜睨着蒋长扬，"哼，好大的胆子，竟然敢骗我？"他若是答应了，蒋重还会黑着脸莫名她一顿脾气就气冲冲地跑了么？分明又吃瘪了。

蒋长扬笑了笑，拉她往厅堂去："我和他说，你忙得很，倘若金不言这桩生意没做好，得赔几千万钱。而且你也不适合去操持三弟的婚事，一来你没经验，二来当初萧家兄妹就对你有看法。不如让云清学着管家，不然将来她嫁了人，什么都不会，岂不是要被人笑掉大牙？他想想也是这样，虽不高兴，还是决定按着我的建议去做。"

牡丹大大地松了一口气。谁愿意成日对着一个阴阳怪气的老太太和一个满脸幽怨的失业中年男呢？还有杜夫人、老夫人手下那帮子牛鬼蛇神，相处久了会短命的。

蒋长扬道："但有几个日子你还是必须在的，萧家去铺房的时候，你得去。老夫人年纪大了，云清是没出阁的小姑娘，不合适。"

牡丹笑道："到时候在族里请几位德高望重的婶娘来主事，我在一旁支着就好。"

"你只需要露个面就好。左右我到时候也要去的。"蒋长扬丝毫没把这事儿放在心上，"听说你这些日子不太顺利？"

牡丹道："还好啦。吕方适才跟我一起回来了，今晚你不会出去了吧？我打算请他吃饭，替他接风洗尘。"

"不出去了。"蒋长扬停下脚步看着她，"你打算请吕方帮忙？"他有些不高兴，她不和他说，反而去寻一个外人帮忙，这是怎么说的？

牡丹笑道："他说要送我们贺礼，我就请他到时候去江南替我照料我那堆花，这样我就不必派李花匠去了。"

蒋长扬挑眉："我问的是你现在的燃眉之急打算怎么解？！他就没说要替他老爹弥补？"

原来他都知道。牡丹甜甜一笑："他是他，吕醇是吕醇，干吗要他替他老爹弥补？山人自有妙计，我已然有其他法子了！"

蒋长扬好奇得很，在这样的情况下，她还能怎么样？难道他想好的法子也用不上了？

牡丹自是不知他在想什么，只得意地炫耀："其实我还是不算笨的，这个法子估计只有我才能想到。"

她也就是在自己面前才会露出这种德行，蒋长扬不由失笑："哪有如你这般自夸的？"但他又忍不住好奇心，"快说给我听，让我替你评判评判，你究竟有多聪明。"

其实这个法子是牡丹在见到吕方之后才突然想起来的。吕醇的办法的确很毒、很有效，在他的计算中，似芳园这样刚开办的园子不可能一次性拿出二百一十株高达两尺以上的砧木。一般人都会认为，在芳园已经预售出那么多花的情况下，她最多只能再拿出几十株，需求量会非常大。

那么她就只有出钱购买，京城和洛阳两地的高价砧木她买了注定要亏本，就算绞尽脑汁从外地买，到货时最佳嫁接季节已经过去，始终都得赔个精光，还会落下个贪得无厌、不自量力的名声，从而成为业内嘲笑的对象。

可是他们没有想到，牡丹去年廉价买进的砧木就很多，现在所欠的也不过是少部分，而且她还想到了一个办法，那就是以旧换新的法子。

京中之人酷爱赏牡丹，可是真正懂得养护牡丹的人却不多。总会有些人家因管理不善导致品种退化，或是新鲜过后闲置一旁，任它自生自灭的牡丹花。比如刘畅家就是很典型的例子，不然郑花匠也不会因为没事儿做，过得不如意，轻轻巧巧从一个官家去到名不见经传的芳园。通常这类人都是视钱财为粪土的公卿贵族，不太把这些花和钱放在心上，图的是一时新鲜，好的是人前人后彼时的风光。

她只要寻个合适的渠道把风声放出去，就能把这些牡丹淘换出来，加以利用。大家都爱新鲜，她明年春天就培育一批利用芍药根嫁接，养在花盆里。配上太湖石、石英石、笋石，做成盆景牡丹，两株换一株，最后赚的人还是她。反正利用那些在众人眼中无用应该丢弃的脚芽，她是不缺接头的。

行会的权力再大，吕醇和曹万荣居心再不良，他们把手伸到这些王公贵族家去？能指挥这些人不要和她做生意么？当然不可能。她既然嫁了蒋长扬，有了王夫人这样的婆婆，李满娘这样的亲戚，白夫人这样的朋友，还认识了汾王妃等人，为什么不可以利用这些人脉达成心愿呢？

这世道只认强者，她不会去行会低头认错，也不会和吕醇、曹万荣低头认输，她要让他们来求她！主动承认她！现下就差一个合适的渠道优雅地放出风声了，牡丹皱起眉头："我该怎么办才好？"办个马球赛？弄个赏花会？打马球，她这个主人都不会打，别说马球，就是骑驴和步打她都不会。赏花会她最擅长，可以和人家谈谈香，说说花，可现在又不是赏花的好时节，她也不是汾王妃，一张纸下去就能把京中的名门贵媛们尽数招来。

的确是个好主意，却是后继无力。眼见牡丹突然又愁眉苦脸了，蒋长扬忍不住轻轻弹了她的额头一下："不是山人自有妙计么？刚才还洋洋自得，转眼就没辙了？"

牡丹扯着他的袖子撒娇："我不管，反正你得给我想出好法子来。知道你忙，你想法子，我来做，好么？"

她的声音软软的，微热的气息带着清甜的香味，一双美丽的凤眼里带着讨好和娇气，水汪汪地看着他，怎么看怎么都惹人爱。蒋长扬盯着她看了一回，亲昵地捏捏她的脸颊："知不知道你这样子像极了谁？"

牡丹拍开他的爪子："像谁？"

蒋长扬低声道："甩甩！它要讨好人，哄骗好吃的时候，就是这样的眼神，你只要把脚再来回踱儿圈，就是它了。"

牡丹捏住他腰间的软肉，呲着牙威胁他："我还看你和那对白兔鹰像极了呢！"

蒋长扬"哎呦"了一声，低声告饶："快快放手，让人看见了不好。"

"你捏我的时候怎么不怕有人瞧见？"牡丹松了手，嬉笑着戳了蒋长扬宽厚的背脊两下。蒋长扬反手握住她的手，拖着她快步往前走，一本正经地道："别耽搁了，客人等着呢，太失礼了。"

牡丹边走边想，不然明日去寻王夫人商量，王夫人到底在这些人中混过些日子，又天性好玩，主意一定比她多，比她好，就这样定了！

吕方见蒋长扬和牡丹并肩进来，二人脸上俱是甜蜜满足的笑容，不由几分羡慕几分感叹。少顷，酒菜上来，又请了袁十九作陪，几人言笑晏晏，说的都是些天南海北的奇闻异事，袁十九谈石头，吕方谈花，蒋长扬则是个半吊子，什么都能插上几句，三人倒也说得开心。说到后头，蒋长扬把下人全部打发了，自斟自饮。

牡丹在一旁张罗着，见蒋长扬的状态是这些日子以来最放松的，心里也欢喜。见他几人说到高兴处，大杯饮酒，吕方醉了开始傻笑，晓得他今夜断然是走不掉的，索性命人收拾客房。忽听袁十九冷不丁道："十郎，你什么时候认识金不言的？"

吕方大着舌头道："去年认识的，那时候他还没留胡子呢。今年春天见着，我简直都不认得他了，好似换了一个人。"

"你今年春天见过他么？是什么时候，在哪里？"蒋长扬缓缓道，"我看着他有些眼熟，你有没有这种感觉？"

牡丹顿住脚，回头看过去。烛光下，她看到一个与平时完全不同的蒋长扬，他的表情一如既往的温和，眼睛却黑得不见底，闪着冷凝坚毅的光，认真而严肃。

蒋长扬察觉到她的注视，眼神一敛，换作抱歉和温柔——他不得不利用这个机会，把吕方灌醉，从她的朋友口里套取一些情况。

牡丹沉默着退了出去。她听见吕方笑道："从去年冬天起，我就一直在京中，当然是在京中遇到的他。在牡丹花会之前，我在街上遇到他，他若不叫我，我铁定认不出他来。眼熟啊，但我想不起来。"

袁十九又低声问了句什么，牡丹没听清楚，只听到吕方大声笑起来，笑声越发地憨。她不由轻轻摇头，她若是吕方那样见酒就醉，醉得还无状，是怎么也不会轻易喝酒的。

外面只有邬三稳稳地立在廊下，守着门户。暮色里，他就像一根沉默而稳重的柱子，脸上那种惯有的嬉皮笑脸不见了，取而代之的是严肃和认真。看到牡丹过来，他方露出一个真心实意的笑容："娘子。"

牡丹道："邬总管辛苦，我让厨下给你留着热饭菜和好酒，稍后记得去用。"

邬三笑道："您总是想得很周到。"安然享受了她的关心和体贴。

牡丹抿了抿唇，小声道："请你替我看着他。"她不知道蒋长扬具体在做什么，但她知道一定很不容易。否则他怎会连吕方的主意都打上了？

邬三认真地道："您放心。"

不过巳正，气温已经很高。以至于牡丹骑马到方伯辉和王夫人在京中的居所——兴庆宫附近的道政坊时，身上便已经出了一层薄汗。她身后那几个家丁更是满头大汗，然而众人都顾不得自家，停下来的第一件事就是看挑箩里的盆景牡丹可有损伤。

这四盆牡丹花今日是主角，容不得半点损伤。本来用牛车拉会更安全，却不能起到很好的宣传作用，所以只好挑着走街过巷，以此来吸引眼球。现下看来效果还不错，就等着看稍后在汾王府的宴会上能不能一展身手了。

恕儿想到来时一路上许多人好奇的样子，很是得意："好几个人搭讪问这是什么新品种了，想来今日一定能成。"

"但愿吧。"牡丹心里也没底。因着方伯辉与王夫人过了八月十五就要回龟兹，便有许多人办席给他们饯行。汾王府也要办席，王夫人便借着这机会和汾王妃商量了，让她今日带这几盆盆景过去，让汾王府做这以旧换新的第一家。

"放心吧，区区六七十株算不得什么，只怕到时候你还嫌多，尽想着要怎么推托才不得罪人呢。"王夫人安抚地按了按牡丹的肩头，她今日穿的是一身茜色胡服，皮肤红润细嫩，神采飞扬，眼神和表情都透露着"我很快活"四个字。

有爱情滋润的女人果然是更美丽，牡丹不由想到这一句话，唇角便冒出了一丝坏笑。王夫人很敏感，立即竖起眉头瞪着她："小丫头坏笑什么？我是你婆婆。"

牡丹抿着嘴笑："请婆婆指点，儿媳怎么啦？"

"你这个坏东西。"王夫人瞪了她一会儿，扑哧一声笑出来，翻身上马，"大人不记小人过，看在很快就要见不着你的分上，这次不和你计较了。前日你陪那高家表妹逛街，可还快活？"

牡丹微笑道："还好，性子沉稳大方，基本都是我说往哪里走，她就跟着去哪里。最后说是要去曲江池，我就领她去坐了近两个时辰的船，人很好相处。"是国公府特意派人过来提醒她兑现诺言，若不是看了老夫人的黑脸，听了几句因为她和蒋长扬不肯回去帮忙，借机发作出来的"大不孝，不守规矩，到处乱跑"之类的废话，一切都很好。

王夫人挑了挑眉："曲江池？可遇到什么稀奇的事情没有？蒋云清没和你们一起去？"

"老夫人不许她去。稀奇事倒是没有遇到。"前日天气好，曲江池上游玩的船很多，十分热闹，高端舒当时只是感叹了一句好生繁华，然后央求她在曲江池多玩耍一会儿以外就没什么稀奇事。说到蒋云清，病好后却是变了个人，冷淡沉稳代替了之前的怯懦讨好，反而顺眼得多。

王夫人笑道："怕是你们没遇上。前日陈夫人陪了平阳郡公游湖来着。算算时辰，应该就是你们游湖的时候，既然没遇上，那便是朱国公府的运气果然不好了。"亲王诸子承嫡者为嗣王，其余为郡公，陈氏早年丧夫，她那个儿子自然继承了父亲的爵位，做了平阳郡公。

"那我是运气好了。"牡丹立时犹如吃了苍蝇似的，又在算计她。真是千防万防，总是防不胜防。难怪不要蒋云清跟去，还特意提醒她在前日兑现诺言，高端舒在曲江池也是迟迟不走。幸亏没遇上，不然在那水面上，若是端庄大方的高端舒姑娘一不小心湿了身，她便不得安生了。

王夫人笑道："反正也没遇上，可见老天爷都不肯帮她。大郎只要有一日还姓蒋，有些麻烦事就是甩不掉的，你想开些，自己小心就是。"除非老夫人早登极乐，否则不得解脱，必须让这种变老的坏人狠狠吃回亏才会长记性，不然总以为别人都欠她的，一切理所当然。

说话间到了汾王府，正是客人来得最多的时候，门口停了许多车马。见着牡丹和王夫人，就有熟识的人同她二人打招呼，有那眼尖的，看到那四盆盆景牡丹，猜着大约是牡丹送给汾王妃的稀罕物，便问是什么新品种，同时赞不绝口。王府管事出来接了盆景牡丹去，道是汾王妃已然在球场上候着众人了，请众人进去。

正式的宴会是在申时百官下衙以后，早上却是汾王最喜欢的球赛——当然，参加的都是些白拿俸禄的宗室功勋子弟。牡丹和王夫人等人到时，热身赛已经开始了，还未到球场外，就听得里头叫好声一片。

这球场，建得只比宁王那个用香油浇筑的球场好，同样是平滑如镜，纤尘不生。周围的结构也差不多，一样的左右两排楼，男人们以汾王为首坐在左边，女人们以汾王妃为首坐在右边。

王夫人是主宾，自是被安置在汾王妃的下首，牡丹的位子则在王夫人身后。汾王妃兴奋地指着球场上一个皮肤黝黑，又高又壮，面无表情，身手灵活的年轻男子给王夫人和牡丹看："看见没，那就是我家小四，这孩子的马术和球技最精了。他祖父手把手教的，和你家大郎也差不了多少。"

牡丹吃了一惊，不是说这孩子沉默孤僻得很，陈氏也舍不得让他见人么？怎地今日就突然放出来了？

汾王妃有些伤心，小声和王夫人说着。看得上这桩亲事的，他们看不上；他们看得上的，人家看不上。闹腾了这么久，好不容易看上一个七品小官的独女，结果人家死活不应。

王夫人轻拍汾王妃的手，低声安慰道："都会好起来的。平安喜乐就是最大的福气，这孩子看着是个有福气的。多出来走动走动渐渐就好了。"

汾王妃摇头："你不知道，这孩子性子孤僻得很，这会儿他也只不过是感兴趣而已，等他不感兴趣了，马上就走的，他更喜欢一个人待着。"

仿佛是为了验证汾王妃的话，小四运着球在跑的时候，另一个人骑着马奔过去抢球。人还未靠近，就见小四埋着头扬起球杖来，狠狠敲了他的马脚一下，然后继续低头运球，丝毫不管他这一下会给对方造成什么影响。对周围的欢呼声和马儿嘶鸣声、人们的喊叫声都是充耳不闻，独自一人跑到球门附近，把球击进去了。接着策马径直走到汾王面前，勒住马，一手提着球杖，抬着头眼巴巴地看着汾王。汾王满脸欢喜地让人送下彩缎和白绫去，他将那些彩头横放在马背上，一溜小跑径自出了球场。

此时众人已经看出这小四有问题，便都鸦雀无声。汾王妃默然片刻，打起精神笑道："我让人把那几盆牡丹放置在晚上的宴席场所了，已经全部都安排好了的。"

小四的事情并没有带来多大的影响，气氛不过低沉了半盏茶工夫，又随着两队正式下场击球的球队重新高涨起来。球队的技术很好，参加的都是些宗室勋贵的闲散子弟，牡丹身边的年轻女子们拼命叫好，汾王妃也打起精神，跟着众人一起专注起比赛来。

待到分出胜负，又是女子步打，牡丹身边的年轻女子呼啦啦跑了个精光，虽是打球，却个个儿穿戴得花枝招展的，在球场上更是挥洒香汗，格外卖力，汾王那边的宗室勋贵子弟们同样不吝叫好，欢声雷动。

汾王妃的心情好了许多，低声道："自从去年发生清华摔断腿的事后，好些女孩子就不敢再骑马打球了，不过这步打却也有它的看头。宫中如今最爱的就是步打，圣上和皇后前不久才看了一回宫女们的步打。"

王夫人轻轻叹气，汾王妃握住她的手，低声道："你要相信大郎。"

申时刚过，汾王府陡然热闹起来，牡丹看到许多熟脸。其中就有刘承彩、萧越西、潘蓉、刘畅等人，这些人都是玩家，很快就组了队准备下场，却见蒋长扬和方伯辉一起进来。主角现身，众人又重新组队，一队是方伯辉、刘承彩等人组成的中年大叔队，一队是蒋长扬、刘畅、潘蓉等人组成的青年公子队。

双方人马下了场，并不因其中好几对是父子而互相谦让，都是拿出自己的看家本领，拼速度、拼狠劲、拼技术，分外精彩。王夫人指点给牡丹看："看到你义父身边那个不长胡子的男人没有？那就是萧尚书。"

牡丹果然看到一个白脸中年大叔，脸上带着类似于萧越西兄妹二人那样自得的微笑，看着就让人讨厌。那眉眼和萧越西长得特别像，她还要仔细看，就见刘承彩一个漂亮的海底捞月从潘蓉杖下把球偷走了，引得众人一阵欢呼。潘蓉不依不饶，缠着刘承彩，挡着方伯辉等人，刘畅从斜刺里拍马冲过来，又稳又狠地从刘承彩杖下将那球流星似的击飞出去。蒋长扬早在一旁候着的，轻轻一挥杖，球便飞入球门。整个过程如行云流水，配合得天衣无缝。接下来方伯辉等人不甘为后，又打了一个漂亮的配合，也进一球。

还有什么比看到自家的儿子和丈夫出风头更让人欢喜的？王夫人快活地笑起来："今日哪一队赢我都欢喜。"

周围众人都笑："夫人总是赢家。"

牡丹心不在焉地打着扇子，注意到萧越西虽和蒋长扬等人一队，却从始至终像个透明人。没人和他配合，没人传球给他，大家都有意无意地将他挤在一旁，开始他还策马争抢了几回，但最后总是无趣而归，显得很是尴尬。

很多人都注意到了，难免窃窃私语。因着萧家的女眷不在，众人的胆子也大了许多，牡丹听到离她不远的几个年轻妇人几次提到了萧雪溪和蒋长义，都是议论这桩婚事的。又有人很隐晦地提起了萧大才子为何会被冷落至此，原来前几日有西域使节送国书来，午间皇帝赐宴兴宁宫，使节不知有意还是无意，只说西域土话，而且是那种小地方没人说的西域土话。

很多想表现的人都知难而退，只有萧大公子敢站出来与之答话，他素有才名，皇帝也信任他。原本是出风头的事情，却闹出了大笑话，被对方很是嘲笑一通，幸亏蒋长扬恰好入宫面圣，通晓那土语解了围，才不至于丢了国体。事后皇帝很生气，狠狠训斥了萧越西一顿，只差没说他不自量力，沽名钓誉，连带着对萧尚书都没好脸色，这几日萧越西正是众人嘲笑奚落的对象。

牡丹和王夫人都很诧异，这件事都没听蒋长扬和方伯辉回家说过。牡丹这会儿再看萧越西，就觉得他很可怜了。蒋长扬的脸上是看不出任何喜怒哀乐的，闷声发大财，潘蓉是一贯的嬉皮笑脸，刘畅看向他的眼神却是又阴又毒。

球赛继续进行，萧越西的情形也越来越尴尬，却只能坚持到赛事结束，难为他竟然还能挂着笑容，只是那笑容怎么看怎么勉强。不过他也有铁杆，刚下场就有一个五大三粗的锦衣男子去抱着他的肩膀低声说话，眉色间很有不平之状，萧越西却极不耐烦，敷衍几句就推开那男子走了。

汾王府的晚宴又与当初刘畅搞的那个男女混杂的小型花宴不同，男客在外院，女客在内院，泾渭分明，丝毫不乱。入席后，牡丹果然看到显眼处放了两盆盆景牡丹，几个女眷在那里猜是什么品种。两株牡丹都高不过一尺，配着精致小巧的太湖石显得很是青翠可爱，别有意境，改变了从前牡丹只赏花不赏叶的局面。

猎奇之心人皆有之，何况是爱赶时髦的京城贵人们，有人打听到是从芳园来的，当即使了婢女来问还有没有多的，愿意出钱买。恕儿口舌灵活，当下就把以旧换新，以及相关要求说了个七七八八，还说得十分动听，不赚钱，就是想和大家结个善缘。于是不等宴会结束，这个消息就传了开去。

将近酉时三刻，宴会达到了高潮，王夫人被众人围攻着灌酒，喝得有些醉了，连连告饶，借口要出去透气，牡丹便扶着她往外头去。婆媳二人由王府里的两个嬷嬷陪着，四处吹凉风躲酒，走到一避风处，王夫人直嚷嚷走不动了，非得在那木兰树下坐着歇气。牡丹无奈，问樱桃拿了披风给她披上，让她靠着自己养一会儿神。

天边还有几丝亮光，晚霞火红火红的，园子里一片静寂，只偶尔能听到音乐声和欢笑声从远处的灯火辉煌处出来。婆媳二人互相依靠着坐在木兰树下，时间仿佛静止了。

"丹娘，以后大郎就交给你了。"王夫人突然幽幽地吐出一句，"你们好好过日子，权势钱财都没有人重要。"

龟兹离这里那么远，下次见面不知是何时。牡丹浮起一丝伤感："娘，您放心，我们一定会互相爱护的。"

王夫人拍拍她的手："知道，但做母亲的总是放不下心。这种心情，要你做了母亲才能体会呢。我闲来无事，做了几件小衣服和小被子，还有两双小鞋，还差几针，赶出来就给你们送过去。"

牡丹红着脸小声道："总也不见动静呢。"

王夫人笑道："急什么，才成亲呢，我也是成亲约有半年才有的大郎。"当时老夫人催得很急，倒是蒋重什么都没说，他们也曾有过几年的好时光。想起从前，她有些感叹，"其实早前我还有恨，现在一点都不恨了，因为日子过得比从前好，为什么还要紧紧纠缠着过去不放呢？所以那些总和你过不去的人，若非利益相关，就是不如你过得好。"

忽听阴影里有人"咦"了一声，蒋长扬走了出来："你们怎么在这里？"

王夫人笑道："你又怎么在这里？这里是男客可以进来的么？"

"这里本就离宴席场所不远。"蒋长扬瞥了不远处的月亮门一眼，低声道，"我和人说点事，听到你们的声音就过来看看。娘是喝多了么？"牡丹顺着他的目光看过去，见月亮门那里有个身影快速离开，快得几乎让人以为是错觉。

"我还好，早就准备好会被灌醉的。"王夫人拍拍身边，示意他坐下，"你义父喝得多么？你不去替他挡挡酒？"

蒋长扬并不肯坐，只笑道："他不要呢，况且我有正事要做。"言下之意就是不陪她们了。

王夫人便赶他走："快走，快走。"

蒋长扬望着牡丹一笑，正要走，就听不远处有人失声叫起来。那声音随着夜风送过来，牡丹几人听得分明，是一个老年男人的声气，分明是在骂人不知羞耻的。那声音在这样歌舞升平的夜晚显得格外刺耳突兀。

王府的两位嬷嬷对视一眼，上前道："夫人，夜风凉，吹多了小心着凉，不如回去吧？"

王夫人知趣，便携了牡丹起身往回走："是呀，我头都有点痛了。"蒋长扬也离了她二人，往月亮门那里去了。

回到席中，女人们正吃喝得高兴，个个都面泛桃花，听曲儿的听曲儿，说笑的说笑，看到她们进去，便又去扯王夫人来灌酒。王夫人迫不得已，只好豁出去舍命相陪，连喝了三大杯。众人正在喝彩间，一个嬷嬷进来往汾王妃身边站了，低声说了几句，汾王妃脸上露出吃了苍蝇般的神色来。

宴会一直进行到戌时，暮鼓响起，人们方才四下散了。方伯辉与王夫人俱是醉迷糊了，牡丹与蒋长扬少不得将他夫妇二人送回道政坊。待将他二人安置好，四处坊门已闭，牡丹和蒋长扬便都留了下来。

王夫人并不与方伯辉前妻留下的儿子一同居住，府里清静之极，主人一歇下，四处便陷入静寂之中，只偶尔才能听闻小虫在草丛中低鸣。蒋长扬犹坐在灯下拿了纸笔写写画画，牡丹凑过去一看，密密麻麻写的全是人名，无数个人名围着中间两个人名，一个是金不言，另一个则是吴玉贵。

再看蒋长扬，眉头紧紧蹙着，似是非常困惑。牡丹不敢言，取了扇子坐在一旁替他扇着，思绪回到今日宴会散时的情形。

当时王夫人已被扶进檐子，她正吩咐下人去寻方伯辉和蒋长扬，忽见刘畅独自走过来往她面前停住了，直勾勾地看着她。恕儿立时往前去挡，刘畅却是没头没脑地道："清华乱说的事情我已经处理好了，以后再不会有人乱说。"

牡丹哪里知道清华乱说了什么，正莫名其妙间，刘畅又轻轻说了一句："我给你交代了。"言罢转身就走了，倒弄得她满头雾水的。

"在想什么？"蒋长扬做完事情，见牡丹心不在焉地摇着扇子，眼神却是半迷茫状态，晓得她在想事情，便伸手往她面前晃了晃，"是在担心砧木的事？你放心，放在外头的那两盆也被人看上了，当场就有人死皮赖脸地问汾王要，想必明日就会有人寻去换花。"

牡丹收回心思，笑道："我不担心这个，我是想起先前你们孤立萧越西，做得太过明目张胆，又听人家说了做译官的事，怎么没听你提过？"

蒋长扬淡淡一笑："有什么好说的？我不过是在那里待得久，不小心就学会了而已。不是什么神技，军中袍泽弟兄会的人也很多，我好意思炫耀么？"

"咦，真是稳重低调呀。"牡丹按按他的鼻子，"也不说给我听听，让我也骄傲欢喜一回。"

蒋长扬将她拥入怀中："我让你笑一回倒是真的，先前咱们不是听见有人骂不知羞耻的么？我和你说是怎么回事。"

原来席中一位最重礼仪的弘文馆老学士喝得半醉，到后头方便，听到黑暗中有人嗯嗯啊啊地发出有碍观瞻的怪叫声。若是旁人，定然早就退避三舍了，偏这位弘文馆学士是个最重礼仪的，又犟着一根筋，便让仆从举了灯笼过去看。谁想到两团白花花的肉，实是令人作呕，还没叫出声来，就被人一拳打在了脸上，打得晕乎乎地扑在了地上。老头可不是吃素的，纵然头晕眼花，仍然紧紧抱住凶手的脚大叫出来。

说到这里，蒋长扬却又卖关子："你猜那凶手是谁？"

牡丹充分发挥想象力："定是哪个客人色胆包天，看上了王府的侍女，趁着这个机会胡搞来了。"见蒋长扬摇头，便转了转眼珠子，"也是，没人敢招惹汾王的吧？难道都是客人？谁和谁平时有情，平时没机会私会，或是旧情复燃，难以控制，趁这机会重修旧好？那女的跑了没有？被撞破这种事只怕以后活不下去了。"

"谁告诉你一定是女的？是萧越西。他被皇后的亲侄儿王十一郎给……"蒋长扬露出恶心的神色，"不说了，原本是想让你出口气，谁知却恶心着我自己了。"

"是不是一个五大三粗，穿赭色小团花锦袍的男子？我看到球赛结束后他去纠缠萧越西来着，萧越西看似极讨厌他的。"牡丹想到刘畅跑去和她说那种话，难不成和他有关？越想她越觉得这种报复方式，的确很像刘畅的风格。

"就是他。他素来好男风，屡次被申饬，近几年已经有所收敛，谁知还是本性难移。竟然敢对萧越西伸手，只能说世人胆子没有最大，只有更大。"蒋长扬想到萧越西清醒过来后，一直将袖子遮住脸，死活不肯见人的情形，忍不住又恶心了一回。

牡丹说了猜测："会不会和刘畅有关？宴席散场时，他突然跑过来和我说了两句话，我都不明白是怎么的。"

蒋长扬沉默片刻，道："他大概是指玛雅儿那件事，是清华郡主散布出去的流言，这个我早就知道了的，不过认为她是个疯子，没必要计较。至于今晚的事情，和他有关，也和一个人脱不掉干系。"

此事看似偶然，素来好男风的王十一郎看上了当朝第一青年才俊萧越西，于是趁着月黑风高，酒酣耳热之际下了手。可是如果把这两个人身后的势力，撞破此事之人的身份联系起来，就不简单了。王十一郎是皇后的亲侄子，荥阳王氏的嫡传子弟，身后是皇后和宁王；萧越西是赵郡萧氏族长的嫡长孙，萧尚书的嫡长子，未来的萧氏族长，他的身后是闵王。

而撞破此事的老学士，素来以刚直和重礼义廉耻著称，正是个好管闲事和铮铮铁骨之人，见着这种丑事是无论如何都不会忍下的。丑事被揭破，就成了仇。

萧越西出了这种事，还好意思继续做萧氏的继承人么？这是一辈子的奇耻大辱！且不论萧家会不会要这么一个继承人，总之都会被人耻笑一辈子。当然，假如他想得开又另当别论，但萧越西这样的天之骄子，会想得开吗？这将是他心里的一个毒疮，会随着岁月的流逝越长越深，即便把王十一郎挫骨扬灰他也不会满意。

然而王十一郎并不是第一次做这种事，也不是没人控诉过他，他受到的却只是不痛不痒的申饬和禁足。萧家不能忍，萧越西不能忍，王家也不会轻易交出王十一郎，双方便会结成死仇。即便闵王阻挡，萧家也不会打消报复的念头。

只有景王，刘畅身后的景王，悠然自得地看着这场好戏。刘畅之所以敢和牡丹说那模棱两可的话，一是认为自己和他都是景王这边的人，二是因为萧越西当初算计牡丹和吕方，犯了他的大忌，这次不过刚好一报还一报。你不是会算计女子的名节么，男人也是有名节的。刘畅这种人，就是他自己可以欺负，怎么欺负都行，别人稍微碰碰都不行。

想到此，蒋长扬忍不住抱紧牡丹："刘畅还是贼心不死呢，这人心又黑又狠毒，还不要脸。我得把你看牢了，永远都比他更厉害，让他永远都没机会才好。"从那件事过去到现在已经过了半年多，他却一直等到今晚才下手，只能说，他更能忍了。

牡丹失笑："你不必担忧，只要我不肯，他就永远都没机会。"她看着桌上那堆纸张，"你最近又在查金不言？他可是有什么不妥之处？顺猴儿不是摸清他的底细了么？"

"没什么，就是好奇。"蒋长扬再度摊开手里的纸张，死死盯着吴玉贵那三个字。皇帝和他说，那块玉佩是闵王从一个扬州商人手里买来的，而这个吴玉贵，正是那扬州商人。此人看着似是与当年昙花楼那件事有些关系，出入也颇为神秘，可他却觉着越是顺利越是像，越不是那么回事。倒是来自杭州的金不言有些奇怪，金不言仿佛在故意引起他和方伯辉的注意。

但不拘是谁，这中间总少不了那几个皇子晃过来晃过去，交织不清的利害算计在里面罢了。兴许，他可以把吴玉贵就当作那个人？只要锁定目标，许多平时看不到也查不到的事情就会渐渐浮出水面。蒋长扬将手里的纸张一拢："睡吧，安心种你的花就是了，明日有你忙的。"

这一夜，牡丹做了个甜美的梦，她梦见她有宝宝了。宝宝长得很漂亮，很健康，一大家子围着宝宝笑得嘴都合不拢。即便是在睡梦中，她的唇角也翘着。

不出牡丹所料，第二日午间过后就有人上门来问盆景牡丹，潘蓉甚至不管好坏，先就把他家中的牡丹刨了十多株过来，然后拿着牡丹写下的来年换取盆景的字据，得意扬扬地和他那些狐朋狗友四处宣扬。

吕方听说此事，特意跑来看了牡丹留作宣传样本的盆景一回，笑着摇头，提出今年秋天愿去芳园干白活，以便和她交流一下技术方面的心得体会，牡丹大方地应下了。

来换的人渐多起来，蒋长扬便劝牡丹可以趁机多弄些。牡丹却拒绝了，倘若盆景牡丹轻易可得，这股潮流就算兴起来也不会保持多久。她要做高端的，就要保证这些盆景牡丹限量供应。于是她盼咐下去，此次活动中，盆景牡丹只限量供应三十六盆，每盆绝不重样，也就是说，拿回去后一定是独一份。

说到此，她又起了心，想请袁十九替她淘些造型独特、小巧精致的山石，也借机让他挺直腰板挣钱，补贴家用。毕竟根据林妈妈打听来的消息，袁十九的妻子果然是有了身孕，却只带着个小童住在城郊一所租来的农家小院里，过得很艰苦。

蒋长扬很是赞同，立刻抱着书假意去找袁十九探讨学问，然后向他求助。其实意思大家都明白，不过是一个梯子。

家里的情形是什么，袁十九也很清楚，蒋长扬和牡丹的这番好意，他若是再不接下，就是迂腐过了头，也是不珍惜好友的心意。便痛快地答应下来，也没说要多少工钱，让牡丹看着办。

蒋长扬特意交代牡丹，千万别给多，按着正常给就好，不然又是对袁十九的不尊重。

牡丹大笑："我自然知道该怎么办，安心办你的事。家里都交给我，关键时刻出来替我挡挡刀剑就好。"比如国公府那些烦事，真的只能靠他去挡。他一瞪眼，比她吼十句都管用。从前她还希望能够缓和一下，接连经过几桩事情之后，算是彻底死了这条心。这不是有误会，解开就好，关键在于他们不是一路人，永远走不到一起。

汾王府宴会结束后的第三天傍晚，砧木已经收得七七八八的时候，来了一对特殊的客人，却是许久不见的李荇和吴十九娘。牡丹很是惊异，热情地接待了二人。

吴十九娘已经有了两个月的身孕，肤色白里透红的，幸福地和李荇并肩站在一起，指点着他们搬来的六株牡丹："因为很久没有出门，所以不知道外面的事，前几日才听人说起，我们也来凑个热闹。行之说了，我要多看些赏心悦目的东西，对孩子才好。我想着，外头的景色固然好，可屋里如果有几盆这样小巧美丽的牡丹，让我每天睁眼就能看见，却是更好。"

其实是他们的一片心意。牡丹注意到吴十九娘说话时，李荇脸上始终保持着淡淡的微笑，表现得很是平和，偶尔和她双目相对也显得很平静。他过得不错，吴十九娘是个好女子，牡丹非常高兴，极力留他们吃晚饭，那二人也没推却，吴十九娘还松了口气。一颗种子埋在心里，如果害怕正视，它就会永远埋在那里，如果正视了，它反倒不会有想象中那么吓人。总有一天，这颗种子会被风吹走的。

待到蒋长扬归家，看到这夫妻二人，更是表现出十二分的热情和欢喜，他和李荇兴许政见不同、想法不同，但这并不妨碍他们做亲戚，做朋友。不管李荇曾经对牡丹怎样，李荇始终是真心对待牡丹的那一个人，他很高兴他们的关系能够回归正常化。

因着砧木的事情顺利解决，和李荇的关系也回归正常，牡丹的心情极好，便和蒋长扬商量："很快就是八月十五，义父和娘要走，前些日子为了我六哥的事我家里人也都不太高兴，我想借着这个机会，请他们一起到咱们家团聚，你看怎样？"

蒋长扬笑道："好呀。"随即又有些为难，"怕是要先问过，兴许义父想和方家哥哥们一起过节也不一定。"王夫人想和他过节不假，但方伯辉也有自己的家人。两个人都是有过往的，好不容易走到一起，做小辈的该替他们想得更周到才好。

方伯辉的两个儿子和儿媳牡丹也见过，都是好相处的人，有自己的官职和产业，自身过得很好，很孝顺方伯辉，也很尊敬王夫人。加上王夫人是个通透的，不在一起住，不为难人、不强求，能关心的尽量关心，不能管的也不操心，所以大家相得还算愉快。

牡丹左思右想，遂决定提前一日请方伯辉和王夫人过来团聚，过两个八月十五，也算是圆了大家的心情。

八月十四这日，王夫人和方伯辉如约来与牡丹和蒋长扬提前过节。这日天气极好，夜空如同上好的丝绒，一轮明月挂在半空中，柔美而宁静。空气中飘浮着桂花的甜香味，就近的地方还有一股来自于菊花的苦味，蛐蛐在石缝和土旮旯里唱着歌，王夫人快活地抱着琵琶奏着曲子，先看了看牡丹和蒋长扬，随即笑看着方伯辉温柔地唱歌。

歌词大意是说一个人离开了家乡、离开了家人，每逢月亮圆了的夜晚，他便想起了家乡、想起了亲人。月亮圆了又缺，缺了又圆，他却不知道什么时候才能回到家乡，家乡的亲人可否安好，可还记得他？就算碗里都是白米白面，有肉汤喝、有鱼吃，他还是忘不掉故乡的那条河和河里打鱼的姑娘。

王夫人的声音很温柔，带着一股子慵懒的意味，明明是忧伤的歌，却被她唱得欢乐而温暖。曲由心生，这大概就是心情不同的缘故，欢乐的人唱欢乐的歌，忧郁的人唱忧郁的歌。牡丹坐在一旁看着王夫人的侧面，只能看到带着温暖满足笑意的翘翘的唇角，她想王夫人此刻的心情一定非常幸福满足。

方伯辉先前一本正经地听着，还替王夫人打着拍子，听到后面却忍不住伏在桌上低声笑了起来："孩子们都看着呢。多大年纪的人了，还这么疯。"

王夫人以一个漂亮的手势收了曲子，将怀里的琵琶递给樱桃，无辜道："我怎么啦？你说我怎么啦？我唱得很难听么？还是我唱错啦！大郎，你听我是不是唱错了？"

方伯辉只是笑，先递一杯茶汤过去，又扔了几瓣剥净细皮的胡桃瓤给王夫人，拉长了声音道："喝水，吃你的吧……"

王夫人嘿嘿笑了两声，也有点害羞。二人交换了一个彼此心知肚明的眼神，却也不说话，只一个给一个剥胡桃，一个替一个剥石榴，不时对视着甜蜜蜜地笑一回。

牡丹也觉得王夫人唱的歌非常正常，只是眼神有点不正常罢了。便探询地看向蒋长扬，蒋长扬微微一笑，贴着她的耳朵低声道："娘从前很爱唱这首歌，义父很喜欢听，那时他们不熟，他就经常躲在外头听。有天夜里特别冷，还被娘故意装作不知道，指使家里雇来的粗使婆子用一盆凉水把他从头淋到脚。他就死皮赖脸地扒着我家的门框，黑着脸说他被冻病了会怎样怎样，他又凶又恶，吓得那婆子险些哭出来，终是开了门。我娘让我去接待他，说既然他的衣服湿了，就让他去灶台边烤衣服。他却从怀里掏出鸡蛋，教我烧了吃，又教我喝酒。我和他在厨房说了大半夜的话，有些话我至今没忘。第二天他就和我娘说，要收我做义子，我娘问我愿不愿意，他是我们的救命恩人，又见多识广，气度很好，还很好玩，我心里特别崇拜喜欢他，自然是十二分的愿意……"

说到这里，蒋长扬略微顿了顿，神秘兮兮地道："其实我一直怀疑，他当时是故意让那盆凉水淋湿他的。"当时王夫人的脸色虽然淡淡的，但他感觉到她大约也是高兴的，说不定，那盆水也是故意浇上去的。到底是自己的娘，他会和牡丹说方伯辉如何，却绝不会说自家娘，娘永远都有理。

原来中间还有这样的故事。斯文儒雅，沉稳大气的方伯辉也会死皮赖脸地扒着人家的门框，千方百计就是想混进人家里去坐坐，结果还被打发在灶台边和个半大孩子坐了一夜。"他可是节度使呢……"也不怕丢脸，牡丹笑得一双眼睛眯成月牙儿，此时再看这对夫妻，竟然就觉着他们某些表情和动作特别像了。所谓的夫妻相，是做了夫妻，彼此心意相通，才会越来越相像，而不是因为相像才做的夫妻。牡丹忍不住盯着蒋长扬看，恨不得手里马上就有一面镜子，看看自己和他是不是也有些地方特别像。比如说笑容，比如说眼神……

"他那时候还不是节度使呢。"蒋长扬没注意牡丹打量自己的眼神，感叹道，"那时虽然艰苦，却是在京中锦衣玉食的生活中永远得不到的快活。我若总是关在这里，心眼指不定也比园子里这方天地大不了多少。站在海边，会觉得自己就是一滴水，站在沙漠里，会觉得自己就是一粒沙。"

牡丹悠然神往之："等你老了我们再一起去看海看沙？"

蒋长扬正要说好，"咳！"方伯辉使劲咳了一下，看着身边这对说说笑笑全然把自己和王夫人忘了的小夫妻，无奈地轻轻摇头，示意蒋长扬看院子门边——顺猴儿垂着两只手站在门洞处，一副我什么都没看见、什么都没听见，眼观鼻、鼻观心的老实样儿。

这时候跑到这里来，定然是有要事，蒋长扬遂起身往外去了，少时，进来低声道："圣上让宁王处理王十一郎的事情。"

萧尚书父子自那日之后就一直称病不出门、不上朝、不理事，同时朝中风言风语一片，那弘文馆学士甚至上书要求严惩王十一郎，以正风纪。从前王十一郎干的那些不上台面的好事，因为苦主不是什么重要人物，最后都是不了了之。可现在他竟然敢对名门望族的继承人，当朝有名的天才美青年动手，一拳打晕以污之，若不重惩，岂不是寒了天下士人的心？所以一定要惩罚，但皇帝让宁王这个最该避嫌的人处理这事，就有些耐人寻味了。

方伯辉淡淡地道："那是给他的机会，江山社稷最重。这些年来，荥阳王氏的日子太好过了些。"

皇帝有心结不假，但对于皇帝来说，最合适的继承人比什么都重要。宁王的呼声很高，得到的圣眷似乎也最多，他的母族、妻族就占了五姓中的两姓。秦家姑且不论，单说他身后的荥阳王氏，既是他的助力，同时也是他的拖累。皇帝把这个难题交给他，大概是想看他对自己的母族是怎样一种态度，他真正的本性是什么。皇家的人天生就会演戏，不到关键时刻，谁也看不出其人的真面目。

同样的事情若是落到闵王身上，对这样的害群之马和拖累，只会杀死了事，即便王十一郎罪不至死，也必须找出罪状然后杀掉。蒋长扬很好奇，一向以宽厚仁慈闻名的宁王会怎样处理这件事？

方伯辉修长有力的手指在桌上轻轻叩击了几下："那个吴玉贵如今查得怎么样了？"

蒋长扬并不隐瞒他："他早几年私底下和闵王有些瓜葛。我觉得闵王对当年那件事是知道一些端倪的，这件事之所以会被重新提起，正是他的功劳。"

"金不言呢？"

"金不言前几天突然失踪了。"这也是现阶段让蒋长扬最为头痛的事情，金不言就像一尾滑溜溜的鱼，水面轻轻一动就躲得无影无踪。他很奇怪，这样一个再普通不过的商人，在京中这样的地方，怎会连内卫都找不出来，想出现就出现，想消失就消失，也太神奇了些。除非金不言的身后有个很厉害的人帮他。

方伯辉叹了口气，看向牡丹："丹娘许久没去看秦三娘了吧？兴许你应该去探探段大娘，她给你介绍了这样一大笔生意，礼尚往来，也该请她吃顿饭。"

"丹娘是这样想的。"蒋长扬道，"可段大娘从芳园回去没两日就回扬州了，我已经派人去了扬州和杭州，过些日子就该有回信了。"是人是鬼，很快就会水落石出。

八月十六，王夫人和方伯辉带着玛雅儿、樱桃等人启程回龟兹，节令不等人，当天牡丹就去了芳园，全面开动当年的嫁接工作。蒋长扬则留在曲江池别院继续干他的事情，稍微轻松一点的时候，他会赶在城门关闭前策马飞奔至芳园，天未明时又踏着露珠奔回城去。

吕方果然信守诺言，在周八娘家里住了下来，每日就是去和牡丹等人一道捣鼓那些花。他大方之极，把他掌握的一些技术教给牡丹，做事认真细致，仿佛是打理他自己的花一般，牡丹也不好意思藏私，选择性地将一些技术教给他。

日子就这样在忙碌中安静地度过，曹万荣和行会静悄悄的，再没有其他任何针对性的举动。吕醇也不管吕方了，仿佛忘记了这个不听话的儿子。吕方和牡丹开玩笑："约莫是服输了，不服输不行。"

眼瞅着一切平安顺利，牡丹口里不说，其实心里是有些得意的。她雄心万丈，计划着要建个小小的暖房，试着催长一下早牡丹。可是这一年的秋天，雨水出奇的多。

天才微亮，芳园所有的人就都已经起身。就着烛光，牡丹将一点翠钿在舌尖舔热，融开胶水，端正地贴在了眉间，然后轻轻推开窗户。

一股湿气随着一股凉风迎面扑来，蜡烛晃了几下，险些没给吹灭了。沙沙的雨声犹如蚕吃桑叶的声音，连绵地响个不休。恕儿忙取了个纱罩罩上，低声抱怨："这天气，隔三岔五，不分早晚地下，一下就下个不停，真是难受。"

牡丹有些发愁。从她这里看过去，窗外的细雨犹如最好的水晶帘子，把整个芳园都笼进了一层半透明、半朦胧的帘幕之中，美则美矣。问题是中秋已经过了，理应一场秋雨一场寒的季节，气温却没降低多少。

高温多雨的年份，牡丹花最易发病，不得不小心谨慎地看顾着。偏偏这个节骨眼，李花匠又犯了老毛病，躺在床上成日喊骨头疼，喝药不起作用，唯有针灸能减轻一点痛苦，雨荷忙里忙外，脚底都跳翻。失了这两大助力，牡丹不敢离开半步，就怕园子里的牡丹花会被积水淹了，但昨夜蒋长扬又替潘蓉带了口信来，道是白夫人要生产了，心绪不宁，和楚州侯夫人之间的关系也极为不好，想请她过去陪着说说话，散散心。

　　生孩子是鬼门关，无论如何也不能拒绝，牡丹抚了抚衣角："去请吕十公子的人回来了么？"

　　雨荷踩着木屐，披着油衣步履匆匆地从庭院里跑过来，往廊下立了，把藏在油衣下的食盒递给宽儿，笑道："吕十公子说请您放心，他会好生看顾着的。一准儿完美无缺地交还给您，但要您付他工钱。"

　　"他无非又是想讹诈那窖藏的好酒和周八娘的手艺罢了，吩咐下去，不管他想吃什么，凡是咱家里有的，都尽着给他做。"牡丹放了一半心，接过宽儿递上来的面汤，"河里的水怎样？"

　　"还好，没怎么涨，就是流得有些急。但路上可就泥泞难行了，听说牛车往城里去要花很多时间。"雨荷接过林妈妈取出的靴子、木屐、油衣、雨伞等物，做最后一遍清洁。

　　"你总是这样操心，这些事情让小栗子她们学着做就是了。你去照顾李师傅的起居饮食吧。"牡丹把最后一口面汤咽下去，漱口净手准备出发。

　　雨荷微笑道："老毛病了，总是不放心。丹娘，您还是别骑马了吧？就坐车，虽然慢，天黑之前总能到的。"

　　牡丹穿上油衣，套上靴子："罢了，我听顺猴儿说朝里都因为泥泞难行而取消百官朝参了，坐车不是自找苦吃？谁说得清什么时候白夫人就发动了呢？"

　　林妈妈本想也劝牡丹坐车，话到口边又咽了回去，只默默替她把油帽戴上，叮嘱道："骑慢一点，不要急。"又吩咐宽儿和恕儿，一定要小心谨慎，别让牡丹淋湿了。

　　牡丹主仆几人打马走出芳园大门，就见吕方穿着蓑衣戴着斗笠，踩着一双木屐，笨拙而可笑。一步一滑地朝这个方向走过来，还不忘朝他们挥手致意："一路顺风啊。"话音未落，脚下一滑，摔得四仰八叉。

　　"都叫您看路了。"康儿埋怨着去扶他，吕方羞窘地垂着头话也不敢说。

　　众人狂笑一气，却也得了警示，不敢让马跑快，只敢小踏步前行。途中行人不多，偶然遇到几个骑马的或是赶着牛车的，无一不是泥泞半身。往日只需一个时辰的路，此番就行了近两个时辰，待进了城，无一不是人困马乏。再看城中，果然泥泞不堪，也难怪会取消百官朝参。

　　幸亏启夏门离曲江池近，又饿又累的主仆几人踏进家门，就幸福得差点笑出声来，但就是这样恶劣的天气，蒋长扬照例不在家。牡丹换了衣物，吃喝完毕，略微歇了歇，就命人备车前往楚州侯府。

　　楚州侯府的门房早就得了吩咐，看见牡丹的马车就命人开了侧门，拆了门槛，让马车扯直进到二门处，接着碾玉并一个管事婆子出来，用檐子把牡丹迎了进去。约莫是因为天气不好，侯府出奇地安静，偶尔才能看见两三个打着伞，匆匆忙忙从被雨淋湿显得绿油油、沉甸甸的花木间穿梭而过的仆人。

　　气氛很沉闷，牡丹看向碾玉。碾玉今日特别沉默，年轻的脸上满满都是倦色，两个眼眶乌青青的，似是许久没休息好了。雨丝飘落在她的鬓发间，凝结起来一串串的，看着整个人都湿淋淋的。察觉到牡丹的目光，她强笑道："害得您这么老远地冒着雨跑来，稍后奴婢让人奉姜汤上来。"

　　牡丹看了那管事婆子一眼，将帘子放下不再说话。越往楚州侯府内部深入，来往穿行的仆妇婢女渐渐多了起来。最终檐子在一处遍植梧桐，号清平轩的院子外头停了下来，早有小丫鬟打了伞，提了木屐上前来接牡丹等人。

牡丹走到廊下，脱去木屐，径自往正房而去。正房鸦雀无声，不见有人出入，只门口站着个穿柳黄短襦、系葱绿六幅长裙，鬓边贴着两点黑色假靥，容貌柔美，年纪轻轻的女子，看见她就行礼问好，殷勤地打起帘子，低声和碾玉说："夫人适才过来看少夫人了。"

这位"夫人"自然指的是楚州侯夫人。碾玉恶狠狠地瞪了适才拿伞去接牡丹的小丫鬟一眼，看也不看这打帘子的年轻女子，径自走进去低声道："何夫人来了。"

白夫人的声音很快响起："快请进来。"

牡丹踩着厚厚的地衣，绕过银交关六曲山水屏风，就见白夫人抱着个大肚子，虽然很吃力，仍然端端正正地坐在靠窗的牙床上。在她的左手边坐着个穿紫色银泥披袍，花白头发，戴着金步摇，妆容精致，唇角下垂，没什么笑容的妇人。正是潘蓉的母亲，楚州侯夫人。

牡丹跟着蒋长扬来的那次曾经正式拜见过这位出楚州侯夫人，只觉得她淡淡的，似乎对什么都很不上心，又有些忧郁的样子。这番见着了，却又觉得在那之外更添了一种古怪之感，仿佛谁都欠她的一般。

"丹娘，难为你冒着雨来瞧我，这天气真糟糕。"白夫人吃力地借着碾玉的手站起来，露出一个真心实意的笑容。

"我算着你大概就是这几日临盆，放心不下，刚好闲下来，就特意过来瞧瞧你。没有打扰你们说话吧？"牡丹笑眯眯地上前给楚州侯夫人见礼，只当是自己自作主张来瞧白夫人的。果然楚州侯夫人听说她是自己来的，紧绷的表情终于缓和了些，亲切地道："难为你想得这么周到。八月十五时你送来的那个胡饼味道很好，很精致，有心了。"

牡丹谦虚了几句，见这婆媳二人都有些心不在焉的，便笑道："怎么不见阿璟？我给他带了好吃的。"

白夫人的嘴唇紧紧地抿起来，沉默不语。楚州侯夫人淡淡地道："我给他请了个先生，这会儿正念书呢。"

牡丹吃了一惊。潘璟才有三岁吧？这个年纪就跟着先生之乎者也，能懂什么？她同情地看着白夫人，基本上能猜到这婆媳二人之间的矛盾来源于何处了。

楚州侯夫人默默坐了片刻，起身道："阿馨，你安安心心地养身子，我什么都准备好了的，不怕。天气不好，你娘家那边路远难行，就让他们别来了，天气好了再来不迟，也省得挂心。"

不等白夫人回答，又朝着牡丹微一点头："何夫人，你有空多过来坐。"她别有意味地看着白夫人，"我们家阿馨的性子太冷了些，有什么事总是闷在心里不肯说，独自躲着生气，劝了很多次总也劝不好，这样很不好。你多和她说说话，开导开导，我也感谢你的。"

"夫人放心，阿馨是我的好友，我自会尽力让她开心。"牡丹微微皱起了眉头。楚州侯夫人的每一句话听上去都似是好的，细细听来却又带着几分冷冷的意味在里头，似是对白夫人抱着极大的不满。

白夫人面无表情地起身行礼："儿媳恭送母亲，外面雨湿路滑，您慢行。"

"你身子重，就别讲究这些了。"楚州侯夫人淡淡地扫了白夫人一眼，望着门外那个年轻女子道，"春竹，好生伺候着你们夫人和客人。有事速速来禀。"

那春竹忙应了，快步来扶楚州侯夫人出去，行动举止间非常恭敬柔顺。

白夫人吃力地坐下去，拍拍适才楚州侯夫人坐过的地方："丹娘，往这里来坐。是潘蓉派人去和你说的吧？"

牡丹点点头："他很担心你，生怕你闷坏了。"

白夫人一笑："又不是第一次生孩子，什么都好好的，怕什么？"说到此，她的脸上露出些温柔的神色来，"那时候我生阿璟，他两天两夜没合眼。却骗我说是赌钱赌的，我信以为真，冷透了心……"她摇了摇头，"不提以前这些事情，你是才从芳园赶回来？"

"是呢。"牡丹夸张地描述一路上众人深受泥泞之苦的倒霉样儿，谁家的牛车陷入泥淖里出不来，谁的驴又一步三滑，谁又抱怨是怪宰相不能调阴阳……白夫人含着笑，静静地看着牡丹飞扬的眉眼，也能从中分享到快乐。

那春竹小心翼翼地端了茶汤进来，却不敢直接送到牡丹面前，只低眉垂眼地递给碾玉，然后拿了漆盘垂着头倒退着退了出去。白夫人叫住她："春竹，你去厨下让他们熬碗姜汤送上来。"

春竹露出受宠若惊，却又很是担忧的样子："少夫人，可是您……？"

白夫人的态度很和蔼："不是我，是何夫人，这雨淋淋的，她赶了半天的路，喝了以防万一。"

春竹松了一大口气，欢快地道："是，少夫人。"随即快步退了出去。碾玉见她去了，便领着恕儿抬了月牙凳往外头去看雨，只留牡丹和白夫人说悄悄话。

白夫人苦笑着道："你一定觉得春竹不同了吧？她是老夫人房里出来的，从我进门之前就伺候了潘蓉，此后就没离开过。"

牡丹怪道："不是说都遣送得七七八八了么？"说起来，当初潘蓉那些莺莺燕燕她见过不少，唯独没见过这春竹，原来终究是不同。

白夫人道："和春竹无关，她算是最守本分的人了，早几年因为爱劝潘蓉，被潘蓉冷落不待见，现在潘蓉上进了还是不待见她，你没看她四下里讨好么？就是碾玉也不把她放在眼里，不过是个可怜人。我现在所难的，并不是这个。"

从前她和潘蓉夫妻感情不好，潘蓉花天酒地，楚州侯夫人觉着是她无能，这个儿媳有了不如没有；现在潘蓉一心只守着她，想上进，想替长兄报仇了，却又觉着一定是她撺掇潘蓉什么了——父母的心就是这么奇怪。儿子不争气时希望儿子争气，可儿子争气了，一旦涉及生命安全，就宁愿他不争气了。上进可以，想报仇还是算了吧。

偏偏潘蓉是哭也要笑着哭的人，认定了目标就轻易不肯回头，楚州侯夫妻二人的劝统统听不进去，要干吗还是要干吗，于是白夫人又成了不满的对象。她为什么不劝着潘蓉呢？此是楚州侯夫人对白夫人不满的第一个理由。

至于第二个理由，自然还是因为潘璟。从芳园归来，白夫人听了牡丹的话，无论潘璟在哪里她都跟着，婆媳二人很是僵持了一段日子。楚州侯未免看不惯，就说了楚州侯夫人几句，楚州侯夫人退却了，转眼却又想出让潘璟开蒙上学的法子，白夫人完败。她追得再紧，脸皮再厚，也不能追到学堂里、先生面前吧？等到孩子生了，楚州侯夫人更有理由和借口去抢占潘璟的教育权和主导权。

白夫人很是焦躁："若是第一个因由，不管怎样我都忍了，反正和从前也差不多，这日子再差也差不到哪里去。可阿璟这件事我却不能退让，我不能看着他被毁了。"

牡丹握紧她的手："少安毋躁，你肚子里还有一个呢，万事都等过了这段日子，养好身子才好说，不就是再等一两个月。你向来是冷静的性子，不能乱了方寸。"

白夫人沮丧地叹了口气："这些道理我都知道，但一想、一看到阿璟可怜巴巴的样子就难免焦虑不安。兴许是因为要临盆，心里有点乱。"她有些焦虑地喝了一大口水，有些自嘲地低声道，"你知道么？我现在每天夜里睡觉都睡不着，就想着要怎么对付她了。"

"你是母亲，很正常。你只要记着，别怨潘蓉就好了，凡事多和他商量，夫妻本是相依为命的人。"牡丹故意笑嘻嘻地去摸她滚圆的肚子，"我也沾点喜气呀！宝宝，你可要乖乖的，别让你娘吃苦，不然我揍你。"楚州侯夫人也是个可怜人，无非就是自己受了伤害，却不肯以一颗包容的心去体谅别人。

白夫人微笑起来:"若是能让你沾喜气,我求之不得,你多摸摸。"随即看到牡丹一双眼睛睁得老大,指着她肚子上突然鼓出来的一团兴奋地道:"啊,啊,他听到我的话了!"她小心翼翼,又有些害怕地伸手去触,不知是那宝宝的手还是脚,却像游鱼一样迅速往另一个方向滑过去,突然消失不见。

牡丹兴奋得脸都红了,摩挲着:"宝宝,再动动,让我摸摸,不然我揍你……"

"揍?你说得太顺口了吧?"忽听潘蓉在帘外跺着脚道,"吓着我儿,我要你好看!"

"你回来啦?"白夫人有些欢喜,又有些埋怨,"不声不响就摸了进来。这要是别人家的女眷,你……"

潘蓉嘿嘿一笑,提着一个包裹走进来:"我知道是她才进来的。蒋大郎也一并来了,我让她们在前头摆了席,留他二人吃饭,我专来接你们。天气虽不好,你还是要动动才行,总这样坐着不好。"

白夫人见他手里的包裹还在往下滴水,瞬间就将地衣浸湿了一块,忙道:"你那是什么?把地衣都浸湿了。"

碾玉慌忙接过去,打开来瞧,只见是四五个皮还尚青,却已经有些发干、发皱的橘子。潘蓉带着几分讨好和卖弄:"你不是想吃橘子么?这时候只有蜀橘,却也难弄呢!翻山越岭地弄来,虽然样子不好看,好歹也是橘子。我剥给你吃?"

白夫人有些羞窘,瞪了他一眼,却又笑了:"嘴就是馋,忍都忍不住,丹娘也尝点?"

牡丹看到那橘子就觉得嘴里酸水直冒,慌忙摇了摇头:"休要说是酸橘子,就是甜橘子我也不忍心和你儿争抢。"

"那是,可见这一胎是个馋嘴的。"潘蓉脸皮自来就厚,也不管牡丹在一旁,自顾自地剥了橘皮递给白夫人。可看到白夫人明显疲累的脸庞,就有些心酸难忍,趁着牡丹不注意,悄悄抚了妻子的手背一下。倘若他似蒋长扬一般能干,或者似长兄那般能干,兴许妻子就不会吃这种苦头了吧?

牡丹见春竹端了姜汤上来,索性接了姜汤往外头去,立在帘下看雨。看到里头那两个郎情妾意的样子,她也想蒋长扬了,好几天不见了呢。

姜汤有些烫,一冷一热间,她忍不住背开身捂着口鼻打了个小小的喷嚏。恕儿忙劝她趁热将姜汤给喝了:"定然是这些日子太过劳累,早起赶路又受凉了。"

牡丹忙喝了姜汤,打算接下来都离白夫人远一点。若是没有染了风寒是再好不过,可若是染了,就得小心别传给白夫人母子。

里头白夫人吃了橘子,心满意足地由潘蓉扶着走出来,叫碾玉备伞、油衣和油帽,要往前头去招待蒋长扬和牡丹。碾玉和房里的其他嬷嬷虽然觉得有些不妥,却也没说什么,就是小心去准备一应物事罢了。潘蓉见她们要给白夫人套木屐,忙道:"拿我的靴子给她套在外面,那个又笨又重,哪里适合她穿?"

春竹立在一旁,咬着嘴唇怯怯地道:"世子爷,少夫人,老夫人交代过的,这般天气还是应当小心些……"

"住口!"潘蓉的脸上闪过一丝厉色,冷冷地瞥了春竹一眼,口气转瞬又成了嬉笑状,"你去和老夫人说,有我在,不会如何,让她放心好了。"

春竹的脸瞬间雪白,沉默着低头退了下去。潘蓉牢牢扶了白夫人,命碾玉撑起伞来,招呼牡丹:"我们走!"

这顿饭吃得有些周折,因为里头竟然传出潘璟因为背不下书、写不好字、挨了先生打的事情。白夫人闻言,猛地站了起来,动作快得不像是个即将临产的人。

"失礼了。"她的手指不停颤抖着,脸色发白,眼睛里喷着怒火,把手递给碾玉,转身就准备往后头去。三岁的孩子要他背什么书?往日教教学学的也就算了,竟然动上了手,揠苗助长,会有什么好下场?这是要把孩子逼得以后看到先生、看到书本就害怕吗?她坚决不能容许!这不是爱,这是害!

潘蓉迅速起身,按着她的肩头让她坐下,沉声道:"你坐着,我去。"他有些羞窘,"教育孩子成才是父亲的责任,让妻子安心舒适是丈夫的责任,让父母安心养老是儿子的责任,让死去的兄长瞑目是做弟弟的责任。我什么都没做好,让你一直很委屈,这次,请你相信我。"

白夫人愣了愣,颇有些动容。牡丹和蒋长扬也赞成由潘蓉出面比较好,楚州侯夫人再不喜欢潘蓉,到底也是亲骨肉,不会闹得不可收拾;其次白夫人的身体状况特殊,禁不得刺激。牡丹握住白夫人的手,温柔地道:"对,这就是他的事情,让他去做。"

潘蓉看了白夫人一眼,对着蒋长扬和牡丹露出一个有些羞怯的笑,抓起油衣大步朝外走去。

白夫人告了罪,搬了凳子坐到窗边,安静地看着外面。蒋长扬和牡丹不好告辞,也知道此刻无论说什么都是给对方添乱——毕竟遇到这样的事,无论是谁耳边有人不停地聒噪都会嫌烦,便只陪白夫人一道坐着。

不多一会儿,碾玉步履匆匆地抱了潘璟进来:"世子爷留在里头和老夫人说话,怕夫人急,命奴婢先把小公子送过来。"

"娘!"潘璟抱着左手,犹自在抽泣,眼圈儿哭得红彤彤的,看到白夫人就扑过去,可看到她圆鼓鼓的肚子就又停了下来,小心地趴在她的膝盖上,委屈地瘪着嘴举起手来:"阿璟的手好疼,娘给吹吹。"

白夫人的脸上漾起一个格外温柔的笑容,握住潘璟的手看了看,原本白嫩的手心红成一片,看得出先生的确用了力。儿是娘的心头肉,她不由得心疼之极。碾玉在一旁轻声道:"打了三戒尺,先生是用力了的,他说不打就不打,打了就要让小公子记住教训,不然不如不打。"

这话说得看似极有道理,可为何不看看对象?这样的先生根本不会因材施教,不要也罢。白夫人小心地替潘璟吹着手:"还疼么?阿璟最是勇敢,是个小小男子汉,这点痛算不得什么,是不是?"

潘璟犹豫许久,含着泪点点头:"阿璟是个男子汉,但是阿璟很笨,所以总挨先生骂。祖母说,玉不琢不成器,先生打骂都是因为阿璟做得不好,先生是个好先生。"

三岁的孩子就知道玉不琢不成器,还能要求他怎样?白夫人痛苦地扶了一下额头,强笑着道:"我的阿璟不笨,现在只是因为还小而已,等阿璟大了,自然就能做好了。祖母没有说错,先生也是好先生,就是阿璟太小了。"

潘璟似懂非懂地道:"真的?"

白夫人笑道:"娘什么时候骗过阿璟?不信你问问蒋伯伯和丹姨?"她指了指牡丹和蒋长扬,"你进来时忘了一件事,还记得是什么?"

潘璟沉默片刻,乖巧地走到蒋长扬和牡丹面前,先给二人行礼问好,然后认真地问他们:"阿璟笨么?"

牡丹蹲下去,平视着他的眼睛,认真地道:"阿璟不笨,阿璟只是太小啦,丹姨有阿璟这么大的时候,还赖在丹姨的娘怀里撒娇呢,可没有阿璟懂事。"

潘璟抿着唇露出一个羞怯的笑容,又看向蒋长扬。蒋长扬摸摸他的头,笑道:"阿璟是个聪明懂事的好孩子。我想阿璟大了以后读书一定会读得很好的。"

得到在场所有人的肯定,潘璟的小脸上露出真心实意的笑容来,笑嘻嘻地跑到白夫人身边蹭了一回,小心地摸着她的肚子:"妹妹什么时候出来?阿璟想她了。"

白夫人被他给逗笑了:"你怎么知道是妹妹?"

潘璟害羞地把头埋入她怀里，低声喊道："我就是知道，就是知道。"随即却又担心，"娘，阿璟暂时不想去念书了，等阿璟大了再去好么？"

无论如何，她一定不会再让他去受这种罪。白夫人的眼里闪着坚定的光，认真地道："娘答应阿璟六岁再去，但阿璟也要答应娘，到时候一定要好好学习，不能怕苦怕累，可以么？"

潘璟欢喜地答应："好，好。"但他又很忧虑，"要是阿璟尽力了，还是做不好怎么办？岂不是言而无信？"

"娘只要你尽力，并没有要你一定做到什么地步。人的天赋有限，比如有些人跑得快，有些人跑得慢，只要你尽力，就不是言而无信。"白夫人将手举起来，要和他击掌，"说到做到，咱们击掌盟誓，到时候若是你做不到今日所说的，娘就亲自揍你。"

潘璟犹豫片刻，小小的脸上浮现出庄严认真的神色来，举起他的右手，认真地和白夫人击掌，还自发地道："请蒋伯伯和丹姨做证。"虽然声音还很幼稚，神态却不幼稚。

看着这母子二人万分严肃地击掌盟誓，牡丹的心里充满了感动，这种信任不是一朝一夕可以建立起来的。她记得白夫人曾经说过，纵然是个小孩子也不能欺骗，做不到的事情不能许诺，答应就要做到，她也要学着做这样的母亲。

牡丹侧头去看蒋长扬，意思是让他也看看，学习学习。却见蒋长扬站了起来，很恭敬地对着门外行礼："世叔。"

门口立着个穿石青色圆领窄袖衫，头发花白、神色严肃、眼神有些忧郁，身形虽然消瘦，站姿却很挺拔的男人，他的目光一直放在白夫人和潘璟的身上。听到蒋长扬叫他，方才缓缓回过头来回礼："听说你最近很忙。"

蒋长扬道："是很忙，二郎帮了我很大的忙。"

"很好。"楚州侯道，"有你带着他，我很放心。"他看向牡丹，温和而笑，"以后没事多来家里坐。"

牡丹忙上前行礼问好。楚州侯点点头，看向眨巴着眼睛、讨好地看着他的潘璟和满脸倔强的白夫人，淡淡地道："这样很好，就让他六岁时再去上学吧。"

屋里的人都如释重负。楚州侯发了话，这事儿就再不会反复了。

楚州侯看看桌上的饭菜："让厨下重新做热的来，阿馨和二郎好好招待他们，我还有事，就不陪着了。"他顿了顿，温和同白夫人道，"把心放开，好好将养最紧要。"

"是，父亲。"白夫人轻推潘璟，潘璟兴高采烈地跑过去抱住楚州侯的腿，仰头看着他，黑白分明的眸子里闪着快乐的光："祖父，祖父，你说的是真的？阿璟真的可以六岁再去念书？"

楚州侯怜爱地摸摸他的头，声音里带着一丝不易察觉的颤抖："自然是真的，祖父也是个言而有信的人。"

潘璟举起手来："我们也击掌？"

楚州侯无奈而尴尬地笑了笑，有些犹豫，终究是举起手和潘璟击了掌。他转身离去时，蒋长扬快步奔出去，二人就在庭院里低声说了几句话，楚州侯神色复杂地用力点点头，拍了拍蒋长扬的肩头。

没多少时候，潘蓉兴奋地回来了："先生被送走了。以后阿璟晚上和早上在我们这边，下午在母亲那边，父亲亲自教导他。"他兴奋地看着白夫人，今日他原本是抱着就算要被骂为不孝，要被先生鄙视不学无术，也要达成目的的念头去的，却得到了楚州侯的夸奖。在记忆中，他已经记不得上一次楚州侯夸他是什么时候了，真的很难得，但他不好意思当着牡丹和蒋长扬的面说出来。

可是潘璟却给了他英雄的待遇，猛地扑到他怀里，给了他一个大大的拥抱，欢笑着道："爹爹救了阿璟，谢谢爹爹！"他当时很伤心，先生很凶，祖母不理他，是潘蓉解救了他，把他

·116·

送到母亲身边，小孩子的喜怒哀乐就是这么直接。

"救？"潘蓉满心欢喜，傻笑着摇头，"你这小子说的话也不知是从什么地方学来的，一句句就和大人似的。"

第四十三章 期望

从楚州侯府出来，牡丹很高兴，小声地哼着歌，蒋长扬含笑看着她："很高兴？"

牡丹使劲点头："你不高兴？这回阿馨一定能够安安心心地等着孩子出世了。本来我一直担忧她心思太重不利生产，现在可放心了。"说完又打了个喷嚏，"咦，我好像感了风寒？"

蒋长扬见她眨着眼睛看着自己，晓得她在撒娇，便探手去摸她的额头，煞有介事地道："是有点烫。回去请个大夫抓几服药来吃？"

"才不吃药。"牡丹一声笑起来，"有人伺候着捶捶腿、按按头就好啦。"

蒋长扬便叫宽儿："还不赶紧给你们娘子捶腿按头？"

宽儿和恕儿都抿嘴笑起来。

牡丹轻轻踢了他一下："躲懒。"却听车壁被轻轻扣了几下，邬三在外头轻轻喊了声："公子爷？"

蒋长扬立即敏捷地掀开了车帘，顺着邬三鞭梢所指的方向一看，只看到一个苦寻多日的身影快速消失在平康坊附近的街道转角处，当即扔了一句："你先回去。"随即迅速出了马车，油衣也没穿便纵上马背，带着几个人冒着雨飞快往前头去了。

牡丹探出头去，只能看到他几个的背影，不由无奈地叹了口气。邬三看到她的表情，便笑道："娘子莫担心，公子爷只是去追个人，小的护送您回去。"

"你跟着去吧，我独自回去就好。"牡丹并不关心谁送她回去，她更关心蒋长扬身边有没有得力的人跟着。

邬三只是笑："您平安到家也挺重要。"

既如此，听从安排就是了，牡丹便没有再坚持。

回到家中，牡丹觉着又冷又倦，下腹也有些坠胀，很不舒服。算来她的小日子也就是这几日，这种时候感染风寒实在是一件很麻烦的事，回想当初日日吃药的情形她就害怕。忙泡了个热水澡，又饮了一大碗姜汤，爬到床上捂汗。谁知竟睡了过去，半夜时觉得嗓子干痒不舒服，咳醒了，迷瞪着眼睛一瞧，屋角给蒋长扬留着的灯还在亮着，身边是空的，窗外的雨声仍然沙沙响，不由得失落地叹了口气。

宽儿听见声响披着夹衣进来，忙去外头把炉子上温着的热水倒了一杯来："您可是担忧郎君？郎君回来了的，这会儿在书房议事。他适才进来看过您，见您睡着了才又去的。"又去摸牡丹额头，"先前郎君摸您的额头有些发烫，让奴婢小心看顾着，这会儿摸着倒是正常了。"

"我没事，大不了再喝两天姜汤就好。"牡丹听说蒋长扬已经平安归家，心情立刻好起来，喝了水就又缩进被窝里捂着，不忘交代宽儿，"快去睡，小心着凉。"

宽儿见她迷瞪瞪的，也怕她爬起来乱一气引得风寒加重，就没敢说实话——蒋长扬回来时身上好大一股子血腥味，袍角、袖口、四处都是溅上的血。蒋长扬说是马血，她仔细看了，见他行动自若，也就放了心。

蒋长扬收拾干净出去后，她去收拾房间，却觉着那袍子上的血腥味特别浓，颜色也特别刺目，便觉着那不是什么马血，不得不连夜焚香去除了那股味儿。接着家里又来了好几个人，那时候已经很晚了，竟然个个都在这坊里间畅行无阻。这定是有什么不得了的事情。

宽儿拥着被子坐在外间的榻上，隔段时间就进去摸摸牡丹的额头，幸好正常。天将要亮时，外头的雨终于停住了，她见一阵轻不可闻的脚步声从身边经过，睁眼一看，却是蒋长扬走了进来，便下榻禀告："娘子先前有些咳嗽，喝了半杯水，额头倒是不热。"

"下去吧。"蒋长扬轻手轻脚地走将进去，果见牡丹缩在被子里，将被子拉高把两只耳朵都给捂住了，只露出一张脸在外头，就像一只缩在母鸟羽毛下的雏鸟。他往床边坐了坐，探手去摸她的额头，果然是正常了，正要缩手，就见牡丹靠了过来，往他掌心蹭了蹭，软兮兮地小声道："什么时辰了？你快抓紧睡一会儿。"

"五更。"蒋长扬窸窸窣窣地脱了衣服，掀开被子正要躺下，牡丹迅速往里挪了挪："睡我刚睡的这里，暖和。"

蒋长扬忍不住笑起来，长臂一伸将她往怀里一带，紧紧搂住了："我还怕冷么？只要你好好的，别生病，就比什么都强。"

牡丹眯缝着眼睛舒适地躺在他怀里："我肚子不太舒服，替我焐焐……"

蒋长扬忙将手搓热了放在她的小腹上："好些了么？"

"好……"牡丹紧紧贴着他，含糊不清地道，"你去追的谁？最近还顺利么？"

蒋长扬沉默片刻，决定和她说真话："我去追金不言，可进了平康坊，追了许久偏还追丢了，见着了被人杀死的吴玉贵。"吴玉贵和他的随从，整整五个人，一个活口都没剩。

牡丹的瞌睡都给吓得没了，紧紧揪住他的手："那……"

蒋长扬微微一笑："没事儿，他们不敢动我，也动不着我。这事只是看着复杂。我和你说这个，是想提醒你，这几日别出门了，就在家里养养身子。要是有人来请你，一概拒绝，就说病了。"

牡丹吁了口气："你一定要小心。"昨日她听潘蓉和蒋长扬闲聊，道是宁王刚开始处理王十一郎的事情，王十一郎就死在了牢里，据说是畏罪自杀。王家很悲愤，因为王十一郎除了这点不雅的嗜好外，就没做过其他什么不得了的事。罪不至死，流放打罚都好说，何至于畏罪自杀？明显就是死得不明不白。很多人都认为是萧家下的手，另一种说法却悄然生起，道是宁王碍着他自己的名声，不好亲自动手，"劝"死了王十一郎。

众说纷纭，关键人物却都保持缄默，包括那位弘文馆老学士也罕见地不再发表任何议论，皇帝则没有对此事作任何评价，只让发还王十一郎的尸体。元凶已死，当事人也没再说什么，众人议论两天也就没了动静，关于萧越西被强的这件事就这样不了了之，萧尚书继续上朝。

牡丹虽不是很清楚这些事，却也知道此时正是一团乱麻，她得尽量小心地按着蒋长扬的吩咐去做。

果然不出蒋长扬所料，从第二日中午开始就不断有人上门来买牡丹花，或是只有点头之交的人却邀请牡丹去游宴等，牡丹统统拒绝，安安心心躲在屋里养身体。闲来无事就鼓捣几样好吃的，端去书房里犒劳众人，坚决不出门半步。

这样的日子过了五六天，随着细雨停下终于清静下来，再没人上门来打扰，同时也传来白夫人顺利生产的消息，道是生了个女儿，母女平安。潘蓉这回是儿女双全了，全家都特别高兴，准备洗三这日要隆重庆贺一回，请蒋长扬和牡丹洗三这日务必要去。

牡丹便笑潘璟这没换牙的小孩子说话果然准，她轻轻抚着自己的小腹，正常的经期已经过去四天，小腹虽然偶有坠胀之感，却不见来红。她充满了期望，只希望再过些日子就好请大夫来确诊。于是在饮食上格外注意，什么胭脂粉和香都统统弃之不用，每天最关心的就是观察内衣可干净，心绪倒不平静起来，还略微有些烦躁。

蒋长扬不知她怎么了，先还以为是他这段日子太过忙碌，没有关照好她，特意抽了一天空，早早就上了床，想讨好她亲近她，牡丹此时哪里敢和他亲近？只笑着把他推开："我不舒服，累。"不是她不想和他说事由，奈何她自己也清楚这段时期自己太过操心劳累，会推迟紊乱也是有的，只是心里虽然明白，却仍然很期待就是了。

她越不想理他，蒋长扬越上劲，非要缠着她说个子丑寅卯："你哪里不舒服？我请大夫给你看？"

牡丹被他缠得不耐烦，便睁着眼睛道："我月事不调。"

女子月事不调那可是大事，蒋长扬唬了一跳，再不敢歪缠她："那还不赶紧请人来瞧？我这就让人去打听，看哪位太医妥当，明日就请过来看。"

牡丹想着，请过来看看也好，省得自己天天神经兮兮的。蒋长扬小心地把手掌给搓热了，轻轻放在她的小腹上，憨憨地笑："今夜没有太医，我给你焐着。"

请的太医是治疗妇科最好的太医之一，姓孙，孙老太医已经老得有些迈不动脚，走路都要人扶着，所幸眼神还好，耳力也还不错。先号了牡丹的左右脉象，又看了她的舌苔，然后就坐着看面前的纸笔一动不动，仿佛老僧入定。

小药童是早就习惯了他这表情，笑嘻嘻站在一旁，只管研墨，蒋长扬和牡丹却是急得不行。到底有没有生病，要不要吃药，要不要开药方，您老倒是吱一声呀，就这么呆呆地看着面前的纸笔一动不动算什么？

这老人家不好请动，蒋长扬和牡丹也不好催，就在一旁坐着，含着笑耐心地等。宽儿、恕儿和小栗子几个倒是互相递眼神，小栗子更是大胆地猜测这老太医一定是睡着了。

恕儿便逗她："眼睛睁着呢，你怎么能说睡着了？"

小栗子煞有介事地道："这叫看家眼，我娘说，原来我哥哥就是这样的，睡觉都睁着眼睛。"

牡丹听到她几人犹如老鼠偷东西吃一般窸窸窣窣的，便回头淡淡地看了她们一眼，几个丫头自知无状，羞愧地退到了帘子外头。蒋长扬正要向孙老太医行礼致歉，却见老太医不急不缓地握起笔，运笔如飞，龙飞凤舞地写了药方。敢情人家适才是在想药方呢。

待到药方写好，老太医将药方一递，笑道："尊夫人没什么大碍，吃两服药调养调养，再过半个月看。"

牡丹好生失望，便去看老太医开的什么药，可一瞧那药方顿时傻了眼，一个字都不认识，狂草中的狂草啊。蒋长扬也皱眉头，只勉强认得一个出现频率最高的"钱"字。再看孙老太医，已然在示意小药童收拾家私，准备走了，丝毫没有解释之意。

药童早见惯了这场面，因笑道："这药方只管送到韩记药铺去就行，他们掌柜的认得这字。"

牡丹和蒋长扬不由对视一眼，药方保密？难道抓了药就不能寻个认得药材的把药方写出来？可他二人恰恰还猜错了，那药抓回来，还另外包了几包不知是什么成分的药粉，要求含水送服。至于其余几味药都是些温补的，不是活血的，没什么稀罕处，属于吃了不见多好，不吃也不见得会怎样的那种。

蒋长扬认为，既然开了方子就吃呗，吃了也没什么坏处，牡丹却抱着是药三分毒的想法，决心不吃。不是说刚有了的时候，号不准么？那就再等半个月会怎样？反正除了小腹偶有坠胀感之外就没什么不舒服的地方。

路刚干透，林妈妈就带着甩甩坐了马车回来，笑嘻嘻地同牡丹禀告："园子里一切都好，李师傅的病也有起色了。就是有件事，吕十公子前两日被他家里的人叫回去了，道是吕老爷子病了，让他回去侍疾。老奴想听听您的意思，需不需要送些礼品，上门去探望一下？"

牡丹道："自然要去，还要派个得力的管事去，礼物不可过轻，却也不能太重。就让唐六去好了，他脾气好，老成持重。"纵然自己与吕醇水火不容，可吕方帮了自己不少的忙。

他不领情无所谓,这是为吕方,而不是为了吕醇。

林妈妈也是这样的想法,当即出去安排妥当,回来时唇角满满都是笑意:"恭喜您啦!想必家里知晓,会非常高兴的。"

牡丹听她没头没脑地说这一句,随即晓得她是知道自己的小日子没来的事了,便正色道:"是哪个多嘴的和你说的。这还什么都不知道,传出去是要让人笑死我么?"她小心是她自己的事情,可宽儿和恕儿乱说又是一说了,得好好敲打敲打才行。

林妈妈见她生气,忙道:"她们没有乱说,就说您有些不大妥当。其余是老奴自己猜的。"她的理由是,日子短了老太医自然不能完全确定,但这样的老太医,经验不是一般的丰富,既然先说不是病,又叫牡丹过几天再看,那说明他有所怀疑,只是碍于还拿不准,所以不敢妄言罢了。

林妈妈越分析越确信自己判断无误:"一定是这样的,那老太医老奴从前也听说过他的盛名,从来很谨慎,不是沽名钓誉之辈,药不是活血的,八九不离十!"

牡丹懒洋洋地撑着下巴靠在几案上,见她越说越兴奋,忍不住打击她:"可人家老太医不也是拿不准,很谨慎么?要是再过半个月就开了活血的方子给我用,那……"

"嗳,可别这么说,吓跑了怎么办。"林妈妈飞快地截了她的下半句话,仿佛这样就会把那孩子吓跑了似的,"那也简单,就近请他老人家开些药补补,下个月一准儿怀上。"

"有就有,没有就没有,能吓跑?"牡丹大笑,其实她自己也觉得八九不离十了,不仅仅是期盼,是真的感觉有点不一样,什么地方不一样,她又说不出来。不单是她自己有这种感觉,蒋长扬似乎也充满了期盼,总小心翼翼地摸她的小腹,然后兴致勃勃地谈潘璟如何聪明可爱。

一个男人总爱提别人家的小孩子怎样怎样的时候,那就说明他父爱萌发,想要自己的孩子了,牡丹是如此认为的。

傍晚时分,奉命去探望吕醇的管事唐六回来,一五一十地同牡丹禀告经过:"没有为难。一听来由就让小人进去了,先是吕十公子接待的,后来小童来说吕老爷子也想和小的说说话,便让小的去了后头说了两句话。语气态度很好,说谢谢娘子挂心。吕十公子很高兴,赏了小的两百个钱。"

似乎是有点软和的迹象?想缓和一下了?又或者是因为礼节关系,强撑着的?过后还是翻脸不认人?牡丹不确定,想了一回索性不再去想,把替白夫人的小女儿准备的礼物拿出来看。礼物是一对金筐宝钿、交胜金粟的金雀钗,用漂亮的锦盒装了,再加两品亲手窖制的名香,正是富贵别致。

转眼到了白夫人的女儿洗三这日,天才微亮,蒋长扬就习惯性地起了身,正要下床,却见牡丹翻了个身,将他往旁边一推,惊惊慌慌地下床穿鞋。

"火烧眉毛了?"蒋长扬看到她眼睛都睁不开的样子就想笑,恶意地道,"都让你少吃点,少喝点了,你偏不听……"

牡丹心急火燎的:"去,去,打你的拳去。"糟了,一定是那啥来了。

"唷,还嫌弃我?"蒋长扬偏还不放她走了,一把搂住她的腰,"亲我,不然不许去。"

牡丹的脸都憋红了:"放开啦,我亲戚来了!"

蒋长扬愣了愣,不明白地道:"你怎么知道你家亲戚来了?"她和自己一直睡着的,就没听见有人来禀告,怎么她就知道了?奇了怪了!

"哎呀!"牡丹涨红了脸指指肚子,"快松手,污了衣服我和你没完。"

"哪有你这么说的?"蒋长扬这才明白她的亲戚是什么,不由好笑又好气,还隐隐有些失望,忙松了手放她走。牡丹趿着鞋,迅速跑到屏风后头,不多时发出一声轻微的喟叹,然后迟迟不见出来。

蒋长扬忙道："怎样了？要不要我寻衣服给你？我让宽儿她们进来帮你忙？"

牡丹在屏风后头笑："没什么，不必叫她们，你给我寻件干净的亵衣就好。"不是亲戚，今天是第八天。

蒋长扬听出了些味道，欢欢喜喜地寻了衣服递进去给她，也不去打拳了，就在外头等她出来。牡丹换了衣服出来，见他还坐在那里，忍不住笑道："你干吗还没走？"

蒋长扬向她伸出手："过来我抱抱。"

牡丹不客气地坐进他怀里，使劲晃了几晃："要不要赌一回？"

"别晃。"蒋长扬按住她，含笑道，"赌什么？"

牡丹眼珠子一转："赌再过两天会怎样？"若是彼时亲戚来了，他一定会很失望吧？

蒋长扬看透她的小心思，不由叹道："是怎样就怎样，这种事急不来，但你是不许再骑马了，今日侯府客人多，你也不许乱走，乖乖地坐在房里，知道么？你不肯吃药也就算了，叫我知道你不听话，给我等着瞧。"

"我又不是小孩子，我自己知道。"牡丹欢乐地亲了他一下，夫妻二人嘻嘻哈哈地收拾完毕，吃了早饭，赶早前往楚州侯府参加洗三宴。

这场洗三宴其乐融融，楚州侯夫人很是爱惜新生的孙女儿，牡丹瞧着很是替白夫人高兴。接着转眼到了与孙老太医约定的日子，蒋长扬一大清早就派顺猴儿去接人。他原本是想陪着牡丹一道听到结果才好，偏偏人总也不来，时间不等人，他只得和牡丹商量："我晚上早点回来。"

牡丹有些忐忑，使劲揉了他的胳膊两把："去吧，去吧，小心一点。"

蒋长扬含笑道："别太用力。"

牡丹忍着烦躁和不安，丢了个白眼过去："不许逗我，烦着呢。别让人久等了，快去。"

日上三竿，孙老太医方才一步三摇地晃着来，来了又要水先洗手，林妈妈悄悄骂顺猴儿："怎么才来？公子爷总也等不到，只好去了。"

顺猴儿愁眉苦脸："规矩老大，去的时候才起床，慢吞吞地漱口、洗脸、洗热水脚，吃东西，马车也不敢赶得太快。我性子都给磨没了。"

大抵名医都是如此？只要他能诊出喜脉来，再比这样慢几倍也行。林妈妈小心地侍立在牡丹身边，大气都不敢出一声，就死死盯着孙老太医。

孙老太医还是那副急死人不偿命的表情，耷拉着眼皮，诊了左手换右手。牡丹的心都提到嗓子眼上了，宽儿和恕儿等人都眼巴巴地看着他，他方才收了手，微微一笑："恭喜夫人了。喜脉。"

"啊……"林妈妈一下子捂着胸口，差点没欢喜得晕死过去，情绪稳定后的第一件事就是给孙老太医行礼："谢谢您啦，谢谢您啦。"病了那么多年，又担着那样的名声，这回看那些乱嚼舌头的人怎么说！

孙老太医对她这样的热情有些不适应，年纪轻轻的小夫妻有孕很正常的吧，何至于高兴成这样子？但他是有了年纪的人，并不会把这样的诧异表露出来，只道："是否需要些安胎的药？依我看，身体好就不必了，不如吃点好的。"

她要做母亲了，一想到自己的怀里也将有一个软软暖暖的小生命全身心地信赖着自己，牡丹心里顿时一片酸软，她控制不住地翘着唇角，不自觉地摸着小腹，笑道："那我就听老太医的。"

送走孙老太医，牡丹开始了无助绝望的一天。她要往院子里去走走，林妈妈如临大敌地让宽儿和恕儿在两边扶着；她要在廊下坐着逗逗甩甩，小栗子就飞快地取了个厚厚的锦垫非要她垫上，还不能坐在当风处；她要看书写字，林妈妈就在一旁唠叨，尽说些胎未坐稳，不得劳神之类的话。总之就是要她乖乖地坐着，不要吹冷风、要忌口、别乱动，假如想睡觉，那就是更好不过了。

牡丹便支使林妈妈："天色还早，妈妈不如去一趟宣平坊，家里倘若知晓，一定会很高兴。"

"家里自然会很高兴。"林妈妈不上当，"可这事儿得等郎君回家，由他备了礼派人去报喜，不该咱们这些陪嫁的人自己跑回去说。"

牡丹无奈，只得在廊下看着艳艳的秋阳，逗着甩甩，静候蒋长扬归家，但这一日的白天仿佛特别长，她总也等不到蒋长扬回家，人倒是困了，被林妈妈提溜着一哄一劝，便上了床。可大约是她太过兴奋的缘故，上了床后反而连那一点倦意都不见了，在床上翻来覆去地烙烧饼。她控制不住地总要去想，肚子里的这个是男孩还是个女孩？长得像谁？

极度的兴奋之下，直到蒋长扬回来她也没睡着。她听见林妈妈在外面轻声道喜，又听见蒋长扬让人去取钱和布帛，家里上下全部有赏，晚上加肉菜，每个人有一杯酒。接着又听他和林妈妈二人嘀嘀咕咕地商量，要备些什么礼去何家报喜，让谁去等等。

牡丹拥着被子，幸福而甜蜜。可接着又听见林妈妈小声道："还是让孙老太医开两服药给丹娘补补吧？她前段日子太辛苦了。也请郎君劝劝她，芳园那边不要再多操心啦。若是还像前些日子那般辛苦，是不行的。"

蒋长扬似有些犹豫，牡丹赶紧使劲儿咳嗽了一声。果然外头静默了片刻，蒋长扬很快在屏风旁出现，他用一种说不出意味的眼神快乐地看着她，声音特别柔："醒啦？"

"一直就没睡着。"牡丹绽放出一个大大的笑脸，对着他伸出双臂，"过来抱一下以示庆祝。"

"丹娘，你要辛苦了。"蒋长扬快步向牡丹走过去，将她拥入怀中，想使劲抱她却又不敢，只将头埋在她的颈窝里呵呵地笑。他要当爹了。

牡丹能感觉到他传递过来浓浓的快乐和幸福，她和他将骨血相连，她和他将看到属于他们的小生命诞生，幸福地成长、成才，给他们带来欢乐和幸福。可是到了老，头发白了，脸上长皱纹，牙齿都掉光的时候，只有他们俩相互依偎，共同分担各自的快乐和忧愁。

而原本，她以为不会遇到这样好的男人，以为不会得到这样幸福完美的生活。牡丹紧紧抱住蒋长扬的腰，低声道："大郎，谢谢你。"

蒋长扬莞尔一笑："谢我？明明是你要辛苦了。"可随即，他又坏笑起来，"你猜是哪一次？让我想想……"

牡丹满满的感动一下子泄了气，忍不住捶了他几下："你这个不正经的坏东西。别当着我的宝宝说这些话，把他教坏了。"

蒋长扬有些害臊："他还小，听不见，听见了也不懂。"他压低了声音，"丹娘，以后我也会很可怜的。潘蓉说他这些日子经常早上起来就要换衣服。"

牡丹先不明白，转瞬明白过来潘蓉是憋坏了，不由哈哈大笑起来，促狭地道："要不，以后我也给你随时准备着换洗的衣服？"

蒋长扬从袖里摸出一对羊脂白玉钗，在牡丹眼前晃了晃，然后飞快地藏到身后："猜猜看，这是什么？"

女人对首饰这些东西天生就是敏感的，只一眼，牡丹就看清楚是什么了。猜他是要送她礼物，她越猜不着他越高兴，当即只管胡乱猜测："金的。"

蒋长扬摇头："再猜。"

"银的。"

"再猜。"

"珍珠。"

摇头。

"水晶。"

"瑟瑟？"

"玉！"

"玉的什么？"

"我怎么知道？那么多东西，我这么快就猜到是玉，已经很厉害了。"牡丹往床上一躺，开始耍赖，"你故意刁难我。"

蒋长扬彻底被她给打败了。他脸上做着无奈的表情，心情却很美好地拿出那对羊脂白玉钗，递到牡丹手里，不忘自吹自擂两句："这样品质上佳的羊脂玉，可遇不可求，而且我是央了内府工匠琢的，你看看这玉质、这花纹、这雕工，没的说吧？"他的眼睛亮亮的，期盼地看着牡丹，只盼她喜欢。

犹如凝脂一般细腻上等的羊脂白玉，被琢成双股钗的款式，钗头是流云牡丹纹，内侧刻有小字"爱妻丹娘安康"。不是他刻的，笔迹却是他的。牡丹含泪望着他笑："让我抱抱你，你实在太过可爱了。"这样的男人，她愿意为他生孩子。

"哎哟，不过一对玉钗就把你给收买得眼泪汪汪的，眼皮子真够浅的。"蒋长扬边笑边给她擦泪，"再告诉你一个好消息，我这差事很快就要办妥了。"

牡丹喜不自禁："真的？"蒋长扬这段日子早出晚归和劳累都不说，主要这差事真是太难办。倘若他能早点把差事办妥，正大光明地去兵部任职，从此后他们就可以过上相对安稳的生活，她也不用再这样提心吊胆的。

"是！"蒋长扬很肯定地点头，把手放在她的小腹上，"所以你安安心心地将养着，不用再为我担忧。再忙些日子就好了。"他略微顿了顿，"但是这段日子会特别忙，晚上也可能会常常不在家，明日去家里报喜时，让英娘和荣娘过来陪你，这样也不至于太寂寞。"

"好。"牡丹全身都放松下来，暖洋洋的，就没有一处不舒坦。她把头靠在蒋长扬的肩上，"晚饭我让他们做了赤豆鲫鱼汤，滋阴润燥，你待会儿多喝点儿。"

蒋长扬笑道："你不用管我，只管做你爱吃的、想吃的。想不想吃鲙鱼？改天我做给你吃？"

牡丹摇头："天凉了，不想吃。"生的东西再美味也还是少吃为好。

吃着晚饭，蒋长扬突然笑道："要不要让人过去国公府说一声？"

"不好。"牡丹摇头，"过了头三个月再说也是一样。"她可不想再多几个不相干的人来指手画脚的。说起这个来，牡丹突然意识到自八月十五前她送那新式胡饼过去，蒋重让他们去过节被她拒绝后，国公府竟然一直再无任何消息。不是蒋长扬提起，她都快忘了还有国公府这回事了。

"你说了算。"蒋长扬并不在意，"我不是想着他们之前还想送人过来怄你么？不想说就算了，反正也是不相干的。三弟的好日子定的十月二十二，到时正好通知他们，就说你身子不妥，不去帮忙了，那趟浑水咱们少踩。"彼时他甚至不打算让牡丹去，那是什么地方？没事都会生出事端来，何况牡丹有了身孕。且从胎教方面考虑，他也不想要孩子见到那些乌七八糟的事。

牡丹深以为然："这礼怎么备？"

蒋长扬不在意地道："全部送成钱，其他的都不必管。"萧雪溪那样，无论送什么东西去都有得说。他倒不怕人家说他，就怕人家念叨牡丹，不如全部送成钱，谁也没话可说。

一夜无话。

第二日是由邬三媳妇熊嫂子带着礼去的何家，接着岑夫人就领着薛氏和几个儿媳带了许多吃的用的东西过来，大大小小一共几十个盒子，弄得牡丹满头大汗："我这里什么都有，本是让你们也跟着高兴，却弄了这么多东西来。"

岑夫人的眉梢眼角都是笑，拉着她的手仔仔细细、上上下下地看："反正都是贪个高兴，你管我们拿什么来？有，你就安心收下，该吃就吃，该用就用，操什么心？"

"就是呢。"吴姨娘在一旁笑道，"里头有好些东西是丹娘定下婚期，夫人就开始准备了的，就盼着这一日。"

甄氏快言快语地道："娘为你许了愿的，过几日还要去还愿。"又大惊小怪地，"听说要让荣娘和英娘过来陪你住？那蒋大郎要往哪里去？"

岑夫人皱眉道："你问这么多做什么？成风总是有事要忙。"

吴姨娘便淡淡地瞥了甄氏一眼，甄氏立即改了口："呵呵，我是说，英娘和荣娘正在收拾东西，准备稍后和爹，还有你哥哥们一起过来。"事情传到何家，正如同是天大的喜事一般，岑夫人当即派人去通知何志忠父子，那边也极快地传来消息，道是会提前收工，一同来看牡丹。

牡丹看到甄氏的改变，不由与薛氏会心一笑。自六郎的事情发生，何志忠四处购买房屋庭院，准备让众人分出去单过之后，何家众人间的关系发生了许多微妙的变化。

首先，何志忠老了一大截，许多事情都更趋向于让大郎兄弟几人先商量，再汇总了向他汇报，多数时候还轻易不开口，任由兄弟几人去做。其次，杨姨娘不再出院门，得知六郎跟着商队去了扬州后，就秉过岑夫人，请了一尊佛像回去，从此不再吃荤，日日吃斋念佛，虽然吃穿无忧，何志忠却也再不曾进过她的院子。

再次，是大郎几兄弟和薛氏几妯娌间的变化，彼此对着的时候远比从前更客气、更体贴，毕竟很快就要自立门户了，何必为了小事坏了大局？其中变化最明显的是甄氏，一样还爱多嘴逞强，但对着岑夫人和何志忠时，再不敢乱说一句话、多说一个字。而且还戏剧性地开始敬重起吴姨娘来，不再像以前那样人前人后总和吴姨娘作对斗嘴。

据说，岑夫人有意放吴姨娘去和甄氏、三郎一起生活，不必留下来伺候她，吴姨娘先是拒绝，等何志忠发了话，也就顺从地答应了。可以说，这已经是丫鬟出身的妾所能得到的最高礼遇。

但不管怎样变化，牡丹都坚信，总归都是向着好的方面发展，只要不遇到乱世，这日子总会平稳地过下去，越过越好。

申时未到，何志忠等人果然陆陆续续地赶了来，牡丹竭尽所能招待他们吃了一顿愉快丰盛的晚饭，但蒋长扬这一夜没回家，次日也只是让人送了个平安的消息回来。多亏有体贴人意的英娘和荣娘，还有可爱逗趣的甩甩，而且牡丹也知道，虽然蒋长扬不在家，但无论什么时候，只要她需要，和顺猴儿或是邬三说一声，他就会赶回来。

牡丹快乐地享受着她早孕初期的幸福生活——面前摆着林妈妈精心熬制的粥，还有清淡爽口的小菜若干。吃完一碗，再吃一碗吧，吃不下了，这碗是替肚子里的宝宝吃的呢，犹豫，好吧，再吃小半碗。接着是各色水果、干果以及点心，又有故意说笑话让她开怀的恕儿，还有念书给她听，让宝宝陶冶情操的英娘和荣娘。或早或晚，有时蒋长扬会让人送些稀罕的吃食和问候回来，想吃就吃，想睡就睡，伸伸手就有人扶，抬抬脚就有人问想去哪里。

雨荷来的时候，牡丹正在屏风围着的软榻上，沐浴着秋阳小憩，一旁是认真做小衣服小鞋子等物，就鞋子和衣服上应当绣什么花，哪里该怎么做，低声交换意见的英娘、荣娘。一旁是蜷着腿打瞌睡的甩甩，树荫下还坐着明明困得不行，却坚持不肯去睡觉，一定要守着的林妈妈。

雨荷的眼眶有些湿润，鼻头酸得不行，她实在不想打破这样的宁静和舒适，特别是在牡丹刚刚传出喜讯的时候。可是她犯了大错，事情火烧眉毛，一刻都等不得，必须和牡丹说，绝对不能有任何隐瞒，不然只怕是无法挽回了。

"雨荷姐姐，你怎么了？"恕儿眼尖，一眼就看出雨荷的情绪不一样。

雨荷吸了口气："去把娘子唤醒吧，我有事要禀告。"

恕儿敏感地发现事情不简单，便拉了她往一旁去："你和我说老实话，芳园是不是出事了？娘子现在可不比从前，你得斟酌着些。要不，我先把林妈妈唤过来，咱们先商量商量？"

雨荷摇头："这事儿不是你我能解决的，还是要找娘子。我知道该怎么做，你只管唤醒她就是了。"

"是不是什么大事儿呀？"恕儿的心跳得咚咚作响。

雨荷的脸上带着后悔至死的神色，脸色白得吓人："有许多花病了。"如果不能治好，再蔓延开去，明年的芳园不但不能创收，还会赔个精光，后年都别想恢复元气。

这事情的确隐瞒耽搁不得，不然谁也担不起这个责任。恕儿叮嘱道："那你说话可得悠着点儿，别一惊一乍的。"边说边走到屏风外头，轻轻叩了两下屏风，低声道："娘子，娘子？"

牡丹伸了个懒腰："怎么了？我好像听到雨荷的声音，是不是她来看我了？"

恕儿干笑着挪开屏风："是她来了。"

雨荷抢步上前，拾起披袍替牡丹披上，扶她下榻："恭喜娘子。"

牡丹看到她的动作，笑道："你也和她们学，吃饭了么？"

雨荷的眼眶一红，拼命忍住了，缓缓道："娘子，奴婢犯了大错，有负您的重托。"

牡丹心头一跳，皱起眉头："怎么了？"

雨荷的眼泪一串串往下淌："好多花都生病了。"

林妈妈忙道："有话好好说，哭什么？"再怎样也不能当着主人的面哭啊，即便牡丹是个好性子的，但这是什么时候，话都没说清就哭，吓着了怎么办？

雨荷自然知晓不合规矩，更知此刻牡丹不能受惊，奈何那眼泪止不住，天知道，她一路行来，死的心都有了。牡丹这样信任她，把芳园交到她的手里，却出了这么大的岔子。

"妈妈倒杯水给她，恕儿端个凳子过来。"是福不是祸，是祸躲不过。牡丹止住林妈妈，将手帕递给雨荷，"别急，哭和急解决不了问题。首先，我相信你一定不是有意的，同时你也尽了力。先喝点水，坐下咱们慢慢说。"

她经历过生死，也算见过些风浪，吃过些苦头，岂是一点点小事就能难得住、吓得住的？芳园出了事，耗费了心血她自然心疼，可是她人还在这里，蒋长扬、何家人以及周围的人都好好的，最坏的结果就是赔钱，再创一次业，可是再难也难不过当初。想到这里，牡丹的情绪已经平静下来。

雨荷清了清嗓子，道："李师傅的病时好时坏，奴婢为了方便照顾他，同时也觉着种苗园里头那几间屋子有些潮湿，太过冷清，没有人气，不利养病，便将他挪出去住了贵子原来住的那间屋子。"

牡丹点头："这事儿我知道。"那几日雨大，吕方来回不便，还跑到李花匠住的地方去住了几日。她也曾让人冒雨给李花匠从城里寻了大夫去，后来听说病情终于有起色了，还很是高兴。

"自吕十公子走了后，天气好转，奴婢想着四处都潮湿，李师傅刚见好转也不宜挪动，就没让他搬回去，而是自己带了阿桃和阿顺住了进去，每日早晚也都按着往日的方式，来回巡查。看到有任何不对的地方就赶紧处理。"说到此处，雨荷的声音颤抖起来，"刚开始是发现靠近墙边的几株芍药和牡丹的茎有浅红褐色、长圆形、有些下陷的小斑，斑上还有些粉红色略带黏性的东西。往日您也说过这是病，一旦发现就得赶紧处理。奴婢就带着他们将染了斑点的花茎给剪了，统一抱到厨房去烧了。"

"然后呢？"牡丹颔首，这样处理并没有错，关键的是后来又怎样了。这病通常在高温多雨的年份，八、九月份降雨时发病最严重，十分不好治疗，关键还在防治。她去年购买这些花时,是严格检查过的,五六月份时也不见发病,初秋时节是发现了点苗头,但当时也是及时处理干净了的。纵然是在今年这样的天气情况下,按着雨荷的小心,并不会发生太大的谬误,落到这个不可收拾的地步必有内因。

"当天夜里奴婢起夜,晕倒在地上,躺了一夜,第二日醒来全身都疼,发了几日的热,就没太顾上种苗园这里。"雨荷又开始擦泪,等她病好了才知道好多花都染上了这种斑点,李花匠撑着病体带着众人收拾了好几天,也不见丝毫好转,刚把这里的处理好,那边又冒了出来,让人措手不及。叶片染病可以摘了不要,但茎染病总不能一直剪,剪下去后明年不但别想交货,也没花可开了。这还不是最要紧的,最要命的是许多嫩芽开始枯萎,若是任由其发展下去就意味着明年,乃至于后年,芳园都将无苗接可用。

牡丹的眼皮一跳:"你晕倒了?既然病了为何不让人来说一声?"人莫名病倒,花的病情也是刚把这里处理好,那里又冒出来,怎么听上去就那么不对劲?

这正是雨荷最羞愧的地方,她想她大概是太过劳累的缘故,也想着不是什么大病,病两日芳园也不会有大碍,就没放在心上。若是她知道因为她病了没人管事会惹出这么大的乱子,怎么也不会逞强。

"现在为止染了多少花?除了种苗园里的以外,外头种的那些名贵品种可曾沾染了?"牡丹苦恼地揉了揉头,芽鳞受了病害,明年就算开花,开出的也是畸形花,那无异于自砸招牌。

雨荷哽咽着:"就是种苗园里头的染得多,外面的没事。李师傅见势头不对,就指挥人把好的带盆的都挪到另一个院子里去了。"大大小小,包括给金不言接的花在内,一共染了一百多株,无非是情况轻重之分罢了。

多亏有李花匠,换了她也只能是如此处理而已。牡丹叹了口气:"那我们几个嫁接的那些盆景牡丹呢?"相比较金不言的那批货,她更关心这批货。这批货是用空口许诺的方式置换来的,而且涉及许多户人家。这些人家不好惹还在其次,最紧要的是一旦失信,芳园以后在京中就难以立足了,信任不是那么容易建立起来的。

说起这个,雨荷终于有了点精神:"这个倒是没事,只染了几株,都被李师傅连根挖起,弄到一旁去了。"盆景牡丹嫁接得并不多,也就是四五十株,当时为了把它们和其他的品种区别开,特意在靠近屋子的地方另外开辟了一小块地,离其他的种苗地就有些远,没想到恰巧起了隔离作用。

牡丹松了口气:"让人备车,我去看看到底成什么样了。去把顺猴儿叫过来。"她还真是闲不下来的苦命,看到天气放晴,还以为会像去年那样平安度过了呢。

雨荷犹豫片刻,小声道:"还有些事。"以郑花匠为首的三四个花匠辞工不干了,说是芳园里有邪气,这是早前就证实了的。当初转卖的那户人家不就丢官流放倒霉了么?再看看现在,为何李师傅先病,接着雨荷又莫名病了?还有种苗园里那蔓延开的花病,也是好不了的。他们这些花匠最怕就是沾染上这种邪气,认为这会导致将来他们经手的花发生不测的可能性无限增大。用其中一个花匠的话来说,到那时候,一家老小都要喝西北风了。

"你放他们走了?郑花匠要走,喜郎呢?"牡丹冷笑。这些人无非是想着芳园以后要倒霉了,想赶紧和她撇清关系,不至于得罪行会,另寻一个好的下家罢了。还有就是怕被追究责任,这么多值钱的东西出了问题,主家只要追究,芳园里的人都脱不掉干系。

雨荷忙道:"不曾,奴婢说做不得主,要禀告过您才行。工钱也是扣着的,这几日让顺子他们盯着人,一个也不许离开芳园。喜郎倒是不曾提过要走的话,日日都在李师傅面前转悠,勤快得很。还有一种说法,说是吕十公子干的。毕竟吕老爷子、曹万荣与您不对立,也不是一两天的事了。知人知面不知心。"

用满子等几个半大孩子的话来说,人家那是父子呢,芳园倒了对吕家和吕方只有好处没坏处，牡丹太过轻信人了。且之前一直都是吕方在照顾这些花，他的嫌疑最大。

牡丹沉默不语。究竟是天灾还是人祸，现在下定论为时尚早。

"娘子，您有事吩咐小的？"顺猴儿来得很快。

牡丹有条不紊地吩咐他："你去办几件事。打听一下最近都有谁家的牡丹花生病了，生的是什么样的病；吕醇、曹万荣、吕方最近在做什么，都和什么人来往。暂时详细的事情别和公子爷说，他若是问起，就说我想去芳园住两天。"

顺猴儿应下，自去办事不提。

曾经郁郁葱葱、生机勃勃的种苗园里，此时一片沉寂，四周弥漫着一股死沉沉的气息。牡丹沉默地沿着小路，每走两步就停下来观察一下那些被染了病，被修剪得光秃秃的牡丹花。此刻她的心中一片悲凉，还有一股子说不出的愤懑和怒气。

顺猴儿查到的消息，不见吕醇或是吕方和曹万荣有单独的接触，吕方一直留在家里没有出门，吕醇仍然病着，但他家扔的垃圾中并没有药渣；今年气候特殊，不单只是芳园的牡丹感染了这病，各处道观寺院以及花农家中都有疫情发生，包括曹家花园前段日子也烧过一批牡丹枝叶，不过谁都没有芳园的严重而已。

周八娘打听来的情况则是，最近并没有陌生人在芳园附近转悠，来往的都是熟面孔，或是知根知底的人，不然村民们早就说来了。这一点牡丹相信，看当初吕方主仆倒霉就知道群众的力量有多大了。

她自是不信什么风水邪气之说，也不相信在有她把关、吕方看顾、李花匠管理的情况下还会出现这样大的疫情。出现这样的事情，必有外因……走到一处，她突然停住脚，睁大眼睛四处打量，沉思良久，眉头却越皱越紧了。

她此刻是站在种苗园的正中，从这个方向往四面看过去，恰好能看到受害最严重的牡丹花连成了一个以她为中心的放射性图形，仿若两个架斜的十字交叉在一起。在这八条线轴上的牡丹和芍药，患病是最严重的，它们就像是一个放射源，把炭疽病菌传染给周边的花木。

牡丹回想起雨荷的话来，当时李花匠打理染病的牡丹花时，情况是刚把这边收拾妥当，那边就又发作了。此起彼伏，没个消停，蹊跷得很。现在她看到这八条线轴的存在，很快就明白了其中的关键，这不是巧合，而是一场精心策划的阴谋。病菌从八个方向蔓延开去，然后一点一点地将种苗园里的牡丹蚕食掉，用心恶毒，手段狠辣，不留一点余地。

是谁通过何种方式把病源带进种苗园去的？是外贼还是内贼？想要弄清楚事情是怎样发生的，那就要慢慢地、细细地推论。倘若是她有心要陷害谁，让那人的牡丹园从此一蹶不振，又明知那人有照顾牡丹花的高手，防守很严的情况下，她会采取什么样的方式来达到目的呢？牡丹沉吟许久，抬眼看着种苗园高高的围墙，问道："吕方在时，是不是每天都喝酒？都和谁喝？康儿表现如何？"

雨荷道："也不是每天都喝，有时会和顺子他们一起喝，指点一下他们，有时又会和花匠们聚在一起说说闲话。倒是没见到他喝醉过，不过每天早上他都起得很晚就是了。康儿只是和顺子他们玩得比较好，也还有些小孩子天性罢了，倒是看不出什么不妥的地方来。您怀疑是他们？"

牡丹摇摇头："你突然晕倒又怎么说呢？难不成是他回了家又连夜赶来害你的？"李花匠旧疾复发还情有可原，雨荷的身体向来很健康，怎会莫名晕倒？这芳园里约莫还有内贼，但没有确凿的证据前，什么都不能说。

林妈妈在一旁絮絮叨叨地道："这墙还要再修高一点才安全，总觉得它矮了点。"

牡丹忙道："顺猴儿，顺猴儿你过来。"

顺猴儿赶紧跑过来："娘子有何吩咐？"

牡丹道："我记得你有一门本领，来去无踪，又快又轻，是不是这样？"

顺猴儿道："也不敢这么说，不过就是手脚略比旁人轻快灵活一点就是了。"

牡丹便问他："假如是你，想不经主人允许，就直接进芳园来参观，你能做得到么？"

"小菜一碟。"顺猴儿微微有些自得，"国公府我也进得去！更别说这个。"

"像你这样的人多么？"

顺猴儿被问住了，摸着脑袋想了一回，含含糊糊地道："大概，大概不算太多吧。"

"就算不多吧。"牡丹便指着种苗园的墙，"那么假如是一个身手不如你的人，偏偏就想进这种苗园呢？"种苗园的墙在芳园里是最高的，而且上面遍插瓷碴等物，没点本事不可能神不知鬼不觉地出入好几次。像吕方那样的人，就要带了梯子和棉垫等物才可能做到，多来几次，总会留下蛛丝马迹。

顺猴儿当即道："且待小的去探查清楚又来回禀。"言罢走到墙边，借着一棵柳树，灵活地腾跃抓握几下，竟然轻轻巧巧就上了墙头。他快速从怀里摸出两样东西套在脚上，竟就灵巧地沿着墙头边查勘边远去了，引得林妈妈等人惊叹声一片。

牡丹吩咐雨荷："再去请周八娘问一下，这段日子里村中有没有谁家的亲戚或是朋友来过，都是些什么人。"

天边最后一缕晚霞落下去，芳园灯火通明。牡丹高坐在正堂前的台阶之上，沉默地打量着面前的众人。众人的表情各不相同，以满子为首的一群半大孩子沮丧中又隐含了愤懑和期待，他们静静地站在那里，期待地看着她，眼里有信任和依赖。

以郑花匠为首的雇佣来的花匠们，更多的是焦躁和恐惧，以及不耐烦。他们互相交换着眼色，悄悄在隐蔽的地方比画着手势。

"被行会敌视，风水不好，有邪气。"

"明年一定会大赔。"

"怎么看，牡丹和芳园都要倒霉了。"良禽择木而栖，芳园靠不住，他们要养家糊口，自然要考虑自己的出路。

牡丹再看向坐在她左手边的李花匠。李花匠病了这一场后，又黑瘦了许多，他呆呆地坐在那里，眼睛没有看向任何人，只是盯着脚下的方砖，表情沉默而愁苦。唯一不变的是大黑，它牢牢占据着李花匠和牡丹之间的位置，蹭蹭这个，又擦擦那个，左右逢源。偶尔抬起头来看看牡丹，褐色的眼睛里充满了温柔和信赖。

牡丹揉揉大黑厚实温暖的头，缓声道："想来大家都清楚咱们园子里发生什么事了，把大家伙召集在一起，就是想说说这事儿。听说有人说芳园的风水不好，有邪气，所以郑师傅你们要辞工，有没有这回事？"

郑花匠沉默片刻，道："娘子，小的知道这个时候辞工有些不厚道，但小的就是个凭着两只手养家糊口的手艺人。如果染了这霉气，以后就再没人会雇小的做活儿了。小的家里还有老娘和几个孩子要养呢，还请您大人大量，放过小的吧。"

有他开头，好几个花匠纷纷上前讨情："娘子准了小的们吧，小的们这个月的工钱不要了。"

都不要工钱了，只求脱身是不是？如果她还死死拽着人家不放，是不是就刻薄无情了？牡丹淡淡一笑："大家都说这话，难道我是会赖大家工钱的人么？是不是这一年里来，我曾经亏待过大家？"

众人一静，谁也不敢说是。牡丹不动声色地观察着他们的神色，淡淡地道："请大家放心，工钱一文不会少，但是……"她加重语气，"如果有人不自觉，做了对不起芳园，对不起我的事，我也会让他付出相应的代价！什么风水不好，什么有邪气，都是假的！芳园如今遭遇到的灾难，是人祸！"

院子里响起一片嗡嗡声，牡丹也不去管，任由他们议论商量。

郑花匠当先道："娘子，明说了吧。我们都承认您是个好东家，但不管这事儿是天灾还是人祸，或是风水不好，我们都不想再在这里做下去了。"

"啊……"李花匠猛地站起来，愤怒地指着郑花匠，比了好几个手势，意思是说他忘恩负义。大黑见状，也对着郑花匠龇牙咧嘴，低声咆哮。

牡丹示意雨荷将李花匠扶了坐下，面无表情地对着郑花匠道："你继续说。"

郑花匠虽然羞窘，却仍道："大家伙为的就是养家糊口，您得罪了行会，明年这桩生意也铁定是大赔。若是您以后不再做牡丹生意也就罢了，假如还做，这不会是最后一次算计，说不定下一次就是被人放火烧园子了呢。"

"还不闭嘴！你个鸟人，好大的胆子！和谁说话呢？"顺猴儿大怒，跨前一步就要去揍郑花匠。

"是娘子让我说实话的。"郑花匠害怕地往后退了好几步，不敢和顺猴儿对上。

牡丹轻轻抬手："让他说。"

顺猴儿退到一旁，脸上犹有怒色。郑花匠心有余悸，声音小了很多："小的们知道您家底雄厚，又是官家，自是不怕，可小的们却与您不同，犹如蝼蚁一样，别人轻轻动一下手指，就能将我们给捏死了。您说这事儿是人祸，但总归与咱们无关，咱们谁也不敢做这种昧着良心的事情。行会，我们招惹不起，求您放我们一条生路吧。"说完竟就跪了下去。其余几个人见状，也跟着跪下去求牡丹。

"都起来吧，我不会为难你们。"牡丹叹道，"不能强按牛头饮水，你们一心想走，我不能也不会强留。"

地上跪着的几人都露了喜色，一边起身，一边七嘴八舌地道："就知道娘子是个心慈的。""就知道娘子体谅人。"

牡丹不置可否，环顾四周："都说说还有谁要走的？趁着这个机会，一并说了吧，账房也好算工钱。"

一直沉默不语的喜郎等人轻轻骚动起来，郑花匠便给喜郎递眼色，喜郎不看他，垂着头不语。过了没多会儿，又站出来一个。牡丹又等了片刻，见再也没人站出来了，方道："剩下的都不走了？"

喜郎抬起头来看着她："小的走投无路的时候是您收留了小的，只要您不赶小的走，小的就不会走。"其余几个人虽没喜郎这样的经历，却也表示暂时不想走。

牡丹示意雨荷把要走的人记下，和颜悦色地道："我都记下了，你们先回去吧。"

郑花匠道："小的冒昧问一句，可是明日就能结算工钱，可以走啦？不会再有人跟着不许走吧？"他被雨荷让人牢牢跟着，怨念很大。

牡丹一笑："恐怕暂时还不行，得累你们多等几日。"

"为何？"郑花匠等人都皱起眉头来，"您刚才明明答应过的。"

"我说得很明白了，清白无辜的，自然是想走就走，不会少一文钱。对不起我的，必须付出代价。"牡丹的目光缓缓扫过众人，收起了笑容，"今日在这里的人都有嫌疑，谁也脱不掉干系。要走可以，等我把真相查明再说。这些日子，就要委屈大家不要乱走了，不然出了什么乱子，可别怪我不近人情！顺猴儿！"

顺猴儿往前一步，行了一礼："娘子请吩咐。"

牡丹道："从今夜开始，这件事就交给你了，谁要是往外递东西，想偷跑，你可以便宜处理，若是出了事，我唯你是问。"

顺猴儿笑道："是。小的必然不辱使命。"

郑花匠怒道："我们不是你家的奴仆，我们是良人！你这是要仗势欺人么？"

牡丹微微一笑："郑师傅别慌，知道您是良人，放心，只要您是清白的，不会冤枉您。说实话吧，我之所以敢这样做，就是心里有底了，占着理的，不怕您去告我仗势欺人；要是大家都配合，能够私底下解决的咱们就私底下解决，我不想对付谁，就想找到背后使坏的人。若是您非得闹，不配合，我只好报官，说你们统统都有嫌疑，大家一一过堂好了。"言毕沉下脸吩咐雨荷，"去和周八娘说，辛苦她这几日把伙食开得好一点。"

有几个平民百姓不怕官的？那些心中无鬼的听说饭菜伙食会很好，也不是要把他们怎样，就是留几日查清缘由就放人，不然就要过堂，便都歇了闹腾的心思。郑花匠见众人都改了主意，没人应和他，又被顺猴儿冷冷地睨着，便悻悻地道："身正不怕影子斜，等就等。"

于是众人各自回房，静候消息不提。

顺猴儿却又领着人，把包括满子在内的所有人都单独提溜出来问话，或是哄、或是吓、或是诈，务必不放过任何一个可疑的地方。

夜里雨荷伺候牡丹洗漱，提起郑花匠来："他闹腾得怪厉害的，还是您有法子对付他。他那日对着奴婢时，半点不念旧情，比谁都厉害。"

牡丹道："咱们与他不过是当初在刘家的那点交情罢了，他来我这里也是图财，而且正是因为他知道我们的底细，所以才敢比谁都闹得凶。"

雨荷小声道："他这么怕，一心想走，风水不好，有邪气的话也是最先听到他说的，会不会是他？"

牡丹摇头："说不准啊。"闹得厉害的，可以看做是心里没鬼，不怕；也可以看做是心虚，总之最后都还得看证据。反正顺猴儿验看过那墙的，的确是有人进出过的痕迹。

第二日一大清早，周八娘亲自送来早饭，牡丹见她似有话要说，便请她坐下一同吃饭。

周八娘推辞："我就是听说您有喜了，来恭喜的，顺带也有事情要说。"见牡丹毫不迟疑地吃了蛋羹，不由笑道，"真好呀，还不害口。"

牡丹笑起来："大概是因为时候还没到，又或者是他知道我忙，不忍心让我难受？您就别客气了，若是吃了呢，我不勉强您，若是没吃，就坐下一起吃。"

"那是您的福气。这个孩子够乖巧，贴心。"这周八娘虽给芳园做工，但她本是里正之妻，并不是什么奴婢贱民，听牡丹一劝，也就笑着坐了下来，"您昨日让打听的事情连夜就打听了。我家里那一个的本家，有个孩子叫肖二狗，早几年一直在城里做活的，前两个月，大概是在那位金姓客人来谈成生意后不久，就回来了。他家原本是最穷的，一年也难得吃上一回肉，近一个月来，隔三岔五就去割肉。"

光凭一个穷人在凑巧的时间回了家，然后突然吃上了肉，并不能就此判定人家和这事有关。牡丹送走周八娘，吩咐顺猴儿去查看此事后，就和李花匠一起领着雨荷等人继续善后——能够挽回多少是多少，留得青山在不愁没柴烧，只要没伤了根本，总归还有缓过气来的时候。

喜郎瞅了个空子凑到牡丹身边，小声道："娘子，小的有句话不知当讲不当讲？"

牡丹停下手："你说。"

喜郎带了几分决绝，瞟了周围的满子等人一眼，低声道："不怕您生气，其实小的觉得吕十公子和康儿大概和这事儿也脱不掉干系。"

这么多人，就没一个敢直截了当地当着她面说是吕方。包括顺子他们，也只是敢背里头，或者当着雨荷的面念叨几句，可是喜郎却做了这第一人。牡丹看着喜郎，他比刚来的时候长高了一大截，已经比她高了将近半个头，在这里吃得好，身板已经拉开了。倘若不看他的眼睛，乍一看会以为他是个大人。他不知道，其实他也脱不掉嫌疑的，这里面的多数人都脱不掉嫌疑。牡丹微微一笑："知道了。"

喜郎见她没什么特别的反应，胆子愈发大："那几日就是他主仆二人住在种苗园里，之后雨荷姐姐就发现了有花染病。平日里大家想进这种苗园并不是一件容易的事情，只有他们有这机会！就算不是他们干的，也定是知情不报，等着看芳园的笑话。"

等着看芳园的笑话，吕醇一定会，但吕方会吗？牡丹叹了口气："我知道了，安安心心地做你自己的事情。"接下来她看到喜郎回去后，满子他们每个人都轻轻拍了他的肩头一下，表示对他这种勇敢的赞同。看来他刚才的话代表了大多数人的心思，他通过这种出头进言的方式获得了满子等人的承认，但他最想讨好的李花匠却只是淡淡地瞥了他一眼。

牡丹低声道："李师傅，您觉得会不会是他们？"

李花匠沉默地看了她一眼，轻轻摇了摇头。

牡丹隐隐有种松了口气的感觉，还好，还有个人和她一样，不相信吕方是这样的人，但是，假如顺猴儿找不到那个翻墙而入的人，她也不得不从康儿身上下手了。

"娘子，吕十公子来了。您见不见？"阿桃咋咋呼呼地跑进来，表情神秘兮兮的，仿佛是发生了什么不得了的事情一样。

"当然见！请他到正堂去坐，我马上过来。"牡丹毫不犹豫地回答，准备洗手见客。见满子等人表情各异地看着她，便又提高声音交代阿桃，"要以礼相待！"

吕方愁眉苦脸地站在芳园门口，康儿的嘴噘起老高，生气地对着立在一旁、对自己主仆二人指指点点，或是拿鄙视的眼神看着自己的人做鬼脸："公子，他们看我们的样子像看贼，难不成是咱们干的？"

吕方皱眉道："不得无礼！看看你那鬼样子！有人这样说了吗？有人骂你了？"

康儿噘嘴道："那倒没有，但是您看他们！真是好心没好报。早知道会这样，您就该离这里远远的，这样有什么差错也扯不到咱们身上。"

"闭嘴！"吕方阴沉着脸，固执地看着门口。他不信牡丹也会这样看他。纵然他的确就是那个最该被怀疑的人，但他觉着，无论谁怀疑他都行，就是牡丹不能。他们原本是知音，在吕醇指使行会做了那样的事情之后，她仍能相信他，把花交给他照料，现在她也不该怀疑他。

"吕十公子，我家娘子请您往正堂里吃茶，她净了手就来。"阿桃的脸上看不出有多欢迎他，但也看不出有多鄙视，行动举止间倒是和往日一样规矩。

吕方松了口气，欢喜中又多了几分兴奋，她愿意见他，还能以礼相待，说明她没有猜疑他。

牡丹很快就来了，语态如昔："十郎，令尊的病好些了吗？"

"他的病不算什么，是心病罢了。"吕方见她看着自己笑，心里一热，脱口而出，"丹娘，你不怪我？"

牡丹反而被他这句话给惊着了："怪你？"

"哦，不是……"吕方重新组织了一下语言，平缓情绪，"我的意思是说，你不怀疑我？"

牡丹没有说话，只抬眼看着吕方。吕方站在那里，姿势僵硬地扭着头盯着她看，眼睛黑幽幽的，表情很愁苦，又很委屈，还带着一股子害怕。他在害怕她说怀疑他。牡丹自然而然地脱口而出："为什么要怀疑你？你是我的朋友啊。"

吕方的嘴一点一点地咧开，冲动地往前行了两步，又犹如被火烫了一样退了回去，道："我终于放心了。"可随即，他又怀疑地看着牡丹，认真揣摩着她的表情，回忆着刚才她说话的口气，她该不会是敷衍他？其实心里就怀疑他？

于是他大声道："我是赶过来帮忙，以证明我的清白的！我不会做这样卑鄙的事情！"说完这句话，他整个人都觉得轻松了。仿佛这样，他就和牡丹又回到了原来的时候。

牡丹笑道："我相信你。"见到吕方的那一刻，她心里那点疑虑就全都消失不见了，她确信他不会做这样的事。

吕方几乎是活蹦乱跳地卷着袖子："那你安排我做事吧，我现在能做什么？"

牡丹道："既然你主动请缨，那我正好请你帮个忙。你能找到金不言么？若能，请你替我告诉他，我不能履约了，我退他的钱，赔他的钱，请他将这钱拿去另外订一批货，省得耽搁了他的大事。"

吕方一愣："真的到了这个地步？"

牡丹叹道："几乎被毁得差不多了，无论如何我都无法履约了。"她本想试探一下吕方，问问他，吕醇是不是早就准备了大量的嫁接苗，但话到嘴边绕了几绕，终究是觉着说了相信他，还这样试探，不厚道。

"你别难过，总能过去的。"吕方比她还难过。他听外面传得很凶，还以为有夸大的成分在里面，此刻听到牡丹亲口证实，才相信这是真的。

雨荷走进来，表情复杂地看了吕方一眼，低声禀告牡丹："李师傅在外头，他想见吕十公子。"

吕方闻言，忙主动往外去扶李花匠，表现出十二分的尊敬："李师傅，您的病好些了么？"

李花匠摆摆手，示意不要他扶，然后就似一根久经风霜的木桩，瘦削而坚硬地立在那里，对着他比了几个手势。大意是，假如他真想帮牡丹，不如利用金不言想邀请他去杭州管园子的心情，和金不言说，让金不言去订购他们吕家的牡丹，或者是去订曹家花园的牡丹。兴许金不言找到了货源，就不会那么责怪牡丹了。平息一下情绪，不要把事情闹大。

"这有何难？"吕方爽快地回答，可随即他的表情渐渐凝固了。这么多的牡丹，且是作了特别要求的，若非早有准备，谁拿得出来？能够拿出来的都和这件事脱不掉干系。他沉默片刻，看看牡丹，又看看李花匠，苦笑道："我明白了，我会给你们一个交代。"随即埋着头飞快地走了。

吕醇坐在桌前，面前铺着纸，手里握着笔，却迟迟不曾落下去。听到外面传来的嘈杂声，他轻轻叹了口气，转过身来面对着门口，镇定地看着愤怒的吕方："你回来了？"

吕方满脸通红，原本有一股愤怒到无以复加的情绪在他胸中翻腾着，要喷泄出来，可看到吕醇这样的沉着冷静，他便也跟着冷静下来，淡淡地道："回来了。"

吕醇指着面前的凳子："坐，先喝水。"

吕方哪里有什么心情喝水？他盯着吕醇的眼睛，缓缓道："芳园不能再做金不言那桩生意了，愿意把这桩生意转让给您。"

吕醇睁着一双死鱼眼，淡淡地道："你试探我？"

试探不试探的，就是这么一回事，吕方耐着性子道："总之她是做不成了，不是我家就是曹家，你不会要让给曹万荣吧。"

儿子是他养大的，屁股一撅他就知道要拉什么屎，吕醇冷笑道："你心里已经认定是我做的了吧？来问我这个，不过是为了证实你的猜想而已。父子走到这种地步，实是让人心寒。"

吕方不说话，谁让上次牡丹花会的时候，吕醇和曹万荣合谋干那种不光彩的事情呢？而且不止人卖砧木给牡丹这种事都干得出来，还有什么做不出来？

吕醇有些悻悻然："我不服气她是真的，但你是我儿子！你是我儿子！你明白么？我怎么舍得让你的名声受污？你不听我的话，跑去人家那里瞎混，出事了吧？要叫你回家，还得装病才能把你逼回来。"

只要不是他就好了，吕方顿时觉得云开日出，情不自禁露出了笑容。可一想到经过，又皱起眉头："那我是被人陷害了。爹，这次您一定要把这个人找出来，这是行业败类！不能容许他再这样下去。"他还希望能通过这件事,让牡丹和吕醇化干戈为玉帛。

但他注定要失望。吕醇淡淡地道:"她何牡丹不是背景雄厚么?她那个夫君自然会替她报仇雪恨,也会替你洗清罪名,我们就别管这事儿了。"

吕方听他这口气,似是知道些什么的,便试探道:"您是早就知道的?"

吕醇不说话。相当于默认。他不喜欢牡丹,讨厌牡丹,有人要对她动手,他乐见其成。若非吕方傻乎乎地掺杂在其中,被人栽赃使坏,他才懒得给何牡丹派来的人好脸色看。

吕方瞪着吕醇:"是谁做的?"

吕醇没好气地道:"我又不是神仙,怎么知道?"

吕方沉默片刻,沉声道:"你的心眼比针尖还小。你明知道有人要害她,却在一旁等着看笑话,现在也不肯把那个人说出来。看别人倒了霉,你很高兴吧?真丢脸!"言罢恨恨地将面前的几案一推,转身就往外走。

"你怎么就判定我知道是谁?!"吕醇大怒,将手边的砚台朝吕方砸过去,"她这是自找的!不懂尊重行会,不懂尊重前辈,一副天下第一、志得意满的小人样!还要独吞这样大的生意,这两京有几个看得惯她的?你以为就是我看不惯她?告诉你,看不惯她的人多的是!光凭这个,我就知道她一定要出事,明白了吧!你以后少和她瞎混!马上回房,不许出去!"

上好的砚台把青砖地砸了个坑,墨汁四溅。吕方站定了,淡淡地道:"我和她瞎混?爹,您几十岁的人了,说话还是要注意一下。她是有夫之妇,德行无亏,您污了我的名声不要紧,可污了人家的名声就是缺德,您就不怕报应在我身上?"他说着就难过起来。

"你这个孽障!"吕醇气得浑身发抖,这就是他最爱惜的小儿子,竟然为了一个莫名其妙的女人敢这样顶撞他。

吕方看到他气成这个样子,有些害怕不忍,心思转了几转,仍硬着心肠道:"您做下的事情,儿子要替您去还。那不是报应在我身上又是什么?"话音未落,吕醇双眼往上一翻,人就软了下去。

"爹!"吕方吓得冲上前去将吕醇扶住,大声喊人:"来人,来人!快请大夫!"

人仰马翻地闹了一回,待到把吕醇安置好,已经是大半夜了。吕方守在吕醇的榻前,无限愁苦。吕醇从晕过去开始到现在,竟然就没醒来过,大夫都说吃点药,不要再被激怒就好了的,怎么会如此?

他附到吕醇耳边轻喊:"爹,爹,爹?"

吕醇毫无生气。

吕方重重地叹了口气,坐在一旁发呆,不知过了多久,灯花爆了一声,他被惊醒过来。他抬眼看着吕醇,咬了咬牙,悄悄将簪子取了,望着吕醇的脚底板就是一下。

"哎呦!"吕醇从睡梦中被痛醒,大吼一声坐了起来,中气十足地骂道,"哪个短命的……"

"爹,您好啦?"吕方迅速收起簪子,激动地看着他。看吧,就知道是装的。

吕醇一愣,随即从半梦半醒状态中惊醒过来,愤怒地抓起瓷枕去砸吕方:"打死你这个不孝忤逆子!你要气死我是不是?我在你身上耗费了那么多心血,你却这样对我!"说着说着竟然有些哽咽了。

吕方一言不发,一动不动,任由瓷枕砸在自己身上。吕醇却又骂起来了:"你是死人啊,就不会躲一下?"到底是他最心爱的小儿子。

良久,吕醇方困难地道:"儿大不由爷,我管不了你。要去就去吧,不过你要答应我,娶柳家的五娘。"

吕方沉默片刻,道:"我答应您。"他抬起头来看着吕醇,露出一排白牙,"爹,其实您多虑了,我看何夫人,就如同看到李师傅一样,知己难寻。我敬重她的为人,佩服她的手艺,仅此而已。"

吕醇定定地看着他："但愿如此，记得你说过的话。"

吕方微微一笑："记得。"

天色微亮，吕方步履轻快地行走在前往曲江池蒋家别院的路上，他要把这件事告诉蒋长扬。

顺猴儿骑在树上，远远地看着草垛上仰面朝天、闭着眼睛晒太阳的肖二狗。肖二狗家的人说他之前是给一个在寺院里寄读的举子打杂，因那举子生病，他耐心服侍救了那举子的命，得了一笔酬金，于是一家子终于可以吃上一个月的肉。可他那副懒散样儿，更像是个在街上瞎混的泼皮无赖，所以，顺猴儿是怎么也不信这鬼话。

太阳渐渐落下去，一个孩子跑过来："二哥，娘让你回家吃饭！"肖二狗伸个懒腰，轻巧地跳下草垛，顺猴儿看着他的动作，笑了起来。

夜色沉沉，牡丹和雨荷坐在灯下统计损失，除了要退金不言的定金以外，还要倒赔五百万钱，这就已经是将近两千万钱了，还不算前期垫进去的人工和砧木、成本，略略一算，赔得真不少，这回亏大了，得多久才能把这钱赚回来呀，真是心疼得滴血。林妈妈和宽儿、恕儿都不敢发声，只在一旁不时添点水、拨拨灯，弄点吃食。

良久，牡丹把手里的笔放下，轻轻叹了口气。赔钱不是难事，就不知道金不言会不会来闹事。金不言神神秘秘的，蒋长扬都找不到他，也不知道吕方能不能找到他。

阿桃兴奋地在廊下低喊道："娘子，郎君和吕十公子来了。"

这个时候赶来，一定都没吃饭。牡丹忙道："快去厨房看看还有什么吃的，抓紧做了送上去。"言罢放了账簿，对着镜子理了理衣服首饰，往外头走去。

蒋长扬和吕方正低声说话，听见门响，吕方立刻站起来行礼问好，蒋长扬却是似笑非笑的："你还没睡？"

牡丹觉着他的眼神和表情有些不对劲，当下也笑道："在算该赔多少钱呢，你们怎么碰到一起了？"她讨好地看着蒋长扬笑，她猜他一定是生气了，生气她没有先和他说这事儿。

蒋长扬瞅了她一眼，暂且放过了她："厨下还有什么热食，快弄来我们吃，午饭都没吃的。"

牡丹笑答："只有胡饼和鸡汤，再下点面汤如何？"

"只要能吃饱就行。"吕方有些高兴地道，"丹娘，这件事不是我爹做的。他愿意按正常的市价出让我们家中嫁接好的种苗给你。你看看还差多少，我们清算一下，若是不够，也好另想办法。"说到此，他有些尴尬，"咳，咳，老人家年纪大了，有些糊涂……"纵然事情不是吕醇干的，但吕醇等着看好戏，而且抱着等芳园出事就迅速补上的心思，实是让他开不得口。

话已经说到这里，就无需再多说了，牡丹微微一笑，也没客气："行，太感谢了。或者就和金不言说明了吧，一半由你们供，剩下的由我供。你们吕家的牡丹花也是名扬天下的，想来他不会有太大的意见。"不论吕醇做了什么，终究是吕方替她解了燃眉之急，有些事情就装糊涂好了。能够联合吕醇，孤立曹万荣，那是最好的。

"我们什么都好说，只这个还得先和金不言商量，看他的意思。"种花种到他们这个地步，贪图的就是名声了。现在的情形是，又有钱赚，还能名扬江南，吕方可以想象得到吕醇一定会很高兴，虽然他不会承认。

"金不言还是没找到？"牡丹探询地看着蒋长扬和吕方。

蒋长扬没什么特别的表情，吕方很是失望："的确是。"他看了蒋长扬一眼，"不过成风说他前两日曾经见过，想来也还有机会再见到。大不了多赔他几百万钱，这笔生意不赚钱了。"

牡丹点头称是。想不到吕醇的不安好心，最后竟然成了她的替补货源。想到此，她望着吕方微微一笑："多亏认识了你。"

吕方有些羞窘："是家父给你添了许多麻烦，多亏你不和他计较。"

蒋长扬在一旁看着他二人一个望着、一个笑，分明一副知己模样，心里颇不是滋味，便哼了一声："你们别在那里谢来谢去的了。这件事我必然要查个水落石出，该赔的赔，该进大牢的就进大牢，我要叫他从此不能再碰这牡丹花！休想在这京城立足！"

少顷，吃食送上来，二人吃了别过，各自安歇不提。

牡丹盥洗完毕，一边梳头，一边看着犹自歪在坐榻上翻看账簿的蒋长扬笑道："洗了睡啦，当心水凉了。"

蒋长扬不理她。

牡丹便扔了梳子，厚着脸皮过去靠着他，拖长声音道："叫你睡啦。水凉了。"

蒋长扬斜睨着她："你叫我睡了？"

牡丹点头："嗯。"

蒋长扬道："你为何叫我睡了？"

牡丹指着窗子："因为天黑了，到了该睡觉的时候。"

蒋长扬收回目光，木着脸淡淡地道："睡不着，不睡。我要看看你这个能干的人赚了多少，赔了多少，还有多少家底。"

牡丹心知肚明他是在找碴，当下放软身段，钻入他怀里，紧紧抱着他的腰低声道："别生气了。我也是想着你太忙，不想让你分心。好几天不见，你不想我么？"

"不想！"蒋长扬将账簿一合，酸溜溜地道，"不想让我分心就不和我说，我自家的事还要一个外人来和我说。算了，不想和你说。"随即将牡丹拉起来坐好，"你不想和我说没关系呀，我想和你说。"牡丹死皮赖脸地趴在他身上不起来："我累了，不想动。"

蒋长扬沉着脸看着她，牡丹眨着眼睛满脸无辜："我也没想和他说，是他自己跑来的，他怕我们以为是他。"见蒋长扬没什么反应，忙又道，"其实我们也查出点来了，现在至少知道不是吕家，而且我知道是有人从围墙翻进来的，这个人身手很灵活，那个可疑的人也找到了。顺猴儿说，再过两天就知道了……"

蒋长扬沉默不语，就听她叽叽呱呱地说个不停，听她提到顺猴儿，便冷哼道："你不提他我还忘记了，我决定打他十板子。"

牡丹猛地打住话头："为什么呀？"

蒋长扬淡淡地道："不为什么，就为了他没按我的吩咐办事。你也别替他求情，军令如山，一定要打。"

牡丹咬着唇，讪笑起来："你骗我呢……你才不是不讲道理的人。"说着抱住他的胳膊不停地晃。

"松手，骨头都被你摇散了。"蒋长扬被她晃得头晕脑涨，伸手给了她一个爆栗，板着脸道，"这次的事情就算啦，下不为例。"

牡丹忙笑道："妾身伺候公子洗漱？"

蒋长扬看看她的小腹，叹道："罢了，我就是苦命。你把自己照顾好就行。"

二人并肩躺好，蒋长扬轻声道："明日把人都放了吧。"

牡丹眼睛亮了："你有安排了？"

"德行！"蒋长扬白了她一眼，道，"你什么事情瞒得过我？前几日是忙不过来，也是需要时间，现在，你且等着看我怎么替你收拾这个残局。"

夜色苍茫，整个世界静寂一片，连虫鸣之声都听不见。一个身影快捷而无声地行走在田间小埂上。

不知走了多久，终于可以听见水流的潺潺声。靠近水流，就相当于接近了大路。他轻轻松了口气，加快了速度。即将转到大路上时，突然觉得一阵热风从他耳边轻轻吹过，他全身汗毛都竖了起来，敏捷地往旁一闪，迅速回头。

这一看不要紧，一个白衣白裤的人站在他面前，他看不清脸，只能借着夜光看到那个人全身上下的白。那个人在笑，声音有些沙哑："二狗，你要去哪里？"

肖二狗沉默不语，警惕地看着这个突然冒出来的人。有热气，就是活人，不是死人。

"你别怕，我只是独自一人走夜路害怕，就想约个伴。"那个人见肖二狗不说话，便伸手去拍他的肩头，肖二狗犹如一只受了惊的小鹿，飞快往旁边一闪，躲了开去："你是谁？你要做什么？"

"躲得挺快的，身手不错。"那人嘿嘿直笑，"我不告诉你。除非你和我同路。"

肖二狗一言不发，转身就跑。

"你别跑啊，我不是鬼。"那人拔足狂奔，咬得死紧。

肖二狗咬着牙，不停地往前跑，他不用回头也能感觉到那个人就紧紧跟在他的身后，只要他一停下就会被那人抓住。一炷香的时间过去了，两炷香的时间过去了，那个人丝毫没有停下来或是慢下去的迹象。

见鬼了。肖二狗知道自己一定是撞上了对手。他皱了皱眉头，突然转身往来时的方向，也就是村子里狂奔。

"咦。"那人停住脚，发出一声惊异的感叹，随即又转身追了上来。

肖二狗大声道："别追我，我不会和你同路的。我不去了，我回家……"

那个人说："我正好也回家。咱们还是同路，做个伴吧？"

肖二狗大声道："我要喊人了。不怕的就只管追上来。"

那个人笑道："真是个好苗子，跑得这样快还能不停地废话。还敢跑回去，心思不错，真是舍不得。"

肖二狗警觉地道："舍不得什么？"话音未落，就听耳畔一阵凉风，一股极其冰凉的寒气贴着他的耳朵砍了下去。是刀！有人突然出现在他面前，迅捷无比地一刀朝他劈了下来！

"啊……"肖二狗惨叫出声，他的肩膀、他的胳膊、他的命！而那刀锋却恰到好处地停在了他的肩头上，没有往下。冰凉的刀背贴着他的脖颈和耳朵，在深秋的夜里显得寒彻心骨。

刀的主人淡淡地道："是不是很怕？"

肖二狗死里逃生，脑子里一片空白，只是下意识地点头，上牙和下牙磕成一片，抖着嘴唇道："你们两个欺负我一个，不要脸。"

出乎意料的回答，通常人都是不说话，或者直接晕过去了，或者拼命点头，他却是骂人不要脸。刀的主人轻笑了一声，将刀缓缓收回，对着早就停在他身后的那个人道："顺猴儿，他说你不要脸呢。"

顺猴儿笑道："公子爷您确定他是说小的么？"

蒋长扬笑了笑："我确定他说的人就是你。"

肖二狗听到这两人的对白，心里寒凉一片，一言不发，又换了个方向继续跑。蒋长扬眼疾手快，一弯腰，将刀背一抡，狠狠砸去。"娘！"肖二狗立时扑倒在地，抱着腿痛苦地呻吟起来。

蒋长扬冷笑："想不想试试断腿的滋味？"

这年头，撑死胆大的，饿死胆小的，认了就是死路一条。肖二狗豁出去了："我什么都没做！你们凭什么！"他扯开嗓子要喊，却被人塞了一嘴的泥巴。那个新加进来的人恨恨地往他身上踢："踢死你个王八蛋，害得爷被人冤枉死了。"

顺猴儿叹道："别呀，吕十公子，您这样让他怎么说话？"言罢好心地替肖二狗掏口里的泥巴，顺带夹住他的舌头往外拖，变戏法似的摸出一把匕首放在上面，叹道："现在就看你说不说真话了。爷们要是想让你死，保证没人知道你去了哪里，包括你家等着你买肉吃的小弟小妹。"

肖二狗颤抖成一片，他惊恐地瞪大眼睛看着提刀的那个公子爷，举起手来比画求饶。公子爷冷漠地看着他，漫不经心地撩起袍子擦了两下刀。

"你要去哪里？"顺猴儿不等他回答，又自言自语地道，"你是不是要赶早回城去买点啥？或者是要走亲戚家？"

肖二狗拼命点头。

"扑哧……"顺猴儿一声笑起来，将刀在他的舌头上刮了两下，激起肖二狗一身的鸡皮疙瘩。

顺猴儿轻声道："你太不爱惜你这条命了。既如此，我也不替你爱惜了。"他将手里的匕首换了个方向，狠狠一刀插在肖二狗的大腿上。肖二狗的舌头被扯住，发出一声怪异的惨叫，吕方听见了，又是一把泥巴塞了过来。

顺猴儿缩回手，埋怨道："怎么不塞个石头？一口崩了他几个牙！"

肖二狗疼得紧紧抱着伤腿抖成一片，却始终没有做出遍地打滚、哀声求饶之类的事。

蒋长扬淡淡地道："还算一条硬汉。罢了，我也不为难你，把知道的都说了吧。若是不说，刚才这个只是开胃小菜。"

肖二狗沉默不语。却又见蒋长扬将一团绳子扔在他脚旁，沉声道："记得这个被你埋在树下的飞锚么？听说你的跳丸表演得不错，抓苍蝇也是个一等一的能手，还学过绳技？我看你是条汉子，才给你这个机会。我数三声，一，二……"

"你们要保证别害我家里的人，他们什么都不知道。"肖二狗抢在他数第三声之前一口气说了出来。

华灯初上，平康坊内的一间酒楼内，灯红酒绿，衣香鬓影，丝竹管弦，嬉笑歌唱之声不绝于耳。曹万荣怀里抱着当季最红的歌姬，喝着石冻春酒，半眯着眼听对面醉眼迷离、唾沫横飞的大胖子说话："曹兄弟，你听说过无脂肥羊么？"

不等曹万荣开口回答，胖子又自顾自地道："不用问，你从那种地方来的，又是那样发的家，想来一定没听过，更不要说吃过。这样的富贵，若非皇家公卿，巨富大贾不要想。"

他从那种地方来的怎么啦？是那样发的家又怎么啦？他从小困苦都能够走到今天，比这个给人做奴仆的死胖子强上百倍千倍不止！可是他现在需要这死胖子。曹万荣压下心头的怒气，恭敬地道："胡爷说得对，似我这样的人，怎会见得着这样的繁华富贵呢？您说给兄弟听听，让兄弟也长长见识？"

胡爷却不急着说了，他抽动着油汪汪的鼻翼，把手里的半只鸡腿放下，将那油汪汪的胖手在怀里歌姬丰满的胸脯上使劲捏了几把。歌姬尖叫起来，粉拳娇媚地捶打着他："讨厌，死胖子，你弄疼人家了啦。看吧，人家刚做的春水绿缎子抹胸，又给你这油手给糟污了。你赔人家……"

"赔，你曹大爷多的是钱，难道会嫌你这小小的抹胸贵？"胖子不以为意，哈哈大笑，全身的肥肉都抖动起来。

歌姬一边斜眼看着金主曹万荣，一边娇媚地揉着胖子胸前的肥肉笑道："胡爷，奴家最爱胖人儿，您这身肉挨着真舒服呢，特别在这深秋的夜里，让人心里身上都不觉得冷了。"

"瞧这小嘴儿多甜，多会说？"胡爷噘着油汪汪的紫色厚唇在歌姬的朱唇上香了一口，回头对着曹万荣继续刚才的话题："殿下府中大宴宾客时，会上无脂肥羊。何为无脂肥羊？

先取五十只上等肥羊，一一当着其他羊的面杀死！"

胡爷并掌为刀，使劲砍了桌子一下，激动地颤抖着下巴上稀稀拉拉的几根鼠须："知道么？当羊看到同伴在自己面前惨叫流血而亡，就会吓得全身颤抖，哀鸣不已，这还是次要的。"

胡爷停下来饮了一大口酒，才又继续道："这只是表面，实际上奥妙在里头，它们害怕，肥脂就会融化流入肉中。待到剩下最后一只羊的时候，便是极度地肥而且没有油脂的。"他眯缝着眼睛，以极其夸张的声调道，"五十只肥羊才能有一只啊，当今之世有几个人能吃得起？"

"这是何等的富贵！"曹万荣心动了，恭敬地道："不知道是何等的美味？"

"咳！你算是问对人了！"胡爷骄傲地道，"当时我正伺候殿下，殿下喜我伶俐，把他盘子里吃剩的肉赏了我。"他陶醉地眯缝着眼睛，"那味道，啧！难以言表啊，难以言表。"

却听有人在门口淡淡地道："其实这味道在下也曾经有幸尝过，不过就是比普通羊肉肥嫩一点而已。"

胡爷和曹万荣一起回过头去，只见门口立着一个长得比他们怀里的歌姬还要美丽的男子斜靠在门口，笑得风情万种。

"你是谁？谁让你进来的？"炫耀行为被打断，胡爷眯起本来就不大的眼睛斜睨着门口的人，非常不高兴。

"在下名不见经传，人称顺猴儿。"那人笑嘻嘻地走到胡爷身边坐下，自顾自地拿了酒壶往口里倒酒，笑道："胡爷，我和曹兄有点事要办，要委屈您回避一下。"

"胡爷别理他。"曹万荣的眼皮控制不住地跳起来，冷笑道，"哪里来的贱奴，竟敢跑进来胡言乱语。这也是你来得的地方？来人，把这个不知轻重的东西叉出去！"这人他见过的，是何牡丹的随从。

"叉出去？曹万荣，你找了条恶犬做干爹，就把自己也当人家豢养的小犬了？叫得多欢呀。"顺猴儿将酒壶一扔，冷声道，"来人，把这个敬酒不吃吃罚酒的东西给我带走！"

门口呼啦啦奔进来三四个膀大腰圆的壮汉，冷着脸如狼似虎地朝曹万荣扑过去，他们推翻了桌子，酒菜杯盘碗盏跌得满地都是，歌姬们吓得鬼哭狼嚎，一起往外奔逃。

曹万荣出了一身冷汗，心似要跳出胸腔，拼命挣扎着大喊："凭什么？你们是什么人？胡爷，您不能看着别人这样欺负我啊。"

"敢在我面前横的人还没有几个。来人！"胡爷冷笑着拍了拍胖手，"我倒要看看，这是谁家养的小狗，竟敢在这种地方汪汪叫，不要命了！"

六七个带刀的灰衣豪奴奔将进来，提起刀就朝那几个壮汉身上招呼过去。曹万荣顺着墙脚往外溜，却见那顺猴儿身形一动，一把锋利的小刀就放在了他的脖子上，他正想挣扎，腰窝里就被重重地砸了一下，疼得他全身酸软，半点力气都没有。

顺猴儿大声喊道："内卫办案，不怕死不怕麻烦的只管上来！"

内卫？曹万荣的眼皮抽动了几下。什么时候何牡丹与内卫扯上关系了？他求救地看着胡爷，嘶声道："胡爷，他骗人的。他是蒋家的奴才，我亲眼看到的。"

胡爷却令手下停住，眯缝着眼看向顺猴儿："你是内卫的人？可有凭证？"

顺猴儿给一个壮汉丢了个眼色，那壮汉会意，摸了块腰牌扔过去。胡爷验过无误，淡淡地道："不知我们闵王府的人，怎么招惹到内卫了？不说清楚，我没法儿和殿下交差。"

曹万荣听到他说自己是闵王府的人，感动得眼泪都要掉下来了。他就不信，这些人敢和闵王府对上。

却听顺猴儿微微一笑："不是招惹，而是办案！殿下若是问起，就请胡爷实话实说好了，我们怀疑他和前些日子那五条命案有关。"

胡爷面色微变，往后退了一步。

"你们瞎说什么？你们这是陷害忠良！挟私报复！"曹万荣大惊失色，"胡爷，我冤枉，我的为人您最清楚不过的……"

胡爷淡淡地道："你若是没做，不会冤枉你的，安心去吧。内卫也是讲道理的，上头还有圣人呢。"

曹万荣接到他的眼色，心里有了底，遂不再挣扎，推了顺猴儿一把："放开！我自己会走！"

顺猴儿也不生气，笑嘻嘻地朝胡爷作了个揖："得罪啦，承让，承让。"一转眼就恶狠狠地咬着牙道，"把疑犯给我绑起来！"

眼看着顺猴儿等人将曹万荣给推了出去，噔噔噔下楼去了，胡爷眯着眼睛想了想，道："走。"得赶紧把这事儿告诉闵王去，就等着抓蒋长扬的小辫子吧。以公谋私，挟私报复！

冷风夹着细雨，绵延不停，很快将夹衣浸湿，雨水顺着头发淌下来，又落入衣衫里，如此反复，若是平常人，早就冷得全身发颤了。曹万荣却半点不冷，他全身冒着热气，拼命跟在顺猴儿的马后头奔跑。马跑得并不快，但他的两条腿总也跑不过四条腿的马，而且又是在这该死的泥泞中。稍微松懈，就意味着会有更大的苦难。曹万荣把蒋长扬和牡丹咒骂了无数遍，却也无法从中获得更多的力量让他的肺和腿轻松些。

体力真不错。顺猴儿等人对视一眼，嘻嘻一笑，抽了马屁股一鞭子，马突然加快速度，曹万荣猝不及防，一下跌倒在泥地里，糊了满口的泥浆，门牙也断了半颗。

"曹园主怎么这么不小心呢？天黑路滑，畜生又不听话。我本想请你上马，可又不合规矩啊。"顺猴儿好心地停下，等他爬起来站好。

小不忍则乱大谋，曹万荣硬生生将这口气给咽了。他以为最坏不过是挨顿打，果然也挨打了，却没想到这顿打挨得如此实在，花样如此之多。最可怕的是，他除了断了的那半颗门牙以外，其他地方都看不出来伤痕，只是指头轻轻一触，就疼得要命。半夜时分，当他疼得只能出气不能进气，几乎想把任何罪名都承认的时候，他终于见着了蒋长扬。

看到蒋长扬的身边站着的肖二狗和另外几个人，他大骂起来："姓蒋的，你挟私报复。你会后悔的。"

蒋长扬根本不理睬他，一抬下巴，一人上前道："是他，命案发生那日就是他给付的钱。"另一人道："看到他和死了的那位客人说过话。"又有一人道："那天看到他在附近晃悠，看着就不是个好人。"

"听到没有？"蒋长扬阴险地笑着，"谁还敢沾染你？估计你是不知道死的那个是什么人。"他贴在曹万荣耳边低声说了两句，见曹万荣的瞳孔骤然缩小，随即别有意味地看了身边的肖二狗一眼，缓缓道："当然，我想你是认得这个人的。是死是活，二选一。"

天刚亮，曹万荣便和他的供词被移送到了京兆府。蒋长扬的原话是，这事儿是通过另一桩案子带出来的，事关他家里的人和事，他不好处置，请京兆府的人依法处置。

当着京兆尹的面，曹万荣承认因为嫉妒，一直伺机报复牡丹。在金不言向芳园购买了大量牡丹花之后他就一直物色人选，准备叫何牡丹吃个大亏，摔个大跟头。他和街上的泼皮无赖一直有来往，于是通过他们买通了学杂耍的肖二狗，让肖二狗借着飞锚偷偷爬进芳园的种苗园里，恶意毁坏里面的牡丹，还试图嫁祸给吕方主仆，下药迷昏雨荷，趁着郑花匠回家的机会，煽动收买郑花匠散布流言等等。

人证物证俱全，以偷盗罪论，曹万荣除了被判赔偿芳园所有的损失以外，剩余的家产没官，流放三千里，而他一直苦苦期盼着的闵王府的人，则销声匿迹了。

消息传出，吕醇立即跳出来宣布，曹万荣是牡丹种植行业中的败类，自己从前受了他许多挑拨蒙骗，对牡丹多有误会，愿意和牡丹冰释前嫌，请牡丹入行会，做副行头。

牡丹含笑翻看着面前那张散发着馨香的金泥帖子，轻轻摇头："这个吕醇，真是老奸巨猾。"

这个什么行头她是不会做的,也不感兴趣,只要能和平共处就是最好的了。

林妈妈不由感叹:"真是没有想到曹万荣会有这么大的胆子,阴损至此。"从前也就罢了,现在牡丹可是嫁了官家呢,他怎么还这么大胆?

顺猴儿笑道:"因为他认为闵王府会给他撑腰。那个胡胖子是闵王身边最得力的人之一,他塞了那个不少好处,甚至送过女人,求的就是一个庇护。"至于那些人么,自然也是各有想法,等着看热闹的也有,想借机抓错的也有。许多人都以为,蒋长扬会利用手里的权力弄死曹万荣,偏偏蒋长扬选择了正当的途径,这让很多人十分失望,但从曹万荣这方面来看,他最不该的是不知蒋长扬是内卫,显然是被人故意隐瞒了。

牡丹轻轻出了一口气,现在芳园这里的事情,除了金不言还没联系上以外,其他一切都顺当起来了。曹万荣倒了,吕醇和行会终于接受了她,以后再不用冥思苦想怎么杀出重围了。

雨荷笑道:"那个叫肖二狗的小毛贼呢?怎么没听说要怎么处置他?"

顺猴儿道:"他不过是个有一手技艺的穷孩子,最大的愿望就是家里的人可以吃肉,弟妹不会被卖。关他一两年,让他吃点苦头,让他洗心革面重新做人,会是个可用的人才。"

没过两日,吴玉贵的死也有了些端倪,各种迹象竟然都指向宁王。

第四十四章 为难

秋雨结束,一连晴了六七天,街道上的泥泞全都干了,可槐树的叶子也落得差不多了,放眼看过去,四处都是光秃秃的枝丫。风一吹过,就看到那些枝丫颤抖着,让人也觉得跟着冷,这意味着冬天就要来了。

何家这两天在分家,或者是说分家不分业,大郎、薛氏留下来和何志忠、岑夫人住在一起,其余人等全都搬走。最先搬走的人是二郎一家,白氏虽然不说,心情却极好,利索能干地指挥着下人搬东西,妯娌、侄儿、侄女们都来帮忙,她也不客气地接受了。

遇到这种事情,最欢喜的就是孩子们,兴奋地跑进跑出,问午间做什么吃,晚上又吃什么,都有些什么客人来,忙得不亦乐乎。其余人都出去帮忙了,只剩岑夫人这个老人和牡丹这个特殊人坐着喝茶、吃零食、说闲话。

岑夫人有些感伤:"之前嫌这家里窄、挤,以后就要嫌宽、冷清了。"一大家子二三十口人突然散得只剩几个,哪怕就是夜里也会觉得身上要冷许多。

牡丹知道她心里不好受,便笑道:"又不是去多远,经常可以回家陪你的。待到何鸿、何濡成了亲,只怕您又觉得吵了呢。"

岑夫人轻轻摇头,再孝顺的儿子,只要单独有了自己的家,就不会经常回家了。逢年过节,十天半月来一趟就已很不容易。不管承不承认,记挂小家和自己的妻儿总是要多一些的,她自己也是如此。

牡丹索性绕开这个话题:"听说朱国公府送了请柬过来?谁送来的?"

岑夫人淡淡地道:"是。他家大总管送来的。"

牡丹很不爽。何家和蒋家是亲家,但蒋重等人从没亲自上过门。蒋长义要成亲,这样的大事按理怎么也该家里的正式成员上门来请才对,让个管事送来,明摆着不把何家看在眼里。说不定送这请柬,他家还觉着是给何家人赏脸了。牡丹越想越不舒坦:"既然这么不懂礼节,就不必去了。"

"荒唐！"何志忠烦躁地从外头走进来，先瞪了牡丹一眼，随即夺了岑夫人的茶杯，把里头的茶汤一饮而尽，然后坐着生闷气。岑夫人拍了他的手一下，嗔道："又不是没杯子了，干吗抢我的。"

"我渴得紧了。"何志忠压下心头因为儿女散去而引起的伤心和难过，道，"他家不懂礼节，我们却不能让人笑话。我们要给你和成风撑这个脸面！我们商量好了，礼厚厚地送，人就不去了。"他家不肯见面，他们自然也用不着上赶着去。礼数到了，大家面子上过得去就行。

牡丹不值："没必要送多厚的礼，随大流，过得去就行。多送了人家也不会觉得咱们好。"那和肉包子打狗没什么区别。朱国公府这样对何家，比他们十倍这样对她，还要让她生气。

"但是送少了一定会觉得咱们不好！"何志忠淡淡地道，"我不是为了让他们心里舒服，我是为了让外面的人不轻看成风，不轻看你。"

牡丹知道他说的是对的，但她心里就是不舒坦。

岑夫人见状，微笑着摩挲着牡丹的手背，轻言细语地道："别为这种小事生气，你现在最紧要的是修身养性。感善则善，感恶则恶。寝不侧，坐不边，立不跸，不食邪味，不履左道，割不正不食，席不正不坐，目不视恶色，耳不听靡声。口不出傲言，手不执邪器，夜则诵经书，朝则讲礼乐。这样生出来的孩子才会形容端正，才德过人。虽然咱们没那么讲究，但你好歹也得多注意一下。你别不信，娘这是过来人了，娘怀着你们兄妹的时候都是这样。"

从前张氏怀着孩子的时候就特别重视胎教，听到六郎说赌怎样的时候都是立即避开，当时她还觉得张氏真谨慎。现在轮到自己，果然也该谨慎，牡丹笑起来，宽自己的心："我不生气啊，不生气。"不值当！就当是丢了。

何志忠见她母女二人不说了，方道："最近成风还那么忙么？"语气中透着几分亲昵，他自听说那日六郎离家之后，蒋长扬追去和六郎说了好一歇的话，心里就对这个女婿又亲近了几分。难得这孩子不骄傲、体贴，真心把他们当亲人看待。

牡丹点头："还是忙得很，不然我也不会还留着英娘和荣娘。今天他也不能来，让我给二哥二嫂赔礼，二哥和二嫂都说不怨他。"

何志忠叹了口气："我们都帮不上他什么忙，只能是让他多注意身体。说起来，我昨日遇到刘畅，他对我竟然比从前还恭敬几分。"他轻笑一声，"这人真会变么？不过再怎么变也没成风好。"

岑夫人责怪地道："糊涂了，提那种人做什么？还拿成风和他比？能比么？"

"是糊涂了。"何志忠抹了一把额头，他也知道不该总拿这二人相提并论，但总是不自觉地比较。

忽听薛氏在外头笑道："吉时快到啦，二郎和二弟妹已经先过去了，咱们也赶紧走吧。"于是众人坐车骑马，把搬家需要的东西一一抬着，浩浩荡荡地往二郎的新家去。到了门口，好些亲戚好友都在外头候着了。李满娘热情地招呼着众人，安排年轻人和孩子们要怎么按规矩办事。

岑夫人看到她就高兴，笑道："你李家表姨从来都是这样热情的性子，我都说了有这么多人操心，她和我只需要等着玩就好，她偏不听，跑进跑出地忙。罢了，我们这些老骨头还有几日能忙的？"于是下车去和李满娘等几个熟识的亲戚好友说笑起来。

牡丹上前问了好，就退到一旁看热闹。忽听有人在一旁笑道："丹娘。"却是吴十九娘。她穿着细色的夹襦，配淡紫色的八幅罗裙，头发绾得高高，妆容精致，风度天成，虽小腹微凸，整个人看上去却很是赏心悦目。

"你也来了？"牡丹高兴地拉起她的手，"你身子不便，该在家好好养着的。"

吴十九娘反手握住牡丹的手，亲昵地道："这是喜事呢，我怎么都要来的。行之本也要

141

来，可他临时有差事，来不了。"她没提李元和崔夫人，牡丹也就识趣地没问，转而笑道："我看你的脸又圆了，白里透红的，是不是吃得特别好？"

吴十九娘笑着打量了牡丹平坦的小腹一眼，贴着她的耳朵轻声道："我都听说了……你还打趣我。就不怕我也打趣你？"想到那日听李满娘说牡丹有了身孕，自家公婆非常吃惊，想说什么当着她的面又不好说，李荇却是埋头吃饭，一言不发，她的心情就有些复杂。不过她自己也是要做母亲的人，看到牡丹也遇到这样的好事，还是打心里为牡丹高兴。

牡丹笑起来："我不是关心表嫂么？你干吗还要打趣我？"

"我不打趣你，我恭喜你。"吴十九娘状似无意地问，"怎么不见成风？"

"他有事。"牡丹不欲多谈，便扯着她看热闹，"看啊，吉时到了，水烛入户了呢。"

吴十九娘轻轻道："还记得去年姑母搬家么？咱们就是在那一次认识的。"

"当然记得。"牡丹调笑道，"我若知道你会是表嫂，早该对你更好一点的。"

吴十九娘轻轻叹了口气，欲言又止。牡丹见她仿佛满腹心事，担心会和自己有关，便只陪她站在那里看热闹，丝毫不敢多话。不多时，搬家仪式完成，二郎夫妇摆上席面隆重招待众人。岑夫人和几个老人家朝牡丹招手，示意她往那边去坐，牡丹刚要走，吴十九娘就道："丹娘，咱们说说话好么？我有话想和你说。"

牡丹见她似是十分忧虑，不敢大意，忙朝岑夫人摆摆手，笑道："表嫂请说。"

吴十九娘轻轻咬了咬唇："我有事要请托你。不过这事和你表哥无关，他什么都不知道。"

牡丹叹了口气："你说。"

"我们那边去说。"吴十九娘指着不远处的一棵树，屏退身边的丫鬟婆子："你们在这里候着。"

牡丹心里七上八下的，也只好屏退林妈妈和恕儿，与吴十九娘手挽着手一道往那树下去。甄氏牵着亲戚家的一个小孩子过来，见状便道："开席了呢，你们还要去哪里？人也不带一个？"

吴十九娘笑着敷衍道："我有些不舒服，在那边去站一会儿。"摆明了就是不想让人知道，不要人多问的样子。

甄氏的眼珠子转了两转，笑道："丹娘好好照顾你表嫂。"

牡丹点点头，与吴十九娘往树下站定了。吴十九娘有些不自在地道："丹娘，我想求你帮个忙。原本我也不好意思开这个口，但实是没其他办法。你知道你表哥的脾气，他常说你特别不容易，最不愿给你添麻烦，若他知晓我来寻你，定然不喜，所以你能帮就帮，不能帮……忘了就是。"

这是间接地提醒自己不要忘了李荇的情，看来这事儿很不好办。牡丹微微一笑："表嫂有什么话不妨直说，能够帮的，我不会推辞。"

吴十九娘闻言，笑了，轻声道："其实也不是什么大事，就是前些日子宁王府一个要紧的奴仆和殿下的一方印章不见了，你表哥追查许久也没找到任何踪迹，怕流落出去惹出什么大事儿来。他要强，不许和你们求助，只顾自己没日没夜地苦拼，不过十多天工夫就瘦了一圈……我想着，咱们是亲戚，能帮不能帮的，问问也不会怎样。不知成风可不可以帮忙找一下？"

一个要紧的奴仆和宁王的一方印章？牡丹直觉这事儿不会这么简单。不知是吴十九娘自己的主意，还是李元指使她来问的？又或者，是那位即将成为宁王正妃的秦阿蓝？毕竟吴十九娘和两任宁王妃的关系都很好。牡丹记得很清楚，当初李荇替宁王传过话，被蒋长扬毫不犹豫地拒绝了。

"丹娘，你觉得我这话对不对？能帮不能帮，你让成风直接给我回话，不能帮我也不会有想法。"吴十九娘觑着牡丹的神色，添了一句，"不方便帮忙找，帮忙打听点消息也是一样。"

牡丹沉默片刻，道："表嫂说得对，我们是亲戚，能帮的都要尽力，不能帮的也要互相理解，我会尽早给你回话。"

话说到这里，却是不能再穷追不舍了。吴十九娘有些失望，轻轻叹了口气，随即又笑起来，半开玩笑半认真地给牡丹行礼："我先谢谢你了。"

牡丹也还了她一礼："自家人，说什么谢不谢的？表哥也帮过我们不少忙呢。走，先吃饭去。"

席间的欢乐热闹自不必细说，见牡丹与吴十九娘坐在一处，好几个长辈长嫂便都拿她二人开玩笑，又教她们一些需要注意的事项。牡丹也就罢了，和这些长辈长嫂惯常都是相熟的，吴十九娘则是一一谦虚有礼地应了，又语调欢快地夸奖其他的小孩子，表现得很是讨人喜欢，并无五姓女的架子，于是又得到众人交口称赞。

饭吃了一半，吴十九娘突然捂嘴迅速背过身去，表情很是痛苦。牡丹知她是有了反应，忙递水给她，替她抚背。吴十九娘忍了忍，起身赔罪道："对不住，我不能陪各位长辈嫂嫂妹妹们吃饭了，我往后头去坐坐。"

牡丹忙道："你想吃什么？我让厨房给你单独做？"

吴十九娘摇着手："人多事多的，不必给他们添麻烦，忍过这一头就好。我也不饿。"随即抱歉一笑，扶着丫鬟的手往后头去了。

牡丹便叫恕儿上来："你去厨下问问有什么清淡爽口的，做了给李家少夫人送过去。"

恕儿领命去了，没多少时候回来复命，却道："夫人请您去一趟。"

吴十九娘中途退席那是没办法，自己这会儿要是再退席就太不礼貌了，牡丹便道："你去和夫人说，若不是急事就再等等，席散了再说。"

岑夫人那里也就没了回音。少顷席散，牡丹往后头去见岑夫人，薛氏等人正围着岑夫人说话，一家子笑嘻嘻的。牡丹便道："说什么好玩的？这么高兴？"

李氏细声细气地道："在说以后大家每逢一五九都要回家陪爹和娘吃饭呢。"

牡丹便笑："那是好事儿呀，我若有空也要回家来凑这个热闹。"左右一张望，李满娘和吴十九娘都不见了，便道，"李家表姨和表嫂往哪里去了？我让厨下给表嫂单独做吃的呢。"

岑夫人道："她不舒服，你李家表姨先送她回去了。你过这边来坐，我有话要问你。"

薛氏等人便都纷纷往外头去了，岑夫人道："我本待歇会子散了席才和你说，又怕你要先走。我听说十九娘要请成风帮忙？"

牡丹苦笑道："是有这回事。十九娘和您说的？"中途退席是因为担忧自己不肯尽力，所以又特意来寻岑夫人？可见她是多么希望蒋长扬能帮这个忙，或者说，她和她身后的人是多么希望蒋长扬能站在宁王这一边。李元和崔夫人给李荇挑的这个妻子，真是挑得很好。出身高贵而无傲气，文雅大方又知书达理，并且真能在李荇的前途和事业上给出很大的帮助。

岑夫人叹道："我听她略略提了提，也没说详细，但我想，他们家是第一次开这种口，你们若是能帮的就帮一把，到底李行之也曾经帮过我们那么多忙。撇开这层亲戚关系不谈，咱们也不能让人说是忘恩负义。"不就是帮忙找个人和一方印么？

"道理是这样。但这个忙不是找个人那么简单，他们那些关系搅来搅去的，复杂得很。我得先问过成风的意思才好回话，他若是能帮的也不会推辞。"牡丹为难得很，明着是李荇需要帮助，其实真正需要帮助的人是宁王。当然，宁王倒霉，李家也不会有什么好处，可这个忙真不好帮。

岑夫人见她为难，语重心长地道："话是这样说，但你要记着，得还情。"

牡丹不好说得太细："我们会尽力的。"

岑夫人轻轻拍拍她的手："累了一整日，先回去歇着吧。"

牡丹果然也困了，便起身告辞，回到家中第一件事便让人去问蒋长扬今夜可要归家。顺猴儿便往帘下去回话："这两日听说忙得狠，大概忙完坊门也关闭了。娘子若是有话要带过去，小的立刻就去。"

牡丹想了想，道："你和公子说，我今日遇着了吴十九娘。她有事想求我帮忙，我拿不定主意，要请公子定夺。"若是此事和宁王府有关并紧要，想必蒋长扬立刻就会明白了。

顺猴儿自去送信不提。

白昼越来越短，戌时还未到，外头就开始朦胧了。饭桌刚摆好，蒋长扬就回来了，笑嘻嘻地往桌前坐了："运气真好，刚好赶上饭点。大家都挺好的吧？热闹么？"

"都好，二哥二嫂很喜欢你送的银烛台。"牡丹顺口提了几句，将林妈妈等人打发出去，说了吴十九娘的请求。

蒋长扬割了一块烤羊腿细细地切着，微微摇头："她是这样和你说的？一颗印章和一个奴仆？"

牡丹见他的神情不对，忙道："怎么了？难道她果然是骗我的？"

宁王府这是急了。蒋长扬把切好的羊肉放到她的盘子里，低声道："倒也不是骗。不过试探的成分居多罢了。怎么说呢，他们现在有要紧的把柄落在了旁人手里，但是拿不准那东西到底是在我手里，还是在其他人手里。不管怎么样，都想通过和你的情分，或多或少地争取一点支持。"

他分析给牡丹听，帮忙找东西，其实就是希望若东西在他手里，他能高抬贵手；若不在他手里，也希望他能帮忙给个确切的消息，如果能站在他们这边行事就更好了。

牡丹叹道："我早想着事情不会这么简单。不然也不会和我说了又跑去和我娘说。"

事情当然不简单，吴玉贵现在身份不明，顶着的皮就是和昙花楼那个人有关。当初皇后就是那件事的幕后操作者，现在宁王和皇后一起动手消除后患，正是一个合情合理的解释。就是没有那印章和奴仆，那位就已经先入为主了，若是再有这些物证人证，几乎就是确凿了。

蒋长扬挑了挑眉："岳母怎么说？"

牡丹苦笑道："她并不清楚这中间的事，说是不能忘恩负义。毕竟按着吴十九娘的说法，就是请你帮忙打听一下消息罢了。我们若是半点表示都没有，就好似我们太过冷漠。"这世间最难还的就是人情，就算是她，也把握不住这中间蒋长扬能帮多少，所以并不敢提任何要求，只把意思说到。

岑夫人提醒得很对，大多数人都会这样想，假如李家因此而倒霉，将来牡丹就会落下一个见死不救的名声，毕竟当初李荇为了她的事情得罪了多少人，出了多少力，大家都是有目共睹的。蒋长扬想了片刻，道："你和她说，这件事我听说过，但无缘得见。不过让他们不必担忧，不过是一颗印章和一个奴仆罢了，若是心中无愧，翻不了天。"虽然如今各为其主，但稍微提点一下也是可以的。

牡丹轻轻出了口气："那我寻个合适的机会和她说。"

蒋长扬将她拥入怀中，轻声道："以后你可能会遇到更多这样的事情和这样的人。我把这件事说给你听一下，你好做到心中有数。"

当年皇帝未曾登位前有一个心爱的女子，出于各种原因，那女子一直都住在外头。先前她一直无孕，虽然备受宠爱，但在皇后看来，也不过是男人天性爱风流中的一件小事。只要她没有子嗣，不能正名，就永远见不得光，天长日久，红颜衰逝，自会有人来代替她的位置。所以没人在意。

可是过了好几年，皇帝仍对那女子不改初衷，随着他的身份地位越来越高，形势对他也越来越有利，那女子突然有了身孕。这让很多人都着了慌，就怕她会生下儿子。毕竟现在皇帝是受身份、地位和形势的限制，也更多地要依赖皇后身后的王家，可没人能说得准以后他若是荣登大宝会怎样。既威胁了许多人的利益，又没有自保能力的人，似乎除了死，就再也没有其他去处。

蒋长扬低声道："在这件事中，国公爷做了一件极其不光彩的事。他受人之托却没有忠人之事，或者说，他其实不是有意的，他只是在受了人的蒙蔽诱哄之后，明明已经看出端倪，却因为害怕卷得太深丢了命而故意假作没有识破。拖延了时间，避开了某个人，在一定程度上间接地做了帮凶。这还不算，他最蠢的是做了这种事，却还天真地以为别人也会跟着认为他的掩耳盗铃是真的受了蒙蔽，能够体谅他。虽然即便是他当时在场，那女子还是可能会死，但在皇帝看来，若他真的尽了心力，就会是另外一回事。可笑的是他却不自知，到现在还在做着重新起复的美梦。"

邵公公曾不经意地提点过，圣上是位明君，蒋重之所以能做到朱国公，到现在还安然享受着衣食无虞的生活，是因为圣上顾念他这些年来奋勇杀敌、低调做人，尽量不掺和那些事，对圣上百般顺从，也立下不少功劳。其实也就意味着，皇帝赏功，但是也会罚过。现在蒋重就是到了尽头，能够平安养老就已经不错了，不该再痴心妄想，再胡乱上蹿下跳就是挑战极限。

牡丹皱眉道："那个人是皇后？"

"直接下手的人是太后，但皇后在这件事中，一定是起了很大作用的。毕竟那女子和她的儿子死了，皇后的好处最大。只是皇后没有想到，人算不如天算，太子会英年早逝。"蒋长扬话锋一转，"这些都是陈年旧案，圣上和皇后自有一本账要算，不是我们管得着的。圣上现在就是想要找到当年还有什么是他所不知晓的，也不希望再有人借这件事搅乱朝局。比如说这块突然冒出来的玉佩，还有那个突然冒出来的吴玉贵是怎么回事。"

牡丹低声道："是不是吴玉贵的死和宁王走失的这个奴仆，还有那颗印鉴有关系？"

蒋长扬轻声道："无风不起浪，宁王的确在中间掺杂了一脚。因为当年那女人死了，她肚里的胎儿却不见影踪，虽然都说是早产死了，埋在了昙花楼后头，那里也的确挖出了东西，却无人亲眼所见，不能证明就是那个孩子。所以许多人都认为吴玉贵就是那个女人的孩子。"这许多人中，自然也包含了皇后。可是他却知道，吴玉贵只是闵王抛出来的一枚棋子，只有金不言，他现在还拿不准这到底是个什么人，去了杭州的人现在也还没回来。

牡丹听得心惊肉跳，许多话涌到嘴边，却也只得一句："你小心。"

蒋长扬微微一笑："我没事，你放心。这些事我是怕你胡思乱想才说的，你若因此更加担忧，就违背我的初衷了。"

牡丹轻轻叹了口气，将热酒注满他的酒杯："吃了早些休息吧。"

次日清早，牡丹送走蒋长扬，自己也准备出门去，却听林妈妈道："李家表少夫人命人送了四盆菊花来，都是案头菊，那花可养得好，朵朵都似拳头般大小。"接着几个婆子鱼贯抬了四盆花进来，一对用的青瓷盆配的金狮头，一对用的白瓷盆配的红虎球，果然美丽，看得出很是花了一番心思。

送菊花是假，打听消息催促她是真。牡丹让人把那对红虎球送去给袁十九，把金狮头放在了蒋长扬书房的案头上。

来的是吴十九娘的乳娘李妈妈，李妈妈一见着牡丹就赶紧起身行礼问好，笑容和动作都十分恭谨，却没有半分奴媚。明明很急，看起来却很闲适，仿佛真就是来送花儿的，很好地维持着世家名门的风范。

牡丹不由暗自点头，笑着问了吴十九娘的好："不知表嫂可安好了些？昨日我让厨房另外给她做了吃食，端到后头，才知晓她原来早已走了。我二哥和二嫂都说招待不周，很是惭愧呢。"

李妈妈听她提起这事儿，先就心虚了，觉着她是意有所指，说吴十九娘借着孕吐偷偷跑去求岑夫人这做法不地道。便不自在地干笑道:"是我们少夫人给您添了麻烦,失了礼。她本想与您亲自道别,姑夫人说都是自家人,您一定能体谅她的……"

牡丹微微一笑:"我自来不是讲究这些虚礼的人,只怕粗心大意做得不好,会让亲戚们笑话。"虽然她也很想帮李荇的忙,但是她和蒋长扬能力有限,能做的只有这么多。

李妈妈一听这话要到点上了,忙站起身来:"怎会?何家讲究信义礼仪自来出名,我们少夫人和公子也是经常夸赞的,夫人太过自谦了。"

牡丹笑道:"听妈妈这样一说,我就放心啦。今日送来的四盆花很是清雅美丽,表嫂费心了。我这里没什么稀罕物,就是有些他们从安西都护府那边带来的胡桃极好,听老辈人说,孕妇吃了对胎儿有好处,带些回去给表嫂尝尝。"

李妈妈屈膝行礼谢了,站着静候牡丹回话。

牡丹给林妈妈使了个眼色:"妈妈去看看那胡桃准备妥了没有。"

林妈妈便领着其他人退了下去,牡丹这才把蒋长扬的话说给李妈妈听:"这件事他听说过,但无缘得见那东西。不过他让表哥表嫂不必担忧,不过是一颗印章和一个奴仆罢了,若是心中无愧,翻不了天。"

李妈妈感激地道:"听您这样一说,我们少夫人一定能睡得着觉了,不然她这些日子一直都吃不好、睡不好。偏生我们公子爷又是个倔强好强的,遇到事儿只愿意自己背着,少夫人多问两句都说是她身子重,不要操这些心。实际上夫妻一体,怎能不操心呢?夫人您说是不是这个理?"

"我表哥是挺倔强的,不过也是因为关心表嫂。"牡丹明白李妈妈的意思,或者说是吴十九娘的意思,是希望自己不要说给李荇知道,不然李荇不会饶过吴十九娘,夫妻难免失和,当下表示理解。

李妈妈见牡丹没有不高兴,笑容越发灿烂起来,因见林妈妈也送了胡桃进来,也就不再多耽搁,起身告辞离去。

驴车到了李家,李妈妈快步入了中门,碧水接着她:"妈妈终于来了,已然让人去门口看了三四遍了呢。"

李妈妈点点头,并不多语,只越发加快了脚步。到得院里,只见吴十九娘坐在廊下打理一株十丈垂帘,金灿灿的菊瓣自枝头倾泻而下,层层叠叠,犹如一道金色的水帘。愈发映得十九娘十指纤纤,人如菊花。崔夫人坐在一旁捧着一盏茶,唇边含着微笑,不停地提醒她:"虽然多动动是好事,但也不要累着了。"

"没事儿,我是坐着的。"听见声响,十九娘抬眼看着李妈妈,"回来了?"

李妈妈忙上前行礼请安,崔夫人焦急地道:"怎么才回来?可是她借故不肯见你?"她心中一直觉得牡丹最恨的人大概是她和十九娘,必然不肯帮忙,会故意刁难李家派去的人。

"见着了。"李妈妈忙把话复述了一遍,把胡桃递上,吴十九娘看着那一篮子个大皮薄的胡桃沉吟不语,暗自揣度蒋长扬这话的意思。

崔夫人却是愤愤:"不必担忧?心中无愧?"这话不是和没说一样么?果然是野鸡上枝头,变了凤凰就看不起人了。怎么忘了当初求人的时候?不,当初甚至不用相求,李荇都是自动送上门去尽力相帮,这会儿却拿腔拿调的。

吴十九娘微微一笑:"已经比我想象的好得多了,蒋家表妹夫是个念情的人。"什么叫做问心无愧呢?就是提醒他们,不要过火就不会有大事。那么现在就算是很困难,但只要小心一点,咬着牙就挺过去了。她笑看着崔夫人,用商量的口吻道:"还是把这话赶紧让人告诉父亲吧?"

崔夫人相信这个出身名门的儿媳目光一定比自己高远，当下无条件赞同："你看着办就好。"吴十九娘找来受信任的奴仆，让把这个消息立刻送去给李元，却不告诉李荇。

　　崔夫人本想追问为何不告诉李荇，可看到吴十九娘那笃定自信的样子，话到嘴边又咽了下去，转而把目光落在吴十九娘的小腹上：这一定是个儿子，一定要多生几个，让李家的人丁越来越兴旺才好。

　　傍晚，李元父子归家，李荇进屋就看了吴十九娘一眼，然后与崔夫人行礼问过好就自回了房。吴十九娘忙和公婆告了罪，跟了李荇回房。崔夫人体贴地叫人把饭菜给小夫妻送到房里去吃。

　　吴十九娘洗手给李荇热了酒，含笑道："饿了么？这酒是五年乌程若下，你尝尝？"

　　李荇拉她坐下："十九娘，我们是夫妻，况且你身子不便，就不必这么客气守礼了，你坐下，我有话要和你说。"

　　吴十九娘见他的表情很是严肃认真，一点笑意都没有，心里就有些毛毛的，便亲昵地挨着他坐下，笑道："行之有什么话要同妾身说的？"

　　李荇认真道："十九娘，多谢你一直对我和我家里的人这么好，从未嫌弃过我们家是商贾出身，我的亲戚朋友都是商贾。从嫁进来开始就一直不停地操劳，力所能及地做了一切该做的事情。"

　　吴十九娘的笑容僵硬起来，垂了眼，淡淡地道："这些都是身为人妻者该尽的责任。我既然嫁给了你，就与你血肉相连，共同进退。行之这样说，倒让妾身觉得惭愧且很委屈了。"

　　李荇道："我知道你委屈，虽然我已经尽力不让你委屈了，但还是让你委屈，我很抱歉。"有些事情不是说忘就能忘的，但他已经很努力地去忘记，时刻提醒自己十九娘才是他的妻子，他要珍惜她爱护她。

　　吴十九娘轻轻道："不必说抱歉。我觉得委屈也不是为了这个，我是因为你向我道谢而委屈。我就没有向你道过谢，因为你所做的都是你应该做的。"谁不会有过去呢？她更在乎的是以后，而不是从前。如果有一天，她得到他的全部，将会比得到这世上最极致的荣华富贵更让人激动。

　　李荇愣了愣，随即握住她的手低声道："这样说来，是我不对，我向你赔礼道歉。"他略微停了停，"十九娘，我知道你是为了我好，为了大家好，但我希望你以后不要再掺和这件事了，安安心心养好身子，静心待产就好。"

　　吴十九娘的脸色有一瞬间的苍白，她抬眼看着李荇，试图把手从他的掌心抽出来："你什么意思？"

　　李荇紧紧握着她的手不放："我的意思就是，你现在怀着我们的孩儿，还要操劳这些事情，太过辛苦。当然，这都是因为我没本事，才让你受了累。"

　　他究竟是不肯接受她的帮助，还是因为别的原因？他又是怎么知道这事儿的？吴十九娘的眼睛酸涩起来，紧紧咬住嘴唇，含着泪花看着李荇。

　　李荇仿佛知道她心中所想，轻声道："你让人去给父亲送信时，我刚好在那里议事，所以不小心知道了这件事。"

　　吴十九娘负气道："那又如何？妻子替丈夫分忧，难道错了么？不告诉你，就是因为不想让你胡思乱想。可是你……"

　　李荇温和而有力地打断她的话："十九娘，你是个好妻子，我能娶到你是三生有幸，此生我必不负你，但是，我想让你明白一件事，人情是相互的，从来没有一边倒的交往，那样的交往就算是有，也不会长久。风雨一二十年，何家并没有欠我们的，我们两家的关系也不是外人以为的那么简单。这件事不是单纯的谁欠谁的情，讨个人情就能弄清爽的。我曾经游说过蒋长扬，但被他拒绝了，所以你以后千万不要再为难人家了。他能给你这个答复，只是

147

因为他还算厚道，倘若他是个不怀好意的，给出一个错误的答复，就会害死人。你明白么？我不希望你有朝一日做下我母亲那样的事情。"

吴十九娘自进门以来，还是第一次听到李荇对她说这样的重话，从他认识她的第一天起，他始终都是轻言细语、体贴周到的，今日他却这样说她。她的眼泪一下子涌了出来，她只是想尽力帮助他，可是分寸她也还知道，怎么可能做下崔夫人曾经做过的那种事呢？他也太轻看了她。

她抽噎着道："我怎会分不清黑白？我就是因为知道他们的为人，所以才敢问他的。他们若是不肯，我也不会硬逼着他们去做。行之你对我太不了解了，既然是亲戚好友，我问上一问，寻求帮助难道错了么？"

李荇并不安慰吴十九娘，只递了块帕子过去，见她不流泪了，方缓缓道："你向亲戚好友寻求帮助的心没有错，错的是你的方式和想法，你不该强人所难。这不是小事，如今我们各为其主，你不能因为人家脾气好、心肠好，就故意为难人家啊。你是我的妻子，我有责任教导你不要做错误的事情。不逼不催，还有几分人情在，能拉一把的时候他们不会忘记我们，但若是逼了催了太多次，人情就全没了。将心比心，换了你是不是这样？"

吴十九娘无言以对，半晌方道："我也是想让你立功，若是蒋家妹夫能够靠过来，以后不是……"

"不可能了，蒋长扬走的路和我们不同。"李荇叹了口气，体贴地给她舀了半碗鸡汤，"喝吧，你既然知道他们的为人，以后就不要再提这种事。这样对大家都有好处。"

吴十九娘含着泪靠在他怀里喝汤："我以后做事之前会更谨慎，更为人着想的。"

李荇轻轻摸了摸她的头发，低声道："我知道你很聪明能干，嫁进来以后也帮了我不少忙，但我娶你，并不是因为你能在仕途上给我多大的帮助，所以你不必把这个当做责任和义务，只要做我的妻子就好。快别哭了，哭伤心，对身体不好。"

两滴大而晶莹的泪珠从吴十九娘的眼眶里滴落出来，她飞快地擦了，望着李荇甜甜一笑："行之，其实我有时候真的是觉得有点累了，好多时候就有些羡慕丹娘了，但是，今日我觉着我其实也能过得很好，很轻松的。不管怎么样，行之都不会让我吃苦是不是？"

李荇微微一笑，怜惜而肯定地道："是！"

日子忽忽过去两三日，这一日牡丹正在研究吴十九娘送来的案头菊，寻思着是不是也在芳园弄点名品菊花来摆设摆设，不至于秋天太无趣，忽听宽儿来报："汾王府派了一位嬷嬷来送帖子。"

却是邀请牡丹去看参军戏的。送帖子的嬷嬷姓臧，是汾王妃身边比较得脸的，也是王夫人的故人，特意提醒牡丹："其实是平阳郡公的生日，王妃不想叫太多人知晓，却又希望能热闹热闹，夫人不妨多备下几件稀罕的玩意儿。万一席中王妃主动提起，您就把它拿出来，若是不提，也就罢了。"

牡丹谢了，臧嬷嬷却又笑道："有件事情，不知道该不该和您讲。"

"什么事？"牡丹直觉这才是臧嬷嬷此行的真正目的。

臧嬷嬷笑道："也不是什么大事，算是意外吧。奴婢和您说，是希望您心中有数，您可别有其他想法。府上这段日子没回国公府吧？"

国公府？这是又出什么幺蛾子了？牡丹心里一沉："我这段日子身子不适，就没过去，只隔三岔五让人送些东西过去，请请安什么的。不知是有什么事？"

臧嬷嬷便道："那想必您也不知道这件事。"

原来那平阳郡公小四自从游了一回曲江池后，就总想出门，再不肯留在家里了，但他性子又怪，不许人跟着，跟着的人只能远远吊着，看到他拿了人家的东西后就赶紧跟上去付钱，或是赔罪。饶是如此，还是惹了祸。

臧嬷嬷叹道："他在曲江池边抢了一位姑娘的东西，被那位姑娘的同伴给打了。那位打了郡公的姑娘，恰好是国公府上的娘子。"

"然后呢？"牡丹吸了一口气，被抢东西的人一定是高端舒，打人的却是蒋云清。蒋云清这是不但自己不肯嫁小四，也不想让国公府其他人得逞，可见心里有多恨。

小四还了蒋云清一巴掌。把蒋云清打哭了，于是她又使劲扇了小四一巴掌，接着众人也就反应过来，赶上前来拉开。国公府的护着蒋云清上车，汾王府的则去劝小四，但小四不依，一直跟着蒋云清的马车到了国公府，蒋重亲自请他进去。他看到向他赔礼道歉的蒋云清，伸手要打，蒋云清闭着眼睛随他，他却不打了，轻轻拍了她的脸一下，随即转身走了。

牡丹不知该说什么才好。倘若蒋云清和高端舒是被安排了故意巧遇小四的，国公府就真是越来越自轻自贱了，蒋云清这一巴掌算是挣回了点脸面和自尊。

臧嬷嬷道："这次王妃也给国公夫人和蒋娘子下了帖子，是想和蒋娘子赔礼道歉。毕竟是郡公自己不懂事，挨那一巴掌也是……情有可原。"

送走臧嬷嬷，牡丹抱头哀叹。这情况可复杂了，宴无好宴，杜夫人正在装病，又该是她领着蒋云清去……

果然到了傍晚时分，就有婆子过来传话，请牡丹明日过去帮着挑选蒋长义新房里要用的东西。牡丹想着左右也是逃不过的，汾王妃故意使臧嬷嬷过来说这件事，想必也是希望她别不闻不问，便应了下来。

是夜，蒋长扬归家听说此事，果断认定这事儿就是老夫人设计的，只不过是被蒋云清毫不留情地破坏了，叹道："我和你一起去，正好我也有话要同国公爷说。"

牡丹见他满面疲惫，忙起身给他揉肩："早知道就不该和你说这些。"

蒋长扬反手抱住她，把头靠在她胸前蹭了几下，轻声道："不，你要说。"

牡丹被他蹭得痒痒的，便捧着他的头轻吻下去。

车声辚辚，马车慢吞吞地往前行着，摇摆来摇摆去，仿若摇篮一般，牡丹舒服到昏昏欲睡。林妈妈不许她睡："丹娘，您忍忍，别睡着，要不若是冷着了可是得不偿失。"

牡丹觉得她的唠叨声也仿佛是催眠曲一般，索性翻了个身躺在她的膝盖上，含含糊糊地道："我就眯一会儿。到了妈妈叫我。"

林妈妈无奈，只好拉了薄被给牡丹盖上，暗里嘀咕昨晚明明睡得那么早，怎么还这样困呢？忽听蒋长扬在窗外道："又想睡了？妈妈别让她睡。"

林妈妈乐了，便推牡丹："这可不是老奴不让您睡，是主君不叫您睡，忍忍吧。"牡丹眯缝着眼往外看去，蒋长扬穿着件暗金色的圆领锦袍，高高端坐在紫骝马上，腰板挺得笔直，看着意气风发，精神抖擞的。见她看来，就朝她露出一个意味不明的笑容，牡丹不禁想起昨夜，不由面热耳赤。蒋长扬越发笑得欢，牡丹转身背对着他，暗里却笑了。

夫妻间有些事情和方式，她是知道的，但她不想主动提出来，让蒋长扬慢慢发掘也许更好一些。这就好比是吃饭，一下子把所有的珍馐美味都放在面前，还没吃就已经失去了神秘感和兴趣，没了期待，美味也要减半。若是循序渐进，永远都有好吃的，永远都有期待，感觉也不一样。

蒋长扬见牡丹翻身又睡，当着下人的面不好意思总是唠叨个不停，便只不停用马鞭敲打着车壁。牡丹无奈，只好仰面躺着，直瞪瞪地看着他，瞌睡却是无影无踪了。

到得国公府，蒋长扬又特意交代了一番，让牡丹千万小心，又对着林妈妈、宽儿、恕儿耳提面命了一回。牡丹都觉得他有些啰嗦了，其余人等脸上也带了意味不明的微笑，他方住了口。

照例是先给老夫人请安，蒋重也在，见小夫妻一同前来，有些高兴，却装模作样地训了二人一顿。说什么不回家，不请就不回来，甚至请了也不来，大不孝之类的话，又教导牡丹怎样遵守妇德，蒋长扬如何办差，怎样和同僚上司之间把关系处理好了云云。

牡丹左耳进右耳出，蒋长扬看着似在聆听，但牡丹看他的眼神就知道他是在想别的事情。

老夫人有事相求，便阻止蒋重："不要再说啦，大郎忙着办差你又不是不知道，丹娘听说这些日子身子也有些不妥，他们难得回来，你却一直不停地骂，当真是扫兴。"

蒋重这才悻悻地闭了嘴，转而问蒋长扬："你的差事办得如何了？我昨日遇到闵王，他似是对你极其不满。"

蒋长扬淡淡地道："想要办好差事总是要得罪人的。我有事要和您说。"

蒋重见他神色严肃，默了一默，起身道："去书房。"

老夫人忙道："快走，快走，你们父子俩赶紧去说你们的正事，我们女人也要说悄悄话了。"随即就叫人去请蒋云清过来。

蒋长扬临走前看了牡丹一眼，牡丹给了他个放心的眼神。国公府的人至今不知道她有孕，她也不是吃素的，自然知道该怎么保护自己。

蒋重非常看不惯，不高兴地哼了一声，淡淡地道："她和你祖母在一起，难道还会有谁给她气受？"话音未落，蒋长扬已经自顾自地往外头去了。他也只得跟着出去，却还顾着为父的尊严，慢吞吞地拿捏着架子，故意放慢了脚步。蒋长扬却不等他，轻车熟路地往前头去了，转瞬就不见了影踪，蒋重气得脸色黑如锅底。

老夫人马上把话引入正题："丹娘，叫你过来有两桩事，一桩是给你三弟挑东西，这个你知道了吧？"

牡丹道："知道的。让人把册子和东西拿出来吧。"

老夫人道："这个暂且不急，去新房看看，对着册子看一遍就能办好，咱们先说事。"她咳了一声，微微有些不自在，"你这段日子可曾去过汾王府？"

牡丹道："没去，孙媳妇身子不太妥当，就没怎么出门。可是汾王府有什么事？"

"汾王妃要办个宴会，你有没有收到帖子？"老夫人一心记挂着与汾王府联姻，自动忽略了牡丹说身子不妥的事，反正何牡丹身子不好是正常的，问与不问都是那么一回事。

牡丹点头："收了。"

"那我就放心了，我正为难着呢。"老夫人露出欢快的笑容，"也给咱们府里下了两张帖子，一张帖子指明要给云清的，另一张是给夫人的，但是夫人生病不能出门见客，云清没人陪着，也不妥当。我正担忧一个都不去要得罪人，正好由你领着云清去，你稳重细心，把她交给你，我最放心。等会你和我一起给她挑两身衣饰。"

牡丹故作吃惊："这个宴会也不知是要做什么，我想备礼，却不知什么才合适。"

老夫人眨了眨眼睛："我也正让人去打听呢，刚才还想问你知不知道。"却不说关于蒋云清的实话，也不知是提防还是不好意思说。

牡丹暗里撇了撇嘴。

红儿打起帘子，笑道："娘子来了。"

蒋云清阴沉着脸走进来，下巴的线条因为人瘦了显得更是凌厉强势，一副随你怎么办，我该干吗还是干吗的样子，看着倒有了几分气势。她径直走到老夫人面前行礼问好，声音平板无变化："云清给老夫人请安。"不再是从前的"孙女给祖母请安"。

老夫人淡淡地道："起来吧。你大哥大嫂来了。"

"嫂嫂安好。"蒋云清行礼，眼睛要亮了几分。

老夫人命令道："我刚才和你大嫂说了，汾王府的宴会由她陪着你一起去。现在，咱们先挑布料和首饰。"

蒋云清拧起眉毛，硬邦邦地道："不是说要先给三哥挑新房摆设么？"

老夫人冷冷地看着她，声音比她还硬："那个可以缓一缓，宴会就在当前，你先做了衣裳，若是不妥好改。"

蒋云清倔强地站着不动，老夫人提高声音："坐下！你又犯什么倔？多少人想要这个机会都没有，你……"

蒋云清唇边浮起一丝冷笑，原来卖女儿都是需要抢破头才能有机会的。

牡丹起身打圆场："祖母，是去哪里挑？"

老夫人这才换了笑脸："就在这里挑。你也挑两身，这些可都是我的积年珍藏。"说罢叫红儿带人去后头抬箱子挑东西。

蒋云清与牡丹一同走出老夫人的院子，强硬地赶走身旁耳目，低声道："嫂嫂，谢谢你上次来看我。"

牡丹忙道："我也没做什么，就只能看看你。"

"只有你是不杂私心的。"蒋云清苦笑起来，"以前我真傻，还自以为很聪明……"

原来老夫人一直就没死过心。自从知道平阳郡公这些日子经常出门，又爱抢人东西后，便有了算盘——安排蒋云清陪高端舒逛街。

蒋云清愤愤不平："我当时没想到她们要做什么，见到那个人我才明白过来。"

牡丹听她说完方道："你既然什么都不知道，怎会知晓那个人是平阳郡公？"

蒋云清的表情有些僵硬，半晌方道："我和你说了，你别说出去。"

牡丹淡淡地道："我可以保证不会和你大哥之外的人说，如果你不放心，就不必说了。"

蒋云清踌躇片刻，低声道："是三哥告诉我的。"

牡丹不对她的行为作任何评价，只道："你是因为讨厌平阳郡公呢，还是因为别的原因？你不怕？"

蒋云清叹道："我讨厌他做什么？他脑子不明白，也怪可怜的。最坏的结果就是闹大了，汾王府不饶我，然后声名狼藉，我去做女冠，大家就都清净了。我姨娘也用不着再为我死一次。"

牡丹道："你愿意和我说这些，我很高兴。这次你和我去汾王府赴宴，倘若再遇到平阳郡公，你会怎么办？"

蒋云清苦笑道："您放心，我不会给您添麻烦的，我会好好说。当时我打了他，他……"她的表情有些古怪，眼中有泪，嗤笑了一声，"他没打我，大概在他眼里，我是个最可怜不过的可怜虫。"就连一个傻子都会觉得她可怜，她的亲人怎么就没人觉得她可怜？

二人用了近半个时辰，挑了十多件摆设，命人造了册，一起拿去找老夫人。才到得门外，就听高端舒道："大表哥，龟兹是个什么样的地方？我一直很向往，却没有机会去。"

只听蒋长扬淡淡地道："没什么好说的，就是一个小城，人没京城多，也没京城繁华。"

高端舒笑道："风土人情总不一样吧？"

蒋云清"啪"地一下掀起帘子，冷冷地扫了巧笑嫣然的高端舒一眼，对着蒋长扬道："大哥，大嫂有些不舒服。"

蒋长扬立刻起身迎上去扶着牡丹："什么地方不舒服？"

牡丹朝他眨眨眼睛，他也就明白了，没有多问，扶着牡丹同老夫人道："丹娘不舒服，我们先回去了。"

老夫人不高兴地道："什么地方不舒服？就在这里歇着，请个太医过来看。"

牡丹胡乱道："头痛，回去睡一觉就好了。"她果然也是头痛，被国公府这一摊子烂事给搅的。国公府就像是和蒋长扬这桩婚事中附赠的臭鸭蛋，不得不要，还扔不掉。

老夫人便道："好生将养着，别误了大事。"她口里的大事，就是陪蒋云清去赴汾王府的宴会。蒋长扬厌恶地竖起眉毛来，很凶地道："什么大事都没她的身体重要！以后这些琐事不要找她，她累不得。"说完牵着牡丹的手就往外头去了，都不曾告辞。

老夫人气得直喘粗气，倘若不是如今国公府正在危难之中，依着她的性子，非得把这对不知天高地厚、不仁不义、不忠不孝的夫妻给逐出去，从此与国公府断了所有关系！

出了门，牡丹便问蒋长扬："谈得怎样？"国公府少闹腾，蒋长扬和她都要少很多事。在外人眼里，蒋长扬始终都是朱国公府的嫡长子，跑不掉啊跑不掉。

"他不甘心，但答应不再闹腾了，又可悲又可恶。"蒋长扬扶牡丹上车，细心地给她拿了一个靠枕塞在她腰后，"坐稳，咱们走了。"

牡丹揪着他的袖子："那还去汾王府么？"

蒋长扬道："应该还会去，只是可能态度会不同。"比如说原本打算让蒋云清花枝招展去的，这回大概会低调端庄地去，他看着牡丹，"你要是不想去，就让人推了吧。"

牡丹轻轻摇头："不能。"就算不为国公府，她也不能推托汾王妃。

车行到修行坊附近突然停了下来，蒋长扬在窗外道："有两个熟人，我和他们说句话。"

牡丹从窗帘缝里看出去，只见窗外阳光灿烂，车来车往，行人如织，有两个穿着皂色袍子的人站在蒋长扬的马前，眼睛正瞟着自己这个方向，她忙把窗帘放下，靠在车壁上，交代车夫："赶到路边去。"

车尚未停稳，前面突然骚乱起来，接着有人惊呼了一声："小心！"紧接着一阵喧哗，她们的马车也剧烈地晃动起来，牡丹还没反应过来，就被林妈妈一把搂入怀中牢牢护住，宽儿也爬过来紧紧抱着她，恕儿扒着车窗大喊："主君！主君！"

蒋长扬亦在外面大声喊道："别慌，我在！护着你们娘子。"接着听见他声嘶力竭地吼道，"拉住马！稳着车！出了事我要你们的命！"

牡丹紧紧护着小腹蜷在林妈妈怀里，心跳如鼓，眼泪都吓出来，她从没这么害怕过。因为从前只是她一人，现在却还有个宝宝需要她保护。马车很快平稳下来，喧嚣声却朝着另一个方向去了。有很多人大声地喊牛疯了，又有人喊救命。

顺猴儿在外头大声道："娘子，您还好么？您莫慌，没事儿了。"

"我很好。"牡丹稳住心神，扶着林妈妈坐起来，示意恕儿拉开车帘。车帘刚拉开一条缝，就被顺猴儿一把扯了下去，大吼道："谁叫你打开车帘的？外面这么乱！给我块帕子！"

恕儿又惊又吓，哭着反吼回去："你吼什么？是娘子叫我拉开的。"虽然很生气还是扔了块帕子出去。

顺猴儿安静了片刻，低声道："娘子，外头太乱，您还是安心养着，别看了。"

牡丹道："公子爷呢？"

顺猴儿道："您别担忧，那牛疯了，难免伤到人，他带了人去处置，很快就回来了。"

牡丹的心揪了起来："他带的人多么？你去帮他的忙吧，好端端的什么牛会突然发疯？有没有伤到人？"

有人在外面慢条斯理地道："夫人不必替蒋将军担忧，将军神勇，收拾一头疯牛不在话下。倒是夫人可还安好？有没有被吓着？要不要请个太医过来看看？"

是个年轻男人的声音，阴阳怪气的，还带着显而易见的倨傲和目中无人。牡丹一愣，光凭这声音，她认不得这人。

又听顺猴儿道："小的见过闵王殿下。"

闵王"咦"了一声，惊讶地道："哎呀，你的脸怎么了？为何满脸是血？来人呀，请个太医替他瞧瞧。"

顺猴儿道："谢殿下，不过就是一点皮肉伤，不妨事。"

顺猴儿受伤？难怪他不让拉开车帘，也不知道伤着了哪里？严重不严重？牡丹紧张得冷汗浸透里衣，她听见仿佛不是她的声音，却又是她的声音轻松而平静地道："给殿下请安。有劳殿下费心，太医就不必请了。只是妾身适才被惊吓了一回，妆容不整，有失体统，不敢出迎，还请恕罪。"

闵王哈哈一笑："没吓着就好。孤真替蒋将军担心呢，本想过来看看是否需要帮助，请个太医什么的，既然不需要就更好了。要说这京中，每年总会发生几起惊牛惊马事件，总是会出点伤残意外什么的，伤者无辜，实是让人同情。"

牡丹笑道："殿下仁慈。"

闵王笑道："哪里，哪里，孤只是见不得血……咦！蒋将军回来了？那牛怎样了？"

蒋长扬淡淡地道："谢殿下关心。那牛已然倒毙了。"

牡丹听见蒋长扬的声音，全身松懈下来，靠在林妈妈的怀里轻出了一口气。这会儿她才发现自己全身都在颤抖。

"啪！"的一声轻响，似是谁拍了谁的肩头一下，闵王道："果然神勇！明日这京中又要传将军独力引开疯牛，救人于危难之中的美事了。不过这牛也真是稀奇，走得好好的，怎么就突然发了狂？多亏今日是你陪在尊夫人身边，若是尊夫人独自出门，那可怎么好？京兆府应该好好整治一下了。今儿是你，明日说不定又是谁呢。"

这话里的威胁牡丹听得明明白白，这不是意外，而是警告。她听见蒋长扬的声音平淡无波："殿下说得对，今日是我，明日说不定又是谁，京兆府是该好好整治一下了。"

闵王又道："谁家的牛查出来没有？要好好给他个教训！疯牛怎敢让它上街？"

蒋长扬笑了一声，没说话。

接着闵王就要拉蒋长扬去喝酒，蒋长扬拒绝，闵王笑了两声，声音难听："既然将军这么忙，孤就不勉强了。"

蒋长扬恭送他："殿下慢走。"

牡丹立刻拉开车帘子看着蒋长扬："你还好么？"

"你还好么？"蒋长扬的声音几乎与她同时响起。牡丹见他身上有血，便指了指，"你？"

"牛血。"蒋长扬轻轻摇头，递手给她看，"只是手背上破了些皮。"然后活动了一下四肢关节，沉声道："顺猴儿他们几个被车辕砸到刮了，顺猴儿怕是要破相了。"

牡丹看过去，只见顺猴儿立在那里，用恕儿扔出去的那块帕子捂着眉骨，脸上果然血淋淋的。见她看过来，他立刻就背过身去："娘子别看，怪吓人的。"

蒋长扬阴沉着脸道："走吧。回去再说。"

"疼么？"牡丹用一块洁净的帕子轻轻把蒋长扬手上的血迹擦去，待得擦净了，方发现有一处伤口几可见骨，不由心疼不已，捧着那只手眼里就有了泪。

"丹娘，对不起。"蒋长扬抬起手来给她擦泪。牡丹扑进他怀里，紧紧揪住他的衣服，把头埋在他的颈窝里，咬着唇尽力不让自己哭出声来。当时尚且不觉得，这会儿才觉着真的是很害怕，她怕他出事，也怕自己出事，更怕肚子里的宝宝会出事。

蒋长扬叹了口气，轻轻拍着她的背，低声哄道："没事儿啦，没事儿啦。别哭，别哭，你一哭我就心慌。"事情只发生在须臾之间，他和人说着话，就看见一辆牛车发疯似的横冲直闯过来，看着牡丹的车是怎么都躲不过那一下的。当时他心都凉了半截，幸亏是顺猴儿和车夫，还有跟车的人机灵，马是上过战场的战马，轻易惊不得，这才没有造成大的损伤。事后他越想越害怕，倘若真出事，他永远不会原谅自己。

"我才没哭。"牡丹好一歇才放开蒋长扬，温柔细致地给他上药。蒋长扬默默注视着她，半晌方道："你怕不怕？"

牡丹抬起头来看着他，认真道："非常怕。不过听到你的声音就不怕了，可后来听说你去引开疯牛，我又害怕了，是不是闵王做的？"今天她遇到这种事，不曾亲眼看见就已经怕成这样，那么往日她没见到的时候呢，他遇到的事情铁定更凶险百倍。想到这里，她不禁又握紧了蒋长扬的手。这是她要牵一辈子的手，她不想放开，也不能放开。

"是他做的，他在警告我。"蒋长扬注意到她的小动作，心里一暖，也握紧了她的手，"我以为自己能保护你，结果还是让你涉险了。"他的声音有些苦涩，"对不起。"

"不是你的错，注意别沁湿了。"牡丹把绷带打上结，"那条疯狗太张狂了，有没有办法收拾他一顿？可不可以和他老爹说？"

蒋长扬摇头："不能说。差事交到我手里，办好了是应该的，办不好，总告状，我还有什么用？"凡事都要拿出证据，光凭闵王说那几句话作不得数。退一万步讲，找到证据又如何？皇帝会放着正事不做，去替自家儿子和臣下打官司么？

这个道理牡丹也懂，愁肠百结："你说你的事情很快就要办好了，是故意让我心安骗我的吧？你平日里遇到的事情铁定比这个凶险百倍是不是？要不然闵王也不会来找我的麻烦。"

蒋长扬出了一口气："丹娘，所谓的内卫，就是专干这些麻烦活的，大多数人的身份都没有公开。似我这等，面临的麻烦就更多，所以我才不愿再做内卫。你再忍段日子就好了，真的。"他露出一个自信的微笑，用鼓励的语气道，"闵王为什么会这样？说明他急了！他怕了，知道不？"

狗急跳墙是要咬人的。牡丹沉默许久，没再追问其他事情，只低声道："请你一定要小心。"她抚着小腹，"还有他，他也要你小心。我们娘儿俩都要你千万小心。"

她的脸一半隐藏在暗影里，一半迎着阳光，透出健康的、半透明的瓷白色，眼睛亮亮的，黑色的瞳仁里有两个他。她的表情非常认真，用的语气有些柔软娇嗲，又带着些强横霸道，总之是不容许他拒绝。蒋长扬心里一软，猛地将牡丹拥入怀中，沉声道："我答应你们，我不会有事。"

"说的不算，要做的。"牡丹闷闷地道，"以后我会尽量少出门。汾王府那里我明日就使人去推了。想来这事儿已经传出去了，她老人家应当能体谅我的难处。"

现在别说不去汾王府，就是她要天上的月亮和星星，想吃龙肝凤髓，他也依得她，想方设法给她弄来。蒋长扬轻轻吻了她的额头一下："好。"

牡丹咬牙切齿，恶狠狠地道："你答应我，一定要让他不得好死，身败名裂！"

蒋长扬一愣，随即笑起来："我答应你。"他和潘蓉，与闵王本来就是死敌，牡丹这句话最合他心意了。

二人依偎着坐了一会儿，蒋长扬扶牡丹起来："咱们去看看顺猴儿他们，今日多亏了他们。"

这一夜，牡丹蜷在蒋长扬的怀里，八爪鱼似的紧紧揪着他的衣服，贴着他、搂着他，就像是一个离不开父母的孩子。蒋长扬伸着手臂由她压着，酥麻的感觉从指尖一点点地顺着手臂往上爬，犹如蚂蚁钻咬一样，难受得很，他却没有收回手臂的打算。他把眼睛睁得大大的，一动不动地盯着绣了百子嬉戏图的帐顶，默默地盘算着。

翌日，林妈妈坐了驴车，掐着点到了汾王府，请人通传进去没多久，就有人出来请她进去："王妃这会儿刚好有空，让妈妈进去。"

"给王妃请安。给夫人请安。"林妈妈稳重地行下礼去，把来意说明，按着牡丹的话，只字不提闵王，只着重形容当时的凶险。

汾王妃沉静地听她说完，道："我昨日听人说有牛发狂在街上伤人，却没想到你们也碰上了。你家夫人没什么大碍吧？"

"没什么。"林妈妈含笑表示牡丹有了身孕，所以要将养一下的意思。

汾王妃表现得很欣喜，说了恭喜的话打发林妈妈回去，又说稍后会让人去看牡丹。

林妈妈的任务圆满完成，高高兴兴地告退。

汾王妃沉吟片刻，叫了陈氏过来："你替我跑一趟，去看看丹娘。若真是需要将养，就恭喜她有喜；若不是，就说到时候我派车来接她，我的车舒适，最适合她这样的人坐了。"

坐了汾王府的车谁还敢多事？

陈氏到了曲江池蒋家别院，温和地把汾王妃的问候传到，恭喜了牡丹，有些结巴地问她身体状况如何，需要休养多久。

牡丹心知肚明汾王妃果然知道事出有因了，也就改了主意，顺着陈氏的意思道是兴许那日也休养得差不多了，答应由汾王府的马车接自己去赴宴。

陈氏没走多久，又来了访客。

秦三娘坐着一辆朴素的毡车，只领了阿慧并两个跟车的仆从登门拜访。她已经迅速恢复了产前的身材，梳着最时髦的愁来髻，画月棱眉，眉间贴了款式最新的花钿，绯色长裙配檀色披袍，明艳却又稳重，一路笑盈盈风情万种地行来，叫牡丹都看得有些晃眼了。

秦三娘很得意牡丹的反应，笑嘻嘻地作小儿女态在她面前转了一圈："怎么样？和从前没什么区别了吧？"

牡丹笑赞道："比之从前更美几分。你瘦了，我倒是要开始胖了。"

秦三娘小吃了一惊，随即笑道："恭喜，恭喜。我可以和你分享许多美颜心得。"

牡丹笑道："先告诉我你是怎么瘦下来的？"

秦三娘笑了一声："这个最简单不过，少吃少喝。"

林妈妈大惊小怪："那怎么行？多饿呀。忍得了么？奴婢看，三娘子是天生的美人，用不着饿也会自己瘦下来。"

秦三娘笑起来："妈妈真会说话，听得我眉开眼笑的，但真是忍下来的。这就和其他事情一样呀，想要如愿，就得忍，再难也得忍。"

牡丹觉着她是别有所指，便笑道："同道中人，我也忍得。"

秦三娘会意地一笑："我替人传信来的。前些日子我们府里一个奴仆在街上遇到金不言，金不言传话给你，芳园的事情他也知晓了。"

"怎样？"牡丹抬眼看着秦三娘，蒋长扬等人到处找金不言都找不到，偏巧景王府一个小小的奴仆在街上就能遇到金不言，真是太巧了。

秦三娘道："他说不管是谁家的，只要能按着契书上写的条款按时、按质、按量交货就行。你这笔生意，稳赚了！"

牡丹道："生意是稳赚了，但我想着昨日就心有余悸，害怕极了，都不敢出门了呢。"

秦三娘叹道："金不言这事儿本打算只让阿慧过来说的，我是听说了昨日的事情，这才特意登门来看你，不然我那里也丢不开手。"

牡丹就问她孩子可好，可取了名。秦三娘轻描淡写地道："乳名叫全儿，他说等孩子满了周岁，就正式取名上宗牒。"说到这里她轻轻一笑，"这个小名的意思是福寿双全。这孩子果然也长得壮实，就没生过病，乖巧得很，几乎不怎么哭闹，就爱笑，很讨人喜欢。"

"恭喜呀。"牡丹笑道，"我也只愿自家孩子福寿双全就够了。"她猜秦三娘口中这个讨人喜欢，大约就是讨景王喜欢，能上宗牒，说明母子二人到时候就能得到正式承认了吧？

"同喜，同喜。"秦三娘微微一笑，"做母亲的心情都差不多。好了，知道你安好，我就放心啦。我那里还有事急着要处理，就不久留了。"

牡丹看她登车而去，立刻叫顺猴儿过来："烦劳你带伤跑一趟，就说汾王妃派了陈夫人过来看我，彼时派车来接我去赴宴，我已经答应了；还有就是秦三娘上门来瞧我，替金不言传话。金不言是景王府的奴仆在街上撞见的，再有，她说家里有急事要处理，只在我这里留了一盏茶的工夫。"

顺猴儿迅速去了，午后回来道："公子爷说他知晓了，让您多休息。要是来得及，请您备些好的素点心送去福缘大师那里，若是来不及，小的出门去买。"

"来得及，来得及。"牡丹叫人去厨下收拾做点心，又叫林妈妈把干果挑四样好的装盒一并带过去。这里刚收拾妥当，又有人说蒋重来了。

牡丹只好又迎了出去。蒋重皱着眉头看了她一回，道："你们都还好吧？大郎又去办差了？"原来也是听说了那事儿，上门来探望的。

他能想到主动上门探望，牡丹还是高兴，便简要地说明了一下情况。听到蒋长扬受了点轻伤后，蒋重长长叹了口气，站着发了会儿呆，游魂似的走了，走到门口才又突然想起来似的交代牡丹："既然受了惊吓，就去将养着。你……劝劝他，不要太拼命了。"

"是。"牡丹探着脖子看着蒋重游魂般地飘了出去，蒋长扬说得对，因为没有希望，所以蒋重没有精气神了。

傍晚时分，蒋长扬和潘蓉一起回来，潘蓉替白夫人把对牡丹的问候传达到，就与蒋长扬、袁十九一同关在一起到半夜时分才散。

蒋长扬轻手轻脚地摸上床，牡丹翻身将他抱住："今日国公爷过来了，让你不要太拼命。"

蒋长扬一愣，随即一笑，咬着她的耳朵道："我下午去找了景王，他也被闵王咬了一口。"

牡丹笑道："你找金不言这么多天，景王府也不见吱一声，咱们这里刚出了事，秦三娘就来了，我就猜着没这么巧的。是不是用金不言的事情来交换？"

蒋长扬点点头："是有点那个意思。"一个昙花楼，可以做的文章太多。他估摸着，皇帝并不是要清算什么，而是借这事件试探各方的反应。待到真相查出，皇帝得到了所想要的，他自己却是一个不小心就要得罪许多人。查出真相不难，难的是全身而退。

一夜无话。转眼到了汾王府宴会这日，国公府一大清早就把蒋云清给送了过来。果然不出蒋长扬所料，蒋云清此番装扮得清新不失稳重，的的确确像是个公府女儿了。

未时，汾王府果然派了车来，蒋云清惊讶万分。牡丹解释："我那日受了惊，见着马车就心慌，我又……"她的脸有些微红，"你哥哥本是不许我出门了的。我使人去汾王府告辞，王妃便让陈夫人来瞧我，道是她的车又宽又软，马儿也温顺，我推辞不得，只好觍着脸受了这份好意。"

蒋云清听出些端倪来，转而笑道："嫂嫂，您又如何了？"

林妈妈笑道："我们少夫人面皮薄，说起来总不好意思的，娘子就别打趣她了。"也是时候传话到国公府去了。

蒋云清看着牡丹和林妈妈等人的神色，越发确定了心中猜想，不由笑道："恭喜大哥大嫂，这真是太好了。"

果然如同臧嬷嬷所言，客人真的不多，多数是上了年纪的夫人们，也有几个年龄与蒋云清相仿的年轻姑娘。这些人牡丹都认识，都是和王夫人比较谈得来的，算是熟人。蒋云清随行一旁，听着看着，若有所思。汾王妃亲切地道："清娘平时很少出门？"

"祖母年迈，母亲也不爱出门。"蒋云清给汾王妃和陈氏行礼，"请恕小女无礼，轻慢了平阳郡公。"

牡丹便在一旁道："府里都说王妃与夫人心胸宽阔，不计较呢。刚才清娘一路行来都很担忧，我就劝她不必，见了王妃和夫人就知道都是好人了。"

好话人人都爱听，何况汾王妃也认为自己果然是心胸广阔的，便哈哈一笑："不过是小孩子的游戏，有什么可计较的？今日我让你过来，是觉着你也受了委屈，希望你别和我家小四计较，你倒是先给我们赔上礼了。"

蒋云清低声道："是我不对。"她不该因为自己的事拿小四作筏。

陈氏叹道："好了，既然误会解开就不要再提了。"

汾王妃就叫陈氏："你陪着清娘在这园子里走走看看，我和丹娘说说话。"

牡丹与汾王妃说了会儿话，忽听外头传来一阵笑声，却是个年轻男子的。牡丹想到留在外面的蒋云清，就有些发急，汾王妃也大吃一惊："谁会跑到这里来？胆敢这样地笑！"

那笑声响了两声也就没了，倏忽来倏忽去。牡丹与汾王妃面面相觑，却见陈氏快步进来，欢天喜地地道："娘，您怎么也想不到。是小四在笑！"

汾王妃猛地站了起来，声音有些颤抖："你说什么？"

陈氏反复道："小四在笑！我陪着清娘在外头看花，走到悬崖菊那里时，黄鹂有事要回禀。我便让清娘在那里等我，谁知回来就看到三个孩子互相扔泥巴玩。"

陈氏有些语无伦次，牡丹听了好一会儿才算明白经过。大意是蒋云清独自在悬崖菊那里看花，小四和嗣王最小的儿子十五郎一起来寻汾王妃，哪承想就看到了蒋云清。小四没什么反应，十五郎却恨蒋云清打了小四，于是从池塘边挖了稀泥，丢去扔在蒋云清身上。蒋云清先是忍气吞声，尽量躲避，后被一块稀泥砸在脸上，便也暴怒地抓了泥反击，双方都是闷声不响地互相扔泥，谁也不让谁。小四看着看着也抓了泥巴加入战团，他打了蒋云清一下，蒋云清也扔了他一脸，他却突然笑了起来，这可是从未有过的事！

陈氏和汾王妃都欢喜得不知说什么才好。

须臾，蒋云清被人拥了进来，满头、满脸、满身的泥，眼睛瞪得大大的，嘴唇咬得发白。显见得是气得不轻，却还能镇定地给汾王妃行礼，语气淡淡的，没显出多少愤怒："云清失礼了，请王妃莫要怪责。"

跟着"噔噔噔"一阵脚步声响，小四冲进来，径直往蒋云清面前站了，把脏兮兮的手往她面前摊开，眼睛直直地看着她。众人都屏声静气地看他到底要做什么。蒋云清呆呆地看着小四的手，掌心里爬着一只个头稍比其他蚂蚁大一些的黑蚂蚁……他把她当成什么？玩伴？

"小四。"汾王妃小心翼翼地道，"清娘不喜欢蚂蚁。"

小四固执地一直抬着手放在蒋云清面前，每当那蚂蚁要爬出去的时候，他又把它拨回去。如此反复再三，蒋云清吸了一口气，大着胆子捉住那只蚂蚁。

看到蒋云清拿起那只蚂蚁，所有人都松了一口气。小四眼里露出几分快活，眼巴巴地看着蒋云清。蒋云清僵硬地拿着那只蚂蚁，不知该怎么办才好。小四等了会儿，见她拿着蚂蚁不动，便又把手摊开放在她面前，蒋云清赶紧把蚂蚁放回他手里，他便小心翼翼地把那只蚂蚁放在门外，然后自顾自地走了。

所有人都能看得出来，小四喜欢蒋云清。不管是把她当做玩伴还是当做什么，他对她都有着不同寻常的关注。汾王妃轻轻叹了口气，暗自命人去备礼，准备改日登门拜访朱国公府。

牡丹和蒋云清刚上来，将车帘放下，蒋云清就委委屈屈地靠着牡丹的肩头，咬着唇，眼泪一颗一颗地滴下来。牡丹知她忍这眼泪已然忍了很久，便递了块帕子给她，轻轻拍着她的背，指指车外，示意她别让汾王府赶车的人听见了。

蒋云清默默流了一会儿泪，擦干眼泪坐直身子，看着车上的金泥凤纹锦缎帘子发呆。

牡丹轻声道："难为你了，一直忍到现在。"

蒋云清轻轻摇头："没人疼的人没资格流泪。"敢在牡丹面前流泪，是因为知道牡丹不会表面同情背里嘲笑她。

牡丹听得心头一酸。

不多时，到了朱国公府，蒋云清敏感地发现府里的气氛不太一样，便道："今日家里的人怎么变多了？"

下人笑道："夫人病好回来了。"

行至老夫人门前，果然听到杜夫人在里头不疾不徐、语气温柔地道："说来也奇怪，我做了这个梦，一觉醒来病就去了七八分。"

蒋长义再过几日就要成亲，该准备的都准备得差不多了，选在这个时候出现，是打算既不担责，又要正她国公府女主人的名？牡丹微微一笑，稳步入内。不等见礼，老夫人就眼尖地发现蒋云清的衣裙换过了，于是怒发冲冠："怎地换了衣服？"

杜夫人不怀好意地笑起来："老夫人别急，云清胆子自来就小，别吓着了她，反而说不清楚了。你们好好说，这是怎么了？"

牡丹忙道："汾王府的十五郎因为上次的事情不满，扔了稀泥在云清身上，衣裙都弄脏了，所以不得不换了。"

老夫人一听，如同泄了气的皮球，白白浪费这一番心力，反倒是送上门去给人羞辱的。气死她了，看蒋云清越发不顺眼起来，不但没用，还尽给家里丢脸惹麻烦。

杜夫人却缓缓道："那么汾王府就这样算了？"

牡丹回道："赔了礼，我们来的时候十五郎还在廊下跪着的。"因见老夫人那副仿佛与蒋云清有仇的模样，便重点加了一句，"是汾王府的马车送我们回来的，车还在外头候着，不便让他们久等，我这就去了。"

老夫人的眼睛果然一亮："汾王府的马车送你们回来的？谁的马车？"

蒋云清淡淡地道："是汾王妃的马车，嫂嫂来去都是它接送。"

老夫人猜是因为王夫人，汾王妃故意给牡丹长脸，便不以为然地道："丹娘真是不懂事，你自家有车，为何还要给王妃添麻烦？当心人家说你轻狂。"

杜夫人却是默然看着牡丹，一言不发。牡丹那日在街上险些被疯牛撞，蒋长扬和闵王有矛盾的事情她已然知晓，也是她心情好的原因之一，但汾王妃此举似是别有深意，至少表明愿意罩着牡丹。

蒋云清见老夫人说得难听，便道："嫂嫂家里的马车坏了，她又有了喜，那日受了惊吓，哥哥本是不许她出门的，王妃这才使人派了车来接的她。"

屋子里静悄悄一片。杜夫人和老夫人俱是大惊失色，不是说牡丹不会生么？怎么不声不响就怀上了？婆媳二人甚至怀疑地看着牡丹的小腹，别是又玩弄什么花样吧？

"什么时候的事？有多久了？"老夫人抢先发问。

杜夫人捏紧帕子，皱着眉头死盯着牡丹看，嫡长孙要出世了啊？

牡丹微微一笑："就是前几日被惊吓之后才诊出来的，大概是中秋前后吧。"

老夫人默默一算，现在已然是十月十六，那也就是说将近两个月了。女人家，又是结过一次婚的，怎可能什么都不知道？分明就是刻意隐瞒！心里顿时就不舒坦起来，疾言厉色地道："你也太不小心了，自己的身体是怎么回事都不清楚？还四处乱走，多亏没出意外，否则岂不是犯下大错？"

牡丹嫣然笑道："您老说得是，孙媳妇这就告辞了，以后也自当小心，不会出来乱走的。"言罢行礼告退。

林妈妈忙上前将她牢牢扶定："您走慢一点儿。"走到门口，牡丹还能感觉到杜夫人的目光落在自己背上。

牡丹刚备好晚饭，蒋长扬就回来了，听说老夫人呵斥她，便道："既然她让你不要到处乱走，过两日你就别去了。"

牡丹微笑："当真不去了？"

蒋长扬斩钉截铁地道："当真不去了。"原本也没指望牡丹有孕国公府的人会替他们高兴，但果然听到这反应的时候，心里还是不舒坦了。再说彼时人多事杂，若是谁不小心推牡丹一把，简直得不偿失。

牡丹便指着他笑："你说的话自己负责，记好了。"

蒋长扬笑道："你不就是想听这一句话么？我说给你听，我负责。你什么时候看到过我怕他们中的谁？"

牡丹抿嘴一笑，重回正题："事情有进展么？"

蒋长扬道："找到金不言了，大概过几天就能结案。"

牡丹笑起来："这么快？他真的是昙花楼那个死里逃生的人？"

蒋长扬见她好奇，不由笑了："现在还说不定。"他指指天上，"一切都得看那个人怎么打算。"

过了没两日，林妈妈去国公府送东西，回来笑道："汾王妃第二日就备礼亲自去了国公府赔礼道歉，也带了平阳郡公和十五郎一起去，让十五郎当众给清娘子作了两个揖。王妃盛赞了清娘子一回，在府里留了将近一个时辰，当天晚上雪姨娘就放出来了，国公府的人很是高兴。"

牡丹挑了挑眉："是不是把话挑明了？"

林妈妈道："倒也没有，只说等到冬天还要请清娘子去府里赏梅。"

牡丹不由暗忖，汾王妃约莫是想徐徐图之，希望蒋云清想通了，有朝一日心甘情愿。罢了，各有命数。

转眼到了十月二十这一日，第二日萧家要使人去铺房，国公府那边果然让牡丹过去帮着招呼，牡丹没露面，林妈妈出面谢绝："我们少夫人这两日害喜得厉害，去不得了。子嗣是大事，若是出了差错，休说老夫人要怪罪，大公子也不会饶过，谁敢冒险？"

来人把话带到，老夫人一跳八丈高，是什么了不起的大事，是个女人都会生，她何牡丹侥幸怀上就开始翘尾巴了。前些天还活蹦乱跳的，被牛车撞了也还好好的，要做事就开始害喜了，装什么装？老夫人自己不高兴，却不愿直接和牡丹对上，便让人去对着杜夫人唠叨，意思是杜夫人这个婆婆不管事，也不管教教儿媳妇，放纵得无法无天。不来请安也就算了，有事叫了也不来，谁家的媳妇敢这样？

杜夫人冷笑，这会儿知道她是牡丹的婆婆了，那会儿老妖婆还想着让蒋长扬和牡丹去看她的笑话呢！怎么就没想着给她留几分体面？当下轻飘飘一句话打发了来人："子嗣是大事，是该休息的。我也怕出事呢，去和国公爷说说。"

来人也是妙人，果然就去和蒋重说。蒋重发怒把来人轰了出去："子嗣是大事，既然害喜，硬逼她来做什么？大郎办的是紧要差事，她要操心的事本来就多。这家里又不是没人了，这些小事找她作甚？找我作甚，人都死绝了？"一群不知轻重的人，当下对老夫人和杜夫人之间这种无休止的争斗和耍小心眼生出十二分的厌烦来。

老夫人到底还是心疼儿子，遂不再提此事，只骂杜夫人不知轻重，不管事，是个吃闲饭的。杜夫人自动忽略，只暗想，蒋重还挺看重这个嫡长孙的。然后也觉着，牡丹太小题大做了，尾巴都翘上天了，看她生出个女儿来怎么办！

铺房这一日，萧家浩浩荡荡地去了一大群衣饰华贵的人，极尽排场，去了以后任何事情都严格要求遵照古礼，绝对不容许任何差错。就连国公府这边事先准备好的，也要按照他们的要求重新再来，充分显示了作为一个百年世家的与众不同和重礼守礼，也充分显示了对朱国公府这个没落府第的鄙视和轻慢。

新妇尚未进门，就要压婆家一头，待到进了门还得了？国公府上下怨声载道，老夫人气得脸青嘴乌，差点没把老毛病给气得发作了。杜夫人冷眼相看，任由萧家去作，还挑着人闹上一闹，只怕他们闹腾得不够欢，架子摆得不够大。

临了，临了，折腾了一整日，已经收工，摆酒席请萧家人吃饭的时候，杜夫人又使人给萧家心里埋了一根大刺——萧越西的妻子吴氏身边一个得力的嬷嬷去解手，听到有人在外头低声议论：“今日萧家的排场倒是极大，可惜也不过是嫁给三公子这个养在夫人名下的庶子。嫁庶子就这么闹腾，若是嫁嫡子还不得翻上天去？”"翻上天去又如何？任她怎么跳，也不过配个丫头生的庶子。"然后是一阵讥笑。

世家大族的嫡长女嫁了个名不见经传的庶子，还是丫头生的，那嬷嬷气得要命，飞也似的去找吴氏。吴氏出身于博陵吴氏，也是五姓七家的嫡女，最是看重这些，气得脸都绿了，当下就让人去请杜夫人过来说话。

杜夫人看到萧家人一脸愤慨，快意之极，却装作什么都不知道。吴氏寒着脸要她给个明确的答复，杜夫人嫣然一笑，矢口否认："这是什么人乱嚼舌头？这种话都能传出来。嬷嬷指给我看，看我不严惩她！"其他话却不说了，也不作任何保证。丫头生的庶子又如何？事情已经到了这一步，你萧家还能不嫁女儿了？不嫁行呀，残花败柳还有谁要？不嫁更好呢。

吴氏竟然就被噎着了。待要质问蒋家欺瞒吧，明明这个女婿是自家人去钓来的；待要强求国公府给个什么保证吧，杜夫人来了个矢口否认，无从下手，但这口气真的是咽不下去啊！

萧雪溪的姊娘见吴氏无所应对，便猜着她是对这种事情见识少了，索性站出来道："这事好办得很，都是下人在乱嚼舌头。既然夫人说了要严惩那不知事的狗奴，我们就等着。"

吴氏立刻明白过来：赌气不嫁是不可能的，但不追究这事儿，忍气吞声也是不行的。还没进门就给人这么糟蹋，待到新妇进门，还不得被人糟蹋死了？姑且只能把蒋三当作嫡子，既然杜夫人推到下人身上去，她们就找下人的麻烦，为难一下国公府。便道："做亲家也要互相尊敬，这样的闲话传了一次还可能传二次，得把根由断了才好。"言下之意就是要杀鸡儆猴，未进门先立威，重惩那说闲话的下人。

杜夫人笑道："多谢众位贵客不计较，原是我们府上的下人失了礼，但我重病刚刚归家，有些事情还没理清，不得不觍颜请客人帮忙告诉我，是哪个大胆的下人干的好事，我好处置了她，替贵客出气，断了这个根由。"金珠立刻往里头去禀告老夫人和蒋重，只说吴家不知从哪里听来的闲话，非说蒋长义是丫头生的庶子，闹着不结亲了。

吴氏十分不舒坦，明明是国公府的下人自己失了分寸，这样的情形在哪个府里都该被严惩，轻则赶出去，重则悄悄打死了的也有，怎么杜夫人这话倒是为了要替她们出气才找下人麻烦？让她们帮着指认，那嬷嬷本来就是在里头听见外面的人说闲话，只闻其声不见其人，难不成还能把国公府的下人全部叫到面前一一指认？把所有人都得罪光了，日后萧雪溪，怎么做人？

吴氏此时是看出杜夫人不怀好意了，便淡淡地道："夫人说这话我不敢受。倘若夫人是为了让我们出气，那不必了。夫人事多，府上忙碌，我们就不打扰了，走吧。"于是酒席也不吃了，站起身来就要走。萧家众人见状，也都纷纷扔了杯盏碗筷，闹嚷嚷地要走，讥笑嘲讽一片。

杜夫人做出十分惊慌的样子："好端端的，怎么要走？可是我们哪里做得不妥当？我不是不明事理的人，说出来好商量呀！该怎么办就怎么办，绝不含糊。"又叫柏香去通知蒋长义。

吴氏要的就是这个效果，表情却越发冰冷倨傲："不必了，就不给府上添麻烦了。"

一场好戏刚刚开头，杜夫人怎肯放他们走？当下也肃了神色淡淡地道："如今两京的人都知道我们两府已然做了姻亲，好日子就在明日，要来做客的人不说多，却也不会少。若是府上有什么不满意的，只管开诚布公地说出来，我们该怎么办就怎么办。少夫人不肯吃酒席，也不肯说什么地方不满意，非得要走，就不怕我们有想法，传出去让人家笑话我们两府的人儿戏么？被人笑话事小，耽搁了孩子们却是大事。"

她这话说得义正词严的，让人无从反驳。毕竟一开始她的姿态摆得就低，并没有明着和萧家人对着干，众人要驳也不好驳。吴氏就动了心思，这事情事关两府，不是小事，她不是萧雪溪的父兄，只是长嫂，做不得这些主。做好了没功劳，做不好却要讨埋怨，萧雪溪的婚事若是因此受损，过后还不知怎么埋怨自己呢。当下便有些犹豫，想要留下来，却又觉着杜夫人甩脸给她看，面子没捞回来，没台阶下，便也不说话，也不走，板着脸不动。

杜夫人猜着吴氏的小心思，于是越发逼迫过去："少夫人倒是说呀，别让我急。好说好商量，这是办喜事呢，就要大家伙儿心里都舒坦才好。"

萧雪溪的娣娘站出来道："这是办喜事呢，大家都坐下，有话好好说。咱们请老夫人出来，敬老人家一杯酒，听她和大家说。"既然是嫡母而非生母，自是包藏祸心，得找老夫人才妥当。

杜夫人才不拦着呢，含笑道："适才已经让人去请了，马上就来。请诸位稍候，来，来，来，吃着喝着。"又当着众人的面大声叫厨房重新换热菜。

却说老夫人在里头听见这事儿，气得当场就砸了杯子。一边怀疑是杜夫人使坏，又对萧家十二分地讨厌，连带着厌憎上了萧雪溪。她原本就觉着萧雪溪不守妇道，只是这门亲事到了这个地步，念着能替家里捞回些好处，也就算了。萧家这样闹腾，分明是不把人放在眼里。蒋家是娶媳妇，可不是请菩萨。

其余人见她大发雷霆，都不敢上前去劝。只有金珠睁着黑白分明的眼睛，懵懂不知事地催："请老夫人示下该怎么办才好？那萧家许多人围着夫人一个人说个不休呢，夫人连连赔小心，说她们要怎样都好商量，还是不饶，怕是快支持不住了。"

老夫人瞪着金珠喘气，又听外头来报："萧家人要走了，酒席也不吃了。夫人苦劝，萧家少夫人刁难夫人呢。"

接着又传话进来："好了，好了，夫人拦住了，但是萧家人非得要见老夫人，要您给她们交代。"

给什么交代？不要脸的小娼妇也值当么？老夫人气得颤抖起来，正想着这亲要不别结了！却又听人说："三公子来了。"

接着蒋长义大步走进来，脸沉如水，猛地往她面前一跪，泣不成声："都是孙儿不孝，给家中蒙羞，让祖母操劳。"然后伏地痛哭不起。

蒋长义这里哭声未落，蒋重又板着脸走进来："母亲莫操心，待我去。"然后长长叹息一声。

老夫人将这门亲事的利弊分析了一回，将手里的拐杖使劲一蹾，恨声道："好！我忍！"于是不许蒋重出面，男人是家里的顶梁柱，这种丢脸的事还是让她处理好了，又恨恨地道，"义儿！你要好生记住今日的耻辱！他们无非是欺负我家失势，你官职低微罢了！想当日……"

当着下人的面，老夫人没继续说下去，但众人都明白她的想当日是什么意思，就是蒋重还风光之时，萧家算计这门亲事的丑样。

于是蒋长义收了眼泪，重重磕头："孙儿不孝。"这门亲，他无论如何都是要结的，现在忍忍算什么？

老夫人扶着拐杖赶到宴席场所，萧家人一改先前的冷脸，笑眯眯上前行礼问好，然后又软悠悠地拿话逼老夫人。老夫人暗恨，笑得无比慈祥："义儿本来就是养在他嫡母名下的呀，而且也一直是他嫡母和我亲手养大的，这事儿我们从未有过故意隐瞒，难道府上不知么？"

这亲事是先成了才定的，无论如何都得接着，萧家人的脸色难看起来。杜夫人快意无比，这可不是她撕破的,而是老夫人自己撕破的,第一个目的已达到。

接着老夫人又冷笑:"虽然事实如此,但是说那话的人果然是没规矩!不但轻慢了客人,也丢了国公府的脸面。不能轻饶,势必要断了这个根由!来人,马上给我查!"哼哼,分明是杜氏搞鬼,等她借着这机会好好收拾一顿。

半个时辰不到,就有两个婆子被绑了上来。老夫人大吃一惊,这是她的人,并不是杜夫人的!那两个人自然不肯认,说她们只是在那外头待过而已,不可能说出这样不知轻重、不懂规矩的话来。

老夫人却是想好了的,便皱着眉头吩咐道:"每人打四十军棍,赶出去!"

杜夫人忙道:"太重了,大喜的日子不好这样。"

大喜的日子谁家愿意见着血光?除非是不想这门亲事好了。萧家人想得到,却是故意逼蒋家,老夫人想到了,却是故意做给萧家看。此时听杜夫人把话明明白白地说出来,萧家人倒也罢了,没什么其他表示。老夫人仍然是气呼呼地道:"不行!必须严惩!不然以后要乱套了。"于是要把这两个婆子拖下去严惩,那两个婆子不停地喊冤,一脸的不服。

萧家人低声商量了一会儿,觉得既然老夫人已经表态,没必要再追究下去,吴氏便出来做好人:"算了,我替这两位妈妈讨个人情,说不定中间有什么不知道的误会。且先记下,办完喜事再说。"按着她的猜测,老夫人是不会做这种事的,多半是杜氏指使,不如把人留下来,就等于给杜氏添了两个敌人。

杜夫人目光如利剑,中间有什么不知道的误会?呵呵,这指的不就是她么?当下笑道:"少夫人仁慈,我也是这么个意思,老夫人,您看是不是暂且先这样?"依着老夫人的性格,这一放就是不了了之,过后萧雪溪还有得受。

老夫人也就顺水推舟:"好吧,不能为了这两个东西误了大事,先拖下去关在柴房里,等喜事过了之后再慢慢发落。"然后皮笑肉不笑地望着吴氏道,"少夫人,你放心,雪溪嫁过来我们不会亏待于她。"

吴氏敛衽行礼,开始说客气话:"那我们就放心了,她自幼娇生惯养的,若是有失礼不得当的地方,还请老夫人和夫人莫要与她计较,该骂的骂,该教的教。"

于是众人都忘了刚才的事情,虚伪地客套着,气氛渐渐热烈起来。

第四十五章　三喜

牡丹为难极了,她没想到蒋重竟会亲自上门来接她回去。谁会想得到呢,一向看她不顺眼、总觉得她高攀了,阻碍了蒋长扬前程的朱国公,有朝一日竟会亲自带着马车来接她?不管这是因为她腹中那个尚未成形、不知男女的胎儿,还是因为蒋重想要收买蒋长扬的心,他如此隆重,实是不好随便打发。左思右想,只得采取"拖"字诀:"父亲,儿媳有许多东西要收拾,现下已然天晚,家里也没安置妥当,来不及了,不如明日我和成风一起赶早过来,您看如何?"

蒋重淡淡地道:"家里什么都有。不过住一两天,也没隔多远,有事随时可以找到,方便得很。就算家里没有的,让人明日送过去就是了。"

牡丹干笑一声:"您说得是,但大郎一大清早就出去,说是要进宫,现在也没见回来,半点音信都没有。儿媳心中甚是挂念,也没心思做其他事。"

蒋重却是与她拧上了："那你就更该和我一起回去，我派人去宫城外头候着，见着就让他直接回家。"

"那不必了，已然着人去候着了的。"牡丹无奈之极，便道，"不瞒父亲，儿媳这两日都吃不下东西，只爱吃林妈妈做的几样清粥小菜，过去怕给厨房添麻烦。"

蒋重的神色顿时变得很难看，不就是防着府里的其他人么？要说这个，府里还没出过这种丢丑的事情，闹得最大的无非就是杜夫人算计蒋长扬不孝那件事，此外还真没出过什么当面出人命的事。这儿媳果然是从刘家出来的，心思太多太复杂。

牡丹继续装糊涂："三弟成亲是大事，成风无论如何都要去的。我也想去，就怕这一日三餐没个顿头，给家里添麻烦。"

蒋重咬了咬牙，忍住不愉快，道："既然如此，就让人在映雪堂弄个临时的小厨房好了。你想吃什么，什么时候想吃就让身边的人做，这样可以了吧？"说到底，他就是怕蒋长扬和牡丹临时缺席。如今国公府江河日下，若是少了蒋长扬去撑门面，只怕那场面会冷清得丢死人。

牡丹也就不客气地应下，虽让林妈妈去收拾东西，但还是坚持要等蒋长扬回来。蒋重忍得脖子上的青筋都鼓了起来，却也只有忍着。二人一直等到酉时三刻，犹自不见任何音信，别说牡丹焦急，蒋重也担忧起来。

他把前后事一联系，突然就觉得皇帝让蒋长扬办这差事是不安好心的。越想越觉得心惊肉跳，坐立不安。倘若蒋长扬被揪了错处，下一个就是国公府。于是命令牡丹："大郎媳妇，跟我回去。"现下让牡丹跟他先回国公府是最好的，万一出了什么事，总比她一个妇人独门独户地在外头妥当。

牡丹不知他心中所想，推道："我等大郎回来。"

蒋重发怒："我的话你敢不听？你可知道什么叫做孝道？"

却听蒋长扬的声音在门口冷冷地响起："国公爷来了？怎不提前使人来说一声，儿子也好在家恭候。"好威风，跑他家里来耍威风了。

蒋重见蒋长扬完好无缺，衣着光鲜，那根紧紧绷着的弦终于松了一松，脸色却极难看："明日是你三弟的正日子，我亲自来接你们回去。"他把"亲自"两个字咬得重重的，谁家的父亲会亲自来接不孝的儿子儿媳？也只有他了。他若不是想着怕又遇到什么疯牛疯马的，他也不耐烦。

蒋长扬淡淡地道："不是明日么？我记着的，到时候自然会去。"说着接了牡丹递上的茶汤一饮而尽，喝了一盅又要一盅。牡丹猜他怕是一天都没喝水，便低声问："饿么？"

蒋长扬点点头，抓起旁边的糕点就往嘴里塞，那糕点是牡丹特意为他弄的咸味，吃着倒还顺口，于是便把因为饥饿而产生的烦躁渐渐压了下去。

他舒畅了，蒋重却不舒坦了。蒋重想着自己为了他焦虑了这许久，好不容易见着了人，也不见他把事情经过和自己说说，来了就是冷冰冰的，专和自己对着干，心里越发恼怒。可想着当牡丹的面吵将起来，最后丢脸的还是自己这个做父亲的，便生生忍下，用越发冷淡生硬的口气道："记得就好，你家的马车不能用，我把府里的车带过来了。映雪堂也收拾妥当了，你们马上跟我回去。"

牡丹见蒋长扬垂着眼不语，记得他一饿肚子就会烦躁，便低声道："先让人给你弄碗热面汤。"

"不必了，就吃这个垫垫底，稍后吃晚饭。"蒋长扬微抬下巴，看着蒋重，"也行。正好我手里的差事交了，过几日便要去兵部。"

牡丹一愣，随即回头盯着他看，是不是真的？蒋重也一愣，皱起眉头看着蒋长扬。

蒋长扬淡定地道："听说是兵部职方司郎中，今日已经拜见过张尚书和两位侍郎了，正式的任命过两日就下。"

蒋重一喜,兵部职方司郎中,从五品上阶,掌地图、城隍、镇戍、烽候、防人道路之远近及四夷归化之事,也是要职。以蒋长扬的资历和功劳来看,得到这个职位其实是很恰当,可随即他的眉头又一皱:"我记得原来在这个职位上的人是韩士钊……"

蒋长扬打断他的话:"他的祖父死了,匿不举哀,已被革职。"

这韩士钊是闵王那一派的人,匿不举哀不会是最近的事,可恰恰就在蒋长扬要去兵部的关口刚好出事,蒋长扬又刚好顶上,这中间绝不是偶然和碰巧这么简单。蒋重惊疑不定地打量着自己的长子,这孩子的行事风格和他完全不同,想要的就一定要拿到手,这个性子其实是很令人担忧的。

蒋长扬神色淡淡,看不出任何喜怒哀乐。

蒋重知他不会和自己透露半点情由,只得叹了口气:"只怕你这个差事不好办。"闵王会更疯狂的。

蒋长扬无所谓:"这个你就无需操心了,我吃得下。天色晚了,走吧。"简单地吩咐过邬三几句后,父子二人沉默着各自上了马,护着牡丹的车,踏着暮色往朱国公府而去。

朱国公府正值饭点,牡丹不想动桌上的饭食,又不想做得太明显,便起身伺候老夫人用饭。蒋长扬也不说话,也不吃饭,就淡淡地看着老夫人。老夫人被他看得不自在,偏还赌上这口气了,就要牡丹伺候咋的了?

蒋重看不下去:"大郎媳妇,你不是身子不妥么?不想吃就在一旁歇着,还有夫人和云清呢。"然后又趁机宣布了蒋长扬的事,"大郎过两日要去兵部职方司任郎中。"

众人都小吃了一惊,心思各异,杜夫人一时之间竟似被魇着了一般,傻傻地坐着直发呆。蒋长义反应最快,立刻起身恭喜蒋长扬,提议上酒。

这算是近来最好的消息了,老夫人挑了挑眼皮子,放过了牡丹:"身子不妥就别折腾了,想吃什么,让厨房另外给你做。"

牡丹轻声道:"家里事多,厨房还要准备明日的宴席,我让林妈妈单独做点就好了。"言下之意就是要开小灶。

蒋重也就想起自己许诺过的话,便吩咐杜夫人:"让人弄几个行灶和几筐好炭送到映雪堂去。吩咐厨下,他们要什么食材,只管供给。"

这府里只有老夫人有小灶,她自己都没弄呢,杜夫人怒火中烧,愤懑不已,脸上却露出一丝淡淡的笑来:"好。"

牡丹心满意足地吃着林妈妈做的吃食,不时快乐地晃两下头,轻轻推一下躺在一旁想心事的蒋长扬:"真不和我一起再吃点?"

蒋长扬宠溺地拍拍她的背:"不吃,你快吃吧。"

牡丹放下碗筷,趴在他身边轻声道:"以后你都可以按时回家了?不会再弄那些乌七八糟的事了吧?"相比蒋长扬进兵部做了职方司郎中,她更关注他能不能按时回家,是否安全。

蒋长扬失笑:"什么乌七八糟的事,乱说。不过在大多数情况下是真的可以按时回家了。"他对视着牡丹的眼睛,"丹娘,这些日子苦了你啦。"

牡丹轻笑着摇头:"没有啦。"她翻身躺在他身边,轻声哼歌,"今天天气好晴朗……"

蒋长扬听不清她在唱什么,好奇地道:"你在唱什么?怎么都听不清的?"

牡丹摇头晃脑,做得意状:"不告诉你,自己听。"

蒋长扬翻身坐起,伸手去挠她的胳肢窝:"哟嚯,三天不打上房揭瓦,还和我对上了?"

牡丹笑得喘,伸腿去踢他的屁股:"我看你才是欠揍……"

"娘子？"林妈妈在外面喊了一声，二人立即停住，坐起身来互相整理好衣服，蒋长扬方板着脸道："进来。"

林妈妈走进来，目不斜视："夫人那边的柏香送了东西过来。"杜夫人非常精明，不会送那些汤汤水水的，送的都是些米面和油之类的东西。

牡丹便道："收下就是了，让人给她拿点赏钱。"

林妈妈低声道："柏香想求见您。"

牡丹一怔，随即道："不见。就说我乏了，已然躺下了。"

柏香茫然无措地走出映雪堂，漫无边际地走了一会儿，把手里的风灯灭了。幽魂似的走到空无一人的园子里，爬上最高的那座假山，看着远处的蒋长义院子里的大红宫灯，泪水渐渐模糊了双眼。

林妈妈瞅着蒋长扬和牡丹的房里灯灭了，正要躺下，忽听院门被人轻轻叩了几下，接着看门的婆子立在廊下小心地道："妈妈，是夫人院子里的。"

林妈妈皱起眉头来，这深更半夜的，来回折腾什么？却不敢怠慢，迎了出去，只见一个十来岁的小丫头挑着盏灯笼站在门口，冷得缩脖缩脚的："妈妈，我来接柏香姐姐。"

林妈妈一愣，随即道："柏香不是早就回去了么？"

那小丫头一惊，忙道："没有呀！她来这里后就一直不见回去。"

"兴许是去了其他地方，你去其他地方问问。"林妈妈不高兴起来，这么个大活人，腿长在她自己身上，难不成整个国公府，就只有映雪堂一个地方可以去？莫名其妙！

小丫头可怜兮兮地道："妈妈容禀，都不敢来这里打扰大公子和少夫人的，先前也想着是去了其他地方，可是一路问来都说不在，便想着她大概是在这里和姐姐们说笑话忘记时候了。若是不在……那，那也就算啦。"边说边往里探头，口气却是确定人一定就在他们这里。

林妈妈便侧开身子给她看，皮笑肉不笑地道："即便她想留，我们少夫人也不敢留。谁不知道她是夫人面前最得力的，随时要用？你要实在找不到，去回了管事的，各房各处问一问，一准儿很快就找到了。"

"那到底是去哪儿了呢？"那小丫头愣愣地站了一会儿，才想起面前的林妈妈来，"打扰妈妈了。"

林妈妈命看门的婆子掩上门，走回房中又坐将下来。

恕儿和宽儿早听了个仔细，都道："真是稀奇，一个大活人竟然活生生不见了。怕是故意挑事，要不要和娘子说？"夫人房里的掌事大丫头不见了，可不是小事。

林妈妈轻声道："挑什么事都和咱们没关系，她扯得上么？明日再说不迟。"

恕儿和宽儿想着也有道理，便都各自睡下不提。

第二日蒋长义去迎亲前，照例要祭祖，牡丹和蒋长扬早早就起了身，林妈妈这才把昨夜的事情说出来。牡丹也没放在心上，一个大活人能去哪里？多半也是找到了的。可这里才刚梳洗完毕，一个管事婆子就来了，也不敢说要找牡丹和蒋长扬，只问宽儿和恕儿昨夜见着柏香没有。

这是明知故问了，左一遍右一遍地问，宽儿和恕儿这才惊觉事情不一般。牡丹略微想了想，叫那婆子进去回话。

那婆子道："昨夜就找了半宿，一直不见人，因着映雪堂是最后见着她的地方，只得再来问一回。"又再三表示，不单是映雪堂这里，其他地方也是一样的询问查探，毕竟一个大活人突然就不见了，真是蹊跷。意思她是办差的，不是故意来找谁的麻烦。

一个丫头不见了，也要跑到主子的屋子里来寻？若是逃了，便要往外头去寻；若是没逃，她也不可能藏匿。分明就是故意找茬了，有人要叫她在这里住得不舒坦。牡丹索性道："既然如此，领这位妈妈在这屋里转一圈。"

那婆子觑着一旁面无表情的蒋长扬，赔笑道："怎么敢？怎么敢？少夫人说了不在就是不在。"

牡丹微微一笑："这屋子不是我的，我也是暂住的，里头的犄角旮旯都不清楚，趁便一起看看吧，大家都放心。"

那婆子怎敢真的挨着看？随便瞟了几眼，便道不敢耽搁二人，忙忙地退了下去。

牡丹便问蒋长扬："人大概是真的不见了，你说这是要做什么？"想着昨夜柏香一定要见她，也不知是有什么事，就有些不安。

蒋长扬淡淡地道："管她做什么？且等着看就是了。摆饭。"

二人一同用了早饭，到得老夫人处，迎面就看到蒋长义衣衫簇新立在门边，眼神有些飘忽。

里头老夫人正在骂杜夫人："这当口出这种事，一个大活人莫名其妙就不见了，真是好笑。若是白日里人多事多的时候不见的，还有个想头，深更半夜不见，还无影无踪，可真真是好笑，把看门的拿来重重拷问。"

"是。"杜夫人很是难过，"昨日还好好儿的，我待她也不薄，她怎会逃了？"见牡丹和蒋长扬进去，便道，"丹娘，你昨日见着柏香，可见她有什么反常？"

牡丹淡淡地道："林妈妈接待的，我不曾见着她。今早我也问了，交移好东西就走了，统共在映雪堂待了不到一盏茶的工夫。"

一个管事婆子在外头晃了晃，红儿出去片刻后回来，低声道："在园子里的假山上头找到一个被烧了的灯笼，有人说昨夜看到柏香从映雪堂出来后就进了园子。可园子里除了这个灯笼，不见她的踪迹。"

众人面面相觑，都觉得有些不妙。蒋重当机立断："还能插翅膀飞了？过后再说！现下先祭祖，办了大事才是最紧要的。"

于是众人纷纷往外头走，牡丹瞧见红儿趁着众人不注意，贴在老夫人耳边飞快地说了一句话。跟着老夫人朝她看了过来，牡丹坦荡地回了一个微笑，老夫人便又垂下了眼睛。

接下来祭祖、结亲、新人到家、拜堂一系列事情都很顺利。萧雪溪被引着认亲的时候，来了一位客人，先恭过后，把蒋长忠送来的一匣子礼物和一封书信交给蒋重。

蒋重不在意蒋长忠送了什么东西给蒋长义贺喜，也忙不过来看那书信中写了什么，只忙着待客，客人来得比他想象中的多，虽然许多是蒋长扬的朋友，但好歹没有出现他最害怕的冷场。

杜夫人却是急忙地同身边的女客告了罪，撕了书信开看。一看之下，控制不住地捂着嘴笑出了声，如此明显的作为，由不得身边之人不好奇，纷纷问她有什么喜事。

杜夫人抿着嘴只是笑，命人把书信拿去给蒋重看。她越是不说，众人越是好奇，都缠着要她说。她这才勉为其难地道："忠儿立了一个小功。"可众人看她那样子，怎么都不可能是个小功的样子。她却是不说了，只道："办正事，办正事，这个改日再说。"意思是此刻是蒋长义的好日子，不谈其他事抢风头。

那边蒋重看了书信，也是喜上眉梢。他深深地觉得，他把蒋长忠送到军营里去是最正确的决定，蒋家的男儿果然最适合那种地方。这不，这才去了一年多，又立功了，坏毛病改了不少，也能得到上司的赏识。这次做了云骑尉，虽然官职不大，但他年纪小，若是一直这样下去，前途自不必说，重振家风也是指日可待。于是有意无意地拿给宾客们看，就有人说是三喜临门，大家都凑趣，恭喜恭喜。

蒋长义一整天都有些心神不宁，萧雪溪脸上也不见有多少喜色。二人都是按着司仪的指示，似个牵线木偶般地行礼、问候、问候、行礼。特别是萧雪溪愤恨不已，蒋长扬和牡丹二人郎情妾意，刺了她的眼，再看着蒋家这些需要她行礼问候，好奇地打量着她的亲眷，心中充满了轻蔑和鄙视。老天待她何其不公！

可突然间，众人的注意力不在她身上了，好多人都在低声相询蒋长忠如何，恭喜的对象也不是她和蒋长义，而换了旁人。这是她的婚礼，而不是蒋家其他人的庆功宴！萧雪溪愤怒地瞪视着蒋长义，却见自己的丈夫满脸讨好，对着亲眷们恭敬地行礼，有人问的时候还不忘夸赞自己的两位兄长一回。

再看看满面春风的杜夫人和甜甜微笑的牡丹，萧雪溪不由悲从中来。是了，蒋长义是庶子！他不讨好这些人还能怎么办，而她就是这个庶子的妻子。她怎么会摊上这个灰兔子？！

蒋长义正向族里一位德高望重的长辈行礼问候，却迟迟听不见萧雪溪的问好声，便回头去看他的新婚妻子，却得到两道充满了轻视和愤怒伤心的目光，他心中那点微薄的喜悦顿时消失不见，渐冷渐硬。

天不过蒙蒙亮，屋里却已经挤满了人。牡丹坐在蒋长扬身边，垂着眼听大管事在帘外回老夫人的话："人找到了，是在池塘，已经捞出来了……嗯……没几个人知晓。"

老夫人瞅着看似十分伤心的杜夫人，淡淡地道："怎会想到去池塘里捞？"

大管事道："因着进了园子就没出去过，又在假山上发现了那灯笼，其他地方都找过了，就那池塘里没找过……驶了挖淤泥的小船进去，用叉子和网……"

"别说了！"老夫人皱了皱眉头，"先把人埋了，好生安抚她家的娘老子，别让我听见任何流言蜚语。"

杜夫人在一旁喃喃地道："好端端的，她为何深更半夜去那种地方？"

老夫人便扫了牡丹一眼，淡淡地道："谁知道她怎会突然想不开？污了我的园子！"

大管事小心翼翼地道："从她身上搜出了些东西。内里有个物件，怕是她有不起的。不过兴许是主子们赏的也不一定，不知该不该一并给了她娘老子。"

老夫人皱着眉头道："拿上来。"

牡丹看了一眼，漆盘里放着个品质上佳的羊脂白玉平安扣，上面系着大红色的梅花结，丝绳已经被泡得褪了色，惨淡的红配着那漂亮的羊脂白玉，硬生生显出几分凄冷。

老夫人厌弃地缩了缩脖子，回头看着杜夫人："这是你赏的？"

杜夫人毫不犹豫地摇头："不是。"

老夫人便看向屋子里的其他所有人，人人摇头，最后落到牡丹身上就不动了，蒋长扬淡淡地道："要查出这玉是从哪里来的，其实非常简单，悄悄儿拿到外头铺子里去一打听，总能知道点什么。"

老夫人便收回了目光，淡淡地道："先问问她身边的几个人吧，看看都知道些什么。"

杜夫人还想说什么，老夫人已经不高兴地道："怎么义儿和新妇还不来？！"

这便是不想再说这事儿了，大管事便行了礼，接过托盘退了出去。行到院门处，正好遇到蒋长义和萧雪溪，大管事赶紧行礼问好："三公子，三少夫人安。"

蒋长义点了点头，目光落在那漆盘上，有一瞬间的错愕，随即笑道："这是做什么？"

大管事谨慎地瞟了萧雪溪一眼，低声道："是柏香。"

蒋长义的瞳孔一缩，对着大管事挥了挥手。

萧雪溪便问蒋长义："柏香是谁？"

"是夫人身边的大丫鬟。"蒋长义心不在焉地道，"我祖母的年纪大了，脾气有些不太好，你可要宽宏大量一点啊。"

萧雪溪抿着嘴没吭声。

二人一前一后走到帘下，只听老夫人气呼呼地道："真是晦气！"

蒋重低声道:"罢了,兴许是意外。"

萧雪溪立刻上了精神头,什么事儿大清早就喊晦气?什么意外?却听身边有道银铃般的声音欢快地道:"三公子和三少夫人来了……奴婢请三公子、三少夫人安,大喜!"接着帘子被打起,一个圆脸圆眼睛的大丫鬟笑眯眯地看着二人。

蒋长义好心地介绍:"这是祖母身边的绿蕉。"

萧雪溪便点了点头,示意身后的嬷嬷稍后准备看赏,然后仰着头进了屋子,一一扫过面前的众人。照例的,她率先看到的还是蒋长扬。蒋长扬穿着件家常的棕红色圆领缺胯袍,沉静地坐在那里,目光淡淡地扫过她的脸,落在蒋长义身上,再微微露出一个笑。而牡丹,穿着丁香色的披袍,配着群青色的抹胸罗裙,腰间系着条银泥裙带,发间绾着一对紫玉钗,笑吟吟地坐在蒋长扬身边,犹如小鸟依人。

萧雪溪看着蒋长扬,心里充满了恨意,可是他笑得真好看。蒋长义不轻不重地拉了她一把,她回过神来,挺起腰杆,笑眯眯地、温柔大方地、端庄典雅地、夫唱妇随地跟在蒋长义的身后,对着老夫人拜了下去。

老夫人还记恨着昨日的事情,不咸不淡地说了几句,命红儿给了她一对玉钗做见面礼。蒋重倒还亲切,但重点说的是要她如何严守妇道、温厚端方,约莫是做贼心虚的缘故,萧雪溪硬生生听出了许多针对性的讽刺,说不出的难堪和厌恨。

杜夫人倒是没什么多话,笑盈盈地赏了她一对玉蜻蜓赤金结条钗,道是从宫里头出来的款式,然后让她早日为蒋家开枝散叶,但萧雪溪记着前日自家嫂嫂回家后说的那些事情,又想着这个女人会害自己,于是不咸不淡地笑着,盈盈谢过。

轮到蒋长扬和牡丹,蒋长扬只和蒋长义说话,牡丹也只有一句话:"恭喜。"送的礼物更是没什么出巧之处,就是一对做工精美的银镶珍珠镯子,不曾越过老夫人和杜夫人去,却也拿得出手。

却听杜夫人呵呵笑道:"还有两个人,你也一并来见见。"

一个面黄肌瘦,看着比杜夫人还老许多,病歪歪的女人讨好地看着她笑;一个额头上有疤,瘦叽叽的可是精神抖擞的女人看着她假笑。这两个人都站在杜夫人身后,头上戴的、身上穿的都不似主子,却又不似下人。萧雪溪瞬间明白了,这是蒋重的两个妾,其中一个还是蒋长义的亲娘。不由鄙视起蒋重来,堂堂一个国公,竟然有这么两个上不得台面的妾。哪儿像她父亲,家里送人的妾随便拉一个出来都比这两个好上十倍百倍。

杜夫人指着那病歪歪的老女人道:"这是线姨娘,她常年病着,今日特意出来见你的。"线姨娘脸上那个讨好的笑容更明显了,热情地把用绣帕包着的一对金耳坠递过去,忐忑不安地道:"三少夫人大喜。"

萧雪溪心里就明白了七八分,忍着行了个礼,接了过去。妾是什么?尤其是丫头出身的贱妾,猪狗一样的存在。可是她却要给这人行礼……杜夫人继续热情地介绍那个额头上有疤的女人:"这是雪姨娘……"不知有意还是无意,她重重地咬着那个"雪"字,听得萧雪溪愤恨不已。一个贱妾,竟然和她用了一个名,于是脸上就有些不好看。

待到吃饭的时候,她悲哀地发现,牡丹坐着不动,应景儿似的挑了两筷子就放下了,她却要伺候着,这是什么规矩?她悲愤了。杜夫人微微一笑:"雪娘啊。"

萧雪溪没反应过来是在叫她,只当是在叫雪姨娘,直到一家子都盯着她看,她才反应过来是在叫她,顿时差点没奓毛,咬着牙笑道:"母亲,对不住,儿媳一时没反应过来是在叫儿媳,儿媳家里人都叫儿媳溪娘。"

"哦,我记得了。"杜夫人从善如流,"溪娘啊,你大嫂有了身孕,你……"巴拉巴拉说了一串,反正意思是要她照顾着牡丹点,不要和牡丹比……萧雪溪感觉到她随时随地都不忘提醒自己嫁的是个庶子，于是分外酸楚。

萧雪溪一点东西都没吃下去，没其他原因，又累又堵得慌，气得差点没发疯。好不容易回了新房，直接甩了鞋躺下生闷气。陪嫁丫头过来问她蒋家人给的见面礼怎么收拾，她怒气冲冲地把牡丹送的镯子砸到地上，正要砸其他东西时，蒋长义走了进来，目光如水，温柔地道："捡起来。"

萧雪溪憋着气，就是不捡，还是采莲善解人意地捡起来收好。蒋长义挥手叫丫头们出去，轻声道："这滋味不好受？很委屈？想不想这样过一辈子？"

萧雪溪抬眼看着他，许久才轻轻摇头："一天也不想过。"

蒋长义笑了："采莲，端饭菜进来。"

夫妻二人和和睦睦地吃了一顿饭，喝了几盅酒。碗筷尚未放下，就听见松香在帘外轻声道："公子，夫人来了。"

听说杜夫人来了，蒋长义立刻起身迎到门口，看着仿佛是突然变了个人。萧雪溪诧异不已，却也只得耐着性子慢吞吞地走上前去相迎。

杜夫人含笑看着这对新婚夫妻，蒋长义还是一如既往的小心谨慎，萧雪溪却是满脸愤愤。再看看桌上吃剩的饭菜，就笑了："怎么，适才没吃好？饭菜不合胃口？"

蒋长义尴尬地道："是儿子……"他没想到杜夫人会来，不然宁肯让萧雪溪饿着。萧雪溪听他似是要替自己遮挡，便淡淡地抢了一句："以后会慢慢习惯的。"在自己家里吃顿饭都要小心翼翼的，这过的什么日子？

杜夫人体贴地道："你刚来，不习惯也是有的。就要这样，有什么不妥帖的地方要和你大嫂一样说出来，别闷在心里，饿着了不好。"

萧雪溪听着似是话里有话，便细细琢磨起来，这意思是何牡丹在府里竟是横着走的？

又来挑唆，蒋长义按捺下不喜，打岔道："不知母亲有何吩咐？"

杜夫人笑着坐了，道："我来是有两件事。第一件，我前日和你说的那位太医，已经说好了，过两日他会来替线姨娘诊断，但我彼时要去烧香，就由溪娘来招呼。"

萧雪溪听这意思就是要自己去伺候蒋重的妾了嘛，心中非常不满，却又不能不忍着，只得含糊应了一声。蒋长义不满地偷偷瞟了萧雪溪一眼，随即又有些黯然地垂下了眼帘。

哪个高门大户出来的嫡女肯纡尊降贵去伺候一个丫头出身的小妾？即便是夫君的生母也不行。这是正室和嫡出之人心中恪守和千方百计维护的礼法，不容乱套。萧雪溪一定非常难过。杜夫人看在眼里，心里十分舒坦，继续道："不知溪娘对这屋子可还满意？你去看看，若是有什么不喜欢的就和我说。"

萧雪溪便知她要背着自己和蒋长义说第二件事，便行了个礼，退了出去，转眼就给身边的丫头使了个眼色。她自己则跟了采莲和松香一起去参观新家，一路打听牡丹在家都是怎样的，松香立刻说了牡丹在映雪堂单独开火的事。又羡慕地说，这府里只有老夫人有这待遇云云。萧雪溪便盘算着，自己也要弄这样一个小厨房才好。

萧雪溪才出门，杜夫人就沉了脸："柏香死了。"

蒋长义早有准备，沉稳地道："儿子听说了。"

"好好一个大活人就这样没了，真是可怜。"杜夫人盯着他，沉痛地道，"你有什么要和我说的没有？"

蒋长义平静地摇头："儿子没有……"

杜夫人猛地拍了一下桌子："你没有？事到如今你还狡辩！"见蒋长义脸色变了，方恨铁不成钢地道，"你还不知吧，适才柏香的家人闹起来了，说你对柏香始乱终弃，你还不认！"

她有些说不下去，轻轻叹道，"多亏得是在我面前闹腾，若是在你父亲面前闹腾，他那个性子，你才成亲就闹出这种事……"

蒋长义立刻跪在地上喊冤："母亲替儿子做主，不过一个丫头，儿子若是有那心思，早就禀明母亲了，又怎会做这种见不得人的事，让仵作去验……"

"你糊涂了，让仵作进了门，什么难听的话传不出去？"杜夫人淡淡地道，"我也是觉得你不会，可是别人不这么说。有人说那平安扣是你给柏香的，你还曾经给过柏香一瓶药。"她取出一只小小的瓷瓶，眼里满是探究之色。

一滴冷汗沁出来，蒋长义顾不上擦："母亲明鉴，这是上次她被父亲惩罚打板子时，儿子看她一心为您，这才给的。儿子再怎么不孝，也不敢往您屋里伸手。"

话说到这个份上，杜夫人也就沉默下来，片刻后才道："你祖母让人盘问了金珠等人，估计很快也会叫松香去。"她顿了顿，"就连你大嫂屋里的人都被叫去问了。"

蒋长义不明白这事儿和牡丹、蒋长扬又扯上了什么关系，便沉默着不说话，以不变应万变。他只明白一件事，以后这样的母慈子孝扮演不了多久了。

杜夫人见他冷静如斯，便也站了起来："罢了，我就是问你到底和这事儿有没有关系，若是没有，便是一种处理方法，若有……那又不同。现在我放心了。"

"儿子没有。"蒋长义坚决否认，刚把杜夫人送出去，一回头就看到了站在门口怒气冲冲地瞪着自己的萧雪溪。

蒋长义看着萧雪溪不说话，她心里本没有他，不过是狗护食罢了。

这回总算是找到发泄的理由了。萧雪溪连连冷笑，就近推翻了一个花架子，丫头们见状，都躲了开去。蒋长义一言不发，把另外一个花架子也给推翻了，还连带着把一套茶具给砸了。

他明明做了亏心事，怎么倒比自己的脾气还要大？萧雪溪吃了一惊，探究地看着蒋长义，蒋长义扫了她一眼："你信了？那她就如意了，她就是来给你添堵，想要我们互相憎恨。"随即大声喊采莲进来收拾东西，待到采莲进来，却又压低了声音让采莲去打听消息。让去问老夫人那里怎么说，大管事那里又是怎么回事，和大房有什么关系，柏香的家人什么时候来的，怎么闹的，赏了些什么，柏香的屋子是谁收拾的，都得了些什么。

还不算是个窝囊废，见他在那里有条不紊地安排，萧雪溪心里那股气渐渐地就平息了下来。她决定先收拾杜夫人这个毒妇，不要她过好日子的人，她也要让对方过不上好日子。

杜夫人立在院子门口，听到里头大呼小叫，噼里啪啦砸东西的声音，若无其事地同身边的仆妇道："看看坏了什么，给他们添上。"

牡丹正让人收拾着东西，蒋云清走了进来："大嫂什么时候回去？"

牡丹笑道："明日祭庙以后就走。"

蒋云清道："那你以后会经常过来么？"话说出口又觉得不现实，轻轻叹了口气，"我犯傻了，你身子不便。"

牡丹知她是不愿在这家里久待，便道："想不想跟我去住两日？若是想，过了这几日我便让你大哥来和老夫人说，接你去住。"老夫人一定不会拒绝。

"好。"蒋云清犹豫了一下，问道，"大哥呢？"

牡丹笑道："他去书房了。"因见蒋云清一脸的为难，便道："你有什么话就和我说吧。"

蒋云清吞吞吐吐地道："那您听了别往心里去。外面都在传，柏香遇到什么事，想求您帮忙，结果您不但不见她，还让林妈妈痛骂了她一顿，说她不要脸，柏香想不通，这才跳湖死的。"

林妈妈的脸一下子绿了，她什么时候骂过柏香？传这话的人才不要脸。可真能扯，什么都能往牡丹身上扯。牡丹也被噎住了，沉默片刻才道："那她是想求我什么呢？外面人可传了？"

蒋云清红着脸道："有人说她得罪了夫人，也有人说她是和三哥……嗯，那玉扣就是三哥送的。她家里的人也在闹，夫人给压住了。"余下的话她不好意思说。

"讹传就是讹传，很快就会真相大白的。"牡丹猜得到下头怎么说，无非就是蒋长义始乱终弃，柏香赶在他成亲前来求自己，自己狠心拒绝，柏香走投无路，只好带着蒋长义送的信物跳湖自尽。

蒋云清刚走不久，蒋长扬就从外踱了进来，牡丹端茶给他："云清适才来过了，和我说了两件事。"

蒋长扬道："我已然知晓了。"杜夫人无非是不想要他们在这里继续住下去罢了，所以才会一而再再而三地找麻烦。

牡丹笑道："幸亏明日咱们就走了，不然对胎教可不好。"

蒋长扬脸上的线条柔和了些，把手轻轻放在她的小腹上，低声道："虽然马上就走，眼不见心不烦，但也不能让她太嚣张了，不然她都要忘记自己姓什么了。"他不肯住在这里是他的事，并不是因为怕谁才搬走，想往牡丹身上泼脏水没那么容易，得让老杜知道这个事实才行。

牡丹笑："恰恰相反，她不是忘了自己姓什么，而是因为记得太牢靠了，所以才会这般目中无人。你打算怎么办？"

蒋长扬微微一笑："适才三弟来找过我了，他是真冤枉。"虽然未必真冤枉，但他说冤枉就是冤枉。

牡丹挑眉："你要帮他？"

蒋长扬古怪一笑："丹娘，说给我听听，在你眼里，他是个什么样的人？"

牡丹揉着额头："太模糊了，感觉挺老实谨慎的，对你我还算尊敬吧。"知人知面不知心，蒋云清都觉着蒋长义是个好人，她这个只接触过两三次的能知道什么？

蒋长扬把她的手拉开："别揉了，不知就不知，怀着孩子操太多心不好。你只管该吃就吃，该睡就睡，看到热闹，感兴趣就多看两眼，不感兴趣就当没看见，吃晚饭去。"

这顿晚饭吃得很沉闷。在座的人都知道了柏香家里来闹腾的事以及在下人间流传的传言，但没人主动提起。不管新妇如何讨人厌，这种事都是丢国公府的脸。

萧雪溪立刻意识到了，当下肆无忌惮地甩脸子给众人看，大着胆子要了两样喜欢吃的菜，伺候老夫人也不是那么上心。用蒋长义的话来说，他一个人低头伏小就够了，萧雪溪没必要再跟着低头伏小。一家人，总要有个硬得起来的才行，既然人家都内疚了，她乐得肆意一回。

老夫人忍了几回，终究没吭气，第二日萧雪溪拜了家庙就要回门，总不能让她回去后乱说一气吧，面子都是互相给的，刚成亲就出这种事，让萧家怎么想？

蒋重则是恶狠狠地瞪了蒋长义好几回，最终化作无声一叹，眼看着蒋长义就要成个人了，到底还是在这男女之事上又栽了跟头。杜夫人是最平静的，端庄文雅，该吃吃，该喝喝。当事人蒋长义还真是一副心事重重的样子，只随便用了半碗饭就放下了筷子。

待到饭毕，蒋长义夫妻二人告退，蒋重板着脸道："义儿你留下。"

蒋长义唯唯诺诺地应了，萧雪溪哂笑一声，扬长而去。

杜夫人这才道："儿媳打算赏给柏香的家人十千钱，再加两匹缎子。好歹也是伺候我这么多年的人，突然这样没了，别说她娘老子，就是我心里也难过。"

"还赏她？！"老夫人猛地发作起来，"你房里出来的好丫头，竟做出这种不要脸皮的事情！没得把孩子们给教坏了，家里还住着客人呢！这事儿传到萧家，得有多丢脸？就是你纵的！"

"都是儿媳疏于管教。"杜夫人抬眼看着蒋长义，"义儿，溪娘知不知道这事儿？你和她说说，明日回去休要……"

这话成功地挑起了蒋重的怒火，蒋重再看蒋长义那卑微畏缩的样子，气不打一处来，抬手就甩了一巴掌，打得蒋长义跌跌撞撞地往后退了好几步才站稳了。牡丹看得皱眉不已，蒋长扬淡定地握住她的手，稳坐不动。

蒋长义抬起头来，也不擦唇角的血迹，直愣愣地看着蒋重，一脸委屈："父亲为何打儿子？"

蒋重气得倒仰："为何打你？你还有脸问我？"

蒋长义难过而虚弱地一笑："想来父亲是为了外头的流言吧？儿子也听到了。母亲尚且还问过儿子，到底有没有做这种事。您却问都不问就给儿子定了罪……"

杜夫人没想到蒋长义会和蒋重对上，听他这样说，忙道："是呀，我问过了的，不干义儿的事。"

蒋重望着杜夫人冷笑："他说不干他的事就不干他的事了？遇事只管推得一干二净，和老二一样的性子，都是你教出来的！你这个母亲做得真好！狗改不了吃屎的性子，他敢对着萧……"突然想起牡丹在场，便气呼呼地止住了，抬脚又要去踢蒋长义。

杜夫人面无表情："国公爷嫌弃怨怪妾身没有教导好孩子也不是一日两日的事情，您也莫要再打孩子了，孩子是我教出来的，丫头也是我身边的人，千错万错都是我的错，现在事情已经这样了，您想怎样才能解气？不如给我一纸休书，就大家都解气了。"

蒋重又气又恨，瞪着一双血红的眼睛怒视杜夫人，说不出话来。

牡丹旁观着，觉着杜夫人这话颇厉害，听着是和蒋重置气，也是在护着蒋长义，可是仔细一琢磨，就是间接地认定柏香的死和蒋长义有关，只是压着不说而已。

蒋长扬淡淡地道："都少说两句吧，既然三弟说和他没关系，听他怎么说，兴许中间真有什么误会。"

蒋长义感激地看了蒋长扬一眼，道："父亲，儿子做过的事情会认，没做的坚决不认。"随即一五一十地把杜夫人问过他的话说了出来，"送药之事实有，但平安扣之事儿子绝对不知。儿子和她清清白白的，没有任何苟且之事。若有半句谎言，叫我天打五雷轰，不得好死！"见蒋重神情软了一些，再接再厉地道，"儿子若真是和她有私，何不趁着母亲赏儿子松香的时候讨了她？母亲待人一向宽厚，难道还会苛刻人么？是不是，母亲？"

杜夫人点点头，她没想到这个都能做辩白的借口了，暗自内伤。老夫人却是深知其中的弯弯绕绕，嫡母要赏人给庶子，哪里轮得到庶子挑三拣四？蒋长义这样说，等于间接地告诉人，柏香的死和杜夫人脱不了干系。当下便瞅着杜夫人冷笑了一下："既然和义儿没关系就好，这些流言是从哪里起来的，给我摁下去！再叫我听见谁乱嚼舌头，一家子都打出去！"

"祖母说得是，有人竟敢把这事儿扯上夫人和丹娘！说是夫人逼死柏香，丹娘见死不救，可见府里有些乱了。"蒋长扬淡淡地道，"依我看，那玉扣来得不明不白，人也死得不明不白，不当放任就此糊涂了账，该趁机彻查。叫这些不知轻重的下人晓得厉害才好。"

彻查？杜夫人犹如被针戳了一下："谁敢这样乱说！说我和义儿倒也罢了，莫名其妙扯上丹娘做什么？真是唯恐天下不乱。"

蒋长扬道："是呀，逮着谁咬谁，丧心病狂，这种狗奴留着就是祸害。把玉扣给我，就算掘地三尺也要找出柏香是怎么死的，堵住这些人的嘴。不然柏香的娘老子再闹上几次，还不知会攀扯上谁呢。"

杜夫人暗自心惊，颇为后悔，想了想才道："是该这样，先让仵作来验尸吧。"

蒋重怒发冲冠："让仵作来验尸，亏你想得出来！京里还不知怎么传呢！"

杜夫人要的就是蒋重这句话，佯作忧愁地道："还是把事情弄清楚，我也担着逼死人的罪名呢……"

"我还没死！这个家还是我说了算！"蒋重一口截断她，怒道，"要怎么办都是我们自家的事，用不着给外人看笑话。听着，柏香是你的人，她的娘老子和身后事都是你的事，我不管你怎么办，反正再有任何不利于府里的话传出来，我都唯你是问！别和我说你做不到。"国公府再也经不起折腾了，唯有快刀斩乱麻最妥当。

老夫人连忙帮腔："对！现在就要赶紧把这些嚼舌头和挑事儿的处置了。不过一个区区丫头，竟然搅得阖府不安，真是笑话！从前我们府里哪里会有这种事？真是越活越回去了。"话里话外都在暗指杜夫人故意放纵奴仆闹事。

这个帮腔作势的老东西！有你后悔的时候。杜夫人几乎冷笑起来，淡淡地道："我尽力。"

老夫人拧着眉毛，重重地道："不是尽力！是非得做好不可！"

杜夫人恨得牙痒。蒋重和老夫人从来都是要什么就只管张口，什么馊事烂事都是她去做，凭什么！好呀，她就按着他们的吩咐去把这事儿给做彻底了。

蒋长义幽幽地道："父亲，还是让大哥背里也查一下，万一咱们府里有坏人，绝不能轻饶。这次只是扯进夫人、大嫂和我，下次不知会扯进谁去。"

蒋重沉默片刻，道："把那玉扣给大郎。"竟是同意了。

"那我先去处理。"杜夫人退了出去。

屋里几人各怀心思，相对无言，蒋重叹道："都散了吧。大郎随我来。"

牡丹走出老夫人的房门，但见外头已经全然黑了，空气格外冷冽清新，不由得舒服地吸了口气："真是够冷的，这样下去怕是要下雪了吧？"

宽儿打起灯笼，恕儿小心地扶着牡丹，笑道："小雪已过，再冷几日可能真是要下了。"

主仆几人行往映雪堂外，宽儿上前叫门。却不似往常那般一叫就开，宽儿有些不高兴："杨婆子是跑到哪里去了？"便大声叫门。

这回才听见脚步声，林妈妈来开了门，见着几人就道："我在小厨房里头做吃食，一直竖着耳朵听，到底还是错过了。"

牡丹扫了一眼，但见映雪堂里头安静得很，往日拨过来伺候的丫头婆子一个都不见，便问："人呢？怎是妈妈来开门？"

林妈妈道："都被叫到前头去了，一个不剩，也不知要做什么。丹娘冷么？先往屋里去，火盆烧得旺旺的，老奴去把吃食端过来。"

牡丹暗想，杜夫人多半又要借机清除异己，也不知有多少人又要遭殃。

她这里吃完东西，才盥洗完毕，外头众人就回来了，超乎意料的安静。林妈妈出去溜达了一圈，回来后禀告："看门的杨婆子和老夫人那边拨过来的采薇没回来。听说柏香在这里挨骂的话就是她们传出去的。那位事先就声明，是奉了老夫人和国公爷之命来的，各房的人都有，清娘子身边的武妈妈也在里头。一并处置了十多个丫头婆子，打的打、罚的罚、卖的卖，样样有理有据，只等新妇见庙和回门后就要处置干净。"

牡丹微微叹了口气。杜夫人真是厉害，总能在对她不利的情况下找出与她有利的事，并加以实施。可以想象，经过这件事，前段日子老夫人安插进去的人多半又被拨出了大半。老夫人事后必然要寻机会反击，这婆媳二人斗法怕是不死不休了。

却说蒋重父子二人一前一后入了书房，蒋重示意蒋长扬坐下，黯然道："你对这事儿有什么看法？"家里各种事情层出不穷，不管是萧家挑事也好，柏香之死惹出的风波也好，究其根由，无非是他失了势，各人都在为各自的私利打算。杜夫人也好，蒋长义也好，只怕都不清白。

蒋长扬见他看着自己，信赖又期盼的模样，不由心情格外复杂："你有什么看法？"

去了祸根就好了，但这祸根岂是轻易去得掉的？自己这辈子也就这样了。蒋重愁苦地看着桌上的灯烛，轻轻道："你查到结果后和我说一声……尽量不要让外人知道。"

蒋长扬有些讥讽地挑了挑眉："我查到什么就是什么？"

蒋重缓缓点头，问了一句从没提过的话："这些年，你们过得好么？"

蒋长扬没有回答，只问："知道了结果，你会怎么办？"若是从前，蒋重问他这个问题，他一定非常愤怒。可是现在听着却只是觉着好笑，气都懒得生了。他们之间剩下的，大概只有一个姓和一个称谓。

自己该怎么办？无论是杜夫人还是蒋长义，都不能怎么办。若是蒋长义失德，自己最多就是严加管教，加以惩处；若是杜夫人，自己还能怎么办，休了她？休了她皇帝会饶了自己么？蒋重愣住，不知该怎么回答。

难怪杜氏会如此嚣张，肆无忌惮，原来是早把他看透了，拿住了他的七寸。蒋长扬的好笑又变成了轻蔑："我其实不想掺和进去，之所以会多嘴，是因为不想有人总给丹娘添堵。事实真相如何，难道你真都想不到？柏香果是意外倒也罢了，倘若是有人要了她的命，要么就是她知道得太多，威胁太大，她不死不能安心；要么就是她招了人的恨，不死不能平恨。我去帮你查玉扣的事，府里其他事情你自己料理。"

蒋重无力地瘫坐在椅子上，耷拉着肩，头脑一片混沌。柏香是杜夫人的丫头，她知道得最多的就是杜夫人的事……一阵寒凉从他的脚底处升起，渐渐沁透全身，冷入骨髓，冷得他不停地打颤，他大声喊着："来人，来人，上火盆！"

回答他的是窗外呜咽的风声。他愤怒起来，难不成下人也在看不起他？他气冲冲地走出门去，大声暴喝："人都死哪里去了？"还是没有人回答。大红宫灯在寒风中来回转着圈，空旷的长廊上越发显得冷寂。

蒋长扬穿过重重树影楼阁，行至映雪堂附近的一个转角处，忽见蒋长义从斜刺里走将出来，一把将他拉进阴影里去，倒头便要拜倒："多谢大哥救命之恩。"

蒋长扬抓住他的胳膊，不让他拜下去，淡淡地道："三弟言重了。何来救命之恩？"

蒋长义沉默片刻，低声道："大哥待我好，我会一直记着的。我有事瞒了大哥，玉扣是我送柏香的，但人真不是我害死的。"

蒋长扬的语气很平淡，半点惊奇都没有："我知道，过几日我把玉扣还你。"言罢径自走了。

蒋长义唇边露出了微笑，他用不着骗蒋长扬，也骗不了，不如趁早说了更好。他和蒋长扬没仇，更无利益冲突。相反，和蒋长扬有仇的是杜夫人。柏香的死因他一定要知道！不过刚成亲，杜夫人就这样逼迫，长此以往，他在这府中的日子只会越来越难过。要想好过起来，必须搬掉杜夫人这座大山。杜夫人的命脉就是蒋长忠，他做不到，萧家却可以。

次日清晨，新妇见庙，礼毕，老夫人拉着萧雪溪，难得亲热地问好问歹，然后又暗示，让她回去后不要乱说。萧雪溪委委屈屈地应了，她一定要把这些事说给尉迟氏听，让尉迟氏知道杜氏是怎么欺负她，挑拨离间他们夫妻感情，不让她过好日子的。

于是新妇登车回门，牡丹和蒋长扬自回自家。牡丹回家的第一件事就是洗了个热水澡，洗去从国公府带回来的一身晦气。

第四十六章　忌讳

日子忽忽过去，转眼到了腊月底，家家户户都忙着做过节的准备，牡丹也命人准备了许多春书和桃符，赏给家中的奴仆。

从蒋长义成亲之后到现在的这段时日，是她过得最轻松惬意的。芳园、她和腹中的胎儿一切都很好；蒋长扬在新职位上做得很顺利，不再似从前那般忙得昏天黑地的了，除了隔三岔五会和潘蓉、袁十九出去会友外，在家的时间远比从前更长、更有规律；而何家自各房分开居住之后，家和生意旺，基本没什么不满意的。

至于国公府，不过是个遥远的传说。只有当蒋云清过来小住之时，她才会从蒋云清口中知道些国公府的事情。

例如说，柏香之死在蒋重放出狠话、杜夫人毫不留情的打压下很快就没有人再敢提起，可是并不算完，萧家在半个月后设宴招待蒋重，席间萧尚书亲自给蒋重斟酒赔礼，请他多多包涵萧雪溪。闻音知雅意，蒋重回到家中，和杜夫人关在屋里半宿，谁也不知道说了些什么。只第二日，萧雪溪就得了一个庄子，分了杜夫人的小半权力去，还做得有模有样的，早晚在老夫人面前伺候，和蒋长义也是相安无事。

杜夫人也不和谁争，大方地免了萧雪溪早晚的请安，在把手里的事情处理好之后，就经常和她的娘家嫂子、侄女和侄媳妇们去各处寺院道观上香听俗讲看戏场，又和从前闺中的一些姐妹及宗室贵眷重新开始交往。一会儿赏梅、一会儿赏雪，过得优哉乐哉，据说比从前还略微胖了些。

蒋重出门的时候也越来越多，除了正式会友之外，通常都是一袭青衣，带着三两个小厮，往灞桥边去垂钓，一坐就是半天，下着雪也不归家，谁说都不听，我行我素。

国公府表面看来风平浪静，相安无事，实际上暗潮涌动。每当汾王妃邀请蒋云清去做客的时候格外明显，打听的、撺掇的、好奇的，说什么的都有，蒋云清格外厌烦，却又不得不应对，只事后和牡丹抱怨而已。牡丹眼睛不看着，就觉得离她非常遥远，仿佛就是两个世界。只除了蒋重钓着了鱼，让人送来给她补身子的时候，她才会想起，这人是她腹中孩子的祖父。

要说有什么让牡丹不太安心的地方，就是她的肚子自进入腊月中旬以后就开始吹气球似的长，而且很明显，她问了好几个经产妇，都说第一次没她这么显怀的，她就有些担忧。尽管孙老太医说一切正常，她还是怀疑自己吃得太多、太好了。于是她每天都在怎样吃和吃多少之间纠结——吃多了吧，怕孩子太大生不出来，她很怕死，也舍不得死；吃少点吧，又担心孩子养分不够，影响发育，那多心疼啊！岑夫人和白夫人都劝她顺其自然，她当时听了觉得是这么回事，可一到饭点还是又忍不住纠结。

腊月二十八这日，蒋长扬忍了她好几天后，终于忍不住，说她是庸人自扰，劝她道："我骑在马上冲锋陷阵的时候，从来不想我是不是会死，如果老天爷要我死，一定跑不掉；如果不要我死，就一定死不了。要操心的是怎么控制好我的马，使好我的刀，用好我的人，尽量让自己少受伤。你呢，若觉着吃得太过精细，就加点粗粮；若是觉着这顿吃多了，下顿就适当少吃些。天下孕育的妇人何其多，我实在想不明白你为何如此。"

牡丹也觉着自己这样反复担忧纠结没道理，却不愿意承认，便嚷嚷道："不是你生你当然不怕！按着你的意思，如果老天爷要我死，我就一定跑不掉，不管我吃多少都是这样，是不是？"

林妈妈听到这话，脸都吓白了，不顾尊卑地呸了两声，道："百无禁忌，百无禁忌！"说着急急忙忙跑去给她供着的观音大士上香祷告求平安去了。

"不是我生，但是我的媳妇生！"蒋长扬皱起眉头，严厉地看着她，不高兴地道，"你怎么不讲道理？干吗要说这种话？"

牡丹撇了撇嘴，嘴硬道："还不是你先说起来的，我就是跟着你说的。"

话音未落，就见蒋长扬重重地将手里的筷子一放，板着脸道："跟着我说的？你是跟着我说的，我说什么了？"

"你说……"牡丹咬着筷子盯着他看，本来还想再狡辩几句，可看到他黑着脸的样子，不知怎地有些心虚，便伸手往他面前晃了晃，嬉皮笑脸地改口道，"生气了啊？脸拉得这么长？不就是说说而已，难道说了就真会死啊？"

蒋长扬听她一说，气得拨开她的手，把她咬着的筷子扯下来："哪有你这样说话的？你觉着没错是不是？要不要我去请岳父岳母来评理？还咬筷子，咬筷子利于胎教么？"

牡丹被他这一下扯得嘴唇生疼，再看着他拿黑脸对着她，不由气不打一处来，将筷子一扔，瞪着眼道："你这样子难看极了！你再瞪我！你对着我大呼小叫，动手动脚的，难道就有利于胎教啊？"

"我就瞪了怎么了？要不是你怀着孩子，我还……"蒋长扬吼得比她还大声。哪有这样不忌讳的人？这马上就是年关了呢。他下意识地看了看牡丹的小腹，越发烦躁。

"你还怎样，你还敢打我啊？"牡丹气鼓鼓地噘了会儿嘴，突然挤眉弄眼地看着蒋长扬笑起来，"你怕我会死？"话音刚落，就被蒋长扬拉过手去在掌心重重地打了一下："你再说？"

手心火辣辣的疼，牡丹大吼："你打疼我了！"也去抓他要打了还一掌之仇。

蒋长扬抓住她的手，恶狠狠地瞪着她："你再说？"

"你打疼我了！"牡丹见他当了真，到底不敢再说那个字，盯着他看了一会儿，很大度地道，"算了，为了我儿，我不和你生气。你今日火气大，也不惹你，我才不会那么容易生气，必须多生几个折磨你。来，笑一个。"

蒋长扬拉不下脸，犹自瞪着她，牡丹便对着他做了个怪动作，把眼睛鼓起，腮帮子鼓得老大。蒋长扬的眼里露出一丝笑意，还强忍着板了脸装严肃。

牡丹得寸进尺，拉他去摸自己的小腹："你不能怪我啊，我问了好几个人了，它真的有点大。"

蒋长扬见她的肌肤又粉又嫩，一双眼睛睁得溜圆，黑白分明的，表情狡黠中还带着几分讨好和耍无赖，本来还有许多话要同她说，到底叹了口气，只道："以后不许随便提这个字，说这种话。你在家说，家里人听了伤心担忧，说习惯了，去外头不小心说出来，人家就会讨厌你。"

牡丹见好就收，郑重点头："知道了，以后再也不说了。"他不喜欢，她从此就不说了，开玩笑也不说。

蒋长扬又把筷子塞进她手里："我打听过了，人人都说孙老太医说了没事就是没事。我看着你吃得也不是太多……"他略微顿了顿，瞟了牡丹的小腹一眼，不确定是不是真的比寻常的大，便改口道，"如果真有点大，你就稍微少吃一点点吧。"

牡丹抱住他的脸"啵"了一口，笑道："我听你的，稍微少吃一点。"又作怪地指着一碗鱼，"夫君，你说妾身该不该吃这个？你说给吃，妾身就吃；不给吃，妾身就不吃。"

"这个准你多吃点。"蒋长扬终于忍不住翘起唇角来，"看你这样子，真是讨人厌。"

牡丹斜睨着他："你真觉得我讨人厌？"

蒋长扬不答她的话，只道："和你说个事，二公子又立功了！"他会称呼蒋长义为三弟，却从不称呼蒋长忠为二弟，都是称的二公子。

牡丹笑道："二公子看来真是适合军营啊。短短一年多，不停地立功。要是早些送去，只怕不比你差。"

蒋长扬笑了笑："马上就是除夕，元日外命妇要进宫朝贺，你是第一次，需得和祖母一道去才妥当，她不会让你有闪失的。"

牡丹叹道："今早府里派人来说过，正要和你说呢。"

萧雪溪一心想在自己当家的头一年里做出个样子来，花了十二分的力气摆弄除夕家宴。酒菜精致自不必说，庭院里燃起燎火，四处灯火通明，又弄了些色艺双绝的歌姬弹唱跳舞，好不热闹繁华。

老夫人觉着这一年多来府里多有晦气，正该这样热闹一番才能冲去，于是大力支持。她喜欢，蒋重自然要跟着凑趣；蒋长义自不必说，他们夫妻如今就是穿了一条裤子，共同进退，萧雪溪要强势出头，他自然要跟进；杜夫人呢，虽没人知道她在高兴什么，可她真的是十分高兴；蒋长扬和牡丹是来过节的，乐得吃顿轻松饭。于是一家子看着都是其乐融融，喜上眉梢。

玩乐一回，牡丹与蒋长扬盥洗才毕，外头就传来了消息，道是汾王府的小四来了，一直守在门口不肯走，蒋重把人请了进来，让蒋长扬去陪客。

蒋长扬只得吩咐牡丹先睡，他自己重新穿戴好衣物，往前头去接待小四。牡丹也是着实困了，悠悠就睡了过去。一觉醒来，已然是到了点，里里外外都灯火通明，蒋长扬也起了身，正在穿戴。

牡丹赶紧起身穿衣盥洗，又再三问蒋长扬，她前些日子命人给他做的"不怕跪"可穿戴好了，这冷天冬地的，跪来跪去，也着实折磨人。蒋长扬笑道："好了，好了，你的带过来了么？"

牡丹让恕儿把一对熊皮护膝递给他看："有的。"

蒋长扬便放了心，说道："昨日夜里汾王府的长乐郡公过来接小四，就近把清娘和小四的亲事说了。过些日子媒人就要上门。"

他说的这个长乐郡公，是汾王第三子，小四的三叔父，虽也是长辈，可是小四有生母在，还有祖父母在，怎会轮到叔父做主？牡丹讶异道："这么急？怎会和他说？"会不会国公府表现得太那个了，蒋云清过去受其他人的歧视欺负？

蒋长扬叹道："你糊涂了？汾王府盘算许久，无时无刻不在等机会。不然这次随便派个体面的大管事或是年轻一辈中的谁来都行，怎会是长乐郡公来接人？分明就是来试探的。小四这样，人家不想等了。"

牡丹对着镜子端正花钿："那皆大欢喜了吧？"

蒋长扬挑了挑眉："岂止是皆大欢喜？简直就是笑得合不拢嘴。"他目不转睛地盯着按品大妆的牡丹看了一回，轻笑道："没想到你盛装之后别有一番风味。"正是一朵富丽端庄到了极致的牡丹花，耀眼得很。

牡丹便喜滋滋地拉着他问："是不是挺好看的？"

蒋长扬便笑："如果肚子小点更好看。"

牡丹掐了他一把，磨着牙道："你当心别长胖，否则比我还难看。"

却见林妈妈从外头疾步进来道："老夫人命人来催了。"

老夫人害怕牡丹会给国公府丢脸，少不得耳提面命一回。牡丹一一记在心中不提。待到众外命妇的车依着时刻在宫门外集结之后，并不立刻下车，而是在专门下车的地方往西边停了，车头向着东方，按着各自的品级依次停下，这才下车，由着内典引引至肃章门外殿庭中早就设好的版位处。宗亲在东，异姓在西。牡丹一看，好些熟悉的身影，汾王妃等人自不必说了，还有雪娘的母亲窦夫人、李满娘等人，就是自家身边也有几个说过话的，心里就安定下来。

乐声响起，皇后盛装就座，乐声停下。乐起，司宾引外命妇依次入门就位，众人立定后，乐停，司赞曰再拜，众人拜过。牡丹同身边众人一般，只是低垂着头，不敢东张西望，连皇后是个什么样子都没看到。只听到乐声又响起来了，知道此时司宾领了为首的人往前头去跪贺了，果不其然，乐声停下，只听得那人在前头朗朗称贺。贺毕，乐起，司宾又将人领回原处，乐声停住，司赞又让再拜，牡丹又跟着众人一起拜倒。

站定之后，又有司言称："领旨。"于是又拜，只听那人道："履新之庆，与夫人等同之。"又有人称，"再拜。"牡丹又跟着拜倒。她月份不算大，手脚还算灵活，只是起身时尽量小心罢了，周围众人也会偷偷扶她一把，所以还不算吃力。接着司宾又依次把众人引出，于是又奏乐，待到所有人都出了门，乐声方才停住。

朝贺之后又要领宴，照例是宗室在一边，外姓在一边，又是没完没了的一通折腾，一举一动都有定论，菜端到众人面前也早就是冷的，很是无趣。牡丹给弄得腰酸背痛，不由暗暗叫苦。简直度日如年，啊不，度秒如年。她便盘算着，从今日开始，蒋长扬有整整七天的假期，她该怎么剥削他呢？她在那里低着头装规矩扮老实，却不知有人正在盯着她看。

清华郡主看着牡丹凸起的小腹，心情很是郁闷。谁都有了，为何她总也没有？从那日给白阿馨贺喜之后，她也曾成功地得好几次，可就是不见动静，这是怎么了？

兴康郡主恰巧坐在她身边，不由轻笑一声："喏，何牡丹真是个有福气的。她应该感激你，不然这会儿还不知过得有多惨呢。你还记得我那个表妹么？她嫁了人，也有孕了。倒是你这个嫁在前头的，恰巧就落在后头了呢。什么时候也让姐妹们给你恭喜一回呀，刘家现在等着要儿子继承香火呢，你得抓紧了。"

人说脚疼莫踩人的脚，可这兴康是和她一辈子都死磕上了，前仇未报又添新恨。清华郡主的脸一下子变得青白，狠狠攥着酒杯，差点没给兴康郡主泼到脸上去，好歹记得这是在皇后面前，自己也比不得从前，方勉强忍住了，算是没有发作出来。

兴康看到她的样子很是开心，又低声道："听说姐姐你又养了个可人儿？和从前那个胡旋儿相比如何？刘子舒真是大度，连这个都不计较了，可见为你改了性了。"

清华冷笑不语，只等到最后第十二巡酒毕，司赞称："可起。"众人起立，列队下阶行礼，方以迅雷不及掩耳之势将杯中残酒泼了兴康一头一脸。众人讶然，魏王府众人都怕清华惹事儿，偏偏她就惹事儿了。于是都又担忧又厌弃，她的嫂子立刻上前去劝，亲自拿了帕子给兴康擦脸赔罪，兴康微微一笑，刻薄地道："没事儿，她如今诸事不顺，心情不好，难免有些失常，我不和她计较。"言毕高高仰着头往下头行最后的参拜礼去了。

清华对上魏王府众人失望中又带了几分厌憎的目光，不由悲从中来，寒透心凉。忍耐着强作不在乎地抬着下巴回过头，却又看到对面的人包括牡丹在内，都听到了动静在看她，于是更把那点痛苦不快都抛之脑后，一瘸一拐地高高仰着头，下了台阶，往下而去。

行礼完毕，众人依次退出，各人都在找自家的人相聚归家，于是熟识的人便都凑到一处互相说起了话。牡丹与窦夫人、李满娘等人说过话，左右张望，寻着老夫人、汾王妃和陈氏等人在一旁说话，个个儿都是眉开眼笑的，便也跟了过去，挨着老夫人站定了。汾王妃和陈氏便都问她可还耐得住，老夫人也关怀地道："你累了这半日不容易，先去车里坐着歇歇，我和王妃说几句话就来。"说完看了四周几眼，不见杜夫人的影子，便微微皱起眉头来，"你见着夫人了么？"

牡丹摇头："不曾。约莫是先回车里了？"从肃章门出来的时候，她还曾经看到过杜夫人的背影，出来后就再也没见到了。

老夫人便不再追问："你先回去吧。"

汾王妃便让身边紧跟着的臧嬷嬷送牡丹："你送何夫人过去，人多，怕不小心扯了、撞了那可不好。"

牡丹给汾王妃行礼道谢，却听不远处有人笑道："戚夫人！"接着就见戚夫人和清华郡主婆媳一前一后地走来，俱是黑着一张脸。听到有人喊，戚夫人抬眼看过来，看到牡丹就愣了一愣，目光落在她的肚腹上，一时表情格外复杂。

牡丹见她盯着自己看，便大方地点点头。一年多不见，戚夫人老了瘦了许多，看着日子也不是太好过。戚夫人见牡丹和自己打招呼，本是又恨又讨厌，不想理睬的，可看到她身边的汾王妃等人，不由鬼使神差地也点了头。头刚点下，就听清华冷笑了一声，不由火冒三丈，回头瞪了清华郡主一眼，也不和熟人打招呼，怒气冲冲地自往前头去了。

清华郡主略站了一站，怨毒地瞪了牡丹一眼，也径自离去。途中撞着好几个人，她都丝毫不理会，显得十分暴怒乖僻。

牡丹被瞪得莫名其妙，可接下来她就明白为什么了，命妇们都是消息灵通的八卦者，清华郡主刚去了没多远，就有人低声议论："适才皇后派人同清华郡主说了，她腿脚不便，身子也不舒坦，恩准她以后不必朝会，魏王妃也被留下说话了。"

"多半是为了适才她洒泼兴康郡主的事吧？"

"她也太跋扈了。敢在这种时候这种地方寻事，实在太过失礼，没被当场严惩已是给魏王府留了脸面。"

原来如此！牡丹这才明白何以戚夫人和清华郡主的怨气会那么大。皇后这话虽然说得好听，是为了体恤清华郡主腿脚不便，其实就是变相地剥夺了她参加朝会的资格。对于已经出嫁的宗室贵女们来说，不受皇后待见，不但本人颜面无光，夫家也会跟着受累。

腹中犹如冒气泡似的咕嘟嘟地动了一下，倏忽不见，胎动了，牡丹惊醒过来，轻抚着小腹，露出一丝甜蜜的微笑。刘家的事和她再没有任何的关系了，她的生命从此就与腹中的宝贝还有蒋长扬紧密联系在一起，他们才是她的生活。

牡丹抬起头，扶着臧嬷嬷递过来的手，一步一步，稳稳当当地朝自家的马车走去，途中若是遇到相熟的人就停下打声招呼，若是遇到看不起她，不屑于与她这个商女出身的打招呼的，也就一笑而过。她不能勉强别人喜欢自己，别人也不能勉强她喜欢不喜欢的人，那就各自尽量按着心意活着吧，就是这么简单。

车中备有火盆，林妈妈把一杯热汤递给牡丹，笑道："可见着皇后娘娘啦？是个什么样子呀？宫宴如何？"

牡丹轻笑："说起来惭愧，我先前是不敢看，后来是隔得太远了，不曾看清楚。宫宴么？是冷菜。"

林妈妈和恕儿很是失望，这皇家也真是的，磕了那么多个头，怎地连热菜也舍不得呢？

却听有人在车旁脆声道："是丹娘么？"

兴康郡主志得意满地立在车前，笑得和朵花儿似的："听李夫人说你有喜了，特意来恭喜的。"

"多谢郡主……"牡丹要下车，兴康郡主拦住她，"不必啦，我今日心情很好，与人约了要打马球，这就走了。"于是径自去了。

不多时，老夫人回来，皱着眉头道："夫人还没回来？这个当口，她到底跑到哪里去了？也不使人来说一声，多大年纪的人了，还这般贪玩。"口里说得轻巧，心中却忍不住猜疑，杜夫人从前常年出入宫中，与许多人相熟，朝会过后突然不见，只怕是又去寻什么人诉苦，给府里添麻烦去了吧？就有些惴惴，却也不敢四处嚷嚷，只让人去问杜家。

谁知杜家人早就走了，那仆从也不敢多问旁人，只得来回话。老夫人很生气，她年纪大了，早就又累又乏，就是凭着那口气一直撑着的，无奈地等了一回，见多数人都走了，始终不见杜夫人。又见天色阴沉，竟然飘起大雪来，便皱着眉头道："留辆车给她，我们先走。"

牡丹早就巴不得赶紧回去，自然不会表示异议。老夫人却又多了个心眼，把身边一位惯用的常嬷嬷留下来，要看清楚杜夫人是从哪里回来的。此外又使人去前头和蒋重的贴身长随说这事儿，一切都安置妥当了，方才带着牡丹一起回家。

国公府里已经竖起竿子悬起了幡，萧雪溪忍下委屈在门口迎了二人，抢上前去扶住了老夫人，笑道："椒酒和五辛盘都已经准备好了，等国公爷他们归家就可以献寿。"

老夫人满意地夸赞了她几句，萧雪溪却又贼精，立刻发现杜夫人没回来，便故意问道："母亲呢？"

老夫人现在最怕就是这婆媳间又闹出什么事来添乱，便淡淡地道："她有事儿缓行一步。"因见牡丹也下了车，便叮嘱道，"快回去换衣服吧，他们回来还有些时候，你先躺一躺，小憩一回，今日可把你折腾够了。"说着又扫了牡丹的小腹一眼，汾王妃今日不说，她还真没注意，真是有点大。

牡丹听到她难得关心自己，略微有些诧异，随即又明白过来，这是看在汾王妃的面子上，便心安理得地接了这份"关怀"，自回映雪堂。

到底是嫡长孙，又是孕妇不一样，萧雪溪又是一阵发酸。勉强收回心思，自讨好老夫人不提。蒋长义说得对，不管做什么都得把理占全了才是，他们只是庶出，还行三。现在是杜夫人失了老夫人和蒋重的欢心，蒋长扬和牡丹不愿搭理国公府这边，蒋长忠没在家也没娶亲，这才让她有机可乘，若是将来蒋长忠娶了亲还出息了，哪里还有他们的位置？但愿今日自家父亲能把那件事给办妥了，她想到能把杜夫人加在她身上的事情原封不动地还回去，就由衷愉快。

天上虽然飘着大雪，映雪堂门口却是早就用了稻草垫子铺上的，林妈妈便同牡丹夸赞在家留守的宽儿："还是宽儿细心，这样不管下多少雪，什么时候想出门，都不怕滑。"

牡丹点头称是，这雪薄薄一层落到光滑的石面上，最是滑得紧。她现下最怕的就是摔跤。住在曲江池时，下了雪就老老实实在屋里坐着，遛弯也在屋里遛。可是到了这边，总逃不离要时常往老夫人那里走走。

林妈妈絮絮叨叨的："老天爷也是疼好人的，若是在宫里头的时候下将起来，把衣衫给沁透了，还不知道冷成什么样呢。"

牡丹抿嘴笑起来，这样说来，自己的运气还真是好。上了马车，老夫人来了，正好想走才下的雪。她这一觉十分好睡，醒来只觉全身都暖洋洋的，雪光映着窗户，照得屋里亮堂堂的，安静而舒适，心情十分好。她刚想伸手就听到耳边传来细细的呼吸声，抬眼一瞧不由笑了，蒋长扬正歪在她身边瞌睡呢。长长的睫毛翘着，鼻梁挺直，嘴唇红润，微微嘟着，看着怎么也不像平时那副严肃没表情的模样，倒有几分可爱样了。

他昨夜陪同小四到半夜，天不亮就起身，是没睡好。牡丹心里柔柔的，便捧了他的脸，轻轻在他唇上印了一吻，见他没反应，又拿头发去描他的睫毛。蒋长扬抿了抿唇，大手一伸，把她按下去，意思是不要捣乱。牡丹也就安静地躺在他身边，把头歪过去靠了他的肩头，与他静静相依。心里却又觉得奇怪，她睡了好一觉了，想来时间不会太短，也不知什么时辰了，为何没叫她去敬椒酒、五辛盘献寿？蒋长扬反而跑来和她在一起躺着？

于是轻手轻脚地起了身，又替蒋长扬把屏风掩上。宽儿和恕儿听见声响立刻进来伺候她梳洗，牡丹低声道："什么时辰了？外头是不是已经献过寿了？我觉着这一觉睡得够长的。"

"已然申正了呢。还没有献寿，所以没叫您。"恕儿的消息仍然很灵通，"国公爷还没归家呢。"一家之主不在，自然不能献寿。

"夫人呢？"牡丹讶异不已，蒋重、蒋长扬和蒋长义一起出的门，儿子回了家，他却没回来，这是怎么说？难不成他们夫妻一起约好了的？

恕儿笑道："夫人是未时三刻归的家。回来就往老夫人房里去请罪了，看着春风满面的，似是有什么好事。您要想知道，奴婢就去打听。国公爷么，听说是被几个以往相好的拉去吃酒了，怕是天黑才能归家。"

牡丹笑骂道："你当我是闲得无聊，想操这些闲心呢？没事儿做了不是？"她不想生事，却也知道自己在这里住着，不能把手下的人约束得太死，这样有什么风吹草动的，也不至于两眼一抹黑，什么都不知道。

恕儿便笑："知道您忙。不过真是好事儿，兴许晚上您就知道了的，哪儿用得着奴婢去问？"

牡丹装饰得当，便歪在一旁看两个丫头做针线。才看宽儿把一件小衣裳的边给缝上，恕儿做了半只小鞋底，林妈妈就进来道："老夫人那边有请。像是有什么事情要问您。"

雪已经停了，老夫人的院子里和台阶上都打扫得干干净净的，绿蕉立在帘下，看到牡丹主仆几人过来，便笑着同里头道："大少夫人来了。"

宽儿扶着牡丹一脚踏上台阶，正要再上一级，突然一个趔趄就栽了下去，她灵巧地一撑，站住了，可还没站稳，又是一滑，这下子是真的完全失了平衡，全速栽倒。百忙之中，她先就松开了牡丹的手，省得殃及池鱼。牡丹下意识地要伸手去扶她，斜刺里被林妈妈一把将手拉开，连带着人都被拉到一旁。再反应过来，宽儿已经跌在了她刚才站立的地方，疼得龇牙咧嘴地爬不起来。牡丹不由得后怕，若是她拉着宽儿或是宽儿不放开她，说不准也给连带着摔一跤。

林妈妈往前一看，那台阶上结了一层薄冰，且还有些松动，这样的冰最滑，一个不防就是一大跤。老夫人房门外怎会有这样懒怠的奴婢？可是天寒地冻的，刚扫过雪又冻了上了冰实是再正常不过。心下有些了然，不甘心吃了这个暗亏，便装作粗鲁不知规矩，咋呼呼地大声喊起来："我的天！大少夫人这是福大命大！幸亏得是宽儿这丫头打的头阵，老奴眼疾手快拉开了您，不然这会儿可怎生好？"

绿蕉的笑容一半绽放在脸上，有半截僵硬了，赶紧命人拿了毡子铺在台阶上，下去亲自扶了牡丹往上头去，殷切地问是否被惊吓着。又命人把宽儿小心扶起，就近送到厢房里头去看是否伤到了骨头。

此时老夫人等人已经听到了动静，都赶了出来，热情地对着牡丹嘘寒问暖。老夫人后怕地道："没摔着就好。"不然蒋长扬怕是要把她这里给掀翻了天。

杜夫人也道："真是福大命大，下人们也伺候得好，若是适才那丫头或是林妈妈反应慢点儿，这会儿丹娘可就……说起来，是谁这样粗心？除冰也不弄得干净些。我早就说过，这台面太过光滑，积了薄雪或是结了薄冰最是害人，要垫块毯子才好。这不，险些就出大事了吧？"边说边看向萧雪溪，这些琐事早就是她在料理了，这回看她怎么说？

杜夫人说得没错。这之前下了雪，国公府里各处要紧地方不是铺了毯子就是铺了稻草垫子，为的就是防滑。萧雪溪刚接手时看到下人们甚至不用吩咐就主动做了，因不是什么大事，且也十分实用，就从来没管过。怎地今日恰恰老夫人的房前就没有？

萧雪溪立刻看向牡丹，只见牡丹表情淡淡的看不出深浅，便顺着杜夫人的话正色道："母亲说得是。是我没管好下头的人，失职了，险些酿成大祸。我给祖母和大嫂赔罪。"言罢竟然对着老夫人跪了下去，重重磕头。

反应可真快。牡丹暗自冷笑，却不多说一句话，只稳稳坐着看戏。从前下雪的时候她没在国公府待过，自然不知道这台阶到底铺不铺毯子。不过看今日映雪堂的样子，想来也不会是宽儿突发奇想。要不，一时之间从哪里去寻稻草垫子呢？不管是谁干的好事，总之这一次，她若出不了这口恶气，就对不起腹中的孩子、林妈妈和宽儿的一片爱护之心。

老夫人从未见过萧雪溪如此低头伏小，当下冷冷地道："大节下的，什么事起来说。不就是底下人偷懒么？重重地罚就是了！"

萧雪溪便顺从地起身，对着牡丹深深一福："嫂嫂，请别和我计较。我没管好下头的人，险些害了你。多亏没出事，不然我只怕是百死难辞其咎。"原本她巴不得牡丹倒霉，把肚子里那个小杂种摔没了才好，可后来一想，多亏没出大事，不然她替毒妇背了这个黑锅可就真是冤枉了。

牡丹此时方淡淡地道："三弟妹不必如此。虽是你在管事，然我们从前有过不愉快，但我想，你应该不至于会起心害我和我腹中的孩儿，是不是？"这话说得够明白，够直接，一下子就

· 181 ·

从技术性问题扯到了恩怨人心上。

萧雪溪此刻最怕的就是把这账算到她头上，忙道："当然，我怎会起这种黑心？那我还是人么？"

牡丹便扫了杜夫人一眼，继续道："可是这当差的人，是不把一家子人都放在眼里呢。"她的声音冷冰冰的，"祖母这边家里人一日总要走上好几遭的，祖母年纪大了，我怀着身孕，行动都不便，这样的天气，都不能闪失。可是这个人，明明知道这些，一不听三弟妹的安排，把差事当好；二不听从夫人的指示，私自撤了毯子。我只能说，这人吃了熊心豹子胆，竟敢存着这样恶毒的心思残害祖母和我，还有蒋家的嫡亲骨肉。"

不就是要彻查出气么？萧雪溪听出些意思来，也不觉得牡丹的话难听，忙道："大嫂说得是，我一准儿将这事儿查个水落石出！"

牡丹淡淡地道："那我等着。不然，"她低头抚着自己的肚子，"我心里真是不平。刚才真是把我吓坏了，孩子都在乱动呢。"说着就捂住肚子，痛苦地"哎哟"了一声。

林妈妈大惊失色，赶紧扶住牡丹："怎生好？"牡丹轻轻掐了她的手一下，只痛苦地皱着眉头不言语。林妈妈明白过来，脸上的焦急丝毫不减，回头对着绿蕉道："烦劳姑娘去请大公子来！"

老夫人不知真假，一迭声地命人扶牡丹在她的床榻上躺下，又让人去请太医。然后开始愁眉不展，她再讨厌牡丹，再不喜欢蒋长扬，也不希望这个孩子出事，然后蒋长扬和府里彻底闹翻。

不就是怀了个孩子么？这般作势。萧雪溪暗恨，却记着自己的嫌疑还没洗清，不得不屈尊纡贵，前去嘘寒问暖。林妈妈防贼似的把她挡在一旁，她也顾不得生气。

杜夫人稳稳地道："母亲，这事儿不查个明白府里怕要乱套了！不如先把人拿下，稍后交给大郎来办……"你不是会查案子么？现在就让你大显身手。

老夫人回过味来，若是牡丹真有个三长两短，真得赶紧把自家撇清了，送个替罪羊给蒋长扬出气才行，当下便道："你去办！"想了想，觉得不妥，又看向红儿，"你去办！"红儿赶紧出去拿人不提。

萧雪溪大吃一惊，果然是不得了，自己虽然嫉恨牡丹，却只敢想，并不敢真干。一准儿是杜夫人这毒妇要往自己身上泼脏水，且多半是早就安排好了。毒妇沉寂这许久，还说她老实了，谁知却是在背里搞鬼。这次不比上次，一查必然要出大问题，可是她能说不让查么？蒋长义必须在场才行。当下也急急忙忙地道："是，快去把大公子和三公子请过来。"

杜夫人冷冷地勾了勾唇角。蒋长义？等萧雪溪的人到了房里，蒋长义早就跑出去请太医了。她淡淡地看着躺在床上的牡丹，何氏的运气怎么就这样好呢？次次都能逢凶化吉，手底下的人也真够忠心的。可不管何氏这次是装的也好，不装也好，总归萧雪溪别想逃掉。蒋老三啊，你以为娶了高门贵女就能一飞冲天了么？做梦吧你！

"丹娘！丹娘！你怎么样？"蒋长扬披散着外衣疾步跑进来，满脸焦急。牡丹看到亲人，鼻子顿时一酸，眼泪汪汪地道："我肚子疼。"

蒋长扬在她身边坐下，握了她的手小心地道："别怕，我已让顺猴儿去请太医了，没事儿的。"牡丹见他虽然表现得镇定，眼里却有慌乱，有些过意不去，轻轻抠了抠他的掌心。

夫妻二人是早有的默契，蒋长扬立刻明白过来，脸色却更难看了，厉声道："林妈妈，说说这是怎么回事儿！丹娘若是有个三长两短的，你们也不必活了！"

林妈妈一声嚎起来，跪在地上大哭："请主君给夫人做主！严惩那起子黑心烂肝的东西！只要能去了这害人的东西，夫人和小公子好好儿的，老奴死不足惜！"

这算怎么回事！鬼哭狼嚎的，一开口就认定牡丹是被人害了，再任由这贱婢说下去，还得了么？老夫人使劲一跺拐杖，狠狠地道："胡说八道什么！把这不懂规矩的奴才拖下去！"

蒋长扬冷笑："不劳祖母操心，我的人自己会管。我倒是想请教祖母这是怎么回事。您让丹娘来说话，一到这里就出事了！祖母房里的丫头们真是好本事。丹娘再不讨你喜欢，她腹中的孩子也是蒋家的骨肉。"不是他糊涂，这事儿必须先把老夫人堵死了才行。

"你放肆！昏了头吧，竟敢怀疑我？！"老夫人气得要疯，这意思竟是怀疑她容不下牡丹和牡丹腹中的孩子，但人是她叫来的，又是在她这里出的事，当差的也是她房里的人……老夫人转头恨恨地看着杜夫人和萧雪溪，两个不省事的东西、扫把星、祸水！当下大声道，"红儿，人呢？还不赶紧押进来！"

要拿一个干粗活的小丫头，算得什么？红儿早就拿了人在帘下等着的，当下就命粗使婆子把那个倒霉蛋推了进来。蒋长扬皱着眉头道："祖母还是别吵了，这是怕丹娘不够不舒服么？"

老夫人气得发抖，别人种的因，最后却是她在承受果。当下指着那叫木耳的小丫头声色俱厉地道："毯子哪儿去了？说！不然打死你！"这一回声音小了许多。

木耳吓得裙子都湿了，匍匐在地上颤抖着语不成调："不是奴婢！是彩帛姐姐先前失手把一盆子水打泼在毯子上，奴婢去换，备用的毯子却不见了，奴婢只好去库房领新。没想到一会儿的工夫就惹出了大麻烦。"

蒋长扬淡淡地道："真是巧。彩帛是谁？"

萧雪溪的脸一下子煞白，回头狠狠瞪着早被吓得跪倒的大丫鬟彩帛，冷飕飕地道："说，是怎么回事？"

老夫人房里的用水，是红儿或是绿蕉或是任何一个小丫头端出去打泼了都不奇怪，可彩帛是她的大丫头，不但在老夫人房里做了事，还扯泼了水，还扯上牡丹这事儿，就有些说不清了。

彩帛到底是尚书府出来的人，虽然惊慌，说话倒是清晰："先前夫人们说话，奴婢和红儿她们在隔壁茶房里候着，不小心把裙子弄脏了个角，便要了一盆水略微擦洗了一下，去倒水的时候路太滑，跌了一跤，手肘都跌破了，奴婢真不是故意的……"谁会想到这一跤跌了还偏巧惹出这样大的事呢？

看似一切都是偶然和巧合，前后串起来没有任何破绽。萧雪溪抓住唯一可能翻盘的机会道："木耳不是说有替换的毯子么？怎会突然不见？我就不信那毯子会化成灰了。"她听见自己的声音干巴巴的，透着一股子心虚，于是惊慌地朝门外瞟着，蒋长义怎么还不来？

蒋长扬只管拉着牡丹的手低声安慰，看来不用他多事，萧雪溪先就急上了。

毯子的事情不难查，马上就有人来说是萧雪溪之前下了个命令，道是要干干净净地过节，所以拿去洗了，因为天气不好，没干，就没送过来。她真的也说过这话。又是她的错！萧雪溪险些哭出声来，抱着最后一根救命稻草问木耳："备用的毯子去了哪里你都不知道么？咱们家就这么两块毯子，为何不早早领了新的备用？分明就是躲懒失职！"

木耳"哇"的一声哭起来："三少夫人饶命！奴婢不知道，一直都在那里放着的。也没人告诉奴婢说毯子没送来。"

萧雪溪焦急地看着蒋长扬幽暗冷冰的眼神、老夫人厌憎的眼神，还有林妈妈等人恨不得把她撕来吃了似的表情，自知掉入了一个精心设计的圈套中。她回忆起杜夫人回到家后的兴奋样，把丫头们全赶出去，一副她和老夫人说悄悄话的神秘样儿，接着又引着老夫人说要请牡丹过来问话的鬼精样儿，再结合经过，心里充满了被算计和陷害的悲愤。恨不得扑上去撕烂这毒妇的脸，嘴唇抖了许久，方对着木耳吼出来："什么都不知道拿你干什么用？就是你害了大少夫人！"

杜夫人在一旁看得真是舒坦，凉幽幽地来了一句："罢了，溪娘，你也别急，下人有错一定会罚。虽是彩帛打泼的水，洗衣房那边也没及时送毯子过来，也不算是你的错，你原本也是一片热心。刚才你大嫂也说了,你们虽然从前有怨,可如今就是一家人,她相信你不会害她。你大嫂是个良善的性子,不会胡乱猜疑人,就别担心了。"

说完这段话,看着萧雪溪哑巴吃黄连,想辩又无从辩起,气得两眼含泪,浑身颤抖的样子,杜夫人真是解气,不枉她精心算计谋划那么久。她的运气真好,刚给蒋长忠争得那桩好亲事,接着就又收获了,老天爷都在帮她啊。这下子,萧雪溪是别想择清了,这大房和三房的热闹有得看。可一回头,她就对上了蒋长扬的目光,那种眼神,她从来没在谁眼里见过,无法形容的感觉,仿若看死人一般。她不舒服地别过了头,看着老夫人道:"母亲,您看这事儿怎么处理?"

老夫人咬牙切齿地道:"把这个懒惰的丫头给我打四十军棍,连着她娘老子一起卖了!"跟着目光落到彩帛身上,"始作俑者是她,给我打六十军棍!也卖了!"

六十军棍,是要她的命!彩帛的头"嗡"地一声响,牢牢抱住萧雪溪的腿哀哀苦求,萧雪溪不忍心之极,可是她自身也难保,因为接下来就是她的惩处。

果然老夫人淡淡地道:"我看三郎媳妇这些天也累了,就留在房里好好休息一段日子再说。从明日起,也不必到我房里来请安了。"轻轻就夺了萧雪溪管家的权,并且再不要她到这里来请安。

萧雪溪不忿之极,一声就哭了出来,她憋屈得真厉害。喊冤都不能,说自己真没害牡丹,好像也没人说她害牡丹。可打死了彩帛,又夺了她的权、禁了她足,这不是等于把这顶暗害牡丹未遂的帽子给她扣上了么?杜氏,我要你死!这是萧雪溪此刻唯一的念头。

"这是怎么了?"蒋重进门就看到了一场热闹。他原本以为会看到一家子就等着他一个人回来献寿,谁知竟然个个儿都仿佛死了人似的,萧雪溪竟还大哭,接着他就看到榻上躺着的牡丹,立刻避嫌退出去往帘外站了,焦急地道:"到底怎么了?"

谁都不说话,老夫人只好道:"出了点意外,大郎媳妇儿险些摔跤,动了胎气,正惩罚人呢。"

趁着蒋重在理清到底发生了什么事,牡丹低声同蒋长扬道:"就说大节下的,我不想闹得大伙儿不舒坦。打这么多军棍,必然是打死了的,我不想给孩子造冤孽,适可而止就好。"有道是神仙打架,小鬼遭殃,虽然没有谁真的全然无辜,但她没真的摔着,不想造杀孽。

蒋长扬轻抚她的手背:"我有分寸。"

萧雪溪却突然喊道:"这样说来,不只是这二人该打,好多人都该打!"她冷笑着,"没有毯子,台阶上结了冰,滑不留足都不是一时半会儿的事,可是奉命去请大嫂来说话的人却丝毫不提此事。这中间必然有问题!大嫂,是谁去请的您?"要烂大家一起烂!她吃了暗亏,别人也休想逃了去。

林妈妈沉稳地道:"是一位嬷嬷去传的话。有些眼生,认不得姓什么。"于是萧雪溪不依不饶地又要找这个人出来。

一团乱麻。蒋长扬见牡丹皱了眉头,便道:"总在这里吵吵嚷嚷的也不是办法,趁着天还没黑,先让人抬了肩舆把丹娘送回房去。稍后太医来了也好看诊。"

众人岂有不依之理?当下便暂且把其他事情放在一边,忙着把牡丹先送回去。蒋长扬不管他们怎么狗咬狗,反正这会儿萧雪溪只想洗刷清楚她自己,必然不会轻易放过其他人,那就先让他们咬着,他等会儿再来看结果。于是亲自扶着肩舆,把牡丹送了回去。到了映雪堂,他就紧紧握着牡丹的手,坐在她身边,满脸的愧疚,他不信牡丹真的没事儿,一定是被惊吓到了的。不过打个盹儿的工夫,就差点出了大事。

顺猴儿请的太医最先到,他晓得孙老太医年老跑不快,便请了孙老太医的嫡传弟子来。前头众人都不吵了,一起往映雪堂听消息。那太医便说是受了惊吓,动了胎气,要静养,开了药方。

这里已经开了药方,最先往前头去请太医的蒋长义这才赶回来。杜夫人不咸不淡地道:"你怎地去这么久？已然看过了，把人送回去吧。"

大节下的不好找人，他真是尽力了。蒋长义真冤枉，他不知道牡丹怎会突然动了胎气，只知道有人通知他赶紧去请太医，还想着是因为蒋长扬脱不开身，信任他呢，谁知会是这么一摊子烂事。他看着恨不得扑过来哭诉，委屈到了极点的萧雪溪，隐隐有了几分明白，却是不气不恼，想到今早得到的那个消息，心里说不出的痛快。杜氏，你且猖狂吧！最迟明日就有你受的，我要看着你痛不欲生的样子！

蒋长扬把牡丹安置下，这才往前头去看最新进展。牡丹听到外头的人都去光了，只觉说不出的清净，因见恕儿扶着一瘸一拐的宽儿走进来，忙道："还不去躺着？虽没伤着骨头，可这一跤摔得结实，也够你受的。"

宽儿笑道："奴婢没事儿。就是破了点儿油皮。"

恕儿笑道："有两桩事儿，说给您解解闷。第一，您道今日为何请您过去？夫人去宫里头是寻丁婕妤，替二公子求娶丁婕妤的侄女儿为妻，丁婕妤许了一位十三娘。因着这位娘娘和楚州侯府的白夫人沾了亲，想请您过去帮忙打听一下这位十三娘的人品。"

这位丁婕妤，牡丹曾听白夫人提过，算起来是白夫人的表姨，是个厉害角色，虽然膝下无子，只有个才十岁的小公主，但在宫中历经十五年仍然有宠。杜夫人这是想替蒋长忠添一份助力，蒋长忠虽然娶不上五姓女，却也能娶个沾亲带故的，他频频立功，再添一门好亲也在情理之中。牡丹便问："第二件呢？"

恕儿幸灾乐祸地笑起来："国公爷带回了一位美人儿，只是这会儿顾不上，一直被晾着呢。"杜夫人和蒋重不和，两位姨娘年老色衰，这回有热闹看了。

牡丹吃了一惊，蒋重外出吃这酒席，竟就带了一位美人儿回来？什么意思啊？

此时老夫人房里已经乱成了一团。萧雪溪抱着能够拖下水的就都拖下水，尽量把杜夫人的人多拔出几个的原则，面目狰狞地在那里上蹿下跳。一忽儿在老夫人面前进言说谁谁脱不开干系，一忽儿又在蒋长扬面前道一定不能放过谁，一忽儿又在蒋重面前委屈地哭，反正就是她真冤枉。

蒋长义一言不发，静静地坐在一旁看热闹，但他无声的沉默，就等于给了萧雪溪闹腾的勇气。于是她越战越勇，包括送信的婆子在内，揪出了一大串人，谁谁传过牡丹的闲话，谁谁在映雪堂门口偷窥。总之在她说来，这些人都是居心叵测的，早就有人不怀好意地要害牡丹，字字句句都含沙射影地指向杜夫人。

老夫人板着脸一言不发，觉得萧雪溪真是不识好歹。送信的婆子是她的人，人家是在院子里听了红儿的招呼，直接去映雪堂喊的人，根本就没经过这台阶，人证齐全，怎么也死死揪着不放？难道说，她也想把自己给拖下水？她就不知道，这事儿闹得大了，对大家都没好处么？

蒋重一个头两个大，萧雪溪嫉恨牡丹他早知道，杜夫人只怕也干净不到哪里去。可出于利害关系，他既不敢说是萧雪溪的错，也不敢说是谁的错，只希望能尽数推到下人躲懒失职上去。只怕一个不小心，又传出治家不严的风声，彻底倒霉，进而又削了萧家的助力，失了蒋长扬的心。想到这个可怕的后果，他简直恨不得把头发都拔光了。

而被萧雪溪攻击的杜夫人的眼里此刻并没有任何人，只有坐在那里满脸烦恼憋屈之色，已然头发花白，现了老相的蒋重。一想到金珠适才说的那个狐狸精，她的心就在滴血。这个薄情寡义没本事的男人啊，她当初怎么就瞎了眼，鬼迷了心窍非要嫁他呢？二十年，她得到了什么？不过是一腔怨恨和一屋子的仇人，一个被惯坏了，时时刻刻都要担心会被人算计送了命的儿子，还有就是午夜梦回之时的孤寂和冷清。他倒好，儿孙满堂，软玉温香。凭什么！他人模狗样却能继续享福，她耗尽青春心血却要独守空房？！做梦！

萧雪溪跳了一歇，不明白为什么蒋老夫人和蒋重都不肯站出来伸张正义，蒋长扬也是在一旁光看戏不表态，不由越发生气激动，不过她说的话都没什么杀伤力，牵扯范围越来越广，倒像是千方百计为自己狡辩，狗急跳墙乱咬人一般。蒋长义忍不住长长叹了口气，他就知道不能对萧雪溪抱多大的希望——当初能在自家地盘上折在他手里的人，又能厉害聪明到什么程度去？少不得他亲自出马。

于是蒋长义发了雄威，厉声呵斥道："蠢妇！闭嘴！你是要把所有人都安个罪名，给御史台的人找事情做么？"这话立刻得到了蒋重和老夫人的支持，就是，这种丑事闹大了对大家都没好处，褫夺了爵位、降了罪，谁能得了好去？只是……他们胆怯地看着蒋长扬，他和他们不是一条心。

蒋长扬面无表情地看着蒋长义，他已经断定，就凭萧雪溪做不出今天这个局。还是杜氏。她这回还是拿准了老夫人和蒋重的心理，烂也是烂在锅里，不能让外人知晓，所以只能大事化小，小事化了。

蒋长义被蒋长扬看得心慌，他觉得自从朝会散了之后，蒋长扬看他的眼神里就多了些什么，让人如芒在背，仿佛看透了他一般。他微不可见地晃了晃头，怎么可能，那事儿天衣无缝，蒋长扬不可能知道，但当下，事关牡丹，他得把话给说圆了才行，于是他沉痛地拉着萧雪溪给蒋重、老夫人和杜夫人跪下了："祖母、父亲、母亲，溪娘骄纵惯了，没有任何分寸和规矩，请用家法教训她！"

萧雪溪不敢置信，眼睛瞪得溜圆地看着蒋长义，他，他竟然说让他们教训她！他明明说过，他们是一体的，夫荣妻贵，他不会对不起她，可是，她受了这么大的冤屈，他竟然让人惩罚她！难道是打算认下这个错么？何牡丹是宝，她难道就是草？不，她才不肯！她尖声叫起来："凭什么！国有国法，家有家规，我做错了什么？要冤枉我，我不认！你这个没出息的东西，算什么男人！尽会让人欺负！"

蒋长义眼里闪过一丝寒光，重重地扇了她一个耳光，打得她的头嗡嗡作响，眼花缭乱，半响出不得声，只有眼泪哗啦啦地流。蒋长义看也不看她，朗声道："她无状骄纵是事实，但如果说她有意要害大嫂，别说她不认，我也不敢认！"

"人贵有自知之明。"他的声音一下降低，无限深沉，"都是祖母慈爱，父亲教导，夫人仁慈，兄长提点，我才能有今日，所以我从来不敢忘记自己的本分。承爵、继承家业，都和我没有关系，我所求的就是做好分内之事，为国、为家族绵延尽一己之力。"再无限深情地看向蒋长扬，"大哥和二哥是嫡长，也比我能干，我只希望能在他们需要的时候帮上一把，尽尽做兄弟的责任和心。溪娘虽然骄纵，这些大道理是懂的，她不敢在这种事情上胡来，若是她真敢，我就休了她……"言下之意便是，朱国公府的一切和他们夫妻没什么关系，蒋长扬和牡丹不好了也轮不到他，还有一个蒋长忠呢，所以他们完全没必要害牡丹。

当着婆家人挨了这一巴掌，萧雪溪所有的尊严都没了，清醒过来的第一件事就是想和蒋长义拼了，可是她却听到蒋长义在替她辩解，同时也在替他自己辩解，看到蒋长义不时瞟过来的威胁眼神，便下意识地认为自己还是低头继续哭泣的好。可听到蒋长义说要休了她的时候，她还是愤恨地咬破了嘴唇。

蒋长扬唇边露出一个淡淡的笑容来，他静静地看着蒋长义。虽然说得合情合理，但这说辞、这做派……果然是在杜氏身边待得久了，耳濡目染，无师自通。

蒋长义谦卑而讨好地看着蒋长扬，他不想招惹他啊，真的。拜托老兄，别这样看着我笑，就算你知道点什么，也别说。损人不利己的事情我不干，你也别干，成么？我会回报你的。蒋长扬似乎是看懂了他的眼神，收起笑容，挪开了眼。蒋长义松了口气，继续用小狗似的眼神可怜地看着蒋重。他其实比这两个哥哥对蒋重更忠心，对这个家更爱，真的，他发誓！

蒋重的神色渐渐软和下来，这个儿子多懂事呀。原来还担心他压不住萧雪溪，会被萧家骑在头上，如今看来也不是那么懦弱嘛。难得的是，这是个识大体、体贴人的好孩子啊。要是蒋长扬有他这么懂事，那该多好！蒋重不由长长叹了口气："都起来吧。既然是下人做错了事情，该严惩的就严惩，别再出乱子了。"

他看向蒋长扬和杜夫人，语重心长地道："有些不该传出去的话，就不要乱传了，不然全家人都没颜面。若是被有心人知晓，御史台参上一本，谁也得不到好。"然后大手一挥，指点众人，"溪娘到底是失职了，你祖母惩罚你也不算冤枉。从你手里出的错，你就先纠正，去把这些懒惰的下人处置好，不许轻饶。"

都说不是她干的了还要惩罚她？萧雪溪不平之余又听说要让她惩罚木耳等人，心情这才好起来。这个她喜欢！

蒋重又看向杜夫人，用一种命令式的口气淡淡地道："有人送了我一个姬人，这会儿在外头候着的，你把她安置妥当了吧。"几十年来，他第一次用这种口吻让杜夫人做这种事。不知怎地，他觉得很爽快。

杜夫人猛地抬头，眼神锋利如刀，脖子上的青筋都暴了起来。蒋重让她做的，是任何一家的男人都会吩咐女人做的事情，很正常，但在她看来，却是最后一点情义和幻想都彻底断绝了。她紧紧抿着唇，半晌不语，最终妩媚一笑："好。"言罢转身走了出去。蒋重，从此以后，我再不会当你是我的夫！我只有儿子，没有丈夫。

萧雪溪所有的委屈都没了，恨不得仰天长笑。妖婆，你也有今日！正在开心，便收到了蒋长义警告的眼神，让她别太得意忘形，泄了行径。萧家选这个美人不难，难的是巧妙地塞给蒋重——总不能让儿媳的娘家给公公塞美人吧？那是大笑话了，所以只能通过旁人送。这上头花了不少心思，一旦让人察觉就没了意义。

萧雪溪收敛了神色，学着杜夫人的样子，庄严地转身往外走，准备大开杀戒。蒋长扬一看她那表情，就知道她想干什么，便淡淡地道："三弟妹，丹娘和我说，别给孩子造孽，大节下的，没必要为难几个做不得主的下人，适可而止吧。"

三弟妹？她如果没记错，这还是她进门以来，他第一次主动和她说话。萧雪溪皮笑肉不笑地道："请大哥放心。我一定会按着祖母和父亲的意思来办，给您和大嫂出这口气。"然后挺直了腰板往外而去。

蒋长义忙追了出去："不许出人命！"

萧雪溪冷笑："出人命再正常不过。谁让他们有眼无珠，竟敢拿大少夫人腹中的嫡长孙开玩笑呢？"事情是牡丹闹起来的，蒋重和老夫人都让她严惩，她就顺着这风吹一吹又如何？将来人家说起来，还不是因为牡丹这一跪？

没见识的东西！只能看到眼前那一小块地。蒋长义恨得笑了："这么说来，你今日不弄死几个人，不让人见识到你的威风和狠毒就不算了？也行，你只管做，过后可别后悔。我忘了告诉你，大哥似乎知道了好些事情。"

他的声音很温柔，萧雪溪却忍不住摸了摸脸颊，还在疼，他刚才下那手真的很狠，便咬咬嘴唇，不甘心地道："我知道了。"

蒋重看向蒋长扬，声音里有掩饰不住的心虚和哀求："大郎，我准备把南边两个最好的庄子给你们，给丹娘压压惊。"

蒋长扬定定地看了他两眼，随即哈哈笑了："好呀。我的儿子值两个庄子。"

蒋重知道自己说错了话，但他又能如何？便叹道："大郎，别这样刻薄。如今家里太难，等丹娘养好后，你们就搬回去吧。以后没事儿，就别……过来凑热闹了。你知道，我是心疼那孩子的。"

"心疼倒是未必,心虚是真的。"蒋长扬嘿嘿笑了两声,收了笑声道,"下次我再来的时候,就是给人送终的时候。"言毕拂袖而去,有道是,天作孽犹可活,自作孽不可活。

老夫人一口气差点上不来,指着蒋长扬的背影对蒋重道:"这个孽障!听听他在说什么!"下次他再来的时候,就是给人送终的时候?这是咒她死还是咒蒋重死啊?她承认牡丹出了事又没出这口气是让人憋屈,可也不能不管这一大家子人的死活吧?别说没出事,就是真出了事,一个没成形的胎儿,能和这么多人的前程和富贵比么?

蒋重的太阳穴突突地跳,他有种非常不妙的预感,总觉得,什么地方不对劲。

杜夫人看着面前娉娉婷婷的美娇娘。

年方二八,雪肤花貌,高挑丰满。头上翠翘微微颤动,身上宝石蓝色的薄罗裙布满金线绣花,鹅黄色的五彩裤在罗裙里半隐半现,嫣红的裙带交结成花,显得纤腰不盈一握,可是雪白丰满的酥胸却险些把五彩盘金抹胸给撑破了。这样的身材,偏生长着一张精致娇憨,还带点天真孩气的脸,是个正常的男人都会觉得是个尤物。

这么冷的天,穿得这么薄透。怎么没冻死她?!杜夫人恨恨地想。不知廉耻的下贱东西!杜夫人沉默着把这个不知廉耻的妖媚东西在脑海中里斩成了几十遍烂泥,却还要思考把她放在哪里呢。

那美娇娘束手束脚地站着,小心翼翼地动了动被冻得有些麻木了的双脚,垂着眼大气也不敢出。

"带她去宜绣楼。"杜夫人最终连名字都没问,也没和人说话,而是直接对着金珠发了话。金珠有些吃惊,宜绣楼离蒋重的院子不远,夫人可真大度。口里却不作任何反对,只低头行礼应了是,朝那女子点了点头:"跟我来。"

"谢夫人恩典,奴婢告退。"那女子默然磕了一个响头,然后悄悄退了出去,显得进退有度。

可她越是懂礼,杜夫人就越恨。

半响,金珠回来。只见杜夫人还独自坐在镜前,木然地对着镜子画眉。画了小山眉又擦掉,改画涵烟眉,去了涵烟眉,又换月棱眉,如此反复再三。金珠沉默地拿了梳子,把杜夫人垂在榻上的乌黑长发从发尾梳起,一点点地梳通了,又往上梳。

杜夫人终于放下了手里的青黛,用一种毫不在意的口吻道:"都问明白了?"

金珠轻轻道:"是。叫做眉儿,是德郡王送的。会弹琵琶、会跳舞。说是今日宴席上,国公爷因为多喝了几杯,德郡王让她伺候国公爷,过后又说要送给国公爷。大概国公爷也是不想抹郡王的面子。"

德郡王?难怪打扮得那么华丽,杜夫人冷哼了一声。金珠虽然说得轻巧,实际上的情况却一定是,这眉儿一定弹得一手好琵琶,跳得好舞,而且还吸引了蒋重,所以德郡王才会让人去伺候蒋重。蒋重不想抹人的面子?老天爷才知道。德郡王,本是皇帝早前长兄的嫡子,她的大表哥,本该承亲王爵的,但出于许多原因只做了这德郡王。他从不问朝事,生活奢靡得很,皇帝由得供着他。这样的一个人,她虽不曾放在眼里,却也不曾得罪过,怎会突然给蒋重送人?这背后一定有什么她不知道的事,是谁在和她作对?蒋长扬?蒋长义?还是萧家?

杜夫人闭上眼睛,搜肠刮肚地想。

"听说是大少夫人求情,今日扯进去的每人只挨了二十棍子……"金珠半垂着眼,动作轻柔地给杜夫人揉着头。青葱似的手指从杜夫人的太阳穴上刮过,停住,又继续往上,再下来,又停住,然后陡然加大了力度。

杜夫人"嗯"了一声,金珠唬了一大跳,颤声道:"夫人……"

杜夫人有气无力地低声道:"对,就这样,用点儿力,头真疼。"这两夜总做噩梦,也不知道是怎么了。

天刚蒙蒙亮，杜夫人就从噩梦中惊醒过来，只觉得全身都黏黏糊糊的难受，头更是难受得要死，仿佛有人拿了一把刀在里面搅。伸手一摸，数九的天，冷汗竟然把身上的里衣和被单都沁湿了。"来人！"她惊讶地发现自己的嗓音很难听，嗓子又干又疼，仿佛是肿了。她不能病，这当口病了，人家说不定还以为她是给气病的呢。

"夫人醒了？"金珠上前伸手一摸就吃了一惊，"怎么都湿透了？夫人可有哪里不舒服的？"

杜夫人扶着额头，难受得不想说话，一说话头就一抽一抽的疼："去给我拿点上次舅夫人送的丸药过来。"

金珠捧了药丸过来，突然红了眼睛哽咽着声音道："夫人，奴婢去给您出气！"

"做什么！"杜夫人虚弱地吼了一声，大清早的这个丫头要闹腾什么？

金珠红了眼睛，低声道："那边大清早的就让人去换床单，上头落了红……"

杜夫人定定地看着金珠，突然意味不明地笑了，才笑了两声又皱着眉头大吐特吐，辛辣的味道呛得她泪流满面，一直吐到胃里什么都没有了，她才靠在枕头上。真是恶心啊，原来德郡王送了蒋重一个貌美多姿的处子歌姬，昨日刚闹出了那种事，他还记着要了这个女人。呵呵，叫人怎么说呢？

又听下人禀道："夫人，舅老爷和舅夫人来了。"

杜夫人吃了一惊，虽说节日里大家都要互相宴请走动的，可她是女儿，应该是她先回杜府去拜会才对。不对，如果是来走亲戚，杜家怎会这样失礼地大清早就跑过来？一定是出了什么事。她心惊肉跳地坐起来，颤着声音道："快请，快请！"

金珠忙寻了披袍给她穿上，正准备给她绾头，就听见一阵急促的脚步声停在了屏风外。杜夫人烦躁地拨开金珠的手，狠厉地道："去外头候着。"然后扬声道，"嫂嫂快请进来。"话音刚落，独孤氏就不顾礼仪地一步跨了进来，低低地喊了一声："妹妹……"

杜夫人看到她眼里含着的泪光，毫不掩饰的同情，一颗心顿时提到了半空中："嫂嫂，怎么啦？"

独孤氏含着泪，悲声道："妹妹，今早你哥哥刚得到的消息，忠儿他……"

一盆凉水从头淋到脚，透心的凉。忠儿他怎么了啊？杜夫人愣怔片刻，狰狞地揪住独孤氏的衣领，龇着牙道："他怎么了？他怎么了？"

独生子的死亡对于一个女人来说，意味着天覆地灭。同是母亲，独孤氏可怜地看着小姑，冒着被窒息而死的风险，一字一顿，清晰无比地道："忠儿他没了。"

"你胡说！你胡说！"杜夫人发出一声惨厉的尖叫。她疯狂地提着独孤氏的衣领，使劲地晃。

独孤氏差点喘不过气来，却仍然尽职尽责地大声道："是真的！谁敢拿这种事情开玩笑！"

下人听到叫声，冲进去七手八脚地将两人给分开了，牢牢抱住已经神志不清的杜夫人低声劝慰。杜夫人哭的力气都没有，只觉着周围什么声音和色彩都没了，独孤氏等人的面孔一团模糊，她终于支撑不住，晕了过去。她的忠儿啊，她的心肝宝贝，她所有的希望。她昨天才给他说了一门好亲，正在给他搬绊脚石呢，他怎么就突然没了？

独孤氏忙叫人把杜夫人抬到床上去，使劲掐她的人中，又灌温水。叫金珠和银玉："你俩不拘谁，赶紧去叫人，请太医。"她和杜谦二人一同进来，杜谦去寻蒋重，她自来后头寻杜夫人，防的就是蒋家先知道消息，杜夫人身边没人撑腰。真是造孽啊，大节下的出这种事。

蒋重还不知道出了什么事，听说杜谦一大清早就来访也纳闷得很，想着一定是杜夫人又告状了。不过一个姬人，谁能管得着？他微微哂笑，伸出了脚，眉儿极有眼色地跪下给他穿上靴子，然后不声不响地立在了一旁，规矩得不能再规矩。

蒋重尚未见得杜谦，他请托看顾蒋长忠的人也派了亲信带着蒋长忠的长随赶上门来报信。看到那长随戴的孝，蒋重不用问就已知道发生了什么事。在听来人说了因由，并告知蒋长忠的棺木大概将在五天之内到达后，他麻木地看着脚下的方砖，久久不发一言。

不多时，整个蒋府都知道了二公子蒋长忠没了，而且死法很窝囊。他不是死在战场上，也不是死在敌人手里，而是因为酒后争执斗殴，被他手下的小兵一刀毙命。时间就在他最后一次立功后的第5天。杀人者连夜逃走，三天之后发现被饿狼啃得只剩下半个头和一只残缺不全的脚。很多人都作证说是蒋长忠仗势欺人先动的手，又说他平日里长期以来都在欺压众人，那个人是被欺负得最惨的。换句话来说，他完全是咎由自取。人分三六九等不假，可是兔子急了也会咬人，何况这人本就是个无父无母，一人吃饱全家不饿的莽汉，他怕谁？

这样的情况下，已经不能再做什么了。蒋长忠的上级愿意让人长途跋涉把蒋长忠的棺木押送回来，还专程派了个人来说明情况，已是仁至义尽。蒋重对杜谦等人的劝导和蒋长义等人的悲声没有任何反应，不管再怎么不成器，也是他的骨血，他难过；可是这样的死法，丢尽了他最后的脸面，他也难过。

现如今没时间给他缅怀和悲伤，老夫人乍闻噩耗，一口痰卡住了，当时就翻着白眼晕了过去。全府上上下下都忙着灌参汤、请太医，他这个儿子必须守在一旁尽孝，而杜夫人清醒过来的第一件事，就是发疯似的找到他，要和他拼命："你赔我儿子，你赔我儿子！他终于死了，你如愿了！怎么死的不是你！"

蒋重麻木不仁地任由她推打。蒋长义在一旁伤心得话都说不出来，萧雪溪则拿了一方帕子掩着脸装哭，夫妻二人都不劝。倒是杜谦和独孤氏为杜夫人着想，她已经没了儿子，没了倚仗，怎能再和蒋重撕破脸？当下二人拦的拦，劝的劝，硬生生把杜夫人拖回了房，自与她分析利弊，苦劝她节哀顺变。闭口不提。

杜夫人什么都听不进去，只是发疯似的嚎哭，哭到后面，她已经完全发不出声来，只是机械式的抽泣。她已经不知道自己到底是为了什么哭，只是觉得悲伤怎么都止不住。弄得独孤氏和她一起哭，杜谦则是愁眉不展。

长长短短的哭声传到映雪堂，听得牡丹直打冷战。蒋长扬问林妈妈要了些丝絮给她塞耳朵："我出去看看，你就别出去了，当心被疯狗咬。等会儿我先把你送回家去，此地不宜久留。"又命林妈妈等人看好园子，收拾行李，不要轻易放人进来。杜夫人这会儿只怕是已经疯了，说不定会到处乱咬，还得防着旁人趁乱伸手。

牡丹见他波澜不惊，沉沉稳稳的样子，便背着林妈妈等人低声道："你是不是早就知道了？"他人脉广，提前天把知道这事儿也不是什么稀罕的。

蒋长扬不承认："我哪会知道？不过看惯了生死而已。好了，盖着被子再睡会儿，外面的事情和你没关系。"说着给她披紧了被子。

牡丹听话地闭上了眼，蒋长扬摸摸她的脸颊，沉思着走了出去。蒋长忠的死法，实在很是干净利落。

太医正给老夫人问诊施针，蒋重无限愁苦地坐在一旁，不知神思所属，就连蒋长扬走进去都不知道。蒋长义小心翼翼地道："爹，大哥来了。"

蒋重僵硬地抬起头来看着蒋长扬，神色颇为茫然，蒋长扬自顾自坐下："人什么时候到？"

蒋重的嘴唇微微动了动，却什么都没说出来。

蒋长义低声道："说是五日之内。二哥他好冤……"他突然哽咽起来，再也说不下去。

蒋长扬冷淡地看着他，清晰地道："三弟请节哀，现在国公府要靠你了。"

国公府要靠他？！虽然是长久以来的心愿，蒋长义还是被吓得把眼泪和悲声都收了回去，他迅速抬起头来看看蒋重，见蒋重没什么反应，又迅速瞟向蒋长扬，随即又心虚地把目光瞟开，低声道："大哥，现在我们该怎么做？"

蒋长扬沉声道："人还在路上，不知道也就算了，既然知道了，就不能让他孤孤单单地回家，你要去把他接回来。"

让他去接蒋长忠？蒋长义迅速思考起来，还没开口，一旁站着的萧雪溪就使劲儿拉了他一把，暗示他拒绝。那个死女人遭到报应是活该，凭什么要蒋长义去接人，做那费力不讨好的事情，他蒋长扬却留下来在众人面前轻轻松松地扮好？这么想管闲事就自己去啊！

蒋长义正在心烦，不知该不该听从蒋长扬的吩咐，被萧雪溪重重拉了这一把，更是厌烦，不由恶狠狠地瞪了她一眼。昨日那种预感仿佛是验证了，蒋长扬一定知道了什么，可他拿不准蒋长扬是怎么想的，知道了多少，又是怎么打算的。他只是感觉，任他怎么讨好，蒋长扬似乎都不想搭理他。

蒋长扬把这夫妻二人的小动作看在眼里，面无表情地道："你若是不想去也行，我先把你大嫂送回曲江池，我去。"

蒋长扬与杜夫人有仇，与蒋长忠从来不和，他都要去接了，自己这个从来都和蒋长忠关系很好的弟弟怎能不去呢？哪有嫡长兄跑外头去接人，庶子弟弟却在家里撑门户办丧事的？那不是等于把他所有的野心都暴露在外了么？杜夫人看到他撑门户在人前露脸，一定会把矛头对准他，还不如躲到外头去接蒋长忠的灵柩呢。蒋长义忙道："我去！我去！"

蒋长扬淡淡地扫了他一眼，用不容置疑的口吻道："那就马上准备出发，宜早不宜迟。"

蒋长义想通这一节就显得格外配合，赶紧让萧雪溪去收拾东西。夫妻二人先后回了房，萧雪溪便道："他让你干吗你就干吗啊？你是他养的？好不容易有了机会，你却只会被他压着……"

蒋长义阴鸷地瞪了她一眼，狠狠道："蠢货，不懂就闭嘴！"这事儿现在看来做得很干净，但如果在做的时候不小心被人看破的话，就是一辈子的噩梦。蒋长扬到底知不知道？到底知不知道？蒋长义烦躁地使劲扯了扯衣领。

萧雪溪到底不敢惹他，把无数抱怨的话憋在喉咙里，气呼呼地命人给他收拾东西不提。

蒋重见蒋长扬安排蒋长义做事，眼睛终于亮了亮，希冀地看着蒋长扬："大郎，你……"

"死者为大。"蒋长扬板着脸道，"丹娘不适合住在这里，我先命人把灵堂搭起来就送她回去。我已经让人去通知族里了，自会有人过来帮忙准备丧事。你还是去和夫人商量，先把墓地定下来吧。"

蒋重不由黯然，蒋长扬这是看他可怜呢，不然怎会在昨日发生那种事情，扔下那种狠话之后还肯管他？让蒋长义去迎蒋长忠的灵柩，怕也是要把事情都扔给蒋长义，只要这里的丧事一铺陈开，蒋长扬就不会再出现在这里。

这样不行！自己已经没了一个嫡子，不能再失去蒋长扬。他虽然每次说话都很难听，态度也强横，可是他关键时刻总是向着府里的。这说明他面恶心软，而且也大度识体！蒋重猛地站起来："你是长兄！这些都是你的事情！你怎能把它们都扔给族里和义儿，义儿懂得什么？"

得寸进尺！蒋长扬眯了眯眼睛，一声不吭地看着他。

蒋重与蒋长扬对视片刻，最终败下阵来。他和蒋长扬就是这样了，这辈子都不可能再回到从前，这个儿子，已经不是他的儿子了，再也无法挽回。他颓然坐倒，有气无力地朝蒋长扬挥了挥手。蒋长扬看了看才醒过来又开始大哭的老夫人，起身走了出去。

不过一个时辰，在闻讯赶来的蒋家族人的帮助下，灵堂很快搭了起来，一切事务有条不紊地开展起来。蒋长扬趁着没人注意，静悄悄地带着牡丹等人回了曲江池别院，然后一连几天都在家里关着门，陪着牡丹说话。

杜夫人不吃不喝两日后，终于重新打起精神，开始喝药进食，沉默着精心给蒋长忠挑选墓地和准备丧事、陪葬品。萧雪溪很识相地躲开她，不敢招惹她。第五日的清晨，蒋长义终于把蒋长忠的灵柩接了回来。

蒋长义心神不安地看着杜夫人，她的反应有些异常。蒋长忠的灵柩到了之后，先前哭得肝肠寸断的她此刻反而没有掉一滴泪，而是在蒋长忠的棺木前站定了，扶着棺木低声说话。他很想知道她在和蒋长忠说什么，却没勇气凑上前去听。

他在路上跑了两天才接到蒋长忠的棺木，陪着走了三天，三夜两日，没有一时过得舒坦。他总觉得那黑沉沉的棺木里头，有双眼睛一直盯着他看。想起这个，他就极为不舒服，便示意萧雪溪："去劝劝母亲。"

萧雪溪十分不情愿，为什么要她去劝，但周围好几个亲眷都看着的，由不得她不去。将浸过大蒜汁的帕子在眼睛上拭了拭，眼泪立刻喷涌而出，她这才走上前去扶到了杜夫人，用大家都听得见的声音哽咽着道："母亲，人死不能复生，您节哀顺变吧。二哥在地下有知，一定也不愿意您这样伤心。"

杜夫人不理睬她，继续絮絮叨叨地说。萧雪溪听得清楚，杜夫人说的是："忠儿，你放心，我知道你死得冤枉，我不会让你就这样白白死了，称了别人的心。我就是拼了这条命不要，也要给你报仇。"

到了下午，萧越西和吴氏过来吊唁。萧雪溪见娘家人来了，心情极好，主动陪着吴氏安慰杜夫人，可任她们怎么说，杜夫人都是一言不发，只低着头烧纸钱。二人却也不气，只当是在看笑话，杜夫人越不理睬她们姑嫂，她们越是热情洋溢。一个已逝公主的女儿，一个被丈夫厌弃、还死了独子，什么都没了的女人，看你还怎么狂！

萧越西则和蒋长义关在一起说悄悄话。

萧越西鄙夷地道："你瞎担心什么？我说过不可能有人知道，就一定不会有人知道。你只管安安心心的，别乱了阵脚。"因见蒋长义还是愁眉不展，方道，"他可是和你说过什么了？或是做了什么让你担忧的事？"

蒋长义道："那倒没有。"

什么都没说，什么都没做，担忧什么？胆小鬼。灰兔子就是灰兔子，到了这个地步还瞻前顾后，怕三怕四，萧越西忍了忍，方道："你还记得你二哥是为何去军中的么？"

蒋长义道："当然记得。"当初蒋长忠在狩猎会上出了大丑，这才会被蒋重强行送去军中。在那件事中，杜夫人和老夫人都怀疑是蒋长扬做的手脚。

"记得就好，我怕你已经忘了。"萧越西冷冷一笑。

蒋长义豁然明白过来，杜夫人因为蒋重送蒋长忠去军中，已然恨透了蒋重，那么她对始作俑者蒋长扬又会有多恨呢？萧越西这是要他在杜夫人和蒋长扬之间加一把火，让他们斗个你死我活，他好坐收渔利，可是，蒋长扬有那么容易上当，容易斗倒么？

萧越西冷淡地道："你父亲最看重的人就是他吧？他说不承爵，就真能不承爵么？立嫡以长不以贤，立子以贵不以长，你什么都没占着。有他在前头横着，你就永远名不正言不顺，我们已经把能做的都替你做好了，剩下的你自己总要出几分力才行。记住……"他的声音拖得很长，带着教训的口气，"要有分寸，要顾大局。你看，我们明知道你二哥的功劳都是假的，只要轻轻一戳，他就会原形毕露，杜家和他们母子都会倒大霉。为何没有这么做？因为牵扯出的人会很多，你家也脱不掉干系，你二人自然也得不了好。所以，我才会用这样干净利落的法子，明白么？学着点儿！"

蒋长义心里暗恨，面上却半点都不显，恭敬地道："多谢兄长指点，受教了。"

萧越西皱起眉头："我听说你前些日子对溪娘动了手？"

蒋长义忙擦了一把冷汗："那是因为情势所迫。她当时上了杜氏的当，在我祖母和父亲面前闹得实在不像话。我怕闹出更大的事情来，所以只有……"

萧越西盯着他看了一会儿，淡淡地道："你要记得说过的话，不然……这些事情我都没有告诉过父母亲，老人家最是心疼溪娘，若是再有下次，叫他们知道，我也不好劝。"

不就是警告他，如果再有下次，就要让萧尚书出面来教训他么？蒋长义唯唯诺诺地道："不会，不会。"

萧越西这才高高仰着头道："好吧，就是这样了。我去和你父亲打个招呼。"蒋长忠先前的功劳都是假的，这件事必须寻人提点一下蒋重才是，让蒋重对杜家深恶痛绝，越讨厌越好。

蒋长义满脸堆笑地引他出去："我送你过去。"

二人从院子里经过，遇到一拨人，都是勋贵子弟，萧越西想要躲开，蒋长义偏热情洋溢地和那群人打招呼。那群人的眼睛齐刷刷一下子全看了过来，在萧越西的身上打了几个转，纷纷围上来和二人打招呼，有人去拍萧越西的肩膀，萧越西厌恶地一缩，大发雷霆，甩袖而去。他去得老远了，蒋长义还在后头同人家赔礼道歉。

阴了几日的天终于在下午时分露出了点阳光，临近傍晚的时候突然又暗了，接着飘起了鹅毛大雪。灵堂里冷冷清清的，杜夫人累极了，扶着棺木坐在地上，眼神空洞地看着蒋长忠的灵位，紧抿着嘴一言不发。

蒋重刚送走一个重要的客人，一想到那客人说的事情，他的心里就犹如有一把火在熊熊燃烧。他气势汹汹地冲进灵堂，迎面就看到杜夫人正悄悄拭泪，背影瘦弱孤独。对着蒋长忠的灵位，他的气势立即弱了下来，默然立了片刻，挥手叫一旁的仆从下去，然后走到杜夫人面前，僵硬地道："人死不能复生，你……爱惜身体。"

杜夫人不理睬他，眼泪流得更厉害了。

蒋重的嘴唇动了动，发现自己和她再也找不到第二句话可说，便默然叹了口气，准备离开。

"你心不心疼忠儿？"杜夫人突然幽幽地来了一句。

蒋重沉默片刻，有些不耐地道："是我的骨血，怎会不心疼？"

杜夫人仿佛没察觉到他的不耐烦，只抬起头来，一字一顿地道："他是被人害死的。"

蒋重有些头痛，肯定是被人害死的，这还用问么？

杜夫人仿佛着了魔一般："有人在背后捣鬼，使绊子害了他，他死得冤枉……"

蒋重忍无可忍，怒道："当然有人在背后捣鬼！多亏是因为酒后斗殴！若是因为冒功领赏被捅破激起兵愤，死的就不止他一个，全家都跟着他倒霉！"

杜夫人犹如被雷劈了一般，张着嘴看着蒋重："你的意思是说，他死得好？"

"休得胡搅蛮缠！"蒋重烦躁得想把屋子给烧了，指着杜夫人道，"你听着，你和杜家做的那些事情我都知道了。这种事都做得出来，好大的胆子！忠儿就算这次不死，迟早也会被你亲手害死！倘若你本分点，我看在我们二十年夫妻的分上，你还能做国公夫人，安享天年，若是再胡来，休怪我无情！"

杜夫人直直地看着他，突然爆发出一阵大笑："无情？你要把我怎样呢？我为什么这样做？都是你逼的！"

疯婆子！蒋重厌恶地扫了她一眼，转身迅速走开。杜夫人笑够了，扶着蒋长忠的棺木坐下来，低声道："忠儿，你听见了么？你爹说你死得好，死得好啊！他嫌我们拖累了他……你想不想要国公府啊？我给你。"

蒋长义拖着一身疲累回到房里，也不同萧雪溪打招呼，径自往床上躺了，默默地想心事。萧雪溪刚确定了一桩事，见他进来就喜滋滋地想靠过去和他炫耀，可他看也不看自己就躺上

· 193 ·

了床，一副魂不守舍的样子，就有些不满："你在想什么？"

蒋长义翻了个身，背对着她，俨然一副眼不见心不烦的模样。萧雪溪猛地推了他一把，不高兴地道："我有事要和你说。"

蒋长义厌烦地往里让了让，他在想，萧家人瞧不起杜家人，可是杜家人既然能替蒋长忠做手脚冒军功，那就说明他们家还没过气，瘦死的骆驼比马大，如果下了决心一定要摆弄他大概还是可以做到的。夫妻本是同林鸟，大难来时各自飞。这桩婚事并不算把他和萧家牢牢绑在一起了，若是他倒了霉，萧家一定会毫不留情地扔下他，任他自生自灭，左右凭着萧家的权势，萧雪溪不难再谋得一门亲事。

自己不能腹背受敌，萧越西的话听不得！蒋长扬若要这个位子，根本用不着等到蒋长忠死了以后再来捣乱，他只需要稍微露出点意思，蒋重就会双手把这个位子送上去。所以，自己只要稳稳当当地，别出其他岔子，别招惹蒋长扬，就不必担心蒋长扬会和自己过不去。想通了这一节，蒋长义微微松了口气，回头看向萧雪溪："什么事？"

萧雪溪见他看是看自己了，但那眼神是心不在焉的，表情还有些古怪，不由生气起来，耐着性子有些娇嗔地去扯蒋长义的耳朵："我的小日子有六七天没来了。你听明白了吗？"她的肚子里指不定也揣着一个了，她也有了骄傲的资本。

"放开！"蒋长义的声音冷得像冰。这个贱人，先是当着全家人的面骂他没出息，又跑去娘家告他的状，现在还想揪他的耳朵？把他当什么了？

萧雪溪唬了一跳，随即快快地松开了他的耳朵，生气地起身坐到镜子前，黑着脸一言不发。

蒋长义却慢慢地笑了，走到她身边，扶着她的肩膀道："你说什么？你的小日子没来？"

萧雪溪扭了几扭，不理他。他拉起萧雪溪的手，轻言慢语："生气了？我刚才在想大事儿呢。"

萧雪溪噘着嘴不理睬他。他温柔地拥她入怀，好话说了一箩筐，见萧雪溪转嗔为喜了，方道："记着，以后不许再随便对我动手动脚的，什么时候都不行。那次我对你动手，你哥哥已经说我了，虽然我是为了你好，但还是让你在你娘家人面前丢了脸。"

难怪刚进来时脸色那么难看，萧雪溪的心里就有些惴惴："是下头的人乱嚼舌头，但你以后也别再对我动手。"

蒋长义道："我疼你们母子还来不及，我们要过一辈子呢，又怎会舍得动你？"见萧雪溪笑了，方轻轻道，"让人来确诊一下，寻个机会把这事儿告诉祖母和父亲，让他们高兴高兴。"

萧雪溪应下不提。

蒋长义便盘算着，要寻个机会去找蒋长扬说说话才是。第二日午后没了客人，他便寻了个空，借着问候牡丹的身体，去了曲江池找蒋长扬。蒋长扬爽爽快快地见了他，并不问他国公府的事情，只随意提了些琐事。

蒋长义百般试探，最后终于放了心，他的推论是完全正确的，蒋长扬心高气傲，根本不屑要这个国公府，如果不出意外，这个国公就是他了。他当然不会傻到把萧家要做的事情说给蒋长扬听，只表示现在只剩下他们兄弟俩，希望能互为臂膀，互相依持云云。

蒋长扬淡淡一笑，并不言语。

蒋长义发现，他再也不愿意单独面对蒋长扬了。他被蒋长扬高高地俯视着，被萧家人当做摇尾乞怜的狗一样，高兴就赏点骨头，不高兴就踢一脚，这种感觉非常不好，他只有变得更强大，才会改变这种现状。不然，即便如愿以偿了世子之位，也还是一样仰人鼻息。因此，在萧越西让他去替闵王办事的时候，他毫不犹豫地去了。回到家又在老夫人和蒋重面前拼命表现，至于杜夫人那里，自然也是毫不放松地让人给盯着。

过了些日子，萧雪溪确诊果然是有了喜，夫妻二人不由得满心欢喜，只等着寻个合适的时候说出来。这个机会最好是在蒋长忠下葬那一日最合适，看不把杜夫人刺激得，最好得了失心疯才好。杜夫人疯了是最好的，若是死了，蒋长义要回家守孝不说，蒋重还会续弦，再生几个兄弟出来可怎么好？因此，杜夫人疯了就是皆大欢喜，这样就是最顾全大局的处理方法。

烛光摇曳下，自得知消息后就一直卧病在床的老夫人看着面前半旧的小衣服和小鞋子，忍不住老泪纵横，她最疼的孙子啊，就这么没了。这小衣服和小鞋子，还是当年她亲手给蒋长忠做的，没想到过了这么多年，杜氏还留着。

"老夫人，您身子本来就不好，别哭坏了身子。"老汤陪着她一道流泪，低声劝慰她，又递过一块帕子。

老夫人拭了拭老泪，打起精神道："你说你想给忠儿看一门冥婚？"原本最恨就是杜夫人，可是此刻伤心人对伤心人，看着也没那么可恶了。更何况，明日蒋长忠就要下葬，由不得她不心伤。

杜夫人红着眼睛，低声道："是，可怜他孤苦伶仃，也没留下一男半女，就这样绝了后。我百年之前，好歹还能给他烧点纸，待我百年之后，怕是坟头都要长草……"说着泣不成声，哭倒在地，"有个人陪着他，我也放心些。"

靠蒋长扬肯定是不可能的，不过蒋长义忠厚，应该不会放任不管。老夫人默然想了片刻，道："你先去安排吧，寻个合适的人家，多出点钱也不要紧。"

这些日子一直留在房里伺候的老汤见杜夫人被人扶了出去，方殷勤接了红儿递上的汤药，亲自喂老夫人喝药，低声道："白发人送黑发人，真是可怜。二公子也真是……弟妹都有了人家，他自己却是……"

老夫人明白他们的意思，无非就是想过继一个孩子到蒋长忠的名下，继承香火。可是，他们这一支不是就此断绝了香火，断然没有从其他支系过继的道理，那就只有从蒋长扬或是蒋长义那里打主意。蒋长义家，还没动静呢，蒋长扬啊，那是嫡子长孙，再看看他们夫妻俩的那样子，怎么可能！再说了，是男是女还不知道呢。老夫人轻声叹了口气，道："再说吧。不急在这一时。"

老汤见好就收，不再言语。只盘算着改个日子去看看杜夫人给的那块墓地是不是真的那么好。

偏巧第二日，给蒋长忠发丧的时候，萧雪溪就晕了过去，请太医一诊断，就诊出了滑脉。在这当口，添丁真是一件大喜事，蒋重和老夫人都格外欢喜，哀愁都去了一大半。蒋长义偷看杜夫人，却见她只是木然站着，没什么反应，不由得很是失望。看来还是得从她身边的人下手才行，好像金珠最得信任，一定知道不少秘密。

晚上一家子人正围在老夫人房里说话时，金珠捧着一对金镯子过来，道是杜夫人听说了喜讯，送给三少夫人的礼。

顿时所有人脸上的笑容都僵硬了，蒋重叫金珠把那对金镯子放下，把人给打发了，却沉默着不说话。蒋云清立刻行礼告退，自回房去绣嫁妆——因着蒋长忠的死，她作为妹妹要齐衰一年，不便议嫁，但这门亲事却是板上钉钉的，故而也要早作准备才是。蒋长义见状便也主动告辞，说是要回房去看看萧雪溪。

待得众人都去了，蒋重才拿了那金镯子仔细查看，可金镯子就是金镯子，规规矩矩的，什么都看不出来。他有些疑惑，自二人那日决裂之后，反倒没见杜夫人闹腾过，安安静静的，半点动静都没有，便问老夫人："她说要给忠儿看一桩冥婚？"

老夫人点了点头，提了提杜夫人的意思："我看她的样子，似乎是还想给忠儿过继一个儿子，继承香火。我使人看着的，这些日子她果然一直在办这件事。听说看了好几家，有意于王侍郎家去年病死的二娘子。"

只要杜夫人还想着这些事情就好，他也怕她会破罐子破摔。蒋重松了一口气，接着他又忧虑了，继承香火？送这金镯子来，怕是想打萧雪溪腹中这个胎儿的主意？不然怎会直接送到他面前来？便道："她有个念想也好。下次她若是再提起，母亲就同她讲，待孩儿生下来再说，这事儿急不来，让她耐心等着。"

老夫人念了声佛，叹道："按说义儿也是在她名下的，可惜她自己先和人家闹得不愉快……你到底是怎么打算的？我这身子一日不如一日，想过几天安生日子。"

蒋重这些天也在考虑这个问题，蒋长扬看来是指望不上了，只有蒋长义，但现在就算是他上表，杜家也不会同意，还是得再缓缓才行。蒋重沉默许久，道："过些日子再说。"

老夫人剧烈地咳嗽起来，好容易才顺了气，有气无力地道："早点定下来吧。说到底，这是我们家的事情，他们杜家现下可没资格管。"

蒋重叹道："话虽如此，可是忠儿刚刚入土，现在就急着办这事儿，未免显得太过薄情，缓缓对大家都有好处。"

老夫人流泪道："我们家怎就到了这个地步？"

蒋重无言以对，母子二人黯然良久，蒋重方道："过继的事暂时不要和义儿他们提起，省得又要乱，现下先办好忠儿这件事吧。"

老夫人自应下不提。

转眼入了二月，天气慢慢暖和起来。蒋王两府联姻，以蒋长忠配王府亡女二娘，两家人互通婚书，设祭告知死者，择良时拾骨合葬，从此蒋长忠有了配偶，不再是孤家寡人，杜夫人总算是放下了一桩心事。

而牡丹自将金不言订下的花悉数交割，算清款项后，就把芳园的一应事务都交给雨荷去打理，只隔三岔五让人去看看有什么需要，她这里大力支持而已。随着月份增大，她的肚子越发显得比旁人的大，很是辛苦，由不得她在家中安心养胎，饶是如此，她还是咬紧了牙不敢偷懒，每日总要在园子里散步一个时辰以上，此外一切如常。

这日傍晚时分，蒋长扬从兵部出来，刚跨上马背，就听身后有人好声好气地喊了一声："蒋郎中。"

蒋长扬回头，却是杜谦，知他无事不登三宝殿，又因他不曾在自己面前摆所谓"舅父"的谱，便也下了马，行礼道："杜侍郎。"

杜谦便道："我得了一瓶西域好酒，无人能知是何品种，你是从安西都护府来的，想必然见过，所以略备薄宴，请蒋郎中一同前去鉴品。"

品酒不过是借口，也不知杜家寻自己何事？蒋长扬略微思索了一下，笑道："在下孤陋寡闻，只怕会让您失望。"

"哪里会，哪里会。"杜谦听他的意思竟然是答应了，不由高兴万分，殷勤在前引路。蒋长扬便让人回去给牡丹报信，道是自己不回家吃晚饭了。

牡丹听说是跟了杜谦去的，不由猜疑起来，杜谦找蒋长扬十之八九是为了承爵的事。现在蒋长忠已经没了，只有一个蒋长义，没什么悬念。只不知杜谦找蒋长扬，是赞同蒋长义承爵呢，还是要撺掇着蒋长扬和蒋长义争上一争？

蒋长扬却也迅速，不到一个时辰就回了家。牡丹笑道："怎地这么快就回家了？"

"原本不过是有事才会坐到一处，说完就走了，谁有心情陪谁喝酒谈心？"蒋长扬先洗了手，轻轻抚摸她凸起的肚子，笑道，"小东西今日可听话？"

牡丹幸福地道："有些皮，早上踢了我好几脚。这会儿却是不动了，约莫是睡着了？只怕夜里又要踢我，有些晨昏颠倒。"

蒋长扬便笑话她："我家媳妇最知道小东西什么时候睡觉，什么时候醒着。"

牡丹懒得理睬他，只笑问："杜谦找你何事？"

蒋长扬哂笑："杜氏真是有个好哥哥，再恶毒的人，也是有人疼的。"酒过三巡，杜谦竟然起身对他下拜，替杜夫人请罪，求他将来承爵后，对杜夫人稍微垂怜一下。

"她只是对着旁人恶毒，又不是对着她的至亲骨肉恶毒，自然有人疼。"牡丹皱眉，"杜家什么意思？明知咱们说过不承爵的，莫非还怀疑你心口不一？"

蒋长扬道："自然是试探，我直截了当地拒绝了，即便圣上问我，我也不会答应。"他拒绝以后，杜谦便透消息给他听，道是如果蒋长义那个未出世的孩子是男孩，就要过继给蒋长忠，就算不是，将来也要把嫡长子过继给二房，换而言之，这是杜家同意蒋长义顺利承爵的条件。

牡丹沉思片刻，道："我觉着杜家的态度有些奇怪。"杜夫人有多仇视她和蒋长扬自不必说，包括她肚子里的宝宝，那个恶毒的女人都不肯放过。如今杜家主动找上蒋长扬，竟是求和一般，她觉着杜谦这些行为严重违反了杜夫人的性情脾气。

蒋长扬的心情不是很好，轻轻叹道："天作孽犹可活，自作孽不可活，不必管他们。"

牡丹敏感："什么意思？"

"这事儿只怕谁也讨不了好，好戏还在后头。"蒋长扬摇头，寻了一卷书，道，"不要想了，我读书给孩子听。"

牡丹遂收了心神，笑着靠过去："读得好听点儿。"

"怎样才叫好听？"蒋长扬轻轻弹了她的额头一下，又忍不住在她唇上亲了一口，柔声道，"不如，摘些竹叶来，我吹叶笛给你们听？"

牡丹笑道："好呀，吹十首，首首都要好听。"

蒋长扬叹道："你当我是专门做这个的呀？随便张嘴就是一首，哪有那么容易？"

牡丹眯笑着道："在我眼里，你就是做什么都很容易。"

蒋长扬闻言，不由心里一动，捧定了牡丹的脸，静静地盯着她看。牡丹眨眨眼，微笑着就等他说几句情话来听听，她可是如他的愿，吹捧他了呢。偏生蒋长扬认真看了她一回，捏捏她的脸颊和下巴，促狭地道："又白又圆，好似一个银盘。又软又滑，好似一团面团。"

牡丹心中那点旖旎顿时荡然无存，气得使劲掐了他腰间的肉一把："现在我改变主意了，吹二十首。"

蒋长扬夸张地求饶："会吹断气的。"

某女凶悍地咆哮："我不管，不吹满二十首别想睡觉！"

某男胆怯地求饶："夫人，我错了……"

宽儿和恕儿在帘下听见，捂着嘴偷笑了一回，自去摘了洁净的竹叶奉上，在帘下搭着听了回叶笛。

次日傍晚，蒋长扬刚回到家，顺猴儿就迎了上来，低声道："查出来了。前些日子，二公子的灵柩归家不久，刘子舒曾经找过杜谦。没两日，杜家就派了人去安北都护府。"

果然不出他所料，杜谦如此作为，多半是查到了什么，今日试探自己不过是第一步，之后必然还有后招。萧家自以为天衣无缝，谁知还是被景王的人盯上了，这回杜家和萧家算是彻底结上仇了。只是这刘畅，最近未免也太活跃了，什么地方都有他，什么事都要插一脚。蒋长扬沉吟片刻，道："让人盯着点儿，让人去和潘二爷说，让他明日在西市米记订上一桌席，请刘子舒一聚。"

顺猴儿立即飞也似的跑出去，直奔楚州侯府去寻潘蓉。

刘畅低头转动着手里的琉璃盏，殷红的葡萄酒在里面折射出红宝石一般的光彩。他微微眯起了眼睛，唇边露出一丝意味不明的笑："蒋大郎要请我？"

潘蓉笑道："是，就在你这米记，你可要把最好的东西都备上，别丢了我的面子。"

刘畅冷嗤："你有什么面子可言？当年在我面前还能随时算计掸掇一下我，如今跟着他就只会摇尾巴。"

潘蓉怒了，抓了一把干果往他脸上砸去："那是你自己没本事！眼红啊？嫉妒啊？那就拿点手段给我看看？若是值得我跟在你后头摇尾巴，我也摇。有本事这话你当着他说呀。"

刘畅挥袖挡去干果，一口饮尽杯中的酒，淡淡地道："开个玩笑而已，你发作什么？"这会儿他招惹蒋长扬做什么？吃饱了撑的？他自去投靠了景王之后，真是享受了一回被人看重的感觉。经过一年多的经营，如今已然有了依附自己的一群人。这群人与当初他那群狐朋狗友不一样，个个都是手上能出点活儿的，十分得用。他也不再像当年那样愣头愣脑，凡事只求当时痛快，不问最终结果，总给人当枪使。每行一步之前总要左右思量，回头张望。事情要办成，还要随时防着自己被人撇开当替罪羊，一句话，谁要死、要倒霉都行，就不能是他。

到底是多年的狐朋狗友，他没说出的那些话潘蓉都知道。潘蓉叹了口气，同情地道："你这辈子就打算这样混了？"有关清华郡主的流言满天飞，他这顶绿帽子锃亮锃亮的。

刘畅有些心烦，皱着眉头道："不这样又如何？你告诉蒋大郎，不必请客了，他要问什么，我都知道。你这样告诉他……"

潘蓉小心翼翼地打量着蒋长扬的神色："刘子舒说，事关你家人，他正是因为考虑到你不方便出面，所以一并替你解决了，省得最后倒拖累了你。你轻轻松松看热闹之时，不要忘了感谢他。"

蒋长扬淡淡地道："得了，他哪有这么好心？不过是按着别人的示意办事而已。"这都是景王的意思，萧家与闵王本是一派，敌人的敌人就是朋友，所以即便杜家不能成为景王这边的，也不能成为闵王那边的。而刘畅，若非如此，他只怕是巴不得国公府越烂越好，最好缠得自己焦头烂额才解气。

这倒是实情，这二人心里憋着气，较着劲呢，心里这疙瘩这辈子都怕是去不得了。潘蓉叹了口气，不提刘畅，只说正事："你不打算管了？"

蒋长扬默然道："就这样吧，不如早些烂了，兴许还能活命，不然只怕死都算轻的。"蒋长义最近做的事越来越离谱，竟然靠上了闵王，不如早点翻车还好些，省得最后落个谋逆的罪名。

有这样不省事且还没感情的家人，就是拖累。潘蓉同情地拍拍他的肩头，做深沉安慰状："可怜之人必有可恨之处，有因才有果。不干你事啊，不干你事。"

蒋长扬拍开他的手："少来！我让你去取的东西呢？"

"在这里。"潘蓉嬉皮笑脸地摸出一个蜡丸，"我们还要等多久啊？那人现在是越来越猖狂了。"

蒋长扬小心将那蜡丸接过藏了，低声道："还不到时候。你放心，此仇一定得报。"

潘蓉收起笑脸，神色间很是有些怔忪。若是大仇得报，他在父母妻儿面前也算立得一个人了。

牡丹问来探望她的蒋云清："这么说，你三哥和三嫂都同意把孩子过继给你二哥了？这个孩子，是要由夫人亲自教养的？"

蒋云清轻声道："是。三嫂开始也不同意，闹了好几日，后来又同意了。这些日子，夫人送了许多补品过去。"一个孩子就能换一个爵位，从此正式成了嫡支，得到诰命，似乎是比较划算的。毕竟这样的机会不能轻易得到，孩子却可以随时再生。

牡丹轻抚着自己的肚子，如果是她，一定舍不得。别说是把亲生骨肉送到仇人的手里去，就是迫不得已，不得不放弃，她大概也会肝肠寸断。那身份地位就这么吸引人？这人和人果然就是不一样。

三月里，吴十九娘生了一个七斤重的女儿，母女平安。牡丹使林妈妈备了礼去恭贺。林妈妈回来道是崔夫人病了，主持洗三宴的是李满娘，她和几个跟了自家主人去贺喜的老仆闲聊了几句，都道是崔夫人先前太过担忧，导致在吴十九娘生产之后的第二日就病得起不来床了。

　　这不过是客气的说法，其实就是崔夫人期望太大，一心想抱孙子，结果得了个孙女。且在十九娘有孕的时候，她让碧水去伺候李荇，可李荇没收，径自搬去了外书房，吴十九娘也没有主动给他添置房里人的意思。崔夫人就有些不高兴，却也只得忍了。可生了个女儿，李荇还是故我，亲女儿夸妻子，还把碧水也打发出去。崔夫人就头疼了，添个房里人，又不是要生孩子，怎么就容不下呢？原来世家女儿也不是那么好娶的，不贤惠，偏生她这个婆婆一贯让十九娘做主惯了，什么话都不好说。这样一来，当然要病。

　　牡丹便想，李荇和吴十九娘年纪还轻，又是第一胎，日子还长着呢。崔夫人就是病给客人看的，等于变相地打十九娘的脸。十九娘那般暗里要强的性子，只怕也是要神伤的，多亏自己的婆婆不管自家房里事，真好。

　　"咱们主君当初那样难听的闲话都不怕，自不会在乎您生什么，只求平安就好，可见这福气不是乱生的。"林妈妈把这个视为崔夫人当初残害牡丹的报应，颇有些幸灾乐祸。牡丹回头去想当初的事情，就觉得如果崔夫人当初没搞那一出，自己哪有这样的好日子过？便决定若有机会见着崔夫人，不必再那么冷淡。

　　时光匆匆，又到了牡丹花盛开的季节。今年没人举办牡丹花会，但因为盆景牡丹的顺利交割，还是引起了一场小轰动。有人上门重金求花的，蒋长扬都让牡丹回绝了，只推她要生产，没有精力去管，怕出次品。牡丹虽不明其意，还是按着他的意思办，也没包园给谁，只偶尔借给相熟的人，此外就是按着人头收钱开放了几日。

　　杭州的牡丹比京中开得早，吕方从杭州使人送了信回来，道是卖给金不言的花儿一切安好，花开之日轰动杭州。又道金不言超出他想象的富裕，还得了个什么封赏，跟着金不言日子真好过，言谈之中很是有些沾沾自喜，颇有想要大展拳脚的意思。牡丹笑了一回，只恨自己不是自由身，空羡慕而已。

　　转眼入了夏，才进五月就已经很热。牡丹将近九个月的身孕，翻身都困难，整日怏怏的，又不敢用冰，只能是捧着个大肚子，困难地半躺在水榭的碧纱橱里，由着人打扇子，借着水上那股凉意才能勉强熬过去。

　　虽然稳婆是早就请好了住在家中随时备用的，但王夫人远在千里之外，到底也没个正经能挡事的人盯着。岑夫人心中焦急，便与蒋长扬商量，由她来照顾牡丹。蒋长扬这些日子很有些心神不宁，自是求之不得，感激地应了。

　　牡丹这里备产，那边萧雪溪也是将近六个月的身孕，人人都说她不显怀，肚子又尖又紧实，必然是个男胎，倒是牡丹那个大肚子，多半是个女儿。可这种事情谁说得清？万一她生的是个女儿呢？这杜家是不是要无限期地拖下去呀？拖得越久越容易出错，萧雪溪就有些焦虑不安，与蒋长义商量后便连连催促家里人给蒋重施压。不管是男还是女，都要先把这个位置坐稳了才安心。

　　虽然一旦成立后，这孩儿就再不是他们的，可自家的亲骨肉，再怎样也不可能亲不过杜夫人。只要好好地待，好好地养，这孩子将来心里还不是向着他们。这样一想，萧雪溪越发迫不及待起来，亲自腆着大肚子去见老夫人，委婉表示自己的意思。老夫人一直卧病在床，就没好过，这会儿已经是没什么精神头了，强打着精神听她舌灿莲花地说了一回，便道："你说得是，反正迟早就是那么一回事，不如早点办妥了。"当下把蒋重叫来，让他上表。

　　他们在这里商量好了才让人去和杜夫人说，原以为杜夫人会找借口搪塞过去的，偏生杜夫人爽快地应了："那就早点办吧。"一时大家都觉得好轻松，萧雪溪和蒋长义都激动了。

・199・

这个五月，注定是个燥热难安的五月。

帘幕重重，上好的龙涎香在银镏金香炉里袅袅绕绕，越发掩得上头那个人的神色晦暗不明。蒋长扬一直保持着同一个姿势，头不动、身不动、眼不动，就连呼吸也都从未改变过频率，仍是那么平静淡然。仿佛皇帝让他等这一个多时辰，不过就是一眨眼的工夫。

在他身边的蒋重就不一样了，虽然站姿也还挺拔，可是额头上早就浸出了汗，里衣更是早就被汗沁透了。明明是初夏的天气，他就是觉得这大殿里头真冷，紧紧贴着背脊的湿里衣仿若是一层冰，源源不断地把他身上的热气吸走。他站得比蒋长扬更久，从等候召见到现在，已经过了两个时辰还有余。等候并不可怕，可怕的是他心中有鬼，所以备受煎熬。

就在他摇摇欲坠、咬牙苦苦支撑的时候，上面那个人终于放下了手里的朱笔，淡淡地道："立嫡以长不以贤，立子以贵不以长。这个道理难道你们不懂？"声音虽然听不出喜怒，但总归不会很高兴就是了。

蒋重暗暗叫苦，却又平添了几分希望——倘若蒋长扬接下朱国公府，家里人的际遇定会比现在好上许多倍。这一迟疑，蒋长扬已经跪倒在地，朗声道："回禀圣上，是臣无能无才。"

蒋重暗暗叹了口气，闭了闭眼，跟着跪下，却是一言不发。

皇帝似笑非笑地看着这对父子，反问蒋长扬："你无能无才，所以不想承爵，宁愿让给幼弟？"

蒋长扬沉声道："是。"

皇帝便问蒋重："你的儿子你最清楚，你也觉得大郎无能无才？"

蒋重不知道该怎么回答才好。如果应了是，分明是睁着眼睛说瞎话；说不是，那也是他瞎了眼。正在犹豫间，就听皇帝冷冷地"嗯？"了一声，接着一双眼睛冷厉地横扫过来，不由又热得出了一层大汗，又冷又热，冰火两重天，简直不知身在何处了。慌乱之下，只能是下意识地撅起屁股塌着腰重重往下磕头，上牙和下牙磕成一片。

皇帝犹如看小丑一般："朕亲自指派的职方司郎中，竟然是个无才无能之辈，真是笑话了。"

蒋重到底也不算蠢死，颤抖着声音道："臣无能……"谁都没错，错的人就是他了，汗水顺着额头不断往外涌，很快就把他面前的地砖上弄了亮晶晶的一摊。

蒋长扬皱着眉头看了看他，提高声音道："圣上，臣，不孝。"

皇帝沉默不语，良久方道："这是你们的家事，既然你家的人都没意见，朕又何苦做这个恶人？蒋大郎，你果是真心？"

蒋长扬镇定地磕了一个头："望圣上成全。"

皇帝再无多话："准了。退下。"神色怏怏的，一副不想再多看他二人一眼的模样。

蒋重与蒋长扬磕头行礼准备告退，起身时，蒋重竟然一个趔趄歪了下去，蒋长扬无声地叹息，手臂从他肋下穿过，稳稳地夹着他走了出去。

到得外头，蒋重方才站稳了，惴惴地道："大郎……"虽然这爵位是蒋长扬自己不要的，可是这一刻，他却觉着是他辜负了蒋长扬，夺了蒋长扬什么重要的东西一般。

蒋长扬垂着眼，并不看他，只道："我让人来扶你出去。"

"大郎……"蒋重想喊住长子，蒋长扬却已走得远了。

殿内，皇帝稳稳当当地又握起了笔，漫不经心地道："这对父子可真有趣，朕就这么可怕么？"

一直似隐形人一般的邵公公在一旁磨着墨，微微笑道："其实老奴觉着，最有趣的人是蒋郎中。敢对着圣人直言不讳说自己不孝的人，满朝文武恐怕只有他一人了。"

皇帝道："他这是拿准朕不会治他的罪呢。"说起来，蒋长扬的不孝真是不孝，随时随地都可以发落。

邵公公笑得越发灿烂："蒋郎中这是知道圣上圣明，更何况……"他略微顿了顿，"他那个脾气，牛一样的。只怕圣上要治他的罪，他也要死赖到底不认的。有谁见过和牛说前头去不得，牛就不去了的？即便要硬拉，也得费些力气呢。"

"死赖到底？对，不就是赖皮么？朕怕的是一心想要爵位的，还真不怕一心不想要爵位的。"皇帝哈哈大笑起来。

却说蒋长义听说蒋长扬也被宣入宫中了，只当皇帝那一关过不去，不由急得如同热锅上的蚂蚁团团转。来回走了无数回，突然站住了，小心翼翼地从书桌下面的暗格里摸出一只小巧精致的瓷瓶。瓷瓶里犹有一些残留的药粉，他嗅了嗅，露出一丝冷笑。新近得来的这东西本是想留着关键时刻用的，可现下，若是宫里头又起了波折，也不得不利用这东西做点事情了。

萧雪溪扶着肚子走进来，满脸不高兴："去这么久了呢，会不会又出什么乱子……"

蒋长义不高兴地横了她一眼："休要胡说，能有什么乱子？"

"来啦，来啦……"一向端庄稳重的采莲兴高采烈地奔了进来，对着二人倒头便拜，"恭喜世子爷，恭喜夫人！"

哎呀呀……萧雪溪和蒋长义互相对视了一眼，都从对方脸上看到了一个大大的笑容。蒋长义很快就稳住了，笑道："乱叫什么？当心被人听见了笑话。"

采莲笑道："不怕。国公爷回来了，道是圣上准了！请世子爷和夫人去老夫人房里说话呢。"

萧雪溪忙道："待我换身衣服。"

蒋长义一把扯住她："换什么换！让人笑话！就这身过去就好。荣辱不惊，你父母没教过你么？"

萧雪溪憋气……世家之女，人家都说是家教第一，没人挑错。偏蒋长义最爱说的就是"你家里没人教过你么？"真是气死人了，可他今日说的却没错，那就这样吧。

二人一路受着注目礼，感觉分外良好，云淡风轻走到了房里，蒋重道："我请人看日子，到时请了宗老们，开了宗祠祭告祖宗吧。"

杜夫人淡淡地道："不必请人看了，大后日就是好日子，到时候，最好记得当着宗老们把答应过我的事情说一下，请大家做个见证。"随即把目光放到萧雪溪的肚子上，神情专注无比。

萧雪溪情不自禁地把手放在肚子上，可转眼，她又觉得这个孩子是个有福气的，便骄傲地挺了挺肚子。杜夫人注意到了她的小动作，唇边露出一丝微笑："孩子六个月了吧？真是快啊。"

萧雪溪骄傲地点点头，杜夫人侧过脸，笑容更深了。

到了祭告这一日，老天爷都仿佛感受到了众人的好心情，阳光灿烂，万里无云。一大清早，国公府就热闹得不得了，包括杜夫人在内，众人都换上了华丽的新衣。蒋重更是穿得一丝不苟，笑嘻嘻地和宗老们说话："大郎有要紧差事，不来了。"

国公府的事情，众人都是有数的，如今这爵位即将落在一个名不见经传的庶子身上，不由得人不暗自嗟叹，却也没人那么没眼色，非要管人家的家务事，便都热情洋溢地围着簇然一新的蒋长义说些恭维话。

蒋长义看着祠堂里头层层叠叠的蒋家列祖列宗的灵位，有种强烈的不真实感和不踏实感。这感觉他只在梦里有过，下意识地，他回头扫了一眼杜夫人，杜夫人神情肃穆，衣着光鲜，怎么都不像是会闹事的样子，于是轻轻松了口气。

"吉时到了。"有人提醒了一声。

人也到齐了，蒋重忙敛了神色，正要开动，就听杜夫人突然大哭起来："忠儿！忠儿！我可怜的忠儿！你死得好惨！死得不瞑目……可那害死你的人，却夺了你的一切，在这里人模狗样的要承爵了！"

众人大惊，纷纷看向杜夫人。只见杜夫人"唰唰唰"把身上那件华丽的泥金披袍扯了，露出里头的素白袍子来，挣扎着往前冲："列祖列宗睁睁眼吧！残害手足，大逆不道，不仁不义，天理不容的畜生也能继承家业么？"

"胡说八道什么！把夫人给我请下去！"蒋重脸色大变，蒋长义的脸上闪过一丝狰狞，眼看着有人朝杜夫人扑过去了，他方捂住脸大哭起来。

这样的情形，杜夫人是早就预料到了的，她猛地从头上拔下一股金簪对着自己的喉咙，尖叫道："谁敢碰我？蒋重，你果然想要逼死我么？是在这里说还是要上公堂，你自己选！"她余威尚在，又有这个由头，自是没有人敢去强行扶她了。

蒋家族人嗡嗡议论起来。

蒋重只当杜夫人是在无理取闹在发疯，可他也相信如果强来，杜夫人一定会刺下去的，大好的日子，他不想闹成这样，可又有点小心思，既巴不得把杜夫人的疯展示给众人看，以后再有什么意外也说得通，却又觉着实在丢脸，害怕节外生枝。只得好言好语地道："我不是什么都答应你了么？别这样，放下金簪，有事好说。"

蒋长义趁隙膝行到蒋重面前哭道："求父亲收回成命吧！知道母亲心疼二哥，见了今日的情形难免郁闷成伤，但这样的罪名儿子实在担不起！"他哭得伤心极了，一副嫡母发疯，一再退让还是受了大委屈的模样。可他与蒋重这个不知情的却是不同，他心里有鬼，由不得他不胆战心惊，急速寻思，该怎么利用手里那个瓷瓶让杜夫人闭嘴？

杜夫人眼里闪现出强烈的恨意，抬脚往蒋长义的面门上踢去，喝道："你这个狼心狗肺的白眼狼！这样的话我又岂敢乱说？今日就要扒了你的皮给大伙儿看看！你踩着你哥哥的白骨往上爬，夜里有没有做过噩梦？"

蒋长义赶紧低头大哭，躲开了这一脚。

萧雪溪先是蒙了，随即尖叫："夫人神志不清了！快把夫人扶下去！"但，宗祠重地，不是什么人都可以随便进来的，萧家跟来的下人并没有几个在里头，多的人是看蒋重的脸色，蒋重都怕杜夫人会刺死她自己，他们又何必上赶着去？所以她尖叫也只是尖叫罢了。

众人这时候才回过味来，就有宗老问蒋重："这是怎么回事？"

"她疯了。被忠儿的死刺激的，还以为她养好了呢，结果又发病了。"蒋重脸色凝重地瞪着杜夫人，郑重警告她，"杜氏……"他此刻真是恨透了杜夫人，这女人打的主意原来是这个！此番若是过得去，定要叫她有生之年都别想再踏出房门一步！

杜夫人不理他，环顾众人大声道："众位尊长，我没疯，我清醒得很！今日我要请各位做个见证，见证一件庶弟为了承爵，害死兄长的惊天大恶事！这一家老小明知他的恶行，却偏还纵着他，我……"她龇了龇牙，"有证据！之所以这时候才说出来，就是唯恐他们加害我！"

不是随便说说，是有证据！为承爵而兄弟阋墙，手足相残，这可是了不得的大事！若是真的，这一家子算是玩完了！这蒋长义，平日里不哼不哈的，看着挺软善的一个人，原来手段这么厉害？不管真假，众人看向蒋长义的神色就有些复杂了。

蒋重狰狞着脸一脚踹倒杜夫人，这种话都说出来了，竟然是要害了全家人么？他不怕她死，要死就死了吧！死了才干净！

杜夫人任由他将自己踢倒在地，只抬起头望着他冷笑："你害怕了？迟了！"她轻轻地笑，"阿重，你这回麻烦大了，你就算是打死我这事儿也瞒不住了。我和你说过的，你不肯，我没有办法。我天天都梦见忠儿在我眼前喊，阿娘，我疼，我冤枉……你可有梦见过他？"他不会的，他只记得他自己，只记得他那个娇滴滴的小贱人。

蒋重被她笑得起了一身鸡皮疙瘩，他悲哀难堪地看着杜夫人，怎么就到了这个地步呢？

她一定要所有人都替蒋长忠陪葬么？不管是不是真的，他都不允许！他略微一定神，反剪了杜夫人的手臂，将她拖起，打算亲自送她下去。又朝众人行礼道歉，以杜夫人病了为借口，请众人先回去，改日再另行祭告云云。

朱国公府自来就是最有威信的一支，虽然现在式微，却还没倒。蒋重发了话，国公府的下人来"请"，众人虽然疑惑，也想看看热闹，却不好死赖着不走。

杜夫人凄厉地笑，犹如夜枭在叫："你们全都眼瞎耳聋了么？呜呜……"她的嘴给蒋重捂住了。

萧雪溪大着胆子道："夫人神志不清，快去请太医来给夫人诊病！"直接当疯子关了吧！

外面传来一阵喧哗，杜谦带着一群人闯了进来，后头还跟着蒋家惊慌失措的门房家仆等人。他淡淡地扫了众人一眼，不满地看向杜夫人，原本商量的不是这样，她这样倒是解恨痛快了，可怎么不替他和杜家想想？说好先收拾蒋长义，再另外找法子收拾萧家的。

杜夫人有些心虚地别开了眼睛，随即又抬眼坚定地看着杜谦。既然已经撕破了脸，难道退让能让他们退步么？别傻了！她要叫蒋长义身败名裂，死无葬身之地！何况她刚才并未提到萧家。

兄妹二人很快交换了眼色，杜谦皮笑肉不笑地上前拂开蒋重的手："到底是二十年的夫妻，有话好好说。"接着就对蒋家族人行礼致歉，道是情非得已，不得不闯到这里来，实是失礼云云。可是他的人却把去路堵死了，谁都别想走，也别想进来。这下子众人就算想要置身事外，不看这场闹剧也不行了。

萧雪溪抱着肚子又急又慌，双腿发颤，站也站不稳。稍一定神，便捂着肚子哼，要往外头去搬救兵，杜夫人冷冷一笑，并不阻挡。

蒋长义自不会坐以待毙，立刻站起身来往杜夫人面前行去，一边彬彬有礼地行礼，一边暗里晃了晃那个瓷瓶，口里却说得极其委屈："母亲容禀，若您不想要我承爵，我不承就是了，何必害人？"

"闭嘴！谁是你母亲？你这个贱种也配？我若是早知这一日，就不该让你来到这世上！"杜夫人并不看蒋长义手里的瓷瓶，只看着蒋重，"让我告诉你忠儿是怎么死的，这个人，为了承爵，买通与忠儿有私怨的人，借酒后斗殴杀死忠儿，许那人重金并逃命，过后又将人灭口喂狼，自以为天衣无缝，谁知却被人看到……"

到了这份上儿，蒋重不会傻得还看不明白，她敢这样大闹，必然是有备而来，不管真假，他都不想给人围观，不想失去生路。他大声喊道："我们回去说！"

杜夫人又如何肯依他？冷笑道："你怕什么？你不是觉着是我疯了，胡说八道么？让大伙儿也看看听听，我是不是胡说八道？！"

"夫人，您太过了，原本这些事我是不想说的，可您逼得我没法子了。"蒋长义痛苦地从怀里摸出那个瓷瓶，沉痛地大声道："不知夫人还认得这个瓷瓶么？里头装的是能让人心悸发作的药。死去的柏香可是跟着夫人做下不少好事，刚巧的，她什么都告诉我了，您别逼我。"

"呸！"杜夫人啐了他一口唾沫，冷笑，"装不下去了？什么瓷瓶我认不得，柏香与你勾搭成奸，你弄死了她不说，还要借她的名字诬陷人？"死无对证，她怕什么？说着从袖子里摸出一张纸来，"倒是你，上头写得明明白白……"

蒋长义无限哀伤地道："欲加之罪何患无辞？夫人自来精于算计，杜家舅舅手眼通天，弄点假证据除掉一个人也不在话下。不见证人，如何能让我信服？倒是您，我人证物证都在。您给老夫人下药，趁隙使人诬告大哥不孝，又杀柏香灭口，现在又来害我！您再恨父亲，也不该害这么多人……"拿证人出来啊，一定是见不得光的，他才不怕！

"你胡说！"杜夫人大吼一声，"你害怕了就诬陷我！"

这二人都有些心虚了，都想努力证明对方是坏人，蒋重却已经险些晕了。心悸？这家里头有心悸之病的人只有一个，他抖得像风中的落叶，强作镇定："是家务事，我们进屋去说，别让人看笑话。"又命人赶紧把宗老们送走，他改日再登门——赔罪，但已经有人不想走了，他只得硬干。

杜谦的神色也渐渐变了，疑惑地看着杜夫人。她还隐瞒了他什么？倘若只是冒领军功之事，他自有法子应对，但如果是其他事情，他就太被动了。他看了看周围的蒋家族人，直觉还是让这些人走的好，便默许了蒋重的行为。

待到外人一走干净，蒋长义就站直了腰，淡淡地道："夫人何必赶尽杀绝？就算儿子媳妇平日里有什么不能让您满意的，您也不该拿蒋、杜两家人的声誉和前程开玩笑。您不满意的，只管提出来，儿子连亲生骨肉都愿意给二哥，还有什么不愿给的？父亲，您说是不是？"潜台词就是，惹急了我，大家都别想落了好，不如求和吧。

正当此时，外头一阵尖叫："不得了了，老夫人昏死过去了，三少夫人摔跤了！"

"竟然到了这个地步？"牡丹虽知纸包不住火，迟早有一日会爆发出来，却没想到会闹得这样大。任何人都低估了杜夫人的毒和狠，包括杜家都没想到。

蒋云清号啕大哭："嫂嫂，求大哥去看看吧，府里无人做主了。"老夫人出了事，萧雪溪流产，蒋长义和杜夫人的恩怨都得缓一缓。结果却是，没等太医到达，老夫人就一命呜呼，闻讯赶来的萧家人暴走，要追究杜夫人和蒋长义的责任，然而杜夫人早就趁乱跟着杜谦一道没了影踪。她屋子里的小件贵重东西什么都不剩，其余摆设和带不走的全被砸烂，还放了一把火，众人看到的就是一个冒着烟的院子。

再接着，蒋长义大概也是料到了下场——蒋重不会饶他，萧家势必要抛弃他，什么官职前途都是浮云，于是也玩了失踪，去了哪里都不知道。蒋重把自己和死去的老夫人关起来，不见客、不发言、不管事。萧家的仆妇四处搜找蒋云清，要她给个交代，去伺候萧雪溪，蒋云清一个未出阁的女儿家，能有什么交代？幸亏老夫人身边的绿蕉去报了信，这才由雪姨娘护着从角门跑出来求助。

雪姨娘哭道："原本没脸来寻大公子和少夫人，可是出了这样的大事，我们不来和你们说，就是我们的不对。"打断骨头连着筋，蒋长扬可以不管，但别人一定会认为他是个刻薄寡毒、不孝不仁之人，从而背了骂名。

牡丹暗忖，这事儿既然闹得这么大，不可能隐瞒得住，国公府必然保不住了。她只担心会不会给蒋长扬的对手以机会，趁机攻讦蒋长扬。当务之急是要先通知蒋长扬，然后给老夫人发丧守孝，便吩咐先扶蒋云清母女下去休息，让人去寻蒋长扬，马上准备孝服等物事。

没多少时候，蒋长扬便使人回来，让牡丹安心，先把孝戴起来，其他的事情都不要管，交由他去处理。于是牡丹使人把别院里的一应华丽陈设统统撤下，挂起白灯笼，又去了簪钗等物，换上素服，派人去通知何家。

傍晚时分，岑夫人和何志忠等人就赶了过来，替牡丹理事，又出主意，都怕国公府的一摊烂事会牵连蒋长扬。还没商量妥当，又有人回来报信，说是蒋长扬去了国公府，和萧家的人交涉好了，萧家人接了萧雪溪，抬了嫁妆走人。老夫人的灵堂已经布置好，让蒋云清回去奔丧，至于牡丹，让她明日清爽了再过去。来人又透了消息给牡丹知道，道是蒋重连夜进宫请罪，要休妻。

牡丹听得一愣一愣的，原来蒋重把他自己和老夫人关在一起就是为了写休书？休妻就能把他择出来了么？他是不是睡了了没醒啊？休妻的根由是什么？谅他不敢把杜夫人做的那些事扯出来，也不敢把长义和萧家干的好事扯出来，最多就是能从别的方面找找杜夫人的麻烦，比如不孝不慈之类，把家乱的责任全推到杜夫人身上就对了。他呢，很可能对着皇帝喊都是他治家无方，但心里一定会认为他是没错的，错的就是杜夫人和萧家，还有蒋长义。

这一夜，蒋长扬自是没回来。何志忠则是考虑到蒋家出了这样的大事，只怕很多人都会避之不及，便领了几个儿子前去帮忙。忙里忙外的，很是尽心尽力，得到为数不多去吊唁的人一致好评。

次日清早，众人连夜赶出丧服，上上下下都换了，牡丹强撑着过去应了一回卯。因着还早，没客人上门吊唁，偌大的一个灵堂里，只有面如死灰的蒋重、面无表情的蒋长扬和蒋云清三人。空荡荡的，好不冷清凄凉。整个国公府笼罩着一层阴霾的气氛。

牡丹已是跪不下去，只由人扶着鞠了躬，烧了些香烛纸钱之类的，就坐到后头去休息。见着眼睛哭肿了的绿蕉和红儿，这才又知道了后续，萧雪溪要与蒋长义义绝；杜夫人昨日出了朱国公府就直接去了福云观出家；线姨娘昨夜投缳自尽；蒋长义仍不知所终。而蒋重昨日去了宫中，也遇到了杜谦和萧尚书，得到的消息是，皇帝去了芙蓉园，一个都没见，也就是说，谁都不知道会得什么下场和惩罚。

从午时开始，陆陆续续有人来吊唁，人很少，多数人都在观望，不会主动来招惹这个嫌。到了傍晚时分，汾王府终专门派人去慰问牡丹和蒋云清，众人这才把心稍微安定了。

但坏消息不断，弹劾蒋重和杜谦的奏折雪片似的飞上去，还有人趁机攻讦蒋长扬，这中间有多少是受萧家指使的姑且不必说，但皇帝始终没表态。第十天的时候，皇帝终于想起来这桩事，于是杜家和蒋家都倒了霉。杜谦被罢官，蒋重最可怜，爵位没了，国公府没了，授田和其他的啥都没了。蒋长义的官职功名自然也没了，可他始终不见影踪，所以论罪不论罪都是一个结果。这样的情形下，老夫人自然不可能得到风光大葬。

杜夫人也没得了好，杜谦因为心疼她，想替她撑腰，结果因为她之前的隐瞒和不留余地的做法惹了一身臊，她自己却跑了。杜家人的心里自然有气，故而她使人去探望杜谦，独孤氏没收东西也不肯见人，还说了几句很不好听的话。她从前辛苦累积下的所谓贤惠什么的，都成了过往云烟，只剩恶名。没有多久，她便病了，只剩一口气吊着，不死不活，身边只有金珠一个人服侍。当然，这是后话，暂且不提。

但不知为何，蒋长忠冒领军功一事和他的死因并没有闹出来，或者说，朝廷对这件事没有明确的说法和定义。牡丹问蒋长扬这是为什么，她不相信皇帝这么好糊弄，杜谦和蒋重都还罢了，萧家居然没受到任何影响，不合常理啊。蒋长扬想了许久，最终也没给她一个确切的答复。谁知道那个人是怎么想的呢？兴许他就想看到这样的结局，至于萧家，蒋长扬相信，迟早会倒霉。

而对蒋长扬的攻讦，其实没多大作用。蒋长扬作为长房长孙，或者说是目前独一无二的蒋家传人，本来也要替老夫人守孝，这个官原也不能再做，索性专心守孝去了。加上皇帝也一直留中不发，又有景王、潘蓉、汾王府的人在一旁帮忙，此事闹腾了一段日子后，便不了了之。

蒋重彻底蔫了，日日坐在老夫人的灵前，看着空空落落的庭院发呆。然而，就是这空空落落的庭院，他也住不了多久，只等老夫人一落葬，就要搬出去。

老夫人很快落葬，牡丹的孕期也踏入了九月。这一日，她还在睡梦中，肚子就疼了起来。于是由林妈妈等人扶着进了产房，在早就备好的稳婆指导下，准备生产。

这是一个阳光明媚的日子，即便是四处挂着的白布帐幔和白布灯笼，也丝毫不能掩去初夏的明媚和灿烂。傍晚时分，牡丹生了一对龙凤胎。儿子是哥哥，女儿是妹妹。虽然不曾足月，但一切都平安顺利，孩子的哭声非常响亮。

牡丹从睡梦中醒过来，睁眼看到的就是蒋长扬宁静恬淡的笑容。他握住她的手，低声道："我给孩子们取了名。儿子叫正，女儿叫贤。"

牡丹稍一思索，点头应下："名字很好。"她左右张望，不见孩子，便笑，"把孩子抱来给我？"

蒋长扬轻轻一笑:"我看过了,长得像我。"便叫人去把孩子抱进来。林妈妈噘着嘴回来,道是蒋重守在一旁的,孩子睡着了,他不让抱。

蒋长扬的眉毛竖了起来,起身往外走。

牡丹苦笑,蒋重这是专门来给他们找麻烦的么?这人这一辈子,都弄不清自己的位置啊。

第四十七章　如水

不知道蒋长扬怎么和蒋重说的,也或者他根本就没什么都没说,反正没多少时候他就把孩子抱了过来。蒋长扬的动作很笨拙,僵硬得不得了,总怕一不小心,就碰坏了臂弯里的奇珍,脸上却带着满足得不得了的笑容。

牡丹是顺产,人又年轻,加上之前一直在有意加强锻炼,精神还好,便在林妈妈的帮助下坐了起来,招手叫他把孩子递给自己,并不问蒋重如何。蒋长扬也知趣地不提,只在一旁用一根手指小心翼翼地抚摸着孩子的嫩脸蛋,力图证明孩子哪里都长得像他,简直一模一样。

因为是双胞胎,孩子很小,被捆成了两个又小又直的小卷筒,唯一露在外头的就是那张又红又皱、长着胎毛的小脸。兄妹二人一直都在呼呼大睡,牡丹盯着看了许久,也没看出什么地方长得像蒋长扬,真是难为他言之凿凿地讲长得像他了。便笑道:"眉毛几乎没有,头发不好啊,还有好小,好像没有秦三娘生的那个大,也没阿馨的女儿大。"

"这不是眉毛是什么?"蒋长扬不满,"谁家的孩儿刚生就能看得出来头发好不好?"他的儿女,头发不好也是暂时的,很快就会比别人长得好。至于孩子有些小嘛,一次生俩,能不小么?但是他的孩子,看看吧,他长得这么高,牡丹也不矮,还能矮了去?

"是,你说得很对。"牡丹忍笑,决心满足他刚做了父亲的喜悦和快乐,他说什么就是什么吧。抱着孩子端详了一会儿,她开始赶人:"你守了一天也累了,去休息会儿。"

蒋长扬含着笑:"我不累。"有了孩子还不忘自己,牡丹真是好。

"不累也要去休息。"牡丹红了脸。她要喂奶,他能留在一旁么?两个人的时候当然是另说,可现在屋里有其他人呢。蒋长扬坐了一会儿,心里有些明白了,快快地走了出去。

牡丹立即让林妈妈帮忙,林妈妈不赞同,明明请了最好的乳母,两个乳母都是尽职、尽责之人,她还瞎折腾什么?这个当口,专心养好身子才是正理。

牡丹耐心地解释:"是我生的孩子,却没吃过我一天的奶,不像话。"她自知没法子满足两个孩子,但至少也得吃上几天吧?怀着的时候觉得很爱腹中的孩子,生后见了面,才又发觉更爱,哺乳什么的,也可以增进母子之间的感情不是?

林妈妈心里却又有另一层打算,按着牡丹的指使,替她清洁后,带着点小得意道:"可是孩子们都睡着的呢。"刚才蒋重不就是以不要影响孩子睡觉为借口,阻拦着让别抱过来的么?她也会。总不能给弄醒吧?

牡丹只笑不语,顺手抱了身边的贤儿,可又皱起了眉头。怎么说呢,在娘胎里的时候贤儿抢不过正儿,明显小了一圈。看着她皱皱的小脸蛋,牡丹竟然舍不得把女儿给弄醒。好吧,刚出生的婴儿吸奶是件力气活,就由身体强健的哥哥来替妹妹效劳咯。

牡丹便把贤儿放下,抱起正儿来,对着他的小耳朵轻轻一弹。屋子里立刻响起了洪亮的婴啼,正儿一张小脸红得简直不能再红。

"呀!"林妈妈心疼得如同割她的肉,要从牡丹怀里接过孩子去哄,牡丹并不给她,只轻轻抚摸正儿的脸颊，轻声哄着。不一会儿，正儿停止了哭泣，牡丹这才艰难地操作起来。一个不会喂，一个不会吃，但都为了一个共同的目标努力着。如此折腾再三，到了傍晚的时候，两个孩子都尝过了亲娘的奶。牡丹对这事儿乐此不疲，有两个备用粮库，她不用担忧自己的奶够不够，孩子们会不会饿着，更不用半夜起来哺乳，所以很随意、很惬意、很轻松。

林妈妈却觉着她仿佛是小孩子过家家，玩上瘾了，便把这事儿告诉岑夫人，实指望岑夫人劝劝，岑夫人听了，淡淡地道："算什么呢？她自己的孩子，她爱怎么就怎么。从前大郎刚生，我也亲自喂养过的。"

林妈妈讨了个没趣，自是再没什么可说的。

转眼到了该洗三的时候，原本蒋长扬和牡丹在蒋家还没出事前曾经商量过，要隆重操办的。可是计划不如变化快，遇到这种事情就意味着什么都不能做，凡事从简，否则会被口水淹死。

"就不通知其他人了，自家人一起吃顿便饭就好。"蒋长扬很内疚，"只是委屈你和孩子了。"

牡丹只是笑："没什么委屈不委屈的，这样就很好。"她握住蒋长扬的手，"那些都是虚的。我们一家四个人还完完整整地在一起，这是什么都换不来的。"她自知蒋长扬刚做了这个职方司郎中没多久，就因为国公府的事被迫退了下来，心里必然不好受。

蒋长扬却没她想的那么难受："不论什么事，听你一说总是有好的一面。其实这个关口，我躲开也不是没有好处的。"他轻声道，"我把袁十九举荐给景王了。"

牡丹打起精神："那好呀。袁先生没有犯倔吧？"这是给前程，按说普通人都不会拒绝，但袁十九那个脾气却是不一定。

蒋长扬笑道："他说好。"他不在朝中，很多事情不似从前那般好把握，有袁十九在景王身边经营着，将来再回去的时候会轻松许多。

牡丹就松了一口气，看这样子，他是早就打算好了的，原来真的不用她替他操心。

转眼到了洗三这一日，何家众人早早来了，也没怎么弄，就是意思意思，给孩子洗了个澡，坐在一起吃了顿再简单朴素不过的家常便饭。可是出乎意料的，刚收了碗碟，臧嬷嬷就奉汾王妃之命来了，送了新生儿一对赤金打造的长命锁，四端锦缎。礼物不是很重，只是寻常，但在这个时候让人送礼来，表示不忘之意，却是让人很高兴。

臧嬷嬷这里刚走，李满娘又与吴十九娘协同而来，都带了重礼。吴十九娘丝毫没有生产不久的妇人那种圆润样儿，看着清减不少，看了新生儿一回，把目光落在正儿的身上，脸上闪过一丝怅然，叹道："你真有福气。"

"你也有福气呀，先开花后结果，你那女儿又乖，体子又好，不似我这两个，看着这么小，真是急人。"牡丹知道吴十九娘的心结所在，压制着不在她面前表现出高兴。

可牡丹没想到的是，她这个话在吴十九娘听来，还是有些炫耀的意思在里面。于是吴十九娘接下来的表现就让人有些不舒服，一直不停地安慰牡丹，让她莫要为蒋家的事烦恼，又说李荇当时也很担心，上下打听，意思是蒋长扬这件事，李荇也在中间使了不少力气，又隐隐透出李荇升了职的意思。

李满娘便拿话去拦，吴十九娘却装作不懂，笑道："不管怎样，就凭你家这位的本事，将来指不定比现在还要好，不会受这件事影响的，所以你莫要担忧了。"她呵呵地笑着，一副极热心体贴的模样，但那语气和笑容，看着就让人不舒坦。总之就是小孩子之间的较劲，我这件比不过你，总有一件要压过你。

牡丹开始有些不舒坦，随即又想，自己实在没必要计较。不看僧面看佛面，李荇的情是要记的，于是一笑而过："承表嫂吉言。我这里先谢过了。"

吴十九娘见牡丹笑得开心，自己反倒有些无趣，正当此时，李满娘提出要走，也就借坡下驴跟着告退。李满娘瞅了空和岑夫人悄悄道："让丹娘莫往心里去，十九娘平日没这么小心眼，只是这些日子受了气,有些想不开。"

崔夫人听说牡丹一口气生了一儿一女,突然之间就儿女双全了,于是气得"病"又加重了几分,虽不敢明目张胆地给吴十九娘脸色看,但这样病着,几乎不过问孙女儿的大事小事,本身就是给脸色看了,谁受得了?

岑夫人淡淡地道:"谁会和她计较?要真计较得起这么多,早就不来往了。"

李满娘微微一笑:"有你这句话我就放心了。"

送走李家的人不久,潘蓉和白夫人也来了,还分别带来了两个人的礼。

"这是景王送的。等出了孝,用这个给丹娘做身衣裙。"潘蓉把一对玉璧、一对金钗和四匹文彩华丽的贡品缭绫端端正正放在蒋长扬面前。他很同情蒋长扬,若是被亲近的人拖累了,那也没话可说,可这是被只有恨、算计和没感情的亲人给拖累了,真真让人郁闷得吐血。

蒋长扬淡淡一笑:"替我谢过殿下了。"因见潘蓉刻意的讨好样,不由失笑,"我没你想的那么难。"

潘蓉笑起来:"好呀,还以为你会很难受,想安慰你几句,谁知你却享受得很。你是把这个当作放假,享受天天陪伴妻儿的日子了吧?"说着就很没形象地歪倒在榻上,叹道,"你倒是享福了,可是我却累极了。殿下让我传句话给你,本不该用俗事打扰你,但他着实离不得你,还要委屈你背里替他使把力。"

蒋长扬早就想到景王不会放他轻松,便道:"我要请你帮我找个人。"蒋长义就这样莫名没了影踪,不是回事,是死是活总要知道结果才是。

潘蓉摸着下巴沉吟:"说来也奇怪。老三那样的性子,平日里来往的都是些酸人,没见几个痛快的。偏生他一跑没了影踪却躲得这般痛快,影子都找不到。"

蒋长扬道:"正是如此,所以一定要找到他。"

"行,我明日就重新布置人手,一定给你把人寻到。"潘蓉贴在蒋长扬耳边轻声道,"萧家又有动作了。"

二人嘀咕了许久,潘蓉方才笑道:"你这里大概不会太清净的,应该还会有人来。我不耽搁你了,这就要走的,如今家里老的老、小的小,到点不归家,总是不太好。"

蒋长扬便叫人往里头去请白夫人,又笑话潘蓉:"你如今变化大得很嘛,人家都说你浪子回头了。"

潘蓉嘿嘿直笑:"你不是和我说要惜福么?我即便不为自己考虑,也得为两个老人和阿馨,还有孩子们想想吧。要是将来阿璟、阿瑶听人家说他们的父亲不如阿正和阿贤的父亲,丢脸得紧。"阿瑶是他的小女儿,他比阿璟还要想得紧。经常说是,他混账点,只要潘璟有本事,人家也不会把潘璟怎么样。女儿就不同了,人家一提起这漂亮小姑娘有个混账爹,亲事都要受影响的,所以他一定不能行差踏错。

说到这里,潘蓉不胜感慨:"我真是没想到,蒋家伯父最后会变成这个样子。想当初……"想当初,他们谁不怕那个板着脸,看着威风凛厉,什么都讲究规矩和正统的蒋重?临了,最没守好规矩的人就数他了。自己若是蒋重,不如一头溺死在马桶里才干净,偏这位老人家,竟然好意思跟着蒋云清一起搬来这里住着。

蒋长扬淡淡地道:"当初的事情不要再提。我只想着,不要让自己也成这样的人就行了。走,我送你出去。"他记忆中的父亲也不是这个样子的,大家都在变,这么多年以来,没变的人只有王夫人和方伯辉了吧?可见要保持自己的本性,让自己不断提升是一件非常困难的事。

蒋长扬送走潘蓉夫妇,便往里头去瞧牡丹母子。时值中午,岑夫人等人都往后头歇息去了,他以为牡丹大概也在睡。可刚进门就看见林妈妈领着宽儿和恕儿在收拾东西,什么珠玉锦缎、描金漆球、银葫芦子等小孩儿玩的东西，林林总总地摆了一桌子，无一不精美，无一不是好东西。不由感了几分兴趣："这是谁送的？阿馨拿来的？"

牡丹没回答他，林妈妈却是脸色微变，支支吾吾地"嗯"了一声，和宽儿恕儿加快了收拾东西的速度。蒋长扬心中生疑，却不好当着下人的面细问，便回头看了看牡丹。牡丹正在逗弄两个孩子，两个孩子还木木的，没什么反应，眼神也是呆呆的，逗着真是不好玩，可她看着就是心疼，觉着就是好看，谁叫她是做娘的呢，没法子啊。

蒋长扬轻轻叹了口气。那天她刚生了孩子，他觉着她真好，没有生了孩子就忘了他，可这才几天啊，她就原形毕露了，眼里没了他。连他问话也没听见，若是从前，她一准儿早就出声招呼他了，他心里突然有些不是滋味儿。

正在黯然神伤，就听窗外有人小心翼翼地喊了一声"蒋叔好？"却是被冷落了许多天的甩甩，支棱着翅膀，探头探脑地偷窥他，不难看出讨好之意。蒋长扬的心情好了起来，受冷落的不止是他一人啊，还是有人记得他的。于是他大声招呼宽儿："天气热，别忘记给甩甩洗澡，小东西怪可怜的，这两日都没人理睬吧？我都没看到它，喂好了啊，别饿着、别渴着，看看它的小水瓶儿里有没有水？"

宽儿是个呆子，条件反射地先应了好才后知后觉地道："没有的，奴婢才看过，有水的。昨日才给它打水洗了澡，因怕它怪叫吵着正郎和贤娘，故而不太敢让它往这前头来。"

蒋长扬一听，又觉着有道理了，现在不比从前没孩子的时候，这甩甩发起疯来最爱怪叫、尖叫，要是吓着孩子可不是闹着玩儿的，便又改了口："那今日怎地拿到前头来了？"

牡丹终于注意到了他，便笑道："它还算乖了，是个小精怪。约莫是觉着这几日有些不同，一来就试探着叫牡丹真可爱，我回了它后，就一直在外头探头探脑、鬼鬼祟祟地张望。这么久，就出几声，都是叫我的。我怕把它惹得兴奋了吵着孩子，就没怎么理睬它，它也就安静下来，直到你来了方才和你问好呢。就让它这么着吧，放在后头孤零零的怪可怜的。这样放些日子，它就懂得分寸了。"

说起这个，她倒是有这么多可说的了。蒋长扬闷闷地"哦"了一声，靠过去看孩子，见两个孩子又在闭眼打瞌睡了，不由郁闷得："怎么又要睡了？我觉着就一直在睡。"

牡丹笑道："他们都在生长呢，当然要睡，多睡才好。"

就她什么都知道。蒋长扬看了会儿，要伸手去抱阿贤，哄她睡觉，却让牡丹给止住了："让她躺着睡，别抱成一个落地响，虽然咱们家不愁没人抱，但不能养成这个脾气。"

蒋长扬又郁闷地收回了手，陪这母子三人坐着，有一搭没一搭地问孩子今日可吃得好、睡得好，牡丹感觉如何了之类的话题。不时地又瞟瞟林妈妈，这几人怎么还不走？

可怜林妈妈心里有鬼，被他盯得冒了一层细汗出来，匆匆忙忙地将东西收拾干净了，抬着箱子要走。蒋长扬偏偏起身道："慢着，这漆球做得不错，就留下来玩玩。"

林妈妈皱着一张苦瓜脸，偷偷看向牡丹，牡丹点点头："你们辛苦了，下去歇歇吧，有事儿我会叫你们。"

林妈妈忙道："老奴让乳娘过来把孩子抱去。"要是不小心闹个别扭什么的，总不会惊吓着孩子。

牡丹笑道："不必了，就让他们在这里睡。乳娘昨夜辛苦，让她们休息一下也好。"

林妈妈犹自不放心："那要是孩子醒了，您就叫老奴。"一边说一边又偷看蒋长扬，简直就是一步三回头。

"知道了。"牡丹叹气，这林妈妈吧，这两年好日子过多了，反倒没有从前在刘家的机灵劲儿了，本来没有鬼的事情，经她这样一瞅一瞅，遮掩了又遮掩的，蒋长扬没感觉的都要有感觉了。

"是谁送的？"蒋长扬把那漆球拿在手里翻来覆去地看，这漆球，只怕宫里头那些皇子用的也就是这样了，打磨得一丝不苟的，还描着金漆，拿在手里轻巧又漂亮。送这种东西，又是白夫人和潘蓉一块儿送来的，潘蓉不提，林妈妈等人一副做了贼的模样，不用问他也能猜出几分来。

牡丹一笑："你应该猜得到的。"

蒋长扬便挑了挑眉："秦三娘？"

"她和阿馨不熟。"牡丹接过漆球，在手里抛了几抛，"是做得不错。"

蒋长扬一把夺过去："那就是吴十七娘了。我记得她和阿馨交好。"

牡丹斜瞅着他："你真的猜不到是谁？"

蒋长扬把那漆球扔到床铺最深处，闷闷地道："我怎么猜得到是谁？"

牡丹一声笑起来。

蒋长扬有些恼羞成怒，面上仍然做着淡淡的样子："你笑什么？我猜不到有什么奇怪的？"

牡丹便敛了笑容，正色道："是刘畅送来的。我本不想收，但又觉着，如今这情形，你与他是难免要来往的，正常送礼，正常交往，才是正理。若是不收，让阿馨带回去，反显得没气度。所以做主收了下来，等你来处理。没和林妈妈她们细说，倒叫她们提心吊胆了一回。"

蒋长扬又把那个漆球抓了出来，在手里转了几转，淡然地道："你处理得极妥当。既然他能想到恭贺我们，那我自当改日送他一份大礼。他送多少，咱们就收多少，只要他送得起。"刘畅不会是真心，送这礼就是给他心里添堵，他越不受，刘畅越欢喜。既然如此，不如次次都收，反手再送回去，心里堵的人反倒是刘畅。他倒要看看刘畅能送多少次，难不成他生十个孩子，刘畅还能送十次？听说刘畅最近新得了一个美人，正好以这个为由头送礼过去。想到这里，蒋长扬不厚道地想笑了。

"你安排就好。"牡丹根本不放在心上，只看蒋长扬上挑的眉头已经放平，便知他已然不放在心上了，不由偷乐。却见蒋长扬也偷偷瞟过来观察她的神情，二人的目光一时躲避不及，直直撞上，都有些傻傻的。

牡丹最先忍不住大笑起来，蒋长扬恼羞成怒，猛地往前一探，一口咬在她的嘴唇上，恨道："叫你笑！"却见牡丹睁大了黑白分明的凤眼，妩媚流光，静静地看着他，心中不由一荡，齿上的力气就小了，却又被一点丁香小舌软软的、滑滑的，轻轻舔过唇齿，所过之处如上云端。

"咳，咳！"有人在外头极不正常地咳嗽了两声。二人俱吓得惊魂出窍，迅速正襟危坐。牡丹垂头假作给孩子拉被子，蒋长扬一本正经，神色端肃地往外看去，但见窗外安静得很，人影全无，只有一只探头探脑的鹦鹉小眼珠子瞪得溜圆，蹲在银架子上随着午后的轻风荡啊荡。

"这个小鬼东西！"蒋长扬大恨，弹起身去对着甩甩比了个很凶狠的动作，随即又觉得好笑，被一只鹦鹉偷窥调戏了，总比被人撞破了好吧。

甩甩惊恐地缩了缩脖子，发现他是逗自己玩，便学着他的样子，怪声怪气地哈哈了两声。蒋长扬好气又好笑："以后我们俩单独在的时候，不许它在外头。"

牡丹收了一本正经的样子，捂着嘴笑起来。别说，这样偷偷摸摸，想要却又得不到的感觉真不错。

二人没笑多久，真的来了人，宽儿道是袁十九领了一群人过来，请蒋长扬出去，方伯辉家里的几个儿媳也携伴而来恭贺，这会儿正由岑夫人出面招待着，马上就要过牡丹这边来。蒋长扬只得别了妻儿，夫妻二人各自招待客人不提。

无巧不成书，傍晚时分，大家都以为没人来了的时候，却又迎来了远客。来的是方伯辉家里的一个姓高的管事并几个家人，足足拉了一车礼品。除去若干给孩子准备的衣物玩具，再有就是给何家人、汾王府、方家人的礼品。

"主君和夫人一切安好。"高管事禀明了方伯辉和王夫人的近况，作揖恭贺道："这可巧了。因着不知是男是女，主君和夫人便各自备了一套，这回正好用上，可见小公子和小娘子都是非常有福之人。"

"你们辛苦了。"蒋长扬看完方伯辉和王夫人的信，让人送往里头去给牡丹看，打赏了众人，却又十分小心，毕竟王夫人已然是嫁了方伯辉的，万里而来，不好叫人说是厚此薄彼，生恐方家的人会有想法，忙忙地让人去和方家说道，表示今日情况特殊，招待了饭，就让人过来请安送礼。

方家人倒也大方，连连说不必这么客气，众人远道而来也辛苦了，让高管事次日再去方家不迟。蒋长扬很高兴，大家都互相体谅尊重彼此，这亲戚才能做得长。

晚上一对"小包子"吃饱喝足，由乳娘抱去歇下，牡丹与蒋长扬这才命人拿了王夫人和方伯辉带来的礼物细看。因见里头有两匹印花印金绫，花色奇巧，不由想起高管事曾说，这东西是当地一位商人送的，颜色艳丽了些，王夫人穿不上，所以带回来给牡丹看是否能用上。

蒋长扬便拣了稍次的一匹橙黄地蓝色印花印金绫道："这块衣料的色彩略轻浮了些，不比这这个蓝色印金的来得端庄雅致正好配你，不妨添点香料珠子之类的送去刘家。你看如何？"

其实这印金绫是很不错的，牡丹还没见京中谁家女眷用过这料子。她理解蒋长扬要送新奇去压刘畅的心思，这属于他们男人之间互相的较劲，便无所谓地道："只要娘不怨你把她给的东西拿了胡乱给人就好。"蒋长扬也不是个好人，这东西到了刘家，怎会落在那美人手里？多半要被清华给截了，还要给刘畅惹祸。

蒋长扬便笑了："给我的东西，自是由着我处理。"便叫林妈妈进来，让准备一个礼盒。林妈妈听说是送给刘畅的礼，不由惊讶极了，看向蒋长扬的眼神中又多了几分佩服敬重之意。这神色她没掩饰，明明白白落到蒋长扬眼中，蒋长扬受用之极。

刚把礼盒收拾好，恕儿便进来道："熊大嫂请娘子示下，老太爷那边有两个不懂规矩的下人冒犯了老太爷……"

牡丹沉默不语，蒋长扬板了脸："怎么回事？"他这府里还真没出过什么不懂规矩的奴仆，蒋重一来，就有不懂规矩的奴仆了。

却是因着有远客至，下人们没事儿的都去听高管事说安西都护府的奇闻异事、道路上的见闻。蒋重住的院子里也有两个小厮去听，回来就在外头说笑，于是吵着了在拜佛诵经冥想中的蒋重。

蒋长扬知道某人这是心里酸，便冷笑了两声，起身去看蒋重。蒋重背对着他跪坐在老夫人从前供奉的那尊佛前，闭着眼睛，一心一意地低声诵佛念经，一副超脱出了红尘的样子。

蒋长扬也不催他，只静静地坐着等他念完佛。蒋重是临时客串，业务不熟，鼓捣了几下，就歇下了。回头死气沉沉地看着蒋长扬，有气无力地道："有事？"似是万事皆休的样子。

蒋长扬也不和他绕弯，直截了当地道："您近来越发爱这佛理了。"

蒋重的眼里闪过一丝苦涩。他落到这个地步，还能如何？在这佛像前跪着，总比傻傻地对着一个空荡荡的园子好。

蒋长扬淡淡地道："今日我请托了人去寻三弟。我想着，无论如何总要有个结果，不能这样不明不白的，若是被人利用上，再没可以拿来输的了。"

蒋重明白他的意思，蒋家没给他任何好处，却连累他把辛辛苦苦挣来的拱手交了出去，还饱受攻讦，谁会服气？蒋重垂着眼想了一会儿，道："你看着办就好。我本想请旨去边疆戍边杀敌，哪怕就是做个士卒……"

这话分明是试探自己，再傻也不可能不知道皇帝根本不会理睬他。蒋长扬没接话，只道：

"现下清娘的终身大事最要紧。"

一个成为笑谈，还随时可能被人拿来当箭靶的父亲，其实是蒋云清的拖累，这样的亲家，只怕汾王府为难。对于蒋长扬来说，则是养活自己不难，难的是日夜相处。避而不见，不可能，自己若是搬出去住又是大不孝。蒋重苦涩悲凉之极，彻底打消了心中最后一分残念，便道："我近来心中颇不安宁，总觉着从前做错了许多事情，唯有在佛前才能得到几分宁静，听说你有个好友福缘在法寿寺，我打算去那里住，向他讨教一下。"

蒋长扬有些意外，却又释然，随即点了点头："我替你安排。"不管蒋重是否真的觉得错了，他都当蒋重是真心，所以愿意退这一步成全其他人，因此不必再在这上头纠缠扰了自己的心情。

到了这一步，父子二人再无其他话可说，面对面地坐了一会儿，便各自散去。

次日，蒋重果然叫了蒋云清和雪姨娘过去，说了自己的打算，然后由两个老成的家丁陪着，带了简单的行李，由蒋长扬送到了法寿寺。蒋长扬重重给了法寿寺一笔香火钱，自回家不提。

永和坊的一所宅子中，刘畅一手举杯，一手轻轻打着拍子，半眯着眼看着面前且歌且舞的美人。美人如妖，腰如细柳，柳随风动，妖娆自现。薄纱轻裹下的胴体半遮半掩，分外迷人。歌声清越，媚眼如丝，饱含着无数的情意，千丝万缕地缠向刘畅。一曲终了，刘畅叫了一声好，让赏彩缎两端，明珠十颗。

旁边一个云鬓高耸的凤眼美人见状不依，撒娇地扶了银镏金酒壶给刘畅斟酒："婢妾敬主君，祝主君心想事成。"

"乖，也赏你明珠十颗，彩缎两端。"刘畅轻轻捏了捏凤眼美人白嫩的脸颊，又将手在她怀里揉了几把，抬起酒杯一饮而尽。这样的惬意生活他已经过了一段日子，如果不出所料，将会一直过下去，而且会过得越来越好。

秋实在帘外探了探头，叫了一声"公子爷，丰乐坊来人了"。

刘畅立刻收了轻薄之色，正襟危坐，两个美人立刻悄无声息地退了出去。

不多时，秋实领了一个灰衣仆从走了进来，那仆从十分恭敬地给刘畅行了礼，道："我家主君新近得了一个好厨子，做得一手好驼峰，请寺丞去游曲江池，并品尝美味。"

刘畅叫秋实看赏，笑道："董大，累你跑这一趟。不知尊主近日可好？"

灰衣仆从笑道："也没什么，还是一样的好，前几日还与楚州侯府的潘世子一道赏荷花来着。"

刘畅略一沉吟，打发了董大，进屋换了衣服，上马自往曲江池而去。这日恰逢休沐，天气又好，曲江池边游人如织，水面上画舫如云，丝竹之声不绝于耳。刘畅到了水边，远远就看到一艘大船遨游湖中，格外引人注目，略微等了一会儿，自有人摇了小船来将他载去，送至景王的大船上。

景王宽衣博带，神情闲适，颇有几分名士风流的意思在里面，正与手下一群文士打扮的人谈笑风生。见着刘畅，笑吟吟地受了他的礼，寒暄几句，命人将他引入座中。刘畅一看，内里只有少数几个人是他认识的，绝大多数人是平时彼此相闻，却从不曾交谈过的，但这些人都有一个很突出的特点——都是景王身边宠信倚重之人。他再看，不见那新收的袁十九，不由多了几分窃喜，这是不是意味着，他又新上了一层台阶？于是举止动作更加谦恭，让人挑不出半点错来。

不多时，各式精美菜肴流水似的送将上来，其中一道水晶驼峰被装在飞凤纹银镏金盘子里，格外引人注目。这便是传说中那道景王要与众人共享的好菜了。

景王率先动了筷子，招呼众人："地方狭窄，不谈尊卑，都动起来。"众人也不客气，纷纷跟着下箸，随即赞不绝口。景王富贵之人，不贪恋口舌，略略动了几下，就放了筷子，指着面前一碟新鲜鲙鱼和颜悦色地道："子舒，听说当年你宴宾，潘蓉曾与蒋成风比赛飞刀脍鱼，蒋成风的技艺当为一绝。孤却不曾有这机会亲眼所见，今日这等盛会，他却有孝在身，真是遗憾。"

刘畅的心头突地跳了一下，风轻云淡地笑道："他的技艺的确是神乎其神，平日里偶然提起，还有好些人称道。只近年来，却是不曾听说过他有此闲情雅致了。"

景王叹道："说起来，他也真够倒霉的。"余下的话就是摊上了那么混账的一家子。

众人便都七嘴八舌说了些话，都是顺着景王的意思夸赞蒋长扬的。刘畅心头微动，面上只带着淡淡的笑，既不附和也不反对。少顷，有一艘画舫靠近，上头坐了十来个华姿妍艳的歌姬舞女，鱼贯上了船，跪伏在景王面前行礼毕，各自取出丝竹乐器弹唱舞蹈起来。

众人喝得半醺，看美人的眼神就有些迷茫了，只碍于景王在，不敢放肆。刘畅却是只敢略略沾唇，随时随地都关注着景王这边的动静，因看到景王虽似十分投入，对美酒佳肴却只是浅尝辄止，不由越发谨慎。

没多少时候，景王起身更衣，刘畅谎称不胜酒力，也跟着出了席，站在景王必经之路上规规矩矩地束手候着。果然，没多少时候，景王就使人过来道是他不胜酒力，要歇歇，让众人尽兴。这便是景王体贴人的地方，他在，大家都吃喝不好，玩不尽兴，不如放开了去，让人玩个够。

来人传了话，回身往后行，往刘畅身前站定了，行礼道："刘寺丞倒是个知机的，请随奴才来。"笑吟吟地领了他往船的另一头行去。

景王独坐在窗前，淡淡地看着湖光水色，听他进去，并不回头，只道："前些日子，你立下不少功劳，辛苦了。"

刘畅沉声道："属下不敢居功。"

景王笑了："你可不是孤的属下。"语气却轻飘飘的。

刘畅却认真对待了："殿下教训得是，臣记住了。"

"刘子舒啊，刘子舒……"景王哈哈大笑起来，回脸对着他，语气很柔和，"赐座。"

就有人给刘畅搬了个小锦墩，刘畅挨着半边屁股坐下，挺直腰背，听景王后续。

景王缓缓道："还记得去年的牡丹花会么？"

"记得。"刘畅有些怅然，他怎么可能忘记呢？

景王却又不说牡丹花会的事情了，突然跳跃到了正事上："蒋成风很能干，替孤办成了好几件想办却不好办的事情，而且做得非常漂亮。"他略微顿了顿，器重地看着刘畅，"你们二人各有长处，是孤的膀臂。"

刘畅一时有些受宠若惊，诚惶诚恐地道："臣……"

景王微微一摆手，打断他的话："听说你曾见过蒋三郎？"

果然是为了这件事。刘畅不慌不忙地道："那是蒋家刚出事的第二日，他来求我救他一命，因当时不知会如何后续，便做主将他藏在了招福寺。这些日子忙碌，竟是忘了给蒋家送信过去。"

是不是真的忘了，大家心里都明白。景王淡淡一笑："你做得对，可这人不过是个小虾米，没有任何作用，送还给蒋成风，反而是给他增添烦恼，怎么处置都不妥当。他知道的那些事情若是被人利用再沸沸扬扬地闹腾开来，反倒坏了人的名声，你酌情办了，然后知会一声吧。"

刘畅有些后悔了，蒋家的那些丑事再闹出来，能做的无非就是影响蒋长扬的名声罢了。名声不好，碍着人家用人。早知如此，他就不该多事。可是箭在弦上不得不发，却也只有硬着头皮应下。心中又有些微嫉妒，蒋长扬有什么好，值得景王替他考虑得这么细？饶是如此，答应得可是半点都不含糊，爽快得很。

景王仿佛知他心中所想，亲切地道："听说你到现在还没子嗣，这是个大事，该抓紧的要抓紧。"

刘畅心里又乱了几分，更多的却是安定。景王有个好处，你替他卖命，他绝对亏不了你。也许，他表面上虽然爱看臣下和睦一片，但在不影响大局的情况下，却是希望他们彼此之间永远都交不了好的。这样，所有的事情才会都瞒不过他。好吧，区区一个蒋长义算得什么？

刘畅辞过景王，走出船舱，淡淡扫了一眼热闹的酒席，也不过去与众人打招呼，径自踏上小船往岸边而去。先去了米记，把急需处理的事情统统处理妥当，轻轻松松地起身伸了懒腰，正想着今夜又该去哪里过夜，秋实就进来道："老夫人身子不爽快，请公子早些归家。"

刘畅微微皱眉："三天两头都在吃药，怎么就没点起色？"他口里虽然如此说，但也知道，戚夫人这病，多半是被清华给气出来的，心病还需心药治，不然什么灵丹妙药都治不好。

秋实轻声道："蒋家送了礼去恭贺，给郡主撞上了，这会儿正在拷府中下人呢。"后一句没说出口的话就是，又在大闹了，戚夫人受不住了，这才叫他回去管人的。

刘畅莫名其妙，又有些发怒："恭贺我什么？有人送礼，她闹什么？越来越疯癫了！"

秋实垂了手道："也是恭贺您添丁进口。"

啊呸！他的后宅早被清理得干干净净，他几乎就不在里头过夜，清华郡主更没有什么添丁进口一说，这就是赤裸裸地给他添堵。蒋长扬真是闲得发慌了！上次他苦求潘蓉送东西过去，听说东西收下了，一直没什么动静，他心里还有些奇怪，难道真就大度到了这个地步？原来是打的这个主意。刘畅烦躁地扯了扯衣领，突然想到景王让他可以抓紧了的话，便狰狞了脸色，轻轻地道："好，我就回去瞅瞅。"

近些日子以来，清华郡主打人上了瘾，而且喜欢在一旁亲自观刑。越是倔强的，她越是想把人弄得鬼哭狼嚎，听着惨叫求饶声，看着凄惨相，她才会觉得痛快，而过了这最初的瘾，她就会突然失去了兴趣。刘府里的人都晓得她的这个变态嗜好，每每触了她的逆鳞挨了罚就会往死里喊，做得万分凄惨，这场责罚也就会尽快结束。

原本这个方法屡试不爽，今日却有不同，清华郡主打的都是刘畅院子里伺候的人，越是得他宠信的越是倒霉。任你喊破了天，她也眉头不动，只要他们招认，刘畅新添的这个儿子在哪里，不说出来就要活活打死。

这场折磨无边无际，受不住的人就偷偷送信去求戚夫人。戚夫人少不得扶着丫头来阻拦，反被清华郡主一顿抢白，戚夫人忍不住，冷笑道："皇后娘娘都不敢要你去请安了，你还不收敛。添丁进口是好事，你有什么值得气的？自己不会生，也不许旁人生？休说有男有女，便是女儿也生个给我看看。"

"你是好人，除了刘畅这个狼心狗肺的白眼狼，你的女儿又在哪儿？你自己不能生，怎么也不见你让人生？"这一句话算是捅了马蜂窝，清华郡主一杯浓茶泼在戚夫人的脸上，只转过头叫人，"给我狠狠地打！打死了有我！"

所以刘畅回家的时候，戚夫人也在大闹，既不许人给她换衣服，也不许人给她擦脸，要顶着一头一脸的茶汤汁子湿哒哒地去请魏王夫妇评理。清华则是犹如一只饿着肚子，急需觅食的母老虎，恨不得把他撕来吃了才解恨。

这副鬼样子出了门，日后只怕是别想再出门了。刘畅恨得一佛出世二佛升天，也不拦戚夫人："我是没脸去，娘去吧，若是王爷和王妃想管，也正好替我解了这难题。"

他还顾惜面子，戚夫人倒是顾不得那么多了，让她再过上半年这样的日子，她连命都不剩了，可怜她的琪儿啊。戚夫人一阵摧心摧肝的疼，当下就道："魏王府教出这样的女儿都没不好意思，我有什么不好意思的？丢不了你的脸，要丢也是丢刘老贼的脸！就是他弄进来的扫把星。"凭什么刘老贼躲清闲，受罪的人就是她和刘畅？果真命人备了檐子，径自往魏王府去了。

刘畅抚了抚额头，回头再看那里暴跳如雷要来揪秋实问话的清华，不动声色地把秋实给护住了，淡淡地道："我在这里，你到底想怎样？冲我来！"

清华站定了，眼里全是怒气和恶毒，她涨红了双颊，额头上的青筋一鼓一鼓地跳着，喘息了几声，颤抖着手指指着远处泥地里一堆剪得稀烂、还闪着金光的布料，恶狠狠地道："刘子舒，我问你，这东西是怎么回事？贺谁的喜？贺的又是什么喜？添丁进口？我这个主母怎么不知道！你眼里可还有我半分！"

刘畅淡淡的、怜悯地、高高在上地看着她："自然是贺我的喜，恭贺我添丁进口。我家里只得我这一根独苗，我年龄不小了，琪儿死了，你又生不出来，我总得想想法子。不然无人继承家业，什么富贵风流都不过是几十年的工夫，眨眼间就什么都没了。这个道理，就连村妇都知晓的，你出身高贵，不会不懂。"

"你，你混账！"她为什么生不出来？他不明白么？清华郡主眼里的泪险些掉下来，拼命忍住了，抬手去打刘畅的脸。

刘畅竟然不让，生生受了她这一耳光，也不还手，冷冰冰地看着她，语气不疾不徐："你失态了，你身份高贵，又是圣旨赐的婚，不管是谁得了一男半女，总归也要叫你一声母亲。谁也越不过你去，你说是不是？"

清华郡主原还指望着他能和她如同从前那般，狠狠打上一架，互相撕咬几口，说不定还能有几分情意回来，可是……她看着刘畅冷冰冰的眼神，听不出任何情绪的语气，纹丝不动的身形，突然非常想笑。于是她果然也哈哈大笑起来："刘子舒，你好，你好得很！"

刘畅偏头看着她，眼神晦暗不明："我一直都是这样，清华，只是你不明白我而已。我这个人吧，对于踩在我头上的人，从来没有半点胃口，你不明白么。"他从前待她真心的时候，她把他当成路边的野草，想怎么踩就怎么踩；等到她又重新意识到他的好时，她还是把他当做路边的野草，想怎么踩就怎么踩。她踩他，他也踩她，有什么错？就算从前讨厌何牡丹，觉得何牡丹配不上自己，他也没想过要娶她。男欢女爱，两厢情愿的事情，就那样维持着不好么？可是她不明白，她一直还是想踩着他，他怎可能给谁踩一辈子？

清华的眼里只有恨："刘子舒，我拖死你！我不好过，你这辈子也休想如意！"只要魏王府在一日，他就不敢把她怎么样，哪怕是她生了别人的儿子，他打碎了牙齿和着血吞，也得把那孩子养下来！

刘畅仿佛没听见。转身走到那堆闪着金光的碎布前，抓起一点看了看，轻轻摇头："这么好的布料，真是可惜了。"他微微眯了眼，"我记得，京中至今尚未见着这么精巧的料子呢。给你用，是稍嫌花哨了点，不过嘛……"他意味深长地笑了，转而去抠被踩到泥地里的珠子，"多么好的珠子啊，洗洗还是能用的。这香料嘛，倒是可惜了。"

他专心专意地蹲在地上挑起珠子来，还把秋实叫过去："傻了？还不过来替爷接着？"

秋实战战兢兢地看着清华郡主要吃人一样的眼神，抖着双腿走了过去。

清华郡主盯着蹲在地上煞有其事挑珠子、擦珠子的主仆二人，突然觉得躺在刑杖下呻吟的那些人没了意思。便冷笑："贱人生的贱种，无论如何都上不了台面，你爱生多少就生多少吧。"随即一拂袖子，带着手下去了。

刘畅看向那群被打得鬼哭狼嚎也没出卖他的人，欣慰地道："每人赏彩缎五端，医药费从我这里支领。把这些珠子洗干净，另外再添上些好香和精致的首饰，送到永和坊去。"

秋实一愣，随即低低地应了一声。永和坊那对姐妹花好可怜，还没享上几天福，就要飞来横祸了。

刘畅拂了拂身上的灰尘，站起身来看着天边如同镶了金子一般的火烧云，久久不发一言。就在秋实以为他会一直这样站下去的时候，他突然起身往屋里走了："老夫人回来就告诉我。"

刘承彩大概是收到了风声，所以这一夜号称值宿没回家。所以戚夫人回来的第一件事不是揪他的胡子，而是把屋子里不值钱的东西砸了个粉碎。刘畅跷着腿，静静地坐在榻上，看她砸得上气不接下气，累得几乎要跌倒了，方才上前扶着她："别砸了，这是咱们自己的东西，砸坏了还要另外出钱买。岂不是又要心疼一回？不划算。"

戚夫人想笑，最终却是哭了出来。魏王称不在，魏王妃称病，嗣王妃见了她，却只有轻飘飘一句话："清华已然嫁了的，她有不对的地方，只由得您这个做婆婆的去管教，我们绝无二话。"然后又叫人给她送药，她是缺这药才来魏王府的么？她要能管下这个皇家赐下的儿媳，还能顶着一头的茶汤来这里丢自己的脸？戚夫人险些没把那个药盒子当着嗣王妃的面给砸了。

他早就知道会是这样的结局。刘畅有一下没一下地抚着她的肩头："也不是全然没有作用的。以后……"

"以后怎样？"戚夫人眼里放出光来，"你再不想个妥当点的法子，我们家要绝后了。"

刘畅却又不说了，淡淡地道："我们家没脸，他们家也没脸的。圣上指的婚，爹爹近来也不曾犯过事，他会体恤老臣的。"

戚夫人心里有了几分希望："是呀，是呀，这样下去，圣人也会觉得丢皇家的脸呢。总不能叫老刘家绝后吧？"她心中定了，这才注意到刘畅的脸肿了半边，不用问，自然是清华干的好事，不由心疼得咬牙切齿。

刘畅却道："没事儿，我不疼。"他还嫌她打得不够重呢。

一夜无话，第二日刘畅顶着那半张肿脸继续出门干活，昨日的事情已经闹得沸沸扬扬，有人同情他，有人讥笑他，他都没半点反应，只做没听见，专心专意地等清华郡主发动。

果然，不到傍晚，就有消息传来了。

刘畅那时候还和许多人在一起做事，秋实气急败坏地进去，贴着他嘀嘀咕咕说了几句话，然后刘畅脸色大变，和上级告了假，匆匆忙忙离开了。主仆都是一副极力掩盖的样子，但经不住众人聪敏，又都深谙他们夫妻间的故事，下意识地就把两件事联系在一起了。刘家啊，必然又是出乱子了。不要小看男人的好奇心，对于这些同僚家中妻妾争风，谁家养着母老虎，母老虎如何发威的事情都很感兴趣。于是就有人千方百计地去打听。

这一打听不要紧，吓得众人出了一身冷汗。清华郡主的做法实在是令人发指。一对美丽的姐妹花，竟然被硬生生割去了耳鼻，截断了头发，打断了双腿。如果说之前清华只是作风有问题，小恶而已，如今就是大恶了，成了宗室贵女果然轻易娶不得的有力证据之一。

却说刘畅虽有准备，却不曾想到清华郡主残忍到这个地步，他只看了地上昏迷不醒，全身血淋淋的那对姐妹花一眼，就忍不住呕吐了。

清华郡主稳稳高坐着，见他进来就吩咐人将冷水泼在那对姐妹花的身上，把她们弄醒。姐妹花痛苦迷茫中，骤然看到刘畅的身影，便拖着残腿艰难朝他爬去，求他救命。原本黄鹂百灵鸟一样婉转动听的嗓子，此刻却是字字血泪，美丽的容颜犹如地狱恶鬼，已经不是一个"惨"字所能形容。

刘畅有一瞬间非常想逃走，但他终是忍了下来，没和清华郡主起任何冲突，只命人将那对姐妹花抬了，送到法寿寺的养病坊去，出高价请人治疗护理不提。

清华郡主一拳击空，愤恨得想追去把人弄死了才满意，可若是其他如私宅之类的地方，她尚敢去闹，而养病坊，她却是晓得轻重，最终也没敢去。

这事导致刘畅在那段时间里出门做客，身边无人敢奉承，所有女人都当他是洪水猛兽，离他一丈远还嫌不够。若是有人被主人命令去伺候他，便只是苦苦哀求，宁死不肯，都只恐触了清华郡主逆鳞，和那姐妹花的结果相比，死了都算轻的。这件事的传播范围很广，下到京城百姓，上到王公贵族，就没有不知道的，而且还添了新内容，其实那对姐妹花当时都怀了刘家的子嗣，却被清华这个恶妇给硬生生给打没了。魏王府装聋作哑，刘家父子没骨气，硬生生把这件事给忍了下来。

那几日刘承彩上朝，同僚们看他的眼神都怪怪的，背里议论，当年刘承彩惧内，不得不喝童子尿，如今刘畅同样惧内，真正是父子。有些和刘承彩不对付的，就拐着弯地问，刘承彩自然不承认，可越是不承认，越是被人笑。饶是刘承彩脸皮再厚，也不得不称病避开。同期有几个宗室女到了适龄年龄，拟配朝中大臣家中儿郎，都被男方以有恶疾或是各种稀奇古怪的理由拒绝了，人家宁愿晚几年成亲，也不愿意娶宗室贵女。事关皇家尊严，于是这事儿传到了宫中，皇后再召魏王妃入宫，狠狠训斥了一顿。大意是刘承彩身为六部尚书之一，是国之栋梁，不该受此委屈慢待。如果再不收敛，落到皇帝耳中，休想得了好。

魏王府自来与闵王一派走得近，皇后看不顺眼也不是一天两天的事情了，只是一直没找着错处。这次是借清华的事情发作，下次说不定亲自出面骂人的就是皇帝了。饶是再护短，魏王府在这样的情形下也不得不出面处理，派了嗣王妃上门给戚夫人赔礼道歉，又狠狠训斥了清华郡主一顿，再三表明立场。偏清华郡主对娘家也有想法，觉得娘家人不体贴她，不替她着想，不然怎会让刘畅有这种胆子待她，但凭魏王或是她长兄肯出面吓吓刘畅，刘畅的狗胆也不会如此大。

因此清华郡主先还对嗣王妃诉苦，嗣王妃却对她频频给家里添麻烦十分不耐烦。听她反过来还怨怪家里，简直就是气不打一处来，又能有什么好话，一个劲儿地劝清华要恪守妇道，尊夫重孝。

好话说了一箩筐，清华却认定了这满朝上下善妒的人不止她一人，那些贱婢的命和她是不能比的，休说只是毁了容颜，就是打死了又能如何？便道："我都活不下去了，还谈这些虚的做什么？能当饭吃么？你们的日子倒是好过，一年到头又有几人来看过我？问过我的死活？既然你们不能帮我，不管我，我便为自己打算，又有什么错？"嗣王妃气得发誓再不管清华的事情，拂袖而去。

清华郡主郁闷地默然坐了半晌，决意进行第二个报复计划。她请太医看过，道是这几日正是最佳受孕时机，少不得要动一下，谁都靠不住，还是儿子才能靠得住。于是收拾了，命人抬了檐子，自出门去寻乐散心不提。

却说魏王府并不是只来骂骂清华郡主就算了事的，解铃还须系铃人，嗣王妃在给戚夫人请罪、痛斥清华的同时，魏王府二子也亲自请了刘畅去喝酒谈心。刘畅自那年和魏王府生分后，和魏王府的关系不远也不近，每年孝敬魏王府的钱却是不少。因而两人见面还有几分熟稔，他感伤地道："我也是没法子。早前琪儿死了……"

说到琪儿的死，魏王二子也有数，听刘畅这样当面锣对面鼓地说出来，便假意叹道："那孩子福薄……"

杀子之恨，不共戴天。刘畅心中暗恨，叹道："她进门也有两年了，总不见一男半女，没事儿还总和我提从前的何氏，动不动就置气，不许我进门。我是想着若能有个儿子，养在她名下也是一样的，谁知她却容忍不下。每日里总是胡来，她身边跟来的侍女已是暴病死了好几个，这样下去有违天和。"隐隐晦晦的，是说清华在床笫上有些不良嗜好，身子也不好，怕是那次堕马摔坏了。

这胡来，大家都知道是怎么回事。魏王二子最清楚不过自家妹子干的好事，脸皮也有些紫涨，便顾左右而言他地劝："这夫妻二人，总有一人要服软的，她的性子我最清楚不过，只要你肯服软，她须臾也就心软了。"

刘畅口里应了，道："听说长兴坊有家小酒肆自酿的三勒浆不错，还做得一手好羊肉，我要去散散心，不知您……？"

魏王二子见他心里还堵着一口恶气，少不得还陪着他一起去。二人行至长兴坊那家酒肆，还未入座，就碰着了一个来买三勒浆和羊肉的下人装扮的小厮。

刘畅见着那小厮，十分惊奇："你怎么会在这里？"

那小厮见着他也十分惊奇，行礼道："家主自上月就搬到这里来住了，因为家事繁忙，故而没有知会您。"

刘畅高兴起来，兴致勃勃地同魏王二子道："是我原来一个好友，前些年出了远门，此人博学多才，是个十分难得的人才。既然碰上，不如去寻他喝上一杯？"

才到得刘畅这个朋友的宅子外头，还未与主人打招呼，就见隔壁邻居有人探头探脑地出来看，看见几人就忙着缩头，太过慌乱，险些夹着了自家的头。魏王二子尚未反应过来，就见秋实发了一声喊，招呼身边几个人猛冲上去揪住那人的衣领："原来是你这厮，你家主子欠了我们公子爷的钱就这样逃了？你还想往哪里逃？"

那人面如土色，张口要喊，嘴已然被堵住了，三下五除二就被秋实等人按翻在地。刘畅那个友人便出来问询，刘畅便淡淡地笑："他家主人欠我许多钱，寻他许久不见，谁知却躲在这里。钱是小事，我却咽不下这口恶气。"然后对着秋实道："罢了，我们人少，谁晓得这是家什么人，里头又藏着些什么人，怕是要吃亏，不如……"

话音未落，他那个友人就自告奋勇地点了十来个小厮，道："我来帮忙！我最清楚，这里不过就是个有钱人家，没什么要紧。"

魏王二子闻言，便也自告奋勇："我也带了人的，听凭你使唤。替你出这口恶气。"便轻车熟路地让人去把四处的门和矮墙给围了起来。

刘畅微微一笑，彬彬有礼地一躬："如此，有劳二位了。"于是一群人气势汹汹地杀了进去。

这院子外头看着一般，入内之后看着也一般得很，不过一个小小的庭院，用青石板铺陈了，又种了几棵桃李之类的果树，正如一个普通人家，毫不起眼。有两三个年轻俊秀的少年郎在廊下玩耍，见状觉着不妙，起身要往里头跑，却早被人如狼似虎地按住了，第一件事就是堵住嘴巴。

紧接着，厢房里有人听见动静出来相看，打头的正是清华郡主身边抬檐子的人，一瞧着这阵势，晓得是躲不过了，索性跪倒，却被秋实抢先一步给揪住了，低声喝道："冤有头债有主，不想倒霉的都给我老实点。"随即一瞅，房里停着清华郡主的檐子呢，另外几个抬檐子的吃得嘴油汪汪的，目瞪口呆地看着他。不等那几人反应过来，便把刚才捉到的几个人往里一推，从怀里掏了锁出来，把门锁了，不忘低声道："乖乖候着，有你们的好处。"

刘畅瞟了一眼，只往里头直走。

魏王二子觉着不对劲，有些想溜，出言试探道："奇怪了，这些人怎么仿佛个个都挺怕似的，竟然没人喊半声的。不然坐着这么多人，我们未必闯得进去。"

不想死的自然不敢喊。刘畅不动声色地道："看到您和王府的气度，还敢胡来么？这些人都是欺软怕硬的。"也不劝他拦他，可有可无的样子。回头却又对着他另外那个所谓的友人笑："这笔钱，还以为是烂账，今日运气好，若是能收得回来，我少不得要重重谢你！"

魏王二子虽不稀罕那几个钱，却放下了心："少说几句，当心让里头的人听见风声逃了。"

众人小心地进了二重院子，才发现里头别有洞天，却是一个精致的园子：流水小桥、假山亭阁、修竹翠柏、荷香阵阵，安静清雅得很。稀奇处却在于，人影全无。

秋实从外头进来道："听说还有第三重院子，从竹林后的月亮门进去就是了。"

于是众人依言走进竹林，果然看到一道小小的月亮门，走得近了，还能听见里头的男女调笑声，言辞放荡淫秽之极。进来的都是男人，个个儿都不是好人，便都挤眉弄眼起来，个个捋袖子抬胳膊的，恨不得立刻冲进去，好生看上一场好戏才行。

一切安置妥当，众人方才往那间房门紧闭的屋子前站定，刘畅一脚将门踹开，甜腻的催情香味儿和着一阵惊呼随之扑了出来。众人兴奋得如同饿狼见了血食，呼啦啦直往里头冲。

一个青衣婢女面色潮红地从纱幔后头走出来，见状一声尖叫出来，里头传来清华郡主的斥骂声："怎么啦？没规矩的东西！"

魏王二子一听这声音，惊得一个激灵，转身就要往外走，却被刘畅给拉住了，皮笑肉不笑地硬生生把他拖了进去。接着，刘畅一脚踹翻了纱幔后头的六曲屏风，让人流鼻血的一幕无可遮挡地出现在众人面前。

蜀锦地衣上，四处洒落着男人和女人的衣服，个个不着寸缕。脸上还来不及收回嬉笑讨好的神色，眼里就有了恐慌。他们的正中，是钗横发乱、满脸愤怒，同样不着寸缕，半侧着身子正准备坐起来的清华郡主。

这一切，只不过发生在两个呼吸之间。快得魏王二子来不及思考，来不及避让，屋里的几个男女更是来不及抓到一块遮羞布，把丑态全部暴露了出来。

清华郡主的反应很快，立刻揪了一个已然吓得惊慌失措的男人挡在自己面前。

众人都是目瞪口呆，简直不知道该放出什么样的表情才好了。魏王二子无地自容，只恨不得有条地缝钻进去躲起来才好。他想往外让，却被刘畅带来的人堵着，进不得、退不得，心里不由窝了一重邪火。

静默片刻，刘畅暴怒的声音炸雷似的炸了出来："我要杀了这没廉耻的淫妇！"他发疯似的拔了身边人的刀，高高举起冲了过去。求生是人的本能，清华的四个男人反应过来，裸身四处乱串，哪里还顾得了丢丑不丢丑。可是房门早就被堵死，他们又能往哪里逃？

刘畅狞笑着，一刀砍在离他最近的一个男人身上，血光四溅，那男人发一声喊，双眼往上翻，昏死过去。刘畅抬步向另一人走去，还未靠近，那人就已经咕咚一声昏倒了。另外两人的情况也好不到哪里去，一个紧紧贴着一个，跑过去抱着正在手忙脚乱抓着衣物往身上套的清华郡主，又哭又喊："郡主救命！"

刘畅杵着刀仰天大笑，无限悲凉地指着清华郡主："是可忍，孰不可忍，我今日先杀了你这个不知廉耻的淫妇，然后以死谢罪！"话音未落，刀锋闪着寒光朝清华郡主一刀劈下。

清华郡主又慌又急，也还是觉着有些羞耻的，把那二人往前一推，急吼吼地喊道："二哥救我！"

魏王二子背对着她，举了袖子掩着脸，一言不发。清华郡主却已经扑到他跟前了，紧紧抱着他的腿，颤抖着声音道："刘子舒害我！你要为我做主！他设计害我！"想了想，又改口，"就许得他找旁人，不许我找？"

头皮一紧，却是被刘畅给抓着头发往后拖，接着冰凉的刀口就贴在了她的耳朵上。难道他要割了自己的耳朵？清华郡主惊觉不妙，伸手护住耳朵，声嘶力竭地喊道："刘子舒！你敢杀我，你全家陪葬！二哥，二哥，难道你竟然要眼睁睁看着你嫡亲的妹妹被人杀死在面前么？啊！"耳朵一热，一股暖流顺着脸颊流了下来。他真的要杀了她，她以为她会晕过去，但事实恰好相反，她竟然没有晕过去。

再不争气，也是他的亲妹妹，也是魏王府的女儿，魏王二子果然不能眼睁睁看着清华死在面前，便抓住刘畅的手，脸带寒冰："做人需留三分余地，不要太过分了。这件事魏王府会给你一个交代。"辛苦把他引来此处，为的不就是让他亲眼所见清华郡主的丑态么？难不成还要当着他的面割了清华郡主的耳朵，毁了清华郡主的容颜？

"是呀！您息息怒吧，有话好好说，闹出人命不是要处。"秋实和刘畅的那位"友人"此刻也扑过来劝刘畅，刘畅见魏王二子已然看破自己的行径，便扔了手里的刀，冷冷地道："做人需留三分余地，这话要教她！我事事忍让，她却总嫌不够！既然已经到了这个地步，我也是抱了必死的决心了。"

不怕死，还不要脸的人，能拿他怎么样？刘畅此刻明明白白表现出的就是这样一种姿态。

他要当着魏王二子的面杀了清华,是不怕死,更不怕得罪魏王府;把一群人引来看了清华的丑态,丝毫不为自己戴了绿帽子而有要掩盖的意思,那就是不要脸,可见决心有多大。

他有备而来,底气还这么足,看来今日之事断难善了。魏王二子决定先让步:"你先回家去,这里的事情交给我来处理,定然给你一个满意的答复。"

刘畅冷笑,当他是三岁不懂事的孩童么?等他一走,把这院子里的相关人等统统弄干净了,捉贼拿赃,捉奸拿双,淫妇在此,奸夫又在哪里呢?当下便道:"满意?她做了这样事情,怎么我都不满意!看在多年的情分上,我就给大家留个体面。只是这几个贱人我要带走,不慢慢弄死了他们,难消我心头之恨!至于她么……"他瞟了瑟瑟发抖的清华一眼,嫌恶之情溢于言表,"我从此再也不想看到她!"一口浓痰吐在了清华郡主脸上。

刘畅口里说给大家留体面,带了那几个男人就走,其实根本就没打算走。不借着这个机会把事情做实在了,过后还怎么谈价钱?成功的勒索,要在合理的范围内才能达成,如果超出对方的能力太多便做不成,所以他也并不敢把魏王府逼得太急了。只是命人把几个"奸夫"赤条条地绑了扔到第二重院里去晒太阳,他自己则带了人到水边树荫下赏景纳凉去了。

纳着凉喝着茶,却又使人来和魏王二子道:"听说前些日子有人给圣上进言,道是如今民间不贞、不孝之风愈烈,建议朝廷作表率,怕是要抓几个典型……"

这并非空穴来风,确有此事。魏王二子自知理亏,也没法子赶他走或是反驳,自家又是做不了主的,便派人回魏王府去送信,问府里的意思。清华郡主在侍女的帮助下抖抖索索地把衣服穿了,勉强整理出个人样来,就挨了魏王二子几个大耳刮子,骂道:"魏王府的脸都被你给丢干净了。你怎么不去死!"

清华郡主忍住耻辱,哭道:"难道那些个公主就是干净的?仁惠公主还把情夫的娘当成正经婆婆伺候呢!不过是她们有人撑腰,没人敢欺负她们罢了。"她现成的例子还有好多,谁谁不也是自己养着两个美少年,也送了驸马两个美人么?怎么到了她这里,她就该死了?

魏王二子气得没话说。人家不管怎么做,都没叫人抓着把柄,也没放到台面上来啊?有谁给丈夫带着娘家人一起抓着奸了?没有!只有她,还是一女四男,要命啊!可这时给她上品德教育课明显不是时候,魏王二子忍了又忍,道:"还扯这些作甚?已然到了这个地步,没有余地了。刘子舒断然不会再忍耐下去,如果不依得他,难免要惊动宫中。到那时,抓你做了典型整治,全家都要受牵连。"

一子落错满盘皆输,哭也没用。清华郡主收了泪,静静地道:"他一直待我都不好,一直想尽法子折磨我,他这些作为都是骗人的,就这样便宜了他,我不服。"

"那你要如何?"魏王二子不耐烦了,"不说你要怎样,我怎么和他谈?"

清华怔怔地看着窗外,窗外阳光灿烂,却已经不能再照在她的身上,她要如何?她想要很多,现在最想要的就是让刘畅死,但是能不能呢,不能。她冷静地做了选择:"让他还我的钱,其他你们自己谈。我还是希望别放过刘子舒,他是匹吃人不吐骨头渣子的饿狼,就算你们不对付他,他总有一日也会对付你们的。"

魏王二子看了她一回,轻轻叹了口气。不用她提醒,只要有机会,魏王府也是不会放过刘畅的。只是清华么,刘家回不去了,魏王府也回不去了,最终的结果就是一个小院子养病幽禁到死。

将近一个时辰后,魏王府派了一个头发花白的老嬷嬷来,目不斜视地从那四个奄奄一息的男子身边走过,也不和刘畅打招呼,径直入了内。

刘畅认得那是魏王妃的心腹,也知这事儿除了刚好碰上的魏王二子外,其他人是断然不会亲自出面的。便坐在树荫下,稳稳当当地等着里头传完话再通知他。

这次倒是没让他等多久,魏王二子很快就出来和他谈条件了。魏王府要面子,不要这事儿张扬出去，刘畅要的是彻底摆脱清华，婚姻自由。于是，双方一致认定，清华之所以会有这种超乎寻常的举止，是得了失心疯。为了不耽搁刘畅，不拖累刘家，由魏王府出面禀告宫中，二人和离，以后嫁娶各不相干。清华的嫁妆全数归还，刘畅还大方地把他给清华的聘礼也悉数给了清华做医药费。只是，清华的嫁妆竟然少得出乎意料，只剩下无数华服钗环罢了。至于那几个男人么？他们不该再活在这世上。

事情谈完，各回各家。刘畅回头看了一眼清华紧闭的房门，觉得大快人心，一个缠绕他多年的噩梦终于解决了！可是只快乐不过一瞬间，他就觉得很累，很没意思，原来人生不过如此。

第二日，魏王府的人把清华的东西悉数搬了个干干净净，并告知他，清华的病很重，已经送到骊山附近的一个小庄子养病去了。又过得两日，两家人手续交割清楚，戚夫人欢喜得要命，立刻谋划着要给刘畅另说一门好亲，问他心中可有所想，她一定想法子替他促成。刘畅却淡淡地道："随便吧。"只要魏王府一日不倒，他就休想说着好亲。急什么？急了也白急。

戚夫人重新掌握了大权，便张罗着要整修房子，又要给刘畅添人，最好是在新妇进门前，先添两个良妾，传宗接代是大事。她被一支独大的清华给吓怕了，人还未进门就想着要怎么压制。

刘畅有些厌烦："先把玉儿和姣娘接回来吧。您若无事，就把姣娘放在身边亲自教养，将来才好说亲。"

戚夫人应了，犹自不肯收手，刘畅便道："听说老爷子的外室生了个儿子，到底是咱们家的骨血，也接回来吧。成日放在外头，不像话。"

"这条老狗！老没良心的。他怎么不去死！"戚夫人目瞪口呆，接着就要死要活，倒是没心思去管他的事情了。

刘畅淡淡地道："你怕什么？这份家业都是我挣下的，还怕他能和我争了什么去？就这样定了，先让人收拾出房子来，明日我就派人去接回来。"

"你这个小没良心的！怎么帮着外人对付我？既然知道，为何不早些告诉我？非得孽种生下来才说？你这是故意要气死我。"戚夫人哭得肝肠寸断。

"男人三妻四妾实属正常。"刘畅瞥了她一眼，"母亲不愿意？"以后他的事情他要自己做主，谁也休想再替他做主。

尽管从前她也经常这样劝牡丹的，可是落到自己身上戚夫人自然不愿意，谁愿意眼里心里天天戳着一根刺？除非是疯了。

刘畅便体贴地道："那我就不让人去接了。您呢，也别多管这件事，就让人好好养着他。咱家里只有我一个人，做起事来总是觉得吃力，将来他若是长成了，能够给我搭把手也是好的。"这话未必是真心，但不期然地，他的脑海里闪现出何家几兄弟来。

戚夫人犹自不肯，刘畅不耐烦了："我的事情你少管！好好享你的福！难不成你还想过从前那种日子？"言毕拂袖而去，这件事做完了，他还有正事要做呢。

"公子爷，咱们去哪儿？"秋实小心翼翼地服侍着刘畅上了马，偷眼觑着他的神情，拿不准他到底在想什么。按理忍了这么久，布置了这么久，终于顺利收网，重新得了自由身，应该高兴才是，怎么还是这样一副阴晴不定的样子？真是奇怪呀。转念一想，谁戴了绿帽子会高兴呢？

"去招福寺。"刘畅的脸上没有任何表情。

崇义坊的招福寺，是刘家长期供奉的，因此刘畅刚一入寺，就有知客僧笑吟吟地迎了上来。刘畅也不与他废话，指了指秋实手里提着的食盒，道："我来看我那个朋友。"

知客僧亲自引他入了后寺，三拐两拐，进了个幽静的小院子，取钥开门，放他主仆二人进去，又亲自落了锁,命一个小沙弥在外守着。

秋实轻轻敲击了几下门,许久,里头方有人低声道:"谁?"

"是我。"秋实咳了一声。

吱呀一声轻响,门被打开,一股不新鲜的味道扑鼻而来,刘畅皱了皱眉,从袖中掏出一方洁白芬芳的丝帕掩住了口鼻,眯着眼睛往里望去。一个年龄与秋实差不多大小的小厮从里头走出来,笑着给他磕头:"小人长寿给公子爷请安。"

刘畅"嗯"了一声,朝着里头抬了抬下巴:"怎样?"

长寿小声道:"还好,安安静静的,整日该吃就吃,该睡就睡,然后一直不停地写,再就是问您什么时候来。昨日半夜才睡,这会儿还睡着呢。要不要小的去把他唤醒?"

"不用。你和秋实把这些酒菜布置好。"刘畅抬脚进了门,打起里头那间的青布帘子,抬眼往里看去。但见靠墙一张小小的僧床上,蒋长义蜷成一团睡在上头,脸色苍白,眉毛紧紧锁着,看上去无限愁苦。

刘畅轻咳一声,蒋长义犹如一只受了惊的兔子,猛地坐起来,惊慌失措地看过来,看清楚是他,方才重重叹了口气:"是你。我等你好些天了。"

刘畅同情地看着蒋长义。

其实蒋长义从始至终都算是一个比较低调的人。就算是蒋家事情未发,杜氏避其锋芒,蒋长扬彻底淡出朱国公府,萧雪溪刚有了身孕,总之一切都还很美好,充满了希望的那段日子里,蒋长义对人也还是和从前一样的谦恭有礼。要说有什么特别的改变,就是脸上的笑容多了一点,衣着稍微讲究了些。可那个时候,真的是神采飞扬,现在呢?

所谓相由心生,一个人的精神面貌,总是无形之中就散发了出来,和穿什么没有关系。时值盛夏,蒋长义身上穿着件淡青色的纱衫,料子是好料子,剪裁也很合身,但他却整个人都散发着一股颓废绝望的气息。刘畅看到他,就想起自己刚被迫娶了清华时的情形。他就算是穿戴着最华贵的衣饰,骑着金玉锦缎装饰的宝马,做出最意气风发的样子,他还是能从别人的眼里看到同情和轻蔑,特别是牡丹。

蒋长义敏锐地察觉到刘畅在打量自己,便抖抖袖子,姿态从容地从床上下来,整理了衣服头发,确认可以见人了,方静静地道:"他们是不是找到你这里了?"既然躲不过,就面对吧。他一直都是弯着脊梁做人的,这一次,要直到底。

蒋长义不是傻子,他只是投错了胎。刘畅既不承认也不否认,只道:"清华与我和离了,我备了好酒好菜,想找个人一醉方休。"

这倒是好事一桩,只可惜不能恭喜人家和离。蒋长义笑了:"为何不去寻潘蓉?我记得他才是你最好的朋友。"虽然这样说,还是洗了手,跟着刘畅往外头行去。

二人分宾主坐下,刘畅打发走秋实等人,亲手给蒋长义斟酒,随即又给自己斟了一杯,一饮而尽:"有些心情有些事,不能和最好的朋友说,也不能和父母亲人说,却可以和一个素昧平生的人说。"喝完酒才发现蒋长义看着面前的酒杯,不动。

他还怕自己毒死他呢。刘畅笑了:"你猜,我要是把你交给你大哥,他是巴不得你死了呢,还是希望你活下去?"

蒋长扬早就知道自己做的事情了,不肯放过自己的不是蒋家人,而是杜家和萧家。蒋长义话到嘴边又咽了回去,淡淡地道:"我大哥的心思我从来猜不透。不过,我猜你今日是来要我命的。"

刘畅哈哈笑起来:"蒋老三,你真的太可惜了。"他使劲拍着蒋长义的肩头,"别怕,我可是个好人。"

蒋长义没有吭声。刘畅若是好人，这世上就没有坏人了。
　　"痛快！许久不曾痛快地饮过酒了。"刘畅又自斟自饮了三杯，方道，"你扪心自问，不管我这个人如何，从始至终待你一直都挺好吧？要不然，你在走投无路的时候，会来找我？就是因为知道我是个好人，这里有你一席之地。是也不是？"
　　蒋长义扯扯嘴角，顾左右而言他："我姨娘怎样了？"
　　刘畅道："死了。那天晚上就投缳自尽了，蒋家族人不肯让她入葬蒋家祖坟，蒋大郎另外给她买了块墓地，是他的管家和你那位雪姨娘、妹子一起操办的。"他顿了顿，有些不情愿地道，"你大嫂请人给她做了法事。"
　　蒋长义泪流满面。
　　刘畅也不劝他，还是埋头喝酒，等到他不哭了，方道："你还有什么未了的心愿？"
　　蒋长义轻轻颤抖了一下，苦笑道："我想见家父一面。"
　　刘畅皱起眉头，一脸不情愿。
　　蒋长义看了他的神色，暗叹怕是不成了，只可惜不能当面和蒋重揭穿有些事情的真相，便道："实在不便，见我妹妹云清一面也是可以的，她是个好女儿家，不会乱说话的。"
　　刘畅没好气地道："她一个未出阁的女儿家，我怎么去见她？叫你大哥大嫂知晓，又是一场莫名其妙的官司。"
　　这也不行，那也不行，他到底想干什么？蒋长义沉默了。
　　刘畅道："我听长寿说，你这几日一直在写东西？"
　　蒋长义小心地回答："是，实不相瞒，我以前也曾替萧家办过几件事，我的记性一直非常好。你收留了我，我无以为报，所以想把知道的都记下来给你，万一你能用上……"
　　刘畅暗笑，蒋老三抛诱饵想换命了。不过就凭蒋老三这级别，哪会知晓萧家和闵王什么要紧的东西？不过……蒋老三那个时候是萧家的女婿，也许一些事情萧家人不会太防着他，他又有心，那就说不定了！刘畅心里想着，面色却淡淡地说："我不图你这个，就是看你可怜。"
　　蒋长义拿不准他是否感兴趣，一咬牙，道："我写了一封信给家父，那一日事情太乱，我走得匆忙，好些事情没来得及和他说清楚。请你成全了我这个心愿。我死了也不会怨你的，只记得你的好。"
　　刘畅面不改色地点点头："行，把你写的东西都给我。"
　　蒋长义果然起身从枕匣里取出一叠纸来，挑出一个叠成方正的递给他："这个务必交给我父亲。"余下的部分，犹豫了一下，还是递了过去，"有用无用，你都留着吧。"
　　刘畅可有可无地收了，抬了抬下巴："酒冷了。"
　　蒋长义看看那杯酒，大悲："我想晒晒太阳。"成日里被关在这屋里，窗子都不敢开，就是想晒晒天阳。
　　刘畅爽快地道："行！要沐浴要穿新衣都行。想吃什么也别客气。就是女人……虽然麻烦点，也不是不行。"他真是个好人啊，这么难的要求都能替蒋大郎的兄弟做。
　　"那些都不必了。"蒋长义心乱如麻，哪怕有太阳晒、有好吃的、有美人，那又如何呢？终究还是要死，于是他太阳也不晒了，颤抖着端起了那杯酒。
　　刘畅愉快地欣赏着蒋长义要哭不哭，透着绝望和死气的样子，假装他面前这个被他玩弄于股掌之间、贪生怕死、狡诈又卑鄙的人其实是蒋长扬。
　　蒋长义突然放下酒："我不想死！你让我做什么都行！"他和刘畅没有深仇大恨，他直觉假如刘畅真的想要他死，不会这样捉弄他，只会让他不知不觉就死了。
　　刘畅轻轻摇摇头："但是有人想要你死，蒋长义必须死。"他狡诈地笑了，"当然，如果你愿意换种方式活下去，又忍得住痛，愿意毁了这张脸，也不是不可以。"他轻轻推出一张纸，

"看看这个，想清楚了再和我说。"

卖身契。他如果按了手印，以后他就是个只有名没有姓的家奴，生死都要由着刘畅，这样活着又有什么意思？蒋长义想也不想，挥落契书，冷笑："我好歹也是公卿之家的子弟，毁容与你为奴，亏你想得出！"他干脆利落地喝了那杯酒。他为何苦苦挣扎，不就是不想过那种仰人鼻息的生活么？走到这一步却要他掉入更深的泥潭中，不如死了才干净！这点骨气，他还是有的。

刘畅痞懒地一笑："刚才还说什么都听我的，这会儿就翻脸了，啧啧……好个公卿之家的子弟，还算有点骨气。"

不是毒酒？蒋长义眨巴着眼睛。姓刘的葫芦里卖的什么药？

刘畅淡淡地道："过两天，有一队胡商要回波斯。"

蒋长义这会儿反而不敢相信了："为何？"

"因为我是个好人呀，救人一命胜造七级浮屠，我要积德。"刘畅捏捏袖子里的东西，笑了，蒋长扬嗳，你家的丑事可全都被我晓得了，你亲弟弟亲笔写下来的呢，以后可好玩了。

第四十八章 绿相公

刘畅神清气爽地策马缓行于街上，风吹过街边的槐树，吹落一地槐花，他深深呼吸了一口气，惬意地笑了。谁能想到呢，蒋长义写给他的那些鸡毛蒜皮的事儿，交到景王手下那群能人手里，竟然也能找出些蛛丝马迹来。他不想立功都难！

秋实在一旁觑着他的神情，凑趣儿道："公子爷，要不要去米记？昨日刚寻了一个色艺双绝的来，听说是跳得好舞。"他压低了声音，"还是个雏儿。"

刘畅一本正经地摇头："公子爷我如今忙正事儿都忙不过来，哪儿有时间顾着玩？走吧，答应给蒋三郎做的事情，也该做了。"

秋实道："去法寿寺么？"他是认得蒋重就在法寿寺的。

刘畅一睁眼："去那里干吗？去曲江池。"直接就给蒋重，多没意思啊，他早就想往曲江池蒋长扬家里跑一趟了。

曲江池蒋家别院，蒋云清和雪姨娘围坐在牡丹房里，探着头看一对吃饱喝足的"小包子"吐口水泡泡。雪姨娘不胜感慨："这日子过得可真快，立刻就要满月了，只可惜这满月宴做不得。"

"那有什么要紧，周岁的时候做得热闹些也就是了。"牡丹倒也没那么在意，只顾着欢喜，她终于要解脱了。成日被关在这屋里，又是盛夏，真是闷得死人。这般天气，最好的去处就是约了白夫人等，去芳园纳凉享福。

蒋云清认真打量了一回，笑道："嫂嫂，人家都说双生子像，为何他兄妹二人却不怎么像？"

两个孩子都裹在粉蓝色的襁褓里，月子里的孩子一天一个样，现在二人都已经褪了胎毛，白胖起来，把脸上皱巴巴的皮肤给撑开了。兄妹二人长得的确不像，正儿个子大，看着虎头虎脑的，长得更像蒋长扬，只要一哭就是震天响，脾气大得很，一旦发作，非得牡丹哄才会乖，什么乳娘，什么蒋长扬，统统靠边站。贤儿娇小些，虽则还小，但那眉眼看上去就和牡丹极像的，哭起来也斯文得多，不拘是谁，只要抱着温言哄上一哄，也就乖了。

"正儿霸道些，难怪得在我肚子里时就抢得厉害些。贤儿就是个省心乖巧的，乖得让人心疼。就是你大哥抱着她不舒坦，她也只是略略皱皱眉头，哼哼两声，放下就乖。偏巧正儿，只要略微一不舒服，就要嚎啕大哭，实在是个霸道的主儿。"牡丹怜爱地轻轻触了触两个孩子粉嫩的脸颊，她闲来无事，早就把这兄妹二人从上到下给仔细研究了一回。

雪姨娘微微一笑："男孩子还是霸道点的好。这正儿的性子，恐怕还是像大公子多一些。"

牡丹一忖度，随即笑了。蒋长扬面上不显，实际上可不就是这么个霸道的性子？倘若没有经过生活的磨炼，王夫人的教导，也是个无法无天的。

正儿仿佛是知道众人在说他，懒洋洋地打了个呵欠，闭上眼睛睡着了。贤儿却哼了起来，要人抱她起来游玩。牡丹刚伸手，雪姨娘就抢前一步，将贤儿抱了起来，四处游走："少夫人您歇着，虽则要出月子了，但不是还没养好么？哎呀，小囡囡笑了。"

牡丹一笑，也由得雪姨娘。蒋云清母女自搬到这里住以后，分外殷勤自觉，特别是雪姨娘，总怕惹了自己和蒋长扬的厌烦，万般小心，千样谨慎，不让她做事，她反而觉着不自在。既然如此，且由得她去。

恕儿从外头进来道："外头来了客人，要见孩子，主君让抱出去给客人看看。"

牡丹便问："是谁来了？要留饭么？"蒋长扬把这对孩子看得如珠似宝的，不是那个人不会轻易抱出去，只恐会被惊着。今日巴巴地让人抱了出去，只怕是什么要紧客人。

恕儿眼神微闪："奴婢也不知道，娘子想要知晓，奴婢送人出去后，回来禀告。"

牡丹与她多年主仆，焉有不知她是有意隐瞒，便道："把孩子包裹好，抱出去吧。"

林妈妈亲自领了乳娘，小心翼翼地护着一对宝贝走了出去。雪姨娘和蒋云清又陪牡丹说了一会儿话，借口不打扰她休息，告辞而去。恕儿送客回来方低声道："是刘畅。"

牡丹皱了眉头，他来干什么？蒋长扬的礼送过去的第二日，就传出了清华郡主折磨刘畅姬妾的事情。蒋长扬当时还骂刘畅歹毒，借题发挥——人一说起来，就是因他送礼去尚书府才导致清华发飙的。又说刘畅此番发作，必不会轻易了事，定然要彻底摆脱清华了。

果不其然，接着刘畅和清华郡主的事情就闹得沸沸扬扬起来，虽则他终是摆脱了清华郡主，但付出的代价着实也不小。坊间人提起他来，个个儿都叫他绿相公，这样难听的话，都传到了她这个深居简出的妇人耳朵里，更何论是朝堂上？刘畅那个人心高气傲，顶着这顶帽子会舒坦？指不定肚子里汪着一汪什么坏水儿呢。蒋长扬也是，心里明明讨厌刘畅到了极点，干吗还把孩子抱出去现？

却说林妈妈护着两个孩子到了前院，老远就听见两个男人都笑得哈哈哈的，其中一个自然是蒋长扬，另一个么，听着就有些古怪了。这声音，化作了灰，她都是不会忘记的，不是刘畅又是谁？略微定了定神，精神抖擞地命身后众人："不得失了礼数。"

众人应下，然则，蒋长扬却并没有让她们进去的意思，早有邬三和顺猴儿在一旁接着，每人抱了一个孩子，小心翼翼地捧了进去。于是里头就只剩下了蒋长扬的笑声，听不到刘畅的声音了。不过片刻，就把孩子送了出来，让送回房去。

林妈妈只看邬三和顺猴儿的表情，便知道刘畅就是找上门来自找不痛快的，于是高高兴兴地护了孩子回去。

却说这会儿厅堂里的两个人表情都很虚伪。蒋长扬是极力压制着得意和炫耀，装得云淡风轻，一派的沉稳大方，他一想到刘畅刚才看到那对孩子时的表情，就格外开心。

刘畅是极力压制着心中的愤恨和嫉妒，也装着云淡风轻。他一想到刚才那对孩子粉嫩可爱的模样儿，心里就痛，就有些忍不住胡思乱想，他承认他是自找没趣来了。略微坐了一会儿，到底看不惯蒋长扬得意的样子，便收拾了心情，起身彬彬有礼地道："殿下希望你我二人尽释前嫌，携手共进。我是真心的，多谢你前些日子帮的忙。"大言不惭地把他干的好事全都推到了蒋长扬送的礼物上去了。

蒋长扬也道："你多虑了，我从来没放在心上。但愿你以后找到一个志同道合的好女子，白头偕老。我也要谢你帮忙，把我家三弟的书信送了过来。他人在何处？"

他也真耐得住，这会儿才问起人来。如果不是自己提起景王希望二人携手共进，他只怕不会开这个口吧？刘畅的眼皮稍微抽了一下，沉痛地道："真是不幸，我没见着人。这信是他托了人送过来的。怕是很紧要，我须臾不敢耽搁，就赶快送过来了。"

蒋长扬扫了一眼几上那封火漆封得严严实实的信，道："送信的人呢？"蒋长义要写信给自家人，偏还请托刘畅，这中间就有些奇怪了。

刘畅又叹气："跑啦……我当时也不知道是他送来的信，等到发现，再去找人，哪里还能见着影踪？不过人是在崇义坊附近，你不妨使人去打探打探，兴许能找到一点消息也不一定。"

蒋长扬垂下眼讥讽地一笑，起身送客："如此，真是太感谢你了。改日我再备礼登门拜谢。"他如何不明白刘畅这是做给谁看？就是做给景王看。看吧，他刘畅可是厚着脸皮主动地登门求和来了，如果不配合，闹出什么矛盾，可是他蒋长扬小心眼。

刘畅消息送到，心愿已了，也就不再耽搁，干脆利落地起身告辞。他有些得意，以蒋长扬的聪明才智，又如何不会知道，蒋家的丑事全都落在自己手里了呢，但他这一招假装什么都不知道的样子，却又是让蒋长扬抓不住，只能心里暗自郁闷抓狂。可在景王那里，蒋长扬却是欠了他天大一个人情。

蒋长扬送他到门口，回来取了那封信，反复揣摩。信是写给蒋重的，信封上的字也的的确确是蒋长义的字迹。火漆也封得严实，仿佛从来没被打开过，但是，这是什么人送来的？是刘畅！如果他没猜错，这里头的信刘畅必然是先观赏过了。他略微想了想，呼喊邬三："陪我到法寿寺一趟。"

蒋重看完蒋长义的信，半晌无言，良久方道："一直没找到人？"并没有想把蒋长义的信给蒋长扬看的意思，反而害怕蒋长扬提出要看。

蒋长扬只看他的表情就知道又是那些烂账官司，根本无心去管，只道："信是刘畅送来的，说是在崇义坊附近，已然着人去打探了。只是不知还能不能找得到。"

蒋重长长叹了口气："假如你找到他，你会怎么办？"

蒋长扬给了他一个模棱两可的答复："该怎么办就怎么办。"实际上，他觉着蒋长义这辈子大概都不会再出现在众人面前了。刘畅特意跑这一趟，绝不是偶然。崇义坊附近，一定能找出点什么来。

蒋重陷入沉思中。

邬三垂着手进来，小声道："崇义坊附近一个空院子里找到了小八的尸体,死了五六天了。"

蒋长扬尚未开口，蒋重就已然变了脸色："小八死了？果然看仔细了？"小八是蒋长义的心腹长随，那日跟着蒋长义一道跑得无影无踪，既然他死了，蒋长义又能得了什么好？

邬三有些鄙夷，怀疑什么也不能怀疑他们的办事能力，没有确定的事情，怎会拿到主家面前来说？当下便十分肯定地道："没有错，就是小八。"也不告诉蒋重凭什么这么肯定的，但那语气就是不容置疑的。

蒋重白了脸："可知道是谁干的？"是萧家？是杜家？还是谁？他恨过蒋长义的，但此刻他明显又是心疼的。

邬三见蒋长扬面无表情，便道："现在还不知道。"

蒋长扬起了身："我去看看。"

蒋重忍了忍，起身道："我与你一起去。"

蒋长扬淡淡地瞥了他一眼："你去了也不起作用，我去就行了。"语气里的不耐烦和轻蔑毫不掩饰。

他是个无用的人。蒋重一怔，随即重重坐回蒲团上，垮了肩膀。他失神地看着面前的佛像，似有无数个为什么要问佛祖，但实际上，佛祖是不会回答他任何问题的，他若是想知道有些事情的答案，不如去问已经做了女冠的杜夫人。蒋重这样想了，也这样做了，蒋长扬前脚刚走，他后脚就赶去寻了杜夫人。

"院子的主人和各家都排不上关系。"邬三紧紧跟着蒋长扬，语速飞快，"身上无伤，应是窒息而死，在不远处找到三公子的一截衣袖。衣袖上有干涸了的血，想来是凶多吉少。"

蒋长扬轻声道："不必找了，报官吧。"

邬三一怔，报官？那明显就是要敷衍了事了。难道就这样算了？这不是蒋长扬的风格。

蒋长扬抬起头来看着他，眼睛又黑又冷："你还不明白么？如果我再找下去，就是不知好歹了。你要相信，现在虽然没有任何痕迹，但找上几天，一定会有证据指向萧家或是杜家，刘畅也脱不掉干系。如果我们再顺藤摸瓜，又是另外一回事了，到时候怎么办？"

"刘子舒用心险恶。"邬三也明白过来。这事儿明显和刘畅脱不掉干系，刘畅敢大刺刺地找上门去，说明他有恃无恐。他的后台是谁？如果没那个人的授意，他不敢这样做。那个人兴许是为了替蒋长扬绝后患，但办这事儿的人是刘畅。不管证据指向谁，事实就是事实，最后骑虎难下的人反而是蒋长扬，所以不如什么都不做。

蒋长扬抬眼看着天边的晚霞，轻声道："生死有命，无论如何，我们都只当他已经死了，蒋家再无此人。过得几年，给他立个衣冠冢，以后不要再提此事。"

邬三重重地点了点头，却又忍不住想，蒋长义真的死了吗？倘若自己是刘畅，会不会让蒋长义死，但他毕竟不是刘畅，猜不到刘畅的心思。

"把小八好生安埋了吧。"蒋长扬翻身上马，打马回家。马儿行到曲江池附近时，暮色渐渐浓了，他停住马，抬头眯缝着眼睛看向天际，太阳犹如一个暗红的蛋黄，沉沉地挂在天际，看似热情万分，实则冷漠而无情。不管怎样，刘畅到底是做到了，他的心情很不好。

"饿了么？"牡丹敏锐地发现蒋长扬的心情很不好，却没问他是怎么回事，只殷勤地给他夹菜舀汤，笑吟吟地和他说正儿的脾气有多坏，贤儿有多乖。又和他商量，人家都说从小看大三岁看老，正儿虽然还小，却不能纵着……

蒋长扬听她絮絮叨叨，煞有其事地说了半日，心情慢慢好起来，笑道："还没满月的孩子，你怎么教，怎么纵着他了？哭闹总是因为不舒服，难道就任由他哭？你矫枉过正了。这时候就瞎操心，当心变成一个老妈妈。"

牡丹便笑起来："我不瞎操心，你如何能笑？"

蒋长扬轻轻叹了口气，拥她入怀，却不提刘畅的事情，只低声道："小八死了。三弟虽然没找到，大概也是凶多吉少。"

"也不一定，"牡丹伏在他怀里轻声道，"不是没找到么？没有消息就是好消息，无论如何，总得继续过日子。"她自知蒋长扬、蒋长忠和蒋长义等人根本谈不上什么感情，但心里总归认为那是和他有血脉关系的人，出了事，或多或少都会不舒服，这很正常。可蒋长扬的情绪会这样低落，一定是还有其他的原因，多半还是为了官场上的事情。

蒋长扬揉揉她的头发，绽放出一个笑脸："说得是，总得继续过日子，而且要过好。这件事暂时别和云清说。"

第二日蒋长扬照例早早起身，打了一趟拳，刚擦了身子还没穿好衣裳，留在法寿寺伺候蒋重的小厮就在外头候见了，而且急得很，片刻都等不得。蒋长扬不知道是出了什么事，急匆匆地去了，片刻后使人来同牡丹讲，他必须马上去一趟法寿寺。

林妈妈低声抱怨："据说是刚开了坊门就冲出来的，也不知道又是出了什么事？这清修了也三天两头地闹腾，不让人清净，也不知修的什么禅。"

牡丹道："怕是病了。"蒋重本来接连遭受打击，心绪就已经和常时不同，昨日听说了蒋长义的事情，只怕不会好受。年纪大了，心情不好，突然病了也是有的。

但中午时分，仍不见蒋长扬回来，倒是袁十九的妻子容氏抱着女儿贵娘，亲自送了四套自家做的小衣裳并一盒子自制的糕点过来。见着了牡丹，笑得眉眼弯弯地道："两个孩子快满月了，晓得做不成满月宴，也没什么可送的，就送点自家做的东西来。"

牡丹忙命人接了，逗了袁家贵娘一回，陪同她们母女看过正儿和贤儿，就命乳娘把孩子抱下去逗弄，她二人喝茶聊天。

容氏见左右无人，低声道："我家十九郎让我来传句话，三公子的事情莫要管了，且由得官府去查即可，别插手，仔细别上了当。"又在牡丹耳边几不可闻地说了几句话。

这甩不脱的牛屎绿苍蝇！牡丹微微眯了眼，起身行礼道谢："我替大郎谢过袁先生。"

容氏道："谢什么？这般客气就见外了。你可曾见十九郎谢过你们？"

牡丹想到袁十九的别扭样，哈哈笑起来："贵娘可千万别学了他那脾气去。"

容氏也笑："我时刻警惕着的，女儿家要是生了那脾气，不要嫁人了。"却也不久留，用了一瓯茶汤后便告辞离去。

牡丹便叫恕儿："去外院看看，今日跟着主君一起出去的是邬总管还是顺猴儿？不拘在家的是谁，请他来，我有话要说。"蒋长扬安排事情总是让她放心，这两个得力的，基本上都会留一个在她身边，很少有全带出去的时候。

不多时人来了，却是邬三。

牡丹便把容氏刚才关于蒋长义的话说给邬三听："昨日主君也没和我说具体要怎么办……"

"袁先生是个好人。"邬三感慨了一回，又得意地道，"您放心，公子爷昨日已吩咐过了，报官就由官府管。"

牡丹放下心来，叹道："可知法寿寺又出了什么事？派个人去看看，若不是大事，请主君回来一趟。"还得把容氏透露的另一个消息赶紧告诉蒋长扬，却是不方便让人传话。

邬三敏锐，肃了神色道："马上就去。法寿寺那边听说是昨日去了一趟福云观，回来就把自己关起来，今早开了门，第一句话就是说要落发出家。下边人做不得主，只好来寻公子爷。"

牡丹无奈之极，老爹要落发出家，做儿子的再不情愿管，也得摆个姿态给人看，苦苦劝上许久，劝不住了，方才伤心欲绝地放人，这就是规矩和孝义。且不谈蒋重是否真心，蒋长扬会装到什么程度，这一时半会儿的确是回不来的。

天将要黑，蒋长扬方才归家。入了内院，但见廊下灯笼点得整整齐齐，四下安安静静，就连往日经常听到的孩子哭声也没有，更不要说是有下人的身影。到得正房门前，恕儿站在帘下，安安静静地行礼问了好，替他打了帘子。

宽儿正领着小栗子布置饭菜，牡丹起身迎上，面容沉静，脸上的一点温柔笑意恰到好处："回来了？"

蒋长扬突然就觉得饿了、渴了，一种平和温柔在心底漫开，渐渐笼罩了全身，眼角眉梢和四肢百骸也随之柔和松懈下来，他回了一个同样温和的笑："回来了。孩子们呢？"

"吃饱喝足睡着了，贤儿有些溢奶。"牡丹随手接过蒋长扬脱下的外袍，自衣架上取了家常穿的米色纱袍，递在他手里，看恕儿伺候他洗手净面。待得蒋长扬这里准备完毕，饭菜也布置好了，夫妻二人都极有默契地不提杂事，专心吃饭。

须臾饭毕，着人撤了，换上茶汤，牡丹打发走下人，方道："如何了？"

蒋长扬知道她是问蒋重，不由揉了揉额头："这回看着倒似是真的，也不晓得去福云观都说了些什么，下边人讲，吵是没听见吵，但出来的时候就有些走不稳，脸色不对，骑在马上走了神，竟然险些摔下来……听说那个也是病了好些天。罢了，且由他去。袁十九带了什么消息来？"

牡丹道："无非就是担忧你被束着手脚，被刘畅给算计了，说刘畅这些日子刚立了个功。不知从哪里打听来，圣上在服用一个据说是延年益寿的丹方，现下景王府正在千方百计寻这个丹方的配方。"她想了想，抬眼看着蒋长扬，"袁先生传这个信，会不会是希望你抓住这个机会？可是这样的事情，未免太冒险了……"

从前景王看重蒋长扬，固然有蒋重和方伯辉的原因在里面，但有很大的原因是因为他手下的人脉广，许多消息来得快，而现在蒋长扬的这种状态，对他来说是很不利的。她相信蒋长扬如果一定要动用关系网弄得这个丹方，是能弄到的，可是风险实在太大。虽说风险与机遇并存，但从私心里，她只希望他有机遇而无风险。

蒋长扬轻轻按住她的手，镇定地道："不必担忧。袁十九的意思，恰恰不是要我抓住这个机会，而是怕我去抢这个机会，所以才提前提醒我。我费尽心力才从那种地方出来，遇事宁愿站在前头，也不愿意再躲在后头。"

牡丹细细一想，渐渐明白过来，不由轻叹一口气："但只怕还是会寻你的，这个度不好把握呢。"这事儿冒的风险大，还费力不讨好。做了，做好了，现在算是奇功，将来必被忌讳。蒋长扬前内卫头儿的身份太过敏感，景王都弄不到的东西，他却能弄到，未免显得太能了些；从人品上来说，皇帝对他有提携之恩，且十分信任，他却反过头去算计皇帝，未免太忘恩负义了些。这样一个人立在身边，换了谁都会坐不住，可如果不做，或是做不好，又怕景王嫌他不尽力，怀疑他观望，只要刘畅那样的人稍稍一挑拨，又是一桩麻烦事。

蒋长扬微微沉吟："如果真要我做，这个事情是推不掉的，无论如何都得答应下来，而且还得认真尽力地去做。毕竟已经回不了头，不尽力、不做好又怎能表忠心呢。可是，这个功劳却不只是一个人想要，想立功想抢功的人很多。"只要把这个功劳让最想立功的那个人抢了去，他的难题也就迎刃而解。那么谁是最想立功，最想抢他功劳的那个人呢？蒋长扬摸了摸下巴，现成的就有一个。

蒋长扬想到此，便有些坐不住了，和牡丹打了声招呼，很快就去了外院，与邬三等人商量到下半夜才才躺下。第二日清早，进来看了牡丹和孩子一回，陪着牡丹一起吃了早饭，照例又去法寿寺劝蒋重。

如此接连好几日，牡丹都觉着太过父子情深，可以交差，让人没话可说了，他仍然没有停下来的迹象，还是坚持不懈地往法寿寺奔跑。他是什么人，和蒋重是什么样感情，牡丹清楚得很，便猜他大概是借着劝蒋重的名头往外头跑，去见一些不方便见的人。要不然，守着孝不老老实实在家待着，总往外头跑，家里外人来往不断，算什么？倘若这次蒋长扬能够顺利解决这桩事，也算是蒋重立下功劳一件了。

转眼到了孩子满月这一日，又不比洗三时，冷清得很，没有外人上门，白夫人也只是遣人送了东西过来，本人没露面，蒋长扬也是早上陪着吃了一顿饭后就又出去了。岑夫人等见着这种情形，都怕给牡丹添麻烦，用过早饭后就回了家。于是这个午后显得格外冷清，只有蒋云清和雪姨娘陪着牡丹，带着两个孩子在庭院里坐了坐，但因着蒋重闹着要出家的事情，谁也不敢表露出开心，坐了一会儿也就散了。

遇到丧事，孩子满月不能办席也就算了，可是父亲却有半日不在家，林妈妈非常不满，对蒋重又生了一肚子的气，表示没见过这么作的人。牡丹也不便解释，却真是觉得蒋重这次是有些冤枉的，而且作得很及时，她和蒋长扬都非常需要蒋重作这一回。

蒋长扬苦劝蒋重不要想不开，劝了将近半个月后，终于放弃不再"劝"了，告诉牡丹："定下来了，后日剃度，要去崇圣寺，今日已经搬过去了。"

牡丹诧异万分："崇圣寺？"她以为蒋重当初选择法寿寺，又在法寿寺住了这么些日子，想必真正出了家也还是会留在法寿寺,谁知却是要去崇圣寺。可转眼却又想到了崇圣寺的昙花楼,便轻轻叹了口气:"是他自己的意思?"

蒋长扬转头看向窗外:"说是从那里开始的,就从那里结束。"虽然蒋重没有明说,但想来蒋重和杜夫人之间,是把许多事情都彻底说开了。已经到了这一步,没有人得了好,怨恨再多也无用。只是不知宫里头的那一位,得知蒋重的这个决定会有什么样的感觉?年年都去的昙花楼,怀念的一小半是人,一多半却是从前艰难不堪的岁月。讨厌憎恨折磨了那么多年,与其说是因为那个人的死,不如说是因为艰难岁月里蒋重的背叛让人刻骨铭心。

金不言搅在里头被闵王和景王推磨似的混乱了那么久,最后真相出来了,先说要见,临了也始终没见。只给了金不言一个稍微好些的封赏而已,也就是不再是商人的身份,有个没实权的官身,其余也不见他对金不言有其他什么补偿或是内疚之类的感情。把蒋重带在身边,一边欣赏着蒋重的卑微、恐惧和哀乐,一边物尽其用,到老了不耐烦的时候,才重重地一脚踩下去,还不给个痛快的。皇帝,实际上是个最小气不过的人。

"若真能想得开,也算好事一桩。"牡丹从后面轻轻抱住蒋长扬的腰,把头贴在他的背上,低声道,"孩子也满月了,抱去给他看一眼吧。雪姨娘和云清,也该让她们去道别。"

"你这是多此一举。"蒋长扬笑了起来,"倘若六根已经清净,尘缘已断,他又如何会见?倘若佛心不够坚定,你这样一打扰,不是害了人家不能潜心向佛么?"话虽如此说,还是让人抱了两个孩子,领了雪姨娘和蒋云清去了一趟崇圣寺。

蒋重剃度之后,日子平滑如水,过了一段风平浪静的日子。随着夏日的消逝,皇后却病了,虽经精心调养,却总不见起色。接着,先是宁王妃秦阿蓝的母家兄长出了事,而且罪名令人吃惊——在军粮里动了手脚,被下了狱,很是牵连了一批人,未几,又在狱中畏罪自尽。因与上次王家的十一郎的死法又是一样,朝野上下顿时议论成一片。这种情形下,宁王不得不请辞尚书省左仆射的职务,以便专心为皇后侍疾,却得到皇帝的温言抚慰和赏赐。一时之间,众人都有些拿不住了。

紧接着,素来康健的景王在中秋节宫宴上突然吐血晕倒,景王府打死了一个素来得宠的姬妾和二十多个伺候的下人,此后景王日日在家养病,风花雪月都不赏了。大家都在暗里传言,景王这个病其实是按着一个据说是可以延年益寿的丹方炼丹服用,结果用出毛病来了。于是好些炼丹服丹的人很是提心吊胆了一阵。

皇帝对于景王这个病格外地紧张看重,不但派自己专用的御医上门去给景王瞧病,还赏赐了许多珍贵的药材。皇帝开了这个头,上门探望景王的人就多了起来,但景王大多数时候都是静养不见的。

九月重阳节,闵王御前失仪,激怒皇帝,被廷杖罢职,闭门思过,非诏令不得出入宫门。一夜之间,就有好些弹劾闵王贪赃枉法的奏折雪片似的冒了出来,这还不算,第二日,就又有一批弹劾宁王的奏折送了上去。

皇后的病情在这个时候突然加重,正当人们以为宁王会按着从前的性子,退后一步,再次请辞尚书省左仆射时,他却态度十分强硬地反击了。

一举拿下了俨然已是闵王口舌的萧尚书的堂妹夫,新任安北都护李钟洁。三十多条罪名中,又有霉变的粮食掺杂在军粮中的情节,俨然是要替妻兄洗刷冤屈,替自家人正名的样子。于是又牵扯出了一串人,萧家好几个子弟倒了霉,差点没把萧尚书扯进去,皇帝心平气和地看着,不偏不倚地处置,只是下手毫不容情。表面上看来,是宁王更占优势,但实际上闵王和宁王各自都是有苦说不出,没有谁讨了谁的便宜。

铁打的衙门,流水的官,官员们下去一批,又如春笋似的冒出来一批。只是这些刚起来的人,到底不似从前那样泾渭分明,各有各的小盘算,不过吵闹了许久的朝堂倒是终于有了片刻安宁。

而这个时候，天上已经开始飘小雪了，腊梅也开了。

冬至的时候，皇帝在朝会上打起了盹儿，老态尽显。于是一股要求立储的声浪迅速袭遍了朝堂，有要求立嫡的，也有要求立长的，皇帝态度暧昧。过得几日，宁王突然病倒，立嫡的声音渐渐小了，立长的声音又大了起来。风向就在嫡和长之间换过来换过去，还没分出胜负呢，皇帝也龙体欠安了，并把京城的防务交给了刚刚病愈的景王。至孝至纯的那个人名义上还是宁王，但病中的皇帝最信任的人却不是他。情势已然悄悄起了变化，景王现在只欠一个表现才华和能力的机会。

外面的风风雨雨并没有给牡丹带来多少困扰，蒋长扬有足够的能力为她撑起一片天。从顺利把查找丹方的任务让刘畅如愿以偿地抢过去之后，他仿佛在突然之间就闲了下来。除了每日早晚固定在外院待上两个时辰以外，其他时间都留在了陪伴妻儿上。他们的日子过得平静而清闲，一家四口其乐融融。看着耐心逗弄孩子们，满脸安宁的蒋长扬，再看着一天比一天懂事，越来越可爱的孩子们，牡丹觉着从前离她已经很远很远，远到只剩下一个模糊的印象。

转眼，就进了第二年的春天，守孝期满，牡丹与蒋长扬在芳园设了一次家宴，招待至亲好友，答谢大家一年来的关照。没敢请太多的人，只给何家、蒋家、李家、方家、潘蓉夫妻、袁十九夫妻以及蒋长扬的几个亲近的好友下了帖子。那一日李苻独自前来赴宴，吴十九娘没露面，过后才知道，吴十九娘又有了五个月的身孕，占卜、号脉看孕象都说是男孩，正在家安胎呢。

接着蒋长扬守制期满复职，牡丹忙着打理各色人情往来，忙乱中，汾王妃一年一度的春宴帖子也送上了门，请牡丹和蒋云清去京郊的玄都观看桃花。臧嬷嬷笑眯眯地道："王妃年纪大了，没从前那么爱热闹，请的人没从前那么多，可也不少。"

最近朝中风云诡谲，皇后病得拖着一口气，迟迟不肯落下，皇帝则是时好时坏，精神起来可以骑马拉弓，不精神的时候又要连夜召御医。没有谁的日子好过，大家都不约而同地减少了宴会，缩减了宴会规模，女眷们也减少了串门的次数。汾王妃虽与皇后关系不错，但在这一次的立储事件中，却没见汾王府替谁发过声音，一贯地沉默，保持中立，两不相帮，两不得罪。故而他家这个春宴牡丹也是敢去的，再说了，人家醉翁之意不在酒，主要还是为了蒋云清。

牡丹便请蒋云清过来商量，待到送走蒋云清，让人去请蒋长扬，自己走到隔壁去看孩子。两个孩子已经睡醒了，坐在乳娘怀里玩布老虎，见她进来，不约而同地扔了手里的布老虎，伸手要抱，嘴里清晰地喊着："娘。"

贤儿坐得较近，牡丹先抱过她亲亲脸蛋，问乳娘："孩子们吃得好么？"乳娘尚未回答，正儿已经不满地大叫了一声，龇着两颗小白牙，乌黑的眼睛炯炯有神地看着牡丹。

"正儿也想要娘抱？"牡丹笑着用另一只手抱了他，也亲亲他的小脸蛋，正儿方才满意了，咯咯地笑起来，不客气地伸手去推另一边的贤儿。贤儿静静地看着他，坚定地把头靠在牡丹的胸前，一动不动。

"别推妹妹，你是哥哥。"牡丹含笑把正儿那只霸道的手给拉开，两个孩子已经九个多月，性格差异越来越大，正儿一贯地霸道，贤儿却也不怵他。只是正儿到底占了底子好，已经长了两颗牙，贤儿却只长了一颗，个子也明显要小些。

蒋长扬进来，见状笑道："两个磨人精，又在抢娘，你娘哪儿抱得动？过来一个。"毫不客气地把正儿抱了过去。正儿严重不满，蹬着胖腿，瞪着眼睛，盯着牡丹伸出手瘪着嘴要哭。

牡丹温柔地摸了摸他的脸，就是不抱他。

正儿无奈，只得号啕大哭以示抗议，声音洪亮，却没有泪。这样的戏码隔几日就要演上一回，夫妻二人已经见怪不怪。蒋长扬一手拍着他，自顾自地和牡丹说话："刘畅升官了。"

"做了什么？"牡丹扫了乳娘一眼，乳娘早已经退到了角落里，并不敢听二人说话。

蒋长扬道："吏部考功司员外郎。"和刘畅原来任的司农寺丞一样是从六品上阶，但是意义完全不一样。不过从刘畅立的那个大功劳来看，得到这样的奖赏也正常。

牡丹沉默了一会儿，道："他的日子想必不会好过。"吏部是萧家父子的地盘，萧家和闵王、魏王是穿一条裤子的，刘畅这个当口进去，必然会是眼中钉、肉中刺，稍有行差踏错就会灰溜溜地被踢出去。

"想要站稳还是不容易的。"想到自己刚进兵部时遇到的那些刁难，蒋长扬点了点头。景王这个时候让刘畅去吏部，固然是奖赏，也不乏考验的意思。刘畅若是此番能站稳了，将来的仕途才算平稳，倘若他站不稳，又是另一说了。

晚饭时，夫妻二人都有些沉默。牡丹想的是刘畅的事情，她不希望刘畅升官，那厮又爱抽风又记仇，若是某日突然又抽了风，倒霉的就是她这个小家，只可惜她没有法子。见蒋长扬显然也在想事，便道："想什么？"

蒋长扬微微一笑："我在想，这次朝中变动，起来的人多不是五姓中人。看来，圣上是早就想动了。"五姓在国中影响力极大，不但自诩门第高贵，一女难求，多年以来他们的子弟门生在朝中更是形成了一股十分巨大的力量。他们之间有矛盾，却也有共同的利益，每逢关键时刻就会拧成一股，甚至可以和皇帝打擂台。可以说，每一次拥立的后面都能看到这些世家的身影。这样的情况，是每个君王都不想看到的，但迫于形势又不得不妥协，只要想有所作为的君王，都不会任由这种情况继续下去。

见牡丹有些不明白，蒋长扬便低声分析给她听："当年最盛的是王氏，也就是后族，在圣上登基时立下了汗马功劳。太子妃也姓王，只是太子去得早，所以失去了应有的意义。接着宁王两度与秦家联姻，更是和秦家绑在了一起。吴家虽然没有明确表态站在谁那边，但把吴十九娘这个偏支嫡女嫁给李荇就是一条进可攻退可守的路。"

有三大姓的支持，宁王又做得极好，但皇帝却迟迟不肯立嗣……牡丹突然明白了过来，王家如此作为，本是想再保险一点，但恰恰犯了皇帝的忌讳。从始至终，皇帝的心里就一直防着他们的。世家崛起，皇权必然旁落，从另一方面来说，皇帝大概也不想自己的继位者再受这些所谓的世家望族掣肘！

蒋长扬轻轻叹了口气："王家用心良苦，但那个时候，圣上还身强体壮，所以闵王和萧家才能有机会起来，乃至于现在，甚至可以和这三家相抗衡。"闵王和萧家做的事情皇帝怎会不知道？睁只眼闭只眼，是因为需要他们，乃至于在闵王和萧家式微的时候，他还会在后头推一把。

牡丹沉思良久，道："那么白家呢？"白家的人，虽然与吴家、秦家都有来往，沾亲带故，但白家在这件事中，和其他四家比起来，态度实在是太淡然了。

蒋长扬微微一笑："白家这些年人丁不旺，是最没落的一家，家主韬光养晦，恐怕是想见机行动。"正如景王，他论先天条件，远远不能和名正言顺的嫡子宁王，以及太子死后就成了老大的闵王相比。他的身后更没有世家支持，有的只是一群从底下辛辛苦苦爬起来的人，想要成功就必须韬光养晦，见机而行。现在这个机会算是终于来了。等到闵王和宁王两败俱伤之时，就是他翻身之日。

"你是早有成算的？所以那个时候我表哥去寻你，你才拒绝了宁王？"牡丹放下筷子，撑着下巴看着蒋长扬眨眼睛，"我们当初能成，其实也是沾了这个光吧？"

"宁王的温润和纯孝其实不完全是做出来的，他的性子是软弱些，还儿女情长。这三家现在撑着他，将来也会霸着他。但这天下却不是姓王，也不是姓秦。"蒋长扬扫了牡丹一眼，大言不惭地回答她的第二个问题，"说到咱俩么，我若娶了萧雪溪，又怎能放心用我和义父？但单为了这个原因就同意我和你，也是不可能的。除了萧雪溪，还有其他合适的人嘛！所以呢，主要是因为我，是我自己争取来的。"

"啪！"牡丹拍了他的手一下，嗔了他一眼："知道你最厉害。"听他说了这一回话，倒是把刚才刘畅升官带来的烦恼冲淡了不少。只是将来，李荇怎么办？

蒋长扬顺势按住她的手，笑道："你别担心了。刘子舒若有那个能力一直往上走，按是按不住的，要就是我一直压着他，让他翻不了身。他不惹我，我也不惹他。"

牡丹道："你放心好了，只要一有机会，他一定会惹咱们的。还没怎么呢，不就已经惹过咱们好几次了么？要是能把他一次给收拾乖咯就好了。"

到目前为止，刘畅也没从他手里得了好去。蒋长扬笑而不语，牡丹这个"咱们"真是深得他心，刘畅不管怎么闹，他和牡丹都是一起的，让人嫉妒眼红感觉也不错。蒋长扬目光切切地看着牡丹，灯光下的牡丹美得炫目，肌肤白嫩水滑，从前略显瘦削的身子如今却是纤秾合度，摸着又暖、又软、又滑。

牡丹被他摸得心口一缩，心神控制不住地荡漾起来。二人的目光对上，就有些分不开，蒋长扬轻声道："你吃好了么？我今日有些累，想早点安歇。"

自出孝以来，他每每就爱说他有些累，想早点安歇……其中的暗示不言而喻。牡丹对着蒋长扬比平时黑亮幽深了数倍的眼眸，脸微微红了，身上的皮肤也有些发热发烫。偏又握了筷子，拿乔道："没呢，光听你说话去了，你不再吃点？"

门口轻轻一响，恕儿和宽儿低声说了几句话，蒋长扬忙收回手："不吃了。"

被他目光炯炯地盯着，牡丹再好的胃口都吃不下去，须臾放了筷子，命人进来收拾了，回头看着蒋长扬嫣然一笑："今晚天气好，没风，咱们抱了孩子去院子里消消食。"

蒋长扬万分不愿，却没理由拒绝，他每日早早出门，傍晚归家，总要陪陪孩子们的。夫妻二人一同抱了孩子，在院子里散步消食。蒋长扬有些心不在焉，说了好几次两个孩子的眼皮长，怎么这会儿还不睡觉。牡丹心中暗笑，故意道："玩高兴了，不想睡觉也是有的。"

蒋长扬立刻道："那可不好，到了该睡的时候就要睡。"不等牡丹回答，就叫乳娘把孩子送回去睡觉，半点商榷的余地都没有。夫妻二人一前一后地走回去，因着心里都想着要做坏事，气氛就有些异样，一进门宽儿和恕儿就感受到了，当下默默把热水送上就退了出去，都没问要不要伺候。

丫鬟太会看眼色其实也不好，牡丹有些恼羞成怒，去揪蒋长扬的眼皮，一定是他满脸的淫荡让人看出来了。蒋长扬其实也觉得有些尴尬，但他脸皮厚，更觉着牡丹恼羞成怒的样子可爱。

水声响后不久，屋子里传来发簪撞击在瓷枕上的叮当声。叮叮当当，犹如乐声，又如清泉砸在石上，良久不绝，在寂静的夜里显得格外绵长响亮。宽儿和恕儿微红了脸，拉起被子捂住了耳朵，只当那是风吹动了水晶帘子。

京郊玄都观的桃花，自来都是极有名的，每年春天盛开之时，红霞烂漫，映着蓝天白云，端的美如仙境。只要是家境稍微宽裕点的老百姓都会约了来看花，更不要说是京中的王公贵族和文人远客。汾王妃把春宴办在这一个地方，虽然是喜欢热闹，却也不想因此扰了别人的雅兴，故而只是选了桃花林的一个角落，用步障隔了充作宴席场所。

风气开放，早到的年轻女客坐不住，扶了侍女，将扇子半掩着脸，三五成群地在桃树下说笑，见着行人，便议论一回人家的容貌举止，寻些开心热闹。有那没经过人事的少年郎，见了这种情形总是会羞得脸比桃花还红，越是如此，越是被笑，每每总是落荒而逃。

牡丹和众人见过礼后，就坐下来和白夫人等几个平日交好，都是做了娘的夫人们说话，谈的都是孩子，蒋云清在一旁听得无聊，却也只好正襟危坐。莺儿笑嘻嘻地过来，行礼问了好，便说出汾王妃的意思："请何夫人过去说话。"牡丹赶紧起身，把蒋云清托付给白夫人照料，莺儿忙道，"交给奴婢照料好了。"

找自己说话，多半是为了蒋云清的婚事。牡丹把恕儿留给蒋云清，只带了宽儿去见汾王妃。寒暄过后，牡丹笑着感谢汾王妃的关心："孩子挺好的，他们祖母的信也才收到不久，她很好，问您安，本想亲自给您写信，只是……"

只是当下乃多事之秋，所以王夫人不敢写，汾王妃心知肚明："知道她好就放心了。她一去，我在这京中竟然就找不到一个可以吵架的人，平白寂寞了许多。"话锋一转，问起了蒋云清，"今日见着她似是换了个人，倒比从前大方爱笑了。"

牡丹微微一笑，却不能说是因为蒋云清摆脱了那个窒息的环境所致，只能道："跟我们住在一起，大概是因为我爱说爱笑，她也跟着学了。"

汾王妃点点头："小娘子爱笑点的好。从前我觉着她有些沉默严肃了，可又不好说，现在可好了。我年纪大了，就喜欢爱笑的年轻人。"

陈氏也就客客气气地表示，小四年纪大了，蒋家也满孝了，是不是该商量一下亲事怎么办了？都有些什么要求，只管提出来，能做到的一定做到，不必客气等等。

牡丹笑吟吟地听陈氏说完，笑道："我们没什么特别的要求，就希望妹妹风风光光地出门，衣食无忧，有人疼爱，能过好日子就够了。"又委婉地表达了蒋云清的意思，"家里出了事，很感激王妃和夫人雪中送炭，但也怕牵累了府上，反而不美，心中不安。"

汾王妃就高兴地笑起来："那就请媒人上门吧，丹娘你看什么时候合适？"却又补了一句，"我看年纪都不小了，宜早不宜迟。"

牡丹会意，最近朝中不稳，皇后又是吊着一口气，自然要早点定下来才妥当，当下便道："我们长辈不在了，我没经过事，日子就由王妃定吧。"

晚间蒋长扬归家，牡丹便和他说了蒋云清的亲事，商量道："嫁妆丰厚才挺得直腰，说得上话。小四前头有嗣子等人比着，自有定制，这聘礼自然也不会丰厚到哪里去。我想着，不拘他们拿多少来全都给清娘，另外再把老夫人给我那一匣子首饰都给她，我再备下些好衣料和香料，添添加加也就够了。不说要压人一头，至少也不会让人轻视，你看如何？"

蒋长扬本就不在乎这些，懒洋洋地道："你安排就好，我放心得很。明日我去崇圣寺说一声，就定了吧。"

从玄都观回来后的第四天，汾王府的媒人就上了门。牡丹以长嫂的身份替蒋云清操劳婚事，行事尽量往稳重得体的方向上走，不说把事情做到人人满意，但也是让人挑不出毛病来。双方都爽快，也是知情达理的，很快就把有关事情给商量妥当，把婚期定在了当年的九月。尘埃落定，雪姨娘吃了定心丸，对蒋长扬和牡丹十分感激，蒋云清则是在敬重之余，又多了几分亲近。

暮春时节的曲江池，烟柳如云，名花如海，正是一年中最美好的时节。这日天色将晚，游人渐稀，夕阳斜斜地挂在天边，在水面上洒下一片跳跃着的碎金，晃得人睁不开眼睛。金光里，一艘画舫从远处不急不缓地驶来，搅散了一片金芒。

蒋长扬和福缘和尚坐在画舫上，正自战得难舍难分。蒋长扬拈了白玉棋子，轻轻落下，得意扬扬地看着眉头紧皱的福缘笑："和尚，总算赢你一回了吧？"

福缘不语，皱眉沉思良久，终是松了眉头，双手合十，念了声："阿弥陀佛。"然后轻笑，"若是能让施主欢颜，贫僧就是再输十次也不是不可。我不入地狱，谁入？"

蒋长扬的眉毛不禁挑了起来，指着一脸慈悲样的福缘对着一旁观战的潘蓉又笑又叹："和尚输不起啊，明明就是输了，偏还说是让我。"

潘蓉摇着把扇子，披着件石青色小团花袍子，敞着胸怀惬意地躺在一旁的榻上，眯缝着眼睛道："这和尚面白心黑。"

"和尚眼中，黑就是黑，白就是白。就如这棋子，白棋子里头定然是白的，黑棋子里头定然是黑的。潘世子外头是花的，里头也是花的。"福缘抓起一粒墨玉棋子，眯了眼睛对着阳光仔细地看，连声称赞，"好宝贝啊好宝贝，和尚一直就想要这样一副棋。"

蒋长扬一把夺过，仔细收了起来："是我岳父给的，你若是想要，也去寻个岳父送你。"

"我里外都是花的？"潘蓉在一旁哈哈大笑起来，"和尚，不做和尚好处很多的，要不要试试？"

福缘并不以为意，含笑道："世子，做和尚好处很多的，要不要试试？"

"切！"潘蓉白了他一眼，"爷还没享够福呢。小心我家阿馨听见你说这个话，拿刀砍你！"

蒋长扬慢悠悠地道："阿馨就在隔壁坐着的，要听见早就听见了，却没拿刀来砍。我猜她是巴不得福缘说动了你，她和孩子的耳根才清净。"

潘蓉猛地坐起来："谁说的？让人去问！"

却听舱房的木壁被人从那边轻轻敲了几下，碾玉一本正经的声音传了过来："世子爷，夫人说她什么都没听见。"

潘蓉厚脸皮地做得意状："看吧，我就说她没听见。这会儿正忙着和丹娘领孩子呢。"众人顿时哈哈大笑起来。

牡丹和白夫人斜倚在隔壁的地毯上，闻声相视一笑。牡丹舒服地轻轻叹了口气："我就说，难得休沐，又逢好天气，应该多出来走动走动才松快。看吧，都欢喜了。"

白夫人笑道："是许久没这么松快了。改日去我那里一起淘胭脂？"

"不如去芳园吧，那里的花多，牡丹花再过两日就到盛放期了，到时候我置了酒，请你们过去玩。"牡丹将爬到自己身边的正儿给抱住，招呼众人，"怕是快到岸了，收拾一下。"

正说着，"嘭"的一声轻响，船身微微晃了晃，一个婆子在外头笑道："禀夫人们，船靠岸了。"

"好快！"白夫人坐起身来整理衣饰，却听有人问道："敢问蒋郎中是在这船上？"接着有人答了一声，船板上响起一阵急促的脚步声。

众人透过湘妃竹帘子看过去，只能看到四五个青色的身影急匆匆地从舱门前闪过，停在了隔壁。隔壁传来几声响，很快就听不见任何声息，仿佛突然之间，天地间都静了下来。

牡丹骤然绷紧了那根弦，飞快地冲恕儿使了个眼色，恕儿一闪身出了舱房。白夫人也紧张，弯腰抱起女儿，坐正了身子和牡丹交换着眼色，两个人的神色都有些紧张。

恕儿很快进来，轻声道："在门口遇到了顺猴儿，道是让女眷们不要乱走。一会儿就好。"

牡丹松了口气，低声道："什么人？"

恕儿茫然地摇了摇头。

过了一会儿，脚步声再度响起，踏着船板渐渐去得远了，一个仆妇探头进来笑道："郎君们请夫人们准备下船。"接着潘蓉和蒋长扬说话的声音就传了过来。

警报解除，牡丹轻轻擦了一下手心的汗，吩咐乳娘抱好孩子，和白夫人携手走了出去。福缘和尚已经先下了船，骑上驴慢悠悠地去了，蒋长扬和潘蓉站在船舷边低声说话，见众人出了舱门，便含着笑迎了上来。蒋长扬的第一句话就是："把孩子们托付给他们潘世叔，我俩马上跑一趟芳园。"

这个时候去芳园？牡丹探询地看向蒋长扬，蒋长扬低声道："圣上让人传了口谕来，要那株金腰楼，马上就要。"说着瞟了一眼岸上。牡丹顺着他的目光看过去，但见岸边立着两个青衣汉子，牵着四匹马，目光灼灼地望着这边。

皇帝怎么会知道自己的芳园有金腰楼？怎这样急？莫非又是和金不言的事情有关？牡丹的手心又沁了一层冷汗出来，却不敢多问，埋着头紧跟着蒋长扬下船上马，马儿走了好几步，才敢回头去望。见潘蓉和白夫人抱了贤儿和正儿，一起站在船头上看着自己这个方向，潘蓉

· 235 ·

的脸上还带着嬉皮笑脸的神色,眼神却是多了几分肃然。

穿过启夏门,直上大道,马蹄声沉闷地砸在黄土硬地上,一下又一下,重复周始,落在牡丹的耳里冰冷而坚硬。她忍不住,偷偷看了看蒋长扬,正好对上蒋长扬关切的目光,他对着她骤然一笑,露出一排雪白整齐的牙齿,牙齿映着夕阳光,小小地闪了一下光。牡丹突然就放松了,回了他一个不好意思的微笑。她答应过,要相信他的。

天边最后一缕晚霞落下的时候,牡丹和蒋长扬领着两个青衣人停在了芳园的门口。蒋长扬利落地甩镫下马,把手伸给牡丹,一边接她下马,一边回头望着那二人道:"就是这里了,起花、包装,再用车送到宫中,再快也少说要三个时辰左右。"

那二人利索地下了马,脸色虽不好看,语气却还客气:"蒋郎中,三个时辰太久了。"

蒋长扬很爽快地道:"自当尽力,二位请。"

众人一路前行,雨荷得到消息匆匆忙忙赶了出来,见状惊疑不定,看看那二人,又看看牡丹和蒋长扬,满脸都是疑问。牡丹顾不上安抚她,匆忙吩咐:"立刻让满子他们几个拿了工具、竹筐、草绳,去园子里起金腰楼,动作越快越好。"

雨荷应了一声,匆匆忙忙地自去安排。

牡丹和蒋长扬就在前头引路,领着那二人去了金腰楼的所在地。此时芳园中多数牡丹花都已经盛放,虽已天晚,但在暮色下却有另一种别样的美。牡丹却注意到那二人目不斜视,多余的表情一丝一毫都没有。

到得地头,金腰楼已经开了一朵,大达一尺的花冠重叠如楼,由八百多瓣粉红色、黄色的花瓣夹杂着组成,异常美丽。阿桃打了灯笼过来,牡丹轻轻托着那朵硕大华美的花给这二人看:"这就是金腰楼了。"她的声音有些微颤抖,这一去,这花怕是再见不着了。蒋长扬在一旁轻轻握了握她的手,以示安慰。

那二人细细一看,面色终于有了些许松动,年纪稍轻的那一个低低叹息了一声:"好花。"年长的那一个却是淡淡地道:"动手吧。"

满子等人移栽花木是有数的,锄头挖下的方位很讲究,只恐伤着金腰楼的根,但这样一来,速度自然就慢了下来。那年长的汉子有些不耐地道:"快一点!再快一点!"又问,"让人套马车了没有?"

催命么?突然找上门来抢人家的东西,还嫌主人家没伺候好,手脚不够快?牡丹的心头突地冒起一股怒火来,勉强笑着温言道:"这位爷,快不是不可以,只是怕伤了根,移栽不活,那岂不是白白浪费了这许多功夫?"

那个人淡淡地扫了她一眼,仿佛没听见她说话一般,只看着蒋长扬:"等不得三个时辰。"花的死活不要紧,关键的是一定要赶紧送到宫中的贵人面前去。

蒋长扬沉默着点点头,大步上前接过满子手里的锄头,对着金腰楼根旁的泥土使劲挖了下去。一下又一下,借着灯笼的光,牡丹能清晰地看到被挖断了的根白生生地露在泥土中。她轻轻闭了闭眼,握紧了拳头,安慰自己说,还有两株小的,多养几年就好了。

蒋长扬的动作果然快,很快就把金腰楼周围的泥土挖松了,扶着金腰楼,轻轻一用力,就把金腰楼连着一团泥土拔了出来。牡丹亲自用软绸包好金腰楼的树叶花冠,沉默着让人把它放在竹筐里装好,淡淡地道:"可以了。请问二位还有什么吩咐?"

那青衣汉子根本不在意牡丹的态度,照旧忽略了她,只看着蒋长扬:"马上装车,刻不容缓。"

蒋长扬利索地指挥了满子等人将花抬出去,装车、上马、赶路,前后不过花了两刻钟。可怜雨荷连句话都没和牡丹说上,莫名其妙地就又送牡丹出门了。牡丹只来得及和她说一声:"看好门户,没事儿。"那二人便已经赶着马车走出了老远。

"还是你周到。"牡丹接过雨荷递过来的兜帽披风，匆忙打马跟上蒋长扬，挨近了他，与他并肩而行。蒋长扬回头看了她一眼，轻轻叹了口气，安抚地拍了拍她的腿，低声道："还担心你会冷，雨荷这丫头真不错。"夫妻二人沉默地跟着马车，紧随那二人一同回城。

　　到了启夏门外，城门早就闭了，那二人分了一人上前，大声喊了几句话，很快就有人开了门，验过腰牌，放几人入城。牡丹以为她和蒋长扬就此可以回家了，正要开口，却见蒋长扬轻轻拉了拉她的缰绳，示意她跟着他走，于是又跟着那辆马车，长驱直入。一路上有人来问，却总是被那青衣人的腰牌一晃就给晃走了。

　　一行人直行到丹凤门外，方才停了下来。车刚停稳，立刻就有人迎了上来，当头一个中年内侍和那两个青衣人说了几句话后，便尖着嗓子指挥人团团围住马车，小心地把那株金腰楼抬下来。在十多个火把的照耀下解开包裹着的软绸，仔细检查无误，方抬了往里头而去。

　　这算是交差了吧？牡丹轻轻松了一口气，扫了一眼宫外侍卫刀枪上闪耀着的寒光，悄悄地朝蒋长扬略微靠近了些。此时那两个青衣人方才回过头来望着蒋长扬露出了一丝笑容，为首的那个抱拳笑道："蒋郎中，辛苦了。"

　　蒋长扬把目光从丹凤门外众人身上收回来，笑得比他还灿烂："李将军辛苦。"

　　那人笑得越发灿烂："都是为了办差……多有得罪了。"转身朝牡丹行了个礼，彬彬有礼地道，"李某是个粗人，有不当之处，还请嫂夫人包涵。"

　　前倨后恭，安的什么心？牡丹心中暗自诧异，面上不显半分，稳稳当当地回了二人一个礼，笑道："李将军客气。"

　　那李将军也就不再管她，转而对着蒋长扬大声道："怎么办？这差事还不算完，要等里头传了消息出来才算。要不，委屈蒋郎中伉俪就在这值宿房里歇歇？"

　　蒋长扬从善如流："女眷跟着，不便之处怕是要烦劳李将军帮忙协调一下。"

　　李将军目光微闪，笑道："好说，好说，这边请。"边说边将牡丹和蒋长扬引到了附近侍卫轮班休息的地方。到得门外，蒋长扬让牡丹在门外站着等，他自己与那李将军一道进了值宿房。不多时，有十多个虎背熊腰的侍卫笑嘻嘻地走了出来，从牡丹身边经过时，放肆地盯着牡丹看，根本毫无半点见惯了贵人、官长宫卫该有的小心谨慎，反而有几分张狂。

　　牡丹很久不曾被人这样放肆地打量了，心中十分不喜，只将兜帽往下压了又压，尽量往阴影处躲。幸好这群人去得快，蒋长扬也很快就走了出来，引牡丹往里头去："都是一群粗人，气味儿重，你忍忍，累么？"

　　"很久没这么骑过马了，腿有点疼。你呢？"牡丹现在最想做的事情就是回到家舒舒服服地泡个热水澡，然后靠着蒋长扬好好睡上一大觉。

　　"我么，再来十次也撑得住。"蒋长扬微微一笑，低头把条长凳收拾干净了，放在窗边通风处，"来坐这里。"

　　牡丹坐下去，轻轻放松双腿的肌肉，抬眼看向灯下坐着一直沉默不语，只顾打量他们夫妻二人的李将军。李将军见她看过来，轻轻一笑，半开玩笑地道："蒋郎中倒是体贴。"

　　蒋长扬没心思回答他的话，只微笑作答，然后在牡丹身边坐了下来。牡丹眼尖，很快就发现他腰间系着的玉佩荷包不见了，便悄悄扯了扯他的袖子，指了指。蒋长扬不语，半响方低声道："你以为人家坐得舒舒服服的房子，为何会轻易让与了你我？"

　　牡丹失笑，低声道："还以为你面子大，用不着这个。"

　　"若是前些日子，不是我夸海口，的确用不着。"蒋长扬挑了挑眉，声音越发低沉到近乎听不见，"现在这些人里头我只得一个，其余都是陌生脸孔。"

　　难怪她觉得刚才出去的那群人太放肆，原来是刚来的。这样匆忙地要金腰楼，又换了守卫，多事之秋……牡丹担忧地盯着脚下的青砖地，无意识地伸出一只手借着披风衣物的遮挡，紧紧揪住了蒋长扬的袍子。蒋长扬扫了一眼对面正在沉思发呆的李将军，悄悄把牡丹的手给握住了，不动声色地挪了挪身子，好让她靠着他。

牡丹累极，几乎就要靠着他睡过去，却又碍于有李将军二人在一旁看着，不敢太出格，只怕人将来笑话蒋长扬。只得苦苦忍了，每当困极就暗暗掐自己一下，硬挺着。那李将军直挺挺地坐了一会儿，也在灯下打起了盹儿，牡丹方放心大胆地靠着蒋长扬闭上眼睛。

蒋长扬替她拉紧了披风，陷入沉思中。也不知过了多久，忽然听得一阵细微的喧哗，丹凤门沉重而暗哑地响了起来，李将军立刻坐直了身子，一双眼睛精光四射，飞快地往外头去寻人来问："怎么回事？"

蒋长扬立刻推醒牡丹，低声道："怕是出事了。"

牡丹残存的睡意顷刻间就如潮水般散去，一颗心七上八下的，煞白了脸看着蒋长扬。坐在活火山口，是会死人的。

自己和她说这些做什么？是欠缺考虑了。蒋长扬自责地抿了抿嘴，轻轻抚了抚牡丹的手："别怕，我猜大概是皇后……"

话音未落，李将军就大步走了进来，满脸悲痛："皇后娘娘宾天了。"

牡丹惊异地看了蒋长扬一眼，迅速垂下眼睛，起身站好，做出哀容。也不知道那株金腰楼和刚死去的皇后有没有一点关联？她忍不住异想天开——皇后病重，突然想看盛开的金腰楼，皇帝想起年轻时的快乐时光，决心成全妻子的心意，所以才紧急挖了这株金腰楼送到皇后的病榻前，皇后看了金腰楼后，心满意足闭目而去……又或者，金不言千方百计搜罗天下牡丹，是因为昙花楼死去的那人其实喜欢牡丹，最爱的就是这金腰楼和玉腰楼，皇后临终有要求，小气的老皇帝拿金腰楼给她看，让她自己闭嘴？

不过并没有多少时间让她胡思乱想，很快天色放亮，李将军过来与蒋长扬轻声说了几句话，蒋长扬便领了牡丹往外走，准备回家。皇后死了是大事，少不得要好生准备一回。

眼看着周围没人跟着盯着了，牡丹方低声问蒋长扬："这个李将军……"

蒋长扬低声道："他现在干的活儿就是我从前干的活儿。"

难怪得这两人之间的气氛那么古怪，说是不尊重吧，彼此又都不跨过那条线；说是尊重吧，那人明显就想压着蒋长扬一头。蒋长扬呢，又略微带着那么一点点不屑……牡丹轻轻"哦"了一声，又八卦地道："你说我那株金腰楼，是给皇后看的么？"

蒋长扬瞟了她一眼，无奈地叹了口气："金腰楼我不知道是不是给皇后看的，但一定是圣上要的。"说着又沉默了。

牡丹不敢打扰他。他想的事情和她想的事情完全不同，比如说，她现在满脑子都是关于金腰楼的官司，而蒋长扬满脑子想的都是皇后咽气对朝局会带来什么样的影响，下一步，又会发生什么事，如何自保，如何立于不败之地。

夫妻二人回到家中，天已大亮，邬三等人正翘首相待，远远看到了人，就赶紧迎上去牵马引路，低声汇报："您让办的事情办妥了。潘世子和白夫人一早就派人过来打听消息了，要不要让人过去说一声？"

只怕很快京中各府就会得到皇后薨了的消息，但现在，很多人还都不知道宫中发生了什么事。还有昨日自己让潘蓉想法子给景王递消息，也不知道那边的情形现在如何了。蒋长扬略微沉吟了一下，决定亲自跑这一趟，叮嘱牡丹："你回去安排事情，我去把孩子们接回来。"

牡丹本想叮嘱蒋长扬小心一点，到底是什么都没说出来，只站在门口目送着蒋长扬带着邬三等人去得远了，方回身打起精神，命管事们来听吩咐，把家中红红绿绿的东西一并撤下，该收的收，该藏的藏，别碍了人眼睛。

没有多久，蒋长扬领着两车人回来，正儿和贤儿是乳娘领惯了的，一夜不见也没什么大

・238・

不了的，该吃吃，该睡睡，只是见了父母格外高兴罢了。牡丹来不及哄孩子，就匆匆忙忙安排蒋长扬出门，皇后死了，百官要齐集举哀，有的是要忙的事。

皇帝因为夫妻情深，再度病重不起，紧接着仁孝的宁王在皇后灵前哭得吐血病倒，那凄惨样儿真是听者流泪，闻者伤心。景王要在皇帝面前侍疾表孝心，又要在死去的嫡母面前尽孝，还要照顾受不住打击吐血病倒的兄弟，忙里忙外，简直就没个歇气的时候。可他偏就是个三头六臂的人，有人故意找了好些茬儿，都被他不动声色地按了下去。

一转眼，皇帝的病有了起色，朝中的风向又开始转了。

皇后死了，暂停娱乐嫁娶，大家都很无聊。恰恰这一年又不是一个好年，南方大旱，灾情十分严重。京城的老百姓最大的娱乐就是站在街上数朝皇城冲去送急报的驿马是第几匹，茶余饭后的话题也就是皇后的丧礼办得如何，又怎么热闹，哪个贵人长相怎样等等。

牡丹的芳园也受了很大的影响，没人买花看花了。雨荷来汇报芳园的情况并核对账目，不胜感慨："看花就在这几日，往年时节里光是数人头看花，每日就要进账许多，今年的花眼瞅着更好，谁知却遇上这样的事情。"若是不能看花，卖花也是一笔不小的收入，可惜去年蒋长扬让减少芳园的生意，牡丹又有身孕，芳园并没有订出多少花去，两头都拉不起来，竟然是折本了。

牡丹沉着地道："这种事情也是没法子的，且也是暂时的，明年情况自会好转。牡丹花折了，就让大伙儿把果树给侍弄好。"既然南方大旱，那么果子必然会涨价，不说卖多少钱，拿去做礼物送人、走亲戚也是好的。

雨荷应下，把她给正儿和贤儿做的两双鞋拿出来："正郎和贤娘一转眼就要学走路了，这两双鞋是专做了给他们学走路的。"

牡丹含笑接过来看，俱是活泼可爱的虎头鞋，鞋底软硬适中，针脚细密，看得出做的人花了不少功夫，便笑道："偌大一个园子让你一个人管着，就已经很费心，还要给他们做鞋。恕儿，去瞧正儿和贤儿是否睡着的，抱过来玩。"

"还是雨荷姐姐面子大，娘子平时是轻易不抱出来给人瞧的。"恕儿笑嘻嘻地打趣了雨荷两句，自去引了乳娘把两个孩子抱过来玩。玩了近半个时辰，就有何家派来的婆子来问，牡丹和蒋长扬今日是否能过去吃晚饭，好叫大郎来接。

这是昨日就说定了的，牡丹不知为何会特意又让人来跑这一趟，且以往说要回去，夫妻俩也就一起去了，并不是每次都有娘家人来接。便道："要去的，待到郎君一回家我们就过去，让大哥不必跑这一趟。"

少顷，蒋长扬归家，刚进屋换了衣服，何大郎果然就来接人了，竟似掐着点儿一样。

蒋长扬吃惊道："大舅兄今日是怎么了？以往也没这么兴过，还特意上门来接。"

牡丹笑道："我也觉着奇怪呢，先前还特意派了个婆子来问，仿佛特别怕咱们不去一般。这要不是平日就来往得紧，人家还以为我和娘家生气呢。"

正说着，何大郎走了进来，第一件事就是先把两个孩子接过去抱在怀里"蹂躏"一番，随即压低了声音道："的确是有事，李家父子想见成风，只是不方便上门来寻。求了爹娘帮这个忙，虽则不说是为了什么事，但亲戚面上无论如何都推不得，可爹娘又怕你们为难，便让我来告诉你们看着办。"

不管求的是什么，以李家父子与何家多年的情谊，从何家人的角度来说，自是希望在不损伤牡丹和蒋长扬的利益下，能帮就尽量帮这个忙，可到底这个事还是要由蒋长扬去做，少不得要先和蒋长扬说好。

牡丹闻言，就看向蒋长扬。她曾经问过蒋长扬，假如宁王不能上位，李家父子会有什结局。蒋长扬想了许久，说他也不知道，关键是看李家怎么想的，打算跟随宁王到什么地步。万一真的到了那个地步，如果李家人自己的想法不变，别人即便想帮忙也是没法子的事情。现在李家主动找上门来，无论如何都要听听才是。

　　蒋长扬也笑道："不就是见一面么？先见了人再说，帮得上自是要帮，帮不上也没法子，走吧。"可以说，宁王现在的境况很不好。自王皇后薨，宁王在灵前痛哭至呕血病倒，皇帝也不过是让人上门看望了两次，他自己就没露过面，这态度与当初景王病倒时大相径庭。李家父子这个时候上门，无非是替宁王谋算，再就是替自家打算。不拘哪种情形，都要见上一面，尽了亲戚间的这份情谊。

　　大郎见他爽快，由不得喜上眉梢，笑道："我爹就说，成风豪侠，无论如何一定会来！"

　　得到妻子家人的夸赞，蒋长扬略微有些不好意思。其实也分人的，要是李荇可恶得要命，看他会不会去？

　　到了何家，薛氏迎上来道："人已经到了，表舅和行之在书房由爹陪着吃茶，请妹夫直接去书房。李家表舅母也来了，说是来赔礼道歉的。"

　　牡丹一翘嘴角："事情过去好几年，才想起来赔礼道歉？依我看，她不如不跑这一趟还要好一点。"

　　薛氏也笑："何尝不是呢，大家伙儿本来已经淡忘了这事儿，可一瞧见她，却又想起来了，你三嫂把她挤对得够惨。娘的意思是，既然来了，就不必和她过不去。"真是三十年河东三十年河西，崔夫人那时候想必从不曾料到会有这一日。

　　"知道。娘都让她进门了，我不会不懂事儿。"牡丹挽了薛氏的手臂含笑走进去，和表情十分不自在的崔夫人施了个礼，笑道，"许久不曾见过表舅母，表舅母安好。"

　　崔夫人越发不自在，挤了又挤，方挤出一个难看的笑容："我这一向身子不大舒爽，近来才好些，想着许久没出门走亲戚了，便出来走动走动。早就想来看着这对孩子，奈何就是不便。"跟着又憋了许久，期期艾艾地道，"丹娘，从前都是我不好，你别和我计较，都忘了吧……"

　　牡丹淡淡一笑，算是将此事揭过，只崔夫人心里始终不是滋味罢了。大人们各怀心思，唯一不知愁的只有正儿和贤儿，由他们大表姐宝贝似的搂着，一会儿给这个，一会儿给那个，逗得咯咯直笑，简直乐不思蜀。崔夫人瞧着，到底眼里露出了几分羡慕，又忍不住担忧，十九娘这一胎一定要是儿子才好……

　　晚饭是开的内外两桌，女人们在内院招待崔夫人，男人们则在外面招待李元、李荇父子。因着不是平日里走亲戚，而是有要事压在心头，情况也异于平时，大家都没心思说笑，很快就吃完放了碗筷。

　　蒋长扬要进来拜见岑夫人，李元和李荇也要进来拜会众人，于是便约着一道走了进来。李元没从前精神了，鬓角添了几丝灰白，从前那个精明能干、雄心万丈的宁王府长史如今看来却似是突然老了一般，十分和蔼亲切："许久不见丹娘，一直牵挂着的，见你如今过得好，表舅也就安心了。"

　　"谢表舅关心，丹娘一直很好。"这话牡丹相信，李元不同崔夫人，还是很顾念亲友的。

　　"表哥许久不见，表嫂和锦儿可都安好？"牡丹回头对上李荇，心情就有些复杂。算起来她是很久不见李荇了。上次蒋家出孝请客时李荇只是匆忙去了一趟，只在前头饮酒，不曾去后头，她没见着人。此番见着，李荇比从前清瘦了许多，人也黑了，可见这段日子过得极辛劳。

　　"都好，你表嫂让我问你和孩子们好。"李荇的目光飞快地从牡丹的脸上掠过，停留在正儿和贤儿的身上，脸上绽放出一个大大的笑容，变戏法似的从袖子摸出两个玩偶递给两个孩子："叫表舅，叫了就给你们。"

　　正儿和贤儿歪在何志忠怀里，歪头看着他只是笑，既不伸手去接东西，也不叫他。李荇轻轻叹了口气，温和地摸摸两个孩子的头，把东西递过去，叹道："两个孩子都挺好的，只可惜不认识我呢。"

牡丹便道："等到表嫂生产，我再领了孩子们去看他们小弟弟。"她这一刻，真的是希望吴十九娘能生个儿子。

李荇微微一笑，轻轻点头，此外再无多话。

少顷，李元起身告辞："我们不宜久留，就此别过了。"于是领了崔夫人和李荇，悄无声息地从后门走了。

蒋长扬和牡丹并不敢和李家前后脚离开，一直等到暮鼓响起方才辞别何家众人登车归家。

回到家中，两个孩子已经睡熟，牡丹打发乳娘抱了他们下去歇着，本想问蒋长扬事情的详细经过，可见一进门邬三就缠上了蒋长扬，只得缓上一步，自己散了头发先去沐浴。出来以后一眼就瞧见蒋长扬躺在窗下的榻上望着房梁上垂下的银香球发呆，不由笑道："还不去洗？发什么呆呢？"

蒋长扬翻了个身，望着她道："我在想，这事儿最后会是个什么下场？"

牡丹接过恕儿手里的布巾，示意恕儿下去，自己擦着头发走到他身边坐下："说起来，他们到底是怎么打算的？我早就想问你，总是没有机会问。"

蒋长扬接了布巾替她擦着头发，低声道："我先和你说说那株金腰楼的事情，你就明白了。你可知道，当年的崇圣寺，有两株牡丹最是出名，一是金腰楼，二是玉腰楼，号称金玉满堂。后来那人死了，两株牡丹被移栽到内苑中，可是不过几年工夫却都死绝了，很多人因此被罚。李花匠当时也是照料那花的人之一……他并不是天生就哑的，他的舌头被人割了。"

牡丹打了个寒颤。果然和昙花楼的事情有关。金不言千方百计搜集金腰楼和玉腰楼，果然是有原因的。

蒋长扬继续道："皇后迟迟不肯落下那口气，为的什么，大家心里都明白，无非就是牵挂着宁王。那一日是到了油尽灯枯，孤注一掷，将从前的事情来和圣上说，实是为了打动圣上，顾念多年的夫妻情分，想想从前她也曾为他做了不少事，王家也曾立下汗马功劳。圣上口里说念着她的情分，让她安心养病，转手却让人送了这株花去给她瞧，说是让她看看外面的花儿有多好，早日养好病，好去赏花。"可是皇后看到那株金腰楼就惨笑一声，侧面向里不再言语，少顷宫女去看，已经咽了气。这才会有后来宁王在她灵前泣血的一幕，宁王是为她哭，还是为自己的无辜而哭，没人知道。

多年夫妻走到这个地步，实是让人无话可说。生母被逼死，身为嫡子却不能承嗣，就算是宁王说他不怨恨皇帝，皇帝都不会信。牡丹沉默片刻，道："那么李家这个当口寻你，怕是想找一条退路了？"

蒋长扬赞赏地一笑："是。宁王正是因为看清楚了这个，所以才愿意退而求其次，与景王联手对付闵王。帝后这些年以来基本算是相安无事，之所以皇后突然病重，且圣上这么决绝，还是和闵王去年突然推出金不言这件事有关系。现在南方不是大旱么，闵王正谋求让宁王作为钦差出面去赈灾。赈灾若是不力，宁王就彻底完了。"要在赈灾这件事中弄点手脚出来，那是再容易不过的事情。

现在的情形就是，宁王手里有景王想要的，景王手里也有宁王想要的，两者谁上位，多半还能留一线人情希望，但若是闵王上位，就是两家都铁定要倒血霉。所以合作的希望是很大的，至于今后，现在谁也说不清会如何。倘若宁王果然老实有诚意，景王胸怀大度，也不是不能平安终老，可是世事无常，谁又能说得清呢？也只能是走一步看一步。

牡丹轻轻理着蒋长扬袍子上的褶皱，低声道："日后的事情万难预料，你去做这件事的时候一定要考虑周全了。不该多的嘴，不该插的手，千万不能做，免得招了忌讳。"

蒋长扬微微一笑："知道了。我只是做一个传话人，具体的条件，还要两位殿下见面以后自己商谈，否则换了谁也不放心的。"因见牡丹若有所思，欲言又止的样子，便笑道："你放心好了，李家父子不会拿一大家子人的性命前途开玩笑。李元纵是不能有什么大作为了，李荇却不一定。只要他肯，景王连刘畅都能容得，又如何不能容得他？"

牡丹叹道："说得容易，就怕他中途改了主张，日后被人嘲笑没有气节。"

蒋长扬淡淡地道："就看他自己怎么想了，也要看两位殿下最后会走到什么地步。若宁王退隐，良禽择木而栖，他只是为了发挥自己的才智造福天下，并不是出卖背叛，何来变节一说？前头还有太宗诛杀逆王于玄武门后，逆王手下之人纷纷改投太宗，成就一代贤臣的事情，怕什么？"

虽然如此说，牡丹还是有些担忧："但愿他看得开，拿得起放得下。"

一夜无话，第二日，蒋长扬自寻了隐秘的途径，去见了景王，把宁王的意思带到，景王并不立刻就给回答，而是不置可否。蒋长扬和袁十九、潘蓉商量之后，却一致认为，景王之所以不立刻回答，正是因为动了心，谨慎才至如此。多半观望上一段日子后，总是要主动接触宁王的。

果然没有几日，宁王已经基本被定下去南方赈灾，只差一道圣旨的时候，景王便派了秦三娘来，让蒋长扬与李家父子接触，安排他与宁王见面。为此牡丹还感叹了一句，两亲兄弟，日日在朝堂上抬头不见低头见，要私底下见个面，还要绕山绕水地通过别人传话。

蒋长扬哈哈大笑："哪是吃顿饭那么简单，双方都要先做好准备，把要谈的条件事先打好稿子，到时候才好谈呢。"

不管怎么说，这两个人最后算是见了面，并且勾搭成功。团结就是力量，宁王再度病倒，闵王自己挖坑自己跳，一步三回头地去了南方赈灾，但他又岂能成为这案板上的肉，任人宰割？少不得要玩点花样出来。他就算是再凶猛，也禁不住谋算他的人多，才到了地头没几天，就接连发生了几桩大事：先是灾民暴动，接着当地驻军又发生哗变，他毫不留情地一一镇压，却又被灾民和军队中侥幸逃脱的人跑到了京城敲登闻鼓、送血书、告御状，字字血泪，都说是他勾结当地官员，鱼肉百姓，大发黑心财。

人都爱落井下石，都爱棒打落水狗，立刻就有人把他从前和现在干的若干好事抖出来，甚至抖出闵王府暗里调了一大批存粮去灾区高价卖出的惊天内幕。御史台一帮人，以云孝子为首，又跳又闹，说他暴虐无度，有违天和，总之能安上的罪名都拿出来说了一遍。一句话，不惩罚他，难以平民愤。萧尚书一伙人自然不会坐以待毙，也提出不少异议，替他喊冤，两派斗得火热，闵王一派落于下方。在各方压力之下，皇帝又称病了，病了两天之后，下旨召闵王回来。

在这个时候，从萧尚书府、闵王府以及闵王手下几个得力的人那儿送出的信中途都被人掉了包，都道是皇帝病重糊涂，景王和宁王勾搭成奸，灾区发生的这些事和朝中起的纷争，都是这二人联手干的好事⋯⋯

第四十九章　尾声

召闵王回来的圣旨没起任何作用，犹如泥牛入海般毫无消息。这还得了么？皇帝暴怒，他可不问闵王到底收到圣旨没有，到底是有什么苦衷，他只知道，他的话任何人都必须听从，否则就是忤逆。于是又发第二道圣旨，这回有了动静，闵王答应马上启程，但是他水土不服病了，路上会走得很慢。他病了也就病了吧，好歹上路呗，可是他收拾行李就收拾了整整三天，颁旨的钦差催促了几天之后，也跟着水土不服病倒了，再没有消息传回来。

皇帝的疑心病发作到了一个空前的高度，你要没问题，干吗总不回来？你病了也就算了，干吗钦差也跟着病了？病了也就病了吧，怎么连消息都断绝了？分明有鬼。接着有内卫截获了萧家给闵王送出的密信，这封密信直接送到了龙案之上，然后又有人密报，表面上一直托病停留在南方的闵王，其实此刻已经乔装改扮，轻装奔往安北都护府去了。安北都护府，虽然倒了一个李钟洁，可是萧家却在那里经营了许多年，在那一带的势力并不是轻易就可以瓦解的。

这样鬼鬼祟祟的，这小子居心叵测呀！本着宁可错杀一千，不可漏过一个的原则，皇帝果断下令内卫连夜突袭闵王府，搜出了无数违制物品以及违制兵械，带走了许多人。不过一夜，这些人经受不住内卫的严刑，交代出闵王早有谋逆之心，豢养大量死士，勾结朝中重臣以及军队将领，图谋不轨的事实及行为，牵扯了许多朝廷重臣，萧家首当其冲，皇室宗亲中，魏王府俨然在内。

只要一揭开了锅盖，就有无数的人把证据奉上，然后添柴的添柴，点火的点火，扇风的扇风，都只为了把水烧沸，把锅里的东西煮熟。蒋长扬把早就搜集好的证据尽数交给了景王，完成了最后一击。闵王成了货真价实的谋逆，这样的情形下，闵王不想反也只能反了，反了也白反，他英勇地成了这一代皇子中谋逆而死的第一人。五大姓中也倒了萧家这一大姓，虽然没有死绝，但是萎靡不振是一定的了。皇帝死了一个儿子，心愿达成了一个。

他想要千秋万代，但身体到底是不行了。景王临危受命，前去收拾闵王留下的烂摊子：他摒弃了华服美食，体察民情，与灾民吃着同样的饭食。殚精竭虑、兢兢业业、平易近人，但在镇压闵王余部和谋逆的关键时刻却又铁血无情，于是得到了广泛称赞，华美转身，成了呼声最高的贤人。立嗣不立嫡，也不立长，这回要立贤，就是身为嫡子的宁王也称赞他，竭力美化他。

那一年的冬至朝会上，景王以压倒一切的势头终于做了名正言顺的太子。宁王的病却是没有好转的迹象，缠绵病榻，等闲不出来走动，渐渐淡出了朝堂，几乎成了一个透明人。按照事先谈妥的条件，几大姓氏都不约而同地以各种手段和方式向新任储君表达善意，新任储君安之若素，不咸不淡，不偏不倚，诸方心安。

这一年的冬天，格外漫长寒冷，朝局变了又变，许多人起起落落，来了又去。有人欢喜，有人悲伤；有人得意，有人落魄；有人万念俱灰，有人雄心万丈。唯一不变的，是那静静矗立在风雪之中冰冷沉默的城墙。

转眼到了上元，又是三天无宵禁，三天狂欢。皇帝身体不好，新任太子为表孝心，动了自己的私库，在明德门外设了大型灯树，共点燃九九八百一十盏彩灯，又在京中各处寺院道观四处施舍，为皇帝祈福，祈祝皇帝能千秋万代。有他带头，各家王公贵族不敢不表示，于是这一年的上元节灯火格外辉煌，格外璀璨。老百姓大饱眼福，端的是一副太平盛世的样子。

上元节前一夜，蒋长扬、牡丹带了一对"小包子"出门看灯。夫妻俩各自骑了马，并辔而行，将一对"小包子"塞在胸前，用披风裹紧了，沿街缓行。高高的灯树在夜空中闪耀着华美的光芒，老远就能看到，夫妻二人仿佛回到了姻缘初定的那一年。蒋长扬回头看着牡丹，眼里有笑，牡丹也回头看着他，唇角满是柔情。这一刻，他的眼里只有她，她的眼里也只有他，满街的华灯游人都是背景。

但两个"小包子"却是断然不肯做背景的，正儿兴奋的一声大叫，就把父母从迷幻中召回了现实。牡丹温柔地看着蒋长扬一笑，最先收回了目光，低下头耐心地询问怀里的正儿："正儿要什么？"

正儿眨巴着一双黑黝黝的大眼睛，指着路边一盏兔子灯，清晰明亮地喊："兔子灯。"

贤儿也不甘示弱，扯着蒋长扬的衣服，大声喊："兔子灯。"

一对小包子已经可以说一些比较简短的词句，天性又是爱热闹的，这样的热闹正是第一次见到，少不得趴在父母的怀里，欢呼鼓掌，一会儿要这样，一会儿要那样。牡丹和蒋长扬一一满足不提，一家四口其乐融融，不要说是他们，就是身后跟着的顺猴儿、宽儿、恕儿等人也是看得满心欢喜。正自欢喜间，只见前方一辆徐徐行驶的马车突然停了下来，有貌美侍女上前行礼："何夫人安好。"

牡丹定睛一看，却是秦三娘身边的丫鬟阿慧，她不由笑看向那辆外表朴素无华的马车，低声道："是你家夫人？"景王上位，不敢封赏，但聪敏贤惠的前景王妃，现任太子妃却主动提出把秦三娘母子接进去，理由如下：秦三娘贤惠懂事有分寸，又孕育了子嗣，娘家亲姐段大娘在江南也替景王做了不少事。出钱出力，论情论理，都该给她母子一个名分。太子顺水推舟，赏赐太子妃若干财物，于是秦三娘成了太子府中的正六品媵。这也就是新年后的事情，牡丹听闻消息后，也曾让人暗里送去贺礼，却没想到过了这么多天，秦三娘还留在外头。

阿慧微微一笑："我家夫人等您许久了。"

牡丹下马行至车前，华服盛装的秦三娘微微欠了身，亲热地拉她入内："快进来坐。"

牡丹笑吟吟地给她行礼道贺："恭喜你了。本想亲自登门道贺，奈何总是脱不开身，待到能脱开身了，却算着你大概早就走了，不敢给你添麻烦。"其实就是虽然景王如愿以偿做了太子，可皇帝还没死，该避讳的都要避讳。

秦三娘自是心知肚明，笑道："原本前几日就要走的，只因我姐姐带了信说是要来看孩子，不得不厚颜向太子妃请求，待过了上元又去。今日便是来同你道别，从此深宫似海，再要见面是不容易了。"说到这里，她调皮地朝牡丹一笑，"已经不告而别一次，这次断然是不敢了。"

牡丹有些唏嘘，将来太子上位，秦三娘一个嫔位是少不掉的，若是孩子安然长大，不掺和进那些事去，这一生也算是有了依靠。那时候谁又会想到，这个躺在路边，饿得奄奄一息的妇人会有这样一日？她执了秦三娘的手，诚心诚意地道："我只愿你平安一生。"

在那样的地方，做了那样的人，想要事事如意不可能，唯"平安"二字最最难得。秦三娘美眸微闪，稳稳握住她的手，沉声道："我却愿你平安如意，富贵荣华，子孙满堂。"

牡丹心中一动，抬眼看向秦三娘，秦三娘笑得如同天边的明月："我出来太久，怕殿下去了找不到人会生气。这就告辞了。"她不是太子身边最年轻貌美、最有才气、最受宠的，很多人瞧不起她的出身经历，可她的确确以自己的力量博得了一席之地。上元的正日子，太子要留给太子妃，可是不拘前一日或是后一日，他无论如何也会分点时间来陪她和她的孩子，对于知道什么是本分，什么时候该知足的她来说，足够了。一生平安，她能做到。

牡丹目送着秦三娘的马车渐渐湮没在熙熙攘攘的人群中，心中唯有祝愿而已。蒋长扬策马走到她身边，笑道："已经走远了，还看什么？走吧，汾王府派人来寻，道是给我们留了位子，让去看热闹呢。"

牡丹翻身上马，将贤儿搂入怀中，跟着蒋长扬一道，往那高高的灯树而去。

番外 星光与火

// 一 //

大漠无边，漫天星光，干枯的胡杨树枝条层层叠叠，宛若鬼影，又如刀剑，苍茫肃杀。

一堆小小的柴火顽强地燃烧着，王阿悠小心地翻烤着馕，唇角含笑，说书似的和儿子讲述能人志士的传说。

十二岁的少年满是向往和崇拜："后来呢？后来那位方将军怎么样啦？他杀出重围了吗？"

王阿悠将被烫到的手贴在儿子微凉的耳上，大笑道："当然是杀出重围啦！不然咱们哪能在这安西都护府平平安安讨生活呢？"

"我明白阿娘的意思，所谓为官一任，造福一方，阿娘希望我能做个有出息有志气的人。"少年握紧拳头，目光坚毅，"阿娘等着，待我长大，也做将军。让您吃好的，穿好的，颐养天年，过得舒心又自在，再不受人欺负！"

王阿悠眨眨眼，掩去眸中暗藏的伤感，大声叫道："臭小子！什么叫颐养天年？你的意思是说我老了吗？我哪里老了？"

少年忙道："不是，我是说将来！将来！您正年轻貌美着呢！"

王阿悠这才欢喜地笑了，摸一把自己的脸，叹道："这几日在外奔波，风沙大，日头也毒，想必也黑了，待回到家中，得好生养养。"

少年认真地道："不黑！阿娘最好看！谁也没您好看！"

王阿悠笑着将他搂入怀中，摩挲着他的发顶叹道："大郎，我的大郎，真是天底下最体贴可爱的孩子。"

"馕烤好啦！"大郎有些害羞地挣开母亲的怀抱，抓起一只馕，吹着气，倒腾着，放入干净的帕子，双手托过去，"阿娘您吃！"

王阿悠笑道："半大小子吃死老子，小孩儿不禁饿，你先吃。"

正推让间，有声响自夜风中传来——王阿悠起身张望，只见清冷的星光下走来一组驼队，未挂驼铃，已然到了绿洲边缘。

母子二人皆是神色剧变，互相对了一个眼神，很快作出决断。

安西地势宽广，周边罗列小国，多番人，常有盗匪、细作、逃犯出没。本朝尚武，又多游侠，鱼龙混杂，形势特别复杂。正常人出行，没有不给骆驼挂驼铃的，如此行径，绝非好人！他们运气不好，竟然遇到了这样的事，但此时奔逃必死无疑，不如赌一把。

王阿悠蒙好脸，将裙摆盖住短刀，选了一个最好的攻守位置，继续静坐不动。大郎抱起紧要的财物，抓起弓箭，拉着一匹马跑进胡树林中藏了起来。

没多少时候，六名穿胡服挂长刀的壮汉牵着几峰骆驼和马走了过来，默不作声地打量着王阿悠和周围的环境。

王阿悠的目光扫过众人腰间长刀，再扫过骆驼上堆得满满当当的物资，以及那几匹养得膘肥体壮的大马，镇定地捡起一根树枝捅捅火堆，慢吞吞地吃馕喝水。

大抵是她太过镇定，周边环境又安静到诡异，几个大汉反而不敢贸然过来相扰，只走到离她不远的地方生了火，围坐在一起吃肉喝酒说笑，不时打量一下她。

王阿悠竖起耳朵，却只听到一些细碎的词语，连贯起来都不是什么好话，于是默不作声地往火堆里添了几块黑乎乎的炭。炭入火，淡淡的烟气浮起来，再被夜风缓缓吹着，送到了隔壁。

几个大汉喝酒越多，人也放浪起来，其中一个带头的身形最为粗壮的，趔趄着走到王阿悠面前，狼一般的黄褐色眼里满是刺探和赤裸裸的淫靡之意。

王阿悠面无表情、视而不见，平静地往火堆里添了几根柴火。

突然！

"唰"的一声轻响，一把雪亮的长刀卷着干冷的风和血腥之气，闪电般刺向她的脸颊。王阿悠迅速偏头，恰好躲过刀锋，蒙面的布巾却随风飘落。

天地之间一片寂静。

男人们停下说笑吃喝，愣愣地看着面前的女人。

王阿悠仍然保持端坐的姿势，面无表情地注视着眼前这个壮汉。

"哈~"壮汉伸开手臂，大声笑道："看我找到了什么？一个小美人儿……不，大美人儿！"

面前的女子穿着最简便粗朴的衣裙，乌黑丰茂的头发结成辫子攒在发顶成髻，再用一块蓝色的布紧紧包着，面无表情，肤色黄黑，却难以掩去五官的秀美精致。下颔上一颗鲜艳的朱砂痣，更如点睛之笔，让这张脸特别艳美，饱含风情。

男人们过的是刀口舔血的日子，有今朝没明朝，放浪放纵已是常态。在这样的夜里，一个美丽的独身女子，纵然有些诡异，却很值得试一试。

他们默不作声地起身走过去，团团将女人围在中间，有人甚至已经开始呼吸加重，将手放在了腰带上。

群狼环伺，王阿悠的笑容一点点地绽放开来："各位壮士这是要做什么？吓坏人家了。"字正腔圆的官话，被她不紧不慢、温润娇软地说出来，仿佛一把小钩子落到男人们的心上，抓得人又软又紧张。

事出反常必有妖。

带头的壮汉给同伴使个眼色，不进反退，笑容淫邪："小娘子是哪里的人呢，看你这样貌不是这一片的人啊！因何独自一人深夜在此行走，不怕遇到歹人吗？"

王阿悠再往火堆里添了两块褐色的木片，微笑着道："当然怕啊，不过我夫君就在这附近，我就不怕啦。"

"你夫君？"男人们集体后退一步，警觉地抽出长刀四处逡巡，然而四周仍然一片死寂，唯有细细的夜风，卷起火焰，把一股淡淡的清香吹送到他们脸上。

带头的壮汉嗅到这香，便是笑了，淫邪地耸动鼻翼，做个陶醉的姿态："小娘子，你家夫君可真是胆大啊，竟敢把你孤身一人留在这里，就不怕被人抢了么？"

另一边，两个大汉已是提着刀往胡杨林里去了。

王阿悠丝毫不见慌乱，笑道："老娘才怕他被人抢走呢，不然这混球怎地还不出来！"她抛个媚眼，调笑，"莫不是在林子里头盘算着怎么射杀你们！好抢了你们的货！"

这话倒唬得壮汉一惊，可随即又笑了："哄谁呢，咱们久在这一片行走，可没听说过什么雌雄大盗！"他提着刀朝王阿悠走去，笑道，"即便有，那也不怕，我先把你这母的捉了，不怕他不服！"

王阿悠微笑着递过酒囊："说得好，我晓得你想做什么，只不过这种事，用强总没有你情我愿的好，先饮一口如何？"

壮汉骇笑："这婆娘，怪吓人的，你这酒我肯定要喝，却不是此时！"眼风一闪，另几个大汉便朝着王阿悠包抄过去。管她是什么人呢，先拿住了再慢慢享才是最稳妥的。

却见王阿悠微笑着道："还不倒么？"

壮汉还未反应过来，便看到同伴晃了几晃，醉了似的，一个接一个"噗通、噗通"倒在地上。他莫名惊恐，指向已经变成叠影的妇人："贼婆……"

话未说完，人已倒地。

恰在此时，胡杨林深处传来一声惨叫。王阿悠紧抿着唇，抓起短刀朝着胡杨林奔去，不想刚跑到林子边缘，就被从里头跑出来的人撞翻在地，再一把勒住了脖颈。

短刀早就脱了手，浓烈的羊膻味夹杂着汗臭灌进她的鼻腔，粗硬的胳膊勒得她喘不过气来，双脚也被拎得离了地，只管胡乱蹬着，却是使不上劲儿。身后传来"咿哩哇啦"的喊叫，却是番邦话，都是威胁人的。

紧跟着，她就看见自己的儿子拉满弓，羽箭搭在弦上，指着她身后的人，一步一步，稳稳当当地从林子里头走了出来。

王阿悠喘不过气来，却是颇为骄傲自豪，进去两个人，只出来一个，还是这样惊恐，说明另一个人已经被解决了。

番人把刀架在她的脖颈上，大喊："放下弓箭，不然杀了她！"

大郎始终还是个孩子，眼看着母亲危险，不能不慌张，然而却知道放下弓箭母子都要死，因此只是抿紧了唇，拼死僵持。

夜风吹着，星光冷然，篝火忽高忽低，明明灭灭。

"放下弓箭！"番人不耐，在王阿悠脖颈上划了一道血痕，大郎的额头上流下了一道冷汗。

这孩子就要支持不住了，王阿悠拼力挤出一丝笑，那便奋力一搏吧……就在此时，她听见一声微响，恰是弓箭撕破夜风发出的响动。

未及反应，禁锢着她的手臂便松了，"咚"的一声响，恶人已经倒毙于地，脖子上插着的羽箭犹在"簌簌"颤动。

箭不是大郎射的。

"……"王阿悠飞速跃起奔到儿子身边，母鸡一般张翅将人护住，这才得及观察张望，迎接那未知的命运。

黑漆漆的胡杨林里缓步走出几个男人，皆着胡服并佩横刀，当先一人，瘦高个儿，手中长弓未及收起，神色冷肃，目光森然，行进之时有狮虎之姿，威势赫赫。

// 二 //

豺狼才死，又来恶虎。王阿悠绝望地推了儿子一把，示意他赶紧逃。少年却是猛地将她拽到身后，将弓箭对准来人。

"你……"王阿悠嘶声喊着，突然间发现，刚满十二岁的儿子身高已经超过了她，稚嫩的肩背虽然单薄，却已隐隐有了山岳之姿。

罢了，她惨然一笑，这孩子绝不会抛下她独自奔逃的，既然如此，那便母子俩一起吧。她还不信了，她此生未曾做过恶事，总不至于一再衰败至此，豺狼来了一拨又一拨，没完没了。

于是她走上前去，和儿子并肩站在一处，对来人施礼道谢："多谢壮士救命之恩。"

她才经生死，嗓音嘶哑难听，语调却是四平八稳，姿态更是端庄优雅。明明只是荆钗布裙立于血腥之中，这一礼下去，却如牡丹盛放于玉堂，就连星光也黯淡了几分。

男人们皆沉默了，只管呆呆地看着她。

王阿悠不在乎，平静地注视着瘦高个儿的男子。男子慢条斯理地收起长弓，淡漠地注视着她，手臂微抬，做了个向下按压的姿势。

王阿悠将手搭在儿子的肩上，低声道："收起来，大郎，他们是安西军。"

她的声音不大，却清晰地传入对方耳里。除去瘦高男子，其余几个男子都惊愕地交换着眼色，窃窃私语，似是在奇怪她为何看穿了他们的身份。

王阿悠长舒一口气，拉着儿子再次施礼："谢诸位军爷救民妇母子于水火之中。"

"你二人何方人士，为何不在家中好生待着，偏要来此冒险？难道不知此处盗匪横行么？"瘦高男子音量不高，威势却重，无端压得人紧张。

王阿悠奉上"过所"文书："民妇母子乃京城人士，有道是读万卷书行万里路，小妇人带孩子出门长长见识。原本不会落到此种险地，只是先前风沙乍起，我母子二人不得不停留此处避险。"

这番说辞，自然不能轻易打动人。半夜三更，以二敌六，迷药迷倒四人，射杀二人的母子，能是什么善茬。瘦高男子接过文书查勘，示意手下前去搜索查证。

王阿悠却是撑不住了，拉着绷得紧紧的儿子席地而坐，告罪道："还请军爷见谅，民妇母子死里逃生，双股战战，撑不住了。"

"过所"文书里将母子二人的来历姓名写得明明白白，只要对方不是刻意找茬，倒也没什么可怕的。果然瘦高男子看过文书，再抬头，表情已有不同，浑身的气势也收了大半，他斟酌着道："原来是王夫人和蒋大公子。"

王阿悠颇为诧异，这语气，竟然像是知道他们似的。她挑着眉，静默地看着对方，竭力回忆双方是否曾经见过面。跟着，她又听见对方声线淡淡："方某原以为传说只是传说，多是好事之徒臆想杜撰，不期竟是真的。王夫人，在下方伯辉，这厢有礼了。"

王阿悠还没来得及回应，身旁的少年已然弹跳而起，激动又怀疑地高声喊道："方伯辉？！您真的是方伯辉将军吗？！"

王阿悠赶紧拉住儿子，低斥："蒋长扬！休得失礼！速速赔礼！"

蒋长扬红了脸，低头赔礼。

方伯辉并不怎么在意："正是方某，如假包换。方才林中那人是你射杀的？"得到肯定的答复后，他微微点头，"虎父无犬子，你很好。"

提到"虎父"朱国公蒋重，王阿悠母子都没什么话可说。

才添了柴的火堆火焰高涨，火光明亮又温暖，方伯辉锐利的目光在母子二人面上打了个转，落在王阿悠下颌那点嫣红之上，又不着痕迹地挪开，淡淡地道："方才用的迷香是什么？"

王阿悠坦荡地道："独门秘方，自保的小手段，专用来对付好事之徒。"

方伯辉点点头，又问："不知夫人如何看出我等乃是安西军？"

王阿悠眸中自信飞扬："刀是横刀，诸君站位、行列整齐有序，遥相呼应，乃是行兵布阵之相，非寻常草寇所能及矣。"

方伯辉半垂了眸子，唇角微不可见地往上翘了翘，又很快收回去，肃然起身，说道："夜还长，二位自可歇息。待到天亮，一同出发。"

王阿悠谢过，也不多问与自家无关的事，自行翻出毯子等物铺陈好了，道："若是将军不嫌弃，还请将就歇息片刻吧。"她看这群人也没带什么行囊，想着他们怕是紧急办差的，人家救了自己的命，总要客气一二，哪里管得着什么男女有别，授受不亲。

方伯辉看了看她，再看看一旁满脸崇拜的小少年，莫名有些羞赧，想要起身走开，身下却如坠了千斤重的磨盘，死死将他压在火堆旁，半步也走不开。于是他半垂了眼皮，淡淡地道："多谢夫人美意，方某行伍之人，日常过得粗糙，却是不必了。"

王阿悠也不勉强，示意儿子过来睡觉。谁想十二岁的少年已经有了自己的想法，羞红着脸道："阿娘您睡吧，儿子与诸位军爷轮换着守夜。"

王阿悠习惯性地想要劝一劝，却见儿子小心翼翼地朝着方伯辉挪了过去，眼里满满都是向往和敬慕，便笑了笑，裹紧毯子安然睡着了——有机会休息就赶紧的，推辞来推辞去实在毫无必要。

星河灿烂，渐次隐入天边，几缕霞光浮起，远处的沙丘渐渐露了身形，天近拂晓。

火堆旁的少年停下讲述，盯着方伯辉轻声央求："将军您看，我已经长大啦，能上阵杀敌了，让我跟着您好不好？"

"所以这些年，你们母子竟是走过了这么多地方？"方伯辉并不回复蒋长扬的恳求，只将目光淡淡扫过裹成一只大茧的王阿悠。她睡得香甜，唇角微微上扬着，仿佛做了美梦似的，压根不像是才从生死关头逃过来的人，这可真是太罕见了。

蒋长扬注意到他的目光，不露痕迹地挪动身子，恰恰挡住了他的视线。

方伯辉哂然一笑，收回目光，起身道："差不多该出发了。"

话音刚落，就听见王阿悠的声音响了起来，欢快又响亮："哎呀，天亮了，大郎，快把咱们的馕和肉干拿出来烤上，请恩公用早膳啊！"她毫无扭捏之意，很是自在地起了身，仰头看着天边，眼睛亮晶晶的，半响，低声道："真是壮阔极了！"

半截星河倒挂，霞光撕裂黑暗，天地间三分白三分黑，还有四分朦胧。女人脚下燃着熊熊的火，身形挺拔玲珑，头是上昂的姿态，仿佛振翅欲飞的凤凰，生机勃勃，昂扬灿烂。

方伯辉静静地看了片刻，回头对着身边的半大孩子微笑："你还小，从军不到时候。不过，日常却是可以跟着我学些本事。"

"真的吗？"蒋长扬大叫一声，朝王阿悠扑过去，激动地道，"阿娘，阿娘，您听到了吗？方将军愿意教我本事呢！"

"听到啦！听到啦！"王阿悠笑着拍拍儿子的背，回头看向方伯辉，颇为抱歉，"让将军笑话了，这孩子被我教得太过直率天真，给您添了麻烦。"

"一点都不麻烦。"方伯辉微微一笑，平静地道，"这孩子很有天赋，是可造之材。既然遇上，便是我与他的缘分。"

"是吗？"王阿悠看向兴奋不已的儿子，眼里闪过些许伤感，随即粲然一笑，"他确实是有这个天赋的，既然如此，那便拜托将军了。"

方伯辉微微颔首，转身朝下属走去，交代今日的行程。

王阿悠沉默地注视着他的背影。这位名动安西的方将军，并不似民间传说的那般五大三粗、目似铜铃、青面獠牙。相反，他长了一副文人做派的儒雅姿态，却又多了几分冷静、克制、铁血。

她就想，或许这是孩子的机遇，走了那么远，那么久，也该为孩子的前程打算打算了。既然他喜欢，那便停一停，歇一歇吧。

// 三 //

嘈嘈杂杂的琵琶声穿堂惊掠，压得屋里屋外的人一派静默，出气都不敢大声儿，只怕会扰了奏琵琶的人，惹得佳人不悦。

良久，一声弦响，琵琶终是收了音。

王阿悠满意地点点头，将琵琶放下，问儿子："大郎觉着我今日奏得如何？"

蒋长扬认真地道："奏得好极了！"

王阿悠便道："那你不鼓掌叫好？"

"哦……"蒋长扬立刻鼓掌并且叫好，"好！真好！太好了！"

"没有半点诚意！"王阿悠嫌弃，"一点都不好玩……"

话音未落，就听窗外有人鼓掌叫好："此曲只应天上有……"

王阿悠顿时僵住，不自在地瞟了儿子一眼，低声道："哪里来的登徒子，竟敢躲在外头偷听我奏乐……麻婆，泼水！"

麻婆怔住，战兢兢地道："可是……可是……"

王阿悠皮笑肉不笑："可是什么？"

麻婆低声道："好像是方将军啊……他好凶的……又是咱们大郎的义父……还做了节度使……"

早年方将军被她泼了一盆冷水，日常看着好性儿的人，凶起来便如阎罗夜叉，把她吓得半死，最终还不是开了门。虽则最后人只是和大郎围在灶下说了一宿的话，也没把她怎么样，但那是很久以前的事了。如今人家做了节度使，主管一方军政，哪里还容得这样被下面子？她怕是有一百个头也不够砍的。

王阿悠继续皮笑肉不笑："所以呢？"

麻婆求救地看向蒋长扬，蒋长扬给了她一个少安毋躁的眼神，她得了鼓舞，便又继续壮着胆子道："其实那个……娘子啊……您单着，方将军也单着，这身份、相貌、学识样样相当，认识这么多年了，彼此知根知底，做生不如做熟，何不……"

"什么叫做生不如做熟？他请你说媒来啦？"王阿悠绷着面皮，眼角偷瞟儿子，嘴角下撇，颇嫌弃，声音不高不低，正好够外头的人听见："坦坦荡荡的君子，不行正大光明之事，偏要做个登徒子，也是奇了怪了！"

"嘭嘭嘭"有节奏的敲门声传来，倒吓得几人消了声。

"阿娘说得颇有道理。"蒋长扬看看绷着脸的母亲和不知所措的麻婆，决意自行应对。他大步走去开了院门，严肃地将方伯辉拦在外头，"义父何事登门？"

方伯辉比他更严肃："我有话要同你母亲讲，你去问她敢不敢听。"

敢不敢听？蒋长扬有些愣神，总觉着这语气、这内容颇不寻常，仿佛挑衅一般的。

跟着就听见王阿悠的声音脆亮地响了起来："大郎，你让他进来，有什么不敢听的？我又没做见不得人的事！"

蒋长扬还没反应过来，已被方伯辉推到了一旁。

方伯辉也不进屋，就在院子里站着，和王阿悠隔了一道门槛。他也不忙开口，先理一理身上那件崭新的团花圆领缺胯袍，再正一正幞头，向着王阿悠端端正正行了一礼，再昂首挺胸，气势汹汹地直视着她，朗声道："王娘子，方某心悦于你，欲求娶你为正妻共度余生，不知你意下如何？"

"……"王阿悠大吃一惊，怔怔地看着方伯辉，一时之间竟然不知道该怎么回答才好。她说他不行君子之事，他就敢当面来这一套，还颇理直气壮的样子……啊，不是，这样子像是强盗！

方伯辉还是第一次见到她这模样，面上仍然端方，唇角眼里却是浮起一丝笑意。于是继续雄赳赳气昂昂，声如洪钟："王娘子想是没听清方某适才所言，方某再说给你听。王娘子，方某心悦于你，欲求娶你为正妻共度余生，不知你意下如何？"

王阿悠难得狼狈，面上绯红，做贼似的飞快瞟了蒋长扬一眼，"啪"地将门使劲拍上，转身紧紧抵着门，来个眼不见心不烦。

麻婆大张着嘴，傻傻地看着她，半晌才道："娘子，方将军是在……是在向您求亲？要不……您就答应了他吧……"

王阿悠这会儿才回过神来，一颗心怦怦乱跳，口干舌燥，她气势汹汹地想要骂麻婆几句，开了口声音却是有气无力："就不！哪里见过自己开口求亲的啊……一点都不郑重……"

她又猛然住了口，有些慌乱地想，她在说什么啊，竟然像是很乐意嫁的样子，只是嫌弃人家不够郑重……

于是她使劲呼出两口气，准备重整旗鼓，扳回一局。于是转过身来，打算开门，却又听见方伯辉的声音洪亮地响了起来："王娘子，方某明白你的意思了，这就去请托大媒登门求亲，该有的礼节一样不会少……"

"谁答应你了！"王阿悠着急慌忙地拉开门，泼辣地道，"我什么时候答应你了？你明白我什么意思了？我说什么了？"

方伯辉含着笑意，目光温柔，眼里全是她："那你现在可以答应我吗？或者告诉我你是什么想法？我听着。"

她可不像他这么厚脸皮，当着已经长大成人的儿子和下人，就能说出这没脸没皮的害臊话……王阿悠腹诽着，一张脸红到不自知，手紧紧抓着门框抠了又抠，半个字都说不出来。

蒋长扬看了她一眼，道："麻婆，去厨下备饭，我去打些酒来。"也不和他们打招呼，自顾自地去了。

院子里只剩下二人，方伯辉道："好了，没有别人在场，你想说什么都可以了。即便是要拒绝，也不必担心我没面子啦。"

王阿悠垂着头不出声，半晌，抬起头来直视着他道："我要三媒六聘，一样不能少的。还有，半路夫妻，麻烦事多，你得写信问过家中儿女的想法才好行事，我这里也要问问大郎的意思。"

方伯辉忍住笑意，一本正经地道："你说得很是，我照办。"

王阿悠就有些失望，她还以为，他来向她求亲，这些事早就处理妥当了呢，明明是行事那么稳妥的人……都这些年了……竟然……啥都没准备好，就敢开这个口！

就听方伯辉又道："按你的吩咐，这些事都已办妥了，这是家中儿女寄来的书信，很愿意老父余生有靠，也很感激你肯收留我……当然，若是你愿意的话。"

王阿悠看着面前的书信，想去接又停住了，她讷讷地道："我还得问问大郎的意思，虽说这是我的事，到底也要想想孩子的心情。"

"大郎自是乐意的。你还没看出来吗？他要是不乐意，这会儿就该恶狠狠地守在一旁瞪着我了。"方伯辉温声道，"阿悠，这么多年了，你该懂得我的心，早年你心里还野着，从前的事也没完全抛下。我是个鳏夫，官职不够大……我胆小，总怕不够分量，被你嫌弃拒绝，再吓跑了你，只好做个没脸没皮的登徒子，躲在外头偷听你奏琵琶唱歌，居心叵测做你孩子的义父……现下诸事妥当，再不开口便是浪费了光阴。阿悠，你可愿意嫁给我，与我携手共度余生？"

王阿悠便抬起头来，坦坦荡荡地凝视着方伯辉的眼睛，慢而清晰地道："你错看了我。"

方伯辉唬了一跳，小心翼翼地道："你说，我听着，然后改了就是。"

王阿悠看着他，勾着唇角慢慢地笑起来："我是说，从前的事我很早就抛下了。我带着孩子远行，世人皆以为我是自苦，其实不是的。我是爱极了这天地壮阔，每到一处便觉心胸眼界宽阔许多，享受尚且来不及，谁耐烦为烂人烂事浪费精神！"

方伯辉看着她，眼里心里满满都是光，他低声道："我信。记得初次见你，星河倒转，霞光灿烂，你脚踩火焰，如同凤凰涅槃，璀璨夺目……那时候我就想，总有一日，必要求你为妻……"

"真是处心积虑……那时候，我真有你说的这么美？我还以为自己狼狈不堪，蓬头垢面的，而且脸还涂得黑黄黑黄的……"王阿悠才刚平复些许的脸又热了起来，"说得这样酸唧唧的。"

"你竟然还记得这些细节？我以为你早就忘了。"方伯辉的眼睛贼亮贼亮，"再不然，我以为你是毫不在意的，你那个时候看起来再坦然大气不过了。"

"我是不在意啊，但搁不住我这人记性好呀！"王阿悠抿了抿唇，絮然一笑，"再求一次亲。"

方伯辉便目不转睛地看着她温声道："阿悠，我心悦你，欲求你为妻共度余生，可好？"

"不许纳妾，不许有别人。"

"那是自然。"
"说到做到?"
"说到做到!"
"那行,我应了。"王阿悠微抬下颌,骄傲如凤凰。